प्रेमचंद

हिन्दी साहित्य में प्रेमचंद का अपना एक विशिष्ट स्थान है। वह बीसवीं सदी के उन लेखकों में से थे जिन्होंने अपनी रचनाओं में यथार्थ की जीती-जागती तस्वीर पाठकों के सामने रखी। उनकी अधिकांश रचनाएं ग्रामीण भारत की पृष्ठभूमि में लिखी गई हैं।

31 जुलाई, 1880 को बनारस के पास स्थित छोटे-से गाँव लमही में प्रेमचंद का जन्म हुआ था। उनका पूरा नाम था धनपत राय श्रीवास्तव। बचपन से ही उन्हें पुस्तकों से बहुत लगाव था। सबसे पहले उन्होंने 'नवाबराय' उपनाम से अपनी रचनाएँ लिखीं। बाद में उन्होंने 'प्रेमचंद' उपनाम अपनाया। उनकी अन्य प्रसिद्ध पुस्तकें हैं–*ग़बन, गोदान, सेवासदन* और *रंगभूमि*। उपन्यास के अतिरिक्त प्रेमचंद ने सैकड़ों कहानियां भी लिखीं।

8 अक्टूबर, 1936 को 56 वर्ष की उम्र में उनकी मृत्यु हो गई।

सेवासदन

प्रेमचंद

राजपाल

स्थापित 1912
100 वर्षों की
श्रेष्ठ प्रकाशन परम्परा
राजपाल

₹ 285

ISBN : 9789350643617

SEWASADAN (Novel) by Premchand
मुद्रक : जी.एस. ऑफसेट, दिल्ली

राजपाल एण्ड सन्ज़

1590, मदरसा रोड, कश्मीरी गेट, दिल्ली-110006
फोन : 011-23869812, 23865483, 23867791
e-mail : sales@rajpalpublishing.com
www.rajpalpublishing.com
www.facebook.com/rajpalandsons

1

पश्चात्ताप के कड़वे फल कभी-न-कभी सभी को चखने पड़ते हैं, लेकिन और लोग बुराइयों पर पछताते हैं, दारोगा कृष्णचन्द्र अपनी भलाइयों पर पछता रहे थे। उन्हें थानेदारी करते हुए पच्चीस वर्ष हो गये, लेकिन उन्होंने अपनी नीयत को कभी बिगड़ने न दिया था। यौवनकाल में भी, जब चित्त भोग-विलास के लिए व्याकुल रहता है, उन्होंने निःस्पृह भाव से अपना कर्तव्य पालन किया था। लेकिन इतने दिनों के बाद आज वह अपनी सरलता और विवेक पर हाथ मल रहे थे। उनकी पत्नी गंगाजली सती-साध्वी स्त्री थी। उसने सदैव अपने पति को कुमार्ग से बचाया था। पर इस समय वह चिन्ता में डूबी हुई थी। उसे स्वयं संदेह हो रहा था कि वह जीवन-भर की सच्चरित्रता बिल्कुल व्यर्थ तो नहीं हो गई।

दारोगा कृष्णचन्द्र रसिक, उदार और बड़े सज्जन मनुष्य थे। मातहतों के साथ वह भाईचारे का-सा व्यवहार करते थे, किन्तु मातहतों की दृष्टि में उनके इस व्यवहार का कुछ मूल्य न था। वह कहा करते थे कि यहाँ हमारा पेट नहीं भरता, हम इनकी भलमनसी को लेकर क्या करें—चाटें? हमें घुड़की, डाँट-डपट, सख्ती सब स्वीकार है, केवल हमारा पेट भरना चाहिए। रूखी रोटियाँ चाँदी के थाल में परोसी जायें, तो भी वे पूरियाँ न हो जायेंगी।

दारोगाजी के अफ़सर भी उनसे प्रायः प्रसन्न न रहते। वह दूसरे थाने में जाते, तो उनका बड़ा आदर-सत्कार होता था, उनके अहलमद, मुहर्रिर और अरदली खूब दावतें उड़ाते। अहलमद को नज़राना मिलता, अरदली इनाम पाता और अफ़सरों को नित्य डालियाँ मिलतीं, पर कृष्णचन्द्र के यहाँ यह आदर-सत्कार कहाँ? वह न दावतें करते थे, न डालियाँ ही लगाते थे। जो किसी से लेता नहीं, वह किसी को देगा कहाँ से? दारोगा कृष्णचन्द्र की इस शुष्कता को लोग अभिमान समझते थे।

लेकिन इतना निर्लोभ होने पर भी दारोगाजी के स्वभाव में किफायत का नाम न था। वह स्वयं तो शौकीन न थे, लेकिन अपने घरवालों को आराम देना अपना कर्त्तव्य समझते थे। उनके सिवा घर में तीन प्राणी और थे, स्त्री और दो लड़कियाँ। दारोगाजी इन लड़कियों को प्राणों से भी अधिक प्यार करते थे। उनके लिए अच्छे-अच्छे

कपड़े लाते और शहर से नित्य तरह-तरह की चीज़ें मँगाया करते। बाज़ार में कोई तरहदार कपड़ा देखकर उनका जी नहीं मानता था, लड़कियों के लिए अवश्य ले आते थे। घर में सामान जमा करने की उन्हें धुन थी। सारा मकान कुर्सियों, मेज़ों और आलमारियों से भरा हुआ था। नगीने के कलमदान, झाँसी के कालीन, आगरे की दरियाँ बाज़ार में नज़र आ जातीं, तो उन पर लट्टू हो जाते। कोई लूट के धन पर भी इस भाँति न टूटता होगा। लड़कियों को पढ़ाने और सीना-पिरोना सिखाने के लिए उन्होंने एक ईसाई लेडी रख ली थी। कभी-कभी स्वयं उनकी परीक्षा लिया करते थे।

गंगाजली चतुर स्त्री थी। उन्हें समझाया करती कि ज़रा हाथ रोककर खर्च करो। जीवन में यदि और कुछ नहीं करना है, तो लड़कियों का विवाह तो करना ही पड़ेगा, उस समय किसके सामने हाथ फैलाते फिरोगे? अभी तो उन्हें मखमली जूतियाँ पहनाते हो, कुछ इसकी भी चिन्ता है कि आगे क्या होगा? दारोगाजी इन बातों को हँसी में उड़ा देते, कहते, जैसे और सब काम चलते हैं, वैसे ही यह काम भी हो जायेगा। कभी झुंझलाकर कहते, ऐसी बात करके मेरे ऊपर चिन्ता का बोझ मत डालो।

इस प्रकार दिन बीतते चले जाते थे। दोनों लड़कियाँ कमल के समान खिलती जाती थीं। बड़ी लड़की सुमन सुन्दर, चंचल और अभिमानी थी, छोटी लड़की शान्ता भोली, गम्भीर, सुशील थी। सुमन दूसरों से बढ़कर रहना चाहती थी। यदि बाज़ार से दोनों बहनों के लिए एक ही प्रकार की साड़ियाँ आतीं, तो सुमन मुँह फुला लेती थी। शान्ता को जो कुछ मिल जाता, उसी में प्रसन्न रहती।

गंगाजली पुराने विचार के अनुसार लड़कियों के ऋण से शीघ्र मुक्त होना चाहती थी। पर दारोगाजी कहते, ये अभी विवाह योग्य नहीं हैं। शास्त्रों में लिखा है कि कन्या का विवाह सोलह वर्ष की आयु से पहले करना पाप है। वह इस प्रकार मन को समझाकर टालते जाते थे। समाचार-पत्रों में जब वह दहेज-विरोध के बड़े-बड़े लेख पढ़ते, तो बहुत प्रसन्न होते। गंगाजली से कहते कि अब एक दो साल में यह कुरीति मिटी जाती है। चिन्ता करने की कोई ज़रूरत नहीं। यहाँ तक कि इसी तरह सुमन को सोलहवाँ वर्ष लग गया।

अब कृष्णचन्द्र अपने को अधिक धोखा न दे सके। उनकी पूर्व निश्चिन्तता वैसी न थी, जो अपनी सामर्थ्य के ज्ञान से उत्पन्न होती है। उसका मूल कारण उनकी अकर्मण्यता थी। उस पथिक की भाँति, जो दिन-भर किसी वृक्ष के नीचे आराम से सोने के बाद संध्या को उठे और सामने एक ऊँचा पहाड़ देखकर हिम्मत हार बैठे, दारोगाजी भी घबरा गये। वर की खोज में दौड़ने लगे, कई जगहों से टिप्पणियाँ मँगवाईं। वह शिक्षित परिवार चाहते थे। वह समझते थे कि ऐसे घरों में लेन-देन की चर्चा न होगी, पर उन्हें यह देखकर बड़ा आश्चर्य हुआ कि वरों का मोल उनकी शिक्षा के अनुसार है। राशि, वर्ण ठीक हो जाने पर जब लेन-देन की बातें होने लगतीं, तब कृष्णचन्द्र की आँखों के सामने अंधेरा छा जाता था। कोई चार हज़ार सुनाता, कोई

पाँच हज़ार और कोई इससे भी आगे बढ़ जाता। बेचारे निराश होकर लौट आते। आज छः महीने से दारोगाजी इसी चिन्ता में पड़े हैं। बुद्धि काम नहीं करती। इसमें संदेह नहीं कि शिक्षित सज्जनों को उनसे सहानुभूति थी; पर वह एक-न-एक ऐसी पख निकाल देते थे कि दारोगाजी को निरुत्तर हो जाना पड़ता। एक सज्जन ने कहा—महाशय, मैं स्वयं इस कुप्रथा का जानी दुश्मन हूँ, लेकिन क्या करूँ, अभी पिछले साल लड़की का विवाह किया, दो हज़ार रुपये केवल दहेज में देने पड़े, दो हज़ार और खाने-पीने में खर्च करने पड़े, आप ही कहिए, यह कमी कैसे पूरी हो?

दूसरे महाशय इनसे अधिक नीतिकुशल थे। बोले—दारोगाजी, मैंने लड़के को पाला है, सहस्रों रुपये उसकी पढ़ाई पर खर्च किए हैं। आपकी लड़की को इससे उतना ही लाभ होगा, जितना मेरे लड़के को। तो आप ही न्याय कीजिए कि यह सारा भार मैं अकेला कैसे उठा सकता हूँ?

कृष्णचन्द्र को अपनी ईमानदारी और सच्चाई पर पश्चात्ताप होने लगा। अपनी निस्पृहता पर उन्हें जो घमंड था, वह टूट गया। वह सोच रहे थे कि यदि मैं पाप से न डरता, तो आज मुझे यों ठोकरें न खानी पड़तीं। इस समय दोनों स्त्री-पुरुष चिन्ता में डूबे बैठे थे। बड़ी देर के बाद कृष्णचन्द्र बोले—देख लिया, संसार में सन्मार्ग पर चलने का यह फल होता है। यदि आज मैंने लोगों को लूटकर अपना घर भर लिया होता, तो लोग मुझसे सम्बन्ध करना अपना सौभाग्य समझते, नहीं तो कोई सीधे मुँह बात नहीं करता है। परमात्मा के दरबार में यह न्याय होता है! अब दो ही उपाय हैं, या तो सुमन को किसी कंगाल के पल्ले बाँध दूँ या कोई सोने की चिड़िया फँसाऊँ। पहली बात तो होने से रही, बस अब सोने की चिड़िया की खोज में निकलता हूँ। धर्म का मज़ा चख लिया, सुनीति का हाल भी देख चुका। अब लोगों को खूब दबाऊँगा; खूब रिश्वत लूँगा, यही अन्तिम उपाय है। संसार यही चाहता है, और कदाचित् ईश्वर भी यही चाहता है। यही सही। आज से मैं भी वही करूँगा, जो सब लोग करते हैं।

गंगाजली सिर झुकाये अपने पति की ये बातें सुनकर दुःखित हो रही थी। वह चुप थी। आँखों में आँसू भरे हुए थे।

2

दारोगाजी के हलके में एक महंत रामदास रहते थे। वह साधुओं की एक गद्दी के महंत थे। उनके यहाँ सारा कारोबार 'श्री बांकेबिहारीजी' के नाम पर होता था। 'श्री बांकेबिहारीजी' लेन-देन करते थे और 32 रुपये सैकड़े से कम सूद न लेते थे। वही मालगुजारी वसूल करते थे, वही रेहननामे-बैनामे लिखाते थे। 'श्री बांकेबिहारीजी' की रकम दबाने का किसी को साहस न होता था और न अपनी रकम के लिए कोई

दूसरा आदमी उनसे कड़ाई कर सकता था। 'श्री बांकेबिहारीजी' को रुष्ट करके उस इलाके में रहना कठिन था। महंत रामदास के यहाँ दस-बीस मोटे-ताज़े साधु स्थायी रूप से रहते थे। वह अखाड़े में दंड पेलते, भैंस का ताजा दूध पीते, संध्या को दूधिया भंग छानते और गांजे-चरस की चिलम तो कभी ठंडी न होने पाती थी। ऐसे बलवान जत्थे के विरुद्ध कौन सिर उठाता?

महंतजी का अधिकारियों में खूब मान था। 'श्री बांकेबिहारीजी' उन्हें खूब मोतीचूर के लड्डू और मोहन-भोग खिलाते थे। उनके प्रसाद से कौन इनकार कर सकता था? ठाकुरजी संसार में आकर संसार की रीति पर चलते थे।

महंत रामदास जब अपने इलाके की निगरानी करने निकलते, तो उनका जुलूस राजसी ठाटबाट के साथ चलता था। सबके आगे हाथी पर 'श्री बांकेबिहारीजी' की सवारी होती थी, उसके पीछे पालकी पर महंतजी चलते थे, उसके बाद साधुओं की सेना घोड़ों पर सवार, राम-नाम के झंडे लिये अपनी विचित्र शोभा दिखाती थी, ऊँटों पर छोलदारियाँ, डेरे और शामियाने लदे होते थे। यह दल जिस गाँव में जा पहुँचता था, उसकी शामत आ जाती थी।

इस साल महंतजी तीर्थयात्रा करने गये थे। वहाँ से आकर उन्होंने एक बड़ा यज्ञ किया था। एक महीने तक हवनकुंड जलता रहा, महीनों तक कड़ाह न उतरे, पूरे दस हज़ार महात्माओं का निमन्त्रण था। इस यज्ञ के लिए इलाके के प्रत्येक आंसामी से हल पीछे पाँच रुपया चंदा उगाहा गया था। किसी ने खुशी से दे दिया, किसी ने उधार लेकर और जिनके पास न था, उन्हें रुक्का ही लिखना पड़ा। 'श्री बांकेबिहारीजी' की आज्ञा को कौन टाल सकता था? यदि ठाकुरजी को हार माननी पड़ी, तो केवल एक अहीर से, जिसका नाम चैतू था। वह बूढ़ा दरिद्र आदमी था। कई साल से उसकी फसल खराब हो रही थी। थोड़े ही दिन हुए 'श्री बांकेबिहारीजी' ने उस पर इजाफा लगान की नालिश करके उसे ऋण के बोझ से और दबा दिया था। उसने यह चंदा देने से इनकार किया, यहाँ तक कि रुक्का भी न लिखा। ठाकुरजी ऐसे द्रोही को भला कैसे क्षमा करते? एक दिन कई महात्मा चैतू को पकड़ लाये। ठाकुरद्वारे के सामने उस पर मार पड़ने लगी। चैतू भी बिगड़ा। हाथ तो बँधे हुए थे, मुँह से लात-घूंसों का जवाब देता रहा और जब तक ज़बान बन्द न हो गई, चुप न हुआ। इतना कष्ट देकर ठाकुरजी को संतोष न हुआ, उसी रात को उसके प्राण ही हर लिये। प्रातःकाल चौकीदार ने थाने में रिपोर्ट की।

दारोगा कृष्णचन्द्र को मालूम हुआ, मानो ईश्वर ने बैठे-बिठाये सोने की चिड़िया उनके पास भेज दी। तहकीकात करने चले।

लेकिन महंतजी की उस इलाके में ऐसी धाक जमी हुई थी कि दारोगाजी को कोई गवाही न मिल सकी। लोग एकांत में आकर उनसे सारा वृत्तांत कह जाते थे, पर कोई अपना बयान नहीं देता था।

इस प्रकार तीन-चार दिन बीत गये। महंत पहले तो बहुत अकड़े रहे। उन्हें निश्चय था कि यह भेद न खुल सकेगा। लेकिन जब उन्हें पता चला कि दारोगाजी ने कई आदमियों को फोड़ लिया है, तो कुछ नरम पड़े। अपने मुख़्तार को दारोगाजी के पास भेजा। कुबेर की शरण ली। लेन-देन की बातचीत होने लगी। कृष्णचन्द्र ने कहा–मेरा हाल तो आप लोग जानते हैं कि रिश्वत को काला नाग समझता हूँ। मुख़्तार ने कहा–हाँ, यह तो मालूम है, किन्तु साधु-संतों पर कृपा रखनी ही चाहिए। इसके बाद दोनों सज्जनों में कानाफूसी हुई। मुख़्तार ने कहा–नहीं सरकार, पाँच हज़ार बहुत होते हैं। महंतजी को आप जानते हैं। वह अपनी टेक पर आ जायेंगे, तो चाहे फाँसी ही हो जाये पर जौ-भर न हटेंगे। ऐसा कीजिए कि उनको कष्ट न हो, आपका भी काम निकल जाये। अन्त में तीन हज़ार में बात पक्की हो गई।

पर कड़वी दवा को खरीदकर लाने, उसे काढ़ा बनाने और उसे उठाकर पीने में बहुत अन्तर है। मुख़्तार तो महंत के पास गया और कृष्णचन्द्र सोचने लगे, यह मैं क्या कर रहा हूँ?

एक ओर रुपयों का ढेर था और चिन्ता-व्याधि से मुक्त होने की आशा, दूसरी ओर आत्मा का सर्वनाश और परिणाम का भय। न हाँ करते बनता था, न नहीं।

जन्म-भर निर्लोभ रहने के बाद इस समय अपनी आत्मा का बलिदान करने में दारोगाजी को बड़ा दुःख होता था। वह सोचते थे, यदि यही करना था तो आज से पच्चीस साल पहले क्यों न किया, अब तक सोने की दीवार खड़ी कर ली होती। इलाके ले लिये होते। इतने दिनों तक त्याग का आनन्द उठाने के बाद बुढ़ापे में यह कलंक, पर मन कहता था, इसमें तुम्हारा क्या अपराध? तुमने जब तक निभ सका, निबाहा। भोग-विलास के पीछे अधर्म नहीं किया, लेकिन जब देश, काल, प्रथा और अपने बन्धुओं का लोभ तुम्हें कुमार्ग की ओर ले जा रहे हैं, तो तुम्हारा क्या दोष? तुम्हारी आत्मा अब भी पवित्र है। तुम ईश्वर के सामने अब भी निरपराध हो। इस प्रकार तर्क करके दारोगाजी ने अपनी आत्मा को समझा लिया।

लेकिन परिणाम का भय किसी तरह पीछा न छोड़ता था। उन्होंने कभी रिश्वत नहीं ली थी। हिम्मत न खुली थी। जिसने कभी किसी पर हाथ न उठाया हो, वह सहसा तलवार का वार नहीं कर सकता। यदि कहीं बात खुल गई, तो जेलखाने के सिवा और कहीं ठिकाना नहीं, सारी नेकनामी धूल में मिल जायेगी, आत्मा तर्क से परास्त हो सकती है, पर परिणाम का भय तर्क से दूर नहीं होता। वह पर्दा चाहता है। दारोगाजी ने यथासम्भव इस मामले को गुप्त रखा। मुख़्तार से ताकीद कर दी कि इस बात की भनक भी किसी के कान में न पड़ने पाए। थाने के कांस्टेबलों और अमलों से भी सारी बातें गुप्त रखी गईं।

रात के नौ बजे थे। दारोगाजी ने अपने तीनों कांस्टेबलों को किसी बहाने से थाने के बाहर भेज दिया। चौकीदारों को भी रसद का सामान जुटाने के लिए इधर-उधर

भेज दिया था और आप अकेले बैठे हुए मुख़्तार की राह देख रहे थे। मुख़्तार अभी तक नहीं लौटा, कर क्या रहा है? चौकीदार सब आकर घेर लेंगे तो बड़ी मुश्किल पड़ेगी। इसी से मैंने कह दिया था कि जल्द आना। अच्छा मान लो, जो महंत तीन हज़ार पर भी राजी न हुआ तो? नहीं, इससे कम न लूँगा। इससे कम में विवाह हो ही नहीं सकता।

दारोगाजी मन-ही-मन हिसाब लगाने लगे कि कितने रुपये दहेज में दूँगा और कितने खाने-पीने में खर्च करूँगा।

कोई आध घंटे के बाद मुख़्तार के आने की आहट मिली। उनकी छाती धड़कने लगी। चारपाई से उठ बैठे, फिर पानदान खोलकर पान लगाने लगे कि इतने में मुख़्तार भीतर आया। कृष्णचन्द्र—कहिए?

मुख़्तार—महंतजी...

कृष्णचन्द्र ने दरवाजे की तरफ़ देखकर कहा—रुपये लाये या नहीं?

मुख़्तार—जी हाँ, लाया हूँ, पर महंतजी ने...

कृष्णचन्द्र ने फिर चारों तरफ़ चौकन्नी आँखों से देखकर कहा—मैं एक कौड़ी भी कम न करूँगा।

मुख़्तार—अच्छा, मेरा हक तो दीजिएगा न?

कृष्णचन्द्र—अपना हक महंतजी से लेना।

मुख़्तार—पाँच रुपया सैकड़े तो हमार बँधा हुआ है।

कृष्णचन्द्र—इसमें से एक कौड़ी भी न मिलेगी। मैं अपनी आत्मा बेच रहा हूँ, कुछ लूट नहीं रहा हूँ।

मुख़्तार—आपकी जैसी मर्जी, पर मेरा हक मारा जाता है। कृष्णचन्द्र—मेरे साथ घर तक चलना पड़ेगा।

तुरन्त बहली तैयार हुई और दोनों आदमी उस पर बैठकर चले। बहली के आगे-पीछे चौकीदारों का दल था। कृष्णचन्द्र उड़कर घर पहुँचना चाहते थे। गाड़ीवान को बार-बार हाँकने के लिए कहकर कहते—अरे, क्या सो रहा है? हाँके चल।

ग्यारह बजते-बजते लोग घर पहुँचे। दारोगाजी मुख़्तार को लिये हुए अपने कमरे में गये और किवाड़ बन्द कर दिये। मुख़्तार ने थैली निकाली। कुछ गिन्नियाँ थीं, कुछ नोट और कुछ नकद रुपये। कृष्णचन्द्र ने झट थैली ले ली और बिना देखे-सुने उसे अपने संदूक में डालकर ताला लगा दिया।

गंगाजली अभी तक उनकी राह देख रही थी। कृष्णचन्द्र मुख़्तार को विदा करके घर में गये। गंगाजली ने पूछा—इतनी देर क्यों की?

कृष्णचन्द्र—काम ही ऐसा आन पड़ा और दूर भी बहुत था।

भोजन करके दारोगाजी लेटे, पर नींद न आती थी। स्त्री से रुपये की बात कहते उन्हें संकोच हो रहा था। गंगाजली को भी नींद न आती थी। वह बार-बार पति के

मुँह की ओर देखती, मानो पूछ रही थी कि बचे या डूबे।

अन्त में कृष्णचन्द्र बोले—यदि तुम नदी के किनारे खड़ी हो और पीछे से एक शेर तुम्हारे ऊपर झपटे तो क्या करोगी?

गंगाजली इस प्रश्न का अभिप्राय समझ गई। बोली—नदी में चली जाऊँगी।

कृष्णचन्द्र—चाहे डूब ही जाओ?

गंगाजली—हाँ डूब जाना शेर के मुँह में पड़ने से अच्छा है।

कृष्णचन्द्र—अच्छा, यदि तुम्हारे घर में आग लगी हो और दरवाज़ों से निकलने का रास्ता न हो, तो क्या करोगी?

गंगाजली—छत पर चढ़ जाऊँगी और नीचे कूद पड़ूँगी।

कृष्णचन्द्र—इन प्रश्नों का मतलब तुम्हारी समझ में आया?

गंगाजली ने दीनभाव से पति की ओर देखकर कहा—तब क्या ऐसी बेसमझ हूँ?

कृष्णचन्द्र—मैं कूद पड़ा हूँ। बचूँगा या डूब जाऊँगा, यह मालूम नहीं।

3

पण्डित कृष्णचन्द्र रिश्वत लेकर उसे छिपाने के साधन न जानते थे। इस विषय में अभी नौसिखिए थे। उन्हें मालूम न था कि हराम का माल अकेले मुश्किल से पचता है। मुख्तार ने अपने मन में कहा, हमीं ने सब कुछ किया और हमीं से यह चाल! हमें क्या पड़ी थी कि इस झगड़े में पड़ते और रात-दिन बैठे तुम्हारी खुशामद करते। महंत फँसते या बचते, मेरी बला से, मुझे तो अपने साथ न ले जाते। तुम खुश होते या नाराज, मेरी बला से, मेरा क्या बिगाड़ते? मैंने जो इतनी दौड़-धूप की, वह कुछ आशा ही रखकर की थी।

वह दारोगाजी के पास से उठकर सीधे थाने में आया और बातों-ही-बातों में सारा भांडा फोड़ गया।

थाने के अमलों ने कहा, वाह हमसे यह चाल! हमसे छिपा-छिपाकर यह रकम उड़ाई जाती है। मानो हम सरकार के नौकर ही नहीं हैं। देखें, यह माल कैसे हजम होता है। यदि इस बगुला-भगत को मज़ा न चखा दिया तो देखना।

कृष्णचन्द्र तो विवाह की तैयारियों में मग्न थे। वर सुन्दर, सुशील, सुशिक्षित था। कुल ऊँचा और धनी। दोनों ओर से लिखा-पढ़ी हो रही थी। उधर हाकिम के पास गुप्त चिट्ठियाँ पहुँच रही थीं। उनमें सारी घटना ऐसी सफाई से बयान की गई थी, आक्षेपों के ऐसे सबल प्रमाण दिये गये थे, व्यवस्था की ऐसी उत्तम विवेचना की गई थी कि हाकिमों के मन में संदेह उत्पन्न हो गया। उन्होंने गुप्त रीति से तहकीकात की। संदेह जाता रहा। सारा रहस्य खुल गया।

एक महीना बीत चुका था। कल तिलक जाने की साइत थी। दारोगाजी संध्या समय थाने में मसनद लगाये बैठे थे, उस समय सामने सुपरिन्टेंडेंट पुलिस आता हुआ दिखाई दिया। उसके पीछे दो थानेदार और कई कांस्टेबल चले आ रहे थे। कृष्णचन्द्र उन्हें देखते ही घबराकर उठे कि एक थानेदार ने बढ़कर उन्हें गिरफ्तारी का वारंट दिखाया। कृष्णचन्द्र का मुख पीला पड़ गया। वह जड़ मूर्ति की भाँति चुपचाप खड़े हो गये और सिर झुका लिया। उनके चेहरे पर न भय था, लज्जा थी। यह वही दोनों थानेदार थे, जिनके सामने वह अभिमान से सिर उठाकर चलते थे, जिन्हें वह नीच समझते थे। पर आज उन्हीं के सामने वह सिर नीचा किए खड़े थे। जन्म-भर की नेकनामी एक क्षण में धूल में मिल गई। थाने के अमलों ने मन में कहा, और अकेले-अकेले रिश्वत उड़ाओ!

सुपरिन्टेंडेंट ने कहा—वेल किशनचन्द, तुम अपने बारे में कुछ कहना चाहटा है?

कृष्णचन्द्र ने सोचा—क्या कहूँ? क्या कह दूँ कि मैं बिल्कुल निरपराध हूँ, यह सब मेरे शत्रुओं की शरारत है; थानेवालों ने मेरी ईमानदारी से तंग आकर मुझे यहाँ से निकालने के लिए यह चाल खेली है।

पर वह पापाभिनय में ऐसे सिद्धहस्त न थे। उनकी आत्मा स्वयं अपने अपराध के बोझ से दबी जा रही थी। वह अपनी ही दृष्टि में गिर गये थे।

जिस प्रकार विरले ही दुराचारियों को अपने कुकर्मों का दण्ड मिलता है, उसी प्रकार सज्जनता का दण्ड पाना अनिवार्य है। उसका चेहरा, उसकी आँखें, उसके आकार-प्रकार, सब जिह्वा बन-बनकर उसके प्रतिकूल साक्षी देते हैं। उसकी आत्मा स्वयं अपना-अपना न्यायाधीश बन जाती है। सीधे मार्ग पर चलने वाला मनुष्य पेचीदा गलियों में पड़ जाने पर अवश्य राह भूल जाता है।

कृष्णचन्द्र की आत्मा उन्हें बाणों से छेद रही थी। लो, अपने कर्मों का फल भोगो। मैं कहती थी कि साँप के बिल में हाथ न डालो। तुमने मेरा कहना न माना। यह उसी का फल है।

सुपरिन्टेंडेंट ने फिर पूछा—तुम अपने बारे में कुछ कहना चाहटा है?

कृष्णचन्द्र बोले—जी हाँ, मैं यही कहना चाहता हूँ कि मैंने अपराध किया है और उसका कठोर-से-कठोर दंड मुझे दिया जाये। मेरा मुँह काला करके मुझे सारे कस्बे में घुमाया जाये। झूठी मर्यादा बढ़ाने के लिए, अपनी हैसियत को बढ़कर दिखाने के लिए, अपनी बड़ाई के लिए एक अनुचित कर्म किया है और अब उसका दंड चाहता हूँ। आत्मा और धर्म का। धन मुझे न रोक सका। इसलिए मैं कानून की बेड़ियों के ही योग्य हूँ। मुझे एक क्षण के लिए घर में जाने की आज्ञा दीजिए, वहाँ से आकर मैं आपके साथ चलने को तैयार हूँ।

कृष्णचन्द्र की इन बातों में ग्लानि के साथ अभिमान भी मिला हुआ था। वह उन दोनों थानेदारों को दिखाना चाहते थे कि यदि मैंने पाप किया है, तो मर्दों की

भाँति उसका फल भोगने के लिए तैयार हूँ। औरों की तरह पाप करके उसे छिपाता नहीं।

दोनों थानेदार ये बातें सुनकर एक-दूसरे का मुँह देख रहे थे, मानो कह रहे थे कि यह आदमी पागल हो गया है क्या? अपने होश में नहीं मालूम होता। यदि ईमानदार ही बनना था, तो ऐसा काम ही क्यों किया? पाप किया, पर करना न जाना!

सुपरिन्टेंडेंट ने कृष्णचन्द्र को दया की दृष्टि से देखा और भीतर जाने की आज्ञा दी।

गंगाजली बैठी चाँदी के थाल में तिलक की सामग्री सजा रही थी कि कृष्णचन्द्र ने आकर कहा—गंगा, बात खुल गई। मैं हिरासत में आ गया।

गंगाजली ने उनकी ओर विस्मित भाव से देखा। उसके चेहरे का रंग उड़ गया। आँखों से आँसू बहने लगे।

कृष्णचन्द्र—रोती क्यों हो? मेरे साथ कोई अन्याय नहीं हो रहा है। मैंने जो कुछ किया है, उसी का फल भोग रहा हूँ। मुझ पर फौजदारी का मुकदमा चलाया जायेगा, तुम कुछ चिन्ता मत करना। मैं सब कुछ सहने के लिए तैयार हूँ। मेरे लिए वकील-मुख्तारों की ज़रूरत नहीं है। इसमें व्यर्थ रुपये मत फूँकना। मेरे इस प्रायश्चित्त से वह पाप का धन पवित्र हो जायेगा। उसे तुम सुमन के विवाह में खर्च करना। उसका एक पैसा भी मुकदमे में मत लगाना, नहीं तो मुझे दुःख होगा। अपनी आत्मा का, अपनी नेकनीयती का, अपने जीवन का सर्वनाश करने के बाद मुझे संतोष रहेगा कि मैं एक ऋण से मुक्त हो गया, इस लड़की का बेड़ा पार लगा दिया।

गंगाजली ने दोनों हाथों से अपना सिर पीट लिया। उसे अपनी अदूरदर्शिता पर ऐसा क्रोध आ रहा था कि धरती फट जाये और वह उसमें समा जाये। शोक और आत्मवेदना की एक लहर बादल से निकलने वाली धूप के सदृश उसके हृदय पर आती हुई मालूम हुई। उसने निराशा से आकाश की ओर देखा। हाय! यदि मैं जानती कि यह नौबत आयेगी, तो अपनी लड़की किसी कंगाल से ब्याह देती, या उसे विष देकर मार डालती। फिर वह झटपट उठी, मानो नींद से चौंकी हो और कृष्णचन्द्र का हाथ पकड़कर बोली—इन रुपयों में आग लगा दो। उन्हें ले जाकर उसी हत्यारे रामदास के सिर पटक दो। मेरी लड़की बिना ब्याही रहेगी। हाय ईश्वर! मेरी मति क्यों मारी गई। मैं साहब के पास चलती हूँ। अब लाज-शरम कैसी?

कृष्णचन्द्र—जो कुछ होना था, हो चुका, अब कुछ नहीं हो सकता।

गंगाजली—मुझे साहब के पास ले चलो। मैं उनके पैरों पर गिरूँगी और कहूँगी, यह आपके रुपये हैं, लीजिए, और जो कुछ दंड देना है, मुझे दीजिए। मैं ही विष की गांठ हूँ। यह पाप मैंने बोया है।

कृष्णचन्द्र—इतने जोर से न बोलो, बाहर आवाज़ जाती होगी।

गंगाजली—मुझे साहब के पास क्यों नहीं ले चलते? उन्हें एक अबला पर अवश्य दया आयेगी।

कृष्णचन्द्र—सुनो, यह रोने-धोने का समय नहीं है। मैं कानून के पंजे में फँसा हूँ और किसी तरह नहीं बच सकता। धैर्य से काम लो। परमात्मा की इच्छा होगी तो फिर भेंट होगी।

यह कह कर वह बाहर की ओर चले कि दोनों लड़कियाँ आकर उनके पैरों से चिमट गईं। गंगाजली ने दोनों हाथों से उनकी कमर पकड़ ली और तीनों चिल्लाकर रोने लगीं।

कृष्णचन्द्र भी कातर हो गये। उन्होंने सोचा, इन अबलाओं की क्या गति होगी? परमात्मन्, तुम दीनों के रक्षक हो, इनकी भी रक्षा करना।

एक क्षण में वह अपने को छुड़ाकर बाहर चले गये। गंगाजली ने उन्हें पकड़ने को हाथ फैलाए, पर उसके दोनों हाथ फैले ही रह गये, जैसे गोली खाकर गिरने वाली किसी चिड़िया के दोनों पंख रह जाते हैं!

4

कृष्णचन्द्र अपने कस्बे में सर्वप्रिय थे। यह खबर फैलते ही सारी बस्ती में हलचल मच गई। कई भले आदमी उनकी जमानत कराने आये, लेकिन साहब ने ज़मानत नहीं ली।

इसके एक सप्ताह बाद कृष्णचन्द्र पर रिश्वत लेने का अभियोग चलाया गया। महंत रामदास भी गिरफ्तार हुए।

दोनों मुकदमे महीने-भर तक चलते रहे। हाकिम ने उन्हें दौरे सुपुर्द कर दिया।

वहाँ भी एक महीना लगा। अन्त में कृष्णचन्द्र को पाँच वर्ष की कैद हुई। महंतजी सात वर्ष के लिए जेल गये और दोनों चेलों को काले पानी का दण्ड मिला।

गंगाजली के एक सगे भाई पण्डित उमानाथ थे। कृष्णचन्द्र की उनसे ज़रा भी न बनती थी। वह उन्हें धूर्त और पाखंडी कहा करते, उनके लम्बे तिलक की चुटकी लेते। इसलिए उमानाथ उनके यहाँ बहुत कम आते थे।

लेकिन इस दुर्घटना का समाचार पाकर उमानाथ से न रहा गया। वह आकर अपनी बहन और भांजियों को अपने घर ले गये। कृष्णचन्द्र के कोई सगा भाई न था। चाचा के दो लड़के थे, पर वह अलग रहते थे। उन्होंने बात तक न पूछी।

कृष्णचन्द्र ने चलते-चलते गंगाजली को मना किया था कि रामदास के रुपयों में से एक कौड़ी भी मुकदमे में न खर्च करना। उन्हें निश्चय था कि उन्हें सजा अवश्य होगी। लेकिन गंगाजली का जी न माना, उसने दिल खोल कर रुपये खर्च किए। वकील लोग अन्त तक यही कहते रहे कि वे छूट जायेंगे।

जज के फैसले की हाईकोर्ट में अपील हुई। महंतजी की सजा में कमी न हुई। पर कृष्णचन्द्र की सजा घट गई। पाँच के चार वर्ष रह गये।

गंगाजली आने को तो मैके आई, पर अपनी भूल पर पछताया करती थी। यह वह मैका न था, जहाँ उसने अपने बालकपन की गुड़ियाँ खेली थीं, मिट्टी के घरौंदे बनाये थे, माता-पिता की गोद में पली थी। माता-पिता का स्वर्गवास हो चुका था, गाँव में पुराने आदमी न दिखाई देते थे। यहाँ तक कि पेड़ों की जगह खेत और खेतों की जगह पेड़ लगे हुए थे। वह घर भी मुश्किल से पहचान सकी और सबसे दुःख की बात यह थी कि वहाँ उसका प्रेम या आदर न था, उसकी भावज जाह्नवी उससे मुँह फुलाए रहती। जाह्नवी अब अपने घर बहुत कम रहती। पड़ोसियों के यहाँ बैठी हुई गंगाजली का दुःखड़ा रोया करती। उसके दो लड़कियाँ थीं। वह भी सुमन और शान्ता से दूर-दूर रहतीं।

गंगाजली के पास रामदास के रुपयों में से कुछ न बचा था। यही चार-पाँच सौ रुपये रह गये थे, जो उसने पहले काट-काटकर जमा किए थे। इसलिए वह उमानाथ से सुमन के विवाह के विषय में कुछ न कहती। यहाँ तक कि छः महीने बीत गये। कृष्णचन्द्र ने जहाँ पहला सम्बन्ध ठीक किया था, वहाँ से साफ जवाब आ चुका था।

लेकिन उमानाथ को यह चिन्ता बराबर लगी रहती थी। उन्हें जब अवकाश मिलता, दो-चार दिन के लिए वर की खोज में निकल जाते। ज्योंही वह गाँव में पहुँचते, वहाँ हलचल मच जाती। युवक गठरियों से वह कपड़े निकालते, जिन्हें वह बारातों में पहना करते थे। अंगूठियाँ और मोहनमाला मंगनी माँगकर पहन लेते। माताएँ अपने बालकों को नहला-धुलाकर आँखों में काजल लगा देतीं और धुले हुए कपड़े पहनाकर खेलने भेजतीं। विवाह के इच्छुक बूढ़े नाइयों से मोंछ कटवाते और पके हुए बाल चुनवाने लगते। गाँव के नाई और कहार खेतों से बुला लिये जाते, कोई अपना बड़प्पन दिखाने के लिए उनसे पैर दबवाता, कोई धोती छटवाता। जब तक उमानाथ वहाँ रहते, स्त्रियाँ घरों से न निकलतीं, कोई अपने हाथ से पानी न भरता, कोई खेत में न जाता। पर उमानाथ की आँखों में यह घर न जँचते थे। सुमन कितनी रूपवती, कितनी गुणशीला, कितनी पढ़ी-लिखी लड़की है, इन मूर्खों के घर पड़कर उसका जीवन नष्ट हो जायेगा।

अन्त में उमानाथ ने निश्चय किया कि शहर में कोई वर ढूँढ़ना चाहिए। सुमन के योग्य वर देहात में नहीं मिल सकता। पर शहरवालों की लम्बी-चौड़ी बातें सुनीं, तो उनके होश उड़ गये। बड़े आदमियों का तो कहना ही क्या, दफ़्तरों के मुसद्दी और क्लर्क भी हज़ारों का राग अलापते थे। लोग उनकी सूरत देखकर भड़क जाते। दो-चार सज्जन उनकी कुल-मर्यादा का हाल सुनकर विवाह करने को उत्सुक हुए, पर कहीं तो कुण्डली न मिली और कहीं उमानाथ का मन ही न भरा। वह अपनी कुल-मर्यादा से नीचे न उतरना चाहते थे।

इस प्रकार पूरा एक साल बीत गया। उमानाथ दौड़ते-दौड़ते तंग आ गये, यहाँ तक कि उनकी दशा औषधियों के विज्ञापन बाँटनेवाले उस मनुष्य की-सी हो गई, जो दिन-भर बाबू-सम्प्रदाय को विज्ञापन देने के बाद संध्या को अपने पास

विज्ञापनों का भारी पुलिन्दा पड़ा हुआ पाता है और उस बोझ से मुक्त होने के लिए उन्हें सर्वसाधारण को देने लगता है। उन्होंने मान, विद्या, रूप और गुण की ओर से आँखें बन्द करके केवल कुलीनता को पकड़ा। इसे वह किसी भाँति न छोड़ सकते थे।

माघ का महीना था। उमानाथ स्नान करने गये। घर लौटे तो गंगाजली के पास जाकर बोले—लो बहन, मनोरथ पूरा हो गया। बनारस में विवाह ठीक हो गया।

गंगाजली—भला, किसी तरह तुम्हारी दौड़-धूप तो ठिकाने लगी। लड़का पढ़ता है न?

उमानाथ—पढ़ता नहीं, नौकर है। एक कारखाने में पन्द्रह रुपये का बाबू है।

गंगाजली—घर-द्वार है न?

उमानाथ—शहर में किसके घर होता है। सब किराए के घर में रहते हैं।

गंगाजली—भाई-बन्द, माँ-बाप हैं?

उमानाथ—माँ-बाप दोनों मर चुके हैं और भाई-बन्द शहर में किसके होते हैं?

गंगाजली—उम्र क्या है?

उमानाथ—यही, कोई तीस साल के लगभग होगी।

गंगाजली—देखने-सुनने में कैसा है-

उमानाथ—सौ में एक। शहर में कोई कुरूप तो होता ही नहीं। सुन्दर बाल, उजले कपड़े सभी के होते हैं और गुण, शील, बातचीत का तो पूछना ही क्या! बात करते मुँह से फूल झड़ते हैं। नाम गजाधरप्रसाद है।

गंगाजली—तो दुआह होगा?

उमानाथ—हाँ, है तो दुआह, पर इससे क्या? शहर में कोई बुड्ढा तो होता ही नहीं। जवान लड़के होते हैं और बुड्ढे जवान, उनकी जवानी सदाबहार होती है। वही हँसी-दिल्लगी, वही तेल-फुलेल का शौक। लोग जवान ही रहते हैं और जवान ही मर जाते हैं।

गंगाजली—कुल कैसा है?

उमानाथ—बहुत ऊँचा। हमसे दो बिस्वे बड़ा है। पसन्द है न?

गंगाजली ने उदासीन भाव से कहा—जब तुम्हें पसन्द है, तो मुझे भी पसन्द है।

5

फाल्गुन में सुमन का विवाह हो गया। गंगाजली दामाद को देखकर बहुत रोई। उसे ऐसा दुःख हुआ, मानो किसी ने सुमन को कुएँ में डाल दिया।

सुमन ससुराल आई तो यहाँ की अवस्था उससे भी बुरी पायी, जिसकी उसने कल्पना की थी। मकान में केवल दो कोठरियाँ थीं और एक सायबान। दीवारों में चारों

ओर लोनी लगी थी। बाहर से नालियों की दुर्गंध आती रहती थी। धूप और प्रकाश का कहीं गुजर नहीं। इस घर का किराया तीन रुपये महीना देना पड़ता था।

सुमन के दो महीने आराम से कटे। गजाधर की एक बूढ़ी फूआ घर का सारा काम-काज करती थी। लेकिन गर्मियों में शहर में हैजा फैला और बुढ़िया चल बसी। अब वह बड़े फेर में पड़ी। चौका-बर्तन करने के लिए महरियाँ तीन रुपये से कम पर राजी न होती थीं। दो दिन घर में चूल्हा नहीं जला। गजाधर सुमन से कुछ न कह सकता था। दोनों दिन बाज़ार से पूरियाँ लाया। वह सुमन को प्रसन्न रखना चाहता था। उसके रूप-लावण्य पर मुग्ध हो गया था। तीसरे दिन वह घड़ी रात रहे उठा और सारे बर्तन मांज डाले, चौका लगा दिया, नल से पानी भर लाया। सुमन जब सोकर उठी, तो यह कौतुक देखकर दंग रह गई। समझ गई कि इन्होंने सारा काम किया। लज्जा के मारे उसने कुछ न पूछा। संकेया को उसने आप ही सारा काम किया। बर्तन मांजती थी और रोती जाती थी।

पर थोड़े ही दिनों में उसे इन कामों की आदत पड़ गई। उसे अपने जीवन में आनन्द-सा अनुभव होने लगा। गजाधर को ऐसा मालूम होता था, मानो जग जीत लिया है। अपने मित्रों से सुमन की प्रशंसा करता फिरता। स्त्री नहीं है, देवी है। इतने बड़े घर की लड़की, घर का छोटे-से-छोटा काम भी अपने हाथ से करती है। भोजन तो ऐसा बनाती है कि दाल-रोटी में पकवान का स्वाद आ जाता है। दूसरे महीने में वह वेतन पाया, तो सब-का-सब सुमन के हाथों में रख दिया। ज़िन्दगी में आज स्वच्छंदता का आनन्द प्राप्त हुआ। अब उसे एक-एक पैसे के लिए किसी के सामने हाथ न फैलाना पड़ेगा। वह इन रुपयों को जैसे चाहे, खर्च कर सकती है। जो चाहे खा-पी सकती है।

पर गृह-प्रबन्ध में कुशल न होने के कारण वह आवश्यक और अनावश्यक खर्च का ज्ञान न रखती थी। परिणाम यह हुआ कि महीने में दस दिन बाकी थे कि सुमन ने सब रुपये खर्च कर डाले थे। उसने गृहिणी बनने की नहीं, इन्द्रियों के आनन्द-भोग की शिक्षा पायी थी। गजाधर ने यह सुना, तो सन्नाटे में आ गया। अब महीना कैसे कटेगा? उसके सिर पर एक पहाड़-सा टूट पड़ा। इसकी शंका उसे कुछ पहले ही हो रही थी। सुमन से कुछ न बोला, पर सारे दिन उस पर चिन्ता सवार रही, अब बीच में रुपये कहाँ से आयें?

गजाधर ने सुमन को घर की स्वामिनी बना तो दिया था, पर वह स्वभाव से कृपण था। जलपान की जलेबियाँ उसे विष के समान लगती थीं। दाल में घी देखकर उसके हृदय में शूल होने लगता। वह भोजन करता तो बटुली की ओर देखता कि कहीं अधिक तो नहीं बना है। दरवाज़े पर दाल-चावल फेंका देखकर शरीर में ज्वाला-सी लग जाती थी, पर सुमन की मोहनी सूरत ने उसे वशीभूत कर लिया था। मुँह से कुछ न कह सकता।

पर आज जब कई आदमियों से उधार माँगने पर रुपये न मिले, तो वह अधीर हो गया। घर में आकर बोला—रुपये तो तुमने खर्च कर दिए, अब बताओ, कहाँ से आयें?

सुमन—मैंने कुछ उड़ा तो नहीं दिये।

गजाधर—उड़ाये नहीं, पर यह तो मालूम था कि इसी में महीने भर चलाना है। उसी हिसाब से खर्च करना था।

सुमन—उतने रुपयों में बरकत थोड़े ही हो जायेगी।

गजाधर—तो मैं डाका तो नहीं मार सकता।

बातों-बातों में झगड़ा हो गया। गजाधर ने कुछ कठोर बातें कहीं। अन्त को सुमन ने अपनी हँसुली गिरवी रखने को दी और गजाधर भुनभुनाता हुआ लेकर चला गया।

लेकिन सुमन का जीवन सुख में कटा था। उसे अच्छा खाने, अच्छा पहनने की आदत थी। अपने द्वार पर खोमचेवालों की आवाज़ सुनकर उससे रहा न जाता। जब तक वह गजाधर को भी खिलाती थी। अब से अकेली ही खा जाती। जिह्वा-रस भोगने के लिए पति से कपट करने लगी।

धीरे-धीरे सुमन के सौन्दर्य की चर्चा मुहल्ले में फैली। पास-पड़ोस की स्त्रियाँ आने लगीं। सुमन उन्हें नीच दृष्टि से देखती, उनसे खुलकर न मिलती। पर उसके रीति-व्यवहार में वह गुण था, जो ऊँचे कुलों में स्वाभाविक होता है। पड़ोसियों ने शीघ्र ही उसका आधिपत्य स्वीकार कर लिया। सुमन उनके बीच में रानी मालूम होती थी। उसकी सगर्वा प्रकृति को इसमें अत्यन्त आनन्द प्राप्त होता था। वह उन स्त्रियों के सामने अपने गुणों को बढ़ाकर दिखाती। वे अपने भाग्य को रोतीं, सुमन अपने भाग्य को सराहती। वे किसी की निन्दा करतीं, तो सुमन उन्हें समझाती। वह उनके सामने रेशमी साड़ी पहनकर बैठती, जो वह मैके से लाई थी। रेशमी जाकट खूंटी पर लटका देती। उन पर इस प्रदर्शन का प्रभाव सुमन की बातचीत से कहीं अधिक होता था। वे आभूषण के विषय में उसकी सम्मति को बड़ा महत्त्व देतीं। नये गहने बनवातीं तो सुमन से सलाह लेतीं, साड़ियाँ लेतीं तो पहले सुमन को अवश्य दिखा लेतीं। सुमन गौर से उन्हें निष्काम भाव से सलाह देती, पर उसके मन में बड़ा दुःख होता। वह सोचती, यह सब नये-नये गहने बनवाती हैं, नये-नये कपड़े लेती हैं और यहाँ रोटियों के लाले हैं। क्या संसार में मैं ही सबसे अभागिनी हूँ? उसने अपने घर यही सीखा था कि मनुष्य को जीवन में सुख-भोग करना चाहिए। उसने कभी वह धर्म-चर्चा न सुनी थी, वह धर्म-शिक्षा न पायी थी, जो मन में संतोष का बीजारोपण करती है। उसका हृदय असन्तोष से व्याकुल रहने लगा।

गजाधर इन दिनों बड़ी मेहनत करता। कारखाने से लौटते ही एक दूसरी दूकान पर हिसाब-किताब लिखने चला जाता था। वहाँ से आठ बजे रात को लौटता। इस काम के लिए उसे पाँच रुपये और मिलते थे। पर उसे अपनी आर्थिक दशा में कोई अन्तर न दिखाई देता था। उसकी सारी कमाई खाने-पीने में उड़ जाती थी। उसका

संचयशील हृदय इस 'खा-पी बराबर' दशा से बहुत दुःखी रहता था। उस पर सुमन उसके सामने अपने फूटे कर्म का रोना रो-रोकर उसे और भी हताश कर देती थी। उसे स्पष्ट दिखाई देता था कि सुमन का हृदय मेरी ओर से शिथिल होता जाता है। उसे यह न मालूम था कि सुमन मेरी प्रेम-रसपूर्ण बातों से मिठाई के दोनों को अधिक आनन्दप्रद समझती है। अतएव वह अपने प्रेम और परिश्रम से फल न पाकर, उसे अपने शासनाधिकार से प्राप्त करने की चेष्टा करने लगा। इस प्रकार रस्सी में दोनों ओर से तनाव होने लगा।

हमारा चरित्र कितना ही दृढ़ हो, पर उस पर संगति का असर अवश्य होता है। सुमन अपने पड़ोसियों को जितनी शिक्षा देती थी, उससे अधिक उनसे ग्रहण करती थी। हम अपने गार्हस्थ्य जीवन की ओर से कितने बेसुध हैं, उसके लिए किसी तैयारी, किसी शिक्षा की ज़रूरत नहीं समझते। गुड़िया खेलने वाली बालिका, सहेलियों के साथ विहार करने वाली युवती, गृहिणी बनने के योग्य समझी जाती है। अल्हड़ बछड़े के कंधे पर भारी जुआ रख दिया जाता है। ऐसी दशा में यदि हमारा गार्हस्थ जीवन आनन्दमय न हो, तो कोई आश्चर्य नहीं। जिन महिलाओं के साथ सुमन उठती-बैठती थी, वे अपने पतियों को इन्द्रियसुख का यंत्र समझती थीं। पति, चाहे जैसा हो, अपनी स्त्री को सुन्दर आभूषणों से, उत्तम वस्त्रों से सजाये, उसे स्वादिष्ट पदार्थ खिलाये। यदि उसमें वह सामर्थ्य नहीं है तो वह निखट्टू है, अपाहिज है, उसे विवाह करने का कोई अधिकार नहीं था, वह आदर और प्रेम के योग्य नहीं। सुमन ने भी यही शिक्षा प्राप्त की और गजाधरप्रसाद जब कभी उसके किसी काम से नाराज़ होते, तो उन्हें पुरुषों के कर्तव्य पर एक लम्बा उपदेश सुनना पड़ता था।

उस मोहल्ले में रसिक युवकों तथा शोहदों की भी कमी न थी। स्कूल से आते हुए युवक सुमन के द्वार की ओर टकटकी लगाते हुए चले जाते। शोहदे उधर से निकलते तो राधा और कान्हा के गीत गाने लगते। सुमन कोई काम भी करती हो, पर उन्हें चिक की आड़ से एक झलक दिखा देती। उसके चंचल हृदय को इस ताक-झाँक में असीम आनन्द प्राप्त होता था। किसी कुवासना से नहीं, केवल अपनी यौवन की छटा दिखाने के लिए केवल दूसरों के हृदय पर विजय पाने के लिए वह यह खेल खेलती थी।

6

सुमन के घर के सामने भोली नाम की एक वेश्या का मकान था। भोली नित नये शृंगार करके अपने कोठे के छज्जे पर बैठती। पहर रात तक उसके कमरे से मधुर गान की ध्वनि आया करती। कभी-कभी वह फिटन पर हवा खाने जाया करती। सुमन

उसे घृणा की दृष्टि से देखती थी।

सुमन ने सुन रखा था कि वेश्याएँ अत्यन्त दुश्चरित्र और कुलटा होती हैं। वह अपने कौशल से नवयुवकों को अपने मायाजाल में फँसा लिया करती हैं। कोई भलामानुष उनसे बातचीत नहीं करता, केवल शोहदे रात को छिपकर उनके यहाँ जाया करते हैं। भोली ने कई बार उसे चिक की आड़ में खड़े देखकर इशारे से बुलाया था, पर सुमन उससे बोलने में अपना अपमान समझती। वह अपने को उससे बहुत श्रेष्ठ समझती थी। मैं दरिद्र सही, दीन सही, पर अपनी मर्यादा पर दृढ़ हूँ। किसी भलेमानुष के घर में मेरी रोक तो नहीं, कोई मुझे नीच तो नहीं समझता। वह कितना ही भोग-विलास करे, पर उसका कहीं आदर तो नहीं होता। बस, अपने कोठे पर बैठी अपनी निर्लज्जता और अधर्म का फल भोगा करे। लेकिन सुमन को शीघ्र ही मालूम हुआ कि मैं इसे जितना नीच समझती हूँ, उससे वह कहीं ऊँची है।

आषाढ़ के दिन थे। गरमी के मारे सुमन का दम फूल रहा था। संध्या को उससे किसी तरह न रहा गया। उसने चिक उठा दी और द्वार पर बैठी पंखा झल रही थी। देखती क्या है कि भोलीबाई के दरवाजे पर किसी उत्सव की तैयारियाँ हो रही हैं। भिश्ती पानी का छिड़काव कर रहे थे। आँगन में एक शामियाना ताना जा रहा था। उसे सजाने के लिए बहुत-से फूल-पत्ते रखे हुए थे। शीशे के सामान ठेलों पर लदे चले आते थे। फर्श बिछाया जा रहा था। बीसों आदमी इधर-से-उधर दौड़ते-फिरते थे, इतने में भोली की निगाह उस घर पर गई। सुमन के समीप आकर बोली—आज मेरे यहाँ मौलूद है। देखना चाहो तो परदा करा दूँ?

सुमन ने बेपरवाही से कहा—मैं यहीं बैठे-बैठे देख लूँगी।

भोली—देख तो लोगी, पर सुन न सकोगी। हर्ज क्या है, ऊपर परदा करा दूँ?

सुमन—मुझे सुनने की उतनी इच्छा नहीं है।

भोली ने उसकी ओर एक करूणासूचक दृष्टि से देखा और मन में कहा, 'यह गंवारिन अपने मन में न जाने क्या समझे बैठी है। अच्छा, आज तू देख ले कि मैं कौन हूँ? वह बिना कुछ कहे चली गई।

रात हो रही थी। सुमन का चूल्हे के सामने जाने का जी न चाहता था। बदन में यों ही आग लगी हुई है। आँच कैसे सही जायेगी, पर सोच-विचार कर उठी। चूल्हा जलाया, खिचड़ी डाली और फिर आकर वहाँ तमाशा देखने लगी। आठ बजते-बजते शामियाना गैस के प्रकाश से जगमगा उठा। फूल-पत्तों की सजावट उसकी शोभा को और भी बढ़ा रही थी। चारों ओर से दर्शक आने लगे। कोई बाइसिकिल पर आता था, कोई टमटम पर, कोई पैदल। थोड़ी देर में दो-तीन फिटनें भी आ पहुँचीं। और उनमें से कई बाबू लोग उतर पड़े। एक घंटे में सारा आँगन भर गया। कई सौ मनुष्यों का जमाव हो गया। फिर मौलाना साहब की सवारी आई। उनके चेहरे से प्रतिभा झलक रही थी। वह सजे हुए सिंहासन पर मसनद लगाकर बैठ गये और मौलूद होने

लगा। कई आदमी मेहमानों का स्वागत-सत्कार कर रहे थे। कोई गुलाब छिड़क रहा था, कोई खसदान पेश करता था। सभ्य पुरुषों का ऐसा समूह सुमन ने कभी न देखा था।

नौ बजे गजाधरप्रसाद आये। सुमन ने उन्हें भोजन कराया। भोजन करके गजाधर भी जाकर उसी मंडली में बैठे। सुमन को तो खाने की भी सुध न रही। बारह बजे रात तक वह वहीं बैठी रही—यहाँ तक कि मौलूद समाप्त हो गया। फिर मिठाई बँटी और बारह बजे सभा विसर्जित हुई। गजाधर घर में आये तो सुमन ने कहा—यह सब कौन लोग बैठे हुए थे?

गजाधर—मैं सबको पहचानता थोड़े ही हूँ। पर भले-बुरे सभी थे। शहर के कई रईस भी थे।

सुमन—क्या ये लोग वेश्या के घर आने में अपना अपमान नहीं समझते?

गजाधर—अपमान समझते तो आते ही क्यों?

सुमन—तुम्हें तो वहाँ जाते हुए संकोच हुआ होगा?

गजाधर—जब इतने भलेमानुष बैठे हुए थे, तो मुझे क्यों संकोच होने लगा। वह सेठजी भी आये हुए थे, जिनके यहाँ मैं शाम को काम करने जाया करता हूँ।

सुमन ने विचारपूर्ण भाव से कहा—मैं समझती थी कि वेश्याओं को लोग बड़ी घृणा की दृष्टि से देखते हैं।

गजाधर—हाँ, ऐसे मनुष्य भी हैं, गिने-गिनाये। पर अंग्रेज़ी शिक्षा ने लोगों को उदार बना दिया है। वेश्याओं का अब उतना तिरस्कार नहीं किया जाता। फिर भोलीबाई का शहर में बड़ा मान है।

आकाश में बादल छा रहे थे। हवा बन्द थी। एक पत्ती भी न हिलती थी। गजाधरप्रसाद दिन-भर के थके हुए थे। चारपाई पर जाते ही निद्रा में निमग्न हो गये, पर सुमन को बहुत देर तक नींद न आई।

दूसरे दिन संध्या को जब फिर चिक उठाकर बैठी, तो उसने भोली को छज्जे पर बैठे देखा। उसने बरामदे में निकलकर भोली से कहा—रात तो आपके यहाँ बड़ी धूम थी।

भोली समझ गई कि मेरी जीत हुई। मुस्कुराकर बोली—तुम्हारे लिए शीरीनी भेज दूँ? हलवाई की बनाई हुई है। ब्राह्मण लाया है।

सुमन ने संकोच से कहा—भिजवा देना।

7

सुमन को ससुराल आये डेढ़ साल के लगभग हो चुका था, पर उसे मैके जाने का सौभाग्य न हुआ था। वहाँ से चिट्ठियाँ आती थीं। सुमन उत्तर में अपनी माँ को समझाया

करती, मेरी चिन्ता मत करना, मैं बहुत आनन्द से हूँ, पर अब उसके उत्तर अपनी विपत्ति की कथाओं से भरे होते थे। मेरे जीवन के दिन रो-रोकर कट रहे हैं। मैंने आप लोगों का क्या बिगाड़ा था कि मुझे इस अंधे कुएँ में धकेल दिया। यहाँ न रहने को घर है, न पहनने को वस्त्र, न खाने को अन्न। पशुओं की भांति रहती हूँ।

उसने अपनी पड़ोसिनों से मैके का बखान करना छोड़ दिया। कहाँ तो उनसे अपने पति की सराहना किया करती थी, कहाँ अब उसकी निन्दा करने लगी। मेरा कोई पूछने वाला नहीं है। घरवालों ने समझ लिया कि मर गई। घर में सब कुछ है; पर मेरे किस काम का? वह समझते होंगे, यहाँ मैं फूलों की सेज पर सो रही हूँ, और मेरे ऊपर जो बीत रही है, वह मैं ही जानती हूँ।

गजाधरप्रसाद के साथ उसका बर्ताव पहले से कहीं रूखा हो गया। वह उन्हीं को अपनी इस दशा का उत्तरदायी समझती थी। वह देर में सोकर उठती, कई दिन घर में झाड़ू नहीं देती। कभी-कभी गजाधर को बिना भोजन किए काम पर जाना पड़ता। उसकी समझ में न आता कि यह क्या मामला है, यह कायापलट क्यों हो गई है।

सुमन को अपना घर अच्छा न लगता। चित्त हर घड़ी उचटा रहता। दिन-दिन पड़ोसिनों के घर बैठी रहती।

एक दिन गजाधर आठ बजे लौटे, तो घर का दरवाज़ा बन्द पाया। अंधेरा छाया हुआ था। सोचने लगे, रात को वह कहाँ गई है? अब यहाँ तक नौबत पहुँच गई? किवाड़ खटखटाने लगे कि कहीं पड़ोस में होगी, तो सुनकर चली आयेगी। मन में निश्चय कर लिया था कि आज उसकी खबर लूँगा। सुमन उस समय भोलीबाई के कोठे पर बैठी हुई बातें कर रही थी। भोली ने आज उसे बहुत आग्रह करके बुलाया था। सुमन इनकार कैसे करती? उसने अपने दरवाज़े का खटखटाना सुना, तो घबराकर उठ खड़ी हुई और भागी हुई अपने घर आई। बातों में उसे मालूम ही न हुआ कि कितनी रात चली गई। उसने जल्दी से किवाड़ खोले, झटपट दीया जलाया और चूल्हे में आग जलाने लगी। उसका मन अपना अपराध स्वीकार कर रहा था। एकाएक गजाधर ने क्रुद्ध भाव से कहा—तुम इतनी रात तक वहाँ बैठी क्या कर रही थीं? क्या लाज-शर्म बिल्कुल घोलकर पी ली है?

सुमन ने दीन भाव से उत्तर दिया—उसने कई बार बुलाया तो चली गई। कपड़े उतारो, अभी खाना तैयार हुआ जाता है। आज तुम और दिनों से जल्दी आये हो।

गजाधर—खाना पीछे बनाना, मैं ऐसा भूखा नहीं हूँ। पहले यह बताओ कि तुम वहाँ मुझसे पूछे बिना गई क्यों? क्या तुमने मुझे बिल्कुल मिट्टी का लोंदा ही समझ लिया है?

सुमन—सारे दिन अकेले इस कुप्पी में बैठे भी तो नहीं रहा जाता।

गजाधर—तो इसलिए अब वेश्याओं से मेल-जोल करोगी? तुम्हें अपनी इज़्ज़त-आबरू का भी कुछ विचार है?

सुमन—क्यों, भोली के घर जाने में कोई हानि है? उसके घर तो बड़े-बड़े लोग आते हैं, मेरी क्या गिनती है।

गजाधर—बड़े-बड़े भले ही आयें, लेकिन तुम्हारा वहाँ जाना बड़ी लज्जा की बात है। मैं अपनी स्त्री को वेश्या से मेल-जोल करते नहीं देख सकता। तुम क्या जानती हो कि जो बड़े-बड़े लोग उसके घर आते हैं, वह कौन लोग हैं? केवल धन से कोई बड़ा थोड़े ही हो जाता है? धर्म का महत्त्व धन से कहीं बढ़कर है। तुम उस मौलूद के दिन जमाव देखकर धोखे में आ गई होगी, पर यह समझ लो कि उनमें से एक भी सज्जन पुरुष नहीं था। मेरे सेठजी लाख धनी हों, पर उन्हें मैं अपनी चौखट न लाँघने दूँगा। ये लोग धन के घमण्ड में धर्म की परवाह नहीं करते। उनके आने से भोली पवित्र नहीं हो गई है। मैं तुम्हें सचेत कर देता हूँ कि आज से फिर कभी उधर मत जाना, नहीं तो अच्छा न होगा।

सुमन के मन में बात आ गई। ठीक ही है, मैं क्या जानती हूँ कि वे कौन लोग थे। धनी लोग तो वेश्याओं के दास हुआ ही करते हैं। यह बात रामभोली भी कह रही थी। मुझे बड़ा धोखा हो गया था।

सुमन को इस विचार से बड़ा संतोष हुआ। उसे विश्वास हो गया कि वे लोग प्रकृति के विषय-वासना वाले मनुष्य थे। उसे अपनी दशा अब उतनी दुःखदायी न प्रतीत होती थी। उसे भोली से अपने को ऊँचा समझने के लिए एक आधार मिल गया था।

सुमन की धर्मनिष्ठा जागृत हो गई। वह भोली पर अपनी धार्मिकता का सिक्का जमाने के लिए नित्य गंगास्नान करने लगी। एक रामायण मँगवाई और कभी-कभी अपनी सहेलियों को उसकी कथाएँ सुनाती। कभी अपने-आप उच्च स्वर में पढ़ती। इससे उसकी आत्मा को तो शान्ति क्या होती, पर मन को बहुत संतोष होता था।

चैत का महीना था। रामनवमी के दिन सुमन कई सहेलियों के साथ एक बड़े मंदिर में जन्मोत्सव देखने गई। मंदिर खूब सजाया हुआ था। बिजली की बत्तियों से दिन का-सा प्रकाश हो रहा था, बड़ी भीड़ थी। मंदिर के आँगन में तिल धरने की भी जगह न थी। संगीत की मधुर ध्वनि आ रही थी।

सुमन ने खिड़की से आँगन में झाँका, तो क्या देखती है कि वही पड़ोसिन भोली बैठी हुई गा रही है। सभा में एक-से-एक बड़े आदमी बैठे हुए थे, कोई वैष्णव तिलक लगाए, कोई भस्म रमाए, कोई गले में कंठी-माला डाले और राम-नाम की चादर ओढ़े, कोई गेरूए वस्त्र पहने। उनमें से कितनों ही को सुमन नित्य गंगास्नान करते देखती थी। वह उन्हें धर्मात्मा, विद्वान समझती थी। वही लोग यहाँ इस भाँति तन्मय हो रहे थे, मानो स्वर्गलोक में पहुँच गये हैं। भोली जिसकी ओर कटाक्षपूर्ण नेत्रों से देखती थी, वह मुग्ध हो जाता था, मानो साक्षात् राधाकृष्ण के दर्शन हो गये।

इस दृश्य ने सुमन के हृदय पर व्रज का-सा आघात किया। उसका अभिमान

चूर-चूर हो गया। वह आधार जिस पर वह पैर जमाए खड़ी थी, पैरों के नीचे से सरक गया। सुमन वहाँ एक क्षण भी न खड़ी रह सकी। भोली के सामने केवल धन ही सिर नहीं झुकाता, धर्म भी उसका कृपाकांक्षी है। धर्मात्मा लोग भी उसका आदर करते हैं। वही वेश्या—जिसे मैं अपने धर्म-पाखंड से परास्त करना चाहती हूँ—यहाँ महात्माओं की सभा में, ठाकुरजी के पवित्र निवास-स्थान में आदर और सम्मान का पात्र बनी हुई है और मेरे लिए कहीं खड़े होने की जगह नहीं।

सुमन ने अपने घर में आकर रामायण बस्ते में बाँधकर रख दी, गंगास्नान तथा व्रत से उसका मन फिर गया। कर्णधार-रहित नौका के समान उसका जीवन फिर डांवाडोल होने लगा।

8

गजाधरप्रसाद की दशा उस मनुष्य की-सी थी, जो चोरों के बीच में अशर्फियों की थैली लिये बैठा हो। सुमन का वह मुख-कमल, जिस पर वह कभी भौंरे की भाँति मंडराया करता था, अब उसकी आँखों में जलती हुई आग के समान था। वह उससे दूर-दूर रहता। उसे भय था कि वह मुझे जला न दे। स्त्रियों का सौंदर्य उनका पति-प्रेम है। इसके बिना उनकी सुन्दरता इन्द्रायण का फल है, विषमय और दग्ध करने वाला।

गजाधर ने सुमन को सुख से रखने के लिए, अपने से जो कुछ हो सकता था, सब करके देख लिया और अपनी स्त्री के लिए आकाश के तारे तोड़ लाना उसकी सामर्थ्य से बाहर था।

इन दिनों उसे सबसे बड़ी चिन्ता अपना घर बदलने की थी। इस घर में आँगन नहीं था, इसलिए जब कभी वह सुमन से कहता कि चिक के पास खड़ी मत हुआ करो, तो झट उत्तर देती, क्या इसी काल-कोठरी में पड़े-पड़े मर जायें? घर में आँगन न होगा, तब तो वह यह बहाना न कर सकेगी। इसके अतिरिक्त वह यह भी चाहता था कि सुमन का इन स्त्रियों से साथ छूट जाये। उसे यह निश्चय हो गया था कि उन्हीं की कुसंगति से सुमन का यह हाल हो गया है। वह दूसरे मकान की खोज में चारों ओर जाता, पर किराया सुनते ही निराश होकर लौट आता।

एक दिन वह सेठजी के यहाँ से आठ बजे रात को लौटा, तो क्या देखता है कि भोलीबाई उसकी चारपाई पर बैठी सुमन से हँस-हँसकर बात कर रही है। क्रोध के मारे गजाधर के होंठ फड़कने लगे। भोली ने उसे देखा तो जल्दी से बाहर निकल आई और बोली—अगर मुझे मालूम होता कि आप सेठजी के यहाँ नौकर हैं, तो अब तक कभी की आपकी तरक्की हो जाती। यह आज बहूजी से मालूम हुआ। सेठजी मेरे ऊपर बड़ी निगाह रखते हैं।

इन शब्दों ने गजाधर के घाव पर नमक छिड़क दिया। यह मुझे इतना नीच समझती है कि मैं इसकी सिफारिश से अपनी तरक्की कराऊँगा। ऐसी तरक्की पर लात मारता हूँ। उसने भोली को कुछ जवाब न दिया।

सुमन ने उसके तेवर देखे, तो समझ गई कि आग भड़का ही चाहती है, पर वह उसके लिए तैयार बैठी हुई थी। गजाधर ने भी अपने क्रोध को छिपाया नहीं। चारपाई पर बैठते हुए बोला--तुमने फिर भोली से नाता जोड़ा? मैंने उस दिन मना नहीं किया था?

सुमन ने सावधान होकर उत्तर दिया—उसमें कोई छूत तो नहीं लगी है। शील स्वभाव में वह किसी से घटकर नहीं, मान-मर्यादा में किसी से कम नहीं, फिर उससे बातचीत करने में मेरी क्या हेठी हुई जाती है? वह चाहे तो हम जैसों को नौकर रख ले।

गजाधर—फिर तुमने वही बेसिर-पैर की बातें कीं। मान-मर्यादा धन से नहीं होती।

सुमन—पर धर्म से तो होती है?

गजाधर—तो वह बड़ी धर्मात्मा है?

सुमन—यह भगवान् जानें, पर धर्मात्मा लोग उसका आदर करते हैं। अभी राम-नवमी के उत्सव में मैंने उसे बड़े-बड़े पंडितों और महात्माओं की मंडली में गाते देखा। कोई उससे घृणा नहीं करता था। सब उसका मुँह देख रहे थे। लोग उसका आदर-सत्कार ही नहीं करते थे, बल्कि उससे बातचीत करने में अपना अहोभाग्य समझते थे। मन में वह उससे घृणा करते थे या नहीं, यह ईश्वर जाने, पर देखने में तो उस समय भोली-ही-भोली दिखाई देती थी। संसार तो व्यवहारों को ही देखता है, मन की बात कौन किसकी जानता है?

गजाधर—तो तुमने उन लोगों के बड़े-बड़े तिलक-छापे देखकर ही उन्हें धर्मात्मा समझ लिया? आजकल धर्म तो धूर्तों का अड्डा बना हुआ है। इस निर्मल सागर में एक-से-एक मगरमच्छ पड़े हुए हैं। भोले-भाले भक्तों को निगल जाना उनका काम है। लम्बी-लम्बी जटाएँ, लम्बे-लम्बे तिलक छापे और लम्बी-लम्बी दाढ़ियाँ देखकर लोग धोखे में आ जाते हैं, पर वे सब के सब महापाखंडी, धर्म के उज्ज्वल नाम को कलंकित करने वाले, धर्म के नाम पर टका कमाने वाले, भोग-विलास करने वाले पापी हैं। भोली का आदर-सम्मान उनके यहाँ न होगा, तो किसके यहाँ होगा?

सुमन ने सरल भाव से पूछा—फुसला रहे हो या सच कह रहे हो?

गजाधर ने उसकी ओर करूण दृष्टि से देखकर कहा—नहीं सुमन, वास्तव में यही बात है। हमारे देश में सज्जन मनुष्य बहुत कम हैं, पर अभी देश उनसे खाली नहीं है। वह दयावान् होते हैं, सदाचारी होते हैं, सदा परोपकार में तत्पर रहते हैं। भोली यदि अप्सरा बनकर आये, तो वह उसकी ओर आँख उठाकर भी न देखेंगे।

सुमन चुप हो गई। वह गजाधर की बातों पर विचार कर रही थी।

9

दूसरे दिन से सुमन ने चिक के पास खड़ा होना छोड़ दिया। खोमचेवाले आते और पुकार कर चले जाते। छैले गज़ल गाते हुए निकल जाते। चिक की आड़ में अब उन्हें कोई न दिखाई देता था। भोली ने कई बार बुलाया, लेकिन सुमन ने बहाना कर दिया कि मेरा जी अच्छा नहीं है। दो-तीन बार वह स्वयं आई, पर सुमन उससे खुल कर न मिली।

सुमन को यहाँ आये अब दो साल हो गये थे। उसकी रेशमी साड़ियाँ फट चली थीं। रेशमी जाकटें तार-तार हो गई थीं। सुमन अब अपनी मंडली की रानी न थी। उसकी बातें उतने आदर से न सुनी जाती थीं। उसका प्रभुत्व मिटा जाता था। उत्तम वस्त्र-विहीन होकर वह अपने उच्चासन से गिर गई थी। इसलिए वह पड़ोसिनों के घर भी न जाती। पड़ोसिनों का आना-जाना भी कम हो गया था। सारे दिन अपनी कोठरी में पड़ी रहती। कभी कुछ पढ़ती, कभी सोती।

बन्द कोठरी में पड़े-पड़े उसका स्वास्थ्य बिगड़ने लगा। सिर में पीड़ा हुआ करती। कभी बुखार आ जाता, कभी दिल में धड़कन होने लगती। मन्दाग्नि के लक्षण दिखाई देने लगे। साधारण कामों से भी जी घबराता। शरीर क्षीण हो गया और कमल-सा बदन मुरझा गया।

गजाधर को चिन्ता होने लगी। कभी-कभी वह सुमन पर झुंझलाता और कहता—जब देखो तब पड़ी रहती हो। जब तुम्हारे रहने से मुझे इतना भी सुख नहीं कि ठीक समय पर भोजन मिल जाये तो तुम्हारा रहना न रहना दोनों बराबर हैं।

पर शीघ्र ही उसे सुमन पर दया आ जाती। अपनी स्वार्थपरता पर लज्जित होता। उसे धीरे-धीरे ज्ञान होने लगा कि सुमन के सारे रोग अपवित्र वायु के कारण हैं। कहाँ तो उसे चिक के पास खड़े होने से मना किया करता था, मेलों में जाने और गंगास्नान करने से रोकता था, कहाँ अब स्वयं चिक उठा देता और सुमन को गंगास्नान करने के लिए ताकीद करता। उसके आग्रह से सुमन कई दिन लगातार स्नान करने गई और उसे अनुभव हुआ कि उसका जी कुछ हल्का हो रहा है। फिर तो वह नियमित रूप से नहाने लगी। मुरझाया हुआ पौधा पानी पाकर फिर लहलहाने लगा।

माघ का महीना था। एक दिन सुमन की कई पड़ोसिनें भी उसके साथ नहाने चलीं। मार्ग में बेनी-बाग पड़ता था। उसमें नाना प्रकार के जीव-जन्तु पले हुए थे। पक्षियों के लिए लोहे के पतले तारों से एक विशाल गुम्बद बनाया गया था। लौटती बार सबकी सलाह हुई कि बाग की सैर करनी चाहिए। सुमन तत्काल ही लौट आया करती थी, पर आज सहेलियों के आग्रह से उसे भी बाग में जाना पड़ा। सुमन बहुत देर वहाँ के अद्‌भुत जीव-धारियों को देखती रही। अन्त में वह थककर एक बेंच पर

बैठ गई। सहसा कानों में आवाज़ आई—अरे यह कौन औरत बेंच पर बैठी है? उठ वहाँ से। क्या सरकार ने तेरे ही लिए बेंच रख दी है?

सुमन ने पीछे फिरकर कातर नेत्रों से देखा। बाग का रक्षक खड़ा डाँट बता रहा था।

सुमन लज्जित होकर बेंच पर से उठ गई और इस अपमान को भुलाने के लिए चिड़ियों को देखने लगी। मन में पछता रही थी कि कहाँ-से-कहाँ मैं इस बेंच पर बैठी। इतने में एक किराए की गाड़ी आकर चिड़ियाघर के सामने रुकी। बाग के रक्षक ने दौड़कर गाड़ी के पट खोले। दो महिलाएँ उतर पड़ीं। उनमें से एक वही सुमन की पड़ोसिन भोली थी। सुमन एक पेड़ की आड़ में छुप गई और वे दोनों स्त्रियाँ बाग की सैर करने लगीं। उन्होंने बन्दरों को चने खिलाये, चिड़ियों को दाने चुगाए, कछुए की पीठ पर खड़ी हुईं, फिर सरोवर में मछलियों को देखने चली गईं। रक्षक उनके पीछे-पीछे सेवकों की भाँति चल रहा था। वे सरोवर के किनारे मछलियों की क्रीड़ा देख रही थीं, तब तक रक्षक ने दौड़कर दो गुलदस्ते बनाये और उन महिलाओं को भेंट किए। थोड़ी देर बाद वह दोनों आकर उसी बेंच पर बैठ गईं, जिस पर से सुमन उठा दी गई थी। रक्षक एक किनारे अदब से खड़ा था।

यह दशा देखकर सुमन की आँखों से क्रोध के मारे चिनगारियाँ निकलने लगीं। उसके एक-एक रोम से पसीना निकल आया। देह तृण के समान काँपने लगी। हृदय में अग्नि की-एक प्रचण्ड ज्वाला दहक उठी। वह आँचल में मुँह छिपाकर रोने लगी। ज्यों ही दोनों वेश्याएँ वहाँ से चली गईं, सुमन सिंहनी की भाँति लपककर रक्षक के सम्मुख आ खड़ी हुई और क्रोध से काँपती हुई बोली—क्यों जी, तुमने मुझे तो बेंच पर से उठा दिया, जैसे तुम्हारे बाप ही की है, पर उन दोनों रांडों से कुछ न बोले-

रक्षक ने अपमानसूचक भाव से कहा—वह और तुम बराबर।

आग पर घी जो काम करता है, वह इस वाक्य ने सुमन के हृदय पर किया। ओठ चबाकर बोली—चुप रह मूर्ख! टके के लिए वेश्याओं की जूतियाँ उठाता है, उस पर लज्जा नहीं आती। ले देख तेरे सामने फिर इस बेंच पर बैठती हूँ। देखूँ, तू मुझे कैसे उठाता है।

रक्षक पहले तो कुछ डरा, किन्तु सुमन के बेंच पर बैठते ही वह उसकी ओर लपका कि उसका हाथ पकड़कर उठा दे। सुमन सिंहनी की भाँति आग्नेय नेत्रों से ताकती हुई उठ खड़ी हुई। उसकी ऐड़ियाँ उछल पड़ती थीं। सिसकियों के आवेग को बलपूर्वक रोकने के कारण मुँह से शब्द न निकलते थे। उसकी सहेलियाँ, जो इस समय चारों ओर से घूमघाम कर चिड़ियाघर के पास आ गई थीं, दूर से खड़ी यह तमाशा देख रही थीं। किसी की बोलने की हिम्मत न पड़ती थी।

इतने में फिर एक गाड़ी सामने से आ पहुँची। रक्षक अभी सुमन से हाथापाई कर ही रहा था कि गाड़ी में से एक भलेमानस उतरकर चौकीदार के पास झपटे हुए आये

और उसे जोर से धक्का देकर बोले—क्यों बे, इनका हाथ क्यों पकड़ता है? दूर हट।

चौकीदार हकला कर पीछे हट गया। चेहरे पर हवाइयाँ उड़ने लगीं। बोला—सरकार क्या यह आपके घर की हैं?

भद्र पुरुष ने क्रोध में कहा—हमारे घर की हों या न हों, तू इनसे हाथापाई क्यों कर रहा था? अभी रिपोर्ट कर दूँ तो नौकरी से हाथ धो बैठेगा।

चौकीदार हाथ-पैर जोड़ने लगा। इतने में गाड़ी में बैठी हुई महिला ने सुमन को इशारे से बुलाया और पूछा—यह तुमसे क्या कह रहा था?

सुमन—कुछ नहीं। मैं इस बेंच पर बैठी थी, वह मुझे उठाना चाहता था। अभी दो वेश्याएँ इसी बेंच पर बैठी थीं। क्या मैं ऐसी गई बीती हूँ कि वह मुझे वेश्याओं से भी नीच समझे?

रमणी ने उसे समझाया कि यह छोटे आदमी, जिससे चार पैसे पाते हैं, उसी की गुलामी करते हैं। इनके मुँह लगना अच्छा नहीं।

दोनों स्त्रियों में परिचय हुआ। रमणी का नाम सुभद्रा था। वह भी सुमन के मोहल्ले में, पर उसके मकान से ज़रा दूर रहती थी। उसके पति वकील थे। स्त्री-पुरुष गंगास्नान करके घर जा रहे थे। यहाँ पहुँचकर उसके पति ने देखा कि चौकीदार एक भले घर की स्त्री से झगड़ा कर रहा है, तो गाड़ी से उतर पड़े।

सुभद्रा सुमन के रंग-रूप, बातचीत पर ऐसी मोहित हुई कि उसे अपनी गाड़ी में बैठा लिया। वकील साहब कोचबक्स पर जा बैठे। गाड़ी चली। सुमन को ऐसा मालूम हो रहा था कि वह विमान पर बैठी स्वर्ग को जा रही है। सुभद्रा यद्यपि बहुत रूपवती न थी और उसके वस्त्राभूषण भी साधारण ही थे, पर उसका स्वभाव ऐसा नम्र, व्यवहार ऐसा सरल तथा विनयपूर्ण था कि सुमन का हृदय पुलकित हो गया। रास्ते में उसने उसकी सहेलियों को जाते देख, खिड़की खोल कर उनकी ओर गर्व से देखा, मानो कह रही थी, तुम्हें भी कभी यह सौभाग्य प्राप्त हो सकता है? पर इस गर्व के साथ ही उसे यह भय भी था कि कहीं मेरा मकान देखकर सुभद्रा मेरा तिरस्कार न करने लगे। ज़रूर यही होगा। यह क्या जानती है कि मैं ऐसे फटेहालों रहती हूँ। यह कैसी भाग्यवान स्त्री है! कैसा देवरूप पुरुष है। यह न आ जाते, तो वह निर्दयी चौकीदार न जाने मेरी क्या दुर्गति करता। कितनी सज्जनता है कि मुझे भीतर बिठा दिया और आप कोचवान के साथ जा बैठे। वह इन्हीं विचारों में मग्न थी कि उसका घर आ गया। उसने सकुचाते हुए सुभद्रा से कहा—गाड़ी रुकवा दीजिए, मेरा घर आ गया।

सुभद्रा ने गाड़ी रुकवा दी। सुमन ने एक बार भोलीबाई के मकान की ओर ताका। वह अपने छज्जे पर टहल रही थी। दोनों की आँखें मिलीं, भोली ने मानो कहा, अच्छा यह ठाट है! सुमन ने जैसे उत्तर दिया, अच्छी तरह देख लो, ये कौन लोग हैं। तुम मर भी जाओ, तो इस देवी के साथ बैठना नसीब न हो।

सुमन उठ खड़ी हुई और सुभद्रा की ओर सजल नेत्रों से देखती हुई बोली—इतना प्रेम लगाकर बिसार मत देना। मेरा मन लगा रहेगा।

सुभद्रा ने कहा—नहीं बहन, अभी तो तुमसे कुछ बातें भी न करने पायी। मैं तुम्हें कल बुलाऊँगी।

सुमन उतर पड़ी। गाड़ी चली गई। सुमन अपने घर में गई, तो उसे मालूम हुआ, मानो कोई आनन्दमय स्वप्न देखकर जागी है।

गजाधर ने पूछा—यह गाड़ी किसकी थी-

सुमन—यहीं के कोई वकील हैं। बेनीबाग में उनकी स्त्री से भेंट हो गई। ज़िद करके गाड़ी पर बिठा लिया। मानती ही न थीं।

गजाधर—तो क्या तुम वकील के साथ बैठी थीं?

सुमन—कैसी बातें करते हो? वह बेचारे तो कोचवान के साथ बैठे थे।

गजाधर—तभी इतनी देर हुई।

सुमन—दोनों सज्जनता के अवतार हैं।

गजाधर—अच्छा, चल के चूल्हा जलाओ, बहुत बखान हो चुका।

सुमन—तुम वकील साहब को जानते तो होगे?

गजाधर—इस मोहल्ले में तो यही एक पद्मसिंह वकील हैं? वही रहे होंगे?

सुमन—गोरे-गोरे लम्बे आदमी हैं। ऐनक लगाते हैं।

गजाधर—हाँ, हाँ, वही हैं। यह क्या पूरब की ओर रहते हैं।

सुमन—कोई बड़े वकील हैं?

गजाधर—मैं उनके जमाखर्च थोड़े ही लिखता हूँ। आते-जाते कभी-कभी देख लेता हूँ। आदमी अच्छे हैं।

सुमन ताड़ गई कि वकील साहब की चर्चा गजाधर को अच्छी नहीं मालूम होती। उसने क़पड़े बदले और भोजन बनाने लगी।

10

दूसरे दिन सुमन नहाने न ग़ई। सवेरे ही से अपनी एक रेशमी साड़ी की मरम्मत करने लगी।

दोपहर को सुभद्रा की एक महरी उसे लेने आई। सुमन ने मन में सोचा था, गाड़ी आयेगी। उसका जी छोटा हो गया। वही हुआ जिसका उसे भय था।

वह महरी के साथ सुभद्रा के घर गई और दो-तीन घंटे तक बैठी रही। उसका वहाँ से उठने को जी न चाहता था। उसने अपने मैके का रत्ती-रत्ती भर हाल कह सुनाया पर सुभद्रा अपनी ससुराल की ही बातें करती रही।

दोनों स्त्रियों में मेल-मिलाप बढ़ने लगा। सुभद्रा जब गंगा नहाने जाती, तो सुमन को साथ ले लेती। सुमन को भी नित्य एक बार सुभद्रा के घर गये बिना कल न पड़ती थी।

जैसे बालू पर तड़पती हुई मछली जलधारा में पहुँचकर किलोलें करने लगती है, उसी प्रकार सुमन भी सुभद्रा की स्नेहरूपी जलधारा में अपनी विपत्ति को भूलकर आमोद-प्रमोद में मग्न हो गई।

सुभद्रा कोई काम करती होती, तो सुमन स्वयं उसे करने लगती। कभी-कभी पंडित पद्मसिंह के लिए जलपान बना देती, कभी पान लगाकर भेज देती। इन कामों में उसे ज़रा भी आलस्य न होता था। उसकी दृष्टि में सुभद्रा-सी सुशीला स्त्री और पद्मसिंह सरीखे सज्जन मनुष्य संसार में और न थे।

एक बार सुभद्रा को ज्वर आने लगा। सुमन कभी उसके पास से न टलती। अपने घर एक क्षण के लिए जाती और कच्चा-पक्का खाना बनाकर फिर भाग आती, पर गजाधर उसकी इन बातों से जलता था। उसे सुमन पर विश्वास न था। वह उसे सुभद्रा के यहाँ जाने से रोकता था, पर सुमन उसका कहना न मानती थी।

फाल्गुन के दिन थे। सुमन को यह चिन्ता हो रही थी कि होली के लिए कपड़ों का क्या प्रबन्ध करे? गजाधर को इधर एक महीने से सेठजी ने जवाब दे दिया था। उसे अब केवल पन्द्रह रुपयों का ही आधार था। वह एक तंजेब की साड़ी और रेशमी मलमल की जाकेट के लिए गजाधर से कई बार कह चुकी थी, पर गजाधर हूँ-हाँ करके टाल जाता था। वह सोचती, यह पुराने कपड़े पहनकर सुभद्रा के घर होली खेलने कैसे जाऊँगी?

इसी बीच में सुमन को अपनी माता के स्वर्गवास होने का शोक समाचार मिला। सुमन को इसका इतना शोक न हुआ, जितना होना चाहिए था, क्योंकि उसका हृदय अपनी माता की ओर से फट गया था। लेकिन होली के लिए नये और उत्तम वस्त्रों की चिन्ता से निवृत्त हो गई। उसने सुभद्रा से कहा—बहूजी, अब मैं अनाथ हो गई हूँ। अब गहने-कपड़े की तरफ़ ताकने को जी नहीं चाहता। बहुत पहन चुकी। इस दुःख ने सिंगार-पटार की अभिलाषा ही नहीं रहने दी। जी अधम है, शरीर से निकलता नहीं, लेकिन हृदय पर जो कुछ बीत रही है, वह मैं ही जानती हूँ। अपनी सहचरियों से भी उसने ऐसी ही शोकपूर्ण बातें कीं। सब-की-सब उसकी मातृभक्ति की प्रशंसा करने लगीं।

एक दिन वह सुभद्रा के पास बैठी रामायण पढ़ रही थी कि पद्मसिंह प्रसन्नचित्त घर में आकर बोले—आज बाजी मार ली।

सुभद्रा ने उत्सुक होकर कहा—सच?

पद्मसिंह—अरे, क्या अब की भी संदेह था?

सुभद्रा—अच्छा, तो लाइए मेरे रुपये दिलवाइए। वहाँ आपकी बाजी थी, यहाँ

मेरी बाजी है।

पद्मसिंह—हाँ-हाँ, तुम्हारे रुपये मिलेंगे, ज़रा सब्र करो। मित्र लोग आग्रह कर रहे हैं कि धूमधाम से आनन्दोत्सव किया जाये।

सुभद्रा—हाँ, कुछ-न-कुछ तो करना ही पड़ेगा और यह उचित भी है।

पद्मसिंह—मैंने प्रीतिभोज का प्रस्ताव किया, किन्तु इसे कोई स्वीकार नहीं करता। लोग भोलीबाई का मुजरा कराने के लिए अनुरोध कर रहे हैं।

सुभद्रा—अच्छा, तो उन्हीं की मान लो, कौन हज़ारों का खर्च है। होली भी आ गई है, बस होली के दिन रखो। 'एक पंथ दो काज' हो जायेगा।

पद्मसिंह—खर्च की बात नहीं, सिद्धान्त की बात है।

सुभद्रा—भला, अब की बार सिद्धान्त के विरूद्ध ही सही।

पद्मसिंह—विट्ठलदास किसी तरह राजी नहीं होते। पीछे पड़ जायेंगे।

सुभद्रा—उन्हें बकने दो। संसार के सभी आदमी उनकी तरह थोड़े ही हो जायेंगे।

पंडित पद्मसिंह आज कई वर्षों के विफल उद्योग के बाद म्युनिसिपैलिटी के मेम्बर बनने में सफल हुए थे, इसी के आनन्दोत्सव की तैयारियाँ हो रही थीं। वे प्रीतिभोज करना चाहते थे, किन्तु मित्र लोग मुजरे पर ज़ोर देते थे। यद्यपि वे स्वयं बड़े आचारवान मनुष्य थे, तथापि अपने सिद्धान्तों पर स्थिर रहने की सामर्थ्य उनमें नहीं थी। कुछ तो मुरौव्वत से, कुछ अपने सरल स्वभाव से और कुछ मित्रों की व्यंग्योक्ति के भय से वह अपने पक्ष पर अड़ न सकते थे। बाबू विट्ठलदास उनके परम मित्र थे। वह वेश्याओं के नाच-गाने के कक्रर शत्रु थे। इस कुप्रथा को मिटाने के लिए उन्होंने एक सुधारक संस्था स्थापित की थी। पंडित पद्मसिंह उनके इने-गिने अनुयायियों में थे। पंडितजी इसीलिए विट्ठलदास से डरते थे। लेकिन सुभद्रा के बढ़ावा देने से उनका संकोच दूर हो गया।

वह अपने वेश्याभक्त मित्रों से सहमत हो गये। भोलीबाई का मुजरा होगा, यह बात निश्चित हो गई।

इसके चार दिन पीछे होली आई। उसी रात को पद्मसिंह की बैठक ने नाृत्यशाला का रूप धारण किया। सुन्दर रंगीन कालीनों पर मित्रवृंद बैठे हुए थे और भोलीबाई अपने समाजियों के साथ मध्य में बैठी हुई भाव बता-बता कर मधुर स्वर में गा रही थी। कमरा बिजली की दिव्य बत्तियों से ज्योतिर्मय हो रहा था। इत्र और गुलाब की सुगंध उड़ रही थी। हास-परिहास, आमोद-प्रमोद का बाज़ार गर्म था।

सुमन और सुभद्रा दोनों झरोखों में चिक की आड़ से यह जलसा देख रही थीं। सुभद्रा को भोली का गाना नीरस, फीका मालूम होता था। उसको आश्चर्य मालूम होता था कि लोग इतने एकाग्रचित्त होकर क्यों सुन रहे हैं? बहुत देर बाद गीत के शब्द उसकी समझ में आये। शब्द अलंकारों से दब गये थे। सुमन अधिक रसज्ञ थी। वह गाने को समझती थी और ताल-स्वर का ज्ञान रखती थी। गीत कान में आते ही उसके

स्मरण पट पर अंकित हो जाते थे। भोलीबाई ने गाया—

ऐसी होली में आग लगे,
पिया विदेश, मैं द्वारे ठाढ़ी, धीरज कैसे रहे!
ऐसी होली में आग लगे।

सुमन ने भी इस पद को धीरे-धीरे गुनगुना कर गाया और अपनी सफलता पर मुग्ध हो गई। केवल गिटकिरी न भर सकी। लेकिन उसका सारा ध्यान गाने पर ही था। वह देखती कि सैकड़ों आँखें भोलीबाई की ओर लगी हुई हैं। उन नेत्रों में कितनी तृष्णा थी! कितनी विनम्रता, कितनी उत्सुकता! उनकी पुतलियाँ भोली के एक-एक इशारे पर एक-एक भाव पर नाचती थीं, चमकती थीं। जिस पर उसकी दृष्टि पड़ जाती थी, वह आनन्द से गद्गद हो जाता और जिससे वह हँसकर दो-एक बातें कर लेती, उसे तो मानो कुबेर का धन मिल जाता था। उस भाग्यशाली पुरुष पर सारी सभा की सम्मान दृष्टि पड़ने लगती। उस सभा में एक-से-एक धनवान्, एक-से-एक विद्वान्, एक-से-एक रूपवान सज्जन उपस्थित थे, किन्तु सब-के-सब इस वेश्या के हाव-भाव पर मिटे जाते थे। प्रत्येक मुख इच्छा और लालसा का चित्र बना हुआ था।

सुमन सोचने लगी, इस स्त्री में कौन-सा जादू है।

सौंदर्य? हाँ-हाँ, वह रूपवती है, इसमें संदेह नहीं। मगर मैं भी तो ऐसी बुरी नहीं हूँ। वह सांवली है, मैं गोरी हूँ। वह मोटी है, मैं दुबली हूँ।

पंडितजी के कमरे में एक शीशा था। सुमन इस शीशे के सामने जाकर खड़ी हो गई और उसमें अपना रूप नख से शिख तक देखा। भोलीबाई के हृदयाँकित चित्र से अपने एक-एक अंग की तुलना की। तब उसने सुभद्रा से कहा—बहूजी, एक बात पूछूँ, बुरा न मानना। यह इन्द्र की परी क्या मुझसे बहुत सुन्दर है?

सुभद्रा ने उसकी ओर कौतूहल से देखा और मुस्कुराकर पूछा—यह क्यों पूछती हो?

सुमन ने शर्म से सिर झुकाकर कहा—कुछ नहीं, यों ही। बतलाओ?

सुभद्रा ने कहा—उसका सुख का शरीर है, इसलिए कोमल है, लेकिन रंग-रूप में वह तुम्हारे बराबर नहीं।

सुमन ने फिर सोचा, तो क्या उसके बनाव-सिंगार पर, गहने-कपड़े पर लोग इतने रीझे हुए हैं? मैं भी यदि वैसा बनाव-चुनाव करूँ, वैसे गहने-कपड़े पहनूँ, तो मेरा रंग-रूप और न निखर जायेगा, मेरा यौवन और न चमक जायेगा? लेकिन कहाँ मिलेंगे?

क्या लोग उसके स्वर-लालित्य पर इतने मुग्ध हो रहे हैं? उसके गले में लोच नहीं, मेरी आवाज़ उससे बहुत अच्छी है। अगर कोई महीने-भर भी सिखा दे, तो मैं उससे अच्छा गाने लगूँ। मैं भी वक्र नेत्रों से देख सकती हूँ। मुझे भी लज्जा से आँखें नीची करके मुस्कुराना आता है।

सुमन बहुत देर तक वहाँ बैठी कार्य से कारण का अनुसंधान करती रही। अन्त में वह इस परिणाम पर पहुँची कि वह स्वाधीन है, मेरे पैरों में बेड़ियाँ हैं। उसकी दूकान खुली है, इसलिए ग्राहकों की भीड़ है; मेरी दूकान बन्द है, इसलिए कोई खड़ा नहीं होता। वह कुत्तों के भूंकने की परवाह नहीं करती, मैं लोक-निन्दा से डरती हूँ। वह परदे के बाहर है, मैं परदे के अन्दर हूँ। वह डालियों पर स्वच्छंदता से चहकती है, मैं उसे पकड़े हुए हूँ। इसी लज्जा ने, इसी उपहास के भय ने मुझे दूसरे की चेरी बना रखा है।

आधी रात बीत चुकी थी। सभा विसर्जित हुई। लोग अपने-अपने घर गये। सुमन भी अपने घर की ओर चली। चारों तरफ़ अंधकार छाया हुआ था। सुमन के हृदय में भी नैराश्य का कुछ ऐसा ही अंधकार था। वह घर जाती तो थी, पर बहुत धीरे-धीरे, जैसे घोड़ा बम की तरफ़ जाता है। अभिमान जिस प्रकार नीचता से दूर भागता है, उसी प्रकार उसका हृदय उस घर से दूर भागता था।

गजाधर नियमानुसार नौ बजे घर आया। किवाड़ बन्द थे। चकराया कि इस समय सुमन कहाँ गई? पड़ोस में एक विधवा दर्ज़िन रहती थी, जाकर उससे पूछा। मालूम हुआ कि सुभद्रा के घर किसी काम से गई है। कुंजी मिल गई, आकर किवाड़ खोले, खाना तैयार था। वह द्वार पर बैठकर सुमन की राह देखने लगा। जब दस बज गये तो उसने खाना परसा, लेकिन क्रोध में कुछ खाया न गया। उसने सारी रसोई उठाकर बाहर फेंक दी और भीतर से किवाड़ बन्द करके सो गया। मन में यह निश्चय कर लिया कि आज कितना ही सिर पटके, किवाड़ न खोलूँगा, देखें कहाँ जाती है। किन्तु उसे बहुत देर तक नींद न आई। ज़रा-सी आहट होती, तो डंडा लिये किवाड़ के पास आ जाता। उस समय यदि सुमन उसे मिल जाती, तो उसकी कुशल न थी। ग्यारह बजने के बाद निद्रा का देव उसे दबा बैठा।

सुमन जब अपने द्वार पर पहुँची, तो उसके कान में एक बजने की आवाज़ आई। वह आवाज़ उसकी नस-नस में गूँज उठी। वह अभी तक दस-ग्यारह के धोखे में थी। प्राण सूख गये। उसने किवाड़ की दरारों से झाँका, ढिबरी जल रही थी, उसके धुएँ से कोठरी भरी हुई थी और गजाधर हाथ में डंडा लिये चित्त पड़ा, ज़ोर से खर्राटे ले रहा था। सुमन का हृदय काँप उठा, किवाड़ खटखटाने का साहस न हुआ।

पर इस समय जाऊँ कहाँ? पद्मसिंह के घर का दरवाजा भी बन्द हो गया होगा, कहार सो गये होंगे। बहुत चीखने-चिल्लाने पर किवाड़ तो खुल जायेंगे, लेकिन वकील साहब अपने मन में न जाने क्या समझें। नहीं, वहाँ जाना उचित नहीं, क्यों न यहीं बैठी रहूँ, एक बज ही गया है, तीन-चार घंटे में सवेरा हो जायेगा। यह सोचकर वह बैठ गई, किन्तु यह धड़का लगा हुआ था कि कोई मुझे इस तरह यहाँ बैठे देख ले, तो क्या हो? समझेगा कि चोर है, घात में बैठा है। सुमन वास्तव में अपने ही घर में चोर बनी हुई थी।

फाल्गुन में रात को ठंडी हवा चलती है। सुमन की देह पर एक फटी हुई रेशमी कुरती थी। हवा तीर के समान उसकी हड्डियों में चुभी जाती थी। हाथ-पाँव अकड़ रहे थे। उस पर नीचे की नाली से ऐसी दुर्गंध उठ रही थी कि साँस लेना कठिन था। चारों ओर तिमिर मेघ छाया हुआ था, केवल भोलीबाई के कोठे पर से प्रकाश की रेखाएँ अंधेरी गली की तरफ़ दया की स्नेहरहित दृष्टि से ताक रही थीं।

सुमन ने सोचा, मैं कैसी हतभागिनी हूँ, एक वे स्त्रियाँ हैं, जो आराम से तकिए लगाए सो रही हैं, लौंडियाँ पैर दबाती हैं। एक मैं हूँ कि यहाँ बैठी हुई अपने नसीब को रो रही हूँ। मैं यह सब दुःख क्यों झेलती हूँ? एक झोंपड़ी में टूटी खाट पर सोती हूँ, रूखी रोटियाँ खाती हूँ, नित्य घुड़कियाँ सुनती हूँ, क्यों? मर्यादा-पालन के लिए ही न? लेकिन संसार मेरे इस मर्यादा-पालन को क्या समझता है? उसकी दृष्टि में इसका क्या मूल्य है? क्या यह मुझसे छिपा हुआ है? दशहरे के मेले में, मोहर्रम के मेले में, फूल बाग में, मंदिरों में, सभी जगह तो देख रही हूँ। आज तक मैं समझती थी कि कुचरित्र लोग ही इन रमणियों पर जान देते हैं, किन्तु आज मालूम हुआ कि उनकी पहुँच सुचरित्र और सदाचारशील पुरुषों में भी कम नहीं है। वकील साहब कितने सज्जन आदमी हैं, लेकिन आज वह भोलीबाई पर कैसे लट्टू हो रहे थे।

इस तरह सोचते हुए वह उठी कि किवाड़ खटखटाऊँ, जो कुछ होना है, हो जाये। ऐसा कौन-सा सुख भोग रही हूँ, जिसके लिए यह आपत्ति सहूँ? यह मुझे कौन सोने का कौर खिला देते हैं, कौन फूलों की सेज पर सुला देते हैं? दिन-भर छाती फाड़कर काम करती हूँ, तब एक रोटी खाती हूँ। उस पर यह धौंस। लेकिन गजाधर के डंडे को देखते ही फिर छाती दहल गई। पशुबल ने मनुष्य को परास्त कर दिया।

अकस्मात् सुमन ने दो कांस्टेबलों को कंधे पर लट्ठ रखे आते देखा। अंधकार में वह बहुत भयंकर देख पड़ते थे। सुमन का रक्त सूख गया, कहीं छिपने की जगह न थी। सोचने लगी कि यदि यहीं बैठी रहूँ, तो यह सब अवश्य ही कुछ पूछेंगे, तो क्या उत्तर दूँगी। वह झपटकर उठी और जोर से किवाड़ खटखटाया। चिल्लाकर बोली—दो घड़ी से चिल्ला रही हूँ, सुनते ही नहीं।

गजाधर चौंका। पहली नींद पूरी हो चुकी थी। उठकर किवाड़ खोल दिए। सुमन की आवाज़ में कुछ भय था, कुछ घबराहट। कृत्रिम क्रोध के स्वर में कहा—वाह रे सोने वाले! घोड़े बेचकर सोये हो क्या? दो घड़ी से चिल्ला रही हूँ, मिनकते ही नहीं, ठंड के मारे हाथ-पाँव अकड़ गये।

गजाधर निःशंक होकर बोला—मुझसे उड़ो मत। बताओ, सारी रात कहाँ रहीं?

सुमन निर्भय होकर बोली—कैसी रात, नौ बजे सुभद्रादेवी के घर गई। दावत थी, बुलावा आया था। दस बजे उनके यहाँ से लौट आई। दो घंटे से तुम्हारे द्वार पर खड़ी चिल्ला रही हूँ। बारह बजे होंगे, तुम्हें अपनी नींद में कुछ सुध भी रहती है।

गजाधर—तुम दस बजे आई थीं?

सुमन ने दृढ़ता से कहा—हाँ-हाँ, दस बजे।

गजाधर—बिल्कुल झूठ। बारह का घंटा अपने कानों से सुनकर सोया हूँ।

सुमन—सुना होगा, नींद में सिर-पैर की खबर ही नहीं रहती, ये घंटे गिनने बैठे थे।

गजाधर—अब ये धांधली न चलेगी। साफ-साफ बताओ, तुम अब तक कहाँ रहीं? मैं तुम्हारा रंग आजकल देख रहा हूँ। अंधा नहीं हूँ। मैंने भी त्रियाचरित्र पढ़ा है। ठीक-ठीक बता दो, नहीं तो आज जो कुछ होना है, हो जायेगा।

सुमन—एक बार तो कह दिया कि मैं दस-ग्यारह बजे यहाँ आ गई। अगर तुम्हें विश्वास नहीं आता, न आवे। जो गहने गढ़ाते हो, मत गढ़ाना। रानी रूठेंगी, अपना सुहाग लेंगी। जब देखो, म्यान से तलवार बाहर ही रहती है, न जाने किस बिरते पर।

यह कहते-कहते सुमन चौंक गई। उसे ज्ञान हुआ कि मैं सीमा से बाहर हुई जाती हूँ। अभी द्वार पर बैठी हुई उसने जो-जो बातें सोची थीं और मन में जो बातें स्थिर की थीं, वह सब उसे विस्मृत हो गईं। लोकाचार और हृदय में जमे हुए विचार हमारे जीवन में आकस्मिक परिवर्तन नहीं होने देते।

गजाधर सुमन की यह कठोर बातें सुनकर सन्नाटे में आ गया। यह पहला ही अवसर था कि सुमन यों उसके मुँह आई थी। क्रोधोन्मत्त होकर बोला—क्या तू चाहती है कि जो कुछ तेरा जी चाहे, किया करे और मैं चूँ न करूँ? तू सारी रात न जाने कहाँ रही, अब जो पूछता हूँ तो कहती है, मुझे तुम्हारी परवाह नहीं है, तुम मुझे क्या कर देते हो? मुझे मालूम हो गया कि शहर का पानी तुझे भी लगा, तूने भी अपनी सहेलियों का रंग पकड़ा। बस, अब मेरे साथ तेरा निबाह न होगा। कितना समझाता रहा कि इन चुड़ैलों के साथ न बैठ, मेले-ठेले मत जा, लेकिन तूने न सुना—न सुना। मुझे तू जब तक बता न देगी कि तू सारी रात कहाँ रही, तब तक मैं तुझे घर में बैठने न दूँगा। न बतावेगी, तो समझ ले कि आज से तू मेरी कोई नहीं। तेरा जहाँ जी चाहे जा, जो मन में आवे कर।

सुमन ने कातर भाव से कहा—वकील साहब के घर को छोड़कर मैं और कहीं नहीं गई; तुम्हें विश्वास न हो तो आप जाकर पूछ लो। वहीं चाहे जितनी देर हो। गाना हो रहा था, सुभद्रादेवी ने आने नहीं दिया।

गजाधर ने लांछनायुक्त शब्दों में कहा—अच्छा, तो अब वकील साहब से मन मिला है, यह कहो! फिर भला, मजूर की परवाह क्यों होने लगी-

इस लांछन ने सुमन के हृदय पर कुठाराघात का काम किया। झूठा इलजाम कभी नहीं सहा जाता। वह सरोष होकर बोली—कैसी बातें मुँह से निकालते हो? हक-नाहक एक भलेमानस को बदनाम करते हो! मुझे आज देर हो गई है। मुझे जो चाहो कहो, मारो, पीटो; वकील साहब को क्यों बीच में घसीटते हो? वह बेचारे तो

जब तक मैं घर में रहती हूँ, अन्दर कदम नहीं रखते।

गजाधर—चल छोकरी, मुझे न चरा। ऐसे-ऐसे कितने भले आदमियों को देख चुका हूँ। वह देवता हैं, उन्हीं के पास जा। यह झोंपड़ी तेरे रहने योग्य नहीं है। तेरे हौंसले बढ़ रहे हैं। अब तेरा गुजर यहाँ न होगा।

सुमन देखती थी कि बात बढ़ती जाती है। यदि उसकी बातें किसी तरह लौट सकतीं तो उन्हें लौटा लेती, किन्तु निकला हुआ तीर कहाँ लौटता है? सुमन रोने लगी और बोली—मेरी आँखें फूट जायें, अगर मैंने उनकी तरफ़ ताका भी हो। मेरी जीभ गिर जाये, अगर मैंने उनसे एक बात की हो। ज़रा मन बहलाने सुभद्रा के पास चली जाती हूँ। अब मना करते हो, न जाऊँगी।

मन में जब एक बार भ्रम प्रवेश हो जाता है, तो उसका निकलना कठिन हो जाता है। गजाधर ने समझा कि सुमन इस समय केवल मेरा क्रोध शान्त करने के लिए यह नम्रता दिखा रही है। कटुतापूर्ण स्वर से बोला—नहीं, जाओगी क्यों नहीं? वहाँ ऊँची अटारी सैर को मिलेगी, पकवान खाने को मिलेंगे, फूलों की सेज पर सोओगी, नित्य राग-रंग की धूम रहेगी।

व्यंग्य और क्रोध में आग और तेल का सम्बन्ध है। व्यंग्य हृदय को इस प्रकार विदीर्ण कर देता है, जैसे छैनी बर्फ के टुकड़े को। सुमन क्रोध से विह्वल होकर बोली—अच्छा तो ज़बान सँभालो, बहुत हो चुका। घंटे-भर से मुँह में जो अनाप-शनाप आता है, बकते जाते हो। मैं तरह देती जाती हूँ, उसका यह फल है। मुझे कोई कुलटा समझ लिया है?

गजाधर--मैं तो ऐसा ही समझता हूँ।

सुमन—तुम मुझे मिथ्या पाप लगाते हो, ईश्वर तुमसे समझेंगे।

गजाधर—चली जा मेरे घर से रांड, कोसती है।

सुमन—हाँ, यों कहो कि मुझे रखना नहीं चाहते। मेरे सिर पाप क्यों लगाते हो? क्या तुम्हीं मेरे अन्नदाता हो? जहाँ मजूरी करूँगी, वहीं पेट पाल लूँगी।

गजाधर—जाती है कि खड़ी ग़ालियाँ देती है?

सुमन जैसी सगर्वा स्त्री इस अपमान को सह न सकी। घर से निकालने की धमकी भयंकर इरादों को पूरा कर देती है।

सुमन बोली--अच्छा लो, जाती हूँ।

यह कहकर उसने दरवाज़े की तरफ़ एक कदम बढ़ाया, किन्तु अभी उसने जाने का निश्चय नहीं किया था।

गजाधर एक मिनट तक कुछ सोचता रहा, फिर बोला—अपने गहने-कपड़े लेती जा, यहाँ कोई काम नहीं है।

इस वाक्य ने टिमटिमाते हुए आशा रूपी दीपक को बुझा दिया। सुमन को विश्वास हो गया कि अब यह घर मुझसे छूटा। रोती हुई बोली—मैं लेकर क्या करूँगी?

सुमन ने संदूकची उठा ली और द्वार से निकल आई, अभी तक उसकी आस नहीं टूटी थी। वह समझती थी कि गजाधर अब भी मनाने आवेगा, इसलिए वह दरवाज़े के सामने सड़क पर चुपचाप खड़ी रही। रोते-रोते उसका आँचल भीग गया था। एकाएक गजाधर ने दोनों किवाड़ जोर से बन्द कर लिये। वह मानो सुमन की आशा का द्वार था, जो सदैव के लिए उसकी ओर से बन्द हो गया। सोचने लगी, कहाँ जाऊँ? उसे अब ग्लानि और पश्चात्ताप के बदले गजाधर पर क्रोध आ रहा था। उसने अपनी समझ में ऐसा कोई काम नहीं किया था, जिसका ऐसा कठोर दंड मिलना चाहिए था। उसे घर आने में देर हो गई थी, इसके लिए दो-चार घुड़कियाँ बहुत थीं। यह निर्वासन उसे घोर अन्याय प्रतीत होता था।

उसने गजाधर को मनाने के लिए क्या नहीं किया? विनती की, खुशामद की, रोई, किन्तु उसने सुमन का अपमान ही नहीं किया, उस पर मिथ्या दोषारोपण भी किया। इस समय यदि गजाधर मनाने भी आता, तो सुमन राजी न होती। उसने चलते-चलते कहा था, जाओ अब मुँह मत दिखाना। यह शब्द उसके कलेजे में चुभ गये थे। मैं ऐसी गई-बीती हूँ कि अब वह मेरा मुँह भी देखना नहीं चाहते, तो फिर क्यों उन्हें मुँह दिखाऊँ? क्या संसार में सब स्त्रियों के पति होते हैं? क्या अनाथ स्त्रियाँ नहीं हैं? मैं भी अब अनाथ हूँ।

वसंत के समीर और ग्रीष्म की लू में कितना अन्तर है। एक सुखद और प्राणपोषक, दूसरी अग्निमय और विनाशिनी। प्रेम वसंत-समीर है, द्वेष ग्रीष्म की लू। जिस पुष्प को वसंत-समीर महीनों में खिलाती है, उसे लू का एक झोंका जलाकर राख कर देता है। सुमन के घर से थोड़ी दूर पर एक खाली बरामदा था। वहाँ जाकर उसने संदूकची सिरहाने रखी और लेट गई। तीन बज चुके थे। दो घंटे उसने यह सोचने में काटे कि कहाँ जाऊँ। उसकी सहचरियों में हिरिया नाम की एक दुष्ट स्त्री थी, वहाँ आश्रय मिल सकता था, किन्तु सुमन उधर नहीं गई।

आत्मसम्मान का कुछ अंश अभी बाकी था। अब वह एक प्रकार से स्वच्छंद थी और उन दुष्कामनाओं को पूर्ण कर सकती थी, जिनके लिए उसका मन बरसों से लालायित हो रहा था। अब उस सुखमय जीवन के मार्ग में बाधा न थी। लेकिन जिस प्रकार बालक किसी गाय या बकरी को दूर से देखकर प्रसन्न होता है, पर उसके निकट आते ही भय से मुँह छिपा लेता है, उसी प्रकार सुमन अभिलाषाओं के द्वार पर पहुँचकर भी प्रवेश न कर सकी। लज्जा, खेद, घृणा, अपमान ने मिलकर उसके पैरों में बेड़ी-सी डाल दी। उसने निश्चय किया कि सुभद्रा के घर चलूँ, वहीं खाना पका दिया करूँगी, सेवा-टहल करूँगी और पड़ी रहूँगी। आगे ईश्वर मालिक है।

उसने संदूकची आँचल में छिपा ली और पंडित पद्मसिंह के घर आ पहुँची। मुवक्किल हाथ-मुँह धो रहे थे। कोई आसन बिछाए ध्यान करता था और सोचता था,

कहीं मेरे गवाह न बिगड़ जायें। कोई माला फेरता था, मगर उसके दानों से उन रुपयों का हिसाब लगा रहा था, जो आज उसे व्यय करने पड़ेंगे। मेहतर रात की पूड़ियाँ समेट रहा था। सुमन को भीतर जाते हुए कुछ संकोच हुआ, लेकिन जीतन कहार को आते देखकर वह शीघ्रता से अन्दर चली गई। सुभद्रा ने आश्चर्य से पूछा—घर से इतने सबेरे कैसे चलीं?

सुमन ने कुंठित स्वर से कहा—घर से निकाल दी गई हूँ।

सुभद्रा—अरे! यह किस बात पर?

सुमन—यही कि रात मुझे यहाँ से जाने में देर हो गई।

सुभद्रा—इस ज़रा-सी बात का इतना बतंगड़। देखो, मैं उन्हें बुलवाती हूँ। विचित्र मनुष्य हैं।

सुमन—नहीं, नहीं, उन्हें न बुलाना, मैं रो-धोकर हार गई। लेकिन उस निर्दयी को तनिक भी दया न आई। मेरा हाथ पकड़ कर घर से निकाल दिया। उसे घमण्ड है कि मैं ही इसे पालता हूँ। मैं उसका यह घमण्ड तोड़ दूँगी।

सुभद्रा—चलो, ऐसी बातें न करो। मैं उन्हें बुलवाती हूँ।

सुमन—मैं अब उसका मुँह नहीं देखना चाहती।

सुभद्रा—तो क्या ऐसा बिगाड़ हो गया है?

सुमन—हाँ, अब ऐसा ही है। अब उससे मेरा कोई नाता नहीं।

सुभद्रा ने सोचा, अभी क्रोध में कुछ न सूझेगा, दो-एक रोज में शान्त हो जायेगी। बोली—अच्छा मुँह-हाथ धो डालो, आँखें चढ़ी हुई हैं। मालूम होता है, रात-भर सोई नहीं हो। कुछ देर सो लो, फिर बातें होंगी।

सुमन—आराम से सोना ही लिखा होता, तो क्या ऐसे कुपात्र से पाला पड़ता। अब तो तुम्हारी शरण में आई हूँ। शरण दोगी तो रहूँगी, नहीं कहीं मुँह में कालिख लगाकर डूब मरूँगी। मुझे एक कोने में थोड़ी-सी जगह दे दो, वहीं पड़ी रहूँगी, अपने से जो कुछ हो सकेगा, तुम्हारी सेवा-टहल कर दिया करूँगी।

जब पंडितजी भीतर आये, तो सुभद्रा ने सारी कथा उनसे कही। पंडितजी बड़ी चिन्ता में पड़े। एक अपरिचित स्त्री को उसके पति से पूछे बिना अपने घर में रखना अनुचित मालूम हुआ। निश्चय किया कि चलकर गजाधर को बुलवाऊँ और समझाकर उसका क्रोध शान्त कर दूँ। इस स्त्री का यहाँ से चला जाना ही अच्छा है।

उन्होंने बाहर आकर तुरन्त गजाधर को बुलाने को आदमी भेजा, लेकिन वह घर पर न मिला। कचहरी से आकर पंडितजी ने फिर गजाधर को बुलवाया, लेकिन फिर वही हाल हुआ।

उधर गजाधर को ज्यों ही मालूम हुआ कि सुमन पद्मसिंह के घर गई है, उसका संदेह

पूरा हो गया। वह घूम-घूमकर शर्माजी को बदनाम करने लगा। पहले विट्ठलदास के पास गया। उन्होंने उसकी कथा को वेद-वाक्य समझा। यह देश का सेवक और सामाजिक अत्याचारों का शत्रु—उदारता और अनुदारता का विलक्षण संयोग था। उसके विश्वासी हृदय में सारे जगत् के प्रति सहानुभूति थी, किन्तु अपने वादी के प्रति लेशमात्र भी सहानुभूति न थी। वैमनस्य में अंधविश्वास की चेष्टा होती है। जब से पद्मसिंह ने मुजरे का प्रस्ताव किया था, विट्ठलदास को उनसे द्वेष हो गया था। वे यह समाचार सुनते ही फूले न समाए। शर्माजी के मित्र और सहयोगियों के पास जा-जाकर इसकी सूचना दे आये। लोगों से कहते, देखा आपने। मैं कहता न था कि यह जलसा अवश्य रंग लायेगा। एक ब्राह्मणी को उसके घर से निकालकर अपने घर में रख लिया। बेचारा पति चारों ओर रोता फिरता है। यह है उच्च शिक्षा का आदर्श। मैं तो ब्राह्मणी को उनके यहाँ देखते ही भाँप गया था कि दाल में कुछ काला है। लेकिन यह न समझता था कि अन्दर-ही-अन्दर यह खिचड़ी पक रही है।

आश्चर्य तो यह था कि जो लोग शर्माजी के स्वभाव से भली-भांति परिचित थे, उन्होंने भी इस पर विश्वास कर लिया।

दूसरे दिन प्रातःकाल जीतन किसी काम से बाहर गया। चारों तरफ़ यही चर्चा सुनी। दूकानदार पूछते थे, क्यों जीतन, नई मालकिन के क्या रंग-ढंग हैं? जीतन यह आलोचनापूर्ण बातें सुनकर घबराया हुआ घर आया और बोला—भैया, बहूजी ने जो गजाधर की दुल्हिन को घर में ठहरा लिया है, इस पर बाज़ार में बड़ी बदनामी हो रही है। ऐसा मालूम होता है कि यह गजाधर से लड़कर आई है।

वकील साहब ने यह सुना तो सन्नाटे में आ गये। कचहरी जाने के लिए अचकन पहन रहे थे, एक हाथ आस्तीन में था, दूसरा बाहर। कपड़े पहनने की भी सुधि न रही। उन्हें जिस बात का भय था, वह हो ही गई। अब उन्हें गजाधर की लापरवाही का मर्म ज्ञात हुआ। मूर्तिवत् खड़े सोचते रहे कि क्या करूँ? इसके सिवा और कौन-सा उपाय है कि उसे घर से निकाल दूँ। उस पर जो बीतनी हो बीते, मेरा क्या वश है? किसी तरह बदनामी से तो बचूँ। सुभद्रा पर जी में झुँझलाए। इसे क्या पड़ी थी कि उसे अपने घर में ठहराया? मुझसे पूछा तक नहीं। उसे तो घर में बैठे रहना है, दूसरों के सामने आँखें तो मेरी नीची होंगी। मगर यहाँ से निकाल दूँगा तो बेचारी जायेगी कहाँ? यहाँ तो उसका कोई ठिकाना नहीं मालूम होता। गजाधर अब उसे शायद अपने घर में न रखेगा। आज दूसरा दिन है, उसने खबर तक नहीं ली। इससे तो यह विदित होता है कि उसने उसे छोड़ने का निश्चय कर लिया है। दिल में मुझे दयाहीन और क्रूर समझेगी। लेकिन बदनामी से बचने का यही एकमात्र उपाय है। इसके सिवा और कुछ नहीं हो सकता। यह विवेचना करके वह जीतन से बोले—तुमने अब तक मुझसे क्यों न कहा?

जीतन—सरकार, मुझे आज ही तो मालूम हुआ है, नहीं तो जान लो भैया, मैं

बिना कहे नहीं रहता।

शर्माजी—अच्छा, तो घर में जाओ और सुमन से कहो कि तुम्हारे यहाँ रहने से उनकी बदनामी हो रही है। जिस तरह बन पड़े, आज ही यहाँ से चली जाये। ज़रा आदमी की तरह बोलना, लाठी मत मारना। खूब समझाकर कहना कि उनका कोई वश नहीं है।

जीतन बहुत प्रसन्न हुआ। उसे सुमन से बड़ी चिढ़ थी, जो नौकरों को उन छोटे मनुष्यों से होती है, जो उनके स्वामी के मुँहलगे होते हैं। सुमन की चाल उसे अच्छी नहीं लगती थी। बुड्ढे लोग साधारण बनाव-शृंगार को भी संदेह की दृष्टि से देखते हैं। वह गंवार था। काले को काला कहता था, उजले को उजला; काले को उजला करने का ढंग उसे न आता था। यद्यपि शर्माजी ने समझा दिया था कि सावधानी से बातचीत करना, किन्तु उसने जाते-ही-जाते सुमन का नाम लेकर जोर से पुकारा। सुमन शर्माजी के लिए पान लगा रही थी। जीतन की आवाज़ सुनकर चौंक पड़ी और कातर नेत्रों से उसकी ओर ताकने लगी।

जीतन ने कहा—ताकती क्या हो, वकील साहब का हुक्म है कि आज ही यहाँ से चली जाओ। सारे देश-भर में बदनाम कर दिया। तुमको लाज नहीं है, उनको तो नाम की लाज है। बांड़ा आप गये, चार हाथ की पगहिया भी लेते गये।

सुभद्रा के कान में भनक पड़ी, आकर बोली—क्या है जीतन, क्या कह रहे हो?

जीतन—कुछ नहीं, सरकार का हुक्म है कि यह अभी यहाँ से चली जायें। देश-भर में बदनामी हो रही है।

सुभद्रा—तुम जाकर ज़रा उन्हीं को यहाँ भेज दो।

सुमन की आँखों में आँसू भरे थे। खड़ी होकर बोली—नहीं बहूजी, उन्हें क्यों बुलाती हो? कोई किसी के घर में ज़बर्दस्ती थोड़े ही रहता है। मैं अभी चली जाती हूँ। अब इस चौखट के भीतर फिर पाँव न रखूँगी।

विपत्ति में हमारी मनोवृत्तियाँ बड़ी प्रबल हो जाती हैं। उस समय बेमुरौवती घोर अन्याय प्रतीत होती है और सहानुभूति असीम कृपा। सुमन को शर्माजी से ऐसी आशा न थी। उस स्वाधीनता के साथ जो आपत्तिकाल में हृदय पर अधिकार पा जाती है, उसने शर्माजी को दुरात्मा, भीरू, दयाशून्य तथा नीच ठहराया। तुम आज अपनी बदनामी को डरते हो, तुमको इज़्ज़त बड़ी प्यारी है। अभी कल तक एक वेश्या के साथ बैठे हुए फूले न समाते थे, उसके पैरों तले आँख बिछाते थे, तब इज़्ज़त न जाती थी। आज तुम्हारी इज़्ज़त में बट्टा लग गया है।

उसने सावधानी से संदूकची उठा ली और सुभद्रा को प्रणाम करके घर से चली गई।

11

दरवाज़े पर आकर सुमन सोचने लगी कि अब कहाँ जाऊँ। गजाधर की निर्दयता से भी उसे इतना दुःख न हुआ था, जितना इस समय हो रहा था। उसे अब मालूम हुआ कि मैंने अपने घर से निकलकर बड़ी भूल की। मैं सुभद्रा के बल पर कूद रही थी। मैं इन पंडितजी को कितना भला आदमी समझती थी। पर अब मुझे मालूम हुआ कि यह भी रंगे हुए सियार हैं। अपने घर के सिवा अब मेरा कोई ठिकाना नहीं है। मुझे दूसरों की चिरौरी करने की ज़रूरत ही क्या? क्या मेरा कोई घर नहीं था? क्या मैं इनके घर जन्म काटने आई थी। दो-चार दिन में जब उनका क्रोध शान्त हो जाता, आप ही चली जाती। ओह! नारायण, क्रोध में बुद्धि कैसी भ्रष्ट हो जाती है। मुझे इनके घर को भूलकर भी न आना चाहिए था, मैंने अपने पाँव में आप ही कुल्हाड़ी मारी। वह अपने मन में न जाने क्या समझते होंगे।

यह सोचते हुए सुमन आगे चली, पर थोड़ी दूर चलकर उसके विचारों ने फ़िर पलटा खाया। मैं कहाँ जा रही हूँ? वह अब कदापि मुझे घर में न घुसने देंगे। मैंने कितनी विनती की, पर उन्होंने एक न सुनी। जब केवल रात को कई घंटे की देर हो जाने से उन्हें इतना संदेह हो गया, तो अब मुझे पूरे चौबीस घंटे हो चुके हैं और मैं शामत की मारी वहीं आई, जहाँ मुझे न आना चाहिए था। वह तो 'अब मुझे दूर से ही दुत्कार देंगे। यह दुत्कार क्यों सहूँ? मुझे कहीं रहने का स्थान चाहिए। खाने भर को किसी न किसी तरह कमा लूँगी। कपड़े भी सीऊँगी तो खाने-भर को मिल जायेगा, फिर किसी की धौंस क्यों सहूँ? इनके यहाँ मुझे कौन-सा सुख था? व्यर्थ में एक बेड़ी पैरों में पड़ी हुई थी। और लोक-लाज से मुझे वह रख भी लें, तो उठते-बैठते ताने दिया करेंगे। बस, चलकर एक मकान ठीक कर लूँ। भोली क्या मेरे साथ इतना भी सलूक न करेगी? वह मुझे अपने घर बार-बार बुलाती थी, क्या इतनी दया भी न करेगी?

अमोला चली जाऊँ तो कैसा हो? लेकिन वहाँ पर कौन बैठा हुआ है? अम्मा मर गई। शान्ता है। उसी का निर्वाह होना कठिन है, मुझे कौन पूछने वाला है? मामी जीने न देंगी। छेद-छेदकर मार डालेंगी। चलूँ भोली से कहूँ, देखूँ क्या कहती है। कुछ न हुआ तो गंगा तो कहीं नहीं गई है? यह निश्चय करके सुमन भोली के घर चली। इधर-उधर ताकती थी कि कहीं गजाधर न आता हो।

भोली के द्वार पर पहुँचकर सुमन ने सोचा, इसके यहाँ क्यों जाऊँ? किसी पड़ोसिन के घर जाने से काम न चलेगा? इतने में भोली ने उसे देखा और इशारे से ऊपर बुलाया। सुमन ऊपर चली गई।

भोली का कमरा देखकर सुमन की आँखें खुल गईं। एक बार वह पहले भी आई थी, लेकिन नीचे के आँगन से ही लौट गई थी। कमरा फर्श, मसनद, चित्रों और

शीशे के सापानों से सजा हुआ था। एक छोटी-सी चौकी पर चाँदी का पानदान रखा हुआ था। दूसरी चौकी पर चाँदी की तश्तरी और चाँदी का एक ग्लास रखा हुआ था। सुमन यह सामान देखकर दंग रह गई।

भोली ने पूछा—आज यह संदूकची लिये इधर कहाँ से आ रही थीं?

सुमन—यह राम-कहानी फिर कहूँगी; इस समय तुम मेरे ऊपर कृपा करो कि मेरे लिए कहीं अलग एक छोटा-सा मकान ठीक करा दो। मैं उसमें रहना चाहती हूँ।

भोली ने विस्मित होकर कहा—यह क्यों, क्या शौहर से लड़ाई हो गई है?

सुमन—नहीं, लड़ाई की क्या बात है? अपना जी ही तो है।

भोली—ज़रा मेरे सामने ताको। हाँ, चेहरा साफ कह रहा है। क्या बात हुई?

सुमन—सच कहती हूँ, कोई बात नहीं है। अगर अपने रहने से किसी को कोई तकलीफ हो तो क्यों रहें?

भोली—अरे, तो मुझसे साफ-साफ कहती क्यों नहीं, किस बात पर बिगड़े हैं?

सुमन—बिगड़ने की कोई बात नहीं है। जब बिगड़ ही गये तो क्या रह गया?

भोली—तुम लाख छिपाओ, मैं ताड़ गई सुमन, बुरा न मानो तो कह दूँ। मैं जानती थी कि कभी-न-कभी तुमसे खटकेगी ज़रूर। एक गाड़ी में कहीं अरबी घोड़ी और कहीं लद्दू, टट्टू जुत सकते हैं? तुम्हें तो किसी बड़े घर की रानी बनना चाहिए था। मगर पाले पड़ी एक खूसट के, जो तुम्हारा पैर धोने लायक भी नहीं। तुम्हीं हो कि यों निबाह रही हो, दूसरी होती तो मियाँ पर लात मारकर कभी की चली गई होती। अगर अल्लाहताला ने तुम्हारी शक्ल-सूरत मुझे दी होती, तो मैंने अब तक सोने की दीवार खड़ी कर ली होती। मगर मालूम नहीं, तुम्हारी तबीयत कैसी है। तुमने शायद अच्छी तालीम नहीं पायी।

सुमन—मैं दो साल तक एक ईसाई लेडी से पढ़ चुकी हूँ।

भोली—दो-तीन साल की और कसर रह गई। इतने दिन और पढ़ लेतीं, तो फिर यह ताक न लगी रहती। मालूम हो जाता कि हमारी ज़िंदगी का क्या मकसद है, हमें ज़िन्दगी का लुत्फ कैसे उठाना चाहिए। हम कोई भेड़-बकरी तो नहीं कि माँ-बाप जिसके गले मढ़ दें, बस उसी की हो रहें। अगर अल्लाह को मंजूर होता कि तुम मुसीबतें झेलो, तो तुम्हें परियों की सूरत क्यों देता? यह बेहूदा रिवाज यहीं के लोगों में है कि औरत को इतना जलील समझते हैं, नहीं तो और सब मुल्कों की औरतें आजाद हैं, अपनी पसंद से शादी करती हैं और उससे रास नहीं आती, तो तलाक दे देती हैं। लेकिन हम सब वही पुरानी लकीर पीटे जा रही हैं।

सुमन ने सोचकर कहा—क्या करूँ बहन, लोक-लाज का डर है, नहीं तो आराम से रहना किसे बुरा मालूम होता है?

भोली—यह सब उसी जिहालत का नतीजा है। मेरे माँ-बाप ने मुझे एक बूढ़े मियाँ के गले बाँध दिया था। उसके यहाँ दौलत थी और सब तरह का आराम था,

लेकिन उसकी सूरत से मुझे नफरत थी। मैंने किसी तरह छः महीने तो काटे, आखिर निकल खड़ी हुई। ज़िन्दगी जैसी नियामत रो-रोकर दिन काटने के लिए नहीं दी गई है। ज़िन्दगी का कुछ मज़ा ही न मिला, तो उससे फायदा ही क्या? पहले मुझे भी डर लगता था कि बड़ी बदनामी होगी, लोग मुझे जलील समझेंगे; लेकिन घर से निकलने की देरी थी, फिर तो मेरा वह रंग जमा कि अच्छे-अच्छे खुशामदें करने लगे। गाना मैंने घर पर ही सीखा था, कुछ और सीख लिया, बस सारे शहर में धूम मच गई। आज यहाँ कौन रईस, कौन महाजन, कौन मौलवी, कौन पंडित ऐसा है, जो मेरे तलुवे सहलाने में अपनी इज़्ज़त न समझे? मंदिरों में, ठाकुरद्वारों में मेरे मुजरे होते हैं। लोग मिन्नतें करके ले जाते हैं। इसे मैं अपनी बेइज़्ज़ती कैसे समझूँ? अभी एक आदमी भेज दूँ, तो तुम्हारे कृष्ण-मंदिर के महंतजी दौड़े चले आवें। अगर कोई इसे बेइज़्ज़ती समझे, तो समझा करे।

सुमन—भला, यह गाना कितने दिन में आ जायेगा।

भोली—तुम्हें छः महीने में आ जायेगा; यहाँ गाने को कौन पूछता है, ध्रुपद और तिल्लाने की ज़रूरत ही नहीं। बस, चली हुई गजलों की धूम है। दो-चार ठुमरियाँ और कुछ थियेटर के गाने आ जायें और बस, फिर तुम्हीं तुम हो। यहाँ तो अच्छी सूरत और मज़ेदार बातें चाहिए, सो खुदा ने यह दोनों बातें तुममें कूट-कूटकर भर दी हैं। मैं कसम खाकर कहती हूँ सुमन, तुम एक बार इस लोहे की ज़ंजीर को तोड़ दो फिर देखो, लोग कैसे दीवानों की तरह दौड़ते हैं।

सुमन ने चिन्तित भाव से कहा—यही बुरा मालूम होता है कि...

भोली—हाँ-हाँ, कहो, यही कहना चाहती हो न कि ऐरे-गैरे सबसे बेशरमी करनी पड़ती है। शुरू में मुझे भी यही झिझक होती थी। मगर बाद को मालूम हुआ कि यह ख्याल-ही-ख्याल है। यहाँ ऐरे-गैरे के आने की हिम्मत ही नहीं होती। यहाँ तो सिर्फ़ रईस लोग आते हैं। बस, उन्हें फँसाये रखना चाहिए। अगर शरीफ है, तब तो तबीयत आप-ही-आप उससे मिल जाती है और बेशरमी का ध्यान भी नहीं होता, लेकिन अगर उससे अपनी तबीयत न मिले, तो उसे बातों में लगाये रहो, जहाँ तक उसे नोचते-खसोटते बने, नोचो-खसोटो। आखिर को वह परेशान होकर खुद ही चला जायेगा, उसके दूसरे भाई और आ फँसेंगे। फिर पहले-पहल तो झिझक होती ही है। क्या शौहर से नहीं होती? जिस तरह धीरे-धीरे उसके साथ झिझक दूर होती है, उसी तरह यहाँ होता है।

सुमन ने मुस्कुराकर कहा—तुम मेरे लिए एक मकान ठीक कर दो।

भोली ने ताड़ लिया कि मछली चारा कुतरने लगी, अब शिस्त को कड़ा करने की ज़रूरत है। बोली—तुम्हारे लिए यही घर हाजिर है। आराम से रहो।

सुमन—तुम्हारे साथ न रहूँगी।

भोली—बदनाम हो जाओगी, क्यों?

सुमन—(झेंपकर) नहीं, यह बात नहीं।

भोली—खानदान की नाक कट जायेगी?

सुमन—तुम तो हँसी उड़ाती हो।

भोली—फिर क्या, पंडित गजाधरप्रसाद पांडे नाराज हो जायेंगे?

सुमन—अब मैं तुमसे क्या कहूँ?

सुमन के पास यद्यपि भोली को जवाब देने के लिए कोई दलील न थी। भोली ने उसकी शंकाओं का मज़ाक उड़ाकर उन्हें पहले से ही निर्बल कर दिया था। यद्यपि अधर्म और दुराचार से मनुष्य को जो स्वाभाविक घृणा होती है, वह उसके हृदय को डावांडोल कर रही थी। वह इस समय अपने भावों को शब्दों में न कह सकती थी। उसकी दशा उस मनुष्य की-सी थी, जो किसी बाग में पके फल को देखकर ललचाता है, पर माली के न रहते हुए भी उन्हें तोड़ नहीं सकता।

इतने में भोली ने कहा—तो कितने किराये तक का मकान चाहती हो, मैं अभी अपने मामा को बुलाकर ताकीद कर दूँ।

सुमन—यही दो-तीन रुपये।

भोली—और क्या करोगी?

सुमन—सिलाई का काम कर सकती हूँ।

भोली—और अकेली ही रहोगी?

सुमन—हाँ और कौन है?

भोली—कैसी बच्चों की-सी बातें कर रही हो। अरी पगली, आँखों से देखकर अंधी बनती है। भला, अकेले घर में एक दिन भी तेरा निबाह होगा? दिन-दहाड़े आबरू लुट जायेगी। इससे तो हज़ार दर्जे यही अच्छा है कि तुम अपने शौहर ही के पास चली जाओ।

सुमन—उसकी तो सूरत देखने को जी नहीं चाहता। अब तुमसे क्या छिपाऊँ, अभी परसों वकील साहब के यहाँ तुम्हारा मुजरा हुआ था। उनकी स्त्री मुझसे प्रेम रखती है। उन्होंने मुझे मुजरा देखने को बुलाया और बारह-एक बजे तक मुझे आने न दिया। जब तुम्हारा गाना खत्म हो चुका तो मैं घर आई । बस, इतनी-सी बात पर वह इतने बिगड़े कि जो मुँह में आया, बकते रहे। यहाँ तक कि वकील साहब से भी पाप लगा दिया। कहने लगे, चली जा, अब सूरत न दिखाना। बहन, मैं ईश्वर को बीच देकर कहती हूँ, मैंने उन्हें मनाने का बड़ा यत्न किया। रोई, पैर पड़ी, पर उन्होंने घर से निकाल ही दिया। अपने घर में कोई नहीं रखता, तो क्या जबर्दस्ती है। वकील साहब के घर गई कि दस-पाँच दिन रहूँगी, फिर जैसा होगा देखा जायेगा, पर इस निर्दयी ने वकील साहब को बदनाम कर डाला। उन्होंने मुझे कहला भेजा कि यहाँ से चली जाओ। बहन, और सब दुःख था, पर यह संतोष तो था कि नारायण इज़्ज़त से निबाहे जाते हैं; पर कलंक की कालिख मुँह में लग गई, अब चाहे सिर

पर जो कुछ पड़े, मगर उस घर में न जाऊँगी।

यह कहते-कहते सुमन की आँखें भर आईं। भोली ने दिलासा देकर कहा—अच्छा, पहले हाथ-मुँह तो धो डालो, कुछ नाश्ता कर लो, फिर सलाह होगी। मालूम होता है कि तुम्हें रात-भर नींद नहीं आई।

सुमन—यहाँ पानी मिल जायेगा?

भोली ने मुस्कुराकर कहा—सब इंतजाम हो जायेगा। मेरा कहार हिन्दू है। यहाँ कितने ही हिन्दू आया करते हैं। उनके लिए एक हिन्दू कहार रख लिया है।

भोली की बूढ़ी मामी सुमन को गुसलखाने में ले गई। वहाँ उसने साबुन से स्नान किया। तब मामी ने उसके बाल गूंथे। एक नई रेशमी साड़ी पहनने के लिए लाई। सुमन जब ऊपर आई और भोली ने उसे देखा, तो मुस्कुराकर बोली—ज़रा जाकर आईने में मुँह देख लो।

सुमन शीशे के सामने गई। उसे मालूम हुआ कि सौंदर्य की मूर्ति सामने खड़ी है। सुमन अपने को कभी इतना सुन्दर न समझती थी। लज्जायुक्त अभिमान से मुख-कमल खिल उठा और आँखों में नशा छा गया। वह एक कोच पर लेट गई।

भोली ने अपनी मामी से कहा—क्यों जहूरन, अब तो सेठजी आ जायेंगे पंजे में?

जहूरन बोली—तलुवे सहलाएँगे—तलुवे।

थोड़ी देर में कहार मिठाइयाँ लाया। सुमन ने जलपान किया। पान खाया और फिर आईने के सामने खड़ी हो गई। उसने अपने मन में कहा, यह सुख छोड़कर उस अंधेरी कोठरी में क्यों रहूँ?

भोली ने पूछा—गजाधर शायद मुझसे तुम्हारे बारे में कुछ पूछें, तो क्या कह दूँगी?

सुमन ने कहा—कहला देना कि यहाँ नहीं है।

भोली का मनोरथ पूरा हो गया—उसे निश्चय हो गया कि सेठ बलभद्रदास जो अब तक मुझसे कन्नी काटते फिरते थे, इस लावण्यमयी सुन्दरी पर भ्रमर की भाँति मँडराएँगे।

सुमन की दशा उस लोभी डॉक्टर की-सी थी, जो अपने किसी रोगी मित्र को देखने जाता है और फीस के रुपये अपने हाथों से नहीं लेता। संकोचवश कहता है, इसकी क्या ज़रूरत है, लेकिन जब रुपये उसकी जेब में डाल दिये जाते हैं, तो हर्ष से मुस्कुराता हुआ घर की राह लेता है।

12

पद्मसिंह के एक बड़े भाई मदनसिंह थे। वह घर का कामकाज देखते थे। थोड़ी-सी ज़मींदारी थी, कुछ लेन-देन करते थे। उनके एक ही लड़का था, जिसका नाम सदनसिंह

था। स्त्री का नाम भामा था।

माँ-बाप का इकलौता लड़का बड़ा भाग्यशाली होता है। उसे मीठे पदार्थ खूब खाने को मिलते हैं, किन्तु कड़वी ताड़ना कभी नहीं मिलती। सदन बाल्यकाल में ढीठ, हठी और लड़ाकू था। वयस्क होने पर वह आलसी, क्रोधी और बड़ा उद्दंड हो गया। माँ-बाप को यह मंज़ूर था। वह चाहे कितना ही बिगड़ जाये, पर आँख के सामने से न टले। उससे एक दिन का बिछोह भी न सह सकते थे। पद्मसिंह ने कितनी बार अनुरोध किया कि इसे मेरे साथ जाने दीजिए, मैं इसका नाम अंग्रेज़ी मदरसे में लिखा दूँगा, किन्तु माँ-बाप ने कभी स्वीकार नहीं किया। सदन ने अपने कस्बे ही के मदरसे में उर्दू और हिन्दी पढ़ी थी। भामा के विचार में उसे इससे अधिक विद्या की ज़रूरत ही नहीं थी। घर में खाने को बहुत है, वन-वन पत्ती कौन तुड़वाए? बला से न पढ़ेगा, आँखों से देखते तो रहेंगे।

सदन अपने चाचा के साथ जाने के लिए बहुत उत्सुक रहता था। उनके साबुन, तौलिए, जूते, स्लीपर, घड़ी और कालर को देखकर उसका जी बहुत लहराता । घर में सब कुछ था; पर यह फैशन की सामग्रियाँ कहाँ? उसका जी चाहता, मैं भी चाचा की तरह कपड़ों से सुसज्जित होकर टमटम पर हवा खाने निकलूँ। वह अपने चाचा का बड़ा सम्मान करता था। उनकी कोई बात न टालता। माँ-बाप की बातों पर कान न धरता, प्रांयः सम्मुख विवाद करता। लेकिन चाचा के सामने वह शराफत का पुतला बन जाता था। उनके ठाट-बाट ने उसे वशीभूत कर लिया था। पद्मसिंह घर आते तो सदन के लिए अच्छे-अच्छे कपड़ें और जूते लाते। सदन इन चीज़ों पर लहालोट हो जाता।

होली के दिन पद्मसिंह अवश्य घर आया करते थे। अबकी भी एक सप्ताह पहले उनका पत्र आया था कि हम आयेंगे। सदन रेशमी अचकन और वारनिशदार जूते के स्वप्न देख रहा था। होली के एक दिन पहले मदनसिंह ने स्टेशन पर पालकी भेजी, प्रातःकाल भी, संध्या भी। दूसरे दिन भी दोनों जून सवारी गई, लेकिन वहाँ तो भोलीबाई के मुजरे की ठहर चुकी थी, घर कौन आता? यह पहली होली थी कि पद्मसिंह घर नहीं आये। भामा रोने लगी। सदन के नैराश्य की तो कोई सीमा ही न थी, न कपड़े, न लत्ते, होली कैसे खेले! मदनसिंह भी मन मारे बैठे थे। एक उदासी-सी छायी हुई थी! गाँव की रमणियाँ होली खेलने आईं। भामा को उदास देखकर तसल्ली देने लगीं, 'बहन, पराया कभी अपना नहीं होता, वहाँ दोनों जने शहर की बहार देखते होंगे, गाँव में क्या करने आते?' गाना-बजाना हुआ, पर भामा का मन न लगा। मदनसिंह होली के दिन खूब भांग पिया करते थे। आज भांग छुई तक नहीं। सदन सारे दिन नंगे बदन मुँह लटकाये बैठा था। संध्या को जाकर माँ से बोला—मैं चाचा के पास जाऊँगा।

भामा—वहाँ तेरा कौन बैठा हुआ है?

सदन—क्यों, चाचा नहीं हैं?

भामा—अब वह चाचा नहीं हैं, वहाँ कोई तुम्हारी बात भी न पूछेगा।

सदन—मैं तो जाऊँगा।

भामा—एक बार कह दिया, मुझे दिक मत करो, वहाँ जाने को मैं न कहूँगी।

ज्यों-ज्यों भामा मना करती थी, सदन जिद पकड़ता था। अन्त में वह झुँझलाकर वहाँ से उठ गई। सदन भी बाहर चला आया। ज़िद सामने की चोट नहीं सह सकती, उस पर बगली वार करना चाहिए।

सदन ने मन में निश्चय किया कि चाचा के पास भाग चलना चाहिए। न जाऊँ तो ये लोग कौन मुझे रेशमी अचकन बनवा देंगे। बहुत प्रसन्न होंगे तो एक नैनसुख का कुर्ता सिलवा देंगे। एक मोहनमाला बनवाई है, तो जानते होंगे, जग जीत लिया। एक जोशन बनवाया है, तो सारे गाँव में दिखाते फिरते हैं। मानो अब मैं जोशन पहनकर बैठूँगा। मैं तो जाऊँगा, देखूँ कौन रोकता है?

यह निश्चय करके वह अवसर ढूँढ़ने लगा। रात को जब सब लोग सो गये, तो चुपके से उठकर घर से निकल खड़ा हुआ। स्टेशन वहाँ से तीन मील के लगभग था। चौथ का चाँद डूब चुका था, अंधेरा छाया हुआ था। गाँव के निकास पर बाँस की एक कोठी थी। सदन वहाँ पहुँचा तो कुछ चूं-चूं की आवाज़ सुनाई दी। उसका कलेजा सन्न रह गया। लेकिन शीघ्र ही मालूम हो गया कि बाँस आपस में रगड़ खा रहे हैं। ज़रा और आगे एक आम का पेड़ था। बहुत दिन हुए, इस पर से एक कुर्मी का लड़का गिरकर मर गया था। सदन यहाँ पहुँचा तो उसे शंका हुई, जैसे कोई खड़ा है। उसके रोंगटे खड़े हो गये, सिर में चक्कर-सा आने लगा। लेकिन मन को सँभालकर ज़रा ध्यान से देखा तो कुछ न था। लपककर आगे बढ़ा। गाँव से बाहर निकल गया।

गाँव से दो मील पर पीपल का एक वृक्ष था। यह जनश्रुति थी कि वहाँ भूतों का अड्डा है। सब-के-सब उसी वृक्ष पर रहते हैं। एक कमलीवाला भूत उनका सरदार है। वह मुसाफिरों के सामने काली कमली ओढ़े, खड़ाऊँ पहने आता है और हाथ फैलाकर कुछ माँगता है। मुसाफिर ज्यों ही देने के लिए हाथ बढ़ाता है, वह अदृश्य हो जाता है। मालूम नहीं, इस क्रीड़ा से उसका क्या प्रयोजन था; रात को कोई मनुष्य उस रास्ते से अकेले न आता, और जो कोई साहस करके चला जाता, वह कोई-न-कोई अलौकिक बात अवश्य देखता। कोई कहता, गाना हो रहा था। कोई कहता, पंचायत बैठी हुई थी। सदन को अब यही एक शंका और थी। उसका हियाव बर्फ के समान पिघलता जाता था, जब एक फर्लांग शेष रह गया, तो उसके पग न उठे। ज़मीन पर बैठ गया और सोचने लगा कि क्या करूँ। चारों ओर देखा, कहीं कोई मनुष्य न दिखाई दिया। यदि कोई पशु ही नज़र आता, तो उसे धैर्य हो जाता। आध घंटे तक वह किसी आने-जाने वाले की राह देखता रहा, पर देहात का रास्ता रात को नहीं चलता। उसने सोचा, कब तक बैठा रहूँगा? एक बजे रेल आती है, देर हो जायेगी, तो सारा खेल

ही बिगड़ जायेगा। अतएव वह हृदय में बल का संचार करके उठा और रामायण की चौपाइयाँ उच्च स्वर में गाता हुआ चला। भूत-प्रेत के विचार को किसी बहाने से दूर रखना चाहता था। किन्तु ऐसे अवसरों पर गर्मी की मक्खियों की भाँति विचार टालने से नहीं टलता। हटा दो, फिर आ पहुँचे। निदान वह सघन वृक्ष सामने दिखाई देने लगा। सदन ने उसकी ओर ध्यान से देखा। रात अधिक जा चुकी थी, तारों का प्रकाश भूमि पर पड़ रहा था। सदन को वहाँ कोई वस्तु न दिखाई दी, उसने और भी ऊँचे स्वर में गाना शुरू किया। इस समय एक-एक रोम सजग हो रहा था कभी इधर ताकता, कभी उधर। नाना प्रकार के जीव दिखाई देते, किन्तु ध्यान से देखते ही लुप्त हो जाते। अकस्मात् उसे मालूम हुआ कि दाहिनी ओर कोई बन्दर बैठा हुआ है। कलेजा सन्न हो गया। किन्तु क्षण-मात्र में बन्दर मिट्टी का ढेर बन गया। जिस समय सदन वृक्ष के नीचे पहुँचा, उसका गला थरथराने लगा, मुँह से आवाज़ न निकली। अब विचार को बहलाने की आवश्यकता भी न थी, मन और बुद्धि की सभी शक्तियों का संचय परमावश्यक था। अकस्मात् उसे कोई वस्तु दौड़ती नज़र आई। यह उछल पड़ा, ध्यान से देखा तो कुत्ता था। किन्तु वह सुन चुका था कि भूत कभी-कभी कुत्तों के रूप में भी आ जाया करते हैं। शंका और भी प्रचंड हुई, सावधान होकर खड़ा हो गया, जैसे कोई वीर पुरुष शत्रु के वार की प्रतीक्षा करता है। कुत्ता सिर झुकाए चुपचाप कतराकर निकल गया। सदन ने जोर से डाँटा, धत्। कुत्ता दुम दबाकर भागा। सदन कई पग उसके पीछे दौड़ा। भय की चरम सीमा ही साहस है। सदन को विश्वास हो गया, कुत्ता ही था; भूत होता तो अवश्य कोई-न-कोई लीला करता। भय कम हुआ, किन्तु वह वहाँ से भागा नहीं। वह अपने भीरू हृदय को लज्जित करने के लिए कई मिनट तक पीपल के नीचे खड़ा रहा। इतना ही नहीं, उसने पीपल की परिक्रमा की और उसे दोनों हाथों से बलपूर्वक हिलाने की चेष्टा की। यह विचित्र साहस था। ऊपर, पत्थर, नीचे पानी। एक ज़रा-सी आवाज़, एक ज़रा-सी पत्ती की खड़कन उसके जीवन का निपटारा कर सकती थी। इस परीक्षा से निकलकर सदन अभिमान से सिर उठाए आगे बढ़ा।

13

सुमन के चले जाने के बाद पद्मसिंह के हृदय में एक आत्मग्लानि उत्पन्न हुई। मैंने अच्छा नहीं किया। न मालूम वह कहाँ गई। अपने घर चली गई तो पूछना ही क्या, किन्तु वहाँ वह कदापि न गई होगी। मरता क्या न करता, कहीं कुली डिपो वालों के जाल में फँस गई, तो फिर छूटना मुश्किल है। यह दुष्ट ऐसे ही अवसर पर अपना बाण चलाते हैं। कौन जाने कहीं उनसे भी घोरतर दुष्टाचारियों के हाथ में न पड़ जाये।

साहसी पुरुष को कोई सहारा नहीं होता तो वह चोरी करता है, कायर पुरुष को कोई सहारा नहीं होता तो वह भीख माँगता है, लेकिन स्त्री को कोई सहारा नहीं होता, तो वह लज्जाहीन हो जाती है। युवती का घर से निकलना मुँह से बात का निकलना है। मुझसे बड़ी भूल हुई। अब इस मर्यादा-पालन से काम न चलेगा। वह डूब रही होगी, उसे बचाना चाहिए।

वह गजाधर के घर जाने के लिए कपड़े पहनने लगे। तैयार होकर घर से निकले। किन्तु यह संशय लगा हुआ था कि कोई मुझे उसके दरवाज़े पर देख न ले। मालूम नहीं, गजाधर अपने मन में क्या समझे। कहीं उलझ पड़ा तो मुश्किल होगी। घर से बाहर निकल चुके थे, लौट पड़े और कपड़े उतार दिए।

जब वह दस बजे भोजन करने गये, तो सुभद्रा ने तेवरियाँ बदलकर कहा—यह आज सवेरे सुमन के पीछे क्यों पड़ गये? निकालना ही था तो एक ढंग से निकालते। उस बुड्ढे जीतन को भेज दिया, उसने उल्टी-सीधी जो कुछ मुँह में आई, कही। बेचारी ने जीभ तक नहीं हिलाई, चुपचाप चली गई। मारे लाज के मैंने सिर नहीं उठाया। मुझसे आकर कहते, मैं समझा देती। क़ोई गँवारिन तो थी नहीं, अपना सुभीता करके चली जाती। यह सब तो कुछ न हुआ, बस नादिरशाही हुक्म दे दिया। बदनामी का इतना डर; वह अगर लौटकर घर न गई! तो क्या कुछ कम बदनामी होगी? कौन जाने कहाँ जायेगी, इसका दोष किस पर होगा?

सुभद्रा भरी बैठी थी, उबल पड़ी। पद्मसिंह अपना अपराध स्वीकार करने वाले अपराधी की भाँति सिर झुकाए सुनते रहे। जो विचार उनके मन में थे, वे सुभद्रा की जीभ पर थे। चुपचाप भोजन किया, और कचहरी चले गये। आज उस जलसे के बाद तीसरा दिन था। पहले शर्माजी को कचहरी के लोग एक चरित्रवान् मनुष्य समझते थे और उनका आदर करते थे। किन्तु इधर तीन-चार दिनों से जब अन्य वकीलों को अवकाश मिलता, तो वे शर्माजी के पास बैठ जाते और उनसे राग-रंग की चर्चा करने लगते—शर्माजी, सुना है, आज लखनऊ से कोई बाईजी आई हैं, उनके गाने की बड़ी प्रशंसा है, उनका मुजरा न कराइएगा? अजी शर्माजी, कुछ सुना है आपने? आपकी भोलीबाई पर सेठ चिम्मनलाल बेतरह रीझे हुए हैं। कोई कहता, भाई साहब, कल गंगास्नान है, घाट पर बड़ी बहार रहेगी, क्यों न एक पार्टी कर दीजिए? सरस्वती को बुला लीजिएगा, गाना तो बहुत अच्छा नहीं, मगर यौवन में अद्वितीय है। शर्माजी को इन चर्चाओं से घृणा होती। वह सोचते, क्या मैं वेश्याओं का दलाल हूँ, जो मुझसे लोग इस प्रकार की बातें करते हैं?

कचहरी के कर्मचारियों के व्यवहार में भी शर्माजी को एक विशेष अन्तर दिखाई देता था। उन्हें जब छुट्टी मिलती, सिगरेट पीते हुए शर्माजी के पास बैठ जाते और इसी प्रकार चर्चा करने लगते। यहाँ तक कि शर्माजी किसी बहाने से उठ जाते और उनसे पीछा छुड़ाने के लिए घंटों किसी वृक्ष के नीचे छिपकर बैठे रहते। वह उस अशुभ

मुहूर्त्त को कोसते, जब उन्होंने जलसा किया था।

आज भी वह कचहरी में ज्यादा न ठहर सके। इन्हीं घृणित चर्चाओं से उकता कर दो ही बजे लौट आये। ज्यों ही द्वार पर पहुँचे, सदन ने आकर उनके चरण स्पर्श किये।

शर्माजी आश्चर्य से बोले—अरे सदन, तुम कब आये?

सदन—इसी गाड़ी से आया हूँ।

पद्मसिंह—घर पर तो सब कुशल है?

सदन—जी हाँ, सब अच्छी तरह हैं।

पद्मसिंह—कब चले थे? इसी एक बजे वाली गाड़ी से?

सदन—जी नहीं, चला तो था नौ बजे रात को, किन्तु गाड़ी में सो गया और मुगलसराय पहुँच गया। उधर से बारह बजे वाली डाक से आया हूँ।

पद्मसिंह—वाह अच्छे रहे! कुछ भोजन किया?

सदन—जी हाँ, कर चुका।

पद्मसिंह—मैं तो अबकी होली में न जा सका। भाभी कुछ कहती थीं?

सदन—आपकी राह लोग दो दिन तक देखते रहे। दादा दो दिन पालकी लेकर गये। अम्मा रोती थीं, मेरा जी न लगता था, रात को उठकर चला आया।

शर्माजी—तो घर पर पूछा नहीं?

सदन—पूछा क्यों नहीं, लेकिन आप तो उन लोगों को जानते हैं, अम्मा राजी न हुईं।

शर्माजी—तब तो वे लोग घबराते होंगे, ऐसा ही था, तो किसी को साथ ले लेते। खैर अच्छा हुआ, मेरा जी भी तुम्हें देखने को लगा था। अब आ गये तो किसी मदरसे में नाम लिखाओ।

सदन—जी हाँ, यही तो मेरा भी विचार है।

शर्माजी ने मदनसिंह के नाम पर तार दिया, ''घबराइए मत। सदन यहीं आ गया है। उसका नाम किसी स्कूल में लिखा दिया जायेगा।''

तार देकर फिर सदन से गाँव-घर की बातें करने लगे। कोई कुर्मी, कहार, लोहार, चमार ऐसा न बचा, जिसके सम्बन्ध में शर्माजी ने कुछ-न-कुछ पूछा न हो। ग्रामीण जीवन में एक प्रकार की ममता होती है, जो नागरिक जीवन में नहीं पायी जाती। एक प्रकार का स्नेह-बन्धन होता है, जो सब प्राणियों को, चाहे छोटे हों या बड़े, बाँधे रहता है।

संध्या हो गई। शर्माजी सदन के साथ सैर को निकले। किन्तु बेनीबाग या क्वींस पार्क की ओर न जा कर वह दुर्गाकुंड और कान्हाजी की धर्मशाला की ओर गये। उनका चित्त चिन्ताग्रस्त हो रहा था, आँखें इधर-उधर सुमन को खोजती फिरती थीं। मन में निश्चय कर लिया था कि अबकी वह मिल जाये, तो कदापि न जाने

दूँ, चाहे कितनी ही बदनामी हो। यही न होगा कि उसका पति मुझ पर दावा करेगा। सुमन की इच्छा होगी, चली जायेगी। चलूँ गजाधर के पास, सम्भव है, वह घर आ गई हो। यह विचार आते ही वह घर लौटे। कई मुवक्किल उनकी बाट जोह रहे थे। उनके कागज-पत्र देखे, किन्तु मन दूसरी ओर था। ज्यों ही इनसे छुट्टी हुई, वह गजाधर के घर चले, किन्तु इधर-उधर ताकते जाते थे कि कहीं कोई देख न रहा हो, कोई साथ न आता हो। इस ढंग से जाते हैं मानो कोई प्रयोजन नहीं है। गजाधर के द्वार पर पहुँचे। वह अभी दूकान से लौटा था। आज उसे दोपहर ही को खबर मिली थी कि शर्माजी ने सुमन को घर से निकाल दिया। इस पर भी उसको यह संदेह हो रहा था कि कहीं इस बहाने उसे छिपा न दिया हो। लेकिन इस समय शर्माजी को अपने द्वार पर देखकर वह उनका सत्कार करने के लिए विवश हो गया। खाट पर से उठकर उन्हें नमस्ते की। शर्माजी रुक गये और निश्चेष्ट भाव से बोले—क्यों पांडेजी, महाराजिन घर आ गईं न?

गजाधर का संदेह कुछ हटा, बोला—जी नहीं, जब से आपके घर से गयी, तब से उसका कुछ पता नहीं।

शर्माजी—आपने कुछ इधर-उधर पूछताछ नहीं की? आखिर यह बात क्या हुई। जो आप उनसे इतने नाराज हो गये?

गजाधर—महाशय, मेरे निकालने का तो एक बहाना था, असल में वह निकलना चाहती ही थी। पास-पड़ोस की दुष्टाओं ने उसे बिगाड़ दिया था। इधर महीनों से वह अनमनी-सी रहती थी। होली के दिन एक बजे रात को घर आई, संदेह हुआ। मैंने डाँट-डपट की। घर से निकल खड़ी हुई।

शर्माजी—लेकिन आप उसे घर लाना चाहते, तो मेरे यहाँ से ला सकते थे। इसके बदले आपने मुझको बदनाम करना शुरू किया। तो भाई, अपनी इज़्ज़त तो सभी को प्यारी होती है। इस मुआमले में मेरा इतना ही अपराध था कि वह होली वाले जलसे में मेरे यहाँ रही। यदि मुझे मालूम होता कि जलसे का यह परिणाम होगा, तो या तो जलसा ही न करता या उसे अपने घर आने न देता। इतने ही अपराध के लिए आपने सारे शहर में मेरा नाम बेच डाला।

गजाधर रोने लगा। उसके मन का भ्रम दूर हो गया। रोते हुए बोला—महाशय, इस अपराध के लिए मुझे जो सजा चाहें, दें। मैं गंवार-मूर्ख ठहरा, जिसने जो बात सुझा दी, मान गया। वह जो बैंकघर के बाबू हैं, भला-सा नाम है—विट्ठलदास, मैं उन्हीं के चकमे में आ गया। होली के एक दिन पहले वह हमारी दूकान पर आये थे, कुछ कपड़ा लिया, और मुझे अलग ले जाकर आपके बारे में...अब क्या कहूँ। उनकी बातें सुनकर मुझे भ्रम हो गया। मैं उन्हें भला आदमी समझता था। सारे शहर में दूसरों के साथ भलाई करने के लिए उपदेश करते फिरते हैं। ऐसा धर्मात्मा आदमी कोई बात कहता है, तो उस पर विश्वास आ जाता है। मालूम नहीं, उन्हें आपसे क्या

बैर था, और मेरा तो उन्होंने घर ही बिगाड़ दिया।

यह कहकर गजाधर फिर रोने लगा। उसके मन का भ्रम दूर हो गया। रोते हुए बोला—सरकार, इस अपराध के लिए मुझे जो सजा चाहें दें।

शर्माजी को ऐसा जान पड़ा, मानो किसी ने लोहे की छड़ लाल करके उनके हृदय में चुभो दी। माथे पर पसीना आ गया। वह सामने से तलवार का वार रोक सकते थे, किन्तु पीछे से सुई की नोक भी उनकी सहन-शक्ति से बाहर थी। विट्ठलदास उनके परम मित्र थे। शर्माजी उनकी इज़्ज़त करते थे। आपस में बहुधा मतभेद होने पर भी वह उनके पवित्र उद्देश्यों का आदर करते थे। ऐसा व्यक्ति जान-बूझकर जब किसी पर कीचड़ फेंके, तो इसके सिवा और क्या कहा जा सकता है कि शुद्ध विचार रखते हुए भी वह क्रूर है। शर्माजी समझ गये कि होली के जलसे के प्रस्ताव से नाराज होकर विट्ठलदास ने यह आग लगाई। केवल मेरा अपमान करने के लिए, जनता की दृष्टि से गिराने के लिए मुझ पर यह दोषारोपण किया है। क्रोध से काँपते हुए बोले—तुम उनके मुँह पर कहोगे?

गजाधर—हाँ, साँच को क्या आँच? चलिए, अभी मैं उनके सामने कह दूँ। मजाल है कि वह इनकार कर जायें।

क्रोध के आवेग में शर्माजी चलने को प्रस्तुत हो गये। किन्तु इतनी देर में आंधी का वेग कुछ कम हो चला था। सँभल गये। इस समय वहाँ जाने से बात बढ़ जायेगी, यह सोचकर गजाधर से बोले—अच्छी बात है। जब बुलाऊँ तो चले आना। मगर निश्चिन्त मत बैठो। महराजिन की खोज में रहो, समय बुरा है। जो खर्च की ज़रूरत हो, वह मुझसे लो।

यह कहकर शर्माजी घर चले गये। विट्ठलदास की गुप्त छुरी के आघात ने उन्हें निस्तेज बना दिया था। वह यही समझते थे कि विट्ठलदास ने केवल द्वेष के कारण यह षड्यंत्र रचा है। यह विचार शर्माजी के ध्यान में भी आया कि सम्भव है, उन्होंने जो कुछ कहा हो, वह शुभचिन्ताओं से प्रेरित होकर कहा हो और उस पर विश्वास करते हों।

14

दूसरे दिन पद्मसिंह सदन को साथ लेकर किसी स्कूल में दाखिल कराने चले। किन्तु जहाँ गये, साफ जवाब मिला 'स्थान नहीं है।' शहर में बारह पाठशालाएँ थीं। लेकिन सदन के लिए कहीं स्थान न था।

शर्माजी ने विवश होकर निश्चय किया कि मैं स्वयं पढ़ाऊँगा। प्रातःकाल तो मुवक्किलों के मारे अवकाश नहीं मिलता। कचहरी से आकर पढ़ाते, किन्तु एक ही

सप्ताह में हिम्मत हार बैठे। कहाँ कचहरी से आकर पत्र पढ़ते थे, कभी हारमोनियम बजाते, कहाँ अब एक बूढ़े तोते को रटाना पड़ता था। वह बारंबार झुँझलाते, उन्हें मालूम होता कि सदन मंद-बुद्धि है। यदि वह कोई पढ़ा हुआ शब्द पूछ बैठता, तो शर्माजी झल्ला पड़ते। वह स्थान उलट-पुलटकर दिखाते, जहाँ वह शब्द प्रथम आया था। फिर प्रश्न करते और सदन ही से उस शब्द का अर्थ निकलवाते। इस उद्योग में काम कम होता था, किन्तु उलझन बहुत थी। सदन भी उनके सामने पुस्तक खोलते हुए डरता। वह पछताता कि कहाँ-से-कहाँ यहाँ आया, इससे तो गाँव ही अच्छा था। चार पंक्तियाँ पढ़ाएँगे, लेकिन घंटों बिगड़ेंगे। पढ़ा चुकने के बाद शर्माजी कुछ थक-से जाते। सैर करने को जी नहीं चाहता। उन्हें विश्वास हो गया कि इस काम की क्षमता मुझमें नहीं है।

मोहल्ले में एक मास्टर साहब रहते थे। उन्होंने बीस रुपये मासिक पर सदन को पढ़ाना स्वीकार किया। अब चिन्ता हुई कि रुपये आयें कहाँ से? शर्माजी फैशनेबुल मनुष्य थे, खर्च का पल्ला सदा दबा ही रहता था। फैशन का बोझ अखरता तो अवश्य था, किन्तु उसके सामने कंधा न डालते थे। बहुत देर तक एकान्त में बैठे सोचते रहे, किन्तु बुद्धि ने कुछ काम न किया, तब सुभद्रा के पास जाकर बोले—मास्टर बीस रुपये पर राजी है।

सुभद्रा—तो क्या मास्टर ही न मिलते थे। मास्टर तो एक नहीं सौ हैं, रुपये कहाँ हैं?

शर्माजी—रुपये भी ईश्वर कहीं से देंगे ही।

सुभद्रा—मैं तो कई साल से देख रही हूँ, ईश्वर ने कभी विशेष कृपा नहीं की। बस, इतना दे देते हैं कि पेट की रोटियाँ चल जायें, वही तो ईश्वर हैं!

पद्मसिंह—तो तुम्हीं कोई उपाय निकालो।

सुभद्रा—मुझे जो कुछ देते हो, मत देना बस!

पद्मसिंह—तुम तो ज़रा-सी बात में चिढ़ जाती हो।

सुभद्रा—चिढ़ने की बात ही करते हो, आय-व्यय तुमसे छिपा नहीं है, मैं और कौन-सी बचत निकाल दूँगी? दूध-घी की तुम्हारे यहाँ नदी नहीं बहती, मिठाई-मुरब्बे में कभी फफूँदी नहीं लगी, कहारिन के बिना काम चलने ही का नहीं; महराजिन का होना ज़रूरी है। और किस खर्चे में कमी करने को कहते हो-

पद्मसिंह—दूध ही बन्द कर दो।

सुभद्रा—हाँ, बन्द कर दो। मगर तुम न पीयोगे, सदन के लिए तो लेना ही होगा।

शर्माजी फिर सोचने लगे। पान-तम्बाकू का खर्च दस रुपये मासिक से कम न था, और भी कई छोटी-छोटी मदों में कुछ-न-कुछ बचत हो सकती थी। किन्तु उनकी चर्चा करने से सुभद्रा की अप्रसन्नता का भय था। सुभद्रा की बातों से उन्हें स्पष्ट

विदित हो गया था कि इस विषय में उसे मेरे साथ सहानुभूति नहीं है। मन में बाहर के खर्च का लेखा जोड़ने लगे। अन्त में बोले—क्यों, रोशनी और पंखे के खर्च में कुछ किफायत हो सकती है?

सुभद्रा—हाँ, हो सकती है, रोशनी की क्या आवश्यकता है, सांझ ही से बिछावन पर पड़े रहें। यदि कोई मिलने-मिलाने आयेगा, तो आप ही चिल्लाकर चला जायेगा, या घूमने निकल गये, नौ बजे लौटकर आये, और पंखा तो हाथ से भी झला जा सकता है। क्या जब बिजली नहीं थी, तो लोग गर्मी के मारे बावले हो जाते थे?

पद्मसिंह—घोड़े के रातिब में कमी कर दूँ?

सुभद्रा—हाँ, यह दूर की सूझी। घोड़े को रातिब दिया ही क्यों जाये, घास काफी है। यही न होगा कि कूल्हे पर हड्डियाँ निकल आयेंगी। किसी तरह मर-जीकर कचहरी तक ले ही जायेगा, यह तो कोई नहीं कहेगा कि वकील साहब के पास सवारी नहीं है।

पद्मसिंह—लड़कियों की पाठशाला को दो रुपये मासिक चंदा देता हूँ, नौ रुपये क्लब का चंदा है, तीन रुपये मासिक अनाथालय को देता हूँ। यह सब चंदे बन्द कर दूँ तो कैसा हो?

सुभद्रा—बहुत अच्छा होगा। संसार की रीति है कि पहले अपने घर में दीया जलाकर मस्जिद में जलाते हैं।

शर्माजी सुभद्रा की व्यंग्यपूर्ण बातों को सुन-सुनकर मन में झुंझला रहे थे, पर धीरज के साथ बोले—इस तरह कोई पन्द्रह रुपये मासिक तो मैं दूँगा, शेष पाँच रुपये का बोझ तुम्हारे ऊपर है। मैं हिसाब-किताब नहीं पूछता, किसी तरह संख्या पूरी करो।

सुभद्रा—हाँ, हो जायेगा, कुछ कठिन नहीं है। भोजन एक ही समय बने, दोनों समय बनने की क्या ज़रूरत है? संसार में करोड़ों मनुष्य एक ही समय खाते हैं, किन्तु बीमार या दुबले नहीं होते।

शर्माजी अधीर हो गये। घर की लड़ाई से उनका हृदय काँपता था, पर यह चोट न सही गई। बोले—तुम क्या चाहती हो कि सदन के लिए मास्टर न रखा जाये और वह यों ही अपना जीवन नष्ट करे? चाहिए तो यह था कि तुम मेरी सहायता करतीं, उल्टे और जी जला रही हो। सदन मेरे उसी भाई का लड़का है, जो अपने सिर पर आटे-दाल की गठरी लादकर मुझे स्कूल में दाखिल कराने आये थे। मुझे वह दिन भूले नहीं हैं। उनके उस प्रेम का स्मरण करता हूँ, तो जी चाहता है कि उनके चरणों में गिरकर घंटों रोऊँ। तुम्हें अब अपने रोशनी और पंखे के खर्च में, पान-तंबाकू के खर्च में, घोड़े-साईस के खर्च में किफायत करना भारी मालूम होता है, किन्तु भैया मुझे वार्निश वाले जूते पहनाकर आप नंगे पाँव रहते थे। मैं रेशमी कपड़े पहनता था, वे फटे कुर्ते पर ही काटते थे। उनके उपकारों और भलाइयों का इतना भारी बोझ मेरी गर्दन पर है कि मैं इस जीवन में उससे मुक्त नहीं हो सकता। सदन के लिए मैं

प्रत्येक कष्ट सहने को तैयार हूँ। उसके लिए यदि मुझे पैदल कचहरी जाना पड़े, उपवास करना पड़े, अपने हाथों से उसके जूते साफ करने पड़ें, तब भी मुझे इनकार न होगा; नहीं तो मुझ जैसा कृतघ्न संसार में न होगा।

ग्लानि से सुभद्रा का मुखकमल कुम्हला गया। यद्यपि शर्माजी ने वे बातें सच्चे दिल से कही थीं, पर उसने यह समझा कि यह मुझे लज्जित करने के निमित्त कही गई हैं। सिर नीचा करके बोली–तो मैंने यह कब कहा कि सदन के लिए मास्टर न रखा जाये? जो काम करना ही है, उसे कर डालिए। जो कुछ होगा, देखा जायेगा। जब दादाजी ने आपके लिए इतने कष्ट उठाये हैं तो यही उचित है कि आप भी सदन के लिए कोई बात उठा न रखें। मुझसे जो कुछ करने को कहिये, वह करूँ। आपने अब तक कभी इस विषय पर ज़ोर नहीं दिया था, इसलिए मुझे यह भ्रम हुआ कि यह कोई आवश्यक खर्च नहीं है। आपको पहले ही दिन से मास्टर का प्रबन्ध करना चाहिए था। इतने आगे-पीछे का क्या काम था? अब तक तो यह थोड़ा-बहुत पढ़ भी चुका होता। इतनी उम्र गंवाने के बाद जब पढ़ने का विचार किया है, तो उसका एक दिन भी व्यर्थ न जाना चाहिए।

सुभद्रा ने तत्क्षण अपनी लज्जा का बदला ले लिया। पंडितजी को अपनी भूल स्वीकार करनी पड़ी। यदि अपना पुत्र होता, तो उन्होंने कदापि इतना सोच-विचार न किया होता।

सुभद्रा को अपने प्रतिवाद पर खेद हुआ। उसने पान बनाकर शर्माजी को दिया। यह मानो संधि-पत्र था। शर्माजी ने पान ले लिया, संधि स्वीकृत हो गई।

जब वह चलने लगे तो सुभद्रा ने पूछा–कुछ सुमन का पता चला?

शर्माजी–कुछ भी नहीं। न जाने कहाँ गायब हो गई, गजाधर भी नहीं दिखाई दिया। सुनता हूँ, घर-बार छोड़कर किसी तरफ़ निकल गया है।

दूसरे दिन से मास्टर साहब सदन को पढ़ाने लगे। नौ बजे वह पढ़ाकर चले जाते तब सदन स्नान-भोजन करके सोता। अकेले उसका जी बहुत घबराता, कोई संगी न साथी, न कोई हँसी न दिल्लगी, कैसे जी लगे। हाँ, प्रातःकाल थोड़ी-सी कसरत कर लिया करता था। इसका उसे व्यसन था। अपने गाँव में उसने एक छोटा-सा अखाड़ा बनवा रखा था। यहाँ अखाड़ा तो न था, कमरे में ही डंड कर लेता। शाम को शर्माजी उसके लिए फिटन तैयार करा देते। तब सदन अपना सूट पहनकर गर्व के साथ फिटन पर सैर करने निकलता। शर्माजी पैदल घूमा करते थे। वह पार्क या छावनी की ओर जाते, किन्तु सदन उस तरफ़ न जाता। वायु-सेवन में जो एक प्रकार का दार्शनिक आनन्द होता है, उसका उसे क्या ज्ञान। शुद्ध वायु की सुखद शीतलता, हरे-भरे मैदानों की विचारोत्पादक निर्जनता और सुरम्य दृश्यों की आनन्दमयी निःस्तब्धता–उसमें इनके रसास्वादन की योग्यता न थी। उसका यौवनकाल था, जब बनाव-श्ं!गार का भूत सिर पर सवार रहता है। वह अत्यन्त रूपवान, सुगठित, बलिष्ठ युवक था। देहात

में रहा, न पढ़ना न लिखना, न मास्टर का भय, न परीक्षा की चिन्ता, सेरों दूध पीता था। घर की भैंसें थीं, घी के लोंदे-के-लोंदे उठाकर खा जाता। उस पर कसरत का शौक। शरीर बहुत सुडौल निकल आया था। छाती चौड़ी, गर्दन तनी हुई, ऐसा जान पड़ता था, मानो देह में ईंगुर भरा हुआ है।

उसके चेहरे पर वह गम्भीरता और कोमलता न थी, जो शिक्षा और ज्ञान से उत्पन्न होती है। उसके मुख से वीरता और उद्दंडता झलकती थी। आँखें मतवाली, सतेज और चंचल थीं। वह बाग का कलमी पौधा नहीं, वन का सुदृढ़ वृक्ष था। निर्जन पार्क या मैदान में उस पर किसकी निगाह पड़ती? कौन उसके रूप और यौवन को देखता। इसलिए वह कभी दालमंडी की तरफ़ जाता, कभी चौक की तरफ़। उसके रंग-रूप, ठाट-बाट पर बूढ़े-जवान सबकी आँखें उठ जातीं। युवक उसे ईर्ष्या से देखते, बूढ़े स्नेह से। लोग राह चलते-चलते उसे एक आँख देखने के लिए ठिठक जाते। दूकानदार समझते कि यह किसी रईस का लड़का है।

इन दूकानों के ऊपर सौन्दर्य का बाज़ार था। सदन को देखते ही उस बाज़ार में एक हलचल मच जाती। वेश्याएँ छज्जों पर आकर खड़ी हो जातीं और प्रेम कटाक्ष के बाण उस पर चलातीं। देखें, यह बहका हुआ कबूतर किस छतरी पर उतरता है? यह सोने की चिड़िया किस जाल में फँसती है?

सदन में वह विवेक तो था नहीं, जो सदाचरण की रक्षा करता है। उसमें वह आत्मसम्मान भी नहीं था, जो आँखों को ऊपर नहीं उठने देता। उसकी फिटन बाज़ार में बहुत धीरे-धीरे चलती। सदन की आँखें उन्हीं रमणियों की ओर लगी रहतीं। यौवन के पूर्वकाल में हम अपनी कुवासनाओं के प्रदर्शन पर गर्व करते हैं, उत्तरकाल में अपने सद्गुणों के प्रदर्शन पर। सदन अपने को रसिया दिखाना चाहता था, प्रेम से अधिक बदनामी का आकांक्षी था। इस समय यदि उसका कोई अभिन्न मित्र होता, तो सदन उससे अपने कल्पित दुष्प्रेम की विस्तृत कथाओं का वर्णन करता!

धीरे-धीरे सदन के चित्त की चंचलता यहाँ तक बढ़ी कि पढ़ना-लिखना सब छूट गया। मास्टर आते और पढ़ाकर चले जाते। लेकिन सदन को उनका आना बहुत बुरा मालूम होता। उसका मन हर घड़ी बाज़ार की ओर लगा रहता। वही दृश्य आँखों में फिरा करते। रमणियों के हाव-भाव और मृदु मुस्कान के स्मरण में मग्न रहता। इस भाँति दिन काटने के बाद ज्यों ही शाम होती, यह बन-ठनकर दालमंडी की ओर निकल जाता। अन्त में इस कुप्रवृत्ति का वही फल हुआ, जो सदैव हुआ करता है।

तीन ही चार मास में उसका संकोच उड़ गया। फिटन पर दो आदमी दूतों की तरह उसके सिर पर सवार रहते। इसलिए वह इस बाग के फूलों में हाथ लगाने का साहस न कर सकता था। वह सोचने लगा कि किसी भाँति इन दूतों से गला छुड़ाऊँ। सोचते-सोचते उसे एक उपाय सूझ गया। एक दिन उसने शर्माजी से कहा--चाचा, मुझे एक अच्छा-सा घोड़ा ले दीजिए। फिटन पर अपाहिजों की तरह बैठे रहना कुछ

अच्छा नहीं मालूम होता। घोड़े पर सवार होने से कसरत भी हो जायेगी और मुझे सवारी का भी अभ्यास हो जायेगा।

जिस दिन से सुमन गई थी, शर्माजी कुछ चिन्तातुर रहा करते थे। मुवक्किल लोग कहते कि आजकल इन्हें न जाने क्या हो गया है। बात-बात पर झुंझला जाते हैं। हमारी बात ही न सुनेंगे तो बहस क्या करेंगे। जब हमको मेहनताना देना है, तो क्या यही एक वकील हैं? गली-गली तो मारे-मारे फिरते हैं। इससे शर्माजी की आमदनी दिन-प्रतिदिन कम होती जाती थी। यह प्रस्ताव सुनकर चिन्तित स्वर में बोले—अगर इसी घोड़े पर जीन खिंचा लो तो कैसा हो? दो-चार दिन में निकल जायेगा।

सदन—जी नहीं; बहुत दुर्बल है, सवारी में न ठहरेगा। कोई चाल भी तो नहीं, न कदम, न सरपट। कचहरी से थका-मांदा आयेगा तो क्या चलेगा।

शर्माजी—अच्छा, तलाश करूँगा, कोई जानवर मिला तो ले लूँगा।

शर्माजी ने चाहा कि इस तरह बात टाल दूँ। मामूली घोड़ा भी ढाई-तीन सौ से कम में न मिलेगा, उस पर कम-से-कम पच्चीस रुपये मासिक का खर्च अलग। इस समय वह इतना खर्च उठाने में समर्थ न थे, किन्तु सदन कब मानने वाला था? नित्यप्रति उनसे तकाजा करता, यहाँ तक कि दिन में कई बार टोकने की नौबत आ पहुँची। शर्माजी उसकी सूरत देखते ही सूख जाते। यदि उससे अपनी आर्थिक दशा साफ-साफ कह देते, तो सदन चुप हो जाता, लेकिन अपनी चिन्ताओं की रामकहानी सुनाकर वह उसे कष्ट में नहीं डालना चाहते थे।

सदन ने अपने दोनों साईसों से कह रखा था कि कहीं घोड़ा बिकाऊ हो तो हमें कहना। साईसों ने दलाली के लोभ से दत्तचित्त होकर तलाश की। घोड़ा मिल गया। डिगवी नाम के एक साहब विलायत जा रहे थे। उनका घोड़ा बिकने वाला था। सदन खुद गया, घोड़े को देखा, उस पर सवार हुआ, चाल देखी। मोहित हो गया। शर्माजी से आकर कहा—चलिए, घोड़ा देख लीजिए, मुझे बहुत पसन्द है।

शर्माजी को अब भागने का कोई रास्ता न रहा, जाकर घोड़े को देखा, डिगवी साहब से मिले, दाम पूछे। उन्होंने चार सौ रुपये माँगे, इससे कौड़ी कम नहीं।

अब इतने रुपये कहाँ से आयें? घर में अगर सौ-दो सौ रुपये थे तो वह सुभद्रा के पास थे, और सुभद्रा से इस विषय में शर्माजी को सहानुभूति की लेशमात्र भी आशा न थी। उपकारी बैंक के मैनेजर बाबू चारूचन्द्र से उनकी मित्रता थी। उनसे उधार लेने का विचार किया, लेकिन आज तक शर्माजी को ऋण माँगने का अवसर नहीं पड़ा था। बार-बार इरादा करते और फिर हिम्मत हार जाते। कहीं वह इनकार कर गये तब? इस इनकार का भीषण भय उन्हें सता रहा था। वह यह बिल्कुल न जानते थे कि लोग कैसे महाजन पर अपना विश्वास जमा लेते हैं। कई बार कलम-दवात लेकर रूक्का लिखने बैठे, किन्तु लिखें क्या, यह न सूझा।

इसी बीच में सदन डिगवी साहब के यहाँ से घोड़ा ले आया। जीन-साज का

मूल्य 50 रुपये और हो गया। दूसरे दिन रुपये चुका देने का वादा हुआ। केवल रात-भर की मोहलत थी, प्रातःकाल रुपये देना परमावश्यक था। शर्माजी की हैसियत के आदमी के लिए इतने रुपये का प्रबन्ध करना कोई मुश्किल न था। किन्तु उन्हें चारों ओर अंधकार दिखाई देता था। उन्हें आज अपनी क्षुद्रता का ज्ञान हुआ। जो मनुष्य कभी पहाड़ पर नहीं चढ़ा है, उसका सिर एक छोटे से टीले पर भी चक्कर खाने लगता है। इस दुरावस्था में सुभद्रा के सिवा उन्हें कोई अवलम्ब न सूझा। उसने उनकी रोनी सूरत देखी तो पूछा—आज इतने उदास क्यों हो? जी तो अच्छा है।

शर्माजी ने सिर झुकाकर उत्तर दिया—हाँ, जी तो अच्छा है।

सुभद्रा—तो चेहरा क्यों उतरा है?

शर्माजी—क्या बताऊँ, कुछ कहा नहीं जाता, सदन के मारे हैरान हूँ। कई दिन से घोड़े की रट लगाए हुए था। आज डिगवी साहब के यहाँ से घोड़ा ले आया, साढ़े चार सौ रुपये के मत्थे डाल दिया।

सुभद्रा ने विस्मित होकर कहा—अच्छा, यह सब हो गया और मुझे खबर ही नहीं।

शर्माजी—तुमसे कहते हुए डर मालूम होता था।

सुभद्रा—डर की कौन बात थी? क्या मैं सदन की दुश्मन थी, जो जल-भुन जाती? ...उसके खेलने-खाने के क्या और दिन आयेंगे? कौन बड़ा खर्च है, तुम्हें ईश्वर कुशल से रखें, ऐसे चार-पाँच सौ रुपये कहाँ आयेंगे और कहाँ जायेंगे। लड़के का मन तो रह जायेगा। उसी भाई का तो बेटा है, जिसने आपको पाल-पोसकर आज इस योग्य बनाया।

शर्माजी इस व्यंग्य के लिए तैयार थे। इसीलिए उन्होंने सदन की शिकायत करके यह बात छेड़ी थी। किन्तु वास्तव में उन्हें सदन का यह व्यसन दुःखजनक नहीं मालूम होता था, जितनी अपनी दारूण धनहीनता। सुभद्रा की सहानुभूति प्राप्त करने के लिए उसके हृदय में पैठना ज़रूरी था। बोले—चाहे जो कुछ हो, मुझे तो तुमसे कहते हुए डर लगता था। मन की बात कहता हूँ। लड़कों का खाना-खेलना सबको अच्छा लगता है, पर घर में पूँजी हो तब। दिन-भर से इसी फिक्र में पड़ा हुआ हूँ। कुछ बुद्धि काम नहीं करती। सवेरे डिगवी साहब का आदमी आयेगा, उसे क्या उत्तर दूँगा? बीमार भी पड़ जाता, तो एक बहाना मिल जाता।

सुभद्रा—तो यह कौन मुश्किल बात है, सवेरे चादर ओढ़कर लेटे रहिएगा, मैं कह दूँगी आज तबीयत अच्छी नहीं है।

शर्माजी हँसी रोक न सके। इस व्यंग्य में कितनी निर्दयता, कितनी विरक्ति थी। बोले—अच्छा, मान लिया कि आदमी कल लौट गया, परसों तो डिगवी साहब जाने वाले ही हैं। कल कोई-न-कोई फिक्र करनी ही पड़ेगी।

सुभद्रा—तो वही फिक्र आज ही क्यों नहीं कर डालते?

शर्माजी—भाई चिढ़ाओ मत। अगर मेरी बुद्धि काम करती तो तुम्हारी शरण क्यों आता? चुपचाप काम न कर डालता? जब कुछ नहीं बन पड़ा है, तब तुम्हारे पास

आया हूँ। बताओ, क्या करूँ?

सुभद्रा—मैं क्या बताऊँ? आपने तो वकालत पढ़ी है, मैं तो मिडिल तक भी नहीं पढ़ी, मेरी बुद्धि यहाँ क्या काम देगी? इतना जानती हूँ कि घोड़े को द्वार पर हिनहिनाते सुनकर बैरियों की छाती धड़क जायेगी। जिस वक्त आप सदन को उस पर बैठे देखेंगे, तो आँखें तृप्त हो जायेंगी।

शर्माजी—वही तो पूछता हूँ कि ये अभिलाषाएँ कैसे पूरी हों?

सुभद्रा—ईश्वर पर भरोसा रखिए, वह कोई-न-कोई जुगत निकालेगा ही।

शर्माजी—तुम तो ताने देने लगीं।

सुभद्रा—इसके सिवा मेरे पास और है ही क्या? अगर आप समझते हों कि मेरे पास रुपये होंगे, तो यह आपकी भूल है। मुझे हेर-फेर करना नहीं आता, संदूक की चाबी लीजिए, सौ-सवा सौ रुपये पड़े हुए हैं, निकाल ले जाइए। बाकी के लिए और कोई फिक्र कीजिए। आपके कितने ही मित्र हैं, क्या दो-चार सौ रुपये का प्रबन्ध नहीं कर देंगे।

यद्यपि पद्मसिंह यही उत्तर पाने की आशा रखते थे, पर इसे कानों से सुनकर वह अधीर हो गये। गाँठ ज़रा भी हलकी न पड़ी। चुपचाप आकाश की ओर ताकने लगे, जैसे कोई अथाह जल में बहा जाता हो।

सुभद्रा संदूक की चाबी देने को तैयार तो थी, लेकिन सन्दूक में सौ रुपये की जगह पूरे पाँच सौ रुपये बटुए में रखे हुए थे। यह सुभद्रा की दो साल की कमाई थी। इन रुपयों को देख-देख सुभद्रा फूली न समाती थी। कभी सोचती, अबकी घर चलूँगी, तो भाभी के लिए अच्छा-सा कंगन लेती चलूँगी और गाँव की सब कन्याओं के लिए एक-एक साड़ी। कभी सोचती, यहीं कोई काम पड़ जाये और शर्माजी रुपये के लिए परेशान हों, तो मैं झट निकालकर दे दूँगी। वह कैसे प्रसन्न होंगे। चकित हो जायेंगे। साधारणतः युवतियों के हृदय में ऐसे उदार भाव नहीं उठा करते। वह रुपये जमा करती हैं अपने गहनों के लिए। लेकिन सुभद्रा बड़े धनी घर की बेटी थी, गहनों से मन भरा हुआ था।

उसे रुपयों का ज़रा भी लोभ न था। हाँ, एक ऐसे अनावश्यक कार्य के लिए उन्हें निकालने में कष्ट होता था, पर पंडितजी की रोनी सूरत देखकर उसे दया आ गई, बोली—आपने बैठे-बिठाए यह चिन्ता अपने सिर ली। सीधी-सी तो बात थी। कह देते, भाई रुपये नहीं हैं, तब तक किसी तरह काम चलाओ। इस तरह मन बढ़ाना कौन-सी अच्छी बात है? आज घोड़े की जिद है, कल मोटरकार की धुन होगी, तब क्या कीजिएगा? माना कि दादाजी ने आपके साथ बड़े अच्छे सलूक किए हैं, लेकिन सब काम अपनी हैसियत देखकर ही किए जाते हैं। दादाजी यह सुनकर आपसे खुश न होंगे।

यह कहकर वह झमककर उठी और सन्दूक में से रुपयों की पाँच पोटलियाँ

निकाल लाई, उन्हें पति के सामने पटक दिया और कहा—यह लीजिए पाँच सौ रुपये हैं, जो चाहे कीजिए। रखे रहते तो आप ही के काम आते, पर ले जाइए, किसी भाँति आपकी चिन्ता तो मिटे। अब सन्दूक में फूटी कौड़ी भी नहीं है।

पंडितजी ने हकबकाकर रुपयों की ओर कातर नेत्रों से देखा, पर उन पर टूटे नहीं। मन का बोझ हल्का अवश्य हुआ, चेहरे से चित्त की शान्ति झलकने लगी। किन्तु वह उल्लास, वह विह्वलता, जिसकी सुभद्रा को आशा थी, दिखाई न दी। एक ही क्षण में वह शान्ति की झलक भी मिट गई। खेद और लज्जा का रंग प्रकट हुआ। इन रुपयों में हाथ लगाना उन्हें अतीव अनुचित प्रतीत हुआ। सोचने लगे, मालूम नहीं, सुभद्रा ने किस नीयत से यह रुपये बचाये थे, मालूम नहीं, इनके लिए कौन-कौन से कष्ट सहे थे।

सुभद्रा ने पूछा—सेंत का धन पाकर भी प्रसन्न नहीं हुए?

शर्माजी ने अनुग्रहपूर्ण दृष्टि से देखकर कहा—क्या प्रसन्न होऊँ? तुमने नाहक ये रुपये निकाले। मैं जाता हूँ, घोड़े को लौटा देता हूँ। कह दूँगा 'सितारा-पेशानी' है या और कोई दोष लगा दूँगा। सदन को बुरा लगेगा, इसके लिए क्या करूँ।

यदि रुपये देने के पहले सुभद्रा ने यह प्रस्ताव किया होता, तो शर्माजी बिगड़ जाते। इसे सज्जनता के विरुद्ध समझते और सुभद्रा को आड़े हाथों लेते, पर इस समय सुभद्रा के आत्मोत्सर्ग ने उन्हें वशीभूत कर लिया था। समस्या यह थी कि घर में सज्जनता दिखाएँ या बाहर? उन्होंने निश्चय किया कि घर में इसकी आवश्यकता है, किन्तु हम बाहरवालों की दृष्टि में मान-मर्यादा बनाए रखने के लिए घरवालों की कब परवाह करते हैं?

सुभद्रा विस्मित होकर बोली—यह क्या? इतनी जल्दी कायापलट हो गई। जानवर लेकर उसे लौटा दोगे, तो क्या बात रह जायेगी? यदि डिगवी साहब फेर भी लें, तो यह उनके साथ कितना अन्याय है? वह बेचारे विलायत जाने के लिए तैयार बैठे हैं। उन्हें यह बात कितनी अखरेगी? नहीं, यह छोटी-सी बात है, रुपये ले जाइये, दे दीजिये। रुपया इन्हीं दिनों के लिए जमा किया जाता है। मुझे इनकी कोई ज़रूरत नहीं है, मैं सहर्ष दे रही हूँ। यदि ऐसा ही है, तो मेरे रुपये फेर दीजिएगा, ऋण समझकर लीजिए।

बात वही थी, पर ज़रा बदले हुए रूप में शर्माजी ने प्रसन्न होकर कहा—हाँ, इस शर्त पर ले सकता हूँ। मासिक किस्त बाँधकर अदा करूँगा।

15

प्राचीन ऋषियों ने इंद्रियों को दमन करने के दो साधन बताए हैं—एक राग, दूसरा वैराग्य। पहला साधन अत्यन्त कठिन और दुस्साध्य है। लेकिन हमारे नागरिक समाज

ने अपने मुख्य स्थानों पर मीनाबाज़ार सजाकर इसी कठिन मार्ग को ग्रहण किया है। उसने गृहस्थी को कीचड़ का कमल बनाना चाहा है।

जीवन की भिन्न-भिन्न अवस्थाओं में भिन्न-भिन्न वासनाओं का प्राबल्य रहता है। बचपन मिठाइयों का समय है, बुढ़ापा लोभ का, यौवन प्रेम और लालसाओं का समय है। इस अवस्था में मीनाबाज़ार की सैर मन में विप्लव मचा देती है। जो सुदृढ़ हैं, लज्जाशील व भावशून्य है, वह सँभल जाते हैं। शेष फिसलते हैं और गिर पड़ते हैं।

शराब की दूकानों को हम बस्ती से दूर रखने का यत्न करते हैं, जुएखाने से भी हम घृणा करते हैं, लेकिन वेश्याओं की दूकानों को हम सुसज्जित कोठों पर, चौक बाज़ारों में ठाट से सजाते हैं। यह पापोत्तेजना नहीं तो और क्या है?

बाज़ार की साधारण वस्तुओं में कितना आकर्षण है। हम उन पर लट्टू हो जाते हैं और कोई आवश्यकता न होने पर भी उन्हें ले लेते हैं। तब वह कौन-सा हृदय है, जो रूप-राशि जैसे अनूल्य रत्न पर मर न मिटेगा? क्या हम इतना भी नहीं जानते?

विपक्षी कहता है, यह व्यर्थ की शंका है। सहस्रों युवक नित्य शहरों में घूमते रहते हैं, किन्तु उनमें से विरला ही कोई बिगड़ता है। वह मानव-पतन का प्रत्यक्ष प्रमाण चाहता है। किन्तु उसे मालूम नहीं कि वायु की भांति दुर्बलता भी एक अदृश्य वस्तु है, जिसका ज्ञान उसके कर्म से ही हो सकता है। हम इतने निर्लज्ज, इतने साहस-रहित क्यों हैं? हममें आत्मगौरव का इतना अभाव क्यों है? हमारी निर्जीवता का क्या कारण है? वे मानसिक दुर्बलता के लक्षण हैं।

इसलिए आवश्यक है कि इन विष-भरी नागिनों को आबादी से दूर किसी पृथक् स्थान में रखा जाये। तब उन निंद्य स्थानों की ओर सैर करने को जाते हुए हमें संकोच होगा। यदि वह आबादी से दूर हों और वहाँ घूमने के लिए किसी बहाने की गुंजाइश न हो, तो ऐसे बहुत कम बेहया आदमी होंगे, जो इस मीनाबाज़ार में कदम रखने का साहस कर सकें।

कई महीने बीत गये। वर्षाकाल आ पहुँचा। मेलों-ठेलों की धूम मच गई। सदन बाँकी सज-धज बनाए मनचले घोड़े पर चारों ओर घूमा करता। उसके हृदय में प्रेम-लालसा की एक आग-सी जलती रहती थी। अब वह इतना निःशंक हो गया था कि दालमंडी में घोड़े से उतरकर तंबोलियों की दूकानों पर पान खाने बैठ जाता। वह समझते, यह कोई बिगड़ा हुआ रईसजादा है। उससे रूप-हाट की नई-नई घटनाओं का वर्णन करते। गाने में कौन-सी अच्छी है और कौन सुन्दरता में अद्वितीय है, इसकी चर्चा छिड़ जाती। इस बाज़ार में नित्य यह चर्चा रहती। सदन इन बातों को चाव से सुनता। अब तक वह कुछ रसज्ञ हो गया था। पहले जो गजलें निरर्थक मालूम होती थीं, उन्हें सुनकर अब उसके हृदय का एक-एक तार सितार की भाँति गूँजने लगता था। संगीत के मधुर स्वर उसे उन्मत्त कर देते, बड़ी कठिनता से वह अपने

को कोठों पर चढ़ने से रोक पाता।

पद्मसिंह सदन को फैशनेबुल तो बनाना चाहते थे, लेकिन उसका बाँकापन उनकी आँखों में खटकता था। वह नित्य वायुसेवन करने जाते, पर सदन उन्हें पार्क या मैदान में कभी न मिलता। वह सोचते कि यह रोज कहाँ घूमने जाता है। कहीं उसे दालमंडी की हवा तो नहीं लगी?

उन्होंने दो-तीन बार सदन को दालमंडी में खड़े देखा। उन्हें देखते ही सदन झट एक दूकान पर बैठ जाता और कुछ-न-कुछ खरीदने लगता। शर्माजी उसे देखते और सिर नीचा किए हुए निकल जाते। बहुत चाहते कि सदन को इधर आने से रोकें, किन्तु लज्जावश कुछ न कह सकते।

एक दिन शर्माजी सैर करने जा रहे थे कि रास्ते में दो सज्जनों से भेंट हो गई। ये दोनों म्युनिसिपैलिटी के मेम्बर थे। एक का नाम था अबुलवफा, दूसरे का नाम अब्दुललतीफ। ये दोनों फिटन पर सैर करने जा रहे थे। शर्माजी को देखते ही रुक गये।

अबुलवफा बोले—आइए जनाब! आप ही का जिक्र हो रहा था। आइए, कुछ दूर साथ ही चलिए।

शर्माजी ने उत्तर दिया—मैं इस समय घूमा करता हूँ, क्षमा कीजिए।

अबुलवफा—अजी, आपसे एक खास बात कहनी है। हम तो आपके दौलतखाने पर हाजिर होने वाले थे।

इस आग्रह से विवश होकर शर्माजी फिटन पर बैठे।

अबुलवफा—वह खबर सुनाएँ कि रूह फड़क उठे।

शर्माजी—फरमाइए तो।

अबुलवफा—आपकी महराजिन सुमन 'बाई' हो गई।

अब्दुललतीफ—वल्लाह, हम आपके नज़र इन्तखाब के कायल हैं। अभी तीन-चार दिनों से ही उसने दालमंडी में बैठना शुरू किया है, लेकिन इतने में ही उसने सबका रंग मात कर दिया है। उसके सामने अब किसी का रंग ही नहीं जमता। उसके बालाखाने के सामने रंगीन मिजाजों का अम्बोह जमा रहता है। मुखड़ा गुलाब है और जिस्म तपाया हुआ कुंदन। जनाब, मैं आपसे अजरूये ईमान कहता हूँ कि ऐसी दिलफरेबी सूरत मैंने न देखी थी।

अबुलवफा—भाई, उसे देखकर भी कोई पाकबाजी का दावा करे तो उसका मुरीद हो जाऊँ। ऐसे लाले बेबहा को गूदड़ से निकालना आप ही जैसे हुस्नशिनास का काम है।

अब्दुललतीफ—बला ही जहीन मालूम होती है। अभी आपके यहाँ से निकले हुए उसे पाँच-छह महीने से ज़्यादा नहीं,हुए होंगे, लेकिन कल उसका गाना सुना तो दंग रह गये। इस शहर में उसका सानी नहीं। किसी के गले में वह लोच और नज़ाकत नहीं है।

अबुलवफा—अजी, जहाँ जाता हूँ, उसी की चर्चा सुनता हूँ। लोगों पर जादू-सा हो गया है। सुनता हूँ, सेठ बलभद्रदासजी की आमदरफ्त शुरू हो गयी। चलिए, आज आप भी पुरानी मुलाकात ताजी कर आइए। आपकी तुफैल में हम भी फैज़ पा जायेंगे।

अब्दुललतीफ—हम आपको खींच ले चलेंगे, इस वक्त आपको हमारी खातिर करनी होगी।

पंडितजी इस समाचार को सुनकर खेद, लज्जा और ग्लानि के बोझ से इतने दब गये कि सिर भी न उठा सके। जिस बात का उन्हें भय था, वह अन्त में पूरी होकर ही रही। उनका जी चाहता था कि कहीं एकान्त में बैठकर इस दुर्घटना की आलोचना करें और निश्चय करें कि इसका कितना भार उनके सिर पर है। इस दुराग्रह पर कुछ खिन्न होकर बोले—मुझे क्षमा कीजिए, मैं न चल सकूँगा।

अबुलवफा—क्यों?

शर्माजी—इसलिए कि एक भले घर की स्त्री को इस दशा में देखना मैं सहन नहीं कर सकता। आप लोग मन में चाहे जो समझें, किन्तु उसका मुझसे केवल इतना ही सम्बन्ध है कि वह मेरी स्त्री के पास आती-जाती थी।

अब्दुललतीफ—जनाब, यह पारसाई की बातें किसी और वक्त के लिए उठा रखिए। हमने इसी कूचे में उम्र काट दी है, और इस रूमुज को खूब समझते हैं। चलिए, आपकी सिफारिश से हमारा भला हो जायेगा।

शर्माजी से अब सब्र न हो सका। अधीर होकर बोले—मैं कह चुका कि मैं वहाँ न जाऊँगा। मुझे उतर जाने दीजिए।

अबुलवफा—और हम कह चुके कि ज़रूर ले चलेंगे। आपको हमारी ख़ातिर से इतनी तकलीफ करनी पड़ेगी।

अब्दुललतीफ ने घोड़े को एक चाबुक लगाया। वह हवा हो गया। शर्माजी ने क्रोध से कहा—आप मेरा अपमान करना चाहते हैं?

अबुलवफा—जनाब, आखिर वजह भी तो कुछ होनी चाहिए। ज़रा देर में पहुँच जाते हैं। यह लीजिए, सड़क घूम गई है।

शर्माजी समझ गये कि ये लोग इस समय मेरी आरजू-मिन्नत पर ध्यान न देंगे। सुमन के पास जाने के बदले वह कुएँ में गिरना अच्छा समझते थे। अतएव उन्होंने अपने कर्तव्य का निश्चय कर लिया। वह उठे और वेग से चलती हुई गाड़ी पर से कूद पड़े। यद्यपि उन्होंने अपने को बहुत सँभाला, पर रुक न सके। पैर लड़खड़ा गये और वह उलटे हुए पचास कदम तक चले गये। कई बार गिरते-गिरते बचे, पर अन्त में ठोकर खाकर गिर ही पड़े। हाथ की कुहनियों में कड़ी चोट लगी, हाँफते-हाँफते बेदम हो गये। शरीर पसीने में डूब गया, सिर चक्कर खाने लगा और आँखें तिलमिला गईं। जमीन पर बैठ गये। अब्दुललतीफ ने घोड़ा रोक दिया, दौड़े हुए दोनों आदमी उनके पास आये और रूमाल निकालकर झलने लगे।

कोई पन्द्रह मिनट में शर्माजी सचेत हुए। दोनों महाशय पछताने लगे, बहुत लज्जित हुए और शर्माजी से क्षमा माँगने लगे। बहुत आग्रह किया कि गाड़ी पर बिठाकर आपको घर पहुँचा दें। किन्तु शर्माजी राजी न हुए। उन्हें वहीं छोड़कर वह खड़े हो गये और लंगड़ाते हुए घर की तरफ़ चले। लेकिन अब सावधान होने पर उन्हें विस्मय होता था कि मैं फिटन से कूद क्यों पड़ा? यदि मैं एक बार झिड़ककर कह देता कि गाड़ी रोको, तो किसकी मजाल थी कि न रोकता और अगर वह इतने पर भी न मानते, तो मैं उनके हाथ से रास छीन सकता था। पर खैर, जो हुआ, वह हुआ। कहीं वह दोनों मुझे बातों में बहलाकर सुमन के दरवाजे पर जा पहुँचते, तो मुश्किल होती। सुमन से मेरी आँखें कैसे मिलतीं? कदाचित् मैं गाड़ी से उतरते ही भागता, पागलों की भाँति बाज़ार में दौड़ता। गऊ का वध होते तो चाहे देख सकूँ, पर सुमन को इस दशा में नहीं देख सकता। बड़े-से-बड़ा भय सदैव कल्पित हुआ करता है।

इस समय उनके मन में बारंबार यह प्रश्न उठ रहा था कि इस दुर्घटना का उत्तरदायी कौन है? उनकी विवेचना-शक्ति पिछली बातों की आलोचना कर रही थी। यदि मैंने उसे घर से निकाल न दिया होता, तो इस भाँति उसका पतन न होता। मेरे यहाँ से निकलकर उसे और कोई ठिकाना न रहा और क्रोध और कुछ नैराश्य की अवस्था में यह भीषण अभिनय करने पर बाध्य हुई। इसका सारा अपराध मेरे सिर है।

लेकिन गजाधर सुमन से इतना क्यों बिगड़ा? यह कोई पर्दानशीन स्त्री न थी, मेले-ठेले में आती-जाती थी, केवल एक दिन ज़रा देर हो जाने से गजाधर उसे कठोर दंड कभी न देता। वह उसे डाँटता, सम्भव है, दो-चार धौल भी लगाता, सुमन रोने लगती, गजाधर का क्रोध ठंडा हो जाता, वह सुमन को मना लेता, बस झगड़ा तय हो जाता। पर ऐसा नहीं हुआ, केवल इसीलिए कि विट्ठलदास ने पहले से ही आग लगा दी थी। निस्संदेह सारा अपराध उन्हीं का है। मैंने भी सुमन को घर से निकाला तो उन्हीं के कारण। उन्होंने सारे शहर में बदनाम करके मुझे निर्दयी बनने पर विवश किया। इस भाँति विट्ठलदास पर दोषारोपण करके शर्माजी को बहुत धैर्य हुआ। इस धारणा ने पश्चात्ताप की आग ठंडी की, जो महीनों से उनके हृदय में दहक रही थी। उन्हें विट्ठलदास को अपमानित करने का एक मौका मिला। घर पहुँचते ही विट्ठलदास को पत्र लिखने बैठ गये। कपड़े उतारने की भी सुध न रही।

"प्रिय महाशय, नमस्ते!

आपको यह जानकर असीम आनन्द होगा कि सुमन अब दालमंडी में एक कोठे पर विराजमान है। आपको स्मरण होगा कि होली के दिन वह अपने पति के भय से मेरे घर चली आई थी और मैंने सरल रीति से उसे उतने दिनों तक आश्रय देना उचित समझा, जब तक उसके पति का क्रोध न शान्त हो जाये। पर इसी बीच में मेरे कई मित्रों ने, जो मेरे स्वभाव से सर्वथा अपरिचित

नहीं थे, मेरी उपेक्षा तथा निन्दा करनी आरम्भ की। यहाँ तक कि मैं उस अभागिनी अबला को अपने घर से निकालने पर विवश हुआ और अन्त में वह उसी पापकुंड में गिरी, जिसका मुझे भय था। अब आपको भली-भाँति ज्ञात हो जायेगा कि इस दुर्घटना का उत्तरदायी कौन है, और मेरा उसे आश्रय देना उचित था या अनुचित।

भवदीय—पद्मसिंह''

बाबू विट्ठलदास शहर की सभी सार्वजनिक संस्थाओं के प्राण थे। उनकी सहायता के बिना कोई कार्य सिद्ध न होता था। पुरुषार्थ का पुतला इस भारी बोझ को प्रसन्नचित्त से उठाता, दब जाता था, किन्तु हिम्मत न हारता था। भोजन करने का अवकाश न मिलता, घर पर बैठना नसीब न होता, स्त्री उनके स्नेहरहित व्यवहार की शिकायत किया करती। विट्ठलदास जाति-सेवा की धुन में अपने सुख और स्वार्थ को भूल गये थे। कहीं अनाथालय के लिए चंदा जमा करते फिरते हैं, कहीं दीन विद्यार्थियों की छात्रवृत्ति का प्रबन्ध करने में दत्तचित्त हैं। जब जाति पर कोई संकट आ पड़ता, तो उनका देशप्रेम उमड़ पड़ता था। अकाल के समय सिर पर आटे का गट्ठर लादे गाँव-गाँव घूमते थे। हैजे और प्लेग के दिनों में उनका आत्मसमर्पण और विलक्षण त्याग देखकर आश्चर्य होता था। अभी पिछले दिनों जब गंगा में बाढ़ आ गई थी, तो महीनों घर की सूरत नहीं देखी, अपनी सारी सम्पत्ति देश पर अर्पण कर चुके थे, पर इसका तनिक भी अभिमान न था। उन्होंने उच्च शिक्षा नहीं पायी थी। वाक्-शक्ति भी साधारण थी। उनके विचारों में बहुधा प्रौढ़ता और दूरदर्शिता का अभाव होता था। वह विशेष नीतिकुशल, चतुर या बुद्धिमान् न थे। पर उनमें देशानुराग का एक ऐसा गुण था, जो उन्हें सारे नगर में सर्वसम्मान्य बनाए हुए था।

उन्होंने शर्माजी का पत्र पढ़ा, तो एक थप्पड़-सा मुँह पर लगा। उस पत्र में कितना व्यंग्य था, इसकी ओर उन्होंने कुछ ध्यान नहीं दिया। अपने एक परम मित्र को भ्रम में पड़कर कितना बदनाम किया, इसका भी उन्हें दुःख नहीं हुआ। वह बीती हुई बातों पर पछताना नहीं जानते थे। इस समय क्या करना चाहिए, इसका निश्चय करना आवश्यक था और उन्होंने तुरन्त यह निश्चय कर लिया। वह दुविधा में पड़ने वाले मनुष्य न थे। कपड़े पहने और दालमंडी जा पहुँचे। सुमनबाई के मकान का पता लगाया, बेधड़क ऊपर गये और जाकर द्वार खटखटाया। हिरिया ने, जो सुमन की नायिका थी, द्वार खोल दिया।

नौ बज गये थे। सुमन का मुजरा अभी समाप्त हुआ था। वह सोने जा रही थी। विट्ठलदास को देखकर चौंक पड़ी। उन्हें उसने कई बार शर्माजी के मकान पर देखा था। झिझककर खड़ी हो गई, सिर झुकाकर बोली—महाशय, आप इधर कैसे भूल पड़े?

विट्ठलदास सावधानी से कालीन पर बैठकर बोले—भूल तो नहीं पड़ा,

जान-बूझकर आया हूँ, पर जिस बात का किसी तरह विश्वास न आता था, वही देख रहा हूँ। आज जब पद्मसिंह का पत्र मिला, तो मैंने समझा कि किसी ने उन्हें धोखा दिया है, पर अब अपनी आँखों को कैसे धोखा दूँ? जब हमारी पूज्य ब्राह्मण महिलाएँ ऐसे कलंकित मार्ग पर चलने लगीं, तो हमारे अधःपतन का अब पारावार नहीं है। सुमन, तुमने हिन्दू जाति का सिर नीचा कर दिया।

सुमन ने गम्भीर भाव से उत्तर दिया—आप ऐसा समझते होंगे, और तो कोई ऐसा नहीं समझता। अभी कई सज्जन यहाँ से मुजरा सुनकर गये हैं, सभी हिन्दू थे, लेकिन किसी का सिर नीचा नहीं मालूम होता था। वह मेरे यहाँ आने से बहुत प्रसन्न थे। फिर इस मंडी में मैं ही एक ब्राह्मणी नहीं हूँ, दो-चार का नाम तो मैं अभी ले सकती हूँ, जो बहुत ऊँचे कुल की हैं, पर जब बिरादरी में अपना निबाह किसी तरह न देखा, तो विवश होकर यहाँ चली आईं। जब हिन्दू जाति को खुद ही लाज नहीं है, तो फिर हम जैसी अबलाएँ उसकी रक्षा कहाँ तक कर सकती हैं?

विट्ठलदास—सुमन, तुम सच कहती हो, बेशक हिन्दू जाति अधोगति को पहुँच गई, और अब तक वह कभी की नष्ट हो गई होती, पर हिन्दू स्त्रियों ही ने अभी तक उसकी मर्यादा की रक्षा की है। उन्हीं के सत्य और सुकीर्ति ने उसे बचाया है। केवल हिन्दुओं की लाज रखने के लिए लाखों स्त्रियाँ आग में भस्म हो गई हैं। यही वह विलक्षण भूमि है, जहाँ स्त्रियाँ नाना प्रकार के कष्ट भोग कर, अपमान और निरादर सहकर पुरुषों की अमानुषीय क्रूरताओं को चित्त में न लाकर हिन्दू जाति का मुख उज्ज्वल करती थीं। यह साधारण स्त्रियों का गुण था और ब्राह्मणियों का तो पूछना ही क्या? पर शोक है कि वही देवियाँ अब इस भाँति मर्यादा का त्याग करने लगीं सुमन, मैं स्वीकार करता हूँ कि तुमको घर पर बहुत कष्ट था। माना कि तुम्हारा पति दरिद्र था, क्रोधी था, चरित्रहीन था; माना कि उसने तुम्हें अपने घर से निकाल दिया था, लेकिन ब्राह्मणी अपनी जाति और कुल के नाम पर यह सब दुःख झेलती हैं। आपत्तियों का झेलना और दुरावस्था में स्थिर रहना, यही सच्ची ब्राह्मणियों का धर्म है, पर तुमने वह किया, जो नीच जाति की कुलटाएँ किया करती हैं, पति से रूठकर मैके भागती हैं, और मैके में निबाह न हुआ, तो चकले की राह लेती हैं, सोचो तो कितने खेद की बात है कि जिस अवस्था में तुम्हारी लाखों बहनें हँसी-खुशी जीवन व्यतीत कर रही हैं, वही अवस्था तुम्हें इतनी असह्य हुई कि तुमने लोक-लाज, कुल-मर्यादा को लात मारकर कुपथ ग्रहण किया। क्या तुमने ऐसी स्त्रियाँ नहीं देखीं, जो तुमसे कहीं दीन-हीन, दरिद्र-दुःखी हैं? पर ऐसे कुविचार उनके पास नहीं फटकने पाते, नहीं तो आज यह स्वर्गभूमि नर्क के समान हो जाती। सुमन, तुम्हारे इस कर्म ने ब्राह्मण जाति ही का नहीं, समस्त हिन्दू जाति का मस्तक नीचा कर दिया।

सुमन की आँखें सजल थीं। लज्जा से सिर न उठा सकी। विट्ठलदास फिर बोले—इसमें संदेह नहीं कि यहाँ तुम्हें भोग-विलास की सामग्रियाँ खूब मिलती हैं,

तुम एक ऊँचे, सुसज्जित भवन में निवास करती हो, नर्म कालीनों पर बैठती हो, फूलों की सेज पर सोती हो; भाँति-भाँति के पदार्थ खाती हो! लेकिन सोचो तो तुमने यह सामग्रियाँ किन दामों पर मोल ली हैं? अपनी मान-मर्यादा बेचकर। तुम्हारा कितना आदर था, लोग तुम्हारी पदरज माथे पर चढ़ाते थे, लेकिन आज तुम्हें देखना भी पाप समझा जाता है...

सुमन ने बात काटकर कहा—महाशय, यह आप क्या कहते हैं? मेरा तो यह अनुभव है कि जितना आदर मेरा अब हो रहा है, उसका शतांश भी तब नहीं होता था। एक बार मैं सेठ चिम्मनलाल के ठाकुरद्वारे में झूला देखने गई थी, सारी रात बाहर खड़ी भीगती रही, किसी ने भीतर न जाने दिया, लेकिन कल उसी ठाकुरद्वारे में मेरा गाना हुआ, तो ऐसा जान पड़ता था, मानो मेरे चरणों से वह मंदिर पवित्र हो गया।

विट्ठलदास—लेकिन तुमने यह सोचा है कि वह किस आचरण के लोग हैं?

सुमन—उनके आचरण चाहे जैसे हों, लेकिन वह काशी के हिन्दू समाज के नेता अवश्य हैं। फिर उन्हीं पर क्या निर्भर है? मैं प्रातःकाल से संध्या तक हज़ारों मनुष्यों को इसी रास्ते आते-जाते देखती हूँ। पढ़े-अपढ़, मूर्ख-विद्वान्, धनी-गरीब सभी नज़र आते हैं, परन्तु सबको अपनी तरफ़ खुली या छिपी दृष्टि से ताकते हुए पाती हूँ। उनमें कोई ऐसा नहीं मालूम होता, जो मेरी कृपादृष्टि पर हर्ष से मतवाला न हो जाये। इसे आप क्या कहते हैं? सम्भव है, शहर में दो-चार मनुष्य ऐसे हों, जो मेरा तिरस्कार करते हों। उनमें से एक आप हैं, उन्हीं में आपके मित्र पद्मसिंह हैं, किन्तु जब संसार मेरा आदर करता है, तो इने-गिने मनुष्यों के तिरस्कार की मुझे क्या परवाह है? पद्मसिंह को भी जो चिढ़ है, वह मुझसे है, मेरी बिरादरी से नहीं। मैंने इन्हीं आँखों से उन्हें होली के दिन भोली से हँसते देखा था।

विट्ठलदास को कोई उत्तर न सूझता था। बुरे फँसे थे। सुमन ने फिर कहा—आप सोचते होंगे कि भोग-विलास की लालसा से कुमार्ग पर आई हूँ, पर वास्तव में ऐसा नहीं है। मैं ऐसी अंधी नहीं कि भले-बुरे की पहचान न कर सकूँ। मैं जानती हूँ कि मैंने अत्यन्त निकृष्ट कार्य किया है। लेकिन मैं विवश थी, इसके सिवा मेरे लिए और कोई रास्ता नहीं था। आप अगर सुन सकें तो मैं अपनी रामकहानी सुनाऊँ। इतना तो आप जानते ही हैं कि संसार में सबकी प्रकृति एक-सी नहीं होती। कोई अपना अपमान सह सकता है, कोई नहीं सह सकता। मैं एक ऊँचे कुल की लड़की हूँ। पिता की नादानी से मेरा विवाह एक दरिद्र मूर्ख मनुष्य से हुआ, लेकिन दरिद्र होने पर भी मुझसे अपना अपमान नहीं सहा जाता था। जिनका निरादर होना चाहिए, उनका आदर होते देखकर मेरे हृदय में कुवासनाएँ उठने लगती थीं। मगर मैं इस आग में मन-ही-मन जलती थी। कभी अपने भावों को किसी से प्रकट नहीं किया। सम्भव था कि कालान्तर में यह अग्नि आप-ही-आप शान्त हो जाती, पर पद्मसिंह के जलसे ने इस अग्नि को भड़का दिया। इसके बाद मेरी जो दुर्गति हुई, वह आप जानते ही

हैं। पद्मसिंह के घर से निकलकर मैं भोलीबाई की शरण में गई। मगर उस दशा में भी मैं इस कुमार्ग से भागती रही। मैंने चाहा कि कपड़े सीकर अपना निर्वाह करूँ, पर दुष्टों ने मुझे ऐसा तंग किया कि अन्त में मुझे इस कुएँ में कूदना पड़ा। यद्यपि काजल की कोठरी में आकर पवित्र रहना अत्यन्त कठिन है, पर मैंने यह प्रतिज्ञा कर ली है कि अपने सत्य की रक्षा करूँगी। गाऊँगी, नाचूँगी, पर अपने को भ्रष्ट न होने दूँगी।

विट्ठलदास—तुम्हारा यहाँ बैठना ही तुम्हें भ्रष्ट करने के लिए काफी है।

सुमन—तो फिर मैं और क्या कर सकती हूँ, आप ही बताइए? मेरे लिए सुख से जीवन बिताने का और कौन-सा उपाय है?

विट्ठलदास—अगर तुम्हें यह आशा है कि यहाँ सुख से जीवन कटेगा, तो तुम्हारी बड़ी भूल है। यदि अभी नहीं तो थोड़े दिनों में तुम्हें अवश्य मालूम हो जायेगा कि यहाँ सुख नहीं है। सुख सन्तोष से प्राप्त होता है, विलास से सुख कभी नहीं मिल सकता।

सुमन—सुख न सही, यहाँ पर मेरा आदर तो है, मैं किसी की गुलाम तो नहीं हूँ।

विट्ठलदास—यह भी तुम्हारी भूल है। तुम यहाँ चाहे और किसी की गुलाम न हो, पर अपनी इन्द्रियों की गुलाम तो हो? इन्द्रियों की गुलामी उस पराधीनता से कहीं दुःखदायिनी होती है। यहाँ तुम्हें न सुख मिलेगा, न आदर। हाँ, कुछ दिनों भोग-विलास कर लोगी, पर अन्त में इससे भी हाथ धोना पड़ेगा। सोचो तो, थोड़े दिनों तक इन्द्रियों को सुख देने के लिए तुम अपनी आत्मा और समाज पर कितना बड़ा अन्याय कर रही हो?

सुमन ने आज तक किसी से ऐसी बातें नहीं सुनी थीं। वह इन्द्रियों के सुख को, अपने आदर को जीवन का मुख्य उद्देश्य समझती थी। उसे आज मालूम हुआ कि सुख संतोष से प्राप्त होता है और आदर सेवा से।

उसने कहा—मैं सुख और आदर दोनों ही को छोड़ती हूँ, पर जीवन-निर्वाह का तो कुछ उपाय करना पड़ेगा?

विट्ठलदास—अगर ईश्वर तुम्हें सुबुद्धि दें, तो सामान्य रीति से जीवन-निर्वाह करने के लिए तुम्हें दालमंडी में बैठने की ज़रूरत नहीं है। तुम्हारे जीवन-निर्वाह का केवल यही एक उपाय नहीं है। ऐसे कितने धंधे हैं, जो तुम अपने घर में बैठी हुई कर सकती हो।

सुमन का मन अब कोई बहाना न ढूँढ़ सका। विट्ठलदास के सदुत्साह ने उसे वशीभूत कर लिया। सच्चे आदमी को हम धोखा नहीं दे सकते। उसकी सच्चाई हमारे हृदय में उच्च भावों को जागृत कर देती है। उसने कहा—मुझे यहाँ बैठते स्वतः लज्जा आती है। बताइए, आप मेरे लिए क्या प्रबन्ध कर सकते हैं? मैं गाने में निपुण हूँ। गाना सिखाने का काम कर सकती हूँ।

विट्ठलदास—ऐसी तो यहाँ कोई पाठशाला नहीं है।

सुमन—मैंने कुछ विद्या भी पढ़ी है, कन्याओं को अच्छी तरह पढ़ा सकती हूँ।

विट्ठलदास ने चिन्तित भाव से उत्तर दिया—कन्या पाठशालाएँ तो कई हैं, पर तुम्हें लोग स्वीकार करेंगे, इसमें संदेह है।

सुमन—तो आप मुझसे क्या करने को कहते हैं? कोई ऐसा हिन्दू जाति का प्रेमी है, जो मेरे लिए पचास रुपये मासिक देने पर राजी हो?

विट्ठलदास—यह तो मुश्किल है।

सुमन—तो क्या आप मुझसे चक्की पिसाना चाहते हैं? मैं ऐसी सन्तोषी नहीं हूँ।

विट्ठलदास—(झेंपकर) विधवाश्रम में रहना चाहो, तो उसका प्रबन्ध कर दिया जाये।

सुमन—(सोचकर) तो मुझे यह भी मंजूर है, पर वहाँ मैंने स्त्रियों को अपने सम्बन्ध में कानाफूसी करते देखा तो पल-भर न ठहरूँगी।

विट्ठलदास—यह तो टेढ़ी शर्त है, मैं किस-किसकी ज़बान को रोकूँगा? लेकिन मेरी समझ में सभावाले तुम्हें लेने पर राजी न होंगे।

सुमन ने ताने से कहा—तो जब आपकी हिन्दू जाति इतनी हृदयशून्य है, तो मैं उसकी मर्यादा पालने के लिए क्यों कष्ट भोगूँ, क्यों जान दूँ? जब आप मुझे अपनाने के लिए जाति को प्रेरित नहीं कर सकते, जब जाति आप ही लज्जाहीन है, तो मेरा क्या दोष है? मैं आपसे केवल एक प्रस्ताव और करूँगी और यदि आप उसे भी पूरा न कर सकेंगे, तो फिर मैं आपको और कष्ट न दूँगी। आप पं. पद्मसिंह को एक घण्टे के लिए मेरे पास बुला लाइए, मैं उनसे एकान्त में कुछ कहना चाहती हूँ। उसी घड़ी मैं यहाँ से चली जाऊँगी। मैं केवल यह देखना चाहती हूँ कि जिन्हें आप जाति के नेता कहते हैं, उनकी दृष्टि में मेरे पश्चात्ताप का कितना मूल्य है।

विट्ठलदास खुश होकर बोले—हाँ, यह मैं कर सकता हूँ। बोलो, किस दिन?

सुमन—जब आपका जी चाहे।

विट्ठलदास—फिर तो न जाओगी?

सुमन—अभी इतनी नीच नहीं हुई हूँ।

16

महाशय विट्ठलदास इस समय ऐसे खुश थे मानो उन्हें कोई सम्पत्ति मिल गई हो। उन्हें विश्वास था कि पद्मसिंह इस ज़रा से कष्ट से मुँह न मोड़ेंगे, केवल उनके पास जाने की देर है। वह होली के कई दिन पहले से शर्माजी के पास नहीं गये थे। यथाशक्ति उनकी निन्दा करने में कोई बात न उठा रखी थी, जिस पर कदाचित् अब वह मन में लज्जित थे, तिस पर भी शर्माजी के पास जाने में उन्हें ज़रा भी संकोच न हुआ।

उनके घर की ओर चले।

रात के दस बजे गये थे। आकाश में बादल उमड़े हुए थे, घोर अंधकार छाया हुआ था। लेकिन राग-रंग का बाज़ार पूरी रौनक पर था। अक्रालिकाओं से प्रकाश की किरणें छिटक रही थीं। कहीं सुरीली तानें सुनाई देती थीं, कहीं मधुर हास्य की ध्वनि, कहीं आमोद-प्रमोद की बातें। चारों ओर विषय-वासना अपने नग्न रूप में दिखाई दे रही थी।

दालमंडी से निकलकर विट्ठलदास को ऐसा जान पड़ा, मानो वह किसी निर्जन स्थान पर आ गये। रास्ता अभी बन्द न हुआ था। विट्ठलदास को ज्यों ही कोई परिचित मनुष्य मिल जाता, वह उसे तुरन्त अपनी सफलता की सूचना देते! आप कुछ समझते हैं, कहाँ से आ रहा हूँ? सुमनबाई की सेवा में गया था। ऐसा मंत्र पढ़ा कि सिर न उठा सकी, विधवाश्रम में जाने पर तैयार है। काम करने वाले यों काम किया करते हैं।

पद्मसिंह चारपाई पर लेटे हुए निद्रा देवी की आराधना कर रहे थे कि इतने में विट्ठलदास ने आकर आवाज़ दी। जीतन कहार अपनी कोठरी में बैठा हुआ दिन-भर की कमाई का हिसाब लगा रहा था कि यह आवाज़ कान में आई। बड़ी फुर्ती से पैसे समेटकर कमर में रख लिए और बोला—कौन है?

विट्ठलदास ने कहा—अजी मैं हूँ, क्या पंडितजी सो गये? ज़रा भीतर जाकर जगा तो दो, मेरा नाम लेना, कहना बाहर खड़े हैं, बड़ा ज़रूरी काम है, ज़रा चले आयें।

जीतन मन में बहुत झुंझलाया। उसका हिसाब अधूरा रह गया, मालूम नहीं, अभी रुपया पूरा होने में कितनी कसर है। अलसाता हुआ उठा, किवाड़ खोले, पंडितजी को खबर दी। वह समझ गये कि कोई नया समाचार होगा, तभी यह इतनी रात को आये हैं। तुरन्त बाहर निकल आये।

विट्ठलदास—आइए, मैंने आपको बहुत कष्ट दिया, क्षमा कीजिएगा। कुछ समझे, कहाँ से आ रहा हूँ? सुमनबाई के पास गया था। आपका पत्र पाते ही दौड़ा कि बन पड़े, तो उसे सीधी राह पर लाऊँ। इसमें उसी की बदनामी नहीं, सारी जाति की बदनामी है। वहाँ पहुँचा तो उसके ठाट देखकर दंग रह गया। वह भोली-भाली स्त्री अब दालमंडी की रानी है। मालूम नहीं, इतनी जल्दी वह ऐसी चतुर कैसे हो गई। कुछ देर तक तो चुपचाप मेरी बातें सुनती रही, फिर रोने लगी। मैंने समझा, अभी लोहा लाल है, दो-चार चोटें और लगाईं, बस आ गई पंजे में। पहले विधवाश्रम का नाम सुनकर घबराई। कहने लगी—मुझे पचास रुपये महीना गुजर के लिए दिलवाएँ। लेकिन आप जानते हैं, यहाँ पचास रुपये देने वाला कौन है? मैंने हामी न भरी। अन्त में कहते-सुनते एक शर्त पर राजी हुई। उस शर्त को पूरा करना आपका काम है।

पद्मसिंह ने विस्मित होकर विट्ठलदास की ओर देखा।

विट्ठलदास—घबराइए नहीं, बहुत सीधी-सी शर्त है, बस यही कि आप ज़रा देर के लिए उसके पास चले जायें, वह आपसे कुछ कहना चाहती है। यह तो मुझे

निश्चय था कि आपको इसमें कोई आपत्ति न होगी, यह शर्त मंजूर कर ली। तो बताइए, कब चलने का विचार है? मेरी समझ में सवेरे चलें।

किन्तु पद्मसिंह विचारशील मनुष्य थे। वह घंटों सोच-विचार के बिना कोई फैसला न कर सकते थे। सोचने लगे कि इस शर्त का क्या अभिप्राय है? वह मुझसे क्या कहना चाहती है? क्या बात पत्र द्वारा न हो सकती थी? इसमें कोई-न-कोई रहस्य अवश्य है। आज अबुलवफा ने मेरे बग्घी पर से कूद पड़ने का वृत्तान्त उससे कहा होगा। उसने सोचा होगा, यह महाशय इस तरह नहीं आते, तो यह चाल चलूँ, देखूँ कैसे नहीं आते। केवल मुझे नीचा दिखाना चाहती है। अच्छा, अगर मैं जाऊँ भी, लेकिन पीछे से वह अपना वचन पूरा न करे तो क्या होगा? यह युक्ति उन्हें अपना गला छुड़ाने के लिए उपयोगी मालूम हुई। बोले—अच्छा, अगर वह अपने वचन से फिर जाये तो?

विट्ठलदास—फिर क्या जायेगी? ऐसा हो सकता है?

पद्मसिंह—हाँ, ऐसा होना असम्भव नहीं।

विट्ठलदास—तो क्या आप कोई प्रतिज्ञा-पत्र लिखवाना चाहते हैं?

पद्मसिंह—नहीं, मुझे संदेह यही है कि वह सुख-विलास छोड़कर विधवाश्रम में क्यों जाने लगी और सभा वाले उसे लेना स्वीकार कब करेंगे?

विट्ठलदास—सभावालों को मनाना तो मेरा काम है। न मानेंगे तो मैं उसके गुज़ारे का और कोई प्रबन्ध करूँगा। रही पहली बात। मान लीजिए, वह अपने वचन को मिथ्या ही कर दे, तो इसमें हमारी क्या हानि है? हमारा कर्तव्य पूरा हो जायेगा।

पद्मसिंह—हाँ, यह संतोष चाहे हो जाये, लेकिन देख लीजिएगा, वह अवश्य धोखा देगी।

विट्ठलदास अधीर हो गये, झुंझलाकर बोले—अगर धोखा ही दे दिया, तो आपका कौन छप्पन टका खर्च हुआ जाता है।

पद्मसिंह—आपके निकट मेरी कुछ प्रतिष्ठा न हो, लेकिन मैं अपने को इतना तुच्छ नहीं समझता।

विट्ठलदास—सारांश यह कि न जायेंगे?

पद्मसिंह—मेरे जाने से कोई लाभ नहीं है। हाँ, यदि मेरा मान-मर्दन कराना ही अभीष्ट हो, तो दूसरी बात है।

विट्ठलदास—कितने खेद की बात है कि आप एक जातीय कार्य के लिए इतना मीन-मेख निकाल रहे हैं! शोक! आप आँखों से देख रहे हैं कि एक हिन्दू जाति की स्त्री कुएँ में गिरी हुई है, और आप उसी जाति के एक विचारवान पुरुष होकर उसे निकालने में इतना आगा-पीछा कर रहे हैं। बस आप इसी काम के हैं कि मूर्ख किसानों और जमींदारों का रक्त चूसें। आपसे और कुछ न होगा।

शर्माजी ने इस तिरस्कार का उत्तर न दिया। वह मन में अपनी अकर्मण्यता

पर स्वयं लज्जित थे और अपने को इस तिरस्कार का भागी समझते थे। लेकिन एक ऐसे पुरुष के मुँह से ये बातें अत्यन्त अप्रिय मालूम हुईं, जो इस बुराई का मूल कारण हो। वह बड़ी कठिनाई से प्रत्युत्तर देने के आवेग को रोक सके। यथार्थ में वह सुमन की रक्षा करना चाहते थे, लेकिन गुप्त रीति से, बोले—उसकी और भी तो शर्तें हैं?

विट्ठलदास—जी हाँ, हैं तो लेकिन आप में उन्हें पूरा करने की सामर्थ्य है? वह गुजारे के लिए पचास रुपये मासिक माँगती है, आप दे सकते हैं?

शर्माजी—पचास रुपये नहीं, लेकिन बीस रुपये देने को तैयार हूँ।

विट्ठलदास—शर्माजी, बातें न बनाइए। एक ज़रा-सा कष्ट तो आपसे उठाया नहीं जाता, आप बीस रुपये मासिक देंगे?

शर्माजी—मैं आपको वचन देता हूँ कि बीस रुपये मासिक दिया करूँगा और अगर मेरी आमदनी कुछ भी बढ़ी तो पूरी रकम दूँगा। हाँ, इस समय विवश हूँ। यह बीस रुपये भी घोड़ा-गाड़ी बेचने से बच सकेंगे। मालूम नहीं, क्यों इन दिनों मेरा बाज़ार गिरा जा रहा है।

विट्ठलदास—अच्छा, आपने बीस रुपये दे ही दिए, तो शेष कहाँ से आयेंगे? औरों का तो हाल आप जानते ही हैं, विधवाश्रम के चंदे ही कठिनाई से वसूल होते हैं। मैं जाता हूँ, यथाशक्ति उद्योग करूँगा, लेकिन यदि कार्य न हुआ, तो उसका दोष आपके सिर पड़ेगा।

17

संध्या का समय है। सदन अपने घोड़े पर सवार दालमंडी में दोनों तरफ़ छज्जों और खिड़कियों की ओर ताकता जा रहा है। जब से सुमन वहाँ आई है, सदन उसके छज्जे के सामने किसी-न-किसी बहाने से ज़रा देर के लिए अवश्य ठहर जाता है। इस नव-कुसुम ने उसकी प्रेम-लालसा को ऐसा उत्तेजित कर दिया है कि अब उसे एक पल चैन नहीं पड़ता। उसके रूप-लावण्य में एक प्रकार की मनोहारिणी सरलता है, जो उसके हृदय को बलात् अपनी ओर खींचती है। वह इस सरल सौंदर्य मूर्ति को अपना प्रेम अर्पण करने का परम अभिलाषी है, लेकिन उसे इसका कोई सुअवसर नहीं मिलता। सुमन के यहाँ रसिकों का नित्य जमघट रहता है। सदन को यह भय होता कि इनमें से कोई चाचा की जान-पहचान का मनुष्य न हो। इसलिए उसे ऊपर जाने का साहस नहीं होता।

अपनी प्रबल आकांक्षा को हृदय में छिपाए वह नित्य इसी तरह निराश होकर लौट जाता है। लेकिन आज उसने मुलाकात करने का निश्चय कर लिया है, चाहे कितनी देर क्यों न हो जाये। विरह का दाह अब उससे सहा नहीं जाता। वह सुमन

के कोठे के सामने पहुँचा। श्याम कल्याण की मधुर ध्वनि आ रही थी। आगे बढ़ा और दो घंटे तक पार्क और मैदान में चक्कर लगाकर नौ बजे फिर दालमंडी की ओर चला। आश्विन के चंद्र की उज्ज्वल किरणों ने दालमंडी की ऊँची छतों पर रूपहली चादर-सी बिछा दी थी। वह फिर सुमन के कोठे के सामने रुका। संगीत-ध्वनि बन्द थी; कुछ बोलचाल न सुनाई दी। निश्चय हो गया कि कोई नहीं है। घोड़े से उतरा, उसे नीचे की दूकान के खम्भे से बाँध दिया और सुमन के द्वार पर खड़ा हो गया। उसकी साँस बड़े वेग से चल रही थी और छाती जोर से धड़क रही थी।

सुमन का मुजरा अभी समाप्त हुआ था, और उसके मन पर वह शिथिलता छाई हुई थी, जो आँधी के पीछे आने वाले सन्नाटे के समान आमोद-प्रमोद का प्रतिफल हुआ करती है। यह एक प्रकार की चेतावनी होती है, जो आत्मा की ओर से भोग-विलास में लिप्त मन को मिलती है। इस दशा में हमारा हृदय पुरानी स्मृतियों का क्रीड़ा-क्षेत्र बन जाया करता है। थोड़ी देर के लिए हमारे ज्ञानचक्षु खुल जाते हैं।

सुमन का ध्यान इस समय सुभद्रा की ओर लगा हुआ था। वह मन में उससे अपनी तुलना कर रही थी। जो शान्तिमय सुख उसे प्राप्त है, क्या वह मुझे मिल सकता है? असम्भव! यह तृष्णा-सागर है, यहाँ शान्ति-सुख कहाँ? जब पद्मसिंह के कचहरी से आने का समय होता, तो सुभद्रा कितनी उल्लसित होकर पान के बीड़े लगाती थी, ताजा हलवा पकाती थी। जब वह घर में आते थे, तो वह कैसी प्रेम-विह्वल होकर उनसे मिलने दौड़ती थी। आह! मैंने उनका प्रेमालिंगन भी देखा है, कितना भावमय! कितना सच्चा! मुझे वह सुख कहाँ? यहाँ या तो अंधे आते हैं, या बातों के वीर। कोई अपने धन का जाल बिछाता है, कोई अपनी चिकनी-चुपड़ी बातों का। उनके हृदय भावशून्य, शुष्क और ओछेपन से भरे हुए होते हैं।

इतने में सदन ने कमरे में प्रवेश किया। सुमन चौंक पड़ी। उसने सदन को कई दिन देखा था। उसका चेहरा उसे पद्मसिंह के चेहरे से मिलता हुआ मालूम होता था। हाँ, गम्भीरता की जगह एक उद्दंडता छलकती थी। वह काइयाँपन, वह क्षुद्रता, जो इस मायानगर के प्रेमियों का मुख्य लक्षण है, वहाँ नाम को भी न थी। वह सीधा-सादा, सहज स्वभाव, सरल नवयुवक मालूम होता था। सुमन ने आज उसे कोठों का निरीक्षण करते देखा था। उसने ताड़ लिया था कि कबूतर अब पर तौल रहा है, किसी छतरी पर उतरना चाहता है। आज उसे अपने यहाँ देखकर उसे वह गर्वपूर्ण आनन्द हुआ, जो दंगल में कुश्ती मारकर किसी पहलवान को होता है। वह उठी और मुस्कुराकर सदन की ओर हाथ बढ़ाया।

सदन का मुख लज्जा से अरुणवर्ण हो गया। आँखें झुक गईं। उस पर एक रोब-सा छा गया। मुख से एक शब्द भी न निकला।

जिसने कभी मदिरा का सेवन न किया हो, मद-लालसा होने पर भी उसे मुँह से लगाते हुए वह झिझकता है।

यद्यपि सदन ने सुमनबाई को अपना परिचय ठीक नहीं दिया, उसने अपना नाम कुंवर सदनसिंह बताया, पर उसका भेद बहुत दिनों तक न छिप सका। सुमन ने हिरिया के द्वारा उसका पता भली-भाँति लगा लिया और तभी से वह बड़े चक्कर में पड़ी हुई थी। सदन को देखे बिना उसे चैन न पड़ता, उसका हृदय दिनोंदिन उसकी ओर खिंचता जाता था। उसके बैठे सुमन के यहाँ किसी बड़े-से-बड़े रईस का गुजर होना भी कठिन था, किन्तु वह इस प्रेम को अनुचित और निषिद्ध समझती थी, उसे छिपाती थी।

उसकी कल्पना किसी अव्यक्त कारण से इस प्रेम-लालसा को भीषण विश्वासघात समझती थी। कहीं पद्मसिंह और सुभद्रा पर यह रहस्य खुल जाये, तो वह मुझे क्या समझेंगे? उन्हें कितना दुःख होगा? मैं उनकी दृष्टि में कितनी नीच और घृणित हो जाऊँगी? जब कभी सदन प्रेम-रहस्य की बातें करने लगता, तो सुमन बात को पलट देती, जब कभी सदन की उँगलियाँ ढिठाई करना चाहतीं, तो वह उसकी ओर लज्जा-युक्त नेत्रों से देखकर धीरे से उसका हाथ हटा देती। साथ ही वह सदन को उलझाए भी रखना चाहती थी। इस प्रेम-कल्पना से उसे आनन्द मिलता था, उसका त्याग करने में वह असमर्थ थी।

लेकिन सदन उसके भावों से अनभिज्ञ होने के कारण उसकी प्रेम-शिथिलता को अपनी धनहीनता पर अवलंबित समझता था। उसका निष्कपट हृदय प्रगाढ़ प्रेम में मग्न हो गया था। सुमन उसके जीवन का आधार बन गई थी। मगर विचित्रता यह थी कि प्रेम-लालसा के इतने प्रबल होते हुए भी वह अपनी कुवासनाओं को दबाता था। उसका अक्खड़पन लुप्त हो गया था। वह वही करना चाहता था, जो सुमन को पसन्द हो। वह कामातुरता जो कलुषित प्रेम में व्याप्त होती है, सच्चे अनुराग के अधीन होकर सहृदयता में परिवर्तित हो गई थी, पर सुमन की अनिच्छा दिनोंदिन बढ़ती देखकर उसने अपने मन में यह निर्धारित किया कि पवित्र प्रेम की कदर यहाँ नहीं हो सकती। यहाँ के देवता उपासना से नहीं, भेंट से प्रसन्न होते हैं। लेकिन भेंट के लिए रुपये कहाँ से आयें? माँगे किससे? निदान उसने पिता को एक पत्र लिखा कि मेरे भोजन का अच्छा प्रबन्ध नहीं है, लज्जावश चाचा साहब से कुछ कह नहीं सकता, मुझे कुछ रुपये भेज दीजिए।

घर पर यह पत्र पहुँचा, तो भामा ने पति को ताने देने शुरू किए, इसी भाई का तुम्हें इतना भरोसा था, घमंड से धरती पर पाँव नहीं रखते थे। अब घमंड टूटा कि नहीं? वह भी चाचा पर बहुत फूला हुआ था, अब आँखें खुली होंगी। इस काल में नेकी किसी को याद नहीं रहती, अपने दिन भूल जाते हैं। उसके लिए मैंने कौन-कौन-सा यत्न नहीं किया, छाती से दूध-भर नहीं पिलाया। उसी का यह बदला मिल रहा है। उस बेचारे का कुछ दोष नहीं, उसे मैं जानती हूँ, यह सारी करतूत उन्हीं महारानी की है। अब की भेंट हुई, तो वह खरी-खरी सुनाऊँ कि याद करे।

मदनसिंह को संदेह हुआ कि सदन ने यह पाखंड रचा है। भाई पर उन्हें अखंड विश्वास था, लेकिन जब भामा ने रुपये भेजने पर ज़ोर दिया, तो उन्हें भेजने पड़े। सदन रोज़ डाकघर जाता, डाकिए से बार-बार पूछता। आखिर चौथे दिन पच्चीस रुपये का मनीऑर्डर आया। डाकिया उसे पहचानता था, रुपये मिलने में कोई कठिनाई न हुई। सदन हर्ष से फूला न समाया। संध्या को बाज़ार से एक उत्तम रेशमी साड़ी मोल ली। लेकिन यह शंका हो रही थी कि कहीं सुमन उसे नापसंद न करे। वह कुंवर बन चुका था, इसीलिए ऐसी तुच्छ भेंट देते हुए झेंपता था। साड़ी जेब में रख, बड़ी देर तक घोड़े पर इधर-उधर टहलता रहा।

खाली हाथ वह सुमन के यहाँ नित्य बेधड़क चला जाया करता था, पर आज यह भेंट लेकर जाने में संकोच होता था। जब खूब अंधेरा हो गया, तो मन को दृढ़ करके सुमन के कोठे पर चढ़ गया और साड़ी चुपके से जेब से निकालकर शृंगारदान पर रख दी। सुमन उसके इस विलम्ब से चिन्तित हो रही थी। उसे देखते ही फूल के समान खिल गई। बोली, यह क्या लाए? सदन ने झेंपते हुए कहा, कुछ नहीं, आज एक साड़ी नज़र आ गई, मुझे अच्छी मालूम हुई, ले ली, यह तुम्हारी भेंट है। सुमन ने मुस्कुराकर कहा, आज इतनी देर तक राह दिखाई, क्या यह उसी का प्रायश्चित्त है? यह कहकर उसने साड़ी को देखा। सदन की वास्तविक अवस्था के विचार से वह बहुमूल्य कही जा सकती थी।

सुमन के मन में प्रश्न हुआ कि इतने रुपये इन्हें मिले कहाँ? कहीं घर से तो नहीं उठा लाए? शर्माजी इतने रुपये क्यों देने लगे? या इन्होंने उनसे कोई बहाना करके ठगे होंगे या उठा लाये होंगे। उसने विचार किया कि साड़ी लौटा दूँ, लेकिन उससे उसके दुःखी हो जाने का भय था। इसके साथ ही साड़ी को रख लेने से उसके दुरूत्साह के बढ़ने की आशंका थी। निदान उसने निश्चय किया कि इसे अब की बार रख लूँ, पर भविष्य के लिए चेतावनी दे दूँ। बोली—इस अनुग्रह से कृतार्थ हुई, लेकिन आपसे मैं भेंट की भूखी नहीं। आपकी यही कृपा क्या कम है कि आप यहाँ तक आने का कष्ट करते हैं। मैं केवल आपकी कृपादृष्टि चाहती हूँ।

लेकिन जब इस पारितोषिक से सदन का मनोरथ न पूरा हुआ और सुमन के बर्ताव में उसे कोई अन्तर न दिखाई दिया, तो उसे विश्वास हो गया कि मेरा उद्योग निष्फल हुआ। वह अपने मन में लज्जित हुआ कि मैं एक तुच्छ भेंट देकर उससे इतने बड़े फल की आशा रखता हूँ, ज़मीन से उचककर आकाश से तारे तोड़ने की चेष्टा करता हूँ। अतएव वह कोई मूल्यवान प्रेमोपहार देने की चिन्ता में लीन हो गया। मगर महीनों तक उसे इसका कोई अवसर न मिला।

एक दिन वह नहाने बैठा, तो साबुन न था। वह भीतर के स्नानालय में साबुन लेने गया। अन्दर पैर रखते ही उसकी निगाह ताक पर पड़ी। उस पर एक कंगन रखा हुआ था। सुभद्रा अभी नहाकर गई थी, उसने कंगन उतारकर रख दिया था, लेकिन

चलते समय उसकी सुध न रही। कचहरी का समय निकट था, वह रसोई में चली गई। कंगन वहीं धरा रह गया। सदन ने उसे देखते ही लपककर उठा लिया। इस समय उसके मन में कोई बुरा भाव न था। उसने सोचा, चाची को खूब हैरान करके तब दूँगा, अच्छी दिल्लगी रहेगी। कंगन को छिपाकर बाहर लाया और संदूक में रख दिया।

सुभद्रा भोजन से निवृत्त होकर लेट रही, आलस्य आया, सोयी तो तीसरे पहर को उठी। इस बीच में पंडितजी कचहरी से आ गये, उनसे बातचीत करने लगी, कंगन का ध्यान ही न रहा। सदन कई बार भीतर गया कि देखूँ इसकी कोई चर्चा हो रही है या नहीं, लेकिन उसका कोई जिक्र न सुनाई दिया। संध्या समय जब वह सैर करने के लिए तैयार हुआ, तो एक आकस्मिक विचार से प्रेरित होकर उसने वह कंगन जेब में रख लिया। उसने सोचा, क्यों न यह कंगन सुमनबाई की नज़र करूँ? यहाँ तो मुझसे कोई पूछेगा ही नहीं और अगर पूछा भी गया तो कह दूँगा, मैं नहीं जानता। चाची, समझेंगी, नौकरों में से कोई उठा ले गया होगा। इस तरह के कुविचारों ने उसका संकल्प दृढ़ कर दिया।

उसका जी कहीं सैर में न लगा। वह उपहार देने के लिए व्याकुल हो रहा था। नियमित समय से कुछ पहले ही घोड़े को दालमंडी की तरफ़ फेर दिया। यहाँ उसने एक छोटा-सा मखमली बक्स लिया, उसमें कंगन को रखकर सुमन के यहाँ जा पहुँचा। वह इस बहुमूल्य वस्तु को इस प्रकार भेंट करना चाहता था, मानो वह कोई अति सामान्य वस्तु दे रहा हो। आज वह बहुत देर तक बैठा रहा। संध्या का समय उसके लिए निकाल रखा था। किन्तु आज प्रेमालाप में भी उसका जी न लगता था। उसे चिन्ता लगी हुई थी कि यह कंगन कैसे भेंट करूँ? जब बहुत देर हो गई, तो वह चुपके से उठा, जेब से बक्स निकाला और उसे पलंग पर रखकर दरवाज़े की तरफ़ चला। सुमन ने देख लिया, पूछा—इस बक्स में क्या है!

सदन—कुछ नहीं, खाली बक्स है।

सुमन—नहीं-नहीं, ठहरिए, मैं देख लूँ।

यह कहकर उसने सदन का हाथ पकड़ लिया और संदूकची को खोलकर देखा। इस कंगन को उसने सुभद्रा के हाथ में देखा था। उसकी बनावट बहुत अच्छी थी। पहचान गई, हृदय पर बोझ-सा आ पड़ा। उदास होकर बोली—मैंने आपसे कह दिया था कि मैं इन चीज़ों की भूखी नहीं हूँ। आप व्यर्थ मुझे लज्जित करते हैं।

सदन ने लापरवाही से कहा, मानो वह कोई राजा है—गरीब का पानफूल स्वीकार करना चाहिए।

सुमन—मेरे लिए तो सबसे अमूल्य चीज़ आपकी कृपा है। वही मेरे ऊपर बनी रहे। इस कंगन को आप मेरी तरफ़ से अपनी नई रानी साहिबा को दे दीजिएगा। मेरे हृदय में आपके प्रति पवित्र प्रेम है। वह इन इच्छाओं से रहित है। आपके व्यवहार

से ऐसा मालूम होता है कि अभी आप मुझे बाज़ारू औरत ही समझे हुए हैं। आप ही एक ऐसे पुरुष हैं, जिस पर मैंने अपना प्रेम, अपना सर्वस्व अर्पण कर दिया है, लेकिन आपने अभी तक उसका कुछ मूल्य न समझा!

सदन की आँखें भर आईं। उसने मन में सोचा, यथार्थ में मेरा ही दोष है। मैं उसके प्रेम जैसी अमूल्य वस्तु को इन तुच्छ उपहारों का इच्छुक समझता हूँ। मैं हथेली पर सरसों जमाने की चेष्टा में इस रमणी के साथ ऐसा अनर्थ करता हूँ। आज इस नगर में ऐसा कौन है, जो उसके एक प्रेम-कटाक्ष पर अपना सर्वस्व न लुटा दे? बड़े-बड़े ऐश्वर्यवान् मनुष्य आते हैं और वह किसी की ओर आँख उठाकर भी नहीं देखती, पर मैं ऐसा भावशून्य नीच हूँ कि इस प्रेम-रत्न को कौड़ियों से मोल लेना चाहता हूँ। इस ग्लानिपूर्ण भावों से वह रो पड़ा। सुमन समझ गई कि मेरे वह वाक्य अखर गये। करुण स्वर में बोली–आप मुझसे नाराज हो गये क्या?

सदन ने आँसू पीकर कहा–हाँ, नाराज तो हूँ।

सुमन–क्यों नाराज हैं?

सदन–इसलिए कि तुम मुझे बाणों से छेदती हो। तुम समझती हो कि मैं ऐसी तुच्छ वस्तुओं से प्रेम मोल लेना चाहता हूँ।

सुमन–तो ये चीज़ें क्यों लाते हैं?

सदन–मेरी इच्छा!

सुमन–नहीं, अब से मुझे क्षमा कीजिएगा।

सदन–खैर देखा जायेगा।

सुमन–आपकी खातिर से मैं इस तोहफ़े को रख लेती हूँ। लेकिन इसे थाती समझती रहूँगी। आप अभी स्वतन्त्र नहीं हैं। जब आप अपनी रियासत के मालिक हो जायें, तब मैं आपसे मनमाना कर वसूल करूँगी। लेकिन अभी नहीं।

18

बाबू विट्ठलदास अधूरा काम न करते थे। पद्मसिंह की ओर से निराश होकर उन्हें यह चिन्ता होने लगी कि सुमनबाई के लिए पचास रुपये मासिक का चंदा कैसे करूँ? उनकी स्थापित की हुई संस्थाएँ चंदों ही से चल रही थीं, लेकिन चंदों के वसूल होने में सदैव कठिनाइयों का सामना होता था। विधवाश्रम की इमारत बनाने में हाथ लगाया, लेकिन दो साल से उसकी दीवारें गिरती जाती थीं। उन पर छप्पर डालने के लिए रुपये हाथ न आते थे। फ्री लाइब्रेरी की पुस्तकें दीमकों का आहार बनती जाती थीं। आलमारियाँ बनाने के लिए द्रव्य का अभाव था लेकिन इन बाधाओं के होते हुए भी चंदे के सिवा धन संग्रह का उन्हें और कोई उपाय न सूझा। सेठ बलभद्रदास शहर

के प्रधान नेता, ऑनरेरी मजिस्ट्रेट और म्युनिसिपल बोर्ड के चेयरमैन थे। पहले उनकी सेवा में उपस्थित हुए। सेठजी अपने बंगले में आरामकुर्सी पर लेटे हुए हुक्का पी रहे थे। बहुत ही दुबले-पतले, गोरे-चिट्टे आदमी थे, बड़े रसिक, बड़े शौकीन। वह प्रत्येक काम में बहुत सोच-समझकर हाथ डालते थे। विट्ठलदास का प्रस्ताव सुनकर बोले—प्रस्ताव तो बहुत उत्तम है, लेकिन यह बताइए, सुमन को आप रखना कहाँ चाहते हैं?

विट्ठलदास—विधवाश्रम में।

बलभद्र—आश्रम सारे नगर में बदनाम हो जायेगा और सम्भव है कि अन्य विधवाएँ भी छोड़ भागें।

विट्ठलदास—तो अलग मकान लेकर रख दूँगा।

बलभद्र—मोहल्ले के नवयुवकों में छुरी चल जायेगी।

विट्ठलदास—तो फिर आप ही कोई उपाय बताइए।

बलभद्र—मेरी सम्मति तो यह है कि आप इस झगड़े में न पड़ें, जिस स्त्री को लोक-निन्दा की लाज नहीं, उसे कोई शक्ति नहीं सुधार सकती। यह नियम है कि जब हमारा कोई अंग विक्रत हो जाता है, तो उसे काट डालते हैं, जिससे उसका विष समस्त शरीर को नष्ट न कर डाले। समाज में भी उसी नियम का पालन करना चाहिए। मैं देखता हूँ कि आप मुझसे सहमत नहीं हैं, लेकिन मेरा जो कुछ विचार था, वह मैंने स्पष्ट कर दिया। आश्रम की प्रबन्धकारिणी सभा का एक मेम्बर मैं भी तो हूँ! मैं किसी तरह इस वेश्या को आश्रम में रखने की सलाह न दूँगा।

विट्ठलदास ने रोष से कहा—सारांश यह कि इस काम में आप मुझे कोई सहायता नहीं दे सकते? जब आप जैसे महापुरुषों का यह हाल है, तो दूसरों से क्या आशा हो सकती है? मैंने आपका बहुत समय नष्ट किया, इसके लिए क्षमा कीजिएगा।

यह कहकर विट्ठलदास उठ खड़े हुए और सेठ चिम्मनलाल की सेवा में पहुँचे। यह साँवले रंग के बेडौल मनुष्य थे। बहुत ही स्थूल, ढीले-ढाले, शरीर में हाड़ की जगह मांस और मांस की जगह वायु भरी हुई थी। उनके विचार भी शरीर ही के समान बेडौल थे। वह ॠषि-धर्म-सभा के सभापति, रामलीला कमेटी के चेयरमैन और रामलीला परिषद् के प्रबन्धकर्ता थे। राजनीति को विषभरा सांप समझते थे और समाचार-पत्रों को सांप की बांबी। उच्च अधिकारियों से मिलने की धुन थी। अंग्रेज़ों के समाज में उनका विशेष मान था। वहाँ उनके सद्गुणों की बड़ी प्रशंसा होती थी। वह उदार न थे, न कृपण। इस विषय में चंदे की नामावली उनका मान निश्चय किया करती थी। उनमें एक बड़ा गुण था, जो उनकी दुर्बलताओं को छिपाए रहता था। यह उनकी विनोदशीलता थी।

विट्ठलदास का प्रस्ताव सुनकर बोले—महाशय, आप भी बिल्कुल शुष्क मनुष्य हैं। आपमें ज़रा भी रस नहीं। मुद्दत के बाद दालमंडी में एक चीज़ नज़र आई, आप उसे भी गायब करने पर तुले हुए हैं। कम-से-कम अब की रामलीला तो हो जाने

दीजिए। राजगद्दी के दिन उसका जलसा होगा, धूम मच जायेगी। आखिर तुर्किनें आकर मंदिर को भ्रष्ट करती हैं, ब्राह्मणी रहे तो क्या बुरा है! खैर, यह तो दिल्लगी हुई क्षमा कीजिएगा। आपको धन्यवाद है कि ऐसे-ऐसे शुभ कार्य आपके हाथों पूरे होते हैं। कहाँ है चंदे की फेहरिस्त?

विट्ठलदास ने सिर खुजलाते हुए कहा—अभी तो मैं केवल सेठ बलभद्रदासजी के पास गया था, लेकिन आप जानते ही हैं, वह एक बैठकबाज हैं, इधर-उधर की बातें करके टाल दिया।

अगर बलभद्रदास ने एक लिखा होता, तो यहाँ दो में संदेह न था। दो लिखते तो चार निश्चित था। जब गुण कहीं शून्य हो, तो गुणनफल शून्य के सिवा और क्या हो सकता था, लेकिन बहाना क्या करते? तुरन्त एक आश्रय मिल गया। बोले—महाशय, मुझे आपसे पूरी सहानुभूति है। लेकिन बलभद्रदास ने कुछ समझकर ही टाला होगा। जब मैं भी दूर तक सोचता हूँ, तो इस प्रस्ताव में कुछ राजनीति का रंग दिखाई देता है, इसमें ज़रा भी संदेह नहीं। आप चाहे इसे उस दृष्टि से न देखते हों, लेकिन मुझे तो इसमें गुप्त राजनीति भरी हुई साफ नज़र आती है। मुसलमानों को यह बात अवश्य बुरी मालूम होगी, वे जाकर अधिकारियों से इसकी शिकायत करेंगे। अधिकारियों को आप जानते ही हैं, आँखें नहीं, केवल कान होते हैं। उन्हें तुरन्त किसी षड्यन्त्र का संदेह हो जायेगा।

विट्ठलदास ने झुँझलाकर कहा—साफ-साफ क्यों नहीं कहते, मैं कुछ नहीं देना चाहता?

चिम्मनलाल--आप ऐसा ही समझ लीजिए। मैंने सारी जाति का कोई ठेका थोड़े ही लिया है?

विट्ठलदास का मनोरथ यहाँ भी पूरा न हुआ, लेकिन यह उनके लिए कुछ नई बात न थी। ऐसे निराशाजनक अनुभव उन्हें नित्य ही हुआ करते थे। यहाँ से डॉक्टर श्यामाचरण के पास पहुँचे। डॉक्टर महोदय बडे। समझदार और विद्वान् पुरुष थे। शहर के प्रधान राजनीतिक नेता थे, उनकी वकालत खूब चमकी हुई थी। बहुत तौल-तौल कर मुँह से शब्द निकालते। उनकी मौन गम्भीरता विचारशीलता का द्योतक समझी जाती थी। शान्ति के भक्त थे, इसलिए उनके विरोध से न किसी को हानि थी, न उनके योग से किसी को लाभ। सभी तरह के लोग उन्हें अपना मित्र समझते थे, सभी अपना शत्रु। वह अपनी कमिश्नरी की ओर से सूबे की सलाहकारी सभा के सभासद थे। विट्ठलदास की बात सुनकर बोले—मेरे योग्य जो सेवा हो, वह मैं करने को तैयार हूँ। लेकिन उद्योग यह होना चाहिए कि उन कुप्रथाओं का सुधार किया जाये, जिनके कारण ऐसी समस्याएँ उपस्थित होती हैं। इस समय आप एक की रक्षा कर ही लेंगे, तो इससे क्या होगा? यहाँ तो नित्य ही ऐसी दुर्घटनाएँ होती रहती हैं। मूल कारणों का सुधार होना चाहिए। कहिए तो कौंसिल में कोई प्रश्न करूँ?

विट्ठलदास उछलकर बोले—जी हाँ, यह तो बहुत ही उत्तम होगा।

डॉक्टर साहब ने तुरन्त प्रश्नों की एक माला तैयार की—

1. क्या गवर्नमेंट बता सकती है कि गत वर्ष वेश्याओं की संख्या कितनी बढ़ी?

2. क्या गवर्नमेंट ने इस बात का पता लगाया है कि इस वृद्धि के क्या कारण हैं और गवर्नमेंट उसे रोकने के लिए क्या उपाय करना चाहती है?

3. ये कारण कहाँ तक मनोविकारों से सम्बन्ध रखते हैं, कहाँ तक आर्थिक स्थिति से और कहाँ तक सामाजिक कुप्रथाओं से?

इसके बाद डॉक्टर साहब अपने मुवक्किलों से बातचीत करने लगे, विट्ठलदास आधे घंटे तक बैठे रहे, अन्त में अधीर होकर बोले—तो मुझे क्या आज्ञा होती है?

श्यामाचरण—आप इत्मीनान रखें, अब की कौंसिल की बैठक में गवर्नमेंट का ध्यान इस ओर आकर्षित करूँगा।

विट्ठलदास के जी में आया कि डॉक्टर साहब को आड़े हाथों लूँ, किन्तु कुछ सोचकर चुप रह गये। फिर किसी बड़े आदमी के पास जाने का साहस न हुआ। लेकिन उस कर्मवीर ने उद्योग से मुँह नहीं मोड़ा। नित्य किसी सज्जन के पास जाते और उससे सहायता की याचना करते। यह उद्योग सर्वथा निष्फल तो नहीं हुआ। उन्हें कई सौ रुपये के वचन और कई सौ नकद मिल गये, लेकिन तीस रुपये मासिक की जो कमी थी, वह इतने धन से क्या पूरी होती? तीन महीने की दौड़-धूप के बाद वह बड़ी मुश्किल से दस रुपये मासिक का प्रबन्ध करने में सफल हो सके।

अन्त में जब उन्हें अधिक सहायता की कोई आशा न रही तो वह एक दिन प्रातःकाल सुमनबाई के पास गये। वह इन्हें देखते ही कुछ अनमनी-सी होकर बोली—कहिए महाशय, कैसे कृपा की?

विट्ठलदास—तुम्हें अपना वचन याद है?

सुमन—इतने दिनों की बातें अगर मुझे भूल जायें, तो मेरा दोष नहीं।

विट्ठलदास—मैंने तो बहुत चाहा कि शीघ्र ही प्रबन्ध हो जाये, लेकिन ऐसी जाति से पाला पड़ा है, जिसमें जातीयता का सर्वथा लोप हो गया है। तिस पर भी मेरा उद्योग बिल्कुल व्यर्थ नहीं हुआ। मैंने तीस रुपये मासिक का प्रबन्ध कर लिया और आशा है कि और जो कसर है, वह भी पूरी हो जायेगी। अब तुमसे मेरी यही प्रार्थना है कि इसे स्वीकार करो और आज ही इस नरककुंड को छोड़ दो।

सुमन—शर्माजी को आप नहीं ला सके क्या?

विट्ठलदास—वह किसी तरह आने पर राजी न हुए। इस तीस रुपये में बीस रुपये मासिक का वचन उन्हीं ने दिया है।

सुमन ने विस्मित होकर कहा—अच्छा! वह तो बड़े उदार निकले। सेठों से कुछ मदद मिली?

विट्ठलदास—सेठों की बात न पूछो। चिम्मनलाल रामलीला के लिए हज़ार-दो

हज़ार रुपये खुशी से दे देंगे। बलभद्रदास से अफ़सरों की बधाई के लिए इससे भी अधिक मिल सकता है, लेकिन इस विषय में उन्होंने कोरा जवाब दिया।

सुमन इस समय सदन के प्रेमजाल में फँसी हुई थी। प्रेम का आनन्द उसे कभी नहीं प्राप्त हुआ था, इस दुर्लभ रत्न को पाकर वह उसे हाथ से नहीं जाने देना चाहती थी। यद्यपि वह जानती थी कि इस प्रेम का परिणाम वियोग के सिवा और कुछ नहीं हो सकता, लेकिन उसका मन कहता था कि जब तक वह आनन्द मिलता है, तब तक उसे क्यों न भोगूँ। आगे चलकर न जाने क्या होगा, जीवन की नाव न जाने किस-किस भंवर में पड़ेगी, न जाने कहाँ-कहाँ भटकेगी। भावी चिन्ताओं को वह अपने पास न आने देती थी, क्योंकि उधर भयंकर अंधकार के सिवा और कुछ न सूझता था। अतएव जीवन का सुधार करता वह उत्साह, जिसके वशीभूत होकर उसने विट्ठलदास से वह प्रस्ताव किए थे, क्षीण हो गया था। इस समय विट्ठलदास सौ रुपये मासिक का लोभ दिखाते, तो भी वह खुश न होती, किन्तु एक बार जो बात खुद ही उठाई थी, उससे फिरते हुए शर्म आती थी। बोली—मैं इसका जवाब कल दूँगी। अभी कुछ सोच लेने दीजिए।

विट्ठलदास—इसमें क्या सोचना-समझना है?

सुमन—कुछ नहीं, लेकिन कल ही पर रखिए।

रात के दस बज गये थे। शरद् ऋतु की सुनहरी चाँदनी छिटकी हुई थी। सुमन खिड़की से नीलवर्ण आकाश की ओर ताक रही थी। जैसे चाँदनी के प्रकाश में तारागण की ज्योति मलिन पड़ गई थी उसी प्रकार उसके हृदय में चंद्ररूपी सुविचार ने विकाररूपी तारागण को ज्योतिहीन कर दिया था।

सुमन के सामने एक कठिन समस्या उपस्थित थी, विट्ठलदास को क्या उत्तर दूँ?

आज प्रातःकाल उसने कल जवाब देने का बहाना करके विट्ठलदास को टाला था। लेकिन दिन-भर के सोच-विचार ने उसके विचारों में कुछ संशोधन कर दिया था।

सुमन को यद्यपि यहाँ भोग-विलास के सभी सामान प्राप्त थे लेकिन बहुधा उसे ऐसे मनुष्यों की आवभगत करनी पड़ती थी, जिनकी सूरत से उसे घृणा होती थी, जिनकी बातों को सुनकर उसका जी मिचलाने लगता था। अभी उसके मन में उत्तम भावों का सर्वथा लोप नहीं हुआ था। वह उस अधोगति को नहीं पहुँची थी, जहाँ दुर्व्यसन हृदय के समस्त भावों को नष्ट कर देता है।

इसमें संदेह नहीं कि वह विलास की सामग्रियों पर जान देती थी, लेकिन इन सामग्रियों की प्राप्ति के लिए जिस बेहयाई की ज़रूरत थी, वह उसके लिए असह्य थी और कभी-कभी एकांत में वह अपनी वर्तमान दशा की पूर्वावस्था से तुलना किया करती थी। वहाँ यह टीमटाम न थी, किन्तु वह अपने समाज में आदर की दृष्टि से देखी जाती थी। वह अपनी पड़ोसिनों के सामने अपनी कुलीनता पर गर्व कर सकती

थी, अपनी धार्मिकता और भक्तिभाव का रोब जमा सकती थी। किसी के सम्मुख उसका सिर नीचा नहीं होता था। लेकिन यहाँ उसके सगर्व हृदय को पग-पग पर लज्जा से मुँह छिपाना पड़ता था। उसे ज्ञात होता था कि मैं किसी कुलटा के सामने भी सिर उठाने योग्य नहीं हूँ। जो निरादर और अपमान उसे उस समय सहने पड़ते थे, उनकी अपेक्षा यहाँ की प्रेमवार्ता और आँखों की सनकियाँ अधिक दुःखजनक प्रतीत होती थीं और उसके भावपूर्ण हृदय पर कुठाराघात कर देती थीं। तब उसका व्यथित हृदय पद्मसिंह पर दाँत पीसकर रह जाता था। यदि उस निर्दय मनुष्य ने अपनी बदनामी के भय से मेरी अवहेलना न की होती, तो मुझे इस पापकुंड में कूदने का साहस न होता। अगर वह मुझे चार दिन भी पड़ा रहने देते, तो कदाचित् मैं अपने घर लौट जाती। अथवा वह (गजाधर) ही मुझे मना ले जाते, फिर उसी प्रकार लड़-झगड़कर जीवन के दिन काटने-कटने लगते। इसीलिए उसने विट्ठलदास से पद्मसिंह को अपने साथ लाने की शर्त की थी।

लेकिन आज जब विट्ठलदास से उसे ज्ञात हुआ कि शर्माजी मुझे उबारने के लिए कितने उत्सुक हो रहे हैं और कितनी उदारता के साथ मेरी सहायता करने पर तैयार हैं, तो उनके प्रति घृणा के स्थान पर उसके मन में श्रद्धा उत्पन्न हुई। वह बड़े सज्जन पुरुष हैं। मैं खामख्वाह अपने दुराचार का दोष उनके सिर रखती हूँ। उन्होंने मुझ पर दया की है। मैं जाकर उनके पैरों पर गिर पड़ूँगी और कहूँगी कि आपने इस अभागिन का उपकार किया है, उसका बदला आपको ईश्वर देंगे। यह कंगन भी लौटा दूँ, जिससे उन्हें यह सन्तोष हो जाये कि जिस आत्मा की मैंने रक्षा की है, वह सर्वथा उसके अयोग्य नहीं है। बस, वहाँ से आकर इस पाप के मायाजाल से निकल भागूँ।

लेकिन सदन को कैसे भुलाऊँगी?

अपने मन की इस चंचलता पर वह झुंझला पड़ी। क्या उस पापमय प्रेम के लिए जीवन-सुधारक इस दुर्लभ अवसर को हाथ से जाने दूँ? चार दिन की चाँदनी के लिए सदैव पाप के अंधकार में पड़ी रहूँ? अपने हाथ से एक सरल हृदय युवक का जीवन नष्ट करूँ? जिस सज्जन पुरुष ने मेरे साथ वह सद्व्यवहार किया है, उन्हीं के साथ यह छल! यह कपट! नहीं, मैं इस दूषित प्रेम को हृदय से निकाल दूँगी। सदन को भूल जाऊँगी। उससे कहूँगी, तुम भी मुझे इस मायाजाल से निंकलने दो।

आह! मुझे कैसा धोखा हुआ! यह स्थान दूर से कितना सुहावना, कितना मनोरम, कितना सुखमय दिखाई देता था। मैंने इसे फूलों का बाग समझा, लेकिन है क्या? एक भयंकर वन, मांसाहारी पशुओं और विषैले कीड़ों से भरा हुआ!

यह नदी दूर से चाँद की चादर-सी बिछी हुई कैसी भली मालूम होती थी। पर अन्दर क्या मिलता है? बड़े-बडे। विकराल जल-जन्तुओं का क्रीड़ा-स्थल! सुमन इसी प्रकार विचार-सागर में मग्न थी। उसे यह उत्कंठा हो रही थी कि किसी तरह सवेरा हो जाये और विट्ठलदास आ जायें, किसी तरह यहाँ से निकल भागूँ। आधी रात

बीत गई और उसे नींद न आई। धीरे-धीरे उसे शंका होने लगी कि कहीं सवेरे विट्ठलदास न आये तो क्या होगा? क्या मुझे फिर यहाँ प्रातःकाल से संध्या तक मीरासियों और धाड़ियों की चापलूसियाँ सुननी पड़ेंगी। फिर पाप-रजोलिप्त पुतलियों का आदर-सम्मान करना पड़ेगा? सुमन को यहाँ रहते हुए अभी छः मास भी पूरे न हुए थे, लेकिन इतने ही दिनों में उसे यहाँ का पूरा अनुभव हो गया था। उसके यहाँ सारे दिन मीरासियों का जमघट रहता था। वह अपने दुराचार, छल और क्षुद्रता की कथाएँ बड़े गर्व से कहते। उनमें कोई चतुर गिरहकट था, कोई धूर्त ताश खेलने वाला, कोई टपके की विद्या में निपुण, कोई दीवार फाँदने के फन का उस्ताद और सब-के-सब अपने दुस्साहस और दुर्बलता पर फूले हुए। पड़ोस की रमणियाँ भी नित्य आती थीं, रंगी, बनी-ठनीं, दीपक के समान जगमगाती हुईं, किन्तु यह स्वर्ण-पात्र थे, हलाहल से भरे हुए पात्र—उनमें कितना छिछोरापन था! कितना छल! कितनी कुवासना! वह अपनी निर्लज्जता और कुकर्मों के वृत्तांत कितने मजे में ले-लेकर कहतीं। उनमें लज्जा का अंश भी न रहा था। सदैव ठगने की, छलने की धुन, मन सदैव पाप-तृष्णा में लिप्त।

शहर में जो लोग सच्चरित्र थे, उन्हें यहाँ खूब गालियाँ दी जाती थीं, उनकी खूब हँसी उड़ाई जाती थी, बुद्धू, गौखा आदि की पदवियाँ दी जाती थीं। दिन-भर सारे शहर की चोरी और डाके, हत्या और व्यभिचार, गर्भपात और विश्वासघात की घटनाओं की चर्चा रहती। यहाँ का आदर और प्रेम अब अपने यथार्थ रूप में दिखाई देता था। यह प्रेम नहीं था, आदर नहीं था, केवल कामलिप्सा थी।

अब तक सुमन धैर्य के साथ वह सारी विपत्तियाँ झेलती थी। उसने समझ लिया था कि जब इसी नरककुंड में जीवन व्यतीत करना है, तो इन बातों से कहाँ तक भागूँ? नरक में पड़कर नारकीय धर्म का पालन करना अनिवार्य था। पहली बार विट्ठलदास जब उसके पास आये थे, तो उसने मन में उनकी उपेक्षा की थी। उस समय तक उसे यहाँ के रंग-ढंग का ज्ञान न था। लेकिन आज मुक्ति का द्वार सामने खुला देखकर इस कारागार में उसे क्षण-भर भी ठहरना असह्य हो रहा था। जिस तरह अवसर पाकर मनुष्य की पाप-चेष्टा जागृत हो जाती है, उसी प्रकार अवसर पाकर उसकी धर्म-चेष्टा भी जागृत हो जाती है।

रात के तीन बजे थे। सुमन अभी तक करवटें बदल रही थी, उसका मन बलात् सदन की ओर खिंचता था। ज्यों-ज्यों प्रभात निकट आता था, उसकी व्यग्रता बढ़ती जाती थी। वह अपने मन को समझा रही थी। तू इस प्रेम पर फूला हुआ है? क्या तुझे मालूम नहीं कि इसका आधार केवल रंग-रूप है! यह प्रेम नहीं है, प्रेम की लालसा है। यहाँ कोई सच्चा प्रेम करने नहीं आता। जिस भाँति मंदिर में कोई सच्ची उपासना करने नहीं जाता, उसी प्रकार इस मंडी में कोई प्रेम का सौदा करने नहीं जाता, सब लोग केवल मन बहलाने के लिए आते हैं। इस प्रेम के भ्रम में मत पड़।

अरुणोदय के समय सुमन को नींद आ गई।

19

शाम हो गई। सुमन ने दिन-भर विट्ठलदास की राह देखी, लेकिन वह अब तक नहीं आये। सुमन के मन में जो नाना प्रकार की शंकाएँ उठ रही थीं, वह पुष्ट हो गईं। विट्ठलदास अब नहीं आयेंगे, अवश्य कोई विघ्न पड़ा। या तो वह किसी दूसरे काम में फँस गये या जिन लोगों ने सहायता का वचन दिया था, पलट गये। मगर कुछ भी हो, एक बार विट्ठलदास को यहाँ आना चाहिए था। मुझे मालूम तो हो जाता कि क्या निश्चय हुआ। अगर कोई मेरी सहायता नहीं करता, न करे, मैं अपनी मदद आप कर लूँगी, केवल एक सज्जन पुरुष की आड़ चाहिए। क्या विट्ठलदास से इतना भी नहीं होगा? चलूँ, उनसे मिलूँ और कह दूँ कि मुझे आर्थिक सहायता की इच्छा नहीं है, आप इसके लिए हैरान न हों, केवल मेरे रहने का प्रबन्ध कर दें और मुझे कोई काम बता दें, जिससे मुझे सूखी रोटियाँ मिल जाया करें। मैं और कुछ नहीं चाहती। लेकिन मालूम नहीं, वह कहाँ रहते हैं, बे-पते-ठिकाने कहाँ-कहाँ भटकती फिरूँगी?

चलूँ पार्क की तरफ़, लोग वहाँ हवा खाने आया करते हैं, सम्भव है, उनसे भेंट हो जाये। शर्माजी नित्य उधर ही घूमने जाया करते हैं, सम्भव है, उन्हीं से भेंट हो जाये। उन्हें यह कंगन दे दूँगी और इसी बहाने से इस विषय में भी कुछ बातचीत कर लूँगी।

यह निश्चय करके सुमन ने एक किराये की बग्घी मँगवाई और अकेले सैर को निकली। दोनों खिड़कियाँ बन्द कर दीं, लेकिन झंझरियों से झाँकती जाती थी। छावनी की तरफ़ दूर तक इधर-उधर ताकती चली गई, लेकिन दोनों आदमियों में कोई भी न दिखाई पड़ा। वह कोचवान को क्वींस पार्क की तरफ़ चलने को कहना ही चाहती थी कि सदन घोड़े को दौड़ाता आता दिखाई दिया। सुमन का हृदय उछलने लगा। ऐसा जान पड़ा, मानो इसे बरसों के बाद देखा है। स्थान के बदलने से कदाचित् प्रेम में नया उत्साह आ जाता है। उसका जी चाहा कि उसे आवाज़ दे, लेकिन जब्त कर गई। जब तक आँखों से ओझल न हुआ, उसे सतृष्ण प्रेम-दृष्टि से देखती रही। सदन के सर्वांगपूर्ण सौंदर्य पर वह कभी इतनी मुग्ध न हुई थी।

बग्घी क्वींस पार्क की ओर चली। यह पार्क शहर से दूर था। बहुत कम लोग इधर जाते थे। लेकिन पद्मसिंह का एकांत-प्रेम उन्हें यहाँ खींच लाता था। यहाँ विस्तृत मैदान में एक तकियेदार बेंच पर बैठे हुए वह घंटों विचार में मग्न रहते। ज्यों ही बग्घी फाटक के भीतर आई, सुमन को शर्माजी मैदान में अकेले बैठे दिखाई दिए। सुमन का हृदय दीपशिखा की भाँति थरथराने लगा। भय की इस दशा का ज्ञान पहले होता, तो वह यहाँ तक आ ही न सकती। लेकिन इतनी दूर आकर और शर्माजी को सामने बैठे देखकर, निष्काम लौट जाना मूर्खता थी। उसने ज़रा दूर पर बग्घी रोक दी और गाड़ी से उतरकर शर्माजी की ओर चली, उसी प्रकार जैसे शब्द वायु के प्रतिकूल चलता है।

शर्माजी कुतूहल से बग्घी देख रहे थे। उन्होंने सुमन को पहचाना नहीं। आश्चर्य हो रहा था कि यह कौन महिला इधर चली आती है। विचार किया कि कोई ईसाई लेडी होगी, लेकिन जब सुमन समीप आ गई, तो उन्होंने उसे पहचाना। एक बार उसकी ओर दबी आँखों से देखा, फिर जैसे हाथ-पाँव फूल गये हों। जब सुमन सिर झुकाए हुए उनके सामने आकर खड़ी हो गई, तो वह झेंपे हुए दीनतापूर्ण नेत्रों से इधर-उधर देखने लगे, मानो छिपने के लिए कोई बिल ढूँढ़ रहे हों। तब अकस्मात वह लपककर उठे और पीछे की ओर फिरकर वेग के साथ चलने लगे। सुमन पर जैसे वज्रपात हो गया। वह क्या आशा मन में लेकर आई थी और क्या आँखों से देख रही है। प्रभो, यह मुझे इतना नीच और अधम समझते हैं कि मेरी परछाईं से भी भागते हैं। वह श्रद्धा जो उसके हृदय में शर्माजी के प्रति उत्पन्न हो गई थी, क्षणमात्र में लुप्त हो गई। बोली—मैं आप ही से कुछ कहने आई हूँ। ज़रा ठहरिए, मुझ पर इतनी कृपा कीजिए।

शर्माजी ने और भी कदम बढ़ाया, जैसे कोई भूत से भागे। सुमन से यह अपमान न सहा गया। तीव्र स्वर में बोली—मैं आपसे कुछ माँगने नहीं आई हूँ कि आप इतना डर रहे हैं। मैं आपको केवल यह कंगन देने आई हूँ। यह लीजिए, अब मैं आप ही चली जाती हूँ।

यह कहकर उसने कंगन निकालकर शर्माजी की तरफ़ फेंका।

सुमन बग्घी की तरफ़ कई कदम जा चुकी थी। शर्माजी उसके निकट आकर बोले—तुम्हें यह कंगन कहाँ मिला?

सुमन—अगर मैं आपकी बातें न सुनूँ और मुँह फेरकर चली जाऊँ, तो आपको बुरा न मानना चाहिए।

पद्मसिंह—सुमनबाई, मुझे लज्जित न करो। मैं तुम्हारे सामने मुँह दिखाने योग्य नहीं हूँ।

सुमन—क्यों?

पद्मसिंह—मुझे बार-बार वेदना होती है कि अगर उस अवसर पर मैंने तुम्हें अपने घर से जाने के लिए न कहा होता, तो यह नौबत न आती।

सुमन—तो इसके लिए आपको लज्जित होने की क्या आवश्यकता है? अपने घर से निकालकर आपने मुझ पर बड़ी कृपा की, मेरा जीवन सुधार दिया।

शर्माजी इस ताने से तिलमिला उठे, बोले—अगर यह कृपा है, तो गजाधर पांडे और विट्ठलदास की है। मैं ऐसी कृपा का श्रेय नहीं चाहता।

सुमन—आप नेकी कर और दरिया में डाल, वाली कहावत पर चलें, पर मैं तो मन में आपका एहसान मानती हूँ। शर्माजी, मेरा मुँह न खुलवाइए, मन की बात मन में ही रहने दीजिए, लेकिन आप जैसे सहृदय मनुष्य से मुझे ऐसी निर्दयता की आशा न थी। आप चाहे समझते हों कि आदर और सम्मान की भूख बड़े आदमियों ही को

होती है; किन्तु दीन दशा वाले प्राणियों को इसकी भूख और भी अधिक होती है, क्योंकि उनके पास इसको प्राप्त करने का कोई साधन नहीं होता। वे इसके लिए चोरी, छल-कपट सब कुछ कर बैठते हैं। आदर में वह संतोष है, जो धन और भोग-विलास में भी नहीं है। मेरे मन में नित्य यही चिन्ता रहती थी कि यह आदर कैसे मिले। इसका उत्तर मुझे कितनी ही बार मिला, लेकिन आपके होली वाले जलसे के दिन जो उत्तर मिला, उसने भ्रम दूर कर दिया। मुझे आदर और सम्मान का मार्ग दिखा दिया। यदि मैं उस जलसे में न आती, तो आज मैं अपने झोंपड़े में सन्तुष्ट होती। आपको मैं बहुत सच्चरित्र पुरुष समझती थी, इसलिए आपकी रसिकता का मुझ पर और भी प्रभाव पड़ा। भोलीबाई आपके सामने गर्व से बैठी हुई थी, आप उसके सामने आदर और भक्ति की मूर्ति बने हुए थे। आपके मित्र-वृंद उसके इशारों की कठपुतली की भाँति नाचते थे। एक सरल हृदय, आदर की अभिलाषिणी स्त्री पर इस दृश्य का जो फल हो सकता था, वही मुझ पर हुआ, पर अब उन बातों का जिक्र ही क्या? जो हुआ वह हुआ। आपको क्यों दोष दूँ? यह सब मेरा अपराध था। मैं...

सुमन और कुछ कहना चाहती थी, लेकिन शर्माजी ने, जो इस कथा को बड़े गम्भीर भाव से सुन रहे थे, बात काट दी और पूछा—सुमन, ये बातें तुम मुझे लज्जित करने के लिए कह रही हो या सच्ची हैं?

सुमन—कह तो आपको लज्जित करने ही के लिए रही हूँ, लेकिन बातें सच्ची हैं। इन बातों को बहुत दिन हुए मैंने भुला दिया था, लेकिन इस समय आपने मेरी परछाईं से भी दूर रहने की चेष्टा करके वे सब बातें याद दिला दीं। लेकिन अब मुझे स्वयं पछतावा हो रहा है, मुझे क्षमा कीजिए।

शर्माजी ने सिर न उठाया, फिर विचार में डूब गये। सुमन उन्हें धन्यवाद देने आई थी, लेकिन बातों का कुछ क्रम ऐसा बिगड़ा कि उसे इसका अवसर ही न मिला और अब इतनी अप्रिय बातों के बाद उसे अनुग्रह और कृपा की चर्चा असंगत जान पड़ी। वह अपनी बग्घी की ओर चली। एकाएक शर्माजी ने पूछा—और कंगन?

सुमन—यह मुझे कल सर्राफे में दिखाई दिया। मैंने बहूजी के हाथों में इसे देखा था, पहचान गई, तुरन्त वहाँ से उठा लाई।

शर्माजी—कितना देना पड़ा।

सुमन—कुछ नहीं, उलटे सर्राफ पर और धौंस जमाई।

शर्माजी—सर्राफ का नाम बता सकती हो?

सुमन—नहीं, वचन दे आई हूँ—यह कह कर सुमन चली गई। शर्माजी कुछ देर तक तो बैठे रहे, फिर बेंच पर लेट गये। सुमन का एक-एक शब्द उनके कानों में गूँज रहा था। वह ऐसे चिन्तामग्न हो रहे थे कि कोई उनके सामने आकर खड़ा हो जाता तो भी उन्हें खबर न होती। उनके विचारों ने उन्हें स्तम्भित कर दिया था। ऐसा मालूम होता था, मानो उनके मर्मस्थान पर कड़ी चोट लग गई है, शरीर में एक

शिथिलता-सी प्रतीत होती थी। वह एक भावुक मनुष्य थे। सुभद्रा अगर कभी हँसी में भी कोई चुभती हुई बात कह देती, तो कई दिनों तक वह उनके हृदय को मथती रहती थी। उन्हें अपने व्यवहार पर, आचार-विचार पर, अपने कर्तव्य पालन पर अभिमान था। आज वह अभिमान चूर-चूर हो गया। जिस अपराध को उन्होंने पहले गजाधर और विट्ठलदास के सिर मढ़कर अपने को संतुष्ट किया था, वही आज सौगुने बोझ के साथ उनके सिर पर लद गया! सिर हिलाने की भी जगह न थी। वह इस अपराध से दबे जाते थे। विचार तीव्र होकर मूर्तिमान हो जाता है। कहीं बहुत दूर से उनके कान में आवाज़ आई, वह जलसा न होता तो आज मैं अपने झोंपड़े में मग्न होती।' इतने में हवा चली, पत्तियाँ हिलने लगीं, मानो वृक्ष अपने काले भयंकर सिरों को हिला-हिलाकर कहते थे, सुमन की यह दुर्गति तुमने की है।

शर्माजी घबराकर उठे। देर हो गई थी। सामने गिरजाघर का ऊँचा शिखर था। उसमें घंटा बज रहा था। घंटे की सुरीली ध्वनि कह रही थी, सुमन की यह दुर्गति तुमने की।

शर्माजी ने बलपूर्वक विचारों को समेटकर आगे कदम बढ़ाया। आकाश पर दृष्टि पड़ी। काले पटल पर उज्ज्वल दिव्य अक्षरों में लिखा हुआ था, सुमन की यह दुर्गति तुमने की।

जैसे किसी चटैल मैदान में सामने से उमड़ी हुई काली घटाओं को देखकर मुसाफिर दूर के अकेले वृक्ष की ओर सवेग चलता है, उसी प्रकार शर्माजी लम्बे-लम्बे पग धरते हुए उस पार्क से आबादी की तरफ़ चले, किन्तु विचार-चित्र को कहाँ छोड़ते? सुमन उनके पीछे-पीछे आती थी, कभी सामने आकर रास्ता रोक लेती और कहती, मेरी यह दुर्गति तुमने की है। कभी इस तरफ़ से, कभी उस तरफ़ से निकल आती और यही शब्द दुहराती। शर्माजी ने बड़ी कठिनाई से उतना रास्ता तय किया, घबराए और कमरे में मुँह ढांपकर पड़े रहे। सुभद्रा ने भोजन करने के लिए आग्रह किया, तो उसे सिर-दर्द का बहाना करके टाला। सारी रात सुमन उनके हृदय में बैठी हुई उन्हें कोसती रही, तुम विद्वान बनते हो, तुमको अपने बुद्धि-विवेक पर घमंड है, लेकिन तुम फूस के झोंपड़ों के पास बारूद की हवाई फुलझड़ियाँ छोड़ते हो। अगर तुम अपना धन फूँकना चाहते हो, तो जाकर मैदान में फूँको, गरीब-दुखियों का घर क्यों जलाते हो?

प्रातःकाल शर्माजी विट्ठलदास के घर जा पहुँचे।

20

सुभद्रा को संध्या के समय कंगन की याद आई। लपकी हुई स्नान-घर में गई। उसे खूब याद था कि उसने यहीं ताक पर रख दिया था, लेकिन उसका वहाँ पता न था।

इस पर वह घबराई। अपने कमरे के प्रत्येक ताक और आलमारी को देखा, रसोई के कमरे में चारों ओर ढूँढ़ा, घबराहट और भी बढ़ी। फिर तो उसने एक-एक संदूक, एक-एक कोना मानो कोई सुई ढूँढ़ रही हो, लेकिन कुछ पता न चला। महरी से पूछा तो उसने बेटे की कसम खाकर कहा, मैं नहीं जानती। जीतन को बुलाकर पूछा। वह बोला—मालकिन, बुढ़ापे में यह दाग मत लगाओ। सारी उमर भले-भले आदमियों की चाकरी में ही कटी है, लेकिन कभी नीयत नहीं बिगड़ी, अब कितने दिन जीना है कि नीयत बद करूँगा।

सुभद्रा हताश हो गई, अब किससे पूछे? जी न माना, फिर संदूक, कपड़ों की गठरियाँ आदि खोल-खोलकर देखीं। आटे-दाल की हांडियाँ भी न छोड़ीं, पानी के मटकों में हाथ डाल-डालकर टटोला। अन्त में निराश होकर चारपाई पर लेट गई। उसने सदन को स्नानगृह में जाते देखा था, शंका हुई कि उसी ने हँसी में छिपाकर रखा हो, लेकिन उससे पूछने की हिम्मत न पड़ी। सोचा, शर्माजी घूमकर खाना खाने आयें तो उनसे कहूँगी। ज्यों ही शर्माजी घर में आये, सुभद्रा ने उनसे रिपोर्ट की। शर्माजी ने कहा—अच्छी तरह देखो, घर ही में होगा, ले कौन जायेगा?

सुभद्रा—घर की एक-एक अंगुल ज़मीन छान डाली।

शर्माजी—नौकर से पूछो।

सुभद्रा—सबसे पूछा, दोनों कसम खाते हैं। मुझे खूब याद है कि मैंने उसे नहाने के कमरे में ताक पर रख दिया था।

शर्माजी—तो क्या उसके पर लगे थे, जो आप-ही-आप उड़ गया?

सुभद्रा—नौकरों पर तो मेरा संदेह नहीं है।

शर्माजी—तो दूसरा कौन ले जायेगा?

सुभद्रा—कहो तो सदन से पूछूँ? मैंने उसे उस कमरे में जाते देखा था, शायद दिल्लगी के लिए छिपा रखा हो।

शर्माजी—तुम्हारी भी क्या समझ है! उसने छिपाया होता तो कह न देता?

सुभद्रा—तो पूछने में हर्ज ही क्या है? सोचता हो कि खूब हैरान करके बताऊँगा।

शर्माजी—हर्ज क्यों नहीं है? कहीं उसने न देखा हो तो समझेगा, मुझे चोरी लगाती हैं?

सुभद्रा—उस कमरे में तो वह गया था। मैंने अपनी आँखों देखा।

शर्माजी—तो क्या वहाँ तुम्हारा कंगन उठाने गया था? बेबात-की-बात करती हो। उससे भूलकर भी न पूछना। एक तो वह ले ही न गया होगा, और ले भी गया होगा, तो आज नहीं कल दे देगा, जल्दी क्या है?

सुभद्रा—तुम्हारे जैसा दिल कहाँ से लाऊँ? ढाढस तो हो जायेगी?

शर्माजी—चाहे जो कुछ हो, उससे कदापि न पूछना।

सुभद्रा उस समय तो चुप हो गई। लेकिन जब रात को चाचा-भतीजे भोजन

करने बैठे तो उससे रहा न गया। सदन से बोली—लाला, मेरा कंगन नहीं मिलता। छिपा रखा हो तो दे दो, क्यों हैरान करते हो?

सदन के मुख का रंग उड़ गया और कलेजा काँपने लगा। चोरी करके सीनाजोरी करने का ढंग न जानता था। उसके मुँह में कौर था, उसे चबाना भूल गया। इस प्रकार मौन हो गया कि मानो कुछ सुना ही नहीं। शर्माजी ने सुभद्रा की ओर ऐसे आग्नेय नेत्रों से देखा कि उसका रक्त सूख गया। फिर ज़बान खोलने का साहस न हुआ। फिर सदन ने शीघ्रतापूर्वक दो-चार ग्रास खाए और चौके से उठ गया।

शर्माजी बोले—यह तुम्हारी क्या आदत है कि मैं जिस काम को मना करता हूँ, वह अदबदा के करती हो।

सुभद्रा—तुमने उसकी सूरत नहीं देखी? वही ले गया है, अगर झूठ निकल जाये तो जो चोर की सजा, वह मेरी।

शर्माजी—यह सामुद्रिक विद्या कब से सीखी?

सुभद्रा—उसकी सूरत से साफ मालूम होता था।

शर्माजी—अच्छा मान लिया, वही ले गया हो तो, कंगन की क्या हस्ती है, मेरा तो यह शरीर उसी की पाला है। वह अगर मेरी जान माँगे तो मैं दे दूँ। मेरा सब कुछ उसका है, वह चाहे माँगकर ले जाये, चाहे उठा ले जाये।

सुभद्रा चिढ़कर बोली—तो तुमने गुलामी लिखवाई है, गुलामी करो, मेरी चीज़ कोई उठा ले जायेगा, तो मुझसे चुप न रहा जायेगा।

दूसरे दिन संध्या को जब शर्माजी सैर करके लौटे, तो सुभद्रा उन्हें भोजन करने के लिए बुलाने गई! उन्होंने कंगन उसके सामने फेंक दिया। सुभद्रा ने आश्चर्य से दौड़कर उठा लिया और पहचान कर बोली—मैंने कहा था न कि उन्होंने छिपाकर रखा होगा, वही बात निकली न?

शर्माजी—फिर वही बेसिर-पैर की बातें करती हो! इसे मैंने बाज़ार में एक सर्राफे की दुकान पर पाया है। तुमने सदन पर संदेह करके उसे भी दुःख पहुँचाया और अपने आपको भी कलुषित किया।

21

विट्ठलदास को संदेह हुआ कि सुमन तीस रुपये मासिक स्वीकार करना नहीं चाहती, इसलिए उसने कल उत्तर देने का बहाना करके मुझे टाला है। अतएव वे दूसरे दिन उसके पास नहीं गये, इसी चिन्ता में पड़े रहे कि शेष रुपयों का कैसे प्रबन्ध हो? कभी सोचते, दूसरे शहर में डेपुटेशन ले जाऊँ, कभी कोई नाटक खेलने का विचार करते। अगर उनका वश चलता, तो इस शहर के सारे बड़े-बड़े धनाढ्य पुरुषों को

जहाज में भरकर काला-पानी भेज देते। शहर में एक कुँवर अनिरुद्धसिंह सज्जन, उदार पुरुष रहा करते थे। लेकिन विट्ठलदास उनके द्वार तक जाकर केवल इसलिए लौट आये कि उन्हें वहाँ तबले की गमक सुनाई दी। उन्होंने सोचा, जो मनुष्य राग-रंग में इतना लिप्त है, वह इस काम में मेरी क्या सहायता करेगा? इस समय उनकी सहायता करना उनकी दृष्टि में सबसे बड़ा पुण्य और उनकी उपेक्षा करना सबसे बड़ा पाप था। वह इसी संकल्प-विकल्प में पड़े हुए थे कि सुमन के पास चलूँ या न चलूँ। इतने में पंडित पद्मसिंह आते हुए दिखाई दिए, आँखें चढ़ी हुईं, लाल और बदन मलिन था। ज्ञात होता था कि सारी रात जागे हैं। चिन्ता और ग्लानि की मूर्ति बने हुए थे। तीन महीने से विट्ठलदास उनके पास नहीं गये थे, उनकी ओर से हृदय फट गया था। लेकिन शर्माजी की यह दशा देखते ही पिघल गये और प्रेम से हाथ मिलाकर बोले—भाई साहब, उदास दिखाई देते हो, कुशल तो है?

शर्माजी—जी हाँ, सब कुशल ही है। इधर महीनों से आपसे भेंट नहीं हुई, मिलने को जी चाहता था। सुमन के विषय में क्या निश्चय किया?

विट्ठलदास—उसी चिन्ता में तो दिन-रात पड़ा रहता हूँ। इतना बड़ा शहर है, पर तीस रुपये मासिक का प्रबन्ध नहीं हो सकता। मुझे ऐसा अनुमान होता है कि मुझे माँगना नहीं आता। कदाचित् मुझमें किसी के हृदय को आकर्षित करने की सामर्थ्य नहीं है। मैं दूसरों को दोष देता हूँ, पर वास्तव में दोष मेरा ही है। अभी तक केवल दस रुपये का प्रबन्ध हो सका है। जितने रईस हैं, सबके सब पाषाण हृदय। अजी, रईसों की बात तो न्यारी रही, मि. प्रभाकर राव ने भी कोरा जवाब दिया। उनके लेखों को पढ़ो, तो मालूम होता है कि देशानुराग और दया के सागर हैं। होली के जलसे के बाद महीनों तक आप पर विष की वर्षा करते रहे, लेकिन कल जो उनकी सेवा में गया तो बोले, क्या जाति का सबसे बड़ा ऋणी मैं ही हूँ? मेरे पास लेखनी है, उससे जाति की सेवा करता हूँ। जिसके पास धन हो, वह धन से करे। उनकी बातें सुनकर चकित रह गया। नया मकान बनवा रहे हैं, कोयले की कम्पनी में हिस्से खरीदे हैं, लेकिन इस जातीय काम से साफ निकल गये। अजी, और लोग ज़रा सकुचाते तो हैं उन्होंने तो उलटे मुझी को आड़े हाथों लिया।

शर्माजी—आपको निश्चय है कि सुमनबाई पचास रुपये पर विधवाश्रम में चली आयेंगी?

विट्ठलदास—हाँ, मुझे निश्चय है। यह दूसरी बात है कि आश्रम कमेटी उसे लेना पसन्द न करे। तब कोई और प्रबन्ध करूँगा।

शर्माजी—अच्छा, तो लीजिए, आपकी चिन्ताओं का अन्त किए देता हूँ, मैं पचास रुपये मासिक देने पर तैयार हूँ और ईश्वर ने चाहा तो आजन्म देता रहूँगा।

विट्ठलदास ने विस्मय से शर्माजी की तरफ़ देखा और कृतज्ञतापूर्वक उनके गले लिपटकर बोले—भाई साहब, तुम धन्य हो। इस समय तुमने वह काम किया

है कि जी चाहता है, तुम्हारे पैरों पर गिरकर रोऊँ। तुमने हिन्दू जाति की लाज रख ली और सारे लखपतियों के मुँह पर कालिख लगा दी। लेकिन इतना बोझ कैसे सँभालोगे?

शर्माजी—सब हो जायेगा, ईश्वर कोई-न-कोई राह अवश्य निकालेंगे ही।

विट्ठलदास—आजकल आमदनी अच्छी हो रही है क्या-

शर्माजी—आमदनी पत्थर हो रही है, घोड़ागाड़ी बेच दूँगा, तीस रुपये बचत यों हो जायेगी, बिजली का खर्च तोड़ दूँगा, दस रुपये यों निकल आयेंगे, दस रुपये और इधर-उधर से खींच-खांचकर निकाल लूँगा।

विट्ठलदास—तुम्हारे ऊपर अकेले इतना बोझ डालते हुए मुझे कष्ट हो रहा है, पर क्या करूँ, शहर के बड़े आदमियों से हारा हुआ हूँ। गाड़ी बेच दोगे तो कचहरी कैसे जाओगे? रोज किराये की गाड़ी करनी पड़ेगी?

शर्माजी—जी नहीं, किराये की गाड़ी की आवश्यकता नहीं पड़ेगी। मेरे भतीजे ने एक सब्जा घोड़ा ले रखा है, उसी पर बैठकर चला जाया करूँगा।

विट्ठलदास—अरे, वही तो नहीं है, जो कभी-कभी शाम को चौक में घूमने निकला करता है?

शर्माजी—सम्भव है, वही हो।

विट्ठलदास—सूरत आपसे बहुत मिलती है, धारीदार सर्ज का कोट पहनता है, खूब हृष्ट-पुष्ट है, गोरा रंग, बड़ी-बड़ी आँखें, कसरती जवान है।

शर्माजी—जी हाँ, हुलिया तो आप ठीक बताते हैं। वही है।

विट्ठलदास—आप उसे बाज़ार में घूमने से रोकते क्यों नहीं?

शर्माजी—मुझे क्या मालूम, कहाँ घूमने जाता है। सम्भव है, कभी-कभी बाज़ार की तरफ़ चला जाता हो; लेकिन लड़का सच्चरित्र है, इसलिए मैंने कभी चिन्ता नहीं की।

विट्ठलदास—यह आपसे बड़ी भूल हुई। पहले वह चाहे जितना सच्चरित्र हो, लेकिन आजकल उसके रंग अच्छे नहीं हैं। मैंने उसे एक बार नहीं, कई बार वहाँ देखा है, जहाँ न देखना चाहिए था। सुमनबाई के प्रेमजाल में पड़ा हुआ मालूम होता है।

शर्माजी के होश उड़ गये। बोले—यह तो आपने बुरी खबर सुनाई। वह मेरे कुल का दीपक है। अगर वह कुपथ पर चला, तो मेरी जान ही पर बन जायेगी। मैं शरम के मारे भाई साहब को मुँह न दिखा सकूँगा।

यह कहते-कहते शर्माजी की आँखें सजल हो गईं। फिर बोले—महाशय उसे किसी तरह समझाइए। भाई साहब के कानों में इस बात की भनक भी गई, तो वह मेरा मुँह न देखेंगे।

विट्ठलदास—नहीं, उसे सीधे मार्ग पर लाने के लिए उद्योग किया जायेगा। मुझे आज तक मालूम ही न था कि वह आपका भतीजा है। मैं आज ही इस काम

पर उतारू हो जाऊँगा और सुमन कल तक वहाँ से चली आई, तो वह आप ही सँभल जायेगा।

शर्माजी—सुमन के चले आने से थोड़े ही बाज़ार खाली हो जायेगा। किसी दूसरी के पंजे में फँस जायेगा। क्या करूँ, उसे घर भेज दूँ?

विट्ठलदास—वहाँ अब वह रह चुका, पहले तो जायेगा ही नहीं, और गया भी तो दूसरे ही दिन भागेगा। यौवनकाल की दुर्वासनाएँ बड़ी प्रबल होती हैं। कुछ नहीं, यह सब इसी कुप्रथा की करामात है, जिसने नगर के सार्वजनिक स्थानों को अपना कार्यक्षेत्र बना रखा है। यह कितना बड़ा अत्याचार है कि ऐसे मनोविकार पैदा करने वाले दृश्यों को गुप्त रखने के बदले हम उनकी दूकान सजाते हैं और अपने भोले-भाले सरल बालकों की कुप्रवृत्तियों को जगाते हैं। मालूम नहीं, यह कुप्रथा कैसे चली? मैं तो समझता हूँ कि विषयी मुसलमान बादशाहों के समय इसका जन्म हुआ होगा। जहाँ ग्रन्थालय, धर्मसभाएँ और सुधारक संस्थाओं के स्थान होने चाहिए, वहाँ हम रूप का बाज़ार सजाते हैं। यह कुवासनाओं को नेवता देना नहीं तो क्या है? हम जान-बूझकर युवकों को गड्ढे में ढकेलते हैं। शोक!

शर्माजी—आपने इस विषय में कुछ आंदोलन तो किया था?

विट्ठलदास—हाँ, किया तो था, लेकिन जिस प्रकार आप एक बार मौखिक सहानुभूति प्रकट करके मौन साध गये, उसी प्रकार, अन्य सहायकों ने भी आनाकानी की, तो भाई, अकेला चना तो भाड़ नहीं फोड़ सकता? मेरे पास न धन है, न ऐश्वर्य है, न उच्च उपाधियाँ हैं, मेरी कौन सुनता है? लोग समझते हैं, बक्की है, नगर में इतने सुयोग्य, विद्वान् पुरुष चैन से सुख-भोग कर रहे हैं, कोई भूलकर भी मेरी नहीं सुनता।

शर्माजी शिथिल प्रकृति के मनुष्य थे। उन्हें कर्तव्य-क्षेत्र में लाने के लिए किसी प्रबल उत्तेजना की आवश्यकता थी। मित्रों की वाह-वाह जो प्रायः मनुष्य की सुप्तावस्था को भंग किया करती है, उनके लिए काफी न थी। वह सोते नहीं थे, जागते थे। केवल आलस्य के कारण पड़े हुए थे। इसलिए उन्हें जगाने के लिए चिल्लाकर पुकारने की इतनी ज़रूरत नहीं थी, जितनी किसी विशेष बात की। यह कितनी अनोखी लेकिन यथार्थ बात है कि सोए हुए मनुष्य को जगाने की अपेक्षा जागते हुए मनुष्य को जगाना कठिन है। सोता हुआ आदमी अपना नाम सुनते ही चौंककर उठ बैठता है, जागता हुआ मनुष्य सोचता है कि यह किसकी आवाज़ है? उसे मुझसे क्या काम है? इससे मेरा काम तो न निकल सकेगा? जब इन प्रश्नों का संतोषजनक उत्तर उसे मिलता है, तो वह उठता है, नहीं तो पड़ा रहता है। पद्मसिंह इन्हीं जागते हुए आलसियों में से थे। कई बार जातीय पुकार की ध्वनि उनके कानों में आई थी, किन्तु वे सुनकर भी न उठे। इस समय जो पुकार उनके कानों में पहुँच रही थी, उसने उन्हें बलात् उठा दिया। अपने भतीजे को, जिसे वह पुत्र से भी बढ़कर प्यार करते थे, कुमार्ग से

बचाने के लिए, अपने भाई की अप्रसन्नता का निवारण करने के लिए, वे सब कुछ कर सकते थे। जिस कुव्यवस्था का ऐसा भयंकर परिणाम हुआ उसके मूलोच्छेदन पर कटिबद्ध होने के लिए अन्य प्रमाणों की ज़रूरत न थी। बाल-विधवा-विवाह के घोर शत्रुओं को भी जब-तब उसका समर्थन करते देखा गया है। प्रत्यक्ष उदाहरण से प्रबल और कोई प्रमाण नहीं होता। शर्माजी बोले—यदि मैं आपके किसी काम न आ सकूँ, तो आपकी सहायता करने को तैयार हूँ।

विट्ठलदास उल्लसित होकर बोले—भाई साहब, अगर तुम मेरा हाथ बँटाओ तो मैं धरती और आकाश एक कर दूँगा लेकिन क्षमा करना, तुम्हारे संकल्प दृढ़ नहीं होते। अभी यों कहते हो, कल ही उदासीन हो जाओगे। ऐसे कामों में धैर्य की बड़ी ज़रूरत है।

शर्माजी लज्जित होकर बोले—ईश्वर चाहेगा तो अबकी आपको इसकी शिकायत न रहेगी।

विट्ठलदास—तब तो हमारा सफल होना निश्चित है।

शर्माजी—यह तो ईश्वर के हाथ है। मुझे न तो बोलना आता है, न लिखना आता है, बस आप जिस राह पर लगा देंगे, उसी पर आँख बन्द किए चला जाऊँगा।

विट्ठलदास—अजी, सब आ जायेगा, केवल उत्साह चाहिए। दृढ़ संकल्प हवा में किले बना देता है। आपकी वक्तृताओं में तो वह प्रभाव होगा कि लोग सुनकर दंग हो जायेंगे। हाँ, इतना स्मरण रखिएगा कि हिम्मत नहीं हारनी चाहिए।

शर्माजी—आप मुझे सँभाले रहिएगा।

विट्ठलदास—अच्छा तो अब मेरे उद्देश्य भी सुन लीजिए। मेरा पहला उद्देश्य है कि वेश्याओं को सार्वजनिक स्थान से हटाना और दूसरा, वेश्याओं के नाचने-गाने की रस्म को मिटाना। आप मुझसे सहमत हैं या नहीं?

शर्माजी—क्या अब भी कोई संदेह है?

विट्ठलदास—नाच के विषय में आपके यह विचार तो नहीं हैं?

शर्माजी—अब क्या एक घर जलाकर भी वही खेल खेलता रहूँगा। उन दिनों मुझे न जाने क्या हो गया था। मुझे अब यह निश्चय हो गया है कि मेरे उसी जलसे ने सुमनबाई को घर से निकाला! लेकिन यहाँ मुझे एक शंका होती है। आखिर हम लोगों ने भी तो शहरों ही में इतना जीवन व्यतीत किया है, हम लोग इन दुर्वासनाओं में क्यों नहीं पड़े? नाच भी तो शहर में आये दिन हुआ ही करते हैं, लेकिन उनका ऐसा भीषण परिणाम होते बहुत कम देखा गया है। इससे यही सिद्ध होता है कि इस विषय में मनुष्य का स्वभाव ही प्रधान है। आप इस आंदोलन से स्वभाव तो नहीं बदल सकते।

विट्ठलदास—हमारा यह उद्देश्य ही नहीं, हम तो केवल उन दशाओं का संशोधन करना चाहते हैं, जो दुर्बल स्वभाव के अनुकूल हैं और कुछ नहीं चाहते। कुछ मनुष्य

जन्म ही से स्थूल होते हैं, उनके लिए खाने-पीने की किसी विशेष वस्तु की ज़रूरत नहीं। कुछ मनुष्य ऐसे होते हैं, जो घी-दूध आदि का इच्छापूर्वक सेवन करने से स्थूल हो जाते हैं और कुछ लोग ऐसे होते हैं, जो सदैव दुबले रहते हैं, वह चाहे घी-दूध के मटके ही में रख दिए जायें तो भी मोटे नहीं हो सकते। हमारा प्रयोजन केवल दूसरी श्रेणी के मनुष्यों से है। हम और आप जैसे मनुष्य क्या दुर्व्यसन में पड़ेंगे, जिन्हें पेट के धंधों से कभी छुट्टी ही नहीं मिली, जिन्हें कभी यह विश्वास ही नहीं हुआ कि प्रेम की मंडी में उनकी आवभगत होगी। वहाँ तो वे फँसते हैं, जो धनी हैं, रूपवान हैं, उदार हैं, रसिक हैं। स्त्रियों को अगर ईश्वर सुन्दरता दे, तो धन से वंचित न रखे। धनहीन, सुन्दर, चतुर स्त्री पर दुर्व्यसन का मन्त्र शीघ्र ही चल जाता है।

22

सुमन पार्क से लौटी तो उसे खेद होने लगा कि मैंने शर्माजी को वे जी दुखाने वाली बातें क्यों कहीं? उन्होंने इतनी उदारता से मेरी सहायता की, जिसका मैंने यह बदला दिया? वास्तव में मैंने अपनी दुर्बलता का अपराध उनके सिर मढ़ा। संसार में घर-घर नाच-गाना हुआ करता है, छोटे-बड़े, दीन-दुःखी सब देखते हैं और आनन्द उठाते हैं। यदि मैं अपनी कुंचेष्टाओं के कारण आग में कूद पड़ी, तो उसमें शर्माजी का या किसी और का क्या दोष? बाबू विट्ठलदास शहर के आदमियों के पास दौड़े, क्या वह उन सेठों के पास न गये होंगे जो यहाँ आते हैं? लेकिन किसी ने उनकी मदद न की, क्यों? इसलिए न की कि वे नहीं चाहते हैं कि मैं यहाँ से मुक्त हो जाऊँ। मेरे चले जाने से उनकी काम-तृष्णा में विघ्न पड़ेगा। वह दयाहीन व्याघ्र के समान मेरे हृदय को घायल करके मेरे तड़पने का आनन्द उठाना चाहते हैं। केवल एक ही पुरुष है, जिसने मुझे इस अंधकार से निकालने के लिए हाथ बढ़ाया, उसी का मैंने इतना अपमान किया।

मुझे मन में कितना कृतघ्न समझेंगे। वे मुझे देखते ही कैसे भागे, चाहिए तो यह था कि मैं लज्जा से वहीं गड़ जाती, केवल मैंने इस पापभय के लिए इतनी निर्लज्जता से उनका तिरस्कार किया! जो लोग अपने कलुषित भावों से मेरे जीवन को नष्ट कर रहे हैं, उनका मैं इतना आदर करती हूँ! लेकिन जब व्याध पक्षी को अपने जाल में फँसते नहीं देखता, तो उसे उस पर कितना क्रोध आता है! बालक जब कोई अशुद्ध वस्तु छू लेता है, तो वह अन्य बालकों को दौड़-दौड़कर छूना चाहता है, जिससे वे भी अपवित्र हो जायें। क्या मैं भी हृदय शून्य व्याध हूँ या अबोध बालक?

किसी ग्रंथकार से पूछिए कि वह एक निष्पक्ष समालोचक के कटुवाक्यों के सामने विचारहीन प्रशंसा का क्या मूल्य समझता है।। सुमन को शर्माजी की यह घृणा अन्य प्रेमियों की रसिकता से अधिक प्रिय मालूम होती थी।

रात-भर वह इन्हीं विचारों में डूबी रही। मन में निश्चय कर लिया कि प्रातःकाल विट्ठलदास के पास चलूँगी और उनसे कहूँगी कि मुझे आश्रय दीजिए। मैं आपसे कोई सहायता नहीं चाहती, केवल एक सुरक्षित स्थान चाहती हूँ। चक्की पीसूँगी, कपड़े सीऊँगी और किसी तरह अपना निर्वाह कर लूँगी।

सवेरा हुआ। वह उठी और विट्ठलदास के घर चलने की तैयारी करने लगी कि इतने में वह स्वयं आ पहुँचे। सुमन को ऐसा आनन्द हुआ, जैसे किसी भक्त को आराध्यदेव के दर्शन से होता है। बोली—आइए महाशय। मैं कल दिन-भर आपकी राह देखती रही। इस समय आपके यहाँ जाने का विचार कर रही थी।

विट्ठलदास—कल कई कारणों से नहीं आ सका।

सुमन—तो आपने मेरे रहने का कोई प्रबन्ध किया?

विट्ठलदास—मुझसे तो कुछ नहीं हो सका, लेकिन पद्मसिंह ने लाज रख ली। उन्होंने तुम्हारा प्रण पूरा कर दिया। वह अभी मेरे पास आये थे और वचन दे गये हैं कि तुम्हें पचास रुपये मासिक आजन्म देते रहेंगे।

सुमन के विस्मयपूर्ण नेत्र सजल हो गये। शर्माजी की इस महती उदारता ने उसके अन्तःकरण को भक्ति, श्रद्धा और विमल प्रेम से प्लावित कर दिया। उसे अपने कटु वाक्यों पर अत्यन्त क्षोभ हुआ। बोली—शर्माजी दया और धर्म के सागर हैं। इस जीवन में उनसे उऋण नहीं हो सकती। ईश्वर उन्हें सदैव सुखी रखें। लेकिन मैंने उस समय जो कुछ कहा था, वह केवल परीक्षा के लिए था। मैं देखना चाहती थी कि सचमुच मुझे उबारना चाहते हैं या केवल धर्म का शिष्टाचार कर रहे हैं। अब मुझे विदित हो गया कि आप दोनों सज्जन देवरूप हैं। आप लोगों को वृथा कष्ट नहीं देना चाहती। मैं सहानुभूति की भूखी थी, वह मुझे मिल गई। अब मैं अपने जीवन का भार आप लोगों पर नहीं डालूँगी। आप केवल मेरे रहने का कोई प्रबन्ध कर दें, जहाँ मैं विघ्न-बाधा से बची रह सकूँ।

विट्ठलदास चकित हो गये। जातीय गौरव से आँखें चमक उठीं। उन्होंने सोचा, हमारे देश की पतित स्त्रियों के विचार भी ऐसे उच्च होते हैं। बोले—सुमन, तुम्हारे मुँह से ऐसे पवित्र शब्द सुनकर मुझे इस समय जो आनन्द हो रहा है, उसका वर्णन नहीं कर सकता। लेकिन रुपयों के बिना तुम्हारा निर्वाह कैसे होगा?

सुमन—मैं परिश्रम करूँगी। देश में लाखों दुखियाएँ हैं, उनका ईश्वर के सिवा और कौन सहायक है? अपनी निर्लज्जता का कर आपसे न लूँगी।

विट्ठलदास—वे कष्ट तुमसे सहे जायेंगे?

सुमन—पहले नहीं सहे जाते थे, लेकिन अब सब कुछ सह लूँगी। यहाँ आकर मुझे मालूम हो गया कि निर्लज्जता सब कष्टों से दुस्सह है। और कष्टों से शरीर को दुःख होता है, इस कष्ट से आत्मा का संहार हो जाता है। मैं ईश्वर को धन्यवाद देती हूँ कि उसने आप लोगों को मेरी रक्षा के लिए भेज दिया।

विट्ठलदास—सुमन, तुम वास्तव में विदुषी हो।

सुमन—तो मैं यहाँ से कब चलूँ?

विट्ठलदास—आज ही। अभी मैंने आश्रम की कमेटी में तुम्हारे रहने का प्रस्ताव नहीं किया है, लेकिन कोई हरज नहीं है, तुम वहाँ चलो, ठहरो। अगर कमेटी ने कुछ आपत्ति की तो देखा जायेगा। हाँ, इतना याद रखना कि अपने विषय में किसी से कुछ मत कहना, नहीं तो विधवाओं में हलचल मच जायेगी।

सुमन—आप जैसा उचित समझें करें, मैं तैयार हूँ।

विट्ठलदास—संध्या समय चलना होगा।

विट्ठलदास के जाने के थोड़ी ही देर बाद दो वेश्याएँ सुमन से मिलने आईं। सुमन ने कह दिया, मेरे सिर में दर्द है। सुमन अपने ही हाथ से भोजन बनाती थी। पतित होकर भी वह खान-पान में विचार करती थी। आज उसने व्रत करने का निश्चय किया था। मुक्ति के दिन कैदियों को भी भोजन अच्छा नहीं लगता।

दोपहर दो धाड़ियों का गोल आ पहुँचा। सुमन ने उन्हें भी बहाना करके टाला। उसे अब उनकी सूरत से घृणा होती थी। सेठ बलभद्रदास के यहाँ से नागपुरी संतरे की एक टोकरी आई, उसे सुमन ने तुरन्त लौटा दिया। चिम्मनलाल ने चार बजे अपनी फिटन सुमन के सैर करने को भेजी। उसने उसको भी लौटा दिया।

जिस प्रकार अंधकार के बाद अरुण का उदय होते ही पक्षी कलरव करने लगते हैं और बछड़े किलोलों में मग्न हो जाते हैं, उसी प्रकार सुमन के मन में भी क्रीड़ा करने की प्रबल इच्छा हुई। उसने सिगरेट की एक डिबिया मँगवाई और वार्निश की एक बोतल मँगवाकर ताक पर रख दी और एक कुर्सी का एक पाया तोड़कर कुर्सी छज्जे पर दीवार के सहारे रख दी। पाँच बजते-बजते मुंशी अबुलवफा का आगमन हुआ। यह हजरत सिगरेट बहुत पीते थे। सुमन ने आज असाधारण रीति से उनकी आवभगत की और इधर-उधर की बातें करने के बाद बोली—आइए, आज आपको वह सिगरेट पिलाऊँ कि आप भी याद करें।

अबुलवफा—नेकी और पूछ-पूछ!

सुमन—देखिए, एक अंग्रेज़ी दूकान से खास आपकी खातिर मँगवायी है। यह लीजिए।

अबुलवफा—तब तो मैं भी अपना शुमार खुशनसीबों में करूँगा। वाह रे मैं, वाह रे मेरे साजे जिगर की तासीर।

अबुलवफा ने सिगरेट मुँह में दबायी। सुमन ने दियासलाई की डिबिया निकाल कर एक सलाई रगड़ी। अबुलवफा ने सिगरेट को जलाने के लिए मुँह आगे बढ़ाया, लेकिन न मालूम कैसे आग सिगरेट में न लगकर उनकी दाढ़ी में लग गई। जैसे पुआल जलता है, उसी तरह एक क्षण में दाढ़ी आधी से ज़्यादा जल गई, उन्होंने सिगरेट फेंककर दोनों हाथों से दाढ़ी मलना शुरू किया। आग बुझ गई, मगर दाढ़ी का सर्वनाश हो

चुका था। आईने में लपककर मुँह देखा। दाढ़ी का भस्मावशेष उबाली हुई सुथनी के रेशे की तरह मालूम हुआ। सुमन ने लज्जित होकर कहा—मेरे हाथों में आग लगे। कहाँ-से-कहाँ मैंने दियासलाई जलाई।

उसने बहुत रोका, पर हँसी ओठ पर आ गई। अबुलवफा ऐसे खिसियाए हुए थे, मानो अब वह अनाथ हो गये। सुमन की हँसी अखर गई। उस भोंडी सूरत पर खेद और खिसियाहट का अपूर्व दृश्य था। बोले—यह कब की कसर निकाली?

सुमन—मुंशीजी, मैं सच कहती हूँ, ये दोनों आँखें फूट जायें अगर मैंने जान-बूझकर आग लगाई हो। आपसे बैर भी होता, तो दाढ़ी बेचारी ने मेरा क्या बिगाड़ा था?

अबुलवफा—माशूकों की शोखी और शरारत अच्छी मालूम होती है, लेकिन इतनी नहीं कि मुँह जला दें। अगर तुमने आग से कहीं दाग दिया होता, तो इससे अच्छा था। अब यह भुन्नास की-सी सूरत लेकर मैं किसे मुँह दिखाऊँगा? वल्लाह! आज तुमने मटियामेट कर दिया।

सुमन—क्या करूँ, खुद पछता रही हूँ। अगर मेरे दाढ़ी होती तो आपको दे देती। क्यों, नकली दाढ़ियाँ भी तो मिलती हैं?

अबुलवफा—सुमन, जख्म पर नमक न छिड़को। अगर दूसरे ने यह हरकत की होती, तो आज उसका खून पी जाता।

सुमन—अरे, तो थोड़े-से बाल ही जल गये न और कुछ। महीने-दो महीने में फिर निकल आयेंगे। ज़रा-सी बात के लिए आप इतनी हाय-हाय मचा रहे हैं।

अबुलवफा—सुमन, जलाओ मत, नहीं तो मेरी ज़बान से भी कुछ निकल जायेगा। मैं इस वक्त आपे में नहीं हूँ।

सुमन—नारायण, नारायण, ज़रा-सी दाढ़ी पर इतने जामे के बाहर हो गये! मान लीजिए, मैंने जानकर ही दाढ़ी जला दी तो? आप मेरी आत्मा को, मेरे धर्म को, मेरे हृदय को रोज जलाते हैं, क्या उनका मूल्य आपकी दाढ़ी से कम है? मियाँ आशिक बनना मुँह का नेवाला नहीं है। जाइए, अपने घर की राह लीजिए, अब कभी यहाँ न आइएगा। मुझे ऐसे छिछोरे आदमियों की ज़रूरत नहीं है।

अबुलवफा ने क्रोध से सुमन की ओर देखा, तब जेब से रुमाल निकाला और जली हुई दाढ़ी को उसकी आड़ में छिपाकर चुपके से चले गये। यह वही मनुष्य है, जिसे खुले बाज़ार एक वेश्या के साथ आमोद-प्रमोद में लज्जा नहीं आती थी।

अब सदन के आने का समय हुआ। सुमन आज उससे मिलने के लिए बहुत उत्कंठित थी। आज यह अंतिम मिलाप होगा। आज यह प्रेमाभिनय समाप्त हो जायेगा। वह मोहिनी-मूर्ति फिर देखने को न मिलेगी। उनके दर्शनों को नेत्र तरस-तरस रहेंगे। वह सरल प्रेम से भरी हुई मधुर बातें सुनने में न आयेंगी। जीवन फिर प्रेमविहीन और नीरस हो जायेगा। कलुषित सही, पर यह प्रेम सच्चा था। भगवान्, मुझे यह वियोग सहने की शक्ति दीजिए। नहीं, इस समय सदन न आये तो अच्छा है, उससे न मिलने

में ही कल्याण है। कौन जाने उसके सामने मेरा संकल्प स्थिर रह सकेगा या नहीं। पर वह आ जाता तो एक बार दिल खोल कर उससे बातें कर लेती, उसे इस कपट सागर में डूबने से बचाने की चेष्टा करती।

इतने में सुमन ने विट्ठलदास को एक किराये की गाड़ी में से उतरते देखा। उसका हृदय वेग से धड़कने लगा।

एक क्षण में विट्ठलदास ऊपर आ गये और बोले—अरे, अभी तुमने कुछ तैयारी नहीं की।

सुमन—मैं तैयार हूँ।

विट्ठलदास—अभी बिस्तरे तक नहीं बँधे?

सुमन—यहाँ की कोई वस्तु साथ न ले जाऊँगी, यह वास्तव में मेरा पुनर्जन्म हो रहा है।

विट्ठलदास—इस सामान का क्या होगा?

सुमन—आप इसे बेच कर किसी शुभ कार्य में लगा दीजिएगा।

विट्ठलदास—अच्छी बात है, मैं यहाँ ताला डाल दूँगा। तो अब उठो, गाड़ी मौजूद है।

सुमन—दस बजे से पहले नहीं चल सकती। आज मुझे अपने प्रेमियों से विदा होना है। कुछ उनकी सुननी है, कुछ अपनी कहनी है। आप तब तक छत पर जाकर बैठिए, मुझे तैंयार ही समझिए।

विट्ठलदास को बुरा मालूम हुआ, पर धैर्य से काम लिया। ऊपर जाकर खुली हुई छत पर टहलने लगे।

सात बज गये, लेकिन सदन न आया। आठ बजे तक सुमन उसकी राह देखती रही, अन्त में वह निराश हो गई। जब से वह यहाँ आने लगा, आज ही उसने नागा किया। सुमन को ऐसा मालूम होता था, मानो वह किसी निर्जन स्थान में खो गई है। हृदय में एक अत्यन्त तीव्र किन्तु सरल, वेदनापूर्ण किन्तु मनोहारी आकांक्षा का उद्वेग हो रहा था। मन पूछता था, उनके न आने का क्या कारण है? किसी अनिष्ट की आशंका ने उसे बेचैन कर दिया।

आठ बजे सेठ चिम्मनलाल आये। सुमन उनकी गाड़ी देखते ही छज्जे पर जा बैठी। सेठजी बहुत कठिनाई से ऊपर आये और हाँफते हुए बोले—कहाँ हो देवी, आज बग्घी क्यों लौटा दी? क्या मुझसे कोई खता हो गई?

सुमन—यहीं छज्जे पर चले आइए, भीतर कुछ गर्मी मालूम होती है। आज सिर में दर्द था, सैर करने को जी नहीं चाहता था।

चिम्मनलाल—हिरिया को मेरे यहाँ क्यों नहीं भेज दिया, हकीम साहब से कोई नुस्खा तैयार करा देता। उनके पास तेलों के अच्छे-अच्छे नुस्खे हैं।

यह कहते हुए सेठजी कुर्सी पर बैठे, लेकिन तीन टाँग की कुर्सी उलट गई,

सेठजी का सिर नीचे हुआ और पैर ऊपर, और वह एक़ कपड़े की गाँठ के समान औंधे मुँह लेट गये। केवल एक बार मुँह से 'अरे' निकला और फिर वह कुछ न बोले। जड़ ने चैतन्य को परास्त कर दिया।

सुमन डरी कि चोट ज़्यादा आ गई। लालटेन लाकर देखा, तो हँसी न रुक सकी।

सेठजी ऐसे असाध्य पड़े थे, मानो पहाड़ से गिर पड़े हैं। पड़े-पड़े बोले—हाय राम, कमर टूट गई। ज़रा मेरे साईस को बुलवा दो, घर जाऊँगा।

सुमन—चोट बहुत आ गई क्या? आपने भी तो कुर्सी खींच ली, दीवार से टिककर बैठते तो कभी न गिरते। अच्छा, क्षमा कीजिएगा, मुझी से भूल हुई कि आपको सचेत न कर दिया। लेकिन आप ज़रा भी न सँभले, बस गिर ही पड़े।

चिम्मनलाल—मेरी तो कमर टूट गई, और तुम्हें मसखरी सूझ रही है।

सुमन—तो अब इसमें मेरा क्या वश है? अगर आप हल्के होते, तो उठाकर बैठा देती। ज़रा खुद ही ज़ोर लगाइए, अभी उठ बैठिएगा।

चिम्मनलाल—अब मेरा घर पहुँचना मुश्किल है। हाय! किस बुरी साइत से चले थे, जीने पर से उतरने में पूरी सांसत हो जायेगी। बाईजी, तुमने यह कब का बैर निकाला?

सुमन—सेठजी, मैं बहुत लज्जित हूँ।

चिम्मनलाल—अजी रहने भी दो, झूठ-मूठ की बातें बनाती हो। तुमने मुझे जानकर गिराया।

सुमन—क्या आपसे मुझे कोई बैर था? और आपसे बैर हो भी, तो आपकी बेचारी कमर ने मेरा क्या बिगाड़ा था?

चिम्मनलाल—अब यहाँ आने वाले पर लानत है।

सुमन—सेठजी, आप इतनी जल्दी नाराज हो गये। मान लीजिए, मैंने जानबूझकर ही आपको गिरा दिया, तो क्या हुआ?

इतने में विट्ठलदास ऊपर से उतर आये। उन्हें देखते ही सेठजी चौंक पड़े। घड़ों पानी पड़ गया।

विट्ठलदास ने हँसी को रोककर पूछा—कहिए सेठजी, आप यहाँ कैसे आ फँसे? मुझे आपको यहाँ देखकर बड़ा आश्चर्य होता है।

चिम्मनलाल—इस घड़ी न पूछिए। फिर यहाँ आऊँ तो मुझ पर लानत है। मुझे किसी तरह यहाँ से नीचे पहुँचाइए।

विट्ठलदास ने एक हाथ थामा, साईस ने आकर कमर पकड़ी। इस तरह लोगों ने उन्हें किसी तरह जीने से उतारा और लाकर गाड़ी में लिटा दिया।

ऊपर आकर विट्ठलदास ने कहा—गाड़ीवाला अभी तक खड़ा है, दस बज गये। अब विलम्ब न करो।

सुमन ने कहा—अभी एक काम और करना है। पंडित दीनानाथ आते होंगे।

बस, उनसे निपट लूँ। आप थोड़ा-सा कष्ट और कीजिए।

विट्ठलदास ऊपर जाकर बैठे ही थे कि पंडित दीनानाथ आ पहुँचे। बनारसी साफा सिर पर था, बदन पर रेशमी अचकन शोभायमान थी। काले किनारे की महीन धोती और काली वार्निश के पंप जूते उनके शरीर पर खूब जँचते थे।

सुमन ने कहा—आइए महाराज! चरण छूती हूँ।

दीनानाथ—आशीर्वाद, जवानी बढ़े, आँख के अंधे गाँठ के पूरे फँसें, सदा बढ़ती रहो।

सुमन—कल आप कैसे नहीं आये, समाजियों को लिये रात तक आपकी राह देखती रही।

दीनानाथ—कुछ न पूछो, कल एक रमझल्ले में फँस गया था। डॉक्टर श्यामाचरण और प्रभाकर राव स्वराज्य की सभा में घसीट ले गये। वहाँ बकबक-झकझक होती रही। मुझसे सबने व्याख्यान देने को कहा। मैंने कहा, मुझे कोई उल्लू समझा है क्या? पीछा छुड़ाकर भागा। इसी में देरी हो गई।

सुमन—कई दिन हुए, मैंने आपसे कहा था कि किवाड़ों में वार्निश लगवा दीजिए। आपने कहा, वार्निश कहीं मिलती ही नहीं। यह देखिए, आज मैंने एक बोतल वार्निश मँगा रखी है। कल ज़रूर लगवा दीजिए।

पंडित दीनानाथ मसनद लगाए बैठे थे। उनके सिर पर ही वह ताक था, जिस पर वार्निश रखी हुई थी। सुमन ने बोतल उठाई, लेकिन मालूम नहीं, कैसे बोतल की पेंदी अलग हो गई और पंडितजी वार्निश से नहा उठे। ऐसा मालूम होता था, मानो शीरे की नाँद में फिसल पड़े हों। वह चौंककर खड़े हुए और साफा उतारकर रुमाल से पोंछने लगे।

सुमन ने कहा—मालूम नहीं, बोतल टूटी थी क्या—सारी वार्निश खराब हो गई।

दीनानाथ—तुम्हें अपनी वार्निश की पड़ी है, यहाँ सारे कपड़े तर हो गये। अब घर तक पहुँचना मुश्किल है।

सुमन—रात को कौन देखता है, चुपके से निकल जाइएगा।

दीनानाथ—अजी, रहने भी दो, सारे कपड़े सत्यानाश कर दिए, अब उपाय बता रही हो। अब यह धुल भी नहीं सकते।

सुमन—तो क्या मैंने जान-बूझकर गिरा दिया।

दीनानाथ—तुम्हारे मन का हाल कौन जाने?

सुमन—अच्छा जाइए, जानकर ही गिरा दिया।

दीनानाथ—अरे, तो मैं कुछ कहता हूँ, जी चाहे और गिरा दो।

सुमन—बहुत होगा अपने कपड़ों की कीमत ले लीजिएगा।

दीनानाथ—खफा क्यों होती हो, सरकार? मैं तो कह रहा हूँ, गिरा दिया, अच्छा किया।

सुमन–इस तरह कह रहे हैं, मानो मेरे साथ बड़ी रियायत कर रहे हैं।

दीनानाथ–सुमन, क्यों लज्जित करती हो?

सुमन–जरा-सा कपड़े खराब हो गये, उस पर ऐसे जामे से बाहर हो गये, यही आपकी मुहब्बत है, जिसकी कथा सुनते-सुनते मेरे कान पक गये। आज उसकी कलई खुल गई। जादू सिर पर चढ़ के बोला। आपने अच्छे समय पर मुझे सचेत कर दिया। अब कृपा करके घर जाइए। यहाँ फिर न आइएगा। मुझे आप जैसे मियाँ मिट्ठुओं की ज़रूरत नहीं।

विट्ठलदास ऊपर बैठे हुए कौतुक देख रहे थे। समझ लिया कि अब अभिनय समाप्त हो गया। नीचे उतर आये। दीनानाथ ने चौंककर उन्हें देखा और छड़ी उठाकर शीघ्रतापूर्वक नीचे चले आये।

थोड़ी देर बाद सुमन ऊपर से उतरी। वह केवल एक उजली साड़ी पहने थी, हाथों में चूड़ियाँ तक न थीं। उसका मुख उदास था, लेकिन इसलिए नहीं कि यह भोग-विलास अब उससे छूट रहा है, वरन् इसलिए कि वह अग्निकुंड में गिरी क्यों थी। इस उदासीनता में मलिनता न थी, वरन् एक प्रकार का संयम था। यह किसी मदिरा-सेवी मुख पर छाने वाली उदासी नहीं थी, बल्कि उसमें त्याग और विचार आभासित हो रहा था।

विट्ठलदास ने मकान में ताला डाल दिया और गाड़ी के कोच-बक्स पर जा बैठे। गाड़ी चली।

बाज़ारों की दूकानें बन्द थीं, लेकिन रास्ता चल रहा था। सुमन ने खिड़की से झाँककर देखा। उसे आगे लालटेनों की एक सुन्दर माला दिखाई दी। लेकिन ज्यों-ज्यों गाड़ी बढ़ती जाती थी, त्यों-त्यों वह प्रकाशमाला भी आगे बढ़ती जाती थी। थोड़ी दूर पर लालटेनें मिलती थीं, पर वह ज्योतिर्माला अभिलाषाओं के सदृश दूर भागती जाती थीं।

गाड़ी वेग से जा रही थी। सुमन का भावी जीवन-यान भी विचार-सागर में वेग के साथ हिलता, डगमगाता, तारों के ज्योतिर्जाल में उलझता चला जाता था।

23

सदन प्रातःकाल घर गया, तो अपनी चाची के हाथ में कंगन देखा। लज्जा से उसकी आँखें ज़मीन में गड़ गईं। नाश्ता करके जल्दी से बाहर निकल आया और सोचने लगा, यह कंगन इन्हें कैसे मिल गया?

क्या यह सम्भव है कि सुमन ने उसे यहाँ भेज दिया हो? वह क्या जानती है कि कंगन किसका है? मैंने तो उसे अपना पता भी नहीं बताया। यह हो सकता है कि यह उसी नमूने का दूसरा कंगन हो, लेकिन इतनी जल्दी वह तैयार नहीं हो

सकता। सुमन ने अवश्य ही मेरा पता लगा लिया है और चाची के पास यह कंगन भेज दिया है।

सदन ने बहुत विचार किया। किन्तु हर प्रकार से वह इस परिणाम पर पहुँचता था। उसने फिर सोचा। अच्छा, मान लिया जाये कि उसे मेरा पता मालूम हो गया, तो क्या यह उचित था कि वह मेरी दी हुई चीज़ को यहाँ भेज देती? यह तो एक प्रकार का विश्वासघात है?

अगर सुमन ने मेरा पता लगा लिया है, तब तो वह मुझे मन में धूर्त, पाखंडी, जालिया समझती होगी? कंगन को चाची के पास भेजकर उसने यह भी साबित कर दिया कि वह मुझे चोर समझती है।

आज संध्या समय सदन को सुमन के पास जाने का साहस न हुआ। चोर, दगाबाज बनकर उसके पास कैसे जाये? उसका चित्त खिन्न था, घर पर बैठना बुरा मालूम होता था। उसने यह सब सहा, पर सुमन के पास न जा सका।

इस भाँति एक सप्ताह बीत गया। सुमन से मिलने की उत्कंठा नित्य प्रबल होती जाती थी और शंकाएँ इस उत्कंठा को दबाती जाती थीं। संध्या समय उसकी दशा उन्मत्तों की-सी हो जाती। जैसे बीमारी के बाद मनुष्य का चित्त उदास रहता है, किसी से बातें करने को जी नहीं चाहता, उठना-बैठना पहाड़ हो जाता है, जहाँ बैठता है, वहीं का हो जाता है, वही दशा इस समय सदन की थी।

अन्त को वह अधीर हो गया। आठवें दिन उसने घोड़ा कसाया और सुमन से मिलने चला। उसने निश्चय कर लिया था कि आज चलकर उससे अपना सारा कच्चा चिट्ठा बयान कर दूँगा। जिससे प्रेम हो गया, उससे अब छिपाना कैसा! हाथ जोड़कर कहूँगा, सरकार बुरा हूँ तो, भला हूँ तो, अब आपका सेवक हूँ। चाहे जो दंड दो, सिर तुम्हारे सामने झुका हुआ है। चोरी की, चाहे दगा किया, सब तुम्हारे प्रेम के निमित्त किया, अब क्षमा करो।

विषय-वासना, नीति, ज्ञान और संकोच किसी के रोके नहीं रुकती। उसके नशे में हम सब बेसुध हो जाते हैं।

वह व्याकुल होकर पाँच बजे निकल पड़ा और घूमता हुआ नदी के तट पर आ पहुँचा। शीतल, मंद वायु उसके तपते हुए शरीर को अत्यन्त सुखद मालूम होती थी और जल की निर्मल, श्याम, सुवर्ण धारा में रह-रहकर उछलती हुई मछलियाँ ऐसी मालूम होती थीं, मानो किसी सुन्दरी के चंचल नयन महीन घूंघट से चमकते हों।

सदन घोड़े से उतरकर कगार पर बैठ गया और इस मनोहर दृश्य को देखने में मग्न हो गया। अकस्मात् उसने एक जटाधारी साधु को पेड़ों की आड़ से अपनी तरफ़ आते देखा। उसके गले में रूद्राक्ष की माला थी और नेत्र लाल थे। ज्ञान और योग की प्रतिभा की जगह उसके मुख से एक प्रकार की सरलता और दया प्रकट होती थी। उसे अपने निकट देखकर सदन ने उठकर सत्कार किया।

साधु ने इस ढंग से उसका हाथ पकड़ लिया, मानो उससे परिचय है और बोला—सदन, मैं कई दिन से तुमसे मिलना चाहता था। तुम्हारे हित की एक बात कहना चाहता हूँ। तुम सुमनबाई के पास जाना छोड़ दो, नहीं तो तुम्हारा सर्वनाश हो जायेगा। तुम नहीं जानते, वह कौन है? प्रेम के नशे में तुम्हें उसके दूषण नहीं दिखाई देते। तुम समझते हो कि वह तुमसे प्रेम करती है। किन्तु यह तुम्हारी भूल है। जिसने अपने पति को त्याग दिया वह दूसरों से क्या प्रेम निभा सकती है? तुम इस समय वहीं जा रहे हो। साधु का वचन मानो, घर लौट जाओ, इसी में तुम्हारा कल्याण है।

यह कहकर वह महात्मा जिधर से आये थे, उधर ही चल दिए और इससे पूर्व कि सदन उनसे कुछ जिज्ञासा करने के लिए सावधान हो सके, वह आँखों से ओझल हो गये।

सदन सोचने लगा, यह महात्मा कौन हैं? यह मुझे कैसे जानते हैं? मेरे गुप्त रहस्यों का इन्हें कैसे ज्ञान हुआ? कुछ उस स्थान की नीरवता, कुछ अपने चित्त की स्थिति, कुछ महात्मा के आकस्मिक आगमन और उनकी अन्तर्दृष्टि ने उनकी बातों को आकाशवाणी के तुल्य बना दिया। सदन के मन में किसी भावी अमंगल की आशंका उत्पन्न हो गई। उसे सुमन के पास जाने का साहस न हुआ। वह घोड़े पर बैठा और इस आश्चर्यजनक घटना की विवेचना करता घर की तरफ़ चल दिया।

जब से सुभद्रा ने सदन पर अपने कंगन के विषय में संदेह किया था, तब से पद्मसिंह उससे रूष्ट हो गये थे। इसलिए सुभद्रा का यहाँ अब जी न लगता था। शर्माजी भी इसी फिक्र में थे कि सदन को किसी तरह यहाँ से घर भेंज दूँ। अब सदन का चित्त भी यहाँ से उचाट हो रहा था। वह भी घर जाना चाहता था, लेकिन कोई इस विषय में मुँह न खोल सकता था पर दूसरे ही दिन पंडित मदनसिंह के एक पत्र ने उन सबकी इच्छाएँ पूरी कर दीं। उसमें लिखा था, सदन के विवाह की बातचीत हो रही है। सदन को बहू के साथ तुरन्त भेज दो।

सुभद्रा यह सूचना पाकर बहुत प्रसन्न हुई। सोचने लगी, महीने-दो महीने चहल-पहल रहेगी, गाना-बजाना होगा, चैन से दिन कटेंगे। इस उल्लास को मन में छिपा न सकी। शर्माजी उसकी निष्ठुरता देखकर और भी उदास हो गये। मन में कहा, इसे अपने आनन्द के आगे कुछ भी ध्यान नहीं है। एक या दो महीनों में फिर मिलाप होगा, लेकिन यह कैसी खुश है?

सदन ने भी चलने की तैयारी कर दी। शर्माजी ने सोचा था कि वह अवश्य हीला-हवाली करेगा, लेकिन ऐसा नहीं हुआ।

इस समय आठ बजे थे। दो बजे दिन को गाड़ी जाती थी। इसलिए शर्माजी कचहरी न गये। कई बार प्रेम से विवश होकर घर में गये। लेकिन सुभद्रा को उनसे बातचीत करने की फुरसत कहाँ? वह अपने गहने-कपड़े और माँग-चोटी में मग्न थी।

कुछ गहने खटाई में पड़े थे, कुछ महरी साफ कर रही थी। पानदान माँजा जा रहा था। पड़ोस की कई स्त्रियाँ बैठी हुई थीं। सुभद्रा ने आज खुशी में खाना नहीं खाया। पूड़ियाँ बनाकर शर्माजी और सदन के लिए बाहर ही भेज दीं।

यहाँ तक कि एक बज गया। जीतन ने गाड़ी लाकर द्वार पर खड़ी कर दी। सदन ने अपने ट्रंक और बिस्तर आदि रख दिए। उस समय सुभद्रा को शर्माजी की याद आई, महरी से बोली—जरा देख तो कहाँ हैं। बुला ला। उसने बाहर आकर देखा। कमरे में झाँका, नीचे जाकर देखा, शर्माजी का पता न था। सुभद्रा ताड़ गई। बोली—जब तक वह न आयेंगे, मैं न जाऊँगी। शर्माजी कहीं बाहर न गये थे। ऊपर छत पर जाकर बैठे थे। जब एक बज गया और सुभद्रा न निकली, तब वह झुंझलाकर घर में गये और सुभद्रा से बोले—अभी तक तुम यहीं हो? एक बज गया।

सुभद्रा की आँखों में आँसू भर आये। चलते-चलते शर्माजी की यह रुखाई अखर गई। शर्माजी अपनी निष्ठुरता पर पछताये। सुभद्रा के आँसू पोंछे, गले से गला लगाया और लाकर गाड़ी में बैठा दिया।

स्टेशन पर पहुँचे, गाड़ी छूटने ही वाली थी। सदन दौड़कर गाड़ी में जा बैठा। सुभद्रा बैठने भी न पाई थी कि गाड़ी छूट गई। वह खिड़की पर खड़ी शर्माजी को ताकती रही और जब तक वह आँखों से ओझल न हुए, वह खिड़की पर से न हटी।

संध्या समय गाड़ी ठिकाने पर पहुँची। मदनसिंह पालकी और घोड़ा लिये स्टेशन पर मौजूद थे। सदन ने दौड़कर पिता के चरण-स्पर्श किए।

ज्यों-ज्यों गाँव निकट आता था, सदन की व्यग्रता बढ़ती जाती थी; जब गाँव आधा मील दूर रह गया और धान के खेत की मेड़ों पर घोड़े को दौड़ाना कठिन जान पड़ा तो वह उतर पड़ा और वेग के साथ गाँव की तरफ़ चला। आज उसे अपना गाँव बहुत सुनसान मालूम होता था। सूर्यास्त हो गया था। किसान बैलों को हाँकते खेतों से चले आते थे। सदन किसी से कुछ न बोला—सीधे अपने घर में चला गया और माता के चरण छुए। माता ने छाती से लगाकर आशीर्वाद दिया।

भामा—वे कहाँ रह गईं?

सदन—आती हैं, मैं सीधे खेतों में से चला आया।

भामा—चाचा-चाची से जी भर गया न?

सदन—क्यों?

भामा—वह तो चेहरा ही कहे देता है।

सदन—वाह, मैं तो मोटा हो गया हूँ।

भामा—झूठे, चाची ने दानों को तरसा दिया होगा।

सदन—चाची ऐसी नहीं हैं। यहाँ से मुझे बहुत आराम था। वहाँ दूध अच्छा मिलता था।

भामा—तो रुपये क्यों माँगते थे?

सदन—तुम्हारे प्रेम की थाह ले रहा था। इतने दिन में तुमसे पचीस रुपये ही लिये न! चाचा से सात सौ ले चुका। चार सौ का तो एक घोड़ा ही लिया। रेशमी कपड़े बनवाए, शहर में रईस बना घूमता था। सवेरे चाची ताजा हलवा बना देती थीं। उस पर सेर-भर दूध, तीसरे पहर मेवे और मिठाइयाँ। मैंने वहाँ जो चैन किया, वह कभी न भूलूँगा। मैंने भी सोचा कि अपनी कमाई में तो चैन कर चुका, इस अवसर पर क्यों चूकूँ, सभी शौक पूरे कर लिए।

भामा को ऐसा अनुमान हुआ कि सदन की बातों में कुछ निरालापन आ गया है। उनमें कुछ शहरीपन आ गया है।

सदन ने अपने नागरिक जीवन का उस उत्साह से वर्णन किया, जो युवाकाल का गुण है।

सरल भामा का हृदय सुभद्रा की ओर से निर्मल हो गया।

दूसरे दिन प्रातःकाल गाँव के मान्य पुरुष निमन्त्रित हुए और उनके सामने सदन का फलदान चढ़ गया।

सदन की प्रेम-लालसा इस समय ऐसी प्रबल हो रही थी कि विवाह की कड़ी धर्म-बेड़ी को सामने लखकर भी वह चिन्तित न हुआ। उसे सुमन से जो प्रेम था, उसमें तृष्णा ही का आधिक्य था। सुमन उसके हृदय में रहकर भी उसके जीवन का आधार न बन सकती थी। सदन के पास यदि कुबेर का धन होता, तो वह सुमन को अर्पण कर देता। वह अपने जीवन के सम्पूर्ण सुख उसकी भेंट कर सकता था, किन्तु अपने दुःख से, विपत्ति से, कठिनाइयों से, नैराश्य से वह उसे दूर रखता था। उसके साथ वह सुख का आनन्द उठा सकता था, लेकिन दुःख का आनन्द नहीं उठा सकता था। सुमन पर उसे वह विश्वास कहाँ था, जो प्रेम का प्राण है! अब वह कपट प्रेम के मायाजाल से मुक्त हो जायेगा। अब उसे बहु रूप धरने की आवश्यकता नहीं। अब वह प्रेम को यथार्थ रूप में देखेगा और यथार्थ रूप में दिखाएगा। यहाँ उसे वह अमूल्य वस्तु मिलेगी, जो सुमन के यहाँ किसी प्रकार नहीं मिल सकती थी। इन विचारों ने सदन को इस नए प्रेम के लिए लालायित कर दिया। अब उसे केवल यही संशय था कि कहीं वधू रूपवती न हुई तो? रूप-लावण्य प्राकृतिक गुण है, जिसमें कोई परिवर्तन नहीं हो सकता। स्वभाव एक उपार्जित गुण है; उसमें शिक्षा और सत्संग से सुधार हो सकता है। सदन ने इस विषय में ससुराल के नाई से पूछ-ताछ करने की ठानी; उसे खूब भंग पिलाई, खूब मिठाइयाँ खिलाईं। अपनी एक धोती उसको भेंट की। नाई ने नशे में आकर वधू की ऐसी लम्बी प्रशंसा की; उसके नख-शिख का ऐसा चित्र खींचा कि सदन को इस विषय में कोई संदेह न रहा। यह नख-शिख सुमन से बहुत कुछ मिलता था। अतएव सदन नवेली दुलहिन का स्वागत करने के लिए और भी उत्सुक हो गया।

24

यह बात बिल्कुल तो असत्य नहीं है कि ईश्वर सबको किसी-न-किसी हीले से अन्न-वस्त्र देता है। पंडित उमानाथ बिना किसी हीले ही के संसार का सुख-भोग करते थे। उनकी आकाशी वृत्ति थी। उनके भैंस और गायें न थीं, लेकिन घर में घी-दूध की नदी बहती थी; वह खेती-बाड़ी न करते थे, लेकिन घर में अनाज की खत्तियाँ भरी रहती थीं। गाँव में कहीं मछली मरे, कहीं बकरा कटे, कहीं आम टूटे, कहीं भोज हो, उमानाथ का हिस्सा बिना माँगे आप-ही-आप पहुँच जाता। अमोला बड़ा गाँव था। ढाई-तीन हज़ार जनसंख्या थी। समस्त गाँव में उनकी सम्मति के बिना कोई काम न होता था। स्त्रियों को यदि गहने बनवाने होते तो वे उमानाथ से कहतीं। लड़के-लड़कियों के विवाह उमानाथ की मार्फत तय होते। रेहननामे, बैनामे, दस्तावेज उमानाथ ही के परामर्श से लिखे जाते। मुआमिले-मुकद्दमे उन्हीं के द्वारा दायर होते और मज़ा यह था कि उनका यह दबाव और सम्मान उनकी सज्जनता के कारण नहीं था। गाँववालों के साथ उनका व्यवहार शुष्क और रूखा होता था। वह बेलाग बात करते थे, लल्लो-चप्पो करना नहीं जानते थे, लेकिन उनके कटु वाक्यों को लोग दूध के समान पीते थे। मालूम नहीं, उनके स्वभाव में क्या जादू था। कोई कहता था, यह उनका इकबाल है, कोई कहता था उन्हें महावीर का इष्ट है। लेकिन हमारे विचार में यह उनके मानव-स्वभाव के ज्ञान का फल था। जानते थे कि कहाँ झुकना और कहाँ तनना चाहिए। गाँववालों से तनने में अपना काम सिद्ध होता था, अधिकारियों से झुकने में। थाने और तहसील के अमले, चपरासी से लेकर तहसीलदार तक सभी उन पर कृपादृष्टि रखते थे। तहसीलदार साहब के लिए वह वर्षफल बनाते, डिप्टी साहब को भावी उन्नति की सूचना देते। कानूनगो और कुर्कअमीन उनके द्वार पर बिना बुलाए मेहमान बने रहते। किसी को यंत्र देते, किसी को भगवद्गीता सुनाते और जिन लोगों की श्रद्धा इन बातों पर न थी, उन्हें मीठे आचार और नवरत्न की चटनी खिलाकर प्रसन्न रखते। थानेदार साहब उन्हें अपना दाहिना हाथ समझते थे। जहाँ ऐसे उनकी दाल न गलती, वहाँ पंडितजी की बदौलत पाँचों उँगलियाँ घी में हो जातीं। भला, ऐसे पुरुष की गाँववाले क्यों न पूजा करते?

उमानाथ को अपनी बहन गंगाजली से प्रेम था, लेकिन गंगाजली को मैके जाने के थोड़े ही दिनों पीछे ज्ञात हुआ कि भाई का प्रेम भावज की अवज्ञा के सामने नहीं ठहर सकता। उमानाथ बहन को अपने घर लाने पर मन में बहुत पछताते। वे अपनी स्त्री को प्रसन्न रखने के लिए ऊपरी मन से उसकी हाँ-में-हाँ मिला दिया करते। गंगाजली को साफ कपड़े पहनने का क्या अधिकार है? शान्ता का पालन पहले चाहे कितने ही लाड़-प्यार से हुआ हो, अब उसे उमानाथ की लड़कियों से बराबरी करने का क्या अधिकार है? उमानाथ स्त्री की इन द्वेषपूर्ण बातों को सुनते और उनका

अनुमोदन करते। गंगाजली को जब क्रोध आता, तो वह उसे अपने भाई ही पर उतारती। वह समझती थी कि वे अपनी स्त्री को बढ़ावा देकर मेरी दुर्गति करा रहे हैं। ये अगर उसे डाँट देते तो मजाल थी कि वह यों मेरे पीछे पड़ जाती? उमानाथ को जब अवसर मिलता, तो वह गंगाजली को एकान्त में समझा दिया करते। किन्तु एक तो जाह्नवी उन्हें ऐसे अवसर मिलने ही न देती, दूसरे गंगाजली को भी उनकी सहानुभूति पर विश्वास न आता।

इस प्रकार एक वर्ष बीत गया। गंगाजली चिन्ता, शोक और निराशा से बीमार पड़ गई। उसे बुखार आने लगा। उमानाथ ने पहले तो साधारण औषधियाँ सेवन कराईं, लेकिन जब कुछ लाभ न हुआ, तो उन्हें चिन्ता हुई। एक रोज उनकी स्त्री किसी पड़ोसी के घर गई हुई थी, उमानाथ बहन के कमरे में गये। वह बेसुध पड़ी हुई थी, बिछावन चिथड़ा हो रहा था, साड़ी फटकर तार-तार हो गई थी। शान्ता उसके पास बैठी पंखा झल रही थी। यह करुणाजनक दृश्य देखकर उमानाथ रो पड़े। यही बहन है, जिसकी सेवा के लिए दो दासियाँ लगी हुई थीं, आज उसकी यह दशा हो रही है। उन्हें अपनी दुर्बलता पर अत्यन्त ग्लानि उत्पन्न हुई। गंगाजली के सिरहाने बैठकर रोते हुए बोले—बहन, यहाँ लाकर मैंने तुम्हें बड़ा कष्ट दिया है। नहीं जानता था कि उसका यह परिणाम होगा। मैं आज किसी वैद्य को ले आता हूँ। ईश्वर चाहेंगे तो तुम शीघ्र ही अच्छी हो जाओगी।

इतने में जाह्नवी भी आ गई, ये बातें उसके कान में पड़ीं। बोली—हाँ-हाँ, दौड़ो, वैद्य को बुलाओ, नहीं तो अनर्थ हो जायेगा। अभी पिछले दिनों मुझे महीनों ज्वर आता रहा, तब वैद्य के पास न दौड़े। मैं भी ओढ़कर पड़ी रहती, तो तुम्हें मालूम होता कि इसे कुछ हुआ है, लेकिन मैं कैसे पड़ी रहती? घर की चक्की कौन पीसता? मेरे कर्म में क्या सुख भोगना बदा है?

उमानाथ का उत्साह शान्त हो गया। वैद्य को बुलाने की हिम्मत न पड़ी। वे जानते थे कि वैद्य बुलाया, तो गंगाजली को जो दो-चार महीने जीने हैं, वह भी न जी सकेगी।

गंगाजली की अवस्था दिनोंदिन बिगड़ने लगी। यहाँ तक कि उसे ज्वरतिसार हो गया। जीने की आशा न रही। जिस उदर में सागू के पचाने की भी शक्ति न थी, वह जौ की रोटियाँ कैसे पचाता? निदान उसका जर्जर शरीर इन कष्टों को और अधिक न सह सका। छः मास बीमार रहकर वह दुखिया अकाल मृत्यु का ग्रास बन गई।

शान्ता का अब इस संसार में कोई न था। सुमन के पास उसने दो पत्र लिखे, लेकिन वहाँ से कोई जवाब न गया। शान्ता ने समझा, बहन ने भी नाता तोड़ लिया। विपत्ति में कौन साथी होता है? जब तक गंगाजली जीती थी, शान्ता उसके आँचल में मुँह छिपाकर रो लिया करती थी। अब यह अवलम्ब भी न रहा। अंधे के हाथ से लकड़ी जाती रही। शान्ता जब-तब अपनी कोठरी के कोने में मुँह छिपाकर रोती;

लेकिन घर के कोने और माता के आँचल में बड़ा अन्तर है। एक शीतल जल का सागर है, दूसरा मरूभूमि।

शान्ता को अब शान्ति नहीं मिलती। उसका हृदय अग्नि के सदृश दहकता रहता है, वह अपनी मामी और मामा को अपनी माता का घातक समझती है। जब गंगाजली जीती थी, तब शान्ता उसे कटु वाक्यों से बचाने के लिए यत्न करती रहती थी, वह अपनी मामी के इशारों पर दौड़ती थी, जिससे वह माता को कुछ न कह बैठे। एक बार गंगाजली के हाथ से घी की हाँडी गिर पड़ी थी। शान्ता ने मामी से कहा था, यह मेरे हाथ से छूट पड़ी। इस पर उसने खूब गालियाँ खाईं। वह जानती थी कि माता का हृदय व्यंग्य की चोटें नहीं सह सकता।

लेकिन अब शान्ता को इसका भय नहीं है। वह निराधार होकर बलवती हो गई है। अब वह उतनी सहनशील नहीं है, उसे जल्द क्रोध आ जाता है। वह जली-कटी बातों का बहुधा उत्तर भी दे देती है। उसने अपने हृदय को कड़ी-से-कड़ी यंत्रणा के लिए तैयार कर लिया है। मामा से वह दबती है, लेकिन मामी से नहीं दबती और ममेरी बहनों को तो वह तुरकी-बतुरकी जवाब देती है। अब शान्ता वह गाय है जो हत्या-भय के बल पर दूसरे का खेत चरती है।

इस तरह एक वर्ष और बीत गया, उमानाथ ने बहुत दौड़-धूप की कि उसका विवाह कर दूँ, लेकिन जैसा सस्ता सौदा वह करना चाहते थे, वह कहीं ठीक न हुआ। उन्होंने थाने-तहसील में जोड़-तोड़ लगाकर दो सौ रुपये का चंदा कर लिया था। मगर इतने सस्ते वर कहाँ? जाह्नवी का वश चलता, तो वह शान्ता को किसी भिखारी के यहाँ बाँधकर अपना पिंड छुड़ा लेती, लेकिन उमानाथ ने अबकी पहली बार उसका विरोध किया और सुयोग्य वर ढूँढते रहे। गंगाजली के बलिदान ने उनकी आत्मा को बलवान बना दिया।

25

सार्वजनिक संस्थाएँ भी प्रतिभाशाली मनुष्य की मोहताज होती हैं। यद्यपि विट्ठलदास के अनुयायियों की कमी न थी, लेकिन उनमें प्रायः सामान्य अवस्था के लोग थे। ऊँची श्रेणी के लोग उनसे दूर भागते थे। पद्मसिंह के सम्मिलित होते ही इस संस्था में जान पड़ गई। नदी की पतली धार उमड़ पड़ी। बड़े आदमियों में उनकी चर्चा होने लगी। लोग उन पर कुछ-कुछ विश्वास करने लगे।

पद्मसिंह अकेले न आये। बहुधा किसी काम को अच्छा समझ कर भी हम उसमें हाथ लगाते हुए डरते हैं, नक्कू बन जाने का भय लगा रहता है, हम बड़े आदमियों के आ मिलने की राह देखा करते हैं। ज्यों ही किसी ने रास्ता खोला, हमारी हिम्मत

बँध जाती है, हमको हँसी का डर नहीं रहता। अकेले हम अपने घर में भी डरते हैं, दो होकर जंगलों में भी निर्भय रहते हैं। प्रोफेसर रमेशदत्त, लाला भगतराम और मिस्टर रूस्तम भाई गुप्त रूप से विट्ठलदास की सहायता करते रहते थे। अब वह खुल पड़े। सहायकों की संख्या दिनोंदिन बढ़ने लगी।

विट्ठलदास सुधार के विषय में मृदुभाषी बनना अनुचित समझते थे, इसलिए उनकी बातें अरूचिकर न होती थीं। मीठी नींद सोने वालों को उनका कठोर नाद अप्रिय लगता था। विट्ठलदास को इसकी चिन्ता न थी।

पद्मसिंह धनी मनुष्य थे। उन्होंने बड़े उत्साह से वेश्याओं को शहर के मुख्य स्थानों से निकालने के लिए आन्दोलन करना शुरू किया। म्युनिसिपैलिटी के अधिकारियों में दो-चार सज्जन विट्ठलदास के भक्त भी थे। किन्तु वे इस प्रस्ताव को कार्य रूप में लाने के लिए यथेष्ट साहस न रखते थे। समस्या इतनी जटिल थी, उसकी कल्पना ही लोगों को भयभीत कर देती थी। वे सोचते थे कि इस प्रस्ताव को उठाने से न मालूम शहर में क्या हलचल मचे। शहर के कितने ही रईस, कितने ही राज्य-पदाधिकारी, कितने ही सौदागर इस प्रेम-मंडी से सम्बन्ध रखते थे। कोई ग्राहक था, कोई पारखी, उन सबसे बैर मोल लेने का कौन साहस करता? म्युनिसिपैलिटी के अधिकारी उनके हाथों में कठपुतली के समान थे।

पद्मसिंह ने मेम्बरों से मिल-मिलाकर उनका ध्यान इस प्रस्ताव की ओर आकर्षित किया। प्रभाकर राव की तीव्र लेखनी ने उनकी बड़ी सहायता की। पैम्फ्लेट निकाले गये और जनता को जागृत करने के लिए व्याख्यानों का क्रम बाँधा गया। रमेश दत्त और पद्मसिंह इस विषय में निपुण थे। इसका भार उन्होंने अपने सिर ले लिया। अब आन्दोलन ने एक नियमित रूप धारण किया।

पद्मसिंह ने यह प्रस्ताव उठा तो दिया, लेकिन वह इस पर जितना ही विचार करते थे, उतने ही अंधकार में पड़ जाते थे। उन्हें ये विश्वास न होता था कि वेश्याओं के निर्वासन से आशातीत उपकार हो सकेगा। सम्भव है, उपकार के बदले अपकार हो। बुराइयों का मुख्य उपचार मनुष्य का सद्ज्ञान है। इसके बिना कोई उपाय सफल नहीं हो सकता। कभी-कभी वह सोचते-सोचते हताश हो जाते। लेकिन इस पक्ष के एक समर्थक बनकर वे आप संदेह रखते हुए भी दूसरों पर इसे प्रकट न करते थे। जनता के सामने तो उन्हें सुधारक बनते हुए संकोच न होता था, लेकिन अपने मित्रों और सज्जनों के सामने वह दृढ़ न रह सकते थे। उनके सामने आना शर्माजी के लिए बड़ी कठिन परीक्षा थी। कोई कहता, किस फेर में पड़ गये हो, विट्ठलदास के चक्कर में तुम भी आ गये? चैन से जीवन व्यतीत करो। इन सब झमेलों में क्यों व्यर्थ पड़ते हो? कोई कहता, यार मालूम होता है, तुम्हें किसी औरत ने चरका दिया है, तभी तुम वेश्याओं के पीछे इस तरह से पड़े हो। ऐसे मित्रों के सामने आदर्श और उपकार की बातचीत करना अपने को बेवकूफ बनाना है।

व्याख्यान देते हुए भी जब शर्माजी कोई भावपूर्ण बात कहते, करुणात्मक दृश्य दिखाने की चेष्टा करते, तो उन्हें शब्द नहीं मिलते थे, और शब्द मिलते तो उन्हें निकालते हुए शर्माजी को बड़ी लज्जा आती थी। यथार्थ में वह इस रस में पगे नहीं थे। वह जब अपने भावशैथिल्य की विवेचना करते तो उन्हें ज्ञात होता था कि मेरा हृदय प्रेम और अनुराग से खाली है।

कोई व्याख्यान समाप्त कर चुकने पर शर्माजी को यह जानने की उतनी इच्छा नहीं होती थी कि श्रोताओं पर इसका क्या प्रभाव पड़ाऋ जितनी इसकी कि व्याख्यान सुन्दर, सप्रमाण और ओजपूर्ण था या नहीं।

लेकिन इन समस्याओं के होते हुए भी यह आंदोलन दिनोंदिन बढ़ता जाता था। यह सफलता शर्माजी के अनुराग और विश्वास से कुछ कम उत्साहवर्धक न थी।

सदनसिंह के विवाह को अभी दो मास थे। घर की चिन्ताओं से मुक्त होकर शर्माजी अपनी पूरी शक्ति से इस आंदोलन में प्रवृत्त हो गये। कचहरी के काम में उनका जी न लगता। वहाँ भी वे प्रायः इन्हीं चिन्ताओं में पड़े रहते। एक ही विषय पर लगातार सोचते-विचारते रहने से उस विषय से प्रेम हो जाया करता है। धीरे-धीरे शर्माजी के हृदय में प्रेम का उदय होने लगा।

लेकिन जब यह विवाह निकट आ गया, तो शर्माजी का उत्साह कुछ क्षीण होने लगा। मन में यह समस्या उठी कि भैया यहाँ वेश्याओं के लिए अवश्य ही मुझे लिखेंगे, उस समय मैं क्या करूँगा? नाच के बिना सभा सूनी रहेगी, दूर-दूर के गाँवों से लोग नाच देखने आयेंगे, नाच न देखकर उन्हें निराशा होगी, भाई साहब बुरा मानेंगे, ऐसी अवस्था में मेरा क्या कर्तव्य है? भाई साहब को इस कुप्रथा से रोकना चाहिए! लेकिन क्या मैं इस दुष्कर कार्य में सफल हो सकूँगा? बड़ों के सामने न्याय और सिद्धान्त की बातचीत असंगत-सी जान पड़ती है। भाई साहब के मन में बड़े-बड़े हौसले हैं, इन हौसलों को पूरे होने में कुछ भी कसर रही तो उन्हें दुःख होगा। लेकिन कुछ भी हो, मेरा कर्तव्य यही है कि अपने सिद्धान्त का पालन करूँ।

यद्यपि उनके इस सिद्धान्त-पालन से प्रसन्न होने वालों की संख्या बहुत कम थी और अप्रसन्न होने वाले बहुत थे, तथापि शर्माजी ने इन्हीं गिने-गिनाए मनुष्यों को प्रसन्न रखना उत्तम समझा। उन्होंने निश्चय कर लिया कि नाच न ठीक करूँगा। अपने घर से ही सुधार न कर सका, तो दूसरों को सुधारने की चेष्टा करना बड़ी भारी धूर्तता है।

यह निश्चय करके शर्माजी बारात की सजावट के सामान जुटाने लगे। वह ऐसे आनन्दोत्सवों में किफायत करना अनुचित समझते थे। इसके साथ ही वह अन्य सामग्रियों के बाहुल्य से नाच की कसर पूरी करना चाहते थे, जिससे उन पर किफायत का अपराध न लगे।

एक दिन विट्ठलदास ने कहा—इन तैयारियों में आपने कितना खर्च किया?

शर्माजी–इसका हिसाब लौटने पर होगा।

विट्ठलदास–तब भी दो हज़ार से कम तो न होगा।

शर्माजी–हाँ, शायद कुछ इससे अधिक ही हो।

विट्ठलदास–इतने रुपये आपने पानी में डाल दिए। किसी शुभ कार्य में लगा देते, तो कितना उपकार होता? अब आप सरीखे विचारशील पुरुष धन को यों नष्ट करते हैं, तो दूसरों से क्या आशा की जा सकती है?

शर्माजी–इस विषय में मैं आपसे सहमत नहीं हूँ। जिसे ईश्वर ने दिया हो, उसे आनन्दोत्सव में दिल खोलकर व्यय करना चाहिए। हाँ, ऋण लेकर नहीं, घर बेचकर नहीं, अपनी हैसियत देखकर। हृदय की उमंग ऐसे ही अवसर पर निकलती है।

विट्ठलदास–आपकी समझ में डॉक्टर श्यामाचरण की हैसियत दस-पाँच हज़ार रुपये खर्च करने की है या नहीं?

शर्माजी–इससे बहुत अधिक है।

विट्ठलदास–मगर अभी अपने लड़के के विवाह में उन्होंने बाजे-गाजे, नाच-तमाशे में बहुत कम खर्च किया।

शर्माजी–हाँ, नाच-तमाशे में अवश्य कम खर्च किया, लेकिन इसकी कसर डिनर पार्टी में निकल गई; बल्कि अधिक। उनकी किफायत का क्या फल हुआ? जो धन गरीब बाजे वाले, फुलवारी बनाने वाले, आतिशबाजी वाले पाते, वह 'मुरे-कम्पनी' और 'ह्वाइट वे कम्पनी' के हाथों में पहुँच गया। मैं इसे किफायत नहीं कहता, यह अन्याय है।

26

रात के नौ बजे थे। पद्मसिंह भाई के साथ बैठे हुए विवाह के सम्बन्ध में बातचीत कर रहे थे। कल बारात जायेगी। दरवाजे पर शहनाई बज रही थी और भीतर गाना हो रहा था।

मदनसिंह–तुमने जो गाड़ियाँ भेजी हैं; वे कल शाम तक अमोला पहुँच जायेंगी?

पद्मसिंह–जी नहीं, दोपहरी तक पहुँच जानी चाहिए। अमोला विंध्याचल के निकट है। आज मैंने दोपहर से पहले ही उन्हें रवाना कर दिया।

मदनसिंह–तो यहाँ से क्या-क्या ले चलने की आवश्यकता होगी?

पद्मसिंह–थोड़ा-सा खाने-पीने का सामान ले चलिए। और सब कुछ मैंने ठीक कर दिया है।

मदनसिंह–नाच कितने पर ठीक हुआ? दो ही गिरोह हैं न?

पद्मसिंह डर रहे थे कि अब नाच की बात आया ही चाहती है। यह प्रश्न सुनकर

लज्जा से उनका सिर झुक गया। कुछ दबकर बोले—नाच तो मैंने नहीं ठीक किया।

मदनसिंह चौंक पड़े, जैसे किसी ने चुटकी काट ली हो, बोले—धन्य हो महाराज। तुमने तो डोंगा ही डुबा दिया। फिर तुमने जनवासे का क्या सामान किया है? क्यों, फुर्सत ही नहीं मिली या खर्च से हिचक गये? मैंने तो इसीलिए चार दिन पहले ही तुम्हें लिख दिया था। जो मनुष्य ब्राह्मण को नेवता देता है, वह उसे दक्षिणा देने की भी सामर्थ्य रखता है। अगर तुमको खर्च का डर था तो मुझे साफ-साफ लिखते, मैं यहाँ से भेज देता। अभी नारायण की दया से किसी का मोहताज नहीं हूँ। अब भला बताओ तो क्या प्रबन्ध हो सकता है? मुँह में कालिख लगी कि नहीं? एक भलेमानस के दरवाजे पर जा रहे हो, वह अपने मन में क्या कहेगा? दूर-दूर से उसके सम्बन्धी आये होंगे; दूर-दूर के गाँवों के लोग बारात में आयेंगे, वह अपने मन में क्या कहेंगे? राम-राम!

मुंशी बैजनाथ गाँव के आठ आने के हिस्सेदार थे। मदनसिंह की ओर मार्मिक दृष्टि से देखकर बोले—मन में नहीं जनाब, खोल-खोलकर कहेंगे, गालियाँ देंगे। कहेंगे कि नाम बड़े दर्शन थोड़े, और सारे संसार में निन्दा होने लगेगी। नाच के बिना जनवासा ही क्या? कम-से-कम मैंने तो कभी नहीं देखा। शायद भैया को ख्याल ही नहीं रहा, या मुमकिन है, लगन की तेजी से इंतजाम न हो सका हो?

पद्मसिंह ने डरते हुए कहा—यह बात नहीं है...

मदनसिंह—तो फिर क्या है? तुमने अपने मन में यही सोचा होगा कि सारा बोझ मेरे ही सिर पर पड़ेगा, पर मैं तुमसे सत्य कहता हूँ, मैंने इस विचार से तुम्हें नहीं लिखा था। मैं दूसरों के माथे फुलौड़ियाँ खाने को नहीं दौड़ता।

पद्मसिंह अपने भाई की यही कर्णकटु बातें न सह सके। आँखें भर आईं। बोले—भैया, ईश्वर के लिए आप मेरे सम्बन्ध में ऐसा विचार न करें। यदि मेरे प्राण भी आपके काम में आ सकें, तो मुझे आपत्ति न होगी। मुझे यह हार्दिक अभिलाषा रहती है कि आपकी कोई सेवा कर सकूँ। यह अपराध मुझसे केवल इस कारण हुआ कि आजकल शहर में लोग नाच की प्रथा बुरी समझने लगे हैं। शिक्षित समाज में इस प्रथा का विरोध किया जा रहा है और मैं भी उसी में सम्मिलित हो गया हूँ। अपने सिद्धान्त को तोड़ने का मुझे साहस न हुआ।

मदनसिंह—अच्छा, यह बात है। भला किसी तरह लोगों की आँखें तो खुलीं। मैं भी इस प्रथा को निन्द्य समझता हूँ, लेकिन नक्कू नहीं बनना चाहता। जब सब लोग छोड़ देंगे तो मैं छोड़ दूँगा। मुझको ऐसी क्या पड़ी है कि सबके आगे-आगे चलूँ। मेरे एक ही लड़का है, उसके विवाह में मन के सब हौसले पूरे करना चाहता हूँ। विवाह के बाद मैं भी तुम्हारा मत स्वीकार कर लूँगा। इस समय मुझे अपने पुराने ढंग पर चलने दो, और यदि बहुत कष्ट न हो, तो सवेरे गाड़ी पर चले जाओ और बीड़ा देकर उधर से ही अमोला चले जाना। तुमसे इसलिए कहता हूँ कि तुम्हें वहाँ

लोग जानते हैं। दूसरे जायेंगे तो लुट जायेंगे।

पद्मसिंह ने सिर झुका लिया और सोचने लगे। उन्हें चुप देख कर मदनसिंह ने तेवर बदलकर कहा—चुप क्यों हो, क्या जाना नहीं चाहते?

पद्मसिंह ने अत्यन्त दीनभाव से कहा—भैया, आप क्षमा करें तो...

मदनसिंह—नहीं-नहीं, मैं तुम्हें मजबूर नहीं करता, नहीं जाना चाहते, तो मत जाओ। मुंशी बैजनाथ, आपको कष्ट तो होगा, पर मेरी खातिर से आप ही जाइए।

बैजनाथ—मुझे कोई उज्र नहीं है।

मदनसिंह—उधर से ही अमोला चले जाइएगा। आपका अनुग्रह होगा।

बैजनाथ—आप इत्मिनान रखें, मैं चला जाऊँगा।

कुछ देर तीनों आदमी चुप बैठे रहे। मदनसिंह अपने भाई को कृतघ्न समझ रहे थे। बैजनाथ को चिन्ता हो रही थी कि मदनसिंह का पक्ष ग्रहण करने में पद्मसिंह बुरा तो न मान जायेंगे। और पद्मसिंह अपने बड़े भाई की अप्रसन्नता के भय से दबे हुए थे। सिर उठाने का साहस नहीं होता था। एक ओर भाई की अप्रसन्नता थी, दूसरी ओर सिद्धान्त और न्याय का बलिदान। एक ओर अंधेरी घाटी थी, दूसरी ओर सीधी चट्टान, निकलने का कोई मार्ग न था। अन्त में उन्होंने डरते-डरते कहा—भाई साहब, आपने मेरी भूलें कितनी बार क्षमा की हैं। मेरी एक ढिठाई और क्षमा कीजिए। आप जब नाच के रिवाज को दूषित समझते हैं, तो उस पर इतना जोर क्यों देते हैं?

मदनसिंह झुँझलाकर बोले—तुम तो ऐसी बातें करते हो, मानो इस देश में ही पैदा नहीं हुए, जैसे किसी अन्य देश से आये हो! एक यही क्या, कितनी कुप्रथाएँ हैं, जिन्हें दूषित समझते हुए भी उनका पालन करना पड़ता है। गाली गाना कौन-सी अच्छी बात है? दहेज लेना कौन-सी अच्छी बात है? पर लोक-नीति पर न चलें, तो लोग उँगलियाँ उठाते हैं। नाच न ले जाऊँ तो लोग यही कहेंगे कि कंजूसी के मारे नहीं लाए। मर्यादा में बट्टा लगेगा। मेरे सिद्धान्त को कौन देखता है?

पद्मसिंह बोले—अच्छा, अगर इसी रुपये को किसी दूसरी उचित रीति से खर्च कर दीजिए, तब तो किसी को कंजूसी की शिकायत न रहेगी? आप दो डेरे ले जाना चाहते हैं। आजकल लग्न तेज हैं, तीन सौ से कम खर्च न पड़ेगा। आप तीन सौ की जगह पाँच सौ रुपये के कंबल लेकर अमोला के दीन-दरिद्रों में बाँट दीजिए तो कैसा हो? कम-से-कम दो सौ मनुष्य आपको आशीर्वाद देंगे और जब तक कंबल का एक-एक धागा भी रहेगा, आपका यश गाते रहेंगे। यदि यह स्वीकार न हो तो अमोला में दो सौ रुपये की लागत से एक पक्का कुआँ बनवा दीजिए। इसी से चिरकाल तक आपकी कीर्ति बनी रहेगी। रुपयों का प्रबन्ध मैं कर दूँगा।

मदनसिंह ने बदनामी का जो सहारा लिया था, वह इन प्रस्तावों के सामने न ठहर सका। वह कोई उत्तर सोच ही रहे थे कि इतने में बैजनाथ—यद्यपि उन्हें पद्मसिंह के बिगड़ जाने का भय था, तथापि इस बात में अपनी बुद्धि की प्रकांडता दिखाने

की इच्छा उस भय से अधिक बलवती थी, इसलिए बोले—भैया, हर काम के लिए एक अवसर होता है। दान के अवसर पर दान देना चाहिए, नाच के अवसर पर नाच। बेजोड़ बात कभी भली नहीं लगती। और फिर शहर के जानकार आदमी हों तो एक बात भी है। देहात के उजड्ड जमींदारों के सामने आप कंबल बाँटने लगेंगे, तो वह आपका मुँह देखेंगे, और हँसेंगे।

मदनसिंह निरुत्तर-से हो गये थे। मुंशी बैजनाथ के इस कथन से खिल उठे। उनकी ओर कृतज्ञता से देखकर बोले—हाँ, और क्या होगा? बसंत में मल्हार गाने वाले को कौन अच्छा कहेगा? कुसमय की कोई बात अच्छी नहीं होती। इसी से तो मैं कहता हूँ कि आप सवेरे चले जाइए और दोनों डेरे ठीक कर आइए।

पद्मसिंह ने सोचा, यह लोग तो अपने मन की करेंगे ही, पर देखूँ किन युक्तियों से अपना पक्ष सिद्ध करते हैं। भैया को मुंशी बैजनाथ पर अधिक विश्वास है, इस बात का भी उन्हें बहुत दुःख हुआ। अतएव वह निःसंकोच होकर बोले—तो यह कैसे मान लिया जाये कि विवाह आनन्दोत्सव ही का समय है? मैं तो समझता हूँ, दान और उपकार के लिए इससे उत्तम और कोई अवसर न होगा। विवाह एक धार्मिक व्रत है, एक आत्मिक प्रतिज्ञा है। जब हम गृहस्थ-आश्रम में प्रवेश करते हैं, जब हमारे पैरों में धर्म की बेड़ी पड़ती है, जब हम सांसारिक कर्तव्य के सामने अपने सिर को झुका देते हैं, तब जीवन का भार और उसकी चिन्ताएँ हमारे सिर पर पड़ती हैं, तो ऐसे पवित्र संस्कार पर हमको गाम्भीर्य से काम लेना चाहिए। यह कितनी निर्दयता है कि जिस समय हमारा आत्मीय युवक ऐसा कठिन व्रत धारण कर रहा हो, उस समय हम आनन्दोत्सव मनाने बैठें। वह इस गुरुतर भार से दबा जाता हो और हम नाच-रंग में मस्त हों। अगर दुर्भाग्य से आजकल यही उलटी प्रथा चल पड़ी है, तो क्या यह आवश्यक है कि हम भी उसी लकीर पर चलें? शिक्षा का कम-से-कम इतना प्रभाव तो होना चाहिए कि धार्मिक विषयों में हम मूर्खों की प्रसन्नता को प्रधान न समझें।

मदनसिंह फिर चिन्ता-सागर में डूबे। पद्मसिंह का कथन उन्हें सर्वथा सत्य प्रतीत होता था; पर रिवाज के सामने न्याय, सत्य और सिद्धान्त सभी को सिर झुकाना पड़ता है। उन्हें संशय था कि बैजनाथ अब कुछ उत्तर न दे सकेंगे। लेकिन मुंशीजी अभी हार नहीं मानना चाहते थे। वह बोले—भैया, तुम वकील हो, तुमसे बहस करने की लियाकत हममें कहाँ है? लेकिन जो बात सनातन से होती चली आई है, चाहे वह उचित हो या अनुचित, उसके मिटाने से बदनामी अवश्य होती है। आखिर हमारे पूर्वज निरे जाहिल-जपट तो थे नहीं, उन्होंने कुछ समझ कर ही तो इस रस्म का प्रचार किया होगा।

मदनसिंह को यह युक्ति न सूझी थी। बहुत प्रसन्न हुए। बैजनाथ की ओर सम्मानपूर्ण भाव से देख कर बोले—अवश्य। उन्होंने जो प्रथाएँ चलाई हैं, उन सबमें

कोई-न-कोई बात छिपी रहती है, चाहे वह आजकल हमारी समझ में न आये। आजकल के नये विचार वाले लोग उन प्रथाओं को मिटाने में ही अपना गौरव समझते हैं। अपने सामने उन्हें कुछ समझते ही नहीं। वे यह नहीं देखते कि हमारे पास जो विद्या, ज्ञान, विचार और आचरण है, वह सब उन्हीं पूर्वजों की कमाई है। कोई कहता है, यज्ञोपवीत से क्या लाभ? कोई शिखा की जड़ काटने पर तुला हुआ है, कोई इसी धुन में है कि शूद्र और चांडाल सब क्षत्रिय हो जायें, कोई विधवाओं के विवाह का राग अलापता फिरता है। और तो और कुछ ऐसे महाशय भी हैं, जो जाति और वर्ण को भी मिटा देना चाहते हैं। तो भाई, ये सब बातें हमारे मान की नहीं हैं। जो उन्हें मानता हो माने, हमको तो अपनी वही पुरानी चाल पसंद है। अगर ज़िन्दा रहा, तो देखूँगा कि यूरोप का पौधा यहाँ कैसे-कैसे फल लाता है। हमारे पूर्वजों ने खेती को सबसे उत्तम कहा है, लेकिन आजकल यूरोप की देखादेखी लोग मिल और मशीनों के पीछे पड़े हुए हैं। मगर देख लेना, ऐसा कोई समय आयेगा कि यूरोप वाले स्वयं चेतेंगे और मिलों को खोद-खोदकर खेत बनायेंगे। स्वाधीन कृषक के सामने मिल के मजदूरों की क्या हस्ती? वह भी कोई देश है, जहाँ बाहर से खाने की वस्तुएँ न आयें, तो लोग भूखों मरें। जिन देशों में जीवन ऐसे उलटे नियमों पर चलाया जाता है, वह हमारे लिए आदर्श नहीं बन सकते। शिल्प और कला-कौशल का यह महल उसी समय तक है, जब तक संसार में निर्बल, असमर्थ जातियाँ वर्तमान हैं। उनके गले सस्ता माल मढ़कर यूरोप वाले चैन करते हैं। पर ज्योंही ये जातियाँ चौंकेंगी, यूरोप की प्रभुता नष्ट हो जायेगी। हम यह नहीं कहते कि यूरोप वालों से कुछ मत सीखो। नहीं, वह आज संसार के स्वामी हैं और उनमें बहुत से दिव्य गुण हैं। उनके गुणों को ले लो, दुर्गुणों को छोड़ दो। हमारे अपने रीति-रिवाज हमारी अवस्था के अनुकूल हैं। उनमें काट-छाँट करने की ज़रूरत नहीं।

मदनसिंह ने ये बातें कुछ गर्व से कीं, मानो कोई विद्वान पुरुष अपने निज के अनुभव प्रकट कर रहा है, पर यथार्थ में ये सुनी-सुनाई बातें थीं, जिनका मर्म वह खुद भी न समझते थे। पद्मसिंह ने इन बातों को बड़ी धीरता के साथ सुना, पर उनका कुछ उत्तर न दिया। उत्तर देने से बात बढ़ जाने का भय था। कोई वाद जब विवाद का रूप धारण कर लेता है, तो वह अपने लक्ष्य से दूर हो जाता है। बाद में नम्रता और विनय प्रबल युक्तियों से भी अधिक प्रभाव डालती है। अतएव वह बोले—तो मैं ही चला जाऊँगा, मुंशी बैजनाथ को क्यों कष्ट दीजिएगा। वह चले जायेंगे तो यहाँ बहुत-सा काम पड़ा रह जायेगा। आइए मुंशीजी, हम दोनों आदमी बाहर चलें, मुझे आपसे अभी कुछ बातें करनी हैं।

मदनसिंह—तो यहीं क्यों नहीं करते? कहो तो मैं ही हट जाऊँ?

पद्मसिंह—जी नहीं, कोई ऐसी बात नहीं है, पर ये बातें मैं मुंशीजी से अपनी शंका समाधान करने के लिए कर रहा हूँ। हाँ, भाई साहब, बतलाइए अमोला के दर्शकों

की संख्या क्या होगी? कोई एक हज़ार। अच्छा, आपके विचार में कितने इनमें दरिद्र किसान होंगे, कितने ज़मींदार?

बैजनाथ—ज़्यादा किसान ही होंगे, लेकिन जमींदार भी दो-तीन सौ से कम न होंगे।

पद्मसिंह—अच्छा, आप यह मानते हैं कि दीन किसान नाच देखकर उतने प्रसन्न न होंगे, जितने धोती या कंबल पाकर?

बैजनाथ भी सशस्त्र थे। बोले—नहीं, मैं यह नहीं मानता। अधिकतर ऐसे किसान होते हैं, जो दान लेना कभी स्वीकार नहीं करेंगे। वह जलसा देखने आयेंगे और जलसा अच्छा न होगा, तो निराश होकर लौट जायेंगे।

पद्मसिंह चकराए। सुकराती प्रश्नों का जो क्रम उन्होंने मन में बाँध रखा था, वह बिगड़ गया। समझ गये कि मुंशीजी सावधान हैं। अब कोई दूसरा दाँव निकालना चाहिए। बोले—आप यह मानते हैं कि बाज़ार में वही वस्तु दिखाई देती है जिसके कि ग्राहक होते हैं और ग्राहकों के न्यूनाधिक होने पर वस्तु का न्यूनाधिक होना निर्भर है।

बैजनाथ—जी हाँ, इसमें कोई संदेह नहीं।

पद्मसिंह—इस विचार से किसी वस्तु के ग्राहक ही मानो उसके बाज़ार में आने के कारण होते हैं। यदि कोई मांस न खाए, तो बकरे की गर्दन पर छुरी क्यों चले?

बैजनाथ समझ रहे थे कि यह मुझे किसी दूसरे पेंच में ला रहे हैं, लेकिन उन्होंने अभी तक उसका मर्म न समझा था। डरते हुए बोले—हाँ, बात तो यही है।

पद्मसिंह—जब आप यह मानते हैं तो आपको यह भी मानना पड़ेगा कि जो लोग वेश्याओं को बुलाते हैं, उन्हें धन देकर उनके लिए सुख-विलास की सामग्री जुटाने और उन्हें ठाट-बाट से जीवन व्यतीत करने के योग्य बनाते हैं, वे उस कसाई से कम पाप के भागी नहीं हैं, जो बकरे की गर्दन पर छुरी चलाता है। यदि मैं वकीलों को ठाट के साथ टमटम दौड़ाते हुए न देखता, तो क्या आज मैं वकील होता?

बैजनाथ ने हँसकर कहा—भैया, तुम घुमा-फिराकर अपनी बात मनवा लेते हो? लेकिन बात जो कहते हो, वह सच्ची है।

पद्मसिंह—ऐसी अवस्था में क्या समझना कठिन है कि सैकड़ों स्त्रियाँ, जो हर रोज बाज़ार में झरोखों में बैठी दिखाई देती हैं, जिन्होंने अपनी लज्जा और सतीत्व को भ्रष्ट कर दिया है, उनके जीवन का सर्वनाश करने वाले हमीं लोग हैं। वह हज़ारों परिवार जो आये दिन इस कुवासना की भंवर में पड़कर लुप्त हो जाते हैं, ईश्वर के दरबार में हमारा ही दामन पकड़ेंगे। जिस प्रथा से इतनी बुराइयाँ उत्पन्न हों, उसका त्याग करना क्या अनुचित है?

मदनसिंह बहुत ध्यान से ये बातें सुन रहे थे। उन्होंने इतनी उच्च शिक्षा नहीं पायी थी, जिससे मनुष्य विचार-स्वातंत्र्य की धुन में सामाजिक बन्धनों और नैतिक सिद्धान्तों का शत्रु हो जाता है। नहीं, वह साधारण बुद्धि के मनुष्य थे। कायल होकर

बतबढ़ाव करते रहना उनकी सामर्थ्य से बाहर था। मुस्कुराकर मुंशी बैजनाथ से बोले—कहिए मुंशीजी, अब क्या कहते हैं? है कोई निकलने का उपाय?

बैजनाथ ने हँसकर कहा—मुझे तो कोई रास्ता नहीं सूझता।

मदनसिंह—कुछ दिनों वकालत पढ़ ली होती तो यह भी करता। यहाँ अब कोई जवाब ही नहीं सूझता। क्यों भैया पद्मसिंह, मान लो तुम मेरी जगह होते, तो इस समय क्या जवाब देते।

पद्मसिंह—(हँसकर) जवाब तो कुछ-न-कुछ ज़रूर ही देता, चाहे तुक मिलती या न मिलती।

मदनसिंह—इतना तो मैं भी कहूँगा कि ऐसे जलसों से मन अवश्य चंचल हो जाता है। जवानी में जब मैं किसी जलसे से लौटता तो महीनों तक उसी वेश्या के रंग-रूप, हाव-भाव की चर्चा किया करता।

बैजनाथ—भैया, पद्मसिंह के ही मन की होने दीजिए। लेकिन कंबल अवश्य बँटवाइए।

मदनसिंह—एक कुआँ बनवा दिया जाये, तो सदा के लिए नाम हो जायेगा। इधर भांवर पड़ी, उधर मैंने कुएँ की नींव डाली।

27

बरसात के दिन थे, घटा छायी हुई थी। पंडित उमानाथ चुनारगढ़ के निकट गंगा के तट पर खड़े नाव की बाट जोह रहे थे। वह कई गाँवों का चक्कर लगाते हुए आ रहे थे और संध्या होने से पहले चुनार के पास एक गांव में जाना चाहते थे। उन्हें पता मिला था कि उस गाँव में एक सुयोग्य वर है। उमानाथ आज हीं अमोला लौट जाना चाहते थे, क्योंकि उनके गाँव में एक छोटी-सी फौजदारी हो गई थी और थानेदार साहब कल तहकीकात करने आने वाले थे। मगर अभी तक नाव उसी पार खड़ी थी। उमानाथ को मल्लाहों पर क्रोध आ रहा था। सबसे अधिक क्रोध उन मुसाफिरों पर आ रहा था, जो उस पार धीरे-धीरे नाव में बैठने आ रहे थे। उन्हें दौड़ते हुए आना चाहिए था, जिससे उमानाथ को जल्द नाव मिल जाये। जब खड़े-खड़े बहुत देर हो गई तो उमानाथ ने जोर से चिल्लाकर मल्लाहों को पुका़रा। लेकिन उनकी कंठध्वनि को मल्लाहों के कान में पहुँचने की प्रबल आकांक्षा न थी। वह लहरों से खेलती हुई उन्हीं में समा गई।

इतने में उमानाथ ने एक साधु को अपनी ओर आते देखा। सिर पर जटा, गले में रूद्राक्ष की माला, एक हाथ में सुलफे की लम्बी चिलम, दूसरे हाथ में लोहे की छड़ी, पीठ पर मृगछाला लपेटे हुए आकर नदी के तट पर खड़ा हो गया। वह भी उस

पार जाना चाहता था।

उमानाथ को ऐसी भावना हुई कि मैंने इस साधु को कहीं देखा है, पर याद नहीं पड़ता कि कहाँ? स्मृति पर परदा-सा पड़ा हुआ था।

अकस्मात् साधु ने उमानाथ की ओर ताका और तुरन्त उन्हें प्रणाम करके बोला—महाराज! घर पर तो सब कुशल है, यहाँ कैसे आना हुआ?

उमानाथ के नेत्र पर से परदा हट गया। स्मृति जागृत हो गई। हम रूप बदल सकते हैं, शब्द को नहीं बदल सकते। यह गजाधर पांडे थे।

जब से सुमन का विवाह हुआ था, उमानाथ कभी उसके पास नहीं गये थे। उसे मुँह दिखाने का साहस नहीं होता था। इस समय गजाधर को इस भेष में देख कर उमानाथ को आश्चर्य हुआ। उन्होंने समझा, कहीं मुझे फिर न धोखा हुआ हो। डरते हुए पूछा—शुभ नाम?

साधु—पहले तो गजाधर पांडे था, अब गजानन्द हूँ।

उमानाथ—ओह! तभी तो मैं पहचान न पाता था। मुझे स्मरण होता था कि मैंने कहीं आपको देखा है, पर आपको इस भेष में देख कर मुझे बड़ा आश्चर्य हो रहा है। बाल-बच्चे कहाँ हैं?

गजानन्द—अब उस मायाजाल से मुक्त हो गया।

उमानाथ—सुमन कहाँ है?

गजानन्द—दालमंडी के कोठे पर।

उमानाथ ने विस्मित होकर गजानन्द की ओर देखा और तब लज्जा से उसका सिर झुक गया। एक क्षण के बाद उन्होंने पूछा—यह कैसे हुआ, कुछ बात समझ में नहीं आती?

गजानन्द—उसी प्रकार जैसे संसार में प्रायः हुआ करता है। मेरी असज्जनता और निर्दयता, सुमन की चंचलता और विलास-लालसा दोनों ने मिलकर हम दोनों का सर्वनाश कर दिया। मैं अब उस समय की बातों को सोचता हूँ, तो ऐसा मालूम होता है कि एक बड़े घर की बेटी से ब्याह करने में मैंने बड़ी भूल की और इससे बड़ी भूल यह थी कि ब्याह हो जाने पर उसका उचित आदर-सम्मान नहीं किया। निर्धन था, इसलिए आवश्यक था कि मैं धन के अभाव को अपने प्रेम और भक्ति से पूरा करता। मैंने इसके विपरीत निर्दयता से व्यवहार किया। उसे वस्त्र और भोजन का कष्ट दिया। वह चौका-बर्तन, चक्की में निपुण नहीं थी और न हो सकती थी, पर उससे यह सब काम लेता था और ज़रा भी देर हो जाती, तो बिगड़ता था। अब मुझे मालूम होता है कि मैं ही उसके घर से निकलने का कारण हुआ। मैं उसकी सुन्दरता का मान न कर सका, इसलिए सुमन का भी मुझसे प्रेम नहीं हो सका। लेकिन वह मुझ पर भक्ति अवश्य करती थी। पर उस समय मैं अंधा हो रहा था। कंगाल मनुष्य धन पाकर जिस प्रकार फूल उठता है, उसी तरह सुन्दर

स्त्री पाकर वह संशय और भ्रम में आसक्त हो जाता है। मेरा भी यही हाल था। मुझे सुमन पर अविश्वास रहा करता था और प्रत्यक्ष इस बात को न कहकर मैं अपने कठोर व्यवहार से उसके चित्त को दुःखी किया करता था। महाशय, मैंने उसके साथ जो-जो अत्याचार किए, उन्हें स्मरण करके आज मुझे अपनी क्रूरता पर इतना दुःख होता है कि जी चाहता है कि विष खा लूँ। उसी अत्याचार का अब प्रायश्चित्त कर रहा हूँ। उसके चले जाने के बाद दो-चार दिन तक तो मुझ पर नशा रहा, पर जब ठंडा हुआ, तो वह घर काटने लगा। मैं फिर उस घर में न गया। एक मंदिर में पुजारी बन गया। अपने हाथ से भोजन बनाने के कष्ट से बचा। मंदिर में दो-चार मनुष्य नित्य ही आ जाते। उनके पास सत्संग का सुअवसर मिल जाता। कभी-कभी साधु-महात्मा भी आ जाते। उनके पास सत्संग का सुअवसंर मिल जाता। उनकी ज्ञान-मर्म की बातें सुनकर मेरा अज्ञान कुछ-कुछ मिटने लगा। मैं आपसे सत्य कहता हूँ, पुजारी बनते समय मेरे मन में भक्ति का भाव नाम-मात्र को भी न था। मैंने केवल निरूद्यमता का सुख और उत्तम भोजन का स्वाद लूटने के लिए पूजा-वृत्ति ग्रहण की थी, पर धर्म-कथाओं के पढ़ने और सुनने से मन में भक्ति और प्रेम का उदय हुआ औंर ज्ञानियों के सत्संग से भक्ति ने वैराग्य का रूप धारण कर लिया। अब गाँव-गाँव घूमता हूँ और अपने से जहाँ तक हो सकता है, दूसरों का कल्याण करता हूँ। आप क्या काशी से आ रहे हैं?

उमानाथ–नहीं, मैं भी एक गाँव से आ रहा हूँ, सुमन की एक छोटी बहन है, उसी के लिए वर खोज रहा हूँ।

गजानन्द–लेकिन अबकी सुयोग्य वर खोजिएगा।

उमानाथ–सुयोग्य वरों की तो कमी नहीं है, पर उसके लिए मुझमें सामर्थ्य भी तो हो? सुमन के लिए क्या मैंने कुछ कम दौड़-धूप की थी-

गजानन्द–सुयोग्य वर मिलने के लिए आपको कितने रुपयों की आवश्यकता है?

उमानाथ–एक हज़ार तो दहेज ही माँगते हैं और सब खर्च अलग रहा।

गजानन्द–आप विवाह तय कर लीजिए। एक हज़ार रुपये का प्रबन्ध ईश्वर चाहेंगे, तो मैं कर दूँगा। यह भेष धारण करके अब लोगों को आसानी से ठग सकता हूँ। मुझे ज्ञान हो रहा है कि मैं प्राणियों का बहुत उपकार कर सकता हूँ। दो-चार दिन में आपके ही घर पर आपसे मिलूँगा।

नाव आ गई। दोंनों नाव में बैठे। गजानन्द तो मल्लाहों से बातें करने लगे, लेकिन उमानाथ चिन्तासागर में डूबे हुए थे। उनका मन कह रहा था कि सुमन का सर्वनाश मेरे ही कारण हुआ।

28

पंडित उमानाथ सदनसिंह का फलदान चढ़ा आये हैं। उन्होंने जाह्नवी से गजानन्द की सहायता की चर्चा नहीं की थी। डरते थे कि कहीं यह इन रुपयों को अपनी लड़कियों के विवाह के लिए रख छोड़ने पर जिद्द न करने लगे। जाह्नवी पर उनके उपदेश का कुछ असर न होता था, उसके सामने वह उसकी हाँ-में-हाँ मिलाने पर मजबूर हो जाते थे।

उन्होंने एक हज़ार रुपये के दहेज पर विवाह ठीक किया था। पर अब इसकी चिन्ता में पड़े हुए थे कि बारात के लिए खर्च का क्या प्रबन्ध होगा। कम-से-कम एक हज़ार रुपये की और ज़रूरत थी। इसके मिलने का उन्हें कोई उपाय न सूझता था। हाँ, उन्हें इस विचार से हर्ष होता था कि शान्ता का विवाह अच्छे घर में होगा, वह सुख से रहेगी और गंगाजली की आत्मा मेरे इस काम से प्रसन्न होगी।

अन्त में उन्होंने सोचा, अभी विवाह को तीन महीने हैं। मगर उस समय तक रुपयों का प्रबन्ध हो गया तो भला ही है। नहीं तो बारात का झगड़ा ही तोड़ दूँगा। किसी-न-किसी बात पर बिगड़ जाऊँगा, बारातवाले आप ही नाराज होकर लौट जायेंगे। यही न होगा कि मेरी थोड़ी-सी बदनामी होगी, पर विवाह तो हो ही जायेगा। लड़की तो आराम से रहेगी। मैं यह झगड़ा ऐसी कुशलता से करूँगा कि सारा दोष बारातियों पर ही आये।

पंडित कृष्णचन्द्र को जेलखाने से छूटकर आये हुए एक सप्ताह बीत गया था, लेकिन अभी तक विवाह के सम्बन्ध में उमानाथ को बातचीत का अवसर ही न मिला था। वह कृष्णचन्द्र के सम्मुख जाते हुए लजाते थे। कृष्णचन्द्र के स्वभाव में अब एक बड़ा अन्तर दिखाई देता था। उनमें गम्भीरता की जगह एक उद्दंडता आ गई थी और संकोच नाम को भी न रहा था। उनका शरीर क्षीण हो गया था, पर उनमें एक अद्‌भुत शक्ति भरी हुई मालूम होती थी। वे रात को बार-बार दीर्घ निःश्वास लेकर 'हाय! हाय!' कहते सुनाई देते थे। आधी रात को चारों ओर जब नीरवता छायी हुई रहती थी, वे अपनी चारपाई पर करवटें बदल-बदलकर यह गीत गाया करते–

अगिया लागी सुन्दर बन जरि गयो।

कभी-कभी यह गीत गाते–

लकड़ी जल कोयला भई और कोयला जल भई राख।
मैं पापिन ऐसी जली कि कोयला भई न राख!

उनके नेत्रों में एक प्रकार की चंचलता दीख पड़ती थी। जाह्नवी उनके सामने खड़ी न हो सकती, उसे उनसे भय लगता था।

जाड़े के दिन में कृषकों की स्त्रियाँ हार में काम करने जाया करती थीं। कृष्णचन्द्र भी हार की ओर निकल जाते और वहाँ स्त्रियों से दिल्लगी किया करते। ससुराल के

नाते उन्हें स्त्रियों से हँसने-बोलने का पद था, पर कृष्णचन्द्र की बातें ऐसी हास्यपूर्ण और उनकी चितवनें ऐसी कुचेष्टापूर्ण होती थीं कि स्त्रियाँ लज्जा से मुँह छिपा लेतीं और आकर जाह्नवी को उलाहना देतीं। वास्तव में कृष्णचन्द्र काम-संताप से जले जाते थे।

अमोला में कितने ही सुशिक्षित सज्जन थे। कृष्णचन्द्र उनके समाज में न बैठते। वे नित्य संध्या समय नीच जाति के आदमियों के साथ चरस की दम लगाते दिखाई देते थे। उस समय मंडली में बैठे हुए वह अपने जेल के अनुभव वर्णन किया करते। वहाँ उनके कंठ से अश्लील बातों की धारा बहने लगती थी।

उमानाथ अपने गाँव में सर्वमान्य थे। वे बहनोई के इन दुष्कृत्यों को देख-देखकर कट जाते और ईश्वर से मनाते कि किसी प्रकार यहाँ से चले जायें।

और तो और; शान्ता को भी अब अपने पिता के सामने आते हुए भय और संकोच होता था। गाँव की स्त्रियाँ जब जाह्नवी से कृष्णचन्द्र की करतूतों की निन्दा करने लगतीं, तो शान्ता को अत्यन्त दुःख होता था। उसकी समझ में न आता था कि पिताजी को क्या हो गया है। वह कैसे गम्भीर, कैसे विचारशील, कैसे दयाशील, कैसे सच्चरित्र मनुष्य थे। यह कायापलट कैसे हो गई? शरीर तो वही है, पर आत्मा कहाँ गई?

इस तरह एक मास बीत गया। उमानाथ मन में झुंझलाते कि इन्हीं की लड़की का विवाह होने वाला है और ये ऐसे निश्चिन्त बैठे हैं, तो मुझी को क्या पड़ी है कि व्यर्थ हैरानी में पडूँ। यह तो नहीं होता कि जाकर कहीं चार पैसे कमाने का उपाय करें, उल्टे अपने साथ-साथ मुझे भी खराब कर रहे हैं।

29

एक रोज उमानाथ ने कृष्णचन्द्र के सहचरों को धमका कर कहा—अब तुम लोगों को उनके साथ बैठकर चरस पीते देखा तो तुम्हारी कुशल नहीं। एक-एक की बुरी तरह खबर लूँगा। उमानाथ का रोब सारे गाँव पर छाया हुआ था। वे सब-के-सब डर गये। दूसरे दिन जब कृष्णचन्द्र उनके पास गये तो उन्होंने कहा—महाराज, आप यहाँ न आया कीजिए। हमें पंडित उमानाथ के कोप में न डालिए। कहीं कोई मामला खड़ा कर दें, तो हम बिना मारे ही मर जायें। कृष्णचन्द्र क्रोध में भरे हुए उमानाथ के पास आये और बोले—मालूम होता है, तुम्हें मेरा यहाँ रहना अखरने लगा।

उमानाथ—आपका घर है, आप जब तक चाहें रहें, पर मैं यह चाहता हूँ कि नीच आदमियों के साथ बैठकर आप मेरी और अपनी मर्यादा को भंग न करें।

कृष्णचन्द्र—तो किसके साथ बैठूँ? यहाँ जितने भले आदमी हैं, उनमें कौन मेरे

साथ बैठना चाहता है? सब-के-सब मुझे तुच्छ दृष्टि से देखते हैं। यह मेरे लिए असह्य है। तुम इनमें से किसी को बता सकते हो, जो पूर्ण धर्म का अवतार हो? सब-के-सब दगाबाज, दीन किसानों का रक्त चूसने वाले व्यभिचारी हैं। मैं अपने को उनसे नीच नहीं समझता। मैं अपने किए का फल भोग आया हूँ, वे अभी तक बचे हुए हैं, मुझमें और उनमें केवल इतना ही फर्क है। वे एक पाप को छिपाने के लिए और भी कितने पाप किया करते हैं। इस विचार से वे मुझसे बड़े पातकी हैं। बगुलाभक्तों के सामने मैं दीन बनकर नहीं जा सकता। मैं उनके साथ बैठता हूँ, जो इस अवस्था में भी मेरा आदर करते हैं, जो अपने को मुझसे श्रेष्ठ नहीं समझते, जो कौए होकर हंस बनने की चेष्टा नहीं करते। अगर मेरे इस व्यवहार से तुम्हारी इज़्ज़त को बट्टा लगता है, तो मैं ज़बर्दस्ती तुम्हारे घर में नहीं रहना चाहता।

उमानाथ—मेरा ईश्वर साक्षी है, मैंने इस नीयत से उन आदमियों को आपके साथ बैठने से नहीं मना किया था। आप जानते हैं कि मेरा सरकारी अधिकारियों से प्रायः संसर्ग रहता है। आपके इस व्यवहार से मुझे उनके सामने आँखें नीची करनी पड़ती हैं।

कृष्णचन्द्र—तो तुम उन अधिकारियों से कह दो कि कृष्णचन्द्र कितना ही गया-गुजरा है, तो भी उनसे अच्छा है। मैं भी कभी अधिकारी रहा हूँ और अधिकारियों के आचार-व्यवहार का कुछ ज्ञान रखता हूँ। वे सब चोर हैं। कमीने, चोर, पापी और अधर्मियों का उपदेश कृष्णचन्द्र नहीं लेना चाहता।

उमानाथ—आपको अधिकारियों की कोई परवाह न हो, लेकिन मेरी तो जीविका उन्हीं की कृपा-दृष्टि पर निर्भर है। मैं उनकी कैसे उपेक्षा कर सकता हूँ? आपने तो थानेदारी की है। क्या आप नहीं जानते कि यहाँ का थानेदार आपकी निगरानी करता है? वह आपको दुर्जनों के संग देखेगा, तो अवश्य इसकी रिपोर्ट करेगा और आपके साथ मेरा भी सर्वनाश हो जायेगा। ये लोग किसके मित्र होते हैं?

कृष्णचन्द्र—यहाँ का थानेदार कौन है?

उमानाथ—सैयद मसऊद आलम।

कृष्णचन्द्र—अच्छा, वही धूर्त सारे जमाने का बेईमान, छटा हुआ बदमाश वह मेरे सामने हेड कांस्टेबिल रह चुका है और एक बार मैंने ही उसे जेल से बचाया था। अब की उसे यहाँ आने दो, ऐसी खबर लूँ कि वह भी याद करे।

उमानाथ—अगर आपको यह उपद्रव करना है, तो कृपा करके मुझे अपने साथ न समेटिए। आपका तो कुछ न बिगड़ेगा, मैं पिस जाऊँगा।

कृष्णचन्द्र—इसीलिए कि तुम इज़्ज़त वाले हो और मेरा कोई ठिकाना नहीं। मित्र, क्यों मुँह खुलवाते हो? धर्म का स्वांग भरकर क्यों डींग मारते हो? थानेदारों की दलाली करके भी तुम्हें इज़्ज़त का घमंड है?

उमानाथ—मैं अधम पापी सही, पर आपके साथ मैंने जो सलूक किए, उन्हें देखते

हुए आपके मुँह से ये बातें न निकलनी चाहिए।

कृष्णचन्द्र—तुमने मेरे साथ वह सलूक किया। मेरा घर चौपट कर दिया। सलूक का नाम लेते हुए तुम्हें लज्जा नहीं आती? तुम्हारे सलूक का बखान यहाँ अच्छी तरह सुन चुका। तुमने मेरी स्त्री को मारा, मेरी एक लड़की को न जाने किस लंपट के गले बाँध दिया और दूसरी लड़की से मजदूरिन की तरह काम ले रहे हो। मूर्ख स्त्री को झाँसा देकर मुकदमा लड़ने के बहाने से सब रुपये उड़ा दिए और तब अपने घर लाकर उसकी दुर्गति की। आज अपने सलूक की शेखी बघारते हो।

अभिमानी मनुष्य को कृतघ्नता से जितना दुःख होता है, उतना और किसी बात से नहीं होता। वह चाहे अपने उपकारों के लिए कृतज्ञता का भूखा न हो, चाहे उसने नेकी करके दरिया में ही डाल दी हो, पर उपकार का विचार करके उसको अत्यन्त गौरव का आनन्द प्राप्त होता है। उमानाथ ने सोचा, संसार कितना कुटिल है। मैं इनके लिए महीनों कचहरी, दरबार के चक्कर लगाता रहा, वकीलों की कैसी-कैसी खुशामदें कीं, कर्मचारियों के कैसे-कैसे नखरे सहे, निज का सैकड़ों रुपया फूँक दिया, उसका यह यश मिल रहा है। तीन-तीन प्राणियों का बरसों पालन-पोषण किया, सुमन के विवाह के लिए महीनों खाक छानी और शान्ता के विवाह के लिए महीनों से घर-घाट एक किए हूँ, दौड़ते-दौड़ते पैरों में छाले पड़ गये, रुपये-पैसे की चिन्ता में शरीर घुल गया और उसका यह फल! हा! कुटिल संसार! यहाँ भलाई करने में भी धब्बा लग जाता है। यह सोचकर उनकी आँखें डबडबा आईं। बोले—भाई साहब, मैंने जो कुछ किया, वह भला ही समझकर किया, पर मेरे हाथों में यश नहीं है। ईश्वर की यही इच्छा है कि मेरा किया-कराया सारा मिट्टी में मिल जाये, तो यही सही। मैंने आपका सर्वस्व लूट लिया, खा-पी डाला, अब जो सजा चाहे दीजिए, और क्या कहूँ?

उमानाथ यह कहना चाहते थे कि अब तो जो कुछ हो गया, वह हो गया; अब मेरा पिंड छोड़ो। शान्ता के विवाह का प्रबन्ध करो, पर डरे कि इस समय क्रोध में कहीं वह सचमुच शान्ता को लेकर चले न जायें। इसलिए गम खा जाना ही उचित समझा। निर्बल क्रोध उदार हृदय में करुणा के भाव उत्पन्न कर देता है। किसी भिक्षुक के मुँह से गाली खाकर सज्जन मनुष्य चुप रहने के सिवा और क्या कर सकता है?

उमानाथ की सहिष्णुता ने कृष्णचन्द्र को भी शान्त किया, पर दोनों में बातचीत न हो सकी। दोनों अपनी-अपनी जगह विचारों में डूबे बैठे थे, जैसे दो कुत्ते लड़ने के बाद आमने-सामने बैठे रहते हैं। उमानाथ सोचते थे कि बहुत अच्छा हुआ; जो मैं चुप साध गया, नहीं तो संसार मुझी को बदनाम करता। कृष्णचन्द्र सोचते थे कि मैंने बुरा किया, जो ये गड़े मुर्दे उखाड़े। अनुचित क्रोध में सोयी हुई आत्मा को जगाने का विशेष अनुराग होता है। कृष्णचन्द्र को अपना कर्तव्य दिखाई देने लगा। अनुचित क्रोध ने अकर्मण्यता की निद्रा भंग कर दी, संध्या समय कृष्णचन्द्र ने उमानाथ से

पूछा—शान्ता का विवाह तो तुमने ठीक किया है न?

उमानाथ—हाँ, चुनार में, पंडित मदनसिंह के लड़के से।

कृष्णचन्द्र—यह तो कोई बड़े आदमी मालूम होते हैं। कितना दहेज ठहरा है?

उमानाथ—एक हज़ार।

कृष्णचन्द्र—इतना ही ऊपर से लगेगा?

उमानाथ—हाँ, और क्या।

कृष्णचन्द्र स्तब्ध हो गये। पूछा—रुपयों का प्रबन्ध कैसे होगा?

उमानाथ—ईश्वर किसी तरह पार लगाएँगे ही। एक हज़ार मेरे पास हैं, केवल एक हज़ार की और चिन्ता है।

कृष्णचन्द्र ने अत्यन्त ग्लानिपूर्वक कहा—मेरी दशा तो तुम देख ही रहे हो। इतना कहते-कहते उनकी आँखों से आँसू टपक पड़े।

उमानाथ—आप निश्चिन्त रहिए, मैं सब कुछ कर लूँगा।

कृष्णचन्द्र—परमात्मा तुम्हें इसका शुभ फल देंगे। भैया, मुझसे जो अविनय हुई है, उसका तुम बुरा न मानना। अभी मैं आपे में नहीं हूँ, इस कठिन यंत्रणा ने मुझे पागल कर दिया है। उसने मेरी आत्मा को पीस डाला है। मैं आत्माहीन मनुष्य हूँ। उस नरक में पड़ कर यदि देवता भी राक्षस हो जायें, तो आश्चर्य नहीं। मुझमें इतनी सामर्थ्य कहाँ थी कि मैं इतने भारी बोझ को सँभालता। तुमने मुझे उबार दिया, मेरी नाव पार लगा दी। यह शोभा नहीं देता कि तुम्हारे ऊपर इतने बड़े कार्य का भार रखकर मैं आलसी बना बैठा रहूँ। मुझे भी आज्ञा दो कि कहीं चलकर चार पैसे कमाने का उपाय करूँ। मैं कल बनारस जाऊँगा। यों मेरे पहले के जान-पहचान के तो कई आदमी हैं, पर उनके यहाँ नहीं ठहरना चाहता। सुमन का घर किस मुहल्ले में है?

उमानाथ का मुख पीला पड़ गया। बोले—विवाह तक तो आप यहीं रहिए। फिर जहाँ इच्छा हो जाइएगा।

कृष्णचन्द्र—नहीं, कल मुझे जाने दो, विवाह से एक सप्ताह पहले आ जाऊँगा। दो-चार दिन सुमन के यहाँ ठहरकर कोई नौकरी ढूँढ़ लूँगा। किस मुहल्ले में रहती है?

उमानाथ—मुझे ठीक से याद नहीं है, इधर बहुत दिनों से मैं उधर नहीं गया। शहर वालों का क्या ठिकाना? रोज घर बदला करते हैं? मालूम नहीं अब किसी मुहल्ले में हों।

रात को भोजन के साथ कृष्णचन्द्र ने शान्ता से सुमन का पता पूछा। शान्ता उमानाथ के संकेतों को न देख सकी, उसने पूरा पता बता दिया।

30

शहर की म्युनिसिपैलिटी में कुल अट्ठारह सभासद थे। उनमें आठ मुसलमान थे और दस हिन्दू। सुशिक्षित मेम्बरों की संख्या अधिक थी, इसलिए शर्माजी को विश्वास था कि म्युनिसिपैलिटी में वेश्याओं को नगर से बाहर निकाल देने का प्रस्ताव स्वीकृत हो जायेगा। वे सब सभासदों से मिल चुके थे और इस विषय में उनकी शंकाओं का समाधान कर चुके थे, लेकिन मेम्बरों में कुछ ऐसे सज्जन भी थे, जिनकी ओर से घोर विरोध होने का भय था। ये लोग बड़े व्यापारी, धनवान् और प्रभावशाली मनुष्य थे। इसलिए शर्माजी को यह भय भी था कि कहीं शेष मेम्बर उनके दबाव में न आ जायें। हिन्दुओं में विरोधी दल के नेता सेठ बलभद्रदास थे और मुसलमानों में हाजी हाशिम। जब तक विट्ठलदास इस आंदोलन के कर्त्ता-धर्त्ता थे, तब तक इन लोगों ने उसकी ओर कुछ ध्यान न दिया था, लेकिन जब से पद्मसिंह और म्युनिसिपैलिटी के अन्य कई मेम्बर इस आन्दोलन में सम्मिलित हो गये थे, तब से सेठजी और हाजी साहब के पेट में चूहे दौड़ रहे थे। उन्हें मालूम हो गया था कि शीघ्र ही यह मंतव्य सभा में उपस्थित होगा, इसलिए दोनों महाशय अपने पक्ष को स्थिर करने में तत्पर हो रहे थे। पहले हाजी साहब ने मुसलमान मेम्बरों को एकत्र किया। हाजी साहब का जनता पर बड़ा प्रभाव था और वह शहर के सदस्य मुसलमानों के नेता समझे जाते थे। शेष सात मेम्बरों में मौलाना तेगअली एक इमामबाड़े के वली थे। मुंशी अबुलवफा इत्र और तेल के कारखाने के मालिक थे। बड़े-बड़े शहरों में उनकी कई दूकानें थीं। मुंशी अब्दुललतीफ एक बड़े जमींदार थे, लेकिन बहुधा शहर में रहते थे। कविता से प्रेम था और स्वयं अच्छे कवि थे। शाकिरबेग और शरीफ़ हसन वकील थे। उनके सामाजिक सिद्धान्त बहुत उन्नत थे। सैयद शफकतअली पेंशनर डिप्टी कलेक्टर थे और खां साहब शोहरतखां प्रसिद्ध हकीम थे। ये दोनों महाशय सभा-समाजों से प्रायः पृथक् ही रहते थे, किन्तु उनमें उदारता और विचारशीलता की कमी न थी। दोनों धार्मिक प्रवृत्ति के मनुष्य थे। समाज में उनका बड़ा सम्मान था।

हाजी हाशिम बोले—बिरादराने वतन की यह नई चाल आप लोगों ने देखी? वल्लाह इनको सूझती खूब है, बगली घूँसे मारना कोई इनसे सीख ले। मैं तो इनकी रेशादवानियों से इतना बदजन हो गया हूँ कि अगर इनकी नेकनीयती पर ईमान लाने में नजात भी होती हो, तो न लाऊँ।

अबुलवफा ने फरमाया—मगर अब खुदा के फजल से हमको भी अपने नफे नुकसान का एहसास होने लगा। यह हमारी तादाद को घटाने की सरीह कोशिश है। तवायफें नब्बे फीसदी मुसलमान हैं, जो रोजे रखती हैं, इजादारी करती हैं, मौलूद और उर्स करती हैं। हमको उनके जाती फेलों से कोई बहस नहीं है। नेक व बद की सजा व जजा देना खुदा का काम है। हमको तो सिर्फ़ उनकी तादाद से गरज है।

तेगअली—मगर उनकी तादाद क्या इतनी ज़्यादा है कि उससे हमारे मजमुई वोट पर कोई असर पड़ सकता है?

अबुलवफा—कुछ-न-कुछ तो ज़रूर पड़ेगा, ख्वाह वह कम हो या ज़्यादा। बिरादराने वतन को देखिए, वह डोमड़ों तक को मिलाने की कोशिश करते हैं। उनके साए से परहेज करते हैं, उन्हें जानवरों से भी ज़्यादा जलील समझते हैं, मगर महज अपने पॉलिटिकल मफाद के लिए उन्हें अपने कौमी जिस्म का एक अजो बनाए हुए हैं। डोमड़ों का शुमार जरायम पेशा अक्वाम में है। आलिहाजा, पासी, भर वगैरह भी इसी जेल में आते हैं। सरका, कत्ल, रहजनी, यह उनके पेशे हैं। मगर जब उन्हें हिन्दू जमाअत से अलहदा करने की कोशिश की जाती है, तो बिरादराने वतन कैसे चिरागपा होते हैं। वेद और शास्त्र की सनदें नकल करते फिरते हैं। हमको इस मुआमिले में उन्हीं से सबक लेना चाहिए।

सैयद शफकतअली ने विचारपूर्ण भाव से कहा—इस ज़रायमपेशा अक्वाम के लिए गवर्नमेंट ने शहरों में खित्ते अलेहदा कर दिए। उन पर पुलिस की निगरानी रहती है। मैं खुद अपने दौराने मुलाजिमत में उनकी नकल और हरकत की रिपोर्ट लिखा करता था। मगर मेरे ख्याल में किसी ज़िम्मेदार हिन्दू ने गवर्नमेंट के इस तर्जे-अमल की मुखालिफत नहीं की। हालाँकि मेरी निगाह में सरका, कत्ल वगैरह इतने मकरूह फेल नहीं हैं, जितनी अस्मतफरोशी। डोमनी भी जब अस्मतफरोशी करती है, तो वह अपनी बिरादरी से खारिज कर दी जाती है। अगर किसी डोम या भर के पास काफी दौलत हो, तो वह इस हुस्न के खुले हुए बाज़ार में मनमाना सौदा खरीद सकता है। खुदा वह दिन ऩ लाए कि हम अपने पॉलिटिकल मफाद के लिए इस हद तक जलील होने पर मजबूर हों। अगर इन तवायफों की दीनदारी के तुफैल में सारे इस्लाम को खुदा जन्नत अता करे, तो मैं दोजख में जाना पसन्द करूँगा। अगर उनकी तादाद की बिना पर हमको इस मुल्क की बादशाही भी मिलती हो, तो मैं कबूल न करूँ। मेरी राय तो यह है कि इन्हें मरकज शहर ही से नहीं, हदूद शहर से खारिज कर देना चाहिए।

हकीम शोहरत खाँ बोले—जनाब, मेरा बस चले तो मैं इन्हें हिन्दुस्तान से निकाल दूँ, इनसे एक जजीरा अलग आबाद करूँ। मुझे इस बाज़ार के खरीददारों से अक्सर साबिका रहता है। अगर मेरी मजहबी अकायद में फर्क न आये, तो मैं यह कहूँगा कि तवायफें हैजे और ताऊन का औतार हैं। हैजा दो घंटे में काम तमाम कर देता है, प्लेग दो दिन में, लेकिन यह जहन्नुमी हस्तियाँ रुला-रुलाकर और घुला-घुलाकर जान मारती हैं। मुंशी अबुलवफा साहब उन्हें जन्नती हूर समझते हों, लेकिन वे ये काली नागिनें हैं, जिनकी आँखों में जहर है। वे ये चश्मे हैं, जहाँ से ज़रायम के सोते निकलते हैं। कितनी ही नेक बीबियाँ उनकी बदौलत खून के आँसू रो रही हैं। कितने ही शरीफ़जादे उनकी बदौलत खस्ता व ख्वार हो रहे हैं। यह हमारी बदकिस्मती है

कि बेशतर तवायफें अपने को मुसलमान कहती हैं।

शरीफ़ हसन बोले—इसमें तो कोई बुराई नहीं कि वे अपने को मुसलमान कहती हैं। बुराई यह है कि इस्लाम भी उन्हें राहे-रास्ते पर लाने की कोई कोशिश नहीं करता। हिन्दुओं की देखा-देखी इस्लाम ने भी उन्हें अपने दायरे से खारिज कर दिया है। जो औरत एक बार किसी वजह से गुमराह हो गई, उसकी तरफ़ से इस्लाम हमेशा के लिए अपनी आँखें बन्द कर लेता है। बेशक हमारे मौलाना साहब सब्ज इमामा बाँधे, आँखों में सुरमा लगाए, गेसू सँवारे उनकी मजहबी तस्कीन के लिए जा पहुँचते हैं, उनके दस्तरख्वान से मीठे लुकमें खाते हैं, खुशबूदार खमीरे की कश लगाते हैं और उनके खसदान से मुअत्तर बीड़े उड़ाते हैं। बस, इस्लाम की मजहबी कूबते इस्लाम यहीं तक खत्म हो जाती है। अपने बुरे फैलों पर नादिम होना इंसानी खासा है। ये गुमराह औरतें पेशतर नहीं, तो शराब का नशा उतरने के बाद ज़रूर अपनी हालत पर अफ़सोस करती हैं, लेकिन उस वक्त उनका पछताना बेसूद होता है। उनके गुजरानी की इसके सिवा और कोई सूरत नहीं रहती कि वे अपनी लड़कियों को दूसरों को दामे-मुहब्बत में फँसायें और इस तरह यह सिलसिला हमेशा जारी रहता है। अगर उन लड़कियों की जायजतौर पर शादी हो सके तो और उसके साथ ही उनकी परवरिश की सूरत भी निकल आये तो मेरे ख्याल से ज़्यादा नहीं तो पचहत्तर फीसदी तवायफें इसे खुशी से कबूल कर लें। हम चाहे खुद कितने गुनहगार हों, पर अपनी औलाद को हम नेक और रास्तबाज देखने की तमन्ना रखते हैं। तवायफों को शहर से खारिज कर देने से उनकी इस्लाह नहीं हो सकती। इस ख्याल को सामने रखकर तो मैं इखराज की तहरीक पर ऐतराज करने की जुरअत कर सकता हूँ। पर पॉलिटिकल मफाद की बिना पर मैं उसकी मुखालिफत नहीं कर सकता। मैं किसी फैल को कौमी ख्याल से पसंदीदा नहीं समझता जो इखलाकी तोर पर पसंदीदा न हो।

तेगअली—बन्दानवाज, सँभलकर बातें कीजिए। ऐसा न हो कि आप पर कुफ्र का फतवा सादिर हो जाये। आजकल पॉलिटिकल मफाद का जोर है, हक और इंसाफ का नाम न लीजिए। अगर आप मुदर्रिस हैं, तो हिन्दू लड़कों को फेल कीजिए। तहसीलदार हैं, तो हिन्दुओं पर टैक्स लगाइए, मजिस्ट्रेट हैं, तो हिन्दुओं को सजाएँ दीजिए। सब-इंस्पेक्टर पुलिस हैं तो हिन्दुओं पर झूठे मुकदमे दायर कीजिए, तहकीकात करने जाइए, तो हिन्दुओं के बयान गलत लिखिए। अगर आप चोर हैं, तो किसी हिन्दू के घर में डाका डालिए, अगर आपको हुस्न या इश्क का खब्त है, तो किसी हिन्दू नाजनीन को उड़ाइए, तब आप कौम के खादिम, कौम के मुहकिन, कौमी किश्ती के नाखुदा—सब कुछ हैं।

हाजी हाशिम बुड़बुड़ाए, मुंशी अबुलवफा के तेवरों पर बल पड़ गये। तेगअली की तलवार ने उन्हें घायल कर दिया। अबुलवफा कुछ कहना ही चाहते थे कि शाकिर बेग बोल उठे—भाई साहब, यह तान-तंज का मौका नहीं। हम अपने घर में बैठे हुए

एक अमल के बारे में दोस्ताना मशविरा कर रहे हैं। ज़बाने तेज मसलहत के हक में जहरे कातिल है। मैं शाहिदान तन्नाज को निजाम तमद्दुन में बिल्कुल बेकार या मायएशर नहीं समझता। आप जब कोई मकान तामीर करते हैं, तो उसमें बदरौर बनाना ज़रूर खयाल करते हैं। अगर बदरौर न हो तो चंद दिनों में दीवारों की बुनियादें हिल जायें। इस फिरके को सोसाइटी का बदरौर समझना चाहिए और जिस तरह बदरौर मकान के नुमाया हिस्से में नहीं होती, बल्कि निगाह से पोशीदा एक गोशे में बनाई जाती है, उसी तरह इस फिरके को शहर के पुरफिजा मुकामात से हटाकर किसी गोशे में आबाद करना चाहिए।

मुंशी अबुलवफा पहले के वाक्य सुनकर खुश हो गये थे, पर नाली की उपमा पर उनका मुँह लटक गया। हाजी हाशिम ने नैराश्य से अब्दुललतीफ की ओर देखा जो अब तक चुपचाप बैठे हुए थे और बोले—जनाब, कुछ आप भी फरमाते हैं? दोस्ती के बहाव में आप भी तो नहीं बह गये?

अब्दुललतीफ बोले—जनाब, बन्दा को न इत्तहाद से दोस्ती, न मुखालफत से दुश्मनी। अपना मुशरिब तो सुलहेकुल है। मैं अभी यही तय नहीं कर सका कि आलमो बेदारी में हूँ या ख्वाब में। बड़े-बड़े आलिमों को एक बे-सिर-पैर की बात की ताईद में ज़मीं और आसमान के कुलाबे मिलाते देखता हूँ। क्यों कर बावर करूँ कि बेदार हूँ? साबुन, चमड़े और मिट्टी के तेल की दूकानों से आपको कोई शिकायत नहीं। कपड़े, बर्तन आदवियात की दूकानें चौक में हैं, आप उनको मुतलक बेमौका नहीं समझते! क्या आपकी निगाहों में हुस्न की इतनी भी वकअत नहीं? और क्या यह ज़रूरी है कि इसे किसी तंग तारीक कूचे में बन्द कर दिया जाये! क्या वह बाग, बाग कहलाने का मुस्तहक है, जहाँ सरों की कतारें एक गोशे में हों, बेले और गुलाब के तख्ते दूसरे गोशे में और रविशों के दोनों तरफ़ नीम और कटहल के दरख्त हों, वस्त में पीपल का ठूँठ और किनारे बबूल की कलमें हों? चील और कौए दोनों तरफ़ तख्तों पर बैठे अपना राग अलापते हों, और बुलबुलें किसी गोश-ए-तारीक में दर्द के तराने गाती हों? मैं इस तहरीक की सख़्त मुखालिफत करता हूँ। मैं उसे इस काबिल भी नहीं समझता कि उस पर मतानत के साथ बहस की जाये।

हाजी हाशिम मुस्कुराए, अबुलवफा की आँखें खुशी से चमकने लगीं। अन्य महाशयों ने दार्शनिक मुस्कान के साथ यह हास्यपूर्ण वक्तृता सुनी, पर तेगअली इतने सहनशील न थे। तीव्र भाव से बोले—क्यों गरीब-परवर, अब की बोर्ड में यह तजवीज क्यों न पेश की जाये कि म्युनिसिपैलिटी ऐन चौक में खास एहतमाम के साथ मीनाबाज़ार आरास्ता करे और जो हजरत इस बाज़ार की सैर को तशरीफ ले जायें, उन्हें गवर्नमेंट की जानिब से खुश नूदी मिजाज का परवाना अदा किया जाये? मेरे खयाल से इस तजवीज की ताईद करने वाले बहुत निकल आयेंगे और इस तजवीज के मुहर्रिर का नाम हमेशा के लिए ज़िन्दा हो जायेगा। उसकी वफात के बाद उसके

मजार पर उर्स होंगे और वह अपने गोश-ए-लहद में पड़ा हुआ हुस्न की बहार लूटेगा और दलपजीर नगमे सुनेगा।

मुंशी अब्दुललतीफ का मुँह लाल हो गया। हाजी हाशिम ने देखा कि बात बढ़ी जाती है, तो बोले—मैं अब तक सुना करता था कि उसूल भी कोई चीज़ है, मगर आज मालूम हुआ कि वह सहज एक वहम है। अभी बहुत दिन नहीं हुए कि आप ही लोग इस्लामी बजाएफ का डेपुटेशन लेकर गये थे, मुसलमान कैदियों के मजहबी तस्कीन की तजवीजें कर रहे थे और अगर मेरा हाफिजा गलती नहीं करता, तो आप ही लोग उन मौकों पर पेश नज़र आते थे। मगर आज एकाएक यह इंकलाब नज़र आता है। खैर, आपका तलब्बुन आपको मुबारक रहे। बन्दा इतना सहलयकीन नहीं है। मैंने ज़िन्दगी का यह उसूल बना लिया है कि बिरादराने वतन की हर एक तजवीज की मुखालिफत करूँगा, क्योंकि मुझे उससे किसी बेहबूदी की तबक्को नहीं है।

अबुलवफा ने कहा—आलिहाजा, मुझे रात को आफताब का यकीन हो सकता है, पर हिन्दुओं की नेकनीयत पर यकीन नहीं हो सकता।

सैयद शफकत अली बोले—हाजी साहब, आपने हम लोगों को जमाना-साज और बेउसूल समझने में मतानत से काम नहीं लिया। हमारा उसूल जो तब था वह अब भी है और हमेशा रहेगा और वह है इस्लामी बकार को कायम करना और हर एक जायज तरीके से बिरादराने मिल्लत की बेहबूदी की कोशिश करना। अगर हमारे फायदे में बिरादराने वतन का नुकसान हो, तो हमको इसकी परवाह नहीं। मगर जिस तजवीज से उनके साथ हमको भी फायदा पहुँचता है और उनसे किसी तरह कम नहीं, उसकी मुखालिफत करना हमारे इमकान से बाहर है। हम मुखालिफत के लिए मुखालिफत नहीं कर सकते।

रात अधिक जा चुकी थी। सभा समाप्त हो गई। इस वार्तालाप का कोई विशेष फल न निकला। लोग मन में जो पक्ष स्थिर करके घर से आये थे, उसी पक्ष पर डटे रहे। हाजी हाशिम को अपनी विजय का जो पूर्ण विश्वास था, उसमें संदेह पड़ गया।

31

इस प्रस्ताव के विरोध में हिन्दू मेम्बरों को जब मुसलमानों के जलसे का हाल मालूम हुआ तो उनके कान खड़े हुए। उन्हें मुसलमानों से जो आशा थी, वह भंग हो गई। कुल दस हिन्दू थे। सेठ बलभद्रदास चेयरमैन थे। डॉक्टर श्यामाचरण वाइस-चेयरमैन। लाला चिम्मनलाल और दीनानाथ तिवारी व्यापारियों के नेता थे। पद्मसिंह और रुस्तमभाई वकील थे। रमेश दत्त कॉलेज के अध्यापक, लाला भगतराम ठेकेदार, प्रभाकर राव हिन्दी पत्र 'जगत' के सम्पादक और कुंवर अनिरुद्ध बहादुरसिंह जिले के सबसे

बड़े जमींदार थे। चौक की दूकानों में अधिकांश बलभद्रदास और चिम्मनलाल की थीं। दालमंडी में दीनानाथ के कितने ही मकान थे। ये तीनों महाशय इस प्रस्ताव के विपक्षी थे। लाला भगतराम का काम चिम्मनलाल की आर्थिक सहायता से चलता था। इसलिए उनकी सम्मति भी उन्हीं की ओर थी। प्रभाकर राव, रमेश दत्त, रुस्तमभाई और पद्मसिंह इस प्रस्ताव के पक्ष में थे। डॉक्टर श्यामाचरण और कुंवर साहब के विषय में अभी तक कुछ निश्चय नहीं हो सका था। दोनों पक्ष उनसे सहायता की आशा रखते थे। उन्हीं पर दोनों पक्षों की हार-जीत निर्भर थी। पद्मसिंह अभी बारात से नहीं लौटे थे। सेठ बलभद्रदास ने इस अवसर को अपने पक्ष के समर्थन के लिए उपयुक्त समझा और सब हिन्दू मेम्बरों को अपनी सुसज्जित बारहदरी में निमन्त्रित किया। इसका मुख्य उद्देश्य यह था कि डॉक्टर साहब और कुंवर महोदय की सहानुभूति अपने पक्ष में कर लें। प्रभाकर राव मुसलमानों के कट्टर विरोधी थे। वे लोग इस प्रस्ताव को हिन्दू-मुस्लिम विवाद का रंग देकर प्रभाकर राव को अपनी तरफ़ खींचना चाहते थे।

दीनानाथ तिवारी बोले—हमारे मुसलमान भाइयों ने तो इस विषय में बड़ी उदारता दिखाई, पर इसमें एक गूढ़ रहस्य है। उन्होंने 'एक पंथ दो काज' वाली चाल चली है। एक ओर तो समाज-सुधार की नेकनामी हाथ आती है, दूसरी ओर हिन्दुओं को हानि पहुँचाने का एक बहाना मिलता है। ऐसे अवसर से वे कब चूकने वाले थे?

चिम्मनलाल—मुझे पॉलिटिक्स से कोई वास्ता नहीं है और न मैं इसके निकट जाता हूँ। लेकिन मुझे यह कहने में तनिक भी संकोच नहीं है कि हमारे मुस्लिम भाइयों ने हमारी गर्दन बुरी तरह पकड़ी है। दालमंडी और चौक के अधिकांश मकान हिन्दुओं के हैं। यदि बोर्ड ने यह स्वीकार कर लिया, तो हिन्दुओं का मटियामेट हो जायेगा। छिपे-छिपे चोट करना कोई मुसलमानों से सीखे। अभी बहुत दिन नहीं बीते कि सूद की आड़ में हिन्दुओं पर आक्रमण किया गया था। अब वह चाल पट पड़ गई, तो यह नया उपाय सोचा। खेद है कि हमारे कुछ हिन्दू भाई उनके हाथों की कठपुतली बने हुए हैं। वे नहीं जानते कि वे अपने दुरुत्साह से अपनी जाति को कितनी हानि पहुँचा रहे हैं।

स्थानीय कौंसिल में जब सूद का प्रस्ताव उपस्थित था, तो प्रभाकर राव ने उसका घोर विरोध किया था। चिम्मनलाल ने उसका उल्लेख करके और वर्तमान विषय को आर्थिक दृष्टिकोण से दिखा कर प्रभाकर राव को नियम विरुद्ध करने की चेष्टा की। प्रभाकर राव ने विवश नेत्रों से रूस्तमभाई की ओर देखा मानो उनसे कह रहे थे कि मुझे ये लोग ब्रह्मफांस में डाल रहे हैं, आप किसी तरह मेरा उद्धार कीजिए। रूस्तमभाई बड़े निर्भीक, स्पष्टवादी पुरुष थे। वे चिम्मनलाल का उत्तर देने के लिए खड़े हो गये और बोले—मुझे यह देख कर शोक हो रहा है कि आप लोग एक सामाजिक प्रश्न को हिन्दू-मुसलमानों के विवाद का स्वरूप दे रहे हैं। सूद के प्रश्न को भी यही रंग देने की चेष्टा की गई थी। ऐसे राष्ट्रीय विषयों को विवादग्रस्त बनाने से कुछ हिन्दू

साहूकारों का भला हो जाता है, किन्तु इससे राष्ट्रीयता को जो चोट लगती है, उसका अनुमान करना कठिन है। इसमें संदेह नहीं कि इस प्रस्ताव के स्वीकृत होने से हिन्दू साहूकारों को अधिक हानि पहुँचेगी, लेकिन मुसलमानों पर भी इसका प्रभाव अवश्य पड़ेगा। चौक और दालमंडी में मुसलमानों की दूकानें कम नहीं हैं। हमको प्रतिवाद या विरोध की धुन में अपने मुसलमान भाइयों की नीयत की सच्चाई पर संदेह न करना चाहिए। उन्होंने इस विषय पर जो कुछ निश्चय किया, वह सार्वजनिक उपकार के विचार से किया है; अगर हिन्दुओं की इससे अधिक हानि हो रही है, तो यह दूसरी बात है। मुझे विश्वास है कि मुसलमानों की इससे अधिक हानि होती, तब भी उनका यही फैसला होता। अगर आप सच्चे हृदय से मानते हैं कि यह प्रस्ताव एक सामाजिक कुप्रथा के सुधार के लिए उठाया गया है, तो आपको उसको स्वीकार करने में कोई बाधा न होनी चाहिए, चाहे धन की कितनी ही हानि हो। आचरण के सामने धन का कोई महत्त्व न होना चाहिए।

प्रभाकर राव को धैर्य हुआ। बोले—बस, यही मैं भी कहने वाला था। अगर थोड़ी-सी आर्थिक हानि से एक कुप्रथा का सुधार हो रहा है, तो वह हानि प्रसन्नता से उठा लेनी चाहिए। आप लोग जानते हैं कि हमारी गवर्नमेंट को चीन से अफीम का व्यापार करने में कितना लाभ था। अट्ठारह करोड़ से कुछ अधिक ही हो। पर चीन में अफीम खाने की कुप्रथा मिटाने के लिए सरकार ने इतनी भीषण हानि उठाने में ज़रा भी आगा-पीछा नहीं किया।

कुंवर अनिरुद्धसिंह ने प्रभाकर राव की ओर देखते हुए पूछा—महाशय, आप तो अपनी पत्रिका के सम्पादन में लीन रहते हैं, आपके पास जीवन के आनन्द-लाभ के लिए समय ही कहाँ है? पर हम जैसे बेफिक्रों को तो दिल बहलाव का कोई सामान चाहिए? संध्या का समय तो पोलो खेलने में कट जाता है, दोपहर का समय सोने में और प्रातःकाल अफसरों से भेंट-भांट करने या घोड़े दौड़ाने में व्यतीत हो जाता है। लेकिन संध्या से दस बजे रात तक बैठे-बैठे क्या करेंगे? आप आज यह प्रस्ताव लाए हैं कि वेश्याओं को शहर से निकाल दो, कल को आप कहेंगे कि म्युनिसिपैलिटी के अन्दर कोई आज्ञा लिये बिना नाच, गाना, मुजरा न कराने पाये, तो फिर हमारा रहना कठिन हो जायेगा।

प्रभाकर राव मुस्कुराकर बोले—क्या पोलो और नाच-गाने के सिवा समय काटने का और कोई उपाय नहीं है? कुछ पढ़ा कीजिए।

कुंवर—पढ़ना हम लोगों को मना है। हमको किताब के कीड़े बनने की ज़रूरत नहीं। अपने जीवन में सफलता प्राप्त करने के लिए जिन बातों की ज़रूरत है, उनकी शिक्षा हमको मिल चुकी है। हम फ्रांस और स्पेन का नाच जानते हैं, आपने उनका नाम भी न सुना होगा। प्यानो पर बैठा दीजिए, वह राग अलापूँ कि मोजार्ट लज्जित हो जाये। अंग्रेज़ी रीति-व्यवहार का हमको पूर्ण ज्ञान है। हम जानते हैं कि कौन-सा

समय सोला हैट लगाने का है, कौन-सा पगड़ी का। हम किताबें भी पढ़ते हैं। आप हमारे कमरे में कई-कई आलमारियाँ पुस्तकों से सजी हुई देखेंगे, मगर उन किताबों में चिमटते नहीं। आपके इस प्रस्ताव से हम तो मर मिटेंगे।

कुंवर साहब की हास्य और व्यंग्य से भरी बातों ने दोनों पक्षों का समाधान कर दिया।

डॉक्टर श्यामाचरण ने कुंवर साहब की ओर देख कर कहा—मैं इस विषय में कौंसिल में प्रश्न करने वाला हूँ। जब तक गवर्नमेंट उसका उत्तर न दे, मैं अपना कोई विचार प्रकट नहीं कर सकता।

यह कहकर डॉक्टर महोदय ने अपने प्रश्नों को पढ़कर सुनाया।

रमेशदत्त ने कहा—इन प्रश्नों का कदाचित् गवर्नमेंट कुछ उत्तर न देगी।

डॉक्टर—उत्तर मिले या न मिले, प्रश्न तो हो जायेंगे। इसके सिवा और हम कर ही क्या सकते हैं?

सेठ बलभद्रदास को विश्वास हो गया कि अब अवश्य हमारी विजय होगी। डॉक्टर साहब को छोड़कर सत्रह सम्मतियों में नौ उनके पक्ष में थीं। इसलिए अब वह निरपेक्ष रह सकते थे, जो सभापति का धर्म है। उन्होंने सारगर्भित वक्तृता देते हुए इस प्रस्ताव की मीमांसा की। उन्होंने कहा—सामाजिक विप्लव पर मेरा विश्वास नहीं है। मेरा विचार है कि समाज को जिस सुधार की आवश्यकता होती है, वह स्वयं कर लिया करता है। विदेश-यात्रा, जाति-पाँति के भेद, खान-पान के निरर्थक बन्धन सब-के-सब समय के प्रवाह के सामने सिर झुकाते चले जाते हैं। इस विषय में समाज को स्वच्छंद रखना चाहता हूँ। जिस समय जनता एक स्वर से कहेगी कि हम वेश्याओं को चौक में नहीं देखना चाहते, तो संसार में ऐसी कौन-सी शक्ति है, जो उसकी बात को अनसुनी कर सके?

अन्त में सेठजी ने बड़े भावपूर्ण स्वर में ये शब्द कहे—हमको अपने संगीत पर गर्व है। जो लोग इटली और फ्रांस के संगीत से परिचित हैं, वे भी भारतीय गान के भाव, रस और आनन्दमय शान्ति के कायल हैं, किन्तु काल की गति ! वही संस्था जिसकी जड़ खोदने पर हमारे कुछ सुधारक तुले हुए हैं, इस पवित्र—इस स्वर्गीय धन की अध्यक्षिणी बनी हुई है। क्या आप इस संस्था का सर्वनाश करके अपने पूर्वजों के अमूल्य धन को इस निर्दयता से धूल में मिला देंगे? क्या आप जानते थे कि हममें आज जो जातीय और धार्मिक भाव शेष रह गये हैं, उनका श्रेय हमारे संगीत को है, नहीं तो आज राम, कृष्ण और शिव का कोई नाम भी न जानता! हमारा बड़े-से-बड़ा शत्रु भी हमारे हृदय से जातीयता का भाव मिटाने के लिए इससे अच्छी और कोई चाल नहीं सोच सकता। मैं यह नहीं कहता कि वेश्याओं से समाज को हानि नहीं पहुँचती। कोई भी समझदार आदमी ऐसा कहने का साहस नहीं कर सकता। लेकिन रोग का निवारण मौन से नहीं, दवा से होता है। कोई कुप्रथा उपेक्षा या निर्दयता से

नहीं मिटती। उसका नाश शिक्षा, ज्ञान और दया से होता है। स्वर्ग में पहुँचने के लिए कोई सीधा रास्ता नहीं है। वैतरणी का सामना अवश्य करना पड़ेगा। जो लोग समझते हैं कि वे किसी महात्मा के आशीर्वाद से कूदकर स्वर्ग में जा बैठेंगे, वे उनसे अधिक हास्यास्पद नहीं हैं, जो समझते हैं कि चौक से वेश्याओं को निकाल देने से भारत के सब दुःख-दारिद्रय मिट जायेंगे और चौक से नवीन सूर्य का उदय हो जायेगा।

32

जिस प्रकार कोई आलसी मनुष्य किसी के पुकारने की आवाज़ सुनकर जाग जाता है, किन्तु इधर-उधर देखकर फिर निद्रा में मग्न हो जाता है, उसी प्रकार पंडित कृष्णचन्द्र क्रोध और ग्लानि का आवेश शान्त होने पर अपने कर्तव्य को भूल गये। उन्होंने सोचा, मेरे यहाँ रहने से उमानाथ पर कौन-सा बोझ पड़ रहा है। आधा सेर आटा ही तो खाता हूँ या और कुछ। लेकिन उसी दिन से उन्होंने नीच आदमियों के साथ बैठकर चरस पीना छोड़ दिया। इतनी-सी बात के लिए चारों ओर मारे-मारे फिरना उन्हें अनुपयुक्त मालूम हुआ। अब वह प्रायः बरामदे ही में बैठे रहते और सामने से आने-जाने वाली रमणियों को घूरते। वह प्रत्येक विषय में उमानाथ की हाँ-में-हाँ मिलाते। भोजन करते समय सामने जितना आ जाता खा लेते, इच्छा रहने पर भी कभी कुछ न माँगते। वे उमानाथ से कितनी ही बातें ठकुरसुहाती के लिए करते। उनकी आत्मा निर्बल हो गई थी।

उमानाथ शान्ता के विवाह के सम्बन्ध में जब उनसे कुछ कहते, तो वह बड़े सरल भाव से उत्तर देते—भाई, तुम चाहो जो करो, इसके तुम्हीं मालिक हो। वह अपने मन को समझाते, जब रुपये इनके लग रहे हैं, तो सब काम इन्हीं के इच्छानुसार होने चाहिए।

लेकिन उमानाथ अपने बहनोई की कठोर बातें न भूले। छाले पर मक्खन लगाने से एक क्षण के लिए कष्ट कम हो जाता है, किन्तु फिर ताप की वेदना होने लगती है। कृष्णचन्द्र की आत्मग्लानि से भरी हुई बातें उमानाथ को शीघ्र भूल गई और उनके कृतघ्न शब्द कानों में गूँजने लगे। जब वह सोने गये तो जाह्नवी ने पूछा—आज लालाजी (कृष्णचन्द्र) तुमसे क्यों बिगड़ रहे थे?

उमानाथ ने अन्याय-पीड़ित नेत्रों से कहा—मेरा यश गा रहे थे। कह रहे थे, तुमने मुझे लूट लिया, मेरी स्त्री को मार डाला, मेरी एक लड़की को कुएँ में डाल दिया, दूसरी को दुःख दे रहे हो।

'तो तुम्हारे मुँह में जीभ न थी? कहा होता, क्या मैं किसी को नेवता देने गया था? कहीं तो ठिकाना न था, दरवाज़े-दरवाज़े ठोकरें खाती फिरती थीं। बकरा जी से

गया, खाने वाले को स्वाद ही न मिला। यहाँ लाज ढोते-ढोते मर मिटे, उसका यह फल। इतने दिन थानेदारी की, लेकिन गंगाजली ने कभी भूलकर भी एक डिबिया सिन्दूर न भेजा। मेरे सामने कहा होता, तो ऐसी-ऐसी सुनाती कि दाँत खट्टे हो जाते, दो-दो पहाड़-सी लड़कियाँ गले पर सवार कर दीं, उस पर बोलने को मरते हैं। इनके पीछे फकीर हो गये, उसका यश यह है? अब से अपना पौरा लेकर क्यों नहीं कहीं जाते? काहे को पैर में मेहंदी लगाए बैठे हैं।'

'अब तो जाने को कहते हैं। सुमन का पता भी पूछा था।'

'तो क्या अब बेटी के सिर पड़ेंगे? वाह रे बेहया!'

'नहीं, ऐसा क्या करेंगे। शायद दो-एक दिन वहाँ ठहरें।'

'कहाँ की बात, इनसे अब कुछ न होगा। इनकी आँखों का पानी मर गया, जाके उसी के सिर पड़ेंगे, मगर देख लेना, वहाँ एक दिन भी निबाह न होगा।'

अब तक उमानाथ ने सुमन के आत्मपतन की बात जाह्नवी से छिपाई थी। वह जानते थे कि स्त्रियों के पेट में बात नहीं पचती। यह किसी-न-किसी से अवश्य ही कह देगी और बात फैल जायेगी। जब जाह्नवी के स्नेह व्यवहार से वह प्रसन्न होते, तो उन्हें उससे सुमन की कथा कहने की बड़ी तीव्र आकांक्षा होती। हृदयसागर में तरंगें उठने लगतीं, लेकिन परिणाम को सोचकर रुक जाते थे। आज कृष्णचन्द्र की कृतघ्नता और जाह्नवी की स्नेहपूर्ण बातों ने उमानाथ को निःशंक कर दिया, पेट में बात न रुक सकी। जैसे किसी नाली में रुकी हुई वस्तु भीतर से पानी का बहाव पाकर बाहर निकल पड़े। उन्होंने जाह्नवी को सारी कथा बयान कर दी। जब रात को उनकी नींद खुली तो उन्हें अपनी भूल दिखाई दी, पर तीर कमान से निकल चुका था। जाह्नवी ने अपने पति को वचन दिया तो था कि यह बात किसी से न कहूँगी, पर अपने हृदय पर एक बोझ-सा रखा मालूम होता था। उसका किसी काम में मन न लगता था। वह उमानाथ पर झुँझलाती थी कि कहाँ से उन्होंने मुझसे यह बात कही। उसे सुमन से घृणा न थी, क्रोध न था, केवल एक कौतूहलजनक बात कहने की, मानव-हृदय की मीमांसा करने की सामग्री मिलती थी। स्त्री-शिक्षा के विरोध में कैसा अच्छा प्रमाण हाथ में आ गया। जाह्नवी इस आनन्द से अपने को बहुत दिनों तक वंचित न रख सकी। यह असम्भव था। यह उन दो-एक साध्वी स्त्रियों के साथ विश्वासघात था, जो अपने घर का रत्ती-रत्ती समाचार उससे कह दिया करती थीं। इसके अतिरिक्त यह जानने की उत्सुकता भी कुछ कम न थी कि अन्य स्त्रियाँ इस विषय की कैसी आलोचना करती हैं। जाह्नवी कई दिनों तक अपने मन को रोकती रही। एक दिन कुबेर पंडित की पत्नी सुभागी ने आकर जाह्नवी से कहा—जीजी, आज एकादशी है, गंगा नहाने चलोगी।

सुभागी का जाह्नवी से बहुत मेल था। जाह्नवी बोली—चलती तो, पर यहाँ तो द्वार पर यमदूत बैठा है, उसके मारे कहीं हिलने पाती हूँ?

सुभागी—बहन, इनकी बातें तुमसे क्या कहूँ, लाज आती है। मेरे घर वाले सुन लें, तो सिर काटने पर उतारू हो जायें। कल मेरी बड़ी लड़की को सुना-सुनाकर न जाने कौन कविता पढ़ रहे थे। आज सवेरे मैंने दोनों को कुएँ पर हँसते देखा। बहन, तुमसे कौन पर्दा है? कोई बात हो जायेगी तो सारी बिरादरी की नाक कटेगी? यह बूढ़े हुए, इन्हें ऐसा चाहिए? मेरी लड़की सुमन से दो-एक साल बड़ी होगी और क्या? भला साली होती, तो एक बात थी। वह तो उनकी भी बेटी ही होती है। इनको इतना भी विचार नहीं है। कहीं पंडित सुन लें, तो खून-खराबा हो जाये। तुमसे कहती हूँ, किसी तरह आड़ में बुलाकर उन्हें समझा दो।

अब जाह्नवी से न रहा गया। उसने सुमन का सारा चरित्र खूब नमक-मिर्च लगाकर सुभागी से बयान किया। जब कोई हमसे अपना भेद खोल देता है, तो हम उससे अपना भेद गुप्त नहीं रख सकते।

दूसरे ही दिन कुबेर पंडित ने अपनी लड़की को सुसराल भेज दिया और मन में निश्चय किया कि इस अपमान का बदला अवश्य लूँगा।

33

सदन के विवाह का दिन आ गया। चुनार से बारात अमोला चली। उसकी तैयारियों का वर्णन करना व्यर्थ है। जैसी अन्य बारातें होती हैं, वैसी ही यह भी थीं। वैभव और दरिद्रता का अत्यन्त करुणात्मक दृश्य था। पालकियों पर कारचोबी के परदे पड़े हुए थे, लेकिन कहारों की वर्दियाँ फटी हुईं और बेडौल थीं। गंगाजमुनी सोटे और बल्लम फटेहाल मजदूरों के हाथों में बिल्कुल शोभा नहीं देते थे।

अमोला यहाँ से कोई दस कोस था। रास्ते में एक नदी पड़ती थी। बारात नावों पर उतरी। मल्लाहों से खेवे के लिए घंटों सिरमगजन हुआ, तब कहीं जाकर उन्होंने नावें खोलीं। मदनसिंह ने बिगड़ कर कहा—न हुए तुम लोग हमारे गाँव में, नहीं तो इतनी बेगार लेता कि याद करते। लेकिन पद्मसिंह मल्लाहों की इस ढिठाई पर मन में प्रसन्न थे। उन्हें इसमें मल्लाहों का सच्चा प्रेम दिखाई देता था।

संध्या समय बारात अमोला पहुँची। पद्मसिंह के मोहर्रिर ने वहाँ पहले से ही शामियाना खड़ा कर रखा था। छोलदारियाँ भी लगी हुई थीं। शामियाना झाड़, फानूस और हाँडियों से सुसज्जित था। कारचोबी, मसनद, गावतकिए और इत्रदान आदि अपने-अपने स्थान पर रखे हुए थे। धूम थी कि नाच के कई डेरे आये हैं।

द्वार-पूजा हुई, उमानाथ कंधे पर एक अंगोछा डाले हुए बारात का स्वागत करते थे। गाँव की स्त्रियाँ दालान में खड़ी मंगलाचरण गाती थीं। बाराती लोग यह देखने की चेष्टा कर रहे थे कि इनमें से कौन सबसे सुन्दर है। स्त्रियाँ भी मुस्कुरा-मुस्कुराकर

उन पर नयनों की कटार चला रही थीं। जाह्नवी उदास थी, वह मन में सोच रही थी कि यह घर मेरी चन्द्रा को मिलता तो अच्छा होता। सुभागी यह जानने के लिए उत्सुक थी कि समधी कौन हैं। कृष्णचन्द्र सदन के चरणों की पूजा कर रहे थे और मन में शंका कर रहे थे कि यह कौन-सा उल्टा रिवाज है। मदनसिंह ध्यान से देख रहे थे कि थाल में कितने रुपये हैं।

बारात जनवासे को चली। रसद का सामान बँटने लगा। चारों ओर कोलाहल होने लगा। कोई कहता था, मुझे घी कम मिला, कोई गोहार लगाता था कि मुझे उपले नहीं दिए गये। लाला बैजनाथ शराब के लिए जिद कर रहे थे।

सामान बँट चुका, तो लोगों ने उपले जलाए और हाँडियाँ चढ़ाईं। धुएँ से गैस का प्रकाश पीला पड़ गया।

सदन मसनद लगाकर बैठा। महफिल सज गई। काशी के संगीत-समाज ने श्याम-कल्याण की धुन छेड़ी।

सहस्रों मनुष्य शामियाने के चारों ओर खड़े थे। कुछ लोग मिर्जई पहने, पगड़ी बाँधे फर्श पर बैठे थे। लोग एक-दूसरे से पूछते थे कि डेरे कहाँ हैं? कोई इस छोलदारी में झाँकता था, कोई उस छोलदारी में और कौतूहल से कहता था, कैसी बारात है कि एक डेरा भी नहीं, कहाँ के कंगले हैं। यह बड़ा-सा शामियाना काहे को खड़ा कर रखा है। मदनसिंह ये बातें सुन-सुनकर मन में पद्मसिंह के ऊपर कुड़बुड़ा रहे थे और पद्मसिंह लज्जा और भय के मारे उनके सामने न आ सकते थे।

इतने में लोगों ने शामियाने पर पत्थर फेंकना शुरू किया। लाला बैजनाथ उठ कर छोलदारी में भागे। कुछ लोग उपद्रवकारियों को गाली देने लगे। एक हलचल-सी मच गई। कोई इधर भागता, कोई उधर, कोई गाली बकता था, कोई मारपीट करने पर उतारू था। अकस्मात् एक दीर्घकाय पुरुष सिर मुड़ाए, भस्म रमाए, हाथ में एक त्रिशूल लिये आकर महफिल में खड़ा हो गया। उसके लाल नेत्र दीपक के समान जल रहे थे और मुख-मंडल में प्रतिभा की ज्योति स्फुटित हो रही थी। महफिल में सन्नाटा छा गया। सब लोग आँखें फाड़-फाड़कर महात्मा की ओर ताकने लगे। यह साधु कौन है? कहाँ से आ गया?

साधु ने त्रिशूल ऊँचा किया और तिरस्कारपूर्ण स्वर से बोला—हा शोक ! यहाँ कोई नाच नहीं, कोई वेश्या नहीं, सब बाबा लोग उदास बैठे हैं। श्याम-कल्याण की धुन कैसी है, पर कोई नहीं सुनता, किसी के कान नहीं, सब लोग वेश्या का नाच देखना चाहते हैं। या तो उन्हें नाच दिखाओ या अपने सर तुड़वाओ। चलो, मैं नाच दिखाऊँ, देवताओं का नाच देखना चाहते हो? देखो, सामने वृक्ष की पत्तियों पर निर्मल चन्द्र की किरणें कैसी नाच रही हैं। देखो, तालाब में कमल के फूल पर पानी की बूँदें कैसी नाच रही हैं। जंगल में जाकर देखो, मोर पर फैलाए कैसा नाच रहा है! क्यों, यह देवताओं का नाच पसन्द नहीं है? अच्छा चलो, पिशाचों का नाच दिखाऊँ।

तुम्हारा पड़ोसी दरिद्र किसान जमींदार के जूते खाकर कैसा नाच रहा है! तुम्हारे भाइयों के अनाथ बालक क्षुधा से बावले होकर कैसे नाच रहे हैं! अपने घर में देखो, विधवा भावज की आँखों में शोक और वेदना के आँसू कैसे नाच रहे हैं! क्या यह नाच देखना पसन्द नहीं? तो अपने मन को देखो, कपट और छल कैसा नाच रहा है! सारा संसार नृत्यशाला है। उसमें लोग अपना-अपना नाच नाच रहे हैं। क्या यह देखने के लिए तुम्हारी आँखें नहीं हैं? आओ, मैं तुम्हें शंकर का तांडव नृत्य दिखाऊँ। किन्तु तुम वह नृत्य देखने योग्य नहीं हो। तुम्हारी काम-तृष्णा को इस नाच का क्या आनन्द मिलेगा! हा! अज्ञान की मूर्तियो! हा! विषयभोग के सेवको! तुम्हें नाच का नाम लेते लज्जा नहीं आती! अपना कल्याण चाहते हो तो इस रीति को मिटाओ। कुवासना को तजो, वेश्या-प्रेम का त्याग करो।

सब लोग मूर्तिवत् बैठे महात्मा की उन्मत्त वाणी सुन रहे थे कि इतने में वह अदृश्य हो गये और सामने वाले आम के वृक्षों की आड़ से उनके मधुर गान की ध्वनि सुनाई देने लगी। धीरे-धीरे वह भी अंधकार में विलीन हो गई, जैसे रात्रि में चिन्ता रूपी नाव निद्रासागर में विलीन हो जाती है। जैसे जुआरियों का जत्था पुलिस के अधिकारी को देखकर सन्नाटे में आ जाता है, कोई रुपये-पैसे समेटने लगता है, कोई कौड़ियों को छिपा लेता है, उसी प्रकार साधु के आकस्मिक आगमन, उनके तेजस्वी स्वरूप और अलौकिक उपदेशों ने लोगों को एक अव्यक्त अनिष्ट के भय से शंकित कर दिया। उपद्रवी दुर्जनों ने चुपके से घर की राह ली और जो लोग महफिल में बैठे अधीर हो रहे थे और मन में पछता रहे थे कि व्यर्थ यहाँ आये, वे ध्यानपूर्वक गाना सुनने लगे। कुछ सरल हृदय मनुष्य महात्मा के पीछे दौड़े, पर उनका कहीं पता न मिला।

पंडित मदनसिंह अपनी छोलदारी में बैठे हुए गहने-कपड़े सहेज रहे थे कि मुंशी बैजनाथ दौड़े हुए आये और बोले—भैया! अनर्थ हो गया। आपने यहाँ नाहक ब्याह किया।

मदनसिंह ने चकित होकर पूछा—क्यों, क्या हुआ, क्या कुछ गड़बड़ है?

'हाँ, अभी इसी गाँव का एक आदमी मुझसे मिला था, उसने इन लोगों की ऐसी कलई खोली कि मेरे होश उड़ गये।'

'क्या यह लोग नीच कुल के हैं?'

'नीच कुल के तो नहीं हैं, लेकिन मामला कुछ गड़बड़ है। कन्या का पिता हाल में जेलखाने से छूटकर आया है और कन्या की एक बहन वेश्या हो गई है। दालमंडी में जो सुमनबाई है, वह इसी कन्या की सगी बहन है।'

मदनसिंह को मालूम हुआ कि वह किसी पेड़ पर से फिसल पड़े। आँखें फाड़कर बोले—वह आदमी इन लोगों का कोई बैरी तो नहीं? विघ्न डालने के लिए लोग बहुधा झूठमूठ कलंक लगा दिया करते हैं।

पद्मसिंह—हाँ, ऐसी ही बात मालूम होती है।

बैजनाथ—जी नहीं, वह तो कहता था, मैं उन लोगों के मुँह पर कह दूँ।

मदनसिंह—तो क्या लड़की उमानाथ की नहीं है?

बैजनाथ—जी नहीं, उनकी भांजी है। वह जो एक बार थानेदार पर मुकदमा चला था, वही थानेदार उमानाथ के बहनोई हैं, कई महीनों से छूटकर आये हैं।

मदनसिंह ने माथा पकड़कर कहा—ईश्वर! तुमने कहाँ लाकर फँसाया?

पद्मसिंह—उमानाथ को बुलाना चाहिए।

इतने में पंडित उमानाथ स्वयं एक नाई के साथ आते हुए दिखाई दिए। वधू के लिए गहने-कपड़े की ज़रूरत थी। ज्योंही वह छोलदारी के द्वार पर आकर खडे। हुए कि मदनसिंह ज़ोर से झपटे और उनके दोनों हाथ पकड़कर झकझोरते हुए बोले—क्योंजी तिलकधारी महाराज, तुम्हें संसार में और कोई न मिलता था कि तुमने अपने मुख की कालिख मेरे मुँह लगाई?

बिल्ली के पंजे में फँसे हुए चूहे की तरह दीन भाव से उमानाथ ने उत्तर दिया—महाराज, मुझसे कौन-सा अपराध हुआ है?

मदनसिंह—तुमने वह कर्म किया है कि अगर तुम्हारा गला काट लूँ, तो भी पाप न लगे। जिस कन्या की बहन पतिता हो जाये, उसके लिए तुम्हें मेरा ही घर ताकना था।

उमानाथ ने दबी हुई आवाज़ से कहा—महाराज, शत्रु-मित्र सब किसी के होते हैं। अगर किसी ने कुछ कलंक की बात कही हो तो आपको उस पर विश्वास न करना चाहिए। उस आदमी को बुलवाइए। जो कुछ कहना हो, मेरे मुँह पर कहे।

पद्मसिंह—हाँ, ऐसा होना बहुत सम्भव है। उस आदमी को बुलाना चाहिए।

मदनसिंह ने भाई की ओर कड़ी निगाह से देखकर कहा—तुम क्यों बोलते हो जी। (उमानाथ से) सम्भव है, तुम्हारे शत्रु ही ने कहा हो, लेकिन बात सच्ची है या नहीं?

'कौन बात?'

'यही कि सुमन कन्या की सगी बहन है।'

उमानाथ का चेहरा पीला पड़ गया। लज्जा से सिर झुक गया। नेत्र ज्योतिहीन हो गये। बोले—महाराज नहीं···और उनके मुख से कुछ न निकला।

मदनसिंह ने गरजकर कहा—स्पष्ट क्यों नहीं बोलते? यह बात सच है या झूठ?

उमानाथ ने फिर उत्तर देना चाहा, किन्तु 'महाराज' के सिवा और कुछ न कह सके।

मदनसिंह को अब कोई संदेह न रहा। क्रोध की अग्नि प्रचंड हो गई। आँखों से ज्वाला निकलने लगी। शरीर काँपने लगा। उमानाथ की ओर आग्नेय दृष्टि से ताककर बोले—अब अपना कल्याण चाहते हो, तो मेरे सामने से हट जाओ। धूर्त,

दगाबाज, पाखंडी कहीं का! तिलक लगाकर पंडित बना फिरता है, चांडाल! अब तेरे द्वार पर पानी न पिऊँगा। अपनी लड़की को जंतर बनाकर गले में पहन—यह कहकर मदनसिंह उठे और उस छोलदारी में चले गये जहाँ सदन पड़ा सो रहा था और ज़ोर से चिल्लाकर कहारों को पुकारा।

उनके जाने पर उमानाथ पद्मसिंह से बोले—महाराज, किसी प्रकार पंडितजी को मनाइए। मुझे कहीं मुँह दिखाने को जगह न रहेगी। सुमन का हाल तो आपने सुना ही होगा। उस अभागिन ने मेरे मुँह में कालिख लगा दी। ईश्वर की यही इच्छा थी, पर अब गड़े हुए मुर्दे को उखाड़ने से क्या लाभ होगा? आप ही न्याय कीजिए, मैं इस बात को छिपाने के सिवा और क्या करता? इस कन्या का विवाह तो करना ही था। वह बात छिपाए बिना कैसे बनता? आपसे सत्य कहता हूँ कि मुझे यह समाचार सम्बन्ध ठीक हो जाने के बाद मिला।

पद्मसिंह ने चिन्तित स्वर से कहा—भाई साहब के कान में बात न पड़ी होती, तो यह सब कुछ न होता। देखिए, मैं उनके पास जाता हूँ, पर उनका राज़ी होना कठिन मालूम होता है।

मदनसिंह कहारों से चिल्लाकर कह रहे थे कि जल्द यहाँ से चलने की तैयारी करो। सदन भी अपने कपड़े समेट रहा था। उसके पिता ने सब हाल उससे कह दिया था।

इतने में पद्मसिंह ने आकर आग्रहपूर्वक कहा—भैया, इतनी जल्दी न कीजिए। ज़रा सोच-समझकर काम कीजिए। धोखा तो हो ही गया, पर यों लौट चलने में तो और भी जग-हँसाई है।

सदन ने चाचा की ओर अवहेलना की दृष्टि से देखा और मदनसिंह ने आश्चर्य से।

पद्मसिंह—दो-चार आदमियों से पूछ देखिए, क्या राय है?

मदनसिंह—क्या कहते हो, क्या जान-बूझकर जीती मक्खी निगल जाऊँ?

पद्मसिंह—इसमें कम-से-कम जग-हँसाई तो न होगी।

मदनसिंह—तुम अभी लड़के हो, ये बातें न जानो? जाओ, लौटने का सामान करो। इस वक्त जग-हँसाई अच्छी है। कुल में सदा के लिए कलंक तो न लगेगा।

पद्मसिंह—लेकिन यह तो विचार कीजिए कि कन्या की क्या गति होगी। उसने क्या अपराध किया है?

मदनसिंह ने झिड़ककर कहा—तुम हो निरे मूर्ख। चलकर डेरे लदाओ। कल को कोई बात पड़ जायेगी, तो तुम्हीं गालियाँ दोगे कि रुपये पर फिसल पड़े। संसार के व्यवहार में वकालत से काम नहीं चलता।

पद्मसिंह ने कातर नेत्रों से देखते हुए कहा—मुझे आपकी आज्ञा से इनकार नहीं है, लेकिन शोक है कि इस कन्या का जीवन नष्ट हो जायेगा।

मदनसिंह—तुम खामख्वाह क्रोध दिलाते हो। लड़की का मैंने ठेका लिया है? जो कुछ उसके भाग्य में बदा होगा, वह होगा। मुझे इससे क्या प्रयोजन?

पद्मसिंह ने नैराश्यपूर्ण भाव से कहा—सुमन का आना-जाना बिल्कुल बन्द है। इन लोगों ने उसे त्याग दिया है।

मदनसिंह—मैंने तुम्हें कह दिया कि मुझे गुस्सा न दिलाओ। तुम्हें ऐसी बात मुझसे कहते हुए लज्जा नहीं आती? बड़े सुधारक की दुम बने हो। एक हरजाई की बहन से अपने बेटे का ब्याह कर लूँ! छिः-छिः, तुम्हारी बुद्धि कैसे भ्रष्ट हो गई।

पद्मसिंह ने लज्जित होकर सिर झुका लिया। उनका मन कह रहा था कि भैया इस समय जो कुछ कह रहे हैं, वही ऐसी अवस्था में मैं भी करता। लेकिन भयंकर परिणाम का विचार करके उन्होंने एक बार फिर बोलने का साहस किया। जैसे कोई परीक्षार्थी गजट में अपना नाम न पाकर निराश होते हुए भी शोध-पत्र की ओर लपकता है, उसी प्रकार अपने को धोखा देकर पद्मसिंह भाई साहब से दबते हुए बोले—सुमनबाई भी अब विधवाश्रम में चली गई है।

पद्मसिंह सिर नीचा किए बातें कर रहे थे। भाई से आँखें मिलाने का हौसला न होता था। यह वाक्य मुँह से निकला ही था कि अकस्मात् मदनसिंह ने ज़ोर से धक्का दिया कि वह लड़खड़ाकर गिर पड़े। चौंककर सिर उठाया, मदनसिंह खड़े क्रोध से काँप रहे थे! तिरस्कार के वे कठोर शब्द जो उनके मुँह से निकलने वाले थे, पद्मसिंह को भूमि पर गिरते देखकर पश्चात्ताप से दब गये थे। मदनसिंह की इस समय वही दशा थी, जब क्रोध में मनुष्य अपना ही मांस काटने लगता है।

यह आज जीवन में पहला अवसर था कि पद्मसिंह ने भाई के हाथों धक्का खाया। सारी बाल्यावस्था बीत गई, बड़े-बड़े उपद्रव किए, पर भाई ने कभी हाथ न उठाया। वह बच्चों के सदृश रोने लगे, सिसकते थे, हिचकियाँ लेते थे, पर हृदय में लेशमात्र भी क्रोध न था। केवल यह दुःख था कि जिसने सर्वदा प्यार किया, कभी कड़ी बात नहीं कही, उसे आज मेरे दुराग्रह से ऐसा दुःख पहुँचा। यह हृदय में जलती हुई अग्नि की ज्वाला है, यह लज्जा, अपमान और आत्मग्लानि का प्रत्यक्ष स्वरूप है, यह हृदय में उमड़े हुए शोक-सागर का उद्वेग है। सदन ने लपककर पद्मसिंह को उठाया और अपने पिता की ओर क्रोध से देखकर कहा—आप तो जैसे बावले हो गये हैं।

इतने में कई आदमी आ गये और पूछने लगे—महाराज, क्या बात हुई है? बारात को लौटाने का हुकुम क्यों देते हैं? ऐसा कुछ करो कि दोनों ओर की मर्यादा बनी रहे, अब उनकी और आपकी इज़्ज़त एक है। लेन-देन में कुछ कोर-कसर हो, तो तुम्हीं दब जाओ, नारायण ने तुम्हें क्या नहीं दिया है। इनके धन से थोड़े ही धनी हो जाओगे? मदनसिंह ने कुछ उत्तर नहीं दिया।

महफिल में खलबली पड़ गई। एक दूसरे से पूछता था, यह क्या बात है? छोलदारी के द्वार पर आदमियों की भीड़ बढ़ती ही जाती थी।

महफिल में कन्या की ओर के भी कितने ही आदमी थे। वह उमानाथ से पूछने लगे—भैया, ये लोग क्यों बारात लौटाने पर उतारू हो रहे हैं? जब उमानाथ ने कोई संतोषजनक उत्तर न दिया, तो वे सब-के-सब आकर मदनसिंह से विनती करने लगे—महाराज, हमसे ऐसा क्या अपराध हुआ है? और जो दंड चाहे दीजिए, पर बारात न लौटाइए, नहीं तो गाँव बदनाम हो जायगा। मदनसिंह ने उनसे केवल इतना कहा—इसका कारण उमानाथ से पूछो, वही बतलाएँगे।

पंडित कृष्णचन्द्र ने जब से सदन को देखा था, आनन्द से फूले न समाते थे। विवाह का मुहूर्त निकट था। वह वर आने की राह देख रहे थे कि इतने में कई आदमियों ने आकर उन्हें खबर दी। उन्होंने पूछा—क्यों लौटे जाते हैं? क्या उमानाथ से कोई झगड़ा हो गया है?

लोगों ने कहा—हमें यह नहीं मालूम, उमानाथ तो वहीं खड़े मना रहे हैं।

कृष्णचन्द्र झल्लाए हुए बारात की ओर चले। बारात का लौटना क्या लड़कों का खेल है? यह कोई गुड्डे-गुड्डी का ब्याह है क्या? अगर विवाह नहीं करना था, तो यहाँ बारात क्यों लाए? देखता हूँ, कौन बारात को फेर ले जाता है? खून की नदी बहा दूँगा। कृष्णचन्द्र अपने साथियों से ऐसी ही बातें करते, कदम बढ़ाते हुए जनवासे में पहुँचे और ललकारकर बोले—कहाँ हैं पंडित मदनसिंह? महाराज, ज़रा बाहर आइए।

मदनसिंह यह ललकार सुनकर बाहर निकल आये और दृढ़ता के साथ बोले—कहिए, क्या कहना है?

कृष्णचन्द्र—आप बारात क्यों लौटाए लिए जाते हैं?

मदनसिंह—अपना मन! हमें विवाह नहीं करना है।

कृष्णचन्द्र—आपको विवाह करना होगा। यहाँ आकर आप ऐसे नहीं लौट सकते।

मदनसिंह—आपको जो करना हो, कीजिए। हम विवाह नहीं करेंगे।

कृष्णचन्द्र—कोई कारण?

मदनसिंह—कारण क्या आप नहीं जानते?

कृष्णचन्द्र—जानता तो आपसे क्यों पूछता?

मदनसिंह—तो पंडित उमानाथ से पूछिए।

कृष्णचन्द्र—मैं आपसे पूछता हूँ?

मदनसिंह—बात दबी रहने दीजिए। मैं आपको लज्जित नहीं करना चाहता।

कृष्णचन्द्र—अच्छा समझा, मैं जेलखाने हो आया हूँ। यह उसका दंड है। धन्य है आपका न्याय।

मदनसिंह—इस बात पर बारात नहीं लौट सकती थी।

कृष्णचन्द्र—तो उमानाथ से विवाह का कर देने में कुछ कसर हुई होगी?

मदनसिंह—हम इतने नीच नहीं हैं।

कृष्णचन्द्र—फिर ऐसी कौन-सी बात है?

मदनसिंह—हम कहते हैं, हमसे न पूछिए।

कृष्णचन्द्र—आपको बतलाना पड़ेगा। दरवाज़े पर बारात लाकर उसे लौटा ले जाना क्या आपने लड़कों का खेल समझा है? यहाँ खून की नदी बह जायेगी। आप इस भरोसे में न रहिएगा।

मदनसिंह—इसकी हमको चिन्ता नहीं है। हम यहाँ मर जायेंगे, लेकिन आपकी लड़की से विवाह न करेंगे। आपके यहाँ अपनी मर्यादा खोने नहीं आये हैं?

कृष्णचन्द्र—तो क्या हम आपसे नीच हैं?

मदनसिंह—हाँ, आप हमसे नीच हैं।

कृष्णचन्द्र—इसका कोई प्रमाण?

मदनसिंह—हाँ, है।

कृष्णचन्द्र—तो उसको बताने में आपको क्यों संकोच होता है?

मदनसिंह—अच्छा, तो सुनिए, मुझे दोष न दीजिएगा। आपकी लड़की सुमन जो इस कन्या की सगी बहन है, पतिता हो गई है। आपका जी चाहे, तो उसे दालमंडी में देख आइए।

कृष्णचन्द्र ने अविश्वास की चेष्टा करके कहा—यह बिल्कुल झूठ है। पर क्षण-मात्र में उन्हें याद आ गया कि जब उन्होंने उमानाथ से सुमन का पता पूछा था, तो उन्होंने टाल दिया था; कितने ही ऐसे कटाक्षों का अर्थ समझ में आ गया, जो जाह्नवी बात-बात में उन पर करती रहती थी। विश्वास हो गया और उनका सिर लज्जा से झुक गया। वह अचेत होकर भूमि पर गिर पड़े। दोनों तरफ़ के सैकड़ों आदमी वहाँ खड़े थे, लेकिन सब-के-सब सन्नाटे में आ गये। इस विषय में किसी को मुँह खोलने का साहस नहीं हुआ।

आधी रात होते-होते डेरे-खेमे सब उखड़ गये। उस बगीचे में अंधकार छा गया। गीदड़ों की सभा होने लगी और उल्लू बोलने लगे।

34

विट्ठलदास ने सुमन को विधवाश्रम में गुप्त रीति से रखा था। प्रबन्धकारिणी सभा के किसी भी सदस्य को इत्तिला न दी थी। आश्रम की विधवाओं से उसे विधवा बताया था। लेकिन अबुलवफा जैसे टोहियों से यह बात बहुत दिनों तक गुप्त न रही। उन्होंने हिरिया को ढूँढ़ निकाला और उससे सुमन का पता पूछ लिया। तब अपने अन्य रसिक मित्रों को भी इसकी सूचना दे दी। इसका परिणाम यह हुआ कि उन सज्जनों की आश्रम पर विशेष रीति से कृपादृष्टि होने लगी। कभी सेठ चिम्मनलाल आते, कभी सेठ बलभद्रदास, कभी पंडित दीनानाथ विराजमान हो जाते। इन महानुभावों को अब

आश्रम की सफाई और सजावट, उसकी आर्थिक दशा, उसके प्रबन्ध आदि विषयों से अद्भुत सहानुभूति हो गई थी। रात-दिन आश्रम की शुभकामना में मग्न रहते थे।

विट्ठलदास बड़े संकट में पड़े हुए थे। कभी विचार करते कि इस पद से इस्तीफा दे दूँ। क्या मैंने ही इस आश्रम का ज़िम्मा लिया है? कमेटी में और कितने ही मनुष्य हैं, जो इस काम को सँभाल सकते हैं। वह जैसा उचित समझेंगे, इसका प्रबन्ध करेंगे, मुझे अपनी आँखों से तो यह अत्याचार न देखना पड़ेगा। कभी सोचते, क्यों न एक दिन इन दुराचारियों को फटकारूँ? फिर जो कुछ होगा, देखा जायेगा। लेकिन जब शान्त चित्त होकर देखते, तो उन्हें सब्र से काम लेने के सिवा और कोई उपाय न सूझता। हाँ, उन लोगों से बड़ी रुखाई से बातचीत करते, उनके प्रस्तावों की उपेक्षा किया करते और अपने भावों से यह प्रकट करना चाहते थे कि मुझे तुम लोगों का यहाँ आना असह्य है। किन्तु गरज के बावले मनुष्य देखकर भी अनदेखी कर जाते हैं। दोनों सेठ विनय और शील की साक्षात् मूर्ति बन जाते। तिवारीजी ऐसे सरल बन जाते, मानो उन्हें कभी क्रोध आ ही नहीं सकता। इस कूटनीति के आगे विट्ठलदास की अक्ल कुछ काम न करती!

एक दिन प्रातःकाल विट्ठलदास इन्हीं चिन्ताओं में बैठे हुए थे कि एक फिटन आश्रम के द्वार पर आकर रुकी। उसमें से कौन लोग उतरे? अबुलवफा और अब्दुललतीफ।

विट्ठलदास मन में तिलमिलाकर रह गये। अभी सेठों ही का रोना था कि एक और बला आ पड़ी। जी में तो आया कि दोनों को दुत्कार दूँ, पर धैर्य से काम लिया।

अबुलवफा ने कहा—आदाब अर्ज है, बन्दानवाज। आज कुछ तबीयत परेशान है क्या? वल्लाह आपका ईसार देखकर रूह को सरूर हो जाता है। खुशनसीब है कौम, जिसमें आप जैसे खादिम मौजूद हैं। एक हमारी खुदगरज, खुशनुमा कौम है, जिसे इन बातों का एहसास ही नहीं। जो लोग बड़े नेकनाम हैं, वह भी गरज से पाक नहीं, क्यों मुंशी अब्दुललतीफ साहब?

अब्दुललतीफ—जनाब, हमारी कौम की कुछ न कहिए ! खुदगरज, खुदफरोश, खुदमतलब, कजफहम, कजरौ, कजबीं जो कहिए, थोड़ा है। बड़ों-बड़ों को देखिए, रंगे हुए सियार हैं, रिया का जामा पहने हुए। आपको जात मसदरे बरकात है। ऐसा मालूम होता है कि खुदाताला ने मलायक में से इंतखाब करके आपको इस खुशनसीब कौम पर नाजिल किया है।

अबुलवफा—आपकी पाकनफसी दिलों पर खामख्वाह असर डालती है। क्यों आपके यहाँ कुछ सोजनकारी और बेलबूटे के काम तो होते ही होंगे? मेरे एक दोस्त ने सोजनकारी की कई दर्जन चादरों की फरमाइश लिख भेजी है। हालाँकि शहर में कई जगह यह काम होता है, लेकिन मैंने यह खयाल किया कि आश्रम को प्राइवेट काम करने वालों पर तरजीह होनी चाहिए। आपके यहाँ कुछ नमूने मौजूद हों, तो दिखाने की तकलीफ कीजिए।

विट्ठलदास—मेरे यहाँ ये सब काम नहीं होते।

अबुलवफा—मगर होने की ज़रूरत है। आप दरियाफ्त कीजिए, कुछ मस्तूरात ज़रूर यह काम जानती होंगी। हमें ऐसी कोई उजलत नहीं है, फिर हाजिर होंगे। एक, दो, चार, दस बार आने में हमको इंकार नहीं है। आप अपना सब कुछ निसार कर रहे हैं, तो क्या मुझसे इतना भी न होगा? मैं इन मुआमलों में कौमी तफरीक मुनासिब नहीं समझता।

विट्ठलदास—मैं इस मेहरबानी के लिए आपका मशकूर हूँ। लेकिन कमेटी ने यह फैसला कर दिया है कि यहाँ इस किस्म का कोई काम न कराया जाये। इस वजह से मजबूर हूँ।

यह कहकर विट्ठलदास उठ खड़े हुए। अब दोनों सज्जनों को लौट जाने के सिवा और कोई उपाय न सूझा। मन में विट्ठलदास को गालियाँ देते हुए फिटन में सवार हो गये।

लेकिन अभी फिटन की आवाज़ कान में आ रही थी कि सेठ चिम्मनलाल की मोटरकार आ पहुँची। सेठजी शान से उतरे। विट्ठलदास से हाथ मिलाया और बोले—क्यों बाबू साहब! नाटक के विषय में आपने क्या राय की? शकुंतला नाटक भर्थरी का सबसे उत्तम ग्रन्थ है। इसे अंग्रेज़ बहुत पसन्द करते हैं। ज़रूर खेलिए। कुछ पार्ट याद कराए हों, तो मैं भी सुनूँ।

कभी-कभी कठिनता में हमको ऐसी चालें सूझ जाती हैं, जो सोचने से ध्यान में नहीं आतीं। विट्ठलदास ने सोचा था कि इन सेठजी से कैसे पिंड छुड़ाऊँ, लेकिन कोई उपाय न सूझा। इस समय अकस्मात् उन्हें एक बात सूझ गई। बोले—जी नहीं, इस नाटक के खेलने की सलाह नहीं हुई। मैंने इस मुआमिले में बड़े साहब से राय ली थी। उन्होंने मना कर दिया। समझ में नहीं आता ये लोग पॉलिटिक्स का क्या अर्थ लगाते हैं! आज बातों-ही-बातों में मैंने बड़े साहब से आश्रम के लिए कुछ वार्षिक सहायता की प्रार्थना की, तो क्या बोले कि मैं पॉलिटिकल कार्यों में सहायता नहीं दे सकता। मैं उनकी बात सुनकर चकित हो गया। पूछा, आप आश्रम को किस विचार से पॉलिटिकल संस्था समझते हैं। इसका केवल यह उत्तर दिया कि मैं इसका उत्तर नहीं देना चाहता।

चिम्मनलाल के मुख पर हवाइयाँ उड़ने लगीं। बोले—तो साहब ने आश्रम को भी पॉलिटिकल समझ लिया है!

विट्ठलदास—जी हाँ, साफ कह दिया।

चिम्मनलाल—तो क्यों महाशय, जब उनका यह विचार है, तो यहाँ आने-जाने वालों की देखभाल भी अवश्य होती होगी?

विट्ठलदास—जी हाँ, और क्या? लेकिन इससे क्या होता है? जिन्हें जाति से प्रेम है, वे इन बातों से कब डरते हैं?

चिम्मनलाल—जी नहीं, मैं उन जाति-प्रेमियों में से नहीं। अगर मुझे मालूम हो जाये कि ये लोग रामलीला को पॉलिटिकल समझते हैं, तो उसे भी बन्द कर दूँ। पॉलिटिकल के नाम से मेरा रोआं थरथराने लगता है। आप मेरे घर में देख आइए, भगवद्‌गीता की एक कॉपी भी नहीं है। मैंने अपने आदमियों को कड़ी ताकीद कर दी है कि बाज़ार से चीज़ें पत्ते में लाया करें, मैं रद्दी समाचार-पत्रों की पुड़िया तक घर में नहीं आने देता। महाराणा प्रताप की एक पुरानी तस्वीर कमरे में थी, उसे मैंने उतारकर संदूक में बन्द कर दिया है। अब मुझे आज्ञा दीजिए। यह कहकर वह तोंद सँभालते हुए मोटर की ओर लपके। विट्ठलदास मन में खूब हँसे। अच्छी चाल सूझी। लेकिन इसका बिल्कुल विचार न किया था कि झूठ कितना बोलना पड़ा और इससे आत्मा का कितना ह्रास हुआ। यह सेवा धर्म का पुतला निज के व्यवहार में झूठ और चालबाजी से कोसों दूर भागता था, लेकिन जातीय कार्यों में अवसर पड़ने पर उनकी सहायता लेने में संकोच न करता था।

चिम्मनलाल के जाने के बाद विट्ठलदास ने चंदे का रजिस्टर उठाया और चंदा वसूल करने को उठे। लेकिन कमरे से बाहर भी न निकले थे कि सेठ बलभद्रदास को पैर-गाड़ी पर आते देखा। क्रोध से शरीर जल उठा। रजिस्टर पटक दिया और लड़ने पर उतारू हो गये।

बलभद्रदास ने आगे बढ़कर कहा—कहिए महाशय, कल मैंने जो पौधे भेजे थे, वह आपने लगवा दिए या नहीं? ज़रा मैं देखना चाहता हूँ। कहिए तो अपना माली भेज दूँ?

विट्ठलदास ने उदासीन भाव से कहा—जी नहीं। आपको माली भेजने की आवश्यकता नहीं, और न वे पौधे यहाँ लग सकते हैं।

बलभद्रदास—क्यों, लग नहीं सकते? मेरा माली आकर सब ठीक कर देगा। आज ही लगवा दीजिए, नहीं तो वे सब सूख जायेंगे।

विट्ठलदास—सूख जायें चाहे रहें, पर वे यहाँ नहीं लग सकते।

बलभद्रदास—नहीं लगाने थे, तो पहले ही कह दिया होता। मैंने सहारनपुर से मँगवाए थे।

विट्ठलदास—बरामदे में पड़े हैं, उठवा ले जाइए।

सेठ बलभद्रदास अभिमानी स्वभाव के मनुष्य थे। यों वे शील और विनय के पुतले थे, लेकिन ज़रा किसी ने अकड़कर बात की, ज़रा भी निगाह बदली कि वे आग हो जाते थे। अत्यन्त निर्भीक राजनीति-कुशल पुरुष थे। इन गुणों के कारण जनता उन पर जान देती थी। उसे उन पर पूरा विश्वास था। उसे निश्चय था कि न्याय और सत्य के विषय में ये कभी कदम पीछे न उठाएँगे, अपने स्वार्थ और सम्मान के लिए जनता का अहित न सोचेंगे। डॉक्टर श्यामाचरण पर जनता का यह विश्वास न था। जनता की दृष्टि में विद्या, बुद्धि और प्रतिभा का उतना मूल्य नहीं होता, जितना

चरित्र-बल का।

विट्ठलदास की ये रूखी बातें सुनकर सेठ बलभद्रदास के तेवरों पर बल पड़ गये। तनकर बोले—आज आप इतने अनमने से क्यों हो रहे हैं?

'मुझे मीठी बातें करने का ढंग नहीं आता।'

'मीठी बातें न कीजिए, लेकिन लाठी न मारिए।'

'मैं आपसे शिष्टाचार का पाठ नहीं पढ़ना चाहता।'

'आप जानते हैं, मैं भी प्रबन्धकारिणी सभा का मेम्बर हूँ।'

'जी हाँ, जानता हूँ।''

'चाहता तो प्रधान होता।'

'जानता हूँ।'

'मेरी सहायता किसी से कम नहीं है।'

'इन पुरानी बातों को याद दिलाने की क्या ज़रूरत?'

'चाहूँ तो आश्रम को मिटा दूँ।'

'असम्भव।'

'सभा के सब मेम्बर मेरे इशारे पर नाच सकते हैं।'

'सम्भव है।'

'एक दिन में इसका कहीं पता न चले।'

'असम्भव।'

'आप किस घमंड में भूले हुए हैं।'

'ईश्वर के भरोसे पर।'

सेठजी आश्रम की ओर कुपित नेत्रों से ताकते हुए पैर-गाड़ी पर सवार हो गये। लेकिन विट्ठलदास पर उनकी धमकियों का कुछ असर न हुआ। उन्हें निश्चय था कि ये सभा के मेम्बरों से आश्रम के विषय में कुछ न कहेंगे। उनका अभिमान उन्हें इतना नीचे न गिरने देगा। सम्भव है, वह इस झेंप को मिटाने के लिए मेम्बरों से आश्रम की प्रशंसा करें, लेकिन यह आग कभी-न-कभी भड़केगी अवश्य, इसमें संदेह नहीं था। अभिमान अपने अपमान को नहीं भूलता। इसकी शंका होने पर भी विट्ठलदास को वह क्षोभ नहीं था, जो किसी झगड़े के बाद मेघ के समान हृदयाकाश पर छा जाया करता है। इसके प्रतिकूल उन्हें अपने कर्तव्य के पूरा करने का संतोष था, और वह पछता रहे थे कि मैंने इसमें इतना विलंब क्यों किया? इस संतोष से वह ऐसी मौज में आये कि ऊँचे स्वर से गाने लगे—

प्रभुजी मोहि काहे की लाज।
जन्म-जन्म यों ही भरमायो अभिमानी बेकाज!
प्रभुजी मोहि काहे की लाज।

इतने में उन्हें पद्मसिंह आते दिखाई दिए। उनके मुख से चिन्ता और नैराश्य

झलक रहा था, मानो अभी रोकर आँसू पोंछे हैं। विट्ठलदास आगे बढ़कर उनसे मिले और पूछा—बीमार थे क्या? बिल्कुल पहचाने नहीं जाते।

पद्मसिंह—जी नहीं, बीमार तो नहीं हूँ, हाँ, परेशान बहुत रहा।

विट्ठलदास—विवाह कुशलतापूर्वक हो गया?

पद्मसिंह ने छत की ओर ताकते हुए कहा—विवाह का कुछ समाचार न पूछिए। विवाह क्या हुआ, एक अबला कन्या का जीवन नष्ट कर आये। वह इसी सुमनबाई की बहन निकली। भैया को ज्यों ही मालूम हुआ, वे द्वार से बारात लौटा लाए।

विट्ठलदास ने लम्बी साँस लेकर कहा—यह तो बड़ा अन्याय हुआ। आपने अपने भाई साहब को समझाया नहीं?

पद्मसिंह—अपने से जो कुछ बन पड़ा, सब करके हार गया।

विट्ठलदास—देखिए, अब बेचारी लड़की की क्या गति होती है। सुमन सुनेगी तो रोएगी।

पद्मसिंह—कहिए, यहाँ की क्या खबरें हैं? सुमन के आने से विधवाओं में हलचल तो नहीं मची? वे उससे घृणा तो अवश्य ही करती होंगी?

विट्ठलदास—बात खुल जाये तो आश्रम खाली नज़र आये।

पद्मसिंह—और सुमन कैसी रहती है?

विट्ठलदास—ऐसी अच्छी तरह मानो वह सदा आश्रम में ही रही है। मालूम होता है, वह अपने सद्व्यवहार से अपनी कालिमा को धोना चाहती है? सब काम करने को तैयार और प्रसन्नचित्त से। अन्य स्त्रियाँ सोती ही रहती हैं और वह उनके कमरे में झाड़ू दे जाती है। कई विधवाओं को सीना सिखाती है, कई उससे गाना सीखती हैं। सब प्रत्येक बात में उसी की राय लेती हैं। इस चारदीवारी के भीतर अब उसी का राज्य है। मुझे कदापि ऐसी आशा न थी। यहाँ उसने कुछ पढ़ना भी शुरू कर दिया है और भाई, मन का हाल तो ईश्वर जानें, देखने में तो अब उसका बिल्कुल कायापलट-सा हो गया है।

पद्मसिंह—नहीं साहब, वह स्वभाव की बुरी स्त्री नहीं है। मेरे यहाँ महीनों आती रही थी! मेरे घर में उसकी बड़ी प्रशंसा किया करती थीं (यह कहते-कहते झेंप गये)। कुछ ऐसे कुसंस्कार ही हो गये, जिन्होंने उससे यह अभिनय कराए। सच पूछिए तो हमारे पापों का दंड उसे भोगना पड़ा। हाँ, कुछ उधर का समाचार भी मिला? सेठ बलभद्रदास ने और कोई चाल चली?

विट्ठलदास—हाँ साहब, वे चुप बैठने वाले आदमी नहीं हैं। आजकल खूब दौड़-धूप हो रही है। दो-तीन दिन हुए हिन्दू मेम्बरों की एक सभा भी हुई थी। मैं तो जा न सका, पर विजय उन्हीं लोगों की रही। अब प्रधान के दो वोट मिलाकर उनके पास छः वोट हैं और हमारे पास कुल चार। हाँ, मुसलमानों के वोट मिलाकर बराबर हो जायेंगे।

पद्मसिंह—तो हमको कम-से-कम एक वोट और मिलना चाहिए। है इसकी कोई आशा?

विट्ठलदास—मुझे तो कोई आशा नहीं मालूम होती।

पद्मसिंह—अवकाश हो तो चलिए, ज़रा डॉक्टर साहब और लाला भगतराम के पास चलें।

विट्ठलदास—हाँ, चलिए, मैं तैयार हूँ।

35

यद्यपि डॉक्टर साहब का बंगला निकट ही था, पर इन दोनों आदमियों ने एक किराए की गाड़ी की। डॉक्टर साहब के यहाँ पैदल जाना फैशन के विरुद्ध था। रास्ते में विट्ठलदास ने आज के सारे समाचार बढ़ा-चढ़ाकर बयान किए और अपनी चतुराई को खूब दर्शाया।

पद्मसिंह ने यह सुनकर चिन्तित भाव से कहा—तो अब हमको और सतर्क होने की ज़रूरत है। अन्त में आश्रम का सारा भार हमीं लोगों पर आ पड़ेगा। बलभद्र अभी चाहे चुप रह जायें, लेकिन इसकी कसर कभी-न-कभी निकालेंगे अवश्य।

विट्ठलदास—मैं क्या करूँ? मुझसे यह अत्याचार देखकर रहा नहीं जाता। शरीर में एक ज्वाला-सी उठने लगती है। कहने को ये लोग विद्वान्, बुद्धिमान हैं, नीति-परायण हैं, पर उनके ऐसे कर्म? अगर मुझमें कौशल से काम लेने की सामर्थ्य होती, तो कम-से-कम बलभद्रदास से लड़ने की नौबत न आती।

पद्मसिंह—यह तो एक दिन होना ही था। यह भी मेरे ही कर्मों का फल है। देखूँ, अभी और क्या-क्या गुल खिलते हैं? जब से बारात वापस आई है, मेरी विचित्र दशा हो गई है। न भूख, न प्यास, रात-भर करवटें बदला करता हूँ। यही चिन्ता लगी रहती है कि उस अभागिन कन्या का बेड़ा कैसे पार लगेगा। अगर कहीं आश्रम का भार सिर पर पड़ा, तो जान ही पर बन आयेगी। ऐसे अथाह दलदल में फँस गया हूँ कि ज्यों-ज्यों ऊपर उठना चाहता हूँ और नीचे दब जाता हूँ।

यही बात करते-करते डॉक्टर साहब का बंगला आ गया। दस बजे थे। डॉक्टर साहब अपने सुसज्जित कमरे में बैठे हुए अपनी बड़ी लड़की मिस कान्ति से शतरंज खेल रहे थे। मेज पर दो टेरियर कुत्ते बैठे हुए बड़े ध्यान से शतरंज की चालों को देख रहे थे और कभी-कभी जब उनकी समझ में खिलाड़ियों से कोई भूल हो जाती थी, तो पंजों से मोहरों को उलट-पलट देते थे। मिस कान्ति उनकी इस शरारत पर हँसकर अंग्रेज़ी में कहती थीं, 'यू नॉटी ।'

मेज की बाईं ओर एक आराम-कुर्सी पर सैयद तेगअली साहब विराजमान थे

और बीच-बीच में मिस कान्ति को चालें बताते जाते थे।

इतने में हमारे दोनों मित्र जा पहुँचे। डॉक्टर साहब ने उठकर दोनों सज्जनों से हाथ मिलाया। मिस कान्ति ने उनकी ओर दबी निगाह से देखा और मेज पर से एक पत्र उठाकर पढ़ने लगी।

डॉक्टर साहब ने अंग्रेज़ी में कहा—मैं आप लोगों से मिलकर बहुत प्रसन्न हुआ। आइए, आप लोगों को मिस कान्ति से इंट्रोड्यूस करा दूँ।

परिचय हो जाने पर मिस कान्ति ने दोनों आदमियों से हाथ मिलाया और हँसती हुई बोली—बाबा अभी आप लोगों का जिक्र कर रहे थे। मैं आपसे मिलकर बहुत प्रसन्न हुई।

डॉक्टर श्यामाचरण—मिस कान्ति अभी डलहौजी पहाड़ से आई हैं। इनका स्कूल जाड़े में बन्द हो जाता है। वहाँ शिक्षा का बहुत उत्तम प्रबन्ध है। यह अंग्रेज़ों की लड़कियों के साथ बोर्डिंग-हाऊस में रहती हैं। लेडी प्रिंसिपल ने अब की इनकी प्रशंसा की है। कान्ति, ज़रा अपनी लेडी प्रिंसिपल की चिट्ठी इन्हें दिखा दो। मिस्टर शर्मा, आप कान्ति की अंग्रेज़ी बातें सुनकर दंग रह जायेंगे। (हँसते हुए) यह मुझे कितने ही नये मुहावरे सिखा सकती हैं।

मिस कान्ति ने लजाते हुए अपना प्रशंसा-पत्र पद्मसिंह को दिखाया। उन्होंने उसे पढ़कर कहा—आप लैटिन भी पढ़ाती हैं-

डॉक्टर साहब ने कहा—लैटिन में अब की परीक्षा में इन्हें एक पदक मिला है। कल क्लब में कान्ति ने ऐसा अच्छा गेम दिखाया कि अंग्रेज़ लेडियाँ दंग रह गईं। हाँ, अब की बार आप हिन्दू मेम्बरों के जलसे में नहीं थे?

पद्मसिंह—जी नहीं, मैं ज़रा मकान तक चला गया था।

डॉक्टर—आप ही के प्रस्ताव पर विचार किया गया। मैं तो उचित समझता हूँ कि अभी उसे बोर्ड में पेश करने की जल्दी न करें। अभी सफलता की बहुत कम आशा है।

तेगअली बोले—जनाब, मुसलमान मेम्बरों की तरफ़ से तो आपको पूरी मदद मिलेगी।

डॉक्टर—हाँ, लेकिन हिन्दू मेम्बरों में तो मतभेद है।

पद्मसिंह—आपकी सहायता हो जाये तो सफलता में कोई संदेह न रहे।

डॉक्टर—मुझे इस प्रस्ताव से पूरी सहानुभूति है, लेकिन आप जानते हैं, मैं गवर्नमेंट का नामजद किया हुआ मेम्बर हूँ। जब तक यह मालूम न हो जाये कि गवर्नमेंट इस विषय को पसंद करती है या नहीं, तब तक मैं ऐसे सामाजिक प्रश्न पर कोई राय नहीं दे सकता।

विट्ठलदास ने तीव्र स्वर से कहा—जब मेम्बर होने से आपके विचार-स्वातंत्र्य में बाधा पड़ती है, तो आपको इस्तीफा दे देना चाहिए।

तीनों आदमियों ने विट्ठलदास को उपेक्षा की दृष्टि से देखा। उनका कथन असंगत था। तेगअली ने व्यंग्य भाव से कहा—इस्तीफा दे दें, तो सम्मान कैसे हो? लाट साहब के बराबर कुर्सी पर कैसे बैठें? आनरेबल कैसे कहलायें? बड़े-बड़े अंग्रेज़ों से हाथ मिलाने का सौभाग्य कैसे प्राप्त हो? सरकारी डिनर में बढ़-चढ़कर हाथ मारने का गौरव कैसे मिले? नैनीताल की सैर कैसे करें? अपनी वक्तृता का चमत्कार कैसे दिखायें? यह भी तो सोचिये।

विट्ठलदास बहुत लज्जित हुए। पद्मसिंह पछताए कि विट्ठलदास के साथ नाहक आये।

डॉक्टर साहब गम्भीर भाव से बोले—साधारण लोग समझते हैं कि इस लालच से लोग मेम्बरी के लिए दौड़ते हैं। वे यह नहीं समझते कि वह कितना ज़िम्मेदारी का काम है। गरीब मेम्बरों को अपना कितना समय, कितना विचार, कितना धन, कितना परिश्रम इसके लिए अर्पण करना पड़ता है। इसके बदले उसे इस संतोष के सिवाय और क्या मिलता है कि मैं देश और जाति की सेवा कर रहा हूँ। ऐसा न हो, तो कोई मेम्बरी की परवाह न करे।

तेगअली—जी हाँ, इसमें क्या शक है! जनाब ठीक फरमाते हैं। जिसके सिर पर यह अजीमुश्शान ज़िम्मेदारी पड़ती है उसका दिल जानता है।

ग्यारह बज गये थे। श्यामाचरण ने पद्मसिंह से कहा—मेरे भोजन का समय आ गया, अब जाता हूँ। आप संध्या समय मुझसे मिलिएगा।

पद्मसिंह ने कहा—हाँ-हाँ, शौक से जाइए। उन्होंने सोचा, जब ये भोजन में ज़रा-सी देर हो जाने से इतने घबराते हैं, तो दूसरों से क्या आशा की जाये? लोग जाति और देश के सेवक तो बनना चाहते हैं, पर ज़रा-सा भी कष्ट नहीं उठाना चाहते।

लाला भगतराम धूप में तख्ते पर बैठे हुक्का पी रहे थे। उनकी छोटी लड़की गोद में बैठी हुई धुएँ को पकड़ने के लिए बार-बार हाथ बढ़ाती थी। सामने ज़मीन पर कई मिस्त्री और राजगीर बैठे हुए थे। भगतराम पद्मसिंह को देखते ही उठ खड़े हुए और पालागन करके बोले—मैंने शाम ही सुना था कि आप आ गये। आज प्रातःकाल आने वाला था, लेकिन कुछ ऐसा झंझट आ पड़ा कि अवकाश ही न मिला। यह ठेकेदारी का काम बड़े झगड़े का है। काम कराइए, अपने रुपये लगाइए, उस पर दूसरों की खुशामद कीजिए। आजकल इंजीनियर साहब किसी बात पर ऐसे नाराज हो गये हैं कि मेरा कोई काम उन्हें पसन्द नहीं आता। एक पुल बनवाने का ठेका लिया था। उसे तीन बार गिरवा चुके हैं। कभी कहते हैं, यह नहीं बना, कभी कहते हैं, वह नहीं बना। नफा कहाँ से होगा, उल्टे नुकसान की सम्भावना है। कोई सुनने वाला नहीं है। आपने सुना होगा, हिन्दू मेम्बरों का जलसा हो गया।

पद्मसिंह—हाँ, सुना और सुनकर शोक हुआ। आपसे मुझे पूरी आशा थी। क्या आप इस सुधार को उपयोगी नहीं समझते?

भगतराम—इसे केवल उपयोगी ही नहीं समझता, बल्कि हृदय से इसकी सहायता करना चाहता हूँ, पर मैं अपनी राय का मालिक नहीं हूँ। मैंने अपने को स्वार्थ के हाथों में बेच दिया है। मुझे आप ग्रामोफोन का रेकॉर्ड समझिए, जो कुछ भर दिया जाता है, वही कह सकता हूँ और कुछ नहीं।

पद्मसिंह—लेकिन आप यह तो जानते हैं कि जाति के हित में स्वार्थ से पृथक होना चाहिए।

भगतराम—जी हाँ, इसे सिद्धान्त रूप से मानता हूँ, पर इसे व्यवहार में लाने की शक्ति नहीं रखता। आप जानते होंगे, मेरा सारा कारोबार सेठ चिम्मनलाल की मदद से चलता है। अगर उन्हें नाराज कर लूँ तो यह सारा ठाठ बिगड़ जाये। समाज में मेरी जो कुछ मान-मर्यादा है, वह इसी ठाठ-बाट के कारण है। विद्या और बुद्धि है ही नहीं, केवल इसी स्वांग का भरोसा है। आज अगर कलई खुल जाये, तो कोई बात भी न पूछे। दूध की मक्खी की तरह समाज से निकाल दिया जाऊँ। बतलाइए, शहर में कौन है, जो केवल मेरे विश्वास पर हज़ारों रुपये बिना सूद के दे देगा, और फिर केवल अपनी ही फिक्र तो नहीं है। कम-से-कम तीन सौ रुपये मासिक गृहस्थी का खर्च है। जाति के लिए मैं स्वयं कष्ट झेलने के लिए तैयार हूँ, पर अपने बच्चों को कैसे निरवलंब कर दूँ?

जब हम अपने किसी कर्तव्य से मुँह मोड़ते हैं, तो दोष से बचने के लिए ऐसी प्रबल युक्तियाँ निकालते हैं कि कोई मुँह न खोल सके। उस समय हम संकोच को छोड़कर अपने सम्बन्ध में ऐसी-ऐसी बातें कह डालते हैं कि जिनके गुप्त रहने ही में हमारा कल्याण है। लाला भगतराम के हृदय में यही भाव काम कर रहा था। पद्मसिंह समझ गये कि इससे कोई आशा नहीं। बोले—ऐसी अवस्था में आप पर कैसे जोर दे सकता हूँ? मुझे केवल एक वोट की फिक्र है, कोई उपाय बतलाइए, कैसे मिले-

भगतराम—कुंवर साहब के यहाँ जाइए। ईश्वर चाहेंगे तो उनका वोट आपको मिल जायेगा। सेठ बलभद्रदास ने उन पर तीन हज़ार रुपये की नालिश की है? कल उनकी डिगरी भी हो गई। कुंवर साहब इस समय बलभद्रदास से तने हुए हैं। वश चले तो गोली मार दें। फँसाने का एक लटका आपको और बताए देता हूँ। उन्हें किसी सभा का प्रधान बना दीजिए। बस, उनकी नकेल आपके हाथ में हो जायेगी।

पद्मसिंह ने हँसकर कहा—अच्छी बात है, उन्हीं के यहाँ चलता हूँ।

दोपहर हो गई थी, लेकिन पद्मसिंह को भूख-प्यास न थी। बग्घी पर बैठकर चले। कुंवर साहब बरूना के किनारे एक बंगले में रहते थे। आध घंटे में जा पहुँचे।

बंगले के हाते में न कोई सजावट थी, न सफाई। फूल-पत्ती का नाम न था। बरामदे में कई कुत्ते जंजीर में बँधे खड़े थे। एक तरफ़ कई घोड़े बँधे हुए थे। कुंवर साहब को शिकार का बहुत शौक था। कभी-कभी कश्मीर तक चक्कर लगाया करते थे। इस समय वह सामने कमरे में बैठे हुए सितार बजा रहे थे। एक कोने में कई

बन्दूकें और बर्छियाँ रखी हुई थीं। दूसरी ओर एक बड़ी मेज पर एक घड़ियाल बैठा था। पद्मसिंह कमरे में आये, तो उसे देखकर एक बार चौंक पड़े। खाल में ऐसी सफाई से भूसा भरा गया था कि उसमें जान-सी पड़ गई थी।

कुंवर साहब ने शर्माजी का बड़े प्रेम से स्वागत किया—आइए महाशय, आपके तो दर्शन दुर्लभ हो गये। घर से कब आये?

पद्मसिंह—कल आया हूँ।

कुंवर—चेहरा उतरा हुआ है, बीमार थे क्या?

पद्मसिंह—जी नहीं, बहुत अच्छी तरह से।

कुंवर—कुछ जलपान कीजिएगा?

पद्मसिंह—नहीं क्षमा कीजिए, क्या सितार का अभ्यास हो रहा है?

कुंवर—जी हाँ, मुझे तो अपना ही सितार पसन्द है। हारमोनियम और प्यानो सुनकर मुझे मतली-सी होने लगती है। इन अंग्रेज़ी बाजों ने हमारे संगीत को चौपट कर दिया, इसकी चर्चा ही उठ गई। जो कुछ कसर रह गई थी, वह थिएटरों ने पूरी कर दी। बस, जिसे देखिए, गज़ल और कव्वाली की रट लगा रहा है। थोड़े दिनों में धनुर्विद्या की तरह इसका भी लोप हो जायेगा। संगीत से हृदय में पवित्र भाव पैदा होते हैं। जब से गाने का प्रचार कम हुआ, हम लोग भाव-शून्य हो गये और इसका सबसे बुरा असर हमारे साहित्य पर पड़ा है। कितने शोक की बात है, जिस देश में रामायण जैसे अमूल्य ग्रंथ की रचना हुई, सूरसागर जैसा आनन्दमय काव्य रचा गया, उसी देश में अब साधारण उपन्यासों के लिए हमको अनुवाद का आश्रय लेना पड़ता है। बंगाल और महाराष्ट' में अभी गाने का कुछ प्रचार है, इसीलिए वहाँ भावों का ऐसा शैथिल्य नहीं है, वहाँ रचना और कल्पना-शक्ति का ऐसा अभाव नहीं है। मैंने तो हिन्दी साहित्य को पढ़ना ही छोड़ दिया। अनुवादों को निकाल डालिए, तो नवीन हिन्दी साहित्य में हरिश्चन्द्र के दो-चार नाटकों और चन्द्रकान्ता सन्तति के सिवा और कुछ रहता ही नहीं। संसार का कोई साहित्य इतना दरिद्र न होगा। उस पर तुर्रा यह है कि जिन महानुभावों ने दो-एक अंग्रेज़ी ग्रंथों के अनुवाद मराठी और बंगला अनुवादों की सहायता से कर लिए, वे अपने को धुरंधर साहित्यज्ञ समझने लगे हैं। एक महाशय ने कालिदास के कई नाटकों के पद्यबद्ध अनुवाद किए हैं, लेकिन वे अपने को हिन्दी का कालिदास समझते हैं। एक महाशय ने 'मिल' के दो ग्रंथों का अनुवाद किया है और वह भी स्वतन्त्र नहीं, बल्कि गुजराती, मराठी आदि अनुवादों के सहारे, पर वह अपने मन में ऐसे संतुष्ट हैं, मानो उन्होंने हिन्दी साहित्य का उद्धार कर दिया। मेरा तो यह निश्चय होता जाता है कि अनुवादों से हिन्दी का अपकार हो रहा है। मौलिकता को पनपने का अवसर नहीं मिलने पाता।

पद्मसिंह को यह देखकर आश्चर्य हुआ कि कुंवर साहब का साहित्य से इतना परिचय है। वह समझते थे कि इन्हें पोलो और शिकार के सिवाय और किसी से प्रेम

न होगा। वह स्वयं हिन्दी साहित्य से अपरिचित थे, पर कुंवर साहब के सामने अपनी अनभिज्ञता प्रकट करते संकोच होता था। उन्होंने इस तरह मुस्कुराकर देखा, मानो ये सब बातें उन्हें पहले ही से मालूम थीं, और बोले—आपने तो ऐसा प्रश्न उठाया, जिस पर दोनों पक्षों की ओर से बहुत कुछ कहा जा सकता है। पर इस समय मैं आपकी सेवा में किसी और ही काम से आया हूँ। मैंने सुना है कि हिन्दू मेम्बरों के जलसे में आपने सेठों का पक्ष ग्रहण किया।

कुंवर साहब ठठाकर हँसे। उनकी हँसी कमरे में गूँज उठी। पीतल की ढाल, जो दीवार से लटक रही थी, इस झंकार से थरथराने लगी। बोले—सच कहिए, आपने किससे सुना?

पद्मसिंह इस कुसमय हँसी का तात्पर्य न समझकर कुछ भौंचक-से हो गये। उन्हें मालूम हुआ कि कुंवर साहब मुझे बनाना चाहते हैं। चिढ़कर बोले—सभी कह रहे हैं, किस-किसका नाम लूँ?

कुंवर साहब ने फिर जोर से कहकहा मारा और हँसते हुए पूछा—और आपको विश्वास भी आ गया?

पद्मसिंह को अब इसमें कोई संदेह न रहा कि यह सब मुझे झेंपाने का स्वांग है, जोर देकर बोले—अविश्वास करने के लिए मेरे पास कोई कारण नहीं है।

कुंवर—कारण यही है कि मेरे साथ घोर अन्याय होगा। मैंने अपनी समझ में अपनी सम्पूर्ण शक्ति आपके प्रस्ताव के समर्थन में खर्च कर दी थी। यहाँ तक कि मैंने विरोध को गम्भीर विचार के लायक भी न सोचा। व्यंग्योक्ति ही से काम लिया। (कुछ याद करके) हाँ, एक बात हो सकती है। समझ गया। (फिर कहकहा मारकर) अगर यह बात है, तो मैं कहूँगा कि म्युनिसिपैलिटी बिल्कुल बछिया के ताऊ लोगों से ही भरी हुई है। व्यंग्योक्ति तो आप समझते ही होंगे। बस, यह सारा कसूर उसी का है। किसी सज्जन ने उसका भाव न समझा। काशी के सुशिक्षित, सम्मानित म्युनिसिपल कमिश्नरों में किसी ने भी एक साधारण-सी बात न समझी। शोक! महाशोक!! महाशय, आपको बड़ा कष्ट हुआ। क्षमा कीजिए। मैं इस प्रस्ताव का हृदय से अनुमोदन करता हूँ।

पद्मसिंह भी मुस्कुराए, कुंवर साहब की बातों पर विश्वास आया। बोले—अग़र इन लोगों ने ऐसा धोखा खाया, तो वास्तव में उनकी समझ बड़ी मोटी है। मगर प्रभाकर राव धोखे में आ जायें, यह समझ में नहीं आता, पर ऐसा मालूम होता है कि नित्य अनुवाद करते-करते उनकी बुद्धि भी गायब हो गई है।

पद्मसिंह जब यहाँ से चले, तो उनका मन ऐसा प्रसन्न था, मानो वह किसी बड़े रमणीक स्थान की सैर करके आये हों। कुंवर साहब के प्रेम और शील ने उन्हें वशीभूत कर लिया था।

36

सदन जब घर पर पहुँचा, तो उसके मन की दशा उस मनुष्य की-सी थी, जो बरसों की कमाई लिए, मन में सहस्त्रों मंसूबे बाँधता, हर्ष से उल्लसित घर आये और यहाँ संदूक खोलने पर उसे मालूम हो कि थैली खाली पड़ी है।

विचारों की स्वतन्त्रता विद्या, संगति और अनुभव पर निर्भर होती है। सदन इन सभी गुणों से रहित था। यह उसके जीवन का वह समय था, जब हमको अपने धार्मिक विचारों पर, अपनी सामाजिक रीतियों पर एक अभिमान-सा होता है। हमें उनमें कोई त्रुटि नहीं दिखाई देती, जब हम अपने धर्म के विरूद्ध कोई प्रमाण या दलील सुनने का साहस नहीं कर सकते, जब हममें क्या और क्यों का विकास नहीं होता। सदन को घर से निकल भागना स्वीकार होता, इसके बदले कि वह घर की स्त्रियों को गंगा नहलाने ले जाये। अगर स्त्रियों की हँसी की आवाज़ कभी मरदाने में जाती तो वह तेवर बदले घर में आता और अपनी माँ को आड़े हाथों लेता। सुभद्रा ने अपनी सास का शासन भी ऐसा कठोर न पाया था। आत्म-पतन को वह दार्शनिक की उदार दृष्टि से नहीं, शुष्क योगी की दृष्टि से देखता था। उसने देखा था कि उसके गाँव में एक ठाकुर ने एक बेड़िन बैठा ली थी, तो सारे गाँव ने उसके द्वार घर आना-जाना छोड़ दिया था और इस तरह उसके पीछे पड़े कि उसे विवश होकर बेड़िन को घर से निकालना पड़ा। निःसंदेह वह सुमनबाई पर जान देता था, लेकिन उसके लौकिक-शास्त्र में यह प्रेम उतना अक्षम्य न था, जितना सुमन की परछाईं का उसके घर में आ जाना। उसने अब तक सुमन के यहाँ पान तक न खाया था। वह अपनी कुल-मर्यादा और सामाजिक प्रथा को अपनी आत्मा से कहीं बढ़कर महत्त्व की वस्तु समझता था। उस अपमान और निन्दा की कल्पना ही उसके लिए असह्य थी, जो कुलटा स्त्री से सम्बन्ध हो जाने के कारण उसके कुल पर आच्छादित हो जाती। वह जनवासे में पंडित पद्मसिंह की बातें सुन-सुनकर अधीर हो रहा था। वह डरता था कि कहीं पिताजी उनकी बातों में न आ जायें। उसकी समझ में न आता कि चाचा साहब को क्या हो गया है? अगर यही बातें किसी दूसरे मनुष्य ने की होतीं, तो वह अवश्य उसकी ज़बान पकड़ लेता। लेकिन अपने चाचा से वह बहुत दबता था। उसे उनका प्रतिवाद करने की बड़ी प्रबल इच्छा हो रही थी, उसकी तार्किक शक्ति कभी इतनी सतेज न हुई थी, और वाद-विवाद तर्क ही तक रहता, तो वह ज़रूर उनसे उलझ पड़ता। लेकिन मदनसिंह की उद्दंडता ने उसके प्रतिवाद की उत्सुकता को सहानुभूति के रूप में परिणत कर दिया।

इधर से निराश होकर सदन का लालसापूर्ण हृदय फिर सुमन की ओर लपका। विषय-वासना का चस्का पड़ जाने के बाद उसकी प्रेम-कल्पना निराधार नहीं रह सकती थी। उसका हृदय एक बार प्रेम-दीपक से आलोकित होकर अब अंधकार में नहीं रहना

चाहता था। वह पद्मसिंह के साथ ही काशी चला आया।

किन्तु यहाँ आकर वह एक बड़ी दुविधा में पड़ गया। उसे संशय होने लगा कि कहीं सुमनबाई को ये सब समाचार मालूम न हो गये हों। वह वहाँ स्वयं तो न रही होगी, लोगों ने उसे अवश्य ही त्याग दिया होगा, लेकिन उसे विवाह की सूचना ज़रूर दी होगी। ऐसा हुआ होगा तो कदाचित् वह मुझसे सीधे मुँह बात भी न करेगी। सम्भव है, वह मेरा तिरस्कार भी करे। लेकिन संध्या होते ही उसने कपड़े बदले, घोड़ा कसवाया और दालमंडी की ओर चला। प्रेम-मिलाप की आनन्दपूर्ण कल्पना के सामने वे शंकाएँ निर्मूल हो गईं। वह सोच रहा था कि सुमन मुझसे पहले क्या कहेगी, और मैं उसका क्या उत्तर दूँगा। कहीं उसे कुछ न मालूम हो और वह जाते ही प्रेम से मेरे गले लिपट जाये और कहे कि तुम बड़े निठुर हो! इस कल्पना ने उसकी प्रेमाग्नि को और भी भड़काया, उसने घोड़े को एड़ लगाई और एक क्षण में दालमंडी के निकट आ पहुँचा। पर जिस प्रकार एक खिलाड़ी लड़का पाठशाला के द्वार पर भीतर जाते हुए डरता है, उसी प्रकार सदन दालमंडी के सामने आकर ठिठक गया। उसकी प्रेमाकांक्षा मंद हो गई। वह धीरे-धीरे एक ऐसे स्थान पर आया, जहाँ से सुमन की अट्टालिका साफ दिखाई देती थी। यहाँ से उसने कातर नेत्रों से उस मकान की ओर देखा। द्वार बन्द था, ताला पड़ा हुआ था। सदन के हृदय से एक बोझ-सा उतर गया। उसे कुछ वैसा ही आनन्द हुआ, जैसा उस मनुष्य को होता है, जो पैसा न रहने पर भी लड़के की जिद से विवश होकर खिलौने की दूकान पर जाता है और उसे बन्द पाता है।

लेकिन घर पहुँचकर सदन अपनी उदासीनता पर बहुत पछताया। वियोगी पीड़ा के साथ-साथ उसकी व्यग्रता बढ़ती जाती थी। उसे किसी प्रकार धैर्य न होता था। रात को जब सब लोग खा-पीकर सोए, तो वह चुपके से उठा और दालमंडी की ओर चला। जाड़े की रात थी, ठंडी हवा चल रही थी, चन्द्रमा कुहरे की आड़ से झाँकता था और किसी घबराए हुए मनुष्य के समान सवेग दौड़ता चला जाता था। सदन दालमंडी तक बड़ी तेजी से आया, पर यहाँ आकर फिर उसके पैर बँध गये। हाथ-पैर की तरह उत्साह भी ठंडा पड़ गया। उसे मालूम हुआ कि इस समय यहाँ मेरा आना अत्यन्त हास्यास्पद है। सुमन के यहाँ जाऊँ तो वह मुझे क्या समझेगी! उसके नौकर आराम से सो रहे होंगे। वहाँ कौन मुझे पूछता है! उसे आश्चर्य होता था कि मैं यहाँ कैसे चला आया! मेरी बुद्धि उस समय कहाँ चली गई। अतएव वह लौट पड़ा।

दूसरे दिन संध्या समय वह फिर चला। मन में निश्चय कर लिया था कि अगर सुमन ने मुझे देख लिया और बुलाया तो जाऊँगा, नहीं तो सीधे अपनी राह चला जाऊँगा। उसका मुझे बुलाना ही बतला देगा कि उसका हृदय मेरी तरफ़ से साफ है। नहीं तो इस घटना के बाद वह मुझे बुलाने ही क्यों लगी। कुछ और आगे बढ़कर उसने फिर सोचा, क्या वह मुझे बुलाने के लिए झरोखे पर बैठी होगी। उसे क्या मालूम

है कि मैं यहाँ आ गया। यह नहीं, मुझे एक बार स्वयं उसके पास चलना चाहिए। सुमन मुझसे कभी नाराज नहीं हो सकती और जो नाराज भी हो तो क्या मैं उसे मना नहीं सकता? मैं उसके सामने हाथ जोड़ूँगा, उसके पैर पड़ूँगा और अपने आँसुओं से उसके मन का मैल धो दूँगा। वह मुझसे कितनी ही रूठे, लेकिन मेरे प्रेम का चिह्न अपने हृदय से नहीं मिटा सकती। आह ! वह अगर अपने कमल नेत्रों में आँसू भरे हुए मेरी ओर ताके, तो मैं उसके लिए क्या न कर डालूँगा? यदि उसे कोई चिन्ता हो तो मैं उस चिन्ता को दूर करने के लिए अपने प्राण तक समर्पण कर दूँगा। तो क्या वह इस अपराध को क्षमा न करेगी? लेकिन ज्यों ही वह दालमंडी के सामने पहुँचा, उसकी यह प्रेम-कल्पनाएँ उसी प्रकार नष्ट हो गईं, जैसे अपने गाँव में संध्या समय नीम के नीचे देवी की मूर्ति देखकर उसकी तर्कनाएँ नष्ट हो जाती थीं। उसने सोचा, कहीं वह मुझे देखे और अपने मन में कहे, 'वह जा रहे हैं कुंवर साहब, मानो सचमुच किसी रियासत के मालिक हैं! कैसा कपटी, धूर्त है!' यह सोचते ही उसके पैर बँध गये। आगे न जा सका।

इसी प्रकार कई दिन बीत गये। रात और दिन में उसकी प्रेम-कल्पनाएँ, जो बालू की दीवार खड़ी करतीं, वे संध्या समय दालमंडी के सामने अविश्वास के एक ही झोंके में गिर पड़ती थीं।

एक दिन वह घूमते हुए क्वींस पार्क जा निकला। वहाँ एक शामियाना तना हुआ था और लोग बैठे हुए प्रोफेसर रमेश दत्त का प्रभावशाली व्याख्यान सुन रहे थे। सदन घोड़े से उतर पड़ा और व्याख्यान सुनने लगा। उसने मन में निश्चय किया कि वास्तव में वेश्याओं से हमारी बड़ी हानि हो रही है। ये समाज के लिए हलाहल के तुल्य हैं। मैं बहुत बचा, नहीं तो कहीं का न रहता। इन्हें अवश्य शहर के बाहर निकाल देना चाहिए। यदि ये बाज़ार में न होतीं, तो मैं सुमनबाई के जाल में कभी न फँसता।

दूसरे दिन वह फिर क्वींस पार्क की तरफ़ गया। आज वहाँ मुंशी अबुलवफा का भावपूर्ण ललित व्याख्यान हो रहा था। सदन ने उसे भी ध्यान से सुना। उसने विचार किया, निःसंदेह वेश्याओं से हमारा उपकार होता है। सच तो है, ये न हों, तो हमारे देवताओं की स्तुति करने वाला भी कोई न रहे। यह भी ठीक ही कहा है कि वेश्यागृह ही वह स्थान है, जहाँ हिन्दू-मुसलमान दिल खोलकर मिलते हैं, जहाँ द्वेष का वास नहीं है, जहाँ हम जीवन-संग्राम से विश्राम लेने के लिए, अपने हृदय के शोक और दुःख भुलाने के लिए शरण लिया करते हैं। अवश्य ही उन्हें शहर से निकाल देना उन्हीं पर नहीं, वरन् सारे समाज पर घोर अत्याचार होगा।

कई दिन के बाद यह विचार फिर पलटा खा गया। यह क्रम बन्द न होता था। सदन में स्वच्छंद विचार की योग्यता न थी। वह किसी विषय के दोष और गुण तौलने और परखने की सामर्थ्य न रखता था। अतएव प्रत्येक सबल युक्ति उसके विचारों को उलट-पलट देती थी।

उसने एक दिन पद्मसिंह के व्याख्यान का नोटिस देखा। तीन ही बजे से चलने की तैयारी करने लगा और चार बजे बेनीबाग में जा पहुँचा। अभी वहाँ कोई आदमी न था। कुछ लोग फर्श बिछा रहे थे। वह घोड़े से उतर पड़ा और फर्श बिछाने में लोगों की मदद करने लगा। पाँच बजते-बजते लोग आने लगे और आध घंटे में वहाँ हज़ारों मनुष्य एकत्र हो गये। तब उसने एक फिटन पर पद्मसिंह को आते देखा। उसकी छाती धड़कने लगी। पहले रूस्तम भाई ने एक छोटी-सी कविता पढ़ी, जो इस अवसर के लिए सैयद तेगअली ने रची थी। उनके बैठने पर लाला विट्ठलदास खड़े हुए। यद्यपि उनकी वक्तृता रूखी थी, न कहीं भाषण-लालित्य का पता था, न कटाक्षों का, पर लोग उनकी बातों को बड़े ध्यान से सुनते रहे। उनके निःस्वार्थ सार्वजनिक कृत्यों के कारण उन पर जनता की बड़ी श्रद्धा थी। उनकी रूखी बातों को लोग ऐसे चाव से सुनते थे, जैसे प्यासा मनुष्य पानी पीता है। उनके पानी के सामने दूसरों का शर्बत फीका पड़ जाता था। अन्त में पद्मसिंह उठे। सदन के हृदय में गुदगुदी-सी होने लगी, मानो कोई असाधारण बात होने वाली है। व्याख्यान अत्यन्त रोचक और करुणा से परिपूर्ण था। भाषा की सरलता और सरसता मन को मोहती थी। बीच-बीच में उनके शब्द ऐसे भावपूर्ण हो जाते कि सदन के रोएँ खड़े हो जाते थे। वह कह रहे थे कि हमने वेश्याओं को शहर के बाहर रखने का प्रस्ताव इसलिए नहीं किया कि हमें उनसे घृणा है। हमें उनसे घृणा करने का कोई अधिकार नहीं है। यह उनके साथ घोर अन्याय होगा। यह हमारी ही कुवासनाएँ, हमारे ही सामाजिक अत्याचार, हमारी ही कुप्रथाएँ हैं जिन्होंने वेश्याओं का रूप धारण किया। यह दालमंडी हमारे ही जीवन का कलुषित प्रतिबिम्ब, हमारे ही पैशाचिक अधर्म का साक्षात् स्वरूप है। हम किस मुँह से उनसे घृणा करें। उनकी अवस्था बहुत शोचनीय है। हमारा कर्तव्य है कि हम उन्हें सुमार्ग पर लाएँ, उनके जीवन को सुधारें और यह तभी हो सकता है, जब वे शहर से बाहर दुर्व्यसनों से दूर रहें। हमारे सामाजिक दुराचार अग्नि के समान हैं, और अभागिन रमणियाँ तृण के समान। अगर अग्नि को शान्त करना चाहते हैं तो तृण को उससे दूर कर दीजिए, तब अग्नि आप-ही-आप शान्त हो जायेगी।

सदन तन्मय होकर इस व्याख्यान को सुनता रहा। जब उसके पास वाले मनुष्य व्याख्यान की प्रशंसा करते या बीच-बीच में करतल ध्वनि होने लगती, तो सदन का हृदय गद्‌गद हो जाता था। लेकिन उसे यह देखकर आश्चर्य होता था कि श्रोतागण एक-एक करके उठे चले जाते हैं। उनमें अधिकांश वे लोग थे, जो वेश्याओं की निन्दा और वेश्यागामियों पर चुभने वाली चुटकियाँ सुनने आये थे। उन्हें पद्मसिंह की यह उदारता असंगत-सी जान पड़ती थी।

37

सदन को व्याख्यानों की ऐसी चाट पड़ी कि जहाँ कहीं व्याख्यान की खबर पाता, वहाँ अवश्य जाता। दोनों पक्षों की बातें महीनों सुनने और उन पर विचार करने से उसमें राय स्थिर करने की योग्यता आने लगी। अब वह किसी युक्ति की नवीनता पर एकाएक मोहित न हो जाता था, वरन् प्रमाणों से सत्यासत्य का निर्णय करने की चेष्टा करता था। अन्त में उसे यह अनुभव होने लगा कि व्याख्यानों में अधिकांश केवल शब्दों के आडंबर होते हैं, उनमें कोई मार्मिक तत्त्वपूर्ण बात या तो होती ही नहीं, या वही पुरानी युक्तियाँ नई बनाकर दोहराई जाती हैं। उसमें समालोचक दृष्टि उत्पन्न हो गई। उसने अपने चाचा का पक्ष ग्रहण कर लिया।

लेकिन अपनी अवस्था के अनुकूल उसकी समालोचना पक्षपात से भरी हुई और तीव्र होती थी। उसमें इतनी उदारता न थी कि विपक्षियों की नेकनीयती को स्वीकार करे। उसे निश्चय था कि जो लोग इस प्रस्ताव का विरोध कर रहे हैं, वे सभी विषय-वासना के गुलाम हैं, इन भावों का उस पर इतना प्रभाव पड़ा कि उसने दालमंडी की ओर जाना छोड़ दिया। वह किसी वेश्या को पार्क में फिटन पर टहलती या बैठी देख लेता, तो उसे ऐसा क्रोध आता कि उसे जाकर उठा दूँ। उसका वश चलता तो इस समय वह दालमंडी की ईंट-से-ईंट बजा देता। इस समय नाच करने वाले और देखने वाले दोनों ही उसकी दृष्टि में संसार के सबसे पतित प्राणी थे। वह उन्हें कहीं अकेले पा जाता, तो कदाचित् उनके साथ कुछ असभ्यता से पेश आता। यद्यपि अभी तक उसके मन में शंकाएँ थीं, पर इस प्रस्ताव के उपकारी होने में उसे कोई संदेह न था। इसलिए वह शंकाओं को दबाना ही उचित समझता था कि कहीं उन्हें प्रकट करने से उनका पक्ष निर्बल न हो जाये। सुमन अब भी उसके हृदय में बसी हुई थी। उसकी प्रेम-कल्पनाओं से अब भी उसका हृदय सजग होता रहता था। सुमन का लावण्यमय स्वरूप उसकी आँखों से कभी न उतरता था। इन्हीं चिन्ताओं से बचने के लिए एकान्त में बैठना छोड़ दिया। सवेरे उठकर गंगा-स्नान करने चला जाता। रात को दस-ग्यारह बजे तक इधर-उधर की किताबें पढ़ता, लेकिन इतने यत्न करने पर भी सुमन उसकी स्मृति से न उतरती थी। वह नाना प्रकार के वेश धारण करके, उसके हृदय नेत्रों के सामने आती और कभी उससे रूठती, कभी मनाती, कभी प्रेम से गले में बाँहें डालती, प्रेम से मुस्कुराती। एकाएक सदन सचेत हो जाता, जैसे कोई नींद से चौंक पड़े और विघ्नकारी विचारों को हटाकर सोचने लगता, आजकल चाचा इतने उदास क्यों रहते हैं। कभी हँसते नहीं दिखाई देते। जीतन उनके लिए रोज दवा क्यों लाता है? उन्हें क्या हो गया है? इतने में सुमन फिर हृदयसागर में प्रवेश करती और अपने कमलनेत्रों में आँसू भरे हुए कहती—'सदन, तुमसे ऐसी आशा न थी। तुम मुझे समझते हो कि यह नीच वेश्या है, पर मैंने तुम्हारे साथ तो वेश्याओं का-सा

व्यवहार नहीं किया, तुमको तो मैंने अपनी प्रेम-सम्पत्ति सौंप दी थी। क्या उसका तुम्हारी दृष्टि में कुछ भी मूल्य नहीं है?' सदन फिर चौंक पड़ता और मन को उधर से हटाने की चेष्टा करता। उसने एक व्याख्यान में सुना था कि मनुष्य का जीवन अपने हाथों में है, वह अपने को जैसा चाहे बना सकता है, इसका मूलमन्त्र यही है कि बुरे, क्षुद्र, अश्लील विचार मन में न आने पायें; वह बलपूर्वक इन विचारों को हटाता रहे और उत्कृष्ट विचारों तथा भावों से हृदय को पवित्र रखे। सदन इस सिद्धान्त को कभी न भूलता था। उस व्याख्यान में उसने यह भी सुना था कि जीवन को उच्च बनाने के लिए उच्च शिक्षा की आवश्यकता नहीं, केवल शुद्ध विचारों और पवित्र भावों की आवश्यकता है। सदन को इस कथन से बड़ा संतोष हुआ था। इसलिए वह अपने विचारों को निर्मल रखने का यत्न करता रहता। हज़ारों मनुष्यों ने उस व्याख्यान में सुना था कि प्रत्येक कुविचार हमारे इस जीवन को ही नहीं, आने वाले जीवन को भी नीचे गिरा देता है। लेकिन औरों ने, जो कुछ विज्ञ थे, सुना और भूल गये, सरल हृदय सदन ने सुना और गाँठ से बाँध लिया। जैसे कोई दरिद्र मनुष्य सोने की एक गिरी हुई चीज़ पा जाये और उसे अपने प्राण से भी प्रिय समझे। सदन इस समय आत्म-सुधार की लहर में बह रहा था। रास्ते में अगर उसकी दृष्टि किसी युवती पर पड़ जाती, तो तुरन्त ही अपने को तिरस्कृत करता और मन को समझाता कि इस क्षण-भर के नेत्र-सुख के लिए तू अपने भविष्य जीवन का सर्वनाश किए डालता है। इस चेतावनी से उसके मन को शान्ति होती थी।

एक दिन सदन को गंगा-स्नान के लिए जाते हुए चौक में वेश्याओं का एक जुलूस दिखाई दिया। नगर की सबसे नामी-गिरामी वेश्या ने एक उर्स (धार्मिक जलसा) किया था। ये वेश्याएँ वहाँ से आ रही थीं। सदन इस दृश्य को देखकर चकित हो गया। सौंदर्य, सुवर्ण और सौरभ का ऐसा चमत्कार उसने कभी न देखा था। रेशम, रंग और रमणीयता का ऐसा अनुभव दृश्य, शृंगार और जगमगाहट की ऐसी अद्भुत छटा उसके लिए बिल्कुल नई थी। उसने मन को बहुत रोका, पर न रोक सका। उसने उन अलौकिक सौंदर्य-मूर्तियों को एक बार आँख भरकर देखा। जैसे कोई विद्यार्थी महीनों से कठिन परिश्रम के बाद परीक्षा से निवृत्त होकर आमोद-प्रमोद में लीन हो जाये। एक निगाह से मन तृप्त न हुआ, तो उसने फिर निगाह दौड़ाई, यहाँ तक कि उसकी निगाहें उस तरफ़ जम गईं और वह चलना भूल गया। मूर्ति के समान खड़ा रहा। जब जुलूस निकल गया तो उसे सुधि आई, चौंका, मन को तिरस्कृत करने लगा। तूने महीनों की कमाई एक क्षण में गँवाई? वाह! मैंने अपनी आत्मा का कितना पतन कर दिया? मुझमें कितनी निर्बलता है? लेकिन अन्त में उसने अपने को समझाया कि केवल इन्हें देखने ही से मैं पाप का भागी थोड़े ही हो सकता हूँ? मैंने इन्हें पाप-दृष्टि से नहीं देखा। मेरा हृदय कुवासनाओं से पवित्र है। परमात्मा की सौंदर्य सृष्टि से पवित्र आनन्द उठाना हमारा कर्तव्य है।

यह सोचते हुए वह आगे चला, पर उसकी आत्मा को संतोष न हुआ। मैं अपने ही को धोखा देना चाहता हूँ? यह स्वीकार कर लेने में क्या आपत्ति है कि मुझसे गलती हो गई। हाँ, हुई और अवश्य हुई। मगर मन की वर्तमान अवस्था के अनुसार मैं उसे क्षम्य समझता हूँ। मैं योगी नहीं, संन्यासी नहीं, एक बुद्धिमान मनुष्य हूँ। इतना ऊँचा आदर्श सामने रखकर मैं उसका पालन नहीं कर सकता। आह! सौंदर्य भी कैसी वस्तु है! लोग कहते हैं कि अधर्म से मुख की शोभा जाती रहती है। पर इन रमणियों का अधर्म उनकी शोभा को और भी बढ़ाता है। कहते हैं, मुख हृदय का दर्पण है। पर यह बात भी मिथ्या ही जान पड़ती है।

सदन ने फिर मन को सँभाला और उसे इस ओर से विरक्त करने के लिए इस विषय के दूसरे पहलू पर विचार करने लगा। हाँ, वे स्त्रियाँ बहुत सुन्दर हैं, बहुत ही कोमल हैं, पर उन्होंने अपने स्वर्गीय गुणों का कैसा दुरुपयोग किया है? उन्होंने अपनी आत्मा को कितना गिरा दिया है? हाँ! केवल इन रेशमी वस्त्रों के लिए, इन जगमगाते हुए आभूषणों के लिए उन्होंने अपनी आत्माओं का विक्रय कर डाला है। वे आँखें, जिनसे प्रेम की ज्योति निकलनी चाहिए थी, कपट, कटाक्ष और कुचेष्टाओं से भरी हुई हैं। वे हृदय, जिनमें विशुद्ध निर्मल प्रेम का स्रोत बहना चाहिए था, कितनी दुर्गंध और विषाक्त मलिनता से ढंके हुए हैं। कितनी अधोगति है।

इन घृणात्मक विचारों से सदन को कुछ शान्ति हुई। वह टहलता हुआ गंगा-तट की ओर चला। इसी विचार में आज उसे देर हो गई थी। इसलिए वह उस घाट पर न गया, जहाँ वह नित्य नहाया करता था। वहाँ भीड़-भाड़ हो गई होगी, अतएव उस घाट पर गया, जहाँ विधवाश्रम स्थित था। वहाँ एकान्त रहता था। दूर होने के कारण शहर के लोग वहाँ कम जाते थे।

घाट के निकट पहुँचने पर सदन ने एक स्त्री को घाट की ओर से आते देखा। तुरन्त पहचान गया। यह सुमन थी, पर कितनी बदली हुई। न वे लम्बे-लम्बे केश थे, न वे कोमल गति, न वे हँसते हुए गुलाब के-से होंठ; न वे चंचल ज्योति से चमकती हुई आँखें, न वह बनाव-सिंगार, न वह रत्नजड़ित आभूषणों की छटा; वह केवल सफेद साड़ी पहने हुए थी। उसकी चाल में गम्भीरता और मुख से नैराश्य भाव झलकता था। काव्य वही था, पर अलंकार-विहीन, इसलिए सरल और मार्मिक। उसे देखते ही सदन प्रेम से विह्वल होकर, कई पग बड़े वेग से चला, पर उसका यह रूपांतर देखा तो ठिठक गया, मानो उसे पहचानने में भूल हुई, मानो वह सुमन नहीं कोई और स्त्री थी। उसका प्रेमोत्साह भंग हो गया। समझ में न आया कि यह कायापलट क्यों हो गयी? उसने फिर सुमन की ओर देखा। वह उसकी ओर ताक रही थी, पर उसकी दृष्टि में प्रेम की जगह एक प्रकार की चिन्ता थी, मानो वह उन पिछली बातों को भूल गई है या भूलना चाहती है। मानो वह हृदय की दबी हुई आग को उभारना नहीं चाहती। सदन को ऐसा अनुमान हुआ कि वह मुझे नीच, धोखेबाज और स्वार्थी समझ

रही है। उसने एक क्षण के बाद फिर उसकी ओर देखा--यह निश्चय करने के लिए कि मेरा अनुमान भ्रान्तिपूर्ण तो नहीं है। फिर दोनों की आँखें मिलीं, पर मिलते ही हट गईं। सदन को अपने अनुमान का निश्चय हो गया। निश्चय के साथ ही अभिमान का उदय हुआ। उसने अपने मन को धिक्कारा। अभी-अभी मैंने अपने को इतना समझाया है और इतनी देर में फिर उन्हीं कुवासनाओं में पड़ गया। उसने फिर सुमन की तरफ़ नहीं देखा। वह सिर झुकाए उसके सामने से निकल गई। सदन ने देखा, उसके पैर काँप रहे थे, वह जगह से न हिला, कोई इशारा भी न किया। अपने विचार में उसने सुमन पर सिद्ध कर दिया कि अगर तुम मुझसे एक कोस भागोगी, तो मैं तुमसे सौ कोस भागने को प्रस्तुत हूँ। पर उसे यह ध्यान न रहा कि मैं अपनी जगह मूर्तिवत् खड़ा हूँ। जिन भावों को उसने गुप्त रखना चाहा, स्वयं उन्हीं भावों की मूर्ति बन गया।

जब सुमन कुछ दूर निकल गई, तो वह लौट पड़ा और उसके पीछे अपने को छिपाता हुआ चला। वह देखना चाहता था कि सुमन कहाँ जाती है। विवेक ने वासना के आगे सिर झुका लिया।

38

जिस दिन से बारात लौट गई, उसी दिन से कृष्णचन्द्र फिर घर से बाहर नहीं निकले। मन मारे हुए अपने कमरे में बैठे रहते। उन्हें अब किसी को अपना मुँह दिखाते लज्जा आती थी। दुश्चरित्रा सुमन ने उन्हें संसार की दृष्टि में चाहे कम गिराया हो, पर वह अपनी दृष्टि में कहीं के न रहे। वे अपने अपमान को सहन न कर सकते थे। वे तीन-चार साल कैद रहे, फिर भी अपनी आँखों में इतने नीचे नहीं गिरे थे। उन्हें इस विचार से संतोष हो गया था कि दंड-भोग मेरे कुकर्म का फल है। लेकिन इस कालिमा ने उनके आत्म-गौरव का सर्वनाश कर दिया। वह अब नीच मनुष्यों के पास भी नहीं जाते थे, जिनके साथ बैठकर वह चरस की दम लगाया करते थे। वह जानते थे कि मैं उनसे भी नीचे गिर गया हूँ। उन्हें मालूम होता था कि सारे संसार में मेरी ही निन्दा हो रही है। लोग कहते होंगे कि इसकी बेटी···यह खयाल आते ही वह लज्जा और विषाद के सागर में निमग्न हो जाते। हाय! यदि मैं जानता कि वह यों मर्यादा का नाश करेगी, तो मैंने उसका गला घोंट दिया होता। यह मैं जानता हूँ कि वह अभागिनी थी, किसी बड़े धनी कुल में रहने योग्य थी, भोग-विलास पर जान देती थी। पर यह मैं नहीं जानता था कि उसकी आत्मा इतनी निर्बल है। संसार में किसके दिन समान होते हैं? विपत्ति सभी पर आती है। बड़े-बड़े धनवानों की स्त्रियाँ अन्न-वस्त्र को तरसती हैं, पर कोई उनके मुख पर चिन्ता का चिह्न भी नहीं देख सकता। वे रो-रोकर दिन

काटती हैं, कोई उनके आँसू नहीं देखता। वे किसी के सामने अपनी विपत्ति की कथा नहीं कहतीं। वे मर जाती हैं, पर किसी का एहसान सिर पर नहीं लेतीं। वे देवियाँ हैं। वे कुल-मर्यादा के लिए जीती हैं और उसकी रक्षा करती हुई मरती हैं, पर यह दुष्टा, यह अभागिनी···और उसका पति कैसा कायर है कि उसने उसका सिर नहीं काट डाला! जिस समय उसने घर से बाहर पैर निकाला, उसने क्यों उसका गला नहीं दबा दिया? मालूम होता है, वह भी नीच, दुराचारी, नामर्द है। उसमें अपनी कुल-मर्यादा का अभिमान होता, तो यह नौबत न आती। उसे अपने अपमान की लाज न होगी, पर मुझे है और मैं सुमन को इसका दंड दूँगा। जिन हाथों से उसे पाला, खिलाया, उन्हीं हाथों से उसके गले पर तलवार चलाऊँगा। यही आँखें कभी उसे खेलती देखकर प्रसन्न होती थीं, अब उसे रक्त में लोटती देखकर तृप्त होंगी। मिटी हुई मर्यादा के पुनरूद्धार का इसके सिवा कोई उपाय नहीं। संसार को मालूम हो जायेगा कि कुल पर मरने वाले पापाचरण का क्या दंड देते हैं।

यह निश्चय करके कृष्णचन्द्र अपने उद्देश्य को पूरा करने के साधनों पर विचार करने लगे। जेलखाने में उन्होंने अभियुक्तों से हत्याकांड के कितने ही मन्त्र सीखे थे। रात-दिन इन्हीं बातों की चर्चाएँ रहती थीं। उन्हें सबसे उत्तम साधन यही मालूम हुआ कि चलकर तलवार से उसको मारूँ और तब पुलिस में जाकर आप ही इसकी खबर दूँ। मजिस्ट्रेट के सामने मेरा जो बयान होगा, उसे सुनकर लोगों की आँखें खुल जायेंगी। मन-ही-मन इस प्रस्ताव से पुलकित होकर वह उस बयान की रचना करने लगे। पहले कुछ सभ्य समाज की विलासिता का उल्लेख करूँगा, तब पुलिस के हथकंडों की कलई खोलूँगा, इसके पश्चात् वैवाहिक अत्याचारों का वर्णन करूँगा। दहेज-प्रथा पर ऐसी चोट करूँगा कि सुनकर लोग दंग रह जायें। पर सबसे महत्त्वशाली वह भाग होगा, जिसमें मैं दिखाऊँगा कि अपनी कुल-मर्यादा के मिटाने वाले हम हैं। हम अपनी कायरता से, प्राण-भय से, लोक-निन्दा के डर से, झूठे संतान-प्रेम से, अपनी बेहयाई से, आत्मगौरव की हीनता से, ऐसे पापाचरणों को छिपाते हैं, उन पर पर्दा डाल देते हैं। इसी का यह परिणाम है कि दुर्बल आत्माओं का साहस इतना बढ़ गया है।

कृष्णचन्द्र ने यह संकल्प तो कर लिया, पर अभी तक उन्होंने यह न सोचा कि शान्ता की क्या गति होगी? इस अपमान की लज्जा ने उनके हृदय में और किसी चिन्ता के लिए स्थान न रखा था। उनकी दशा उस मनुष्य की-सी थी, जो अपने बालक को मृत्यु-शैया पर छोड़कर अपने किसी शत्रु से बैर चुकाने के लिए उद्यत हो जाये, जो डोंगी पर बैठा हुआ पानी में सर्प देखकर उसे मारने के लिए झपटे और उसे यह सुधि न रहे कि इस झपट से डोंगी डूब जायेगी।

संध्या का समय था। कृष्णचन्द्र ने आज हत्या-मार्ग पर चलने का निश्चय कर लिया था। इस समय उनका चित्त कुछ उदास था। यह वही उदासीनता थी, जो किसी भयंकर काम के पहले चित्त पर आच्छादित हो जाया करती है। कई दिनों तक

क्रोध के वेग से उत्तेजित और उन्मत्त रहने के बाद उनका मन इस समय कुछ शिथिल हो गया था। जैसे वायु कुछ समय तक वेग से चलने के बाद शान्त हो जाती है। चित्त की ऐसी अवस्था में यह उदासीनता बहुत ही उपयुक्त होती है। उदासीनता वैराग्य का सूक्ष्म स्वरूप है, जो थोड़ी देर के लिए मनुष्य को अपने जीवन पर विचार करने की क्षमता प्रदान कर देती है, उस समय पूर्व-स्मृतियाँ हृदय में क्रीड़ा करने लगती हैं। कृष्णचन्द्र को वे दिन याद आ रहे थे, जब उनका जीवन आनन्दमय था, जब वह नित्य संध्या समय अपनी दोनों पुत्रियों को साथ लेकर सैर करने जाया करते थे। कभी सुमन को गोद में उठाते, कभी शान्ता को। जब वे लौटते तो गंगाजली किस तरह प्रेम से दौड़कर दोनों लड़कियों को प्यार करने लगती थी। किसी आनन्द का अनुभव इतना सुखद नहीं होता, जितना उसका स्मरण। वही जंगल और पहाड़, जो कभी आपको सुनसान और बीहड़ प्रतीत होते थे, वही नदियाँ और झीलें जिनके तट पर से आप आँखें बन्द किए निकल जाते थे, कुछ समय के पीछे एक अत्यन्त मनोरम, शान्तिमय रूप धारण करके स्मृति-नेत्रों के सामने आती हैं और फिर आप उन्हीं दृश्यों को देखने की आकांक्षा करने लगते हैं। कृष्णचन्द्र उस भूतकालिक जीवन का स्मरण करते-करते गद्‌गद हो गये। उनकी आँखों से आँसू की बूँदें टपक पड़ीं। हाय! उस आनन्दमय जीवन का ऐसा विषादमय अन्त हो रहा है! मैं अपने ही हाथों से अपनी ही गोद की खिलाई हुई लड़की का वध करने को प्रस्तुत हो रहा हूँ। कृष्णचन्द्र को सुमन पर दया आई। वह बेचारी कुएँ में गिर पड़ी है। क्या मैं अपनी ही लड़की पर, जिसे मैं आँखों की पुतली समझता था, जिसे सुख से रहने के लिए मैंने कोई बात उठा नहीं रखी, इतना निर्दय हो जाऊँ कि उस पर पत्थर फेंकूँ? लेकिन यह दया का भाव कृष्णचन्द्र के हृदय में देर तक न रह सका। सुमन के पापाभिनय का सबसे घृणोत्पादक भाग यह था कि आज उसका दरवाज़ा सबके लिए खुला हुआ है। हिन्दू, मुसलमान सब वहाँ प्रवेश कर सकते हैं। यह ख़याल आते ही कृष्णचन्द्र का हृदय लज्जा और ग्लानि से भर गया।

इतने में पंडित उमानाथ उनके पास आकर बैठ गये और बोले—मैं वकील के पास गया था। उनकी सलाह है कि मुकदमा दायर करना चाहिए!

कृष्णचन्द्र ने चौंककर पूछा—कैसा मुकदमा?

उमानाथ—उन्हीं लोगों पर, जो द्वार से बारात लौटा ले गये।

कृष्णचन्द्र—इससे क्या होगा?

उमानाथ—इससे यह होगा कि या तो वह फिर कन्या से विवाह करेंगे या हर्जाना देंगे।

कृष्णचन्द्र—पर क्या और बदनामी न होगी?

उमानाथ—बदनामी जो कुछ होनी थी हो चुकी, अब किस बात का डर है? मैंने एक हज़ार रुपये तिलक में दिए, चार-पाँच सौ खिलाने-पिलाने में खर्च किए,

यह सब क्यों छोड़ दूँगा? यही रुपये कंगाल-कुलीन को दे दूँगा, तो वह खुशी से विवाह करने पर तैयार हो जायेगा। ज़रा इन शिक्षित महात्माओं की कलई तो खुलेगी।

कृष्णचन्द्र ने लम्बी साँस लेकर कहा—मुझे विष दे दो, तब यह मुकदमा दायर करो।

उमानाथ ने क्रुद्ध होकर कहा—आप क्यों इतना डरते हैं?

कृष्णचन्द्र—मुकदमा दायर करने का निश्चय कर लिया है?

उमानाथ—हाँ, मैंने निश्चय कर लिया है। कल सारे शहर में बड़े-बड़े वकील-बैरिस्टर जमा थे। यह मुकदमा अपने ढंग का निराला है। उन लोगों ने बहुत कुछ देखभाल कर तब यह सलाह दी है। दो वकीलों को तो बयाना तक दे आया हूँ।

कृष्णचन्द्र ने निराश होकर कहा—अच्छी बात है। दायर कर दो।

उमानाथ—आप इससे असन्तुष्ट क्यों हैं?

कृष्णचन्द्र—जब तुम आप ही नहीं समझते, तो मैं क्या बतलाऊँ? जो बात अभी चार गाँव में फैली है, वह सारे शहर में फैल जायेगी। सुमन अवश्य ही इजलास पर बुलाई जायेगी, मेरा नाम गली-गली बिकेगा।

उमानाथ—अब इससे कहाँ तक डरूँ? मुझे भी अपनी दो लड़कियों का विवाह करना है। यह कलंक अपने माथे लगाकर उनके विवाह में क्यों बाधा डालूँ?

कृष्णचन्द्र—तो तुम यह मुकदमा इसलिए दायर करते हो, जिसमें तुम्हारे नाम पर कोई कलंक न रहे।

उमानाथ ने सगर्व कहा—हाँ, अगर आप उसका यह अर्थ लगाते हैं तो यही सही। बारात मेरे द्वार से लौटी है। लोगों को भ्रम हो रहा है कि सुमन मेरी लड़की है। सारे शहर में मेरा ही नाम लिया जा रहा है। मेरा दावा दस हज़ार का होगा। अगर पाँच हज़ार की डिगरी हो गई, तो शान्ता का किसी उत्तम कुल में ठिकाना लग जायेगा। आप जानते हैं, जूठी वस्तु को मिठास के लोभ से लोग खाते हैं। जब तक रुपये का लोभ न होगा शान्ता का विवाह कैसे होगा? एक प्रकार से मेरे कुल में भी कलंक लग गया। पहले जो लोग मेरे यहाँ सम्बन्ध करने में अपनी बड़ाई समझते थे, वे अब बिना लम्बी थैली के सीधे बात भी न करेंगे, समस्या यह है।

कृष्णचन्द्र ने कहा—अच्छी बात है, मुकदमा दायर कर दो। उमानाथ चले गये तो कृष्णचन्द्र ने आकाश की ओर देखकर कहा—प्रभो, अब उठा ले चलो, यह दुर्दशा नहीं सही जाती। आज उन्हें अपमान का वास्तविक अनुभव हुआ। उन्हें विदित हुआ कि सुमन को दंड देने से यह कलंक नहीं मिट सकता, जैसे साँप को मारने से उसका विष नहीं उतरता। उसकी हत्या करके उपहास के सिवाय और कुछ न होगा। पुलिस पकड़ेगी; महीनों इधर-उधर मारा-मारा फिरूँगा और इतनी दुर्गति के बाद फाँसी पर चढ़ा दिया जाऊँगा। इससे तो कहीं उत्तम यही है कि डूब मरूँ। इस दीपक को बुझा दूँ, जिसके प्रकाश से ऐसे भयंकर दृश्य दिखाई देते हैं। हाय! यह अभागिनी सुमन

बेचारी शान्ता को भी ले डूबी। उसके जीवन का सर्वनाश कर दिया। परमात्मन्! अब तुम्हीं इसके रक्षक हो। इस असहाय बालिका को तुम्हारे सिवाय और कोई आश्रय नहीं है। केवल मुझे यहाँ से उठा ले चलो कि इन आँखों से उसकी दुर्दशा न देखूँ।

थोड़ी देर में शान्ता कृष्णचन्द्र को भोजन करने के लिए बुलाने आई। विवाह के दिन से आज तक कृष्णचन्द्र ने उसे नहीं देखा था। इस समय उन्होंने उसकी ओर करुण नेत्रों से देखा। धुंधले दीपक के प्रकाश में उन्हें उसके मुख पर एक अलौकिक शोभा दिखाई दी! उसकी आँखें निर्मल आत्मिक ज्योति से चमक रही थीं। शोक और मालिन्य का आभास तक न था। जब से उसने सदन को देखा था, उसे अपने हृदय में एक स्वर्गीय विकास का अनुभव होता था। उसे वहाँ निर्मल भावों का एक स्रोत-सा बहता हुआ मालूम होता था। उसमें एक अद्‍भुत आत्मबल का उदय हो गया था। अपनी मामी से वह कभी सीधे मुँह बात न करती थी, पर आजकल घंटों बैठी उसके पैर दबाया करती। अपनी बहनों के प्रति अब उसे ज़रा भी ईर्ष्या न होती थी। वह अब हँसती हुई कुएँ से पानी खींच लाती थी। चक्की चलाने में उसे एक पवित्र आनन्द आता था। उसके जीवन में प्रेम का उद्‍भव हो गया था। सदन उसे न मिला, पर सदन से कहीं उत्तम वस्तु मिल गई। यह सदन का प्रेम था। कृष्णचन्द्र शान्ता का प्रफुल्ल बदन देखकर विस्मित ही नहीं, भयभीत भी हो गये। उन्हें प्रतीत हुआ कि शोक की विषम वेदना आँसुओं द्वारा प्रकट नहीं हुई, उसने भीषण उन्माद का रूप धारण किया है। उन्हें ऐसा आभासित हुआ कि वह मुझे अपनी कठोर यातना का अपराधी समझ रही है। उन्होंने उसकी ओर कातर नेत्रों से देखकर कहा—शान्ता!

शान्ता ने जिज्ञासु भाव से उनकी ओर देखा।

कृष्णचन्द्र कुंठित स्वर में बोले—आज चार वर्ष हुए कि मेरे जीवन की नाव भंवर में पड़ी हुई है। इस विपत्तिकाल ने मेरा सब कुछ हर लिया, पर अब अपनी संतान की दुर्गति नहीं देखी जाती। मैं जानता हूँ कि यह सब मेरे कुकर्म का फल है। अगर मैं पहले ही सावधान हो जाता, तो आज तुम लोगों की यह दुर्दशा न होती। मैं अब बहुत दिन न जीऊँगा। अगर कभी अभागिन सुमन से तुम्हारी भेंट हो जाये, तो कह देना कि मैंने उसे क्षमा किया। उसने जो कुछ किया, उसका दोष मुझ पर है। आज से दो दिन पहले तक मैं उसकी हत्या करने पर तुला हुआ था। पर ईश्वर ने मुझे इस पाप से बचा लिया। उससे कह देना कि वह अपने अभागे बाप और अपनी अभागिनी माता की आत्मा पर दया करे।

यह कहते-कहते कृष्णचन्द्र रुक गये। शान्ता चुपचाप खड़ी रही। अपने पिता पर उसे बड़ी दया आ रही थी। एक क्षण बाद कृष्णचन्द्र बोले—मैं तुमसे भी एक प्रार्थना करता हूँ।

शान्ता—कहिए, क्या आज्ञा है?

कृष्णचन्द्र—कुछ नहीं, यही कि संतोष को कभी मत छोड़ना। इस मन्त्र से

कठिन-से-कठिन समय में भी तुम्हारा मन विचलित न होगा।

शान्ता ताड़ गई कि पिताजी कुछ और कहना चाहते थे, लेकिन संकोचवश न कहकर बात पलट दी। उनके मन में क्या था, यह उससे छिपा न रहा। उसने गर्व से सिर उठा लिया और साभिमान नेत्रों से देखा। उसकी इस विश्वासपूर्ण दृष्टि ने वह सब कुछ और उससे बहुत अधिक कह दिया, जो वह अपनी वाणी से कह सकती थी। उसने मन में कहा, जिसे पातिव्रत जैसा साधन मिल गया है, उसे और किसी साधन की क्या आवश्यकता? इसमें सुख, संतोष और शांति सब कुछ है।

आधी रात बीत चुकी थी। कृष्णचन्द्र घर से बाहर निकले। प्रकृति सुन्दरी किसी वृद्धा के समान कुहरे की मोटी चादर ओढ़े निद्रा में मग्न थी। आकाश में चन्द्रमा मुँह छिपाए हुए वेग से दौड़ा चला जाता था, मालूम नहीं कहाँ?

कृष्णचन्द्र के मन में एक तीव्र आकांक्षा उठी। गंगाजली को कैसे देखूँ। संसार में यही एक वस्तु उनके आनन्दमय जीवन का चिह्न रह गई थी। नैराश्य के घने अंधकार में यही एक ज्योति उनको अपने मन की ओर खींच रही थी। वह कुछ देर तक द्वार पर चुपचाप खड़े रहे, तब एक लम्बी साँस लेकर आगे बढ़े। उन्हें ऐसा मालूम हुआ, मानो गंगाजली आकाश में बैठी हुई उन्हें बुला रही है।

कृष्णचन्द्र के मन में इस समय कोई इच्छा, कोई अभिलाषा, कोई चिन्ता न थी। संसार से उनका मन विरक्त हो गया था। वह चाहते थे कि किसी प्रकार जल्दी गंगातट पर पहुँचूँ और उसके अथाह जल में कूद पड़ूँ। उन्हें भय था कि कहीं मेरा साहस न छूट जाये। उन्होंने अपने संकल्प को उत्तेजित करने के लिए दौड़ना शुरू किया।

लेकिन थोड़ी दूर चलकर वह फिर ठिठक गये और सोचने लगे, पानी में कूद पड़ना ऐसा क्या कठिन है, जहाँ भूमि से पाँव उखड़े कि काम तमाम हुआ। यह स्मरण करके उनका हृदय एक बार काँप उठा। अकस्मात् यह बात उनके ध्यान में आई कि कहीं निकल क्यों न जाऊँ? जब यहाँ रहूँगा ही नहीं, तो अपना अपमान कैसे सुनूँगा? लेकिन इस बात को उन्होंने मन में जमने न दिया। मोह की कपट-लीला उन्हें धोखा न दे सकी। यद्यपि वह धार्मिक प्रकृति के मनुष्य नहीं थे और अदृश्य के एक अव्यक्त भय से उनका हृदय काँप रहा था, पर अपने संकल्प को दृढ़ रखने के लिए वह अपने मन को यह विश्वास दिला रहे थे कि परमात्मा बड़ा दयालु और करूणाशील है। आत्मा अपने को भूल गई थी। वह उस बालक के समान थी, जो अपने किसी सखा के खिलौने तोड़ डालने के बाद अपने ही घर में जाते डरता है।

कृष्णचन्द्र इसी प्रकार आगे बढ़ते हुए कोई चार मील चले गये। ज्यों-ज्यों गंगातट निकट आता जाता था, त्यों-त्यों उनके हृदय की गति बढ़ती जाती थी। भय से चित्त अस्थिर हुआ जाता था। लेकिन वह इस आंतरिक निर्बलता को कुछ तो अपने वेग और कुछ तिरस्कार से हटाने की चेष्टा कर रहे थे। हा! मैं कितना निर्लज्ज, आत्मशून्य हूँ। इतनी दुर्दशा होने पर भी मरने से डरता हूँ। अकस्मात् उन्हें किसी के गाने की

ध्वनि सुनाई दी। ज्यों-ज्यों वे आगे बढ़ते थे, त्यों-त्यों वह ध्वनि निकट आती थी। गाने वाला उन्हीं की ओर चला आ रहा था। उस निस्तब्ध रात्रि में कृष्णचन्द्र को वह गाना अत्यन्त मधुर मालूम हुआ। कान लगाकर सुनने लगे—

हरि सों ठाकुर और न जन को।
जेहि-जेहि विधि सेवक सुख पावै तेहि विधि राखत तिन को ॥
हरि सों ठाकुर और न जन को।
भूखे को भोजन जु उदर को तृषा तोय पट तन को ॥
लाग्यो फिरत सुरभि ज्यों सुत संग उचित गमन गृह वन को ॥
हरि सों ठाकुर और न जन को ॥

यद्यपि गान माधुर्य-रसपूर्ण न था, तथापि वह शास्त्रोक्त था, इसलिए कृष्णचन्द्र को उसमें बहुत आनन्द प्राप्त हुआ था। उन्हें इस शास्त्र का अच्छा ज्ञान था। इसने उनके विदग्ध हृदय को शांति प्रदान कर दी।

गाना बन्द हो गया और एक क्षण के बाद कृष्णचन्द्र ने एक दीर्घकाय जटाधारी साधु को अपनी ओर आते देखा। साधु ने उनका नाम और स्थान पूछा। उसके भाव से ऐसा ज्ञात हुआ कि वह उनसे परिचित है। कृष्णचन्द्र आगे बढ़ना चाहते थे कि उसने पूछा—इस समय आप इधर कहाँ जा रहे हैं?

कृष्णचन्द्र—कुछ ऐसा ही काम आ पड़ा है।

साधु—आधी रात को आपका गंगातट पर क्या काम हो सकता है?

कृष्णचन्द्र ने रुष्ट होकर उत्तर दिया—आप तो आत्मज्ञानी हैं। आपको स्वयं जानना चाहिए।

साधु—आत्मज्ञानी तो मैं नहीं हूँ, केवल भिक्षुक हूँ। इस समय मैं आपको उधर न जाने दूँगा।

कृष्णचन्द्र—आप अपनी राह जाइए। मेरे काम में विघ्न डालने का आपको क्या अधिकार है?

साधु—अधिकार न होता तो मैं आपको रोकता ही नहीं। आप मुझसे परिचित नहीं हैं, पर मैं आपका धर्मपुत्र हूँ, मेरा नाम गजाधर पांडे है!

कृष्णचन्द्र—ओहो! आप गजाधर पांडे हैं। आपने यह भेष कब से धारण कर लिया? आपसे मिलने की मेरी बहुत इच्छा थी। मैं आपसे कुछ पूछना चाहता था।

गजाधर—मेरा स्थान गंगातट पर एक वृक्ष के नीचे है। चलिए, वहाँ थोड़ी देर विश्राम कीजिए। मैं सारा वृत्तान्त आपसे कह दूँगा।

रास्ते में दोनों मनुष्यों में कुछ बातचीत न हुई। थोड़ी देर में वे उस वृक्ष के नीचे पहुँच गये, जहाँ एक मोटा-सा कुंदा जल रहा था। भूमि पर पुआल बिछा हुआ था और एक मृगचर्म, एक कमंडल और पुस्तकों का एक बस्ता उस पर रखा हुआ था।

कृष्णचन्द्र आग तापते हुए बोले—आप साधु हो गये हैं, सत्य ही कहिएगा,

सुमन की यह कुप्रवृत्ति कैसे हो गई?

गजाधर अग्नि के प्रकाश में कृष्णचन्द्र के मुख की ओर मर्मभेदी दृष्टि से देख रहे थे। उन्हें उनके मुख पर उनके हृदय के समस्त भाव अंकित देख पड़ते थे। वह अब गजाधर न थे। सत्संग और विरक्ति ने उनके ज्ञान को विकसित कर दिया था। वह उस घटना पर जितना ही विचार करते थे, उतना ही उन्हें पश्चात्ताप होता था। इस प्रकार अनुतप्त होकर उनका हृदय सुमन की ओर से बहुत उदार हो गया था। कभी-कभी उनका जी चाहता था कि चलकर उसके चरणों पर सिर रख दूँ।

गजाधर बोले—इसका कारण मेरा अन्याय था। यह सब मेरी निर्दयता और अमानुषीय व्यवहार का फल है। वह सर्वगुण सम्पन्न थी। वह इस योग्य थी कि किसी बड़े घर की स्वामिनी बनती। मुझ जैसा दुष्ट, दुरात्मा, दुराचारी मनुष्य उसके योग्य न था। उस समय मेरी स्थूल दृष्टि उसके गुणों को न देख सकी। ऐसा कोई कष्ट न था, जो उस देवी को मेरे साथ न झेलना पड़ा हो। पर उसने कभी मन मैला न किया। वह मेरा आदर करती थी। पर उसका यह व्यवहार देखकर मुझे उस पर संदेह होता था कि वह मेरे साथ कोई कौशल कर रही है। उसका संतोष, उसकी भक्ति, उसकी गम्भीरता मेरे लिए दुर्बोध थी। मैं समझता था, वह मुझसे कोई चाल चल रही है। अगर वह मुझसे छोटी-छोटी वस्तुओं के लिए झगड़ा करती, रोती, कोसती, ताने देती, तो उस पर मुझे विश्वास होता। उसका ऊँचा आदर्श मेरे अविश्वास का कारण हुआ। मैं उसके सतीत्व पर संदेह करने लगा। अन्त में वह दशा हो गई कि एक दिन, रात को एक सहेली के घर पर केवल ज़रा विलम्ब हो जाने के कारण मैंने उसे घर से निकाल दिया।

कृष्णचन्द्र बात काटकर बोले—तुम्हारी बुद्धि उस समय कहाँ गई थी? तुमको ज़रा भी ध्यान न रहा कि तुम इस अपनी निर्दयता से कितने बड़े कुल को कलंकित कर रहे हो?

गजाधर—महाराज, अब मैं क्या बताऊँ कि मुझे क्या हो गया था? मैंने फिर उसकी सुध न ली। पर उसका अन्तःकरण शुद्ध था। पापाचरण से उसे घृणा थी। अब वह विधवाश्रम में रहती है और सब उससे प्रसन्न हैं। उसकी धर्मनिष्ठा देखकर लोग चकित हो जाते हैं।

गजाधर की बातें सुनकर कृष्णचन्द्र का हृदय सुमन की ओर से कुछ नरम पड़ गया। लेकिन वह जितना ही इधर नरम था, उतना ही दूसरी ओर कठोर हो गया। जैसे साधारण गति से बहती जलधारा दूसरी ओर और भी वेग से बहने लगती है। उन्होंने गजाधर को सरोष नेत्रों से देखा, जैसे कोई भूखा सिंह अपने शिकार को देखता है। उन्हें निश्चय हो रहा था कि यह मनुष्य मेरे कुल को कलंकित करने वाला है। इतना ही नहीं, उसने सुमन के साथ भी अन्याय किया है। उसे नाना प्रकार के कष्ट दिये हैं। क्या मैं उसे केवल इसलिए छोड़ दूँ कि वह अब अपने दुष्कृत्यों पर लज्जित

है? लेकिन उसने ये बातें मुझसे कह क्यों दीं? कदाचित् वह समझता है कि मैं उसका कुछ नहीं बिगाड़ सकता। यही बात है, नहीं तो वह मेरे सामने अपना अपराध इतनी निर्भयता से क्यों स्वीकार करता? कृष्णचन्द्र ने गजाधर के मनोभावों को न समझा। वह क्षण-भर आग की तरफ़ ताकते रहे, फिर कठोर स्वर में बोले—गजाधर, तुमने मेरे कुल को डुबो दिया। तुमने मुझे कहीं मुँह दिखाने योग्य न रखा। तुमने मेरी लड़की की जान ले ली—उसका सत्यानाश कर दिया, तिस पर भी तुम मेरे सामने इस तरह बैठे हो, मानो कोई महात्मा हो। तुम्हें चुल्लू-भर पानी में डूब मरना चाहिए।

गजाधर ज़मीन की मिट्टी खुरच रहे थे। उन्होंने सिर न उठाया।

कृष्णचन्द्र फिर बोले—तुम दरिद्र थे। इसमें तुम्हारा कोई दोष नहीं। तुम अगर अपनी स्त्री का उचित रीति से पालन-पोषण नहीं कर सके, तो इसके लिए तुम्हें दोषी नहीं ठहराता। तुम उसके मनोभावों को नहीं जान सके, उसके सद्विचारों का मर्म नहीं समझ सके, इसके लिए भी मैं तुम्हें दोषी नहीं ठहराता। तुम्हारा अपराध यह है कि तुमने उसे घर से निकाल दिया। तुमने उसका सिर क्यों न काट लिया? अगर तुमको उसके पातिव्रत पर संदेह था, तो तुमने उसे मार क्यों नहीं डाला? और यदि इतना साहस नहीं था, तो स्वयं क्यों न प्राण त्याग दिया? विष क्यों न खा लिया? अगर तुमने उसके जीवन का अन्त कर दिया होता, तो उसकी यह दुर्दशा न हुई होती, मेरे कुल में यह कलंक न लगता। तुम भी कहोगे कि मैं पुरुष हूँ? तुम्हारी इस कायरता पर, इस निर्लज्जता पर धिक्कार है। जो पुरुष इतना नीच है कि अपनी स्त्री को दूसरों से प्रेम करते देखकर उसका रुधिर खौल नहीं उठता, वह पशुओं से भी गया-बीता है।

गजाधर को अब मालूम हुआ कि सुमन को घर से निकालने की बात कहकर वह मानो ब्रह्मफाँस में फँस गये। वह मन में पछताने लगे कि उदारता की धुन में मैं इतना असावधान क्यों हो गया? तिरस्कार की मात्रा भी उनकी आशा से अधिक हो गई। यह न समझे कि तिरस्कार यह रूप धारण करेगा और उससे मेरे हृदय पर इतनी चोट लगेगी। अनुतप्त हृदय वह तिरस्कार चाहता है, जिसमें सहानुभूति और सहृदयता हो, वह नहीं जो अपमान-सूचक और क्रूरतापूर्ण हो। पका हुआ फोड़ा नश्तर का घाव चाहता है, पत्थर का आघात नहीं। गजाधर अपने पश्चात्ताप पर पछताए। उनका मन अपना पूर्वपक्ष समर्थन करने के लिए अधीर होने लगा।

कृष्णचन्द्र ने गरजकर कहा—क्यों, तुमने उसे मार क्यों नहीं डाला?

गजाधर ने गम्भीर स्वर में उत्तर दिया—मेरा हृदय इतना कठोर नहीं था?

कृष्णचन्द्र—तो घर से क्यों निकाला?

गजाधर—केवल इसलिए कि उस समय मुझे उससे गला छुड़ाने का और कोई उपाय न था।

कृष्णचन्द्र ने मुँह चढ़ाकर कहा—क्यों, जहर खा सकते थे?

गजाधर इस चोट से बिलबिलाकर बोले—व्यर्थ में जान देता?

कृष्णचन्द्र--व्यर्थ जान देना, व्यर्थ जीने से अच्छा है।

गजाधर–आप मेरे जीने को व्यर्थ नहीं कह सकते। आपसे पंडित उमानाथ ने न कहा होगा, पर मैंने इसी याचना-वृत्ति से उन्हें शान्ता के विवाह के लिए पन्द्रह सौ रुपये दिए हैं और इस समय भी उन्हीं के पास यह एक हज़ार रुपये लेकर जा रहा था, जिससे वह कहीं उसका विवाह कर दें।

यह कहते-कहते गजाधर चुप हो गये। उन्हें अनुभव हुआ कि इस बात का उल्लेख करके मैंने अपने ओछेपन का परिचय दिया। उन्होंने संकोच से सिर झुका लिया। कृष्णचन्द्र ने संदिग्ध स्वर से कहा--उन्होंने इस विषय में मुझसे कुछ नहीं कहा।

गजाधर–यह कोई ऐसी बात भी नहीं थी कि वह आपसे कहते। मैंने केवल प्रसंगवश कह दी। क्षमा कीजिएगा मेरा अभिप्राय केवल यह है कि आत्मघात करके मैं संसार का कोई उपकार न कर सकता था। इस कालिमा ने मुझे अपने जीवन को उज्ज्वल बनाने पर बाध्य किया है। सोयी हुई आत्मा को जगाने के लिए हमारी भूलें एक प्रकार की दैविक यंत्रणाएँ हैं, जो हमको सदा के लिए सतर्क कर देती हैं। शिक्षा, उपदेश, संसर्ग किसी से भी हमारे ऊपर उतना सुप्रभाव नहीं पड़ता, जितना अपनी भूलों के कुपरिणाम को देखकर सम्भव है। आप इसे मेरी कायरता समझें, पर वही कायरता मेरे लिए शांति और सदुद्योग की एक अविरल धारा बन गई है। एक प्राणी का सर्वनाश करके आज मैं सैकड़ों अभागिन कन्याओं का उद्धार करने योग्य हुआ हूँ और मुझे यह देखकर असीम आनन्द हो रहा है कि यही सद्प्रेरणा सुमन पर भी अपना प्रभाव डाल रही है। मैंने अपनी कुटी में बैठे हुए उसे कई बार गंगा-स्नान करते देखा है और उसकी श्रद्धा तथा धर्मनिष्ठा को देखकर विस्मित हो गया हूँ। उसके मुख पर शुद्धांतःकरण की विमल आभा दिखाई देती है। वह अगर पहले कुशल गृहिणी थी, तो अब परम विदुषी है और मुझे विश्वास है कि एक दिन वह स्त्री समाज का शृंगार बनेगी।

कृष्णचन्द्र ने पहले इन वाक्यों को इस प्रकार सुना, जैसे कोई चतुर ग्राहक व्यापारी की अनुरोधपूर्ण बातें सुनता है। वह कभी नहीं भूलता कि व्यापारी उससे अपने स्वार्थ की बातें कर रहा है। लेकिन धीरे-धीरे कृष्णचन्द्र पर इन वाक्यों का प्रभाव पड़ने लगा। उन्हें विदित हुआ कि मैंने उस मनुष्य को कटु वाक्य कहकर दुःख पहुँचाया, जो हृदय से अपनी भूल पर लज्जित है और जिसके एहसानों के बोझ के नीचे मैं दबा हुआ हूँ। हा! मैं कैसा कृतघ्न हूँ! यह स्मरण करके उनके लोचन सजल हो गये। सरल हृदय मनुष्य मोम की भाँति जितनी जल्दी कठोर हो जाता है, उतनी ही जल्दी पसीज भी जाता है।

गजाधर ने उनके मुख की ओर करुण नेत्रों से देखकर कहा–इस समय यदि आप साधु के अतिथि बन जायें तो कैसा हो? प्रातःकाल मैं आपके साथ चलूँगा।

इस कंबल में आपको जाड़ा न लगेगा।

कृष्णचन्द्र ने नम्रता से कहा—कंबल की आवश्यकता नहीं है। ऐसे ही लेटा रहूँगा।

गजाधर—आप समझते हैं कि मेरा कंबल ओढ़ने में आपको दोष लगेगा, पर यह कंबल मेरा नहीं है। मैंने इसे अतिथि-सत्कार के लिए रख छोड़ा है।

कृष्णचन्द्र ने अधिक आपत्ति नहीं की। उन्हें सर्दी लग रही थी। कंबल ओढ़कर लेटे और तुरन्त ही निद्रा में मग्न हो गये, पर वह शान्तिदायिनी निद्रा नहीं थी, उनकी वेदनाओं का दिग्दर्शन मात्र थी। उन्होंने स्वप्न देखा कि मैं जेलखाने में मृत्यु शैया पर पड़ा हुआ हूँ और जेल का दारोगा मेरी ओर घृणित भाव से देखकर कह रहा है कि तुम्हारी रिहाई अभी नहीं होगी। इतने में गंगाजली और उनके पिता दोनों चारपाई के पास खड़े हो गये। उनके मुँह विकृत थे और उन पर कालिमा लगी हुई थी। गंगाजली ने रोकर कहा, तुम्हारे कारण हमारी यह दुर्दशा हो रही है। पिता ने क्रोधयुक्त नेत्रों से देखते हुए कहा, क्या हमारी कालिमा ही तेरे जीवन का फल होगी, इसीलिए हमने तुमको जन्म दिया था? अब यह कालिमा कभी हमारे मुख से न छूटेगी। हम अनंतकाल तक यह यंत्रणा भोगते रहेंगे। तूने केवल चार दिन जीवित रहने के लिए हमें यह कष्ट-भोग दिया है, पर हम इसी दम तेरा प्राण हरण करेंगे। यह कहते हुए वह कुल्हाड़ा लिये हुए उन पर झपटे।

कृष्णचन्द्र की आँखें खुल गईं। उनकी छाती धड़क रही थी। सोते वक्त वह भूल गये थे कि मैं क्या करने घर से चला था। इस स्वप्न ने उसका स्मरण करा दिया। उन्होंने अपने को धिक्कारा। मैं कैसा कर्तव्यहीन हूँ। उन्हें निश्चित हो गया कि यह स्वप्न नहीं, आकाशवाणी है।

गजाधर के कथन का असर धीरे-धीरे उनके हृदय से मिटने लगा। सुमन अब चाहे सती हो जाये, साध्वी हो जाये, इससे वह कालिमा तो न मिट जायेगी, जो उसने हमारे मुख पर लगा दी है। यह महात्मा कहते हैं, पाप में सुधार की बड़ी शक्ति है। मुझे तो वह कहीं दिखाई नहीं देती। मैंने भी तो पाप किए हैं, पर कभी इस शक्ति का अनुभव नहीं किया। कुछ नहीं, यह सब इनके शब्दजाल हैं, इन्होंने अपनी कायरता को शब्दों के आडंबर में छिपाया है। यह मिथ्या है, पाप से पाप ही उत्पन्न होगा। अगर पाप से पुण्य होता, तो आज संसार में कोई पापी न रह जाता।

यह सोचते हुए वह उठ बैठे। गजाधर भी आग के पास पड़े हुए थे। कृष्णचन्द्र चुपके से उठे और गंगा तट की ओर चले। उन्होंने निश्चय कर लिया कि अब इन वेदनाओं का अन्त ही करके छोड़ूँगा।

चन्द्रमा अस्त हो चुका था। कुहरा और भी सघन हो गया। अंधकार ने वृक्ष, पहाड़ और आकाश में कोई अन्तर न छोड़ा था। कृष्णचन्द्र एक पगडंडी पर चले जा रहे थे, पर दृष्टि की अपेक्षा अनुमान से अधिक काम लेना पड़ता था। पत्थरों के टुकड़ों और झाड़ियों से बचने में वह ऐसे लीन हो रहे थे कि अपनी अवस्था का ध्यान न था।

कगार के किनारे पहुँचकर उन्हें कुछ प्रकाश दिखाई दिया। वह नीचे उतरे। गंगा कुहरे की मोटी चादर ओढ़े पड़ी कराह रही थी। आसपास के अंधकार और गंगा में केवल प्रवाह का अन्तर था। यह प्रवाहित अंधकार था। ऐसी उदासी छायी हुई थी, जो मृत्यु के बाद घरों में छा जाती है।

कृष्णचन्द्र नदी के किनारे खड़े थे। उन्होंने विचार किया, हाय ! अब मेरा अन्त कितना निकट है। एक पल में यह प्राण न जाने कहाँ चले जायेंगे। न जाने क्या गति होगी? संसार से आज नाता टूटता है। परमात्मन्, अब तुम्हारी शरण आता हूँ, मुझ पर दया करो, ईश्वर मुझे सँभालो।

इसके बाद उन्होंने एक क्षण अपने हृदय में बल का संचार किया। उन्हें मालूम हुआ कि मैं निर्भय हूँ। वह पानी में घुसे। पानी बहुत ठंडा था। कृष्णचन्द्र का सारा शरीर दहल उठा। वह घुसते हुए चले गये। गले तक पानी में पहुँचकर एक बार फिर विराट तिमिर को देखा। यह संसार-प्रेम की अंतिम घड़ी थी। यह मनोबल की, आत्माभिमान की अंतिम परीक्षा थी। अब तक उन्होंने जो कुछ किया था, वह केवल इसी परीक्षा की तैयारी थी। इच्छा और माया का अंतिम संग्राम था। माया ने अपनी सम्पूर्ण शक्ति से उन्हें अपनी ओर खींचा। सुमन विदुषी वेश में दृष्टिगोचर हुई, शान्ता शोक की मूर्ति बनी हुई सामने आई। अभी क्या बिगड़ा है? क्यों न साधु हो जाऊँ? मैं ऐसा कौन बड़ा आदमी हूँ कि संसार मेरे नाम और मर्यादा की चर्चा करेगा? ऐसी न जाने कितनी कन्याएँ पाप के फंदे में फँसती हैं। संसार किसकी परवाह करता है? मैं मूर्ख हूँ, जो यह सोचता हूँ कि संसार मेरी हँसी उड़ाएगा। इच्छा-शक्ति ने कितना ही चाहा कि इस तर्क का प्रतिवाद करे, पर वह निष्फल हुई, एक डुबकी की कसर थी। जीवन और मृत्यु में केवल एक पग का अन्तर था। पीछे का एक पग कितना सुलभ था, कितना सरल, आगे का एक पग कितना कठिन था, कितना भयकारक। कृष्णचन्द्र ने पीछे लौटने के लिए कदम उठाया। माया ने अपनी विलक्षण शक्ति का चमत्कार दिखा दिया। वास्तव में वह संसार-प्रेम नहीं था, अदृश्य का भय था।

उस समय कृष्णचन्द्र को अनुभव हुआ कि अब मैं पीछे नहीं फिर सकता। वह धीरे-धीरे आप-ही-आप खिसकते जाते थे। उन्होंने जोर से चीत्कार किया। अपने शीत-शिथिल पैरों को पीछे हटाने की प्रबल चेष्टा की, लेकिन कर्म की गति कि वह आगे ही को खिसके।

अकस्मात् उनके कानों में गजाधर के पुकारने की आवाज़ आई। कृष्णचन्द्र ने चिल्लाकर उत्तर दिया, पर मुँह से पूरी बात भी न निकलने पायी थी कि हवा से बुझकर अंधकार में लीन हो जाने वाले दीपक के सदृश लहरों में मग्न हो गये। शोक, लज्जा और चिन्तातप्त हृदय का दाह शीतल जल में शान्त हो गया। गजाधर ने केवल यह शब्द सुने, 'मैं यहाँ डूबा जाता हूँ' और फिर लहरों की पैशाचिक क्रीड़ाध्वनि के सिवा और कुछ न सुनाई दिया।

शोकाकुल गजाधर देर तक तट पर खड़े रहे। वही शब्द चारों ओर से उन्हें सुनाई देते थे। पास की पहाड़ियाँ और सामने की लहरें और चारों ओर छाया हुआ दुर्भेद्य अंधकार इन्हीं शब्दों से प्रतिध्वनित हो रहा था।

39

प्रातःकाल यह शोक-समाचार अमोला में फैल गया। इने-गिने सज्जनों को छोड़कर कोई भी उमानाथ के द्वार पर सम्वेदना प्रकट करने न आया। स्वाभाविक मृत्यु हुई होती, तो सम्भवतः उनके शत्रु भी आकर चार आँसू बहा जाते, पर आत्मघात एक भंयकर समस्या है, यहाँ पुलिस का अधिकार है। इस अवसर पर मित्रदल ने भी शत्रुवत् व्यवहार किया।

उमानाथ से गजाधर ने जिस समय यह समाचार कहा, उस समय वह कुएँ पर नहा रहे थे। उन्हें लेशमात्र भी दुःख व कौतूहल नहीं हुआ। इसके प्रतिकूल उन्हें कृष्णचन्द्र पर क्रोध आया, पुलिस के हथकंडों की शंका ने शोक को भी दबा दिया। उन्हें स्नान-ध्यान में उस दिन बड़ा विलम्ब हुआ। संदिग्ध चित्त को अपनी परिस्थिति के विचार से अवकाश नहीं मिलता। वह समय—ज्ञान-रहित हो जाता है।

जाह्नवी ने बड़ा हाहाकार मचाया। उसे रोते देखकर उसकी दोनों बेटियाँ भी रोने लगीं। पास-पड़ोस की महिलाएँ समझाने के लिए आ गईं। उन्हें पुलिस का भय नहीं था, पर आर्तनाद शीघ्र ही समाप्त हो गया। कृष्णचन्द्र के गुण-दोष की विवेचना होने लगी। सर्वसम्मति ने स्थिर किया कि उनमें गुण की मात्रा दोष से बहुत अधिक थी। दोपहर को जब उमानाथ घर में शर्बत पीने आये और कृष्णचन्द्र के सम्बन्ध में कुछ अनुदारता का परिचय दिया, तो जाह्नवी ने उनकी ओर वक्र नेत्रों से देखकर कहा—कैसी तुच्छ बातें करते हो।

उमानाथ लज्जित हो गये। जाह्नवी अपने हार्दिक आनन्द का सुख अकेले उठा रही थी। इस भाव को वह इतना तुच्छ और नीच समझती थी कि उमानाथ से भी उसे गुप्त रखना चाहती थी। सच्चा शोक शान्ता के सिवा और किसी को न हुआ। यद्यपि अपने पिता को वह सामर्थ्यहीन समझती थी, तथापि संसार में उसके जीवन का एक आधार मौजूद था। अपने पिता की हीनावस्था ही उसकी पितृ-भक्ति का कारण थी, अब वह सर्वथा निराधार हो गई। लेकिन नैराश्य ने उसके जीवन को उद्देश्यहीन नहीं होने दिया। उसका हृदय और भी कोमल हो गया। कृष्णचन्द्र ने चलते-चलते उसे जो शिक्षा दी थी, उसमें अब उससे विलक्षण प्रेरणा-शक्ति का प्रादुर्भाव हो गया था। आज से शान्ता सहिष्णुता की मूर्ति बन गई। पावस की अंतिम बूँदों के सदृश मनुष्य की वाणी के अंतिम शब्द कभी निष्फल नहीं जाते। शान्ता अब मुँह से ऐसा

कोई शब्द न निकालती, जिससे उसके पिता को दुःख हो। उनके जीवनकाल में वह कभी-कभी उनकी अवहेलना किया करती थी, पर अब वह अनुदार विचारों को हृदय में भी न आने देती थी। उसे निश्चय था कि भौतिक शरीर से मुक्त आत्मा के लिए अन्तर और बाह्य में कोई भेद नहीं। यद्यपि अब वह जाह्नवी को संतुष्ट रखने के निमित्त कोई बात उठा न रखती थी, तथापि जाह्नवी उसे दिन में दो-चार बार अवश्य ही उल्टी-सीधी सुना देती। शान्ता को क्रोध आता, पर वह विष का घूँट पीकर रह जाती, एकांत में भी न रोती। उसे भय था कि पिताजी की आत्मा मेरे रोने से दुःखी होगी।

होली के दिन उमानाथ अपनी दोनों लड़कियों के लिए उत्तम साड़ियाँ लाए। जाह्नवी ने भी रेशमी साड़ी निकाली, पर शान्ता को अपनी पुरानी धोती ही पहननी पड़ी। उसका हृदय दुःख से विदीर्ण हो गया, पर उसका मुख ज़रा भी मलिन न हुआ। दोनों बहनें मुँह फुलाए बैठी थीं कि साड़ियों में गोट नहीं लगवाई गई और शान्ता प्रसन्न बदन घर का काम-काज कर रही थी, यहाँ तक कि जाह्नवी को भी उस पर दया आ गई। उसने अपनी एक पुरानी, लेकिन रेशमी साड़ी निकालकर शान्ता को दे दी। शान्ता ने ज़रा भी मान न किया। उसे पहनकर पकवान बनाने में मग्न हो गई।

एक दिन शान्ता उमानाथ की धोती छाँटना भूल गई। दूसरे दिन प्रातःकाल उमानाथ नहाने चले, तो धोती गीली पड़ी थी। वह तो कुछ न बोले, पर जाह्नवी ने इतना कोसा कि वह रो पड़ी। रोती थी और धोती छाँटती थी। उमानाथ को यह देखकर दुःख हुआ। उन्होंने मन में सोचा, हम केवल पेट की रोटियों के लिए इस अनाथ को इतना कष्ट दे रहे हैं। ईश्वर के यहाँ क्या जवाब देंगे? जाह्नवी को तो उन्होंने कुछ न कहा, पर निश्चय किया कि शीघ्र ही इस अत्याचार का अन्त करना चाहिए। मृतक संस्कारों से निवृत्त होकर उमानाथ आजकल मदनसिंह पर मुकदमा दायर करने की कार्यवाही में मग्न थे। वकीलों ने उन्हें विश्वास दिला दिया था कि तुम्हारी अवश्य विजय होगी। पाँच हज़ार रुपये मिल जाने से मेरा कितना कल्याण होगा, यह कामना उमानाथ को आनन्दोन्मत्त कर देती थी। इस कल्पना ने उनकी शुभाकांक्षाओं को जागृत कर दिया था। नया घर बनाने के मंसूबे होने लगे थे। उस घर का चित्र हृदयपट पर खिंच गया था। उसके लिए उपुयक्त स्थान की बातचीत शुरू हो गई थी। इन आनन्द-कल्पनाओं में शान्ता की सुधि न रही थी। जाह्नवी के इस अत्याचार ने उनको शान्ता की ओर आकर्षित किया। गजाधर के दिए हुए सहस्र रुपये, जो उन्होंने मुकद्मे के खर्च के लिए अलग रख दिए थे, घर में मौजूद थे। एक दिन जाह्नवी से उन्होंने इस विषय में कुछ बातचीत की। कहीं एक सुयोग्य वर मिलने की आशा थी। शान्ता ने ये बातें सुनीं। मुकदमे की बातचीत सुनकर भी उसे दुःख होता था, पर वह उसमें दखल देना अनुचित समझती थी, लेकिन विवाह की बातचीत सुनकर वह चुप न रह सकी। एक प्रबल प्रेरक शक्ति ने उसकी लज्जा और संकोच को हटा दिया। ज्यों ही उमानाथ चले गये, वह जाह्नवी के पास आकर बोली—मामा अभी तुमसे क्या कह

रहे थे? जाह्नवी ने असंतोष के भाव से उत्तर दिया—कह क्या रहे थे, अपना दुःख रो रहे थे। अभागिन सुमन ने यह सब कुछ किया, नहीं तो यह दोहरकम्मा क्यों करना पड़ता? अब न उतना उत्तम कुल ही मिलता है, न वैसा सुन्दर वर। थोड़ी दूर पर एक गांव है। वहीं एक वर देखने गये थे। शान्ता ने भूमि की ओर ताकते हुए उत्तर दिया—क्या मैं तुम्हें इतना कष्ट देती हूँ कि मुझे फेंकने की पड़ी हुई है? तुम मामा से कह दो कि मेरे लिए कष्ट न उठाएँ।

जाह्नवी—तुम उनकी प्यारी भांजी हो, उनसे तुम्हारा दुःख नहीं देखा जाता। मैंने भी तो यही कहा था कि अभी रहने दो। जब मुकदमे का रुपया हाथ आ जाये, तो निश्चिंत होकर करना, पर वह मेरी बात मानें तब तो?

शान्ता—मुझे वहीं क्यों नहीं पहुँचा देते?

जाह्नवी ने विस्मित होकर पूछा—कहाँ?

शान्ता ने सरल भाव से उत्तर दिया—चाहे चुनार, चाहे काशी।

जाह्नवी—कैसी बच्चों की-सी बातें करती हो। अगर ऐसा ही होता, तो रोना काहे का था? उन्हें तुम्हें घर में रखना होता, तो यह उपद्रव क्यों मचाते?

शान्ता—बहू बनाकर न रखें, लौंडी बनाकर तो रखेंगे।

जाह्नवी ने निर्दयता से कहा—तो चली जाओ। तुम्हारे मामा से कभी न होगा कि तुम्हें सिर चढ़ाकर ले जायें और वहाँ अपना अपमान कराके फिर तुम्हें ले आयें। वह तो उन लोगों का मुँह कुचलकर उनसे रुपये भराएँगे।

शान्ता—मामी, वे लोग चाहे कैसे ही अभिमानी हों, लेकिन मैं उनके द्वार पर जाकर खड़ी हो जाऊँगी, तो उन्हें मुझ पर दया आ ही जायेगी। मुझे विश्वास है कि वह मुझे अपने द्वार पर से हटा न देंगे। अपना बैरी भी द्वार पर आ जाये, तो उसे भगाते संकोच होता है। मैं तो फिर भी···

जाह्नवी अधीर हो गई। यह निर्लज्जता उससे सही न गई। बात काटकर बोली—चुप भी रहो। लाज-हया तो जैसे तुम्हें छू नहीं गई। मान न मान, मैं तेरा मेहमान। जो अपनी बात न पूछे, वह चाहे धन्नासेठ ही क्यों न हो, उसकी ओर आँख उठाकर न देखूँ। अपनी तो यह टेक है। अब तो वे लोग यहाँ आकर नकघिसनी भी करें, तो तुम्हारे मामा दूर से ही भगा देंगे।

शान्ता चुप हो गई। संसार चाहे जो कुछ समझता हो, वह अपने को विवाहिता ही समझती थी। विवाहिता कन्या का दूसरे घर में विवाह हो, यह उसे अत्यन्त लज्जाजनक, असह्य प्रतीत होता था। बारात आने के एक मास पहले से वह सदन के रूप-गुण की प्रशंसा सुन-सुनकर उसके हाथों बिक चुकी थी। उसने अपने द्वार पर, द्वाराचार के समय, सदन को अपने पुरुष की भाँति देखा है, इस प्रकार नहीं, मानो वह कोई अपरिचित मनुष्य है। अब किसी दूसरे पुरुष की कल्पना उसके सतीत्व पर कुठार के समान लगती थी। वह इतने दिनों तक सदन को अपना पति समझने के

बाद उसे हृदय से निकाल न सकती थी, चाहे वह उसकी बात पूछे या न पूछे, चाहे उसे अंगीकार करे या न करे। अगर द्वाराचार के बाद ही सदन उसके सामने आता, तो वह उसी भाँति मिलती, मानो वह उसका पति है। विवाह, भांवर या सिंदूर-बन्धन नहीं, केवल मन का भाव है।

शान्ता को अभी तक यह आशा थी कि कभी-न-कभी मैं पति के घर अवश्य जाऊँगी, कभी-न-कभी स्वामी के चरणों में अवश्य ही आश्रय पाऊँगी, पर आज अपने विवाह की—या पुनर्विवाह की—बात सुनकर उसका अनुरक्त हृदय काँप उठा। उसने निःसंकोच होकर जाह्नवी से विनय की कि मुझे पति के घर भेज दो। यहीं तक उसकी सामर्थ्य थी। इसके सिवा वह और क्या करती? पर जाह्नवी की निर्दयतापूर्ण उपेक्षा देखकर उसका धैर्य हाथ से जाता रहा। मन की चंचलता बढ़ने लगी। रात को जब सब सो गये, तो उसने पद्मसिंह को एक विनय-पत्र लिखना शुरू किया। यह उसका अंतिम साधन था। इसके निष्फल होने पर उसने कर्तव्य का निश्चय कर लिया था।

पत्र शीघ्र समाप्त हो गया। उसने पहले ही से कल्पना में उसकी रचना कर ली थी। केवल लिखना बाकी था।

'पूज्य धर्मपिता के चरण-कमलों में सेविका शान्ता का प्रणाम स्वीकार हो। मैं बहुत दुःख में हूँ। मुझ पर दया करके अपने चरणों में आश्रय दीजिए। पिताजी गंगा में डूब गये। यहाँ आप लोगों पर मुकदमा चलाने का प्रस्ताव हो रहा है। मेरे पुनर्विवाह की बातचीत हो रही है। शीघ्र सुधि लीजिए। एक सप्ताह तक आपकी राह देखूँगी। उसके बाद फिर आप इस अबला की पुकार न सुनेंगे।'

इतने में जाह्नवी की आँखें खुलीं। मच्छरों ने सारे शरीर में कांटे चुभो दिये थे। खुजलाते हुए बोली—शान्ता! यह क्या कर रही है?

शान्ता ने निर्भय होकर कहा—पत्र लिख रही हूँ।

'किसको?'

'अपने श्वसुर को।'

'चुल्लू-भर पानी में डूब नहीं मरती?'

'सातवें दिन मरूँगी।'

जाह्नवी ने कुछ उत्तर न दिया, फिर सो गई। शान्ता ने लिफाफे पर पता लिखा और उसे अपने कपड़ों की गठरी में रखकर लेटी रही।

40

पद्मसिंह का पहला विवाह उस समय हुआ था, जब वह कॉलेज में पढ़ते थे, और एम.ए. पास हुए, तो वह एक पुत्र के पिता थे। पर बालिका वधू शिशु-पालन का

मर्म न जानती थी। बालक जन्म के समय तो हृष्ट-पुष्ट था, पर पीछे धीरे-धीरे क्षीण होने लगा था। यहाँ तक छठे महीने माता और शिशु दोनों ही चल बसे। पद्मसिंह ने निश्चय किया, अब विवाह न करूँगा। मगर वकालत पास करने पर उन्हें फिर वैवाहिक बन्धन में फँसना पड़ा। सुभद्रा रानी वधू बनकर आई। इसे आज सात वर्ष हो गये।

पहले दो-तीन साल तक तो पद्मसिंह को संतान का ध्यान ही नहीं हुआ। यदि भामा इसकी चर्चा करती, तो वह टाल जाते। कहते, मुझे संतान की इच्छा नहीं। मुझसे यह बोझ न सँभलेगा। अभी तक संतान की आशा थी, इसीलिए अधीर न होते थे।

लेकिन जब चौथा साल भी यों ही कट गया, तो उन्हें कुछ निराशा होने लगी। मन में चिन्ता हुई, क्या सचमुच मैं निःसंतान ही रहूँगा। ज्यों-ज्यों दिन गुजरते थे, यह चिन्ता बढ़ती जाती थी। अब उन्हें अपना जीवन कुछ शून्य-सा मालूम होने लगा। सुभद्रा से वह प्रेम न रहा, सुभद्रा ने इसे ताड़ लिया। उसे दुःख तो हुआ, पर इसे अपने कर्मों का फल समझकर उसने संतोष किया।

पद्मसिंह अपने को बहुत समझाते कि तुम्हें संतान लेकर क्या करना है? जन्म से लेकर पच्चीस वर्ष की आयु तक उसे जिलाओ, खिलाओ, पढ़ाओ तिस पर भी यह शंका ही लगी रहती है कि वह किसी ढंग की भी होगी या नहीं। लड़का मर गया, तो उसके नाम को लेकर रोओ। जो कहीं हम मर गये, तो उसकी ज़िन्दगी नष्ट हो गई। हमें यह सुख नहीं चाहिए। लेकिन इन विचारों से मन को शांति न होती। वह सुभद्रा से अपने भावों को छिपाने की चेष्टा करते थे और उसे निर्दोष समझकर उसके साथ पूर्ववत् प्रेम करना चाहते थे, पर जब हृदय पर नैराश्य का अंधकार छाया हो, तो मुख पर प्रकाश कहाँ से आये? साधारण बुद्धि का मनुष्य भी कह सकता था कि स्त्री-पुरुष के बीच में कुछ-न-कुछ अन्तर है। कुशल यही थी कि सुभद्रा की ओर से पति-प्रेम और सेवा में कुछ कमी न थी, वरन् दिनोंदिन उसमें और कोमलता आती जाती थी, वह अपने प्रेमानुराग से संतान-लालसा को दबाना चाहती थी, पर इस दुस्तर कार्य में वह उस वैद्य से अधिक सफल न होती थी, जो रोगी को गीतों से अच्छा करना चाहता हो। गृहस्थी की छोटी-छोटी बातों पर, जो अनुचित होने पर भी पति को ग्राह्य हो जाया करती हैं, उसे सदैव दबना पड़ता था और जब से सदन यहाँ रहने लगा था, कितनी ही बार उसके पीछे तिरस्कृत होना पड़ा। स्त्री अपने पति के बर्छो का घाव सह सकती है, पर किसी दूसरे के पीछे उसकी तीव्र दृष्टि भी उसे असह्य हो जाती है। सदन सुभद्रा की आँखों में काँटे की तरह गड़ता था। अन्त को कल वह उबल पड़ी। गर्मी सख्त थी। मिसिराइन किसी कारण से न आई थी, सुभद्रा को भोजन बनाना पड़ा। उसने पद्मसिंह के लिए फुल्कियाँ पकाईं। लेकिन गर्मी से व्याकुल थी, इसलिए सदन के लिए मोटी-मोटी रोटियाँ बना दीं। पद्मसिंह भोजन करने बैठे, सदन की थाली में रोटियाँ देखीं, तो मारे क्रोध के अपनी फुल्कियाँ उसकी थाली में रख दीं

और उसकी रोटियाँ अपनी थाली में डाल लीं। सुभद्रा ने जलकर कुछ कटु वाक्य कहे, पद्मसिंह ने वैसा ही उत्तर दिया। फिर प्रत्युत्तर की नौबत आई। यहाँ तक कि वह झल्लाकर चौके से उठ गये। सुभद्रा ने मनावन नहीं किया। उसने रसोई उठा दी और जाकर लेट गई, पर अभी तक दो में से एक का भी क्रोध शान्त नहीं हुआ। मिसिराइन ने आज खाना बनाया, पर न पद्मसिंह ने खाया, न सुभद्रा ने। सदन बारी-बारी से दोनों की खुशामद कर रहा था, पर एक तरफ़ से यह उत्तर पाता, अभी भूख नहीं है और दूसरी तरफ़ से जवाब मिलता, खा लूँगी, यह थोड़े ही छूटेगा। यही छूट जाता, तो काहे किसी की धौंस सहनी पड़ती। आश्चर्य था कि सदन से सुभद्रा हँस-हँसकर बातें करती थी और वही इस कलह का मूल कारण था। मृगा खूब जानता है कि टट्टी की आड़ से आने वाला तीर वास्तव में शिकारी की मांस-तृष्णा या मृगया प्रेम है।

तीसरा पहर हो गया था, पद्मसिंह सोकर उठे थे और जम्हाइयाँ ले रहे थे। उनका हृदय सुभद्रा के प्रति अनुदार, अप्रिय, दग्धकारी भावों से मलिन हो रहा था। सुभद्रा के अतिरिक्त यह प्राणि-मात्र से सहानुभूति करने को तैयार बैठे थे। इसी समय डाकिए ने एक बैरंग चिट्ठी लाकर उन्हें दी। उन्होंने डाकिए को इस अप्रसन्नता की दृष्टि से देखा, मानो बैरंग चिट्ठी लाकर उसने कोई अपराध किया है। पहले तो उन्हें इच्छा हुई कि इसे लौटा दें, किसी दरिद्र मुवक्किल ने इसमें अपनी विपत्ति गायी होगी, लेकिन कुछ सोचकर चिट्ठी ले ली और खोलकर पढ़ने लगे। यह शान्ता का पत्र था। उसे एक बार पढ़कर मेज़ पर रख दिया। एक क्षण के बाद फिर उठाकर पढ़ा और तब कमरे में टहलने लगे। इस समय यदि मदनसिंह वहाँ होते, तो वह पत्र उन्हें दिखाते और कहते, यह आपके कुल-मर्यादाभिमान का—आपके लोक-निन्दा, भय का फल है। आपने एक मनुष्य का प्राणाघात किया, उसकी हत्या आपके सिर पड़ेगी। पद्मसिंह को मुकदमे की बात पढ़कर एक प्रकार का आनन्द-सा हुआ। बहुत अच्छा हो कि यह मुकदमा दायर हो और उनकी कुलीनता का गर्व धूल में मिल जाये। उमानाथ की डिगरी अवश्य होगी और तब भाई साहब को ज्ञात होगा कि कुलीनता कितनी महँगी वस्तु है। हाय! उस अबला कन्या के हृदय पर क्या बीत रही होगी? पद्मसिंह ने फिर उस पत्र को पढ़ा। उन्हें उसमें अपने प्रति श्रद्धा का एक स्रोत-सा बहता हुआ मालूम हुआ। इसने उनकी न्यायप्रियता को उत्तेजित-सा कर दिया। 'धर्मपिता' इस शब्द ने उन्हें वशीभूत कर दिया। उसने उनके हृदय में वात्सल्य के तार का स्वर कंपित कर दिया। वह कपड़े पहनकर विट्ठलदास के मकान पर जा पहुँचे, वहाँ मालूम हुआ कि वे कुंवर अनिरूद्धसिंह के यहाँ गये हुए हैं। तुरन्त बाइसिकल उधर फेर दी। वह शान्ता के विषय में इसी समय कुछ-न-कुछ निश्चय कर लेना चाहते थे। उन्हें भय था कि विलम्ब होने से यह जोश ठंडा न पड़ जाये।

कुंवर साहब के यहाँ ग्वालियर से एक जलतरंग बजाने वाला आया हुआ था। उसी का गाना सुनने के लिए आज उन्होंने मित्रों को निमन्त्रित किया था। पद्मसिंह

वहाँ पहुँचे तो विट्ठलदास और प्रोफेसर रमेशदत्त में उच्च स्वर में विवाद हो रहा था और कुंवर साहब, पंडित प्रभाकर राव तथा सैयद तेगअली बैठे हुए इस लड़ाई का तमाशा देख रहे थे।

शर्माजी को देखते ही कुंवर साहब ने उनका स्वागत किया। बोले—आइए, आइए, देखिए यहाँ घोर संग्राम हो रहा है। किसी तरह इन्हें अलग कीजिए, नहीं तो ये लड़ते-लड़ते मर जायेंगे।

इतने में प्रोफेसर रमेशदत्त बोले—थियासोफिस्ट होना कोई गाली नहीं है। मैं थियासोफिस्ट हूँ और इसे सारा शहर जानता है। हमारे ही समाज के उद्योग का फल है कि आज अमेरिका, जर्मनी, रूस इत्यादि देशों में आपको राम और कृष्ण के भक्त और गीता, उपनिषद् आदि सद्ग्रंथों के प्रेमी दिखाई देने लगे हैं। हमारे समाज ने हिन्दू जाति का गौरव बढ़ा दिया है, उसके महत्त्व को प्रसारित कर दिया है और उसे उस उच्चासन पर बिठा दिया है, जिसे वह अपनी अकर्मण्यता के कारण कई शताब्दियों से छोड़ बैठी थी, यह हमारी परम कृतघ्नता होगी, अगर हम उन लोगों का यश न स्वीकार करें, जिन्होंने अपने दीपक से हमारे अंधकार को दूर करके हमें वे रत्न दिखा दिए हैं, जिन्हें देखंने की हममें सामर्थ्य न थी। यह दीपक ब्लाबेट्स्की का हो, या आल्क्ट का या किसी अन्य पुरुष का, हमें इससे कोई प्रयोजन नहीं! जिसने हमारा अंधकार मिटाया हो, उसका अनुग्रहीत होना हमारा कर्तव्य है। अगर आप इसे गुलामी कहते हैं, तो यह आपका अन्याय है।

विट्ठलदास ने इस कथन को ऐसे उपेक्ष्य भाव से सुना, मानो वह कोई निरर्थक बकवाद है और बोले—इसी का नाम गुलामी है, बल्कि गुलाम तो एक प्रकार से स्वतंत्र होता है, उसका अधिकार शरीर पर होता है, आत्मा पर नहीं। आप लोगों ने तो अपनी आत्मा को ही बेच दिया है। आपकी अंग्रेज़ी शिक्षा ने आपको ऐसा पद-दलित किया है कि जब तक यूरोप का कोई विद्वान् किसी विषय के गुण-दोष प्रकट न करे, तब तक आप उस विषय की ओर से उदासीन रहते हैं। आप उपनिषदों का आदर इसलिए नहीं करते कि वे स्वयं आदरणीय हैं, बल्कि इसलिए करते हैं कि ब्लाबेट्स्की और मैक्समूलर ने उनका आदर किया है। आपमें अपनी बुद्धि से काम लेने की शक्ति का लोप हो गया है। अभी तक आप तांत्रिक विद्या की बात भी न पूछते थे। अब जो यूरोपीय विद्वानों ने उसका रहस्य खोलना शुरू किया, तो आपको अब तंत्रों में गुण दिखाई देते हैं। यह मानसिक गुलामी उस भौतिक गुलामी से कहीं गई-गुजरी है। आप उपनिषदों को अंग्रेज़ी में पढ़ते हैं, गीता को जर्मन में। अर्जुन को अर्जुना, कृष्ण को कृशना कहकर अपने स्वभाषा-ज्ञान का परिचय देते हैं। आपने इसी मानसिक दासत्व के कारण उस क्षेत्र में अपनी पराजय स्वीकार कर ली, जहाँ हम अपने पूर्वजों की प्रतिभा और प्रचंडता से चिरकाल तक अपनी विजय-पताका फहरा सकते थे।

रमेशदत्त इसका कुछ उत्तर देना ही चाहते थे कि कुंवर साहब बोल उठे—मित्रो!

अब मुझसे बिना बोले नहीं रहा जाता। लाला साहब, आप अपने इस 'गुलामी' शब्द को वापस लीजिए।

विट्ठलदास—क्यों वापस लूँ?

कुंवरसाहब—आपको इसको प्रयोग करने का अधिकार नहीं है।

विट्ठलदास—मैं आपका आशय नहीं समझा।

कुंवरसाहब—मेरा आशय यह है कि हममें कोई भी दूसरों को गुलाम कहने का अधिकार नहीं रखता! अंधों के नगर में कौन किसको अंधा कहेगा? हम सब-के-सब राजा हों या रंक, गुलाम हैं। हम अगर अपढ़, निर्धन, गंवार हैं, तो थोड़े गुलाम हैं। हम अपने राम का नाम लेते हैं, अपनी गाय पालते हैं और अपनी गंगा में नहाते हैं, और हम यदि विद्वान्, उन्नत, ऐश्वर्यवान हैं, तो बहुत गुलाम हैं, जो विदेशी भाषा बोलते हैं, कुत्ते पालते हैं और अपने देशवासियों को नीच समझते हैं। सारी जाति इन्हीं दो भागों में विभक्त है। इसलिए कोई किसी को गुलाम नहीं कह सकता। गुलामी के मानसिक, आत्मिक, शारीरिक आदि विभाग करना भ्रांतिकारक है। गुलामी केवल आत्मिक होती है, और दशाएँ इसी के अन्तर्गत हैं। मोटर, बंगले, पोलो और प्यानो यह एक बेड़ी के तुल्य हैं। जिसने इन बेड़ियों को नहीं पहना, उसी को सच्ची स्वाधीनता का आनन्द प्राप्त हो सकता है, और आप जानते हैं, वे कौन लोग हैं? वे हमारे दीन कृषक हैं, जो अपने पसीने की कमाई खाते हैं, अपने जातीय भेष, भाषा और भाव का आदर करते हैं और किसी के सामने सिर नहीं झुकाते हैं।

प्रभाकर राव ने मुस्कुराकर कहा—आपको कृषक बन जाना चाहिए।

कुंवरसाहब—तो अपने पूर्वजन्म के कुकर्मों को कैसे भोगूँगा? बड़े दिन में मेवे की डालियाँ कैसे लगाऊँगा? सलामी के लिए खानसामा की खुशामद कैसे करूँगा? उपाधि के लिए नैनीताल के चक्कर कैसे लगाऊँगा? डिनर पार्टी देकर लेडियों के कुत्तों को कैसे गोद में उठाऊँगा? देवताओं को प्रसन्न और संतुष्ट करने के लिए देशहित के कार्यों में असम्मति कैसे दूँगा? यह सब मानव-अधःपतन की अंतिम अवस्थाएँ हैं। उन्हें भोग किए बिना मेरी मुक्ति नहीं हो सकती। (पद्मसिंह से) कहिए शर्माजी, आपका प्रस्ताव बोर्ड में कब आयेगा? आप आजकल कुछ उत्साहहीन से दीख पड़ते हैं। क्या इस प्रस्ताव की भी वही गति होगी, जो हमारे अन्य सार्वजनिक कार्यों की हुआ करती है?

इधर कुछ दिनों से वास्तव में पद्मसिंह का उत्साह कुछ क्षीण हो गया था। ज्यों-ज्यों उसके पास होने की आशा बढ़ती थी, उनका अविश्वास भी बढ़ता जाता था। विद्यार्थी की परीक्षा जब तक नहीं होती, वह उसी की तैयारी में लगा रहता है, लेकिन परीक्षा में उत्तीर्ण हो जाने के बाद भावी जीवन-संग्राम की चिन्ता उसे हतोत्साहित कर दिया करती है। उसे अनुभव होता है कि जिन साधनों से अब तक मैंने सफलता प्राप्त की है, वह इस नये, विस्तृत, अगम्य क्षेत्र में अनुपयुक्त हैं। वही दशा इस समय शर्माजी

की थी। अपना प्रस्ताव उन्हें कुछ व्यर्थ-सा मालूम होता था। व्यर्थ ही नहीं, कभी-कभी उन्हें उससे लाभ के बदले हानि होने का भय होता था। लेकिन वह अपने संदेहात्मक विचारों को प्रकट करने का साहस न कर सकते थे, कुंवर साहब की ओर विश्वासपूर्ण दृष्टि से देखकर बोले, जी नहीं, ऐसा तो नहीं है। हाँ, आजकल फुर्सत न रहने से वह काम ज़रा धीमा पड़ गया है।

कुंवर साहब—उसके पास होने में तो अब कोई बाधा नहीं है?

पद्मसिंह ने तेगअली की तरफ़ देखकर कहा—मुसलमान मेम्बरों का ही भरोसा है।

तेगअली ने मार्मिक भाव से कहा—उन पर एतमाद करना रेत पर दीवार बनाना है। आपको मालूम नहीं, वहाँ क्या चालें चली जा रही हैं। अजब नहीं है कि ऐन वक्त पर धोखा दें।

पद्मसिंह—मुझे तो ऐसी आशा नहीं है।

तेगअली—यह आपकी शराफत है। यहाँ इस वक्त उर्दू-हिंदी का झगड़ा, गौकशी का मसला, जुदागाना इंतखाब, सूद का मुआबिजा, कानून इन सबों से मजहबी तास्सुब के भड़काने में मदद ली जा रही है।

प्रभाकर राव—सेठ बलभद्रदास न आयेंगे क्या, किसी तरह उन्हीं को समझाना चाहिए।

कुंवर साहब—मैंने उन्हें निमन्त्रण ही नहीं दिया, क्योंकि मैं जानता था कि वह कदापि न आयेंगे। वह मतभेद को वैमनस्य समझते हैं। हमारे प्रायः सभी नेताओं का यही हाल है। यही एक विषय है, जिसमें उनकी सजीवता प्रकट होती है। आपका उनसे ज़रा भी मतभेद हुआ और वह आपके जानी दुश्मन हो गये, आपसे बोलना तो दूर रहा, आपकी सूरत तक न देखेंगे, बल्कि अवसर पायेंगे, तो अधिकारियों से आपकी शिकायत करेंगे। अपने मित्रों की मंडली में आपके आचार-विचार, रीति-व्यवहार की आलोचना करेंगे। आप ब्राह्मण हैं तो आपको भिक्षुक कहेंगे, क्षत्रिय हैं तो आपको उज्जड-गंवार कहेंगे। वैश्य हैं, तो आपको बनिए, डंडी-तौल की पदवी मिलेगी और शूद्र हैं तब तो आप बने-बनाए चांडाल हैं ही। आप अगर गाने से प्रेम रखते हैं, तो आप दुराचारी हैं, आप सत्संगी हैं तो आपको तुरन्त 'बछिया के ताऊ' की उपाधि मिल जायेगी। यहाँ तक कि आपकी माता और स्त्री पर भी निन्दास्पद आक्षेप किए जायेंगे। हमारे यहाँ मतभेद महापाप है और उसका कोई प्रायश्चित्त नहीं। अहा! वह देखिए, डॉक्टर श्यामाचरण की मोटर आ गई।

डॉक्टर श्यामाचरण मोटर से उतरे और उपस्थित सज्जनों की ओर देखते हुए बोले—

I am sorry. I was late. कुंवर साहब ने उनका स्वागत किया। औरों ने भी हाथ मिलाया और डॉक्टर साहब एक कुर्सी पर बैठकर बोले—When is the performance going to begin!

कुंवर साहब—डॉक्टर साहब, आप भूलते हैं, यह काले आदमियों का समाज है।

डॉक्टर साहब ने हँसकर कहा—मुआफ कीजिएगा, मुझे याद न रहा कि आपके यहाँ मलेच्छों की भाषा बोलना मना है।

कुंवर साहब—लेकिन देवताओं के समाज में तो आप कभी ऐसी भूल नहीं करते।

डॉक्टर—तो महाराज, उसका कुछ प्रायश्चित्त करा लीजिए।

कुंवर साहब—इसका प्रायश्चित्त यही है कि आप मित्रों से अपनी मातृभाषा का व्यवहार किया कीजिए।

डॉक्टर—आप राजा लोग हैं, आपसे यह प्रण निभ सकता है। हमसे इसका पालन क्योंकर हो सकता है? अंग्रेज़ी तो हमारी Lingua Franca (सार्वदेशिक भाषा) हो रही है।

कुंवर साहब—उसे आप ही लोगों ने तो यह गौरव प्रदान कर रखा है। फारस और काबुल के मूर्ख सिपाहियों और हिन्दू व्यापारियों के समागम से उर्दू जैसी भाषा का प्रादुर्भाव हो गया। अगर हमारे देश के भिन्न-भिन्न प्रांतों के विद्वज्जन परस्पर अपनी ही भाषा में संभाषण करते, तो अब तक कभी की सार्वदेशिक भाषा बन गई होती। जब तक आप जैसे विद्वान् लोग अंग्रेज़ी के भक्त बने रहेंगे, कभी एक सार्वदेशिक भाषा का जन्म न होगा। मगर यह काम कष्टसाध्य है, इसे कौन करे? यहाँ तो लोगों को अंग्रेज़ी जैसी समुन्नत भाषा मिल गई, सब उसी के हाथों बिक गये। मेरी समझ में नहीं आता कि अंग्रेज़ी भाषा बोलने और लिखने में लोग क्यों अपना गौरव समझते हैं। मैंने भी अंग्रेज़ी पढ़ी है। दो साल विलायत रह आया हूँ और आपके कितने ही अंग्रेज़ी के धुरंधर पंडितों से अच्छी अंग्रेज़ी लिख और बोल सकता हूँ, पर मुझे उससे ऐसी घृणा होती है, जैसे किसी अंग्रेज़ के उतारे हुए कपड़े पहनने से।

पद्मसिंह ने इन वादों में कोई भाग न लिया। ज्यों ही अवसर मिला, उन्होंने विट्ठलदास को बुलाया और उन्हें एकान्त में ले जाकर शान्ता का पत्र दिखाया।

विट्ठलदास ने कहा—अब आप क्या करना चाहते हैं?

पद्मसिंह—मेरी तो कुछ समझ में नहीं आता। जब से यह पत्र मिला है, ऐसा मालूम होता है, मानो नदी में बहा जाता हूँ।

विट्ठलदास—कुछ-न-कुछ करना तो पड़ेगा।

पद्मसिंह—क्या करूँ।

विट्ठलदास—शान्ता को बुला लाइए।

पद्मसिंह—सारे घर से नाता टूट जायेगा।

विट्ठलदास—टूट जाये। कर्तव्य के सामने किसी का क्या भय?

पद्मसिंह—यह तो आप ठीक कहते हैं, पर मुझमें इतनी सामर्थ्य नहीं। भैया को मैं अप्रसन्न करने का साहस नहीं कर सकता।

विट्ठलदास—अपने यहाँ न रखिए, विधवाश्रम में रख दीजिए, यह तो कठिन नहीं।

पद्मसिंह—हाँ, यह आपने अच्छा उपाय बताया। मुझे इतना भी न सूझा था। कठिनाई में मेरी बुद्धि जैसे चरने चली जाती है।

विट्ठलदास—लेकिन जाना आपको पड़ेगा।

पद्मसिंह—यह क्यों, आपके जाने से काम न चलेगा?

विट्ठलदास—भला, उमानाथ उसे मेरे साथ क्यों भेजने लगे?

पद्मसिंह—इसमें उन्हें क्या आपत्ति हो सकती है?

विट्ठलदास—आप तो कभी-कभी बच्चों-सी बातें करने लगते हैं। शान्ता उनकी बेटी न सही, पर इस समय वह उसके पिता हैं। वह उसे एक अपरिचित मनुष्य के साथ क्यों आने देंगे?

पद्मसिंह—भाई साहब, आप नाराज न हों, मैं वास्तव में कुछ बौखला गया हूँ। लेकिन मेरे चलने में तो बड़ा उपद्रव खड़ा हो जायेगा। भैया सुनेंगे तो वह मुझे मार ही डालेंगे। जनवासे में उन्होंने जो धक्का लगाया था, वह अभी तक मुझे याद है।

विट्ठलदास—अच्छा, आप न चलिए, मैं ही चला जाऊँगा। लेकिन उमानाथ के नाम एक पत्र देने में तो आपको कोई बांधा नहीं?

पद्मसिंह—आप कहेंगे कि यह निरा मिट्टी का लौंदा है, पर मुझमें उतना साहस भी नहीं है। ऐसी युक्ति बताइए कि कोई अवसर पड़े, तो मैं साफ निकल जाऊँ। भाई साहब को मुझ पर दोषारोपण का मौका न मिले।

विट्ठलदास ने झुँझलाकर उत्तर दिया—मुझे ऐसी युक्ति नहीं सूझती। भलेमानुष आप भी अपने को मनुष्य कहेंगे। वहाँ तो वह धुआँधार व्याख्यान देते हैं, ऐसे उच्च भावों से भरा हुआ, मानो मुक्तात्मा हैं और कहाँ यह भीरुता !

पद्मसिंह ने लज्जित होकर कहा—इस समय जो चाहे कह लीजिए, पर इस काम का सारा भार आपके ऊपर रहेगा।

विट्ठलदास—अच्छा, एक तार तो दे दीजिएगा, या इतना भी न होगा?

पद्मसिंह—(उछलकर) हाँ, मैं तार दे दूँगा। मैं तो जानता था कि आप राह निकालेंगे। अब अगर कोई बात आ पड़ी, तो मैं कह दूँगा कि मैंने तार नहीं दिया, किसी ने मेरे नाम से दे दिया होगा—मगर एक ही क्षण में उनका विचार पलट गया। अपनी आत्मभीरूता पर लज्जा आई। मन में सोचा, भाई साहब ऐसे मूर्ख नहीं हैं कि इस धर्मकार्य के लिए मुझसे अप्रसन्न हों और यदि हो भी जायें, तो मुझे इसकी चिन्ता न करनी चाहिए।

विट्ठलदास—तो आज ही तार दे दीजिए।

पद्मसिंह—लेकिन यह सरासर जालसाजी होगी।

विट्ठलदास—हाँ, होगी तो, आप ही समझिए।

पद्मसिंह—मैं चलूँ तो कैसा हो?

विट्ठलदास—बहुत ही उत्तम, सारा काम ही बन जाये।

पद्मसिंह—अच्छी बात है, मैं और आप दोनों चलें।

विट्ठलदास—तो कब?

पद्मसिंह—बस, आज तार देता हूँ कि हम लोग शान्ता को विदा कराने आ रहे हैं, परसों संध्या की गाड़ी से चले चलें।

विट्ठलदास—निश्चय हो गया?

पद्मसिंह—हाँ, निश्चय हो गया। आप मेरा कान पकड़कर ले जाइएगा।

विट्ठलदास ने अपने सरल-हृदय मित्र की ओर प्रशंसा की दृष्टि से देखा और दोनों मनुष्य जलतरंग सुनने जा बैठे, जिसकी मनोहर ध्वनि आकाश में गूँज रही थी।

41

जब हम स्वास्थ्य-लाभ करने के लिए किसी पहाड़ पर जाते हैं, तो इस बात का विशेष यत्न करते हैं कि हमसे कोई कुपथ्य न हो। नियमित रूप से व्यायाम करते हैं, आरोग्य का उद्देश्य सदैव हमारे सामने रहता है। सुमन विधवाश्रम में आत्मिक स्वास्थ्य लाभ करने गई थी और अभीष्ट को एक क्षण के लिए भी न भूलती थी, वह अपनी बहनों की सेवा में तत्पर रहती और धार्मिक पुस्तकें पढ़ती। देवोपासना, स्नानादि में उसके व्यथित हृदय को शांति मिलती थी।

विट्ठलदास ने अमोला के समाचार उससे छिपा रखे थे, लेकिन जब शान्ता को आश्रम में रखने का विचार निश्चित हो गया, तब उन्होंने सुमन को इसके लिए तैयार करना उचित समझा। उन्होंने कुंवर साहब के यहाँ से आकर उसे सारा समाचार कह सुनाया।

आश्रम में सन्नाटा छाया हुआ था। रात बहुत बीत चुकी थी, पर सुमन को किसी भाँति नींद न आती थी। उसे आज अपने अविचार का यथार्थ स्वरूप दिखलाई दे रहा था। जिस प्रकार कोई रोगी क्लोरोफार्म लेने के पश्चात् होश में आकर अपने चीरे फोड़े के गहरे घाव को देखता है और पीड़ा तथा भय से मूर्छित हो जाता है, वही दशा इस समय सुमन की थी। पिता, माता और बहन तीनों उसे अपने सामने बैठे हुए मालूम होते थे। माता लज्जा तथा दुःख से सिर झुकाए उदास हो रही थी, पिता खड़े उसकी ओर क्रोधोन्मत्त, रक्तवर्ण नेत्रों से ताक रहे थे और शान्ता शोक, नैराश्य और तिरस्कार की मूर्ति बनी हुई कभी धरती की ओर ताकती थी, कभी आकाश की ओर।

सुमन का चित्त व्यग्र हो उठा। वह चारपाई से उठी और बलपूर्वक अपना सिर पक्की ज़मीन पर पटकने लगी। वह अपनी ही दृष्टि में एक पिशाचिनी मालूम होती थी। सिर में चोट लगने से उसे चक्कर आ गया। एक क्षण के बाद उसे चेत हुआ,

माथे से रुधिर बह रहा था। उसने धीरे से कमरा खोला। आँगन में अंधेरा छाया हुआ था। वह लपकी हुई फाटक पर आई, पर वह बन्द था। उसने ताले को कई बार हिलाया, पर वह न खुला, बुड्ढा चौकीदार फाटक से ज़रा हटकर सो रहा था। सुमन धीरे-धीरे उसके पास आई और उसके सिर के नीचे कुंजी टटोलने लगी। चौकीदार हकबकाकर उठ बैठा और 'चोर! चोर !' चिल्लाने लगा। सुमन वहाँ से भागी और अपने कमरे में आकर किवाड़ बन्द कर लिए।

किन्तु सवेरे की पवन के सदृश चित्त की प्रचंड व्यग्रता भी शीघ्र ही शान्त हो जाती है। सुमन खूब बिलखकर रोई। हाय! मुझ जैसी डाइन संसार में न होगी। मैंने विलास-तृष्णा की धुन में अपने कुल का सर्वनाश कर दिया, मैं अपने पिता की घातिका हूँ, मैंने शान्ता के गले पर छुरी चलाई है, मैं उसे यह कालिमापूर्ण मुँह कैसे दिखाऊँगी? उसके सम्मुख कैसे ताकूँगी? पिताजी ने जिस समय यह बात सुनी होगी, उन्हें कितना दुःख हुआ होगा। यह सोचकर वह फिर रोने लगी। यह वेदना उसे अपने और कष्टों से असह्य मालूम होती थी। अगर यह बात उसके पिता से कहने के बदले मदनसिंह उसे कोल्हू में पेर देते, हाथी के पैरों तले कुचलवा देते, आग में झोंक देते, कुत्तों से नुचवा देते तो वह ज़रा भी चूं न करती। अगर विलास की इच्छा और निर्दय अपमान ने उसकी लज्जा-शक्ति को शिथिल न कर दिया होता, तो वह कदापि घर से बाहर पाँव न निकालती। वह अपने पति के हाथों कड़ी-से-कड़ी यातना सहती और घर में पड़ी रहती। घर से निकलते समय उसे यह ख्याल भी न था कि मुझे कभी दालमंडी में बैठना पड़ेगा। वह बिना कुछ सोचे-समझे घर से निकल खड़ी हुई। उस शोक और नैराश्य की अवस्था में वह भूल गई कि मेरे पिता हैं, बहन है।

बहुत दिनों के वियोग ने उनका स्मरण ही न रखा। वह अपने को संसार में अकेली असहाय समझती थी। वह समझती थी, मैं किसी दूसरे देश में हूँ और मैं जो कुछ करूँगी वह सब गुप्त ही रहेगा। पर अब ऐसा संयोग आ पड़ा कि वह अपने को आत्मीय सूत्र से बँधी हुई पाती थी। जिन्हें वह भूल चुकी थी, वह फिर उसके सामने आ गये और आत्माओं का स्पर्श होते ही लज्जा का प्रकाश आलोकित होने लगा।

सुमन ने शेष रात मानसिक विफलता की दशा में काटी। चार बजने पर वह गंगा-स्नान को चली। वह बहुधा अकेले ही जाया करती थी, इसलिए चौकीदार ने कुछ पूछताछ न की।

सुमन गंगातट पर पहुँच कर इधर-उधर देखने लगी कि कोई है तो नहीं। वह आज गंगा में नहाने नहीं, डूबने आई थी। उसे कोई शंका, भय या घबराहट नहीं थी। कल किसी समय शान्ता आश्रम में आ जायेगी। उसे मुँह दिखाने की अपेक्षा गंगा की गोद में मग्न हो जाना कितना सहज था।

अकस्मात् उसने देखा कि कोई आदमी उसकी तरफ़ चला आ रहा है। अभी

कुछ-कुछ अंधेरा था, पर सुमन को इतना मालूम हो गया कि कोई साधु है। सुमन की उँगली में एक अंगूठी थी। उसने उसे साधु को दान करने का निश्चय किया, लेकिन वह ज्यों ही समीप आया, सुमन ने भय, घृणा और लज्जा से अपना मुँह छिपा लिया। यह गजाधर थे।

सुमन खड़ी थी और गजाधर उसके पैरों पर गिर पड़े और रुद्ध कंठ से बोले—मेरा अपराध क्षमा करो!

सुमन पीछे हट गई। उसकी आँखों के सामने अपने अपमान का दृश्य खिंच गया। घाव हरा हो गया। उसके जी में आया कि इसे फटकारूँ, कहूँ कि तुम मेरे पिता के घातक, मेरे जीवन का नाश करने वाले हो, पर गजाधर की अनुकंपापूर्ण उदारता, कुछ उसका साधुवेश और कुछ विराग भाव ने, जो प्राणाघात का संकल्प कर लेने के बाद उदित हो जाता है, उसे द्रवित कर दिया। उसके नयन सजल हो गये, करुण स्वर से बोली—तुम्हारा कोई अपराध नहीं है। जो कुछ हुआ, वह सब मेरे कर्मों का फल था।

गजाधर—नहीं सुमन, ऐसा मत कहो। सब मेरी मूर्खता और अज्ञानता का फल है। मैंने सोचा था कि उसका प्रायश्चित्त कर सकूँगा, पर अपने अत्याचार का भीषण परिणाम देखकर मुझे विदित हो रहा है कि उसका प्रायश्चित्त नहीं हो सकता। मैंने इन्हीं आँखों से तुम्हारे पूज्य पिता को गंगा में लुप्त होते देखा है।

सुमन ने उत्सुक-भाव से पूछा—क्या तुमने पिताजी को डूबते देखा है?

गजाधर—हाँ, सुमन, डूबते देखा है। मैं रात को अमोला जा रहा था, मार्ग में वह मुझे मिल गये। मुझे अर्द्धरात्रि के समय गंगा की ओर जाते देखकर संदेह हुआ। उन्हें अपने स्थान पर लाया और उनके हृदय को शान्त करने की चेष्टा की। फिर यह समझ कर कि मेरा मनोरथ पूरा हो गया, मैं सो गया। थोड़ी देर में जब उठा, तो उन्हें वहाँ न देखा। तुरन्त गंगा तट की ओर दौड़ा। उस समय मैंने सुना कि वह मुझे पुकार रहे हैं, पर जब तक मैं निश्चय कर सकूँ कि वह कहाँ हैं, उन्हें निर्दयी लहरों ने ग्रस लिया। वह दुर्लभ आत्मा मेरी आँखों के सामने स्वर्गधाम को सिधारी। तब तक मुझे मालूम न था कि मेरा पाप इतना घोरतम है, वह अक्षम्य है, अदंड्य है। मालूम नहीं, ईश्वर के यहाँ मेरी क्या गति होगी?

गजाधर की आत्मवेदना ने सुमन के हृदय पर वही काम किया, जो साबुन मैल के साथ करता है। उसने जमे हुए मालिन्य को काटकर ऊपर कर दिया। वह संचित भाव ऊपर आ गये, जिन्हें वह गुप्त रखना चाहती थी। बोली—परमात्मा ने तुम्हें सद्बुद्धि प्रदान कर दी है। तुम अपनी सुकीर्ति से चाहे कुछ कर भी लो, पर मेरी क्या गति होगी, मैं तो दोनों लोकों से गई। हाय! मेरी विलास-तृष्णा ने मुझे कहीं का न रखा। अब क्या छिपाऊँ, तुम्हारे दारिद्र्य और इससे अधिक तुम्हारे प्रेम-विहीन व्यवहार ने मुझमें असंतोष का अंकुर जमा दिया और चारों ओर पाप-जीवन की मान-मर्यादा,

सुख-विलास देखकर इस अंकुर ने बढ़ते भटकटैये के सदृश सारे हृदय को छा लिया। उस समय एक फफोले को फोड़ने के लिए ज़रा-सी ठेस बहुत थी। तुम्हारी नम्रता, तुम्हारा प्रेम, तुम्हारी सहानुभूति, तुम्हारी उदारता उस फफोले पर फाहे का काम देती, पर तुमने उसे मसल दिया, मैं पीड़ा से व्याकुल, संज्ञाहीन हो गई। तुम्हारे उस पाशविक, पैशाचिक व्यवहार का जब स्मरण होता है, तो हृदय में एक ज्वाला-सी दहकने लगती है और अन्तःकरण से तुम्हारे प्रति शाप निकल आता है। यह मेरा अंतिम समय है, एक क्षण में यह पापमय शरीर गंगा में डूब जायेगा, पिताजी की शरण में पहुँच जाऊँगी, इसलिए ईश्वर से प्रार्थना करती हूँ कि तुम्हारे अपराधों को क्षमा करें।

गजाधर ने चिंतित स्वर में कहा—सुमन, यदि प्राण देने से पापों का प्रायश्चित्त हो जाता, तो मैं अब तक कभी का प्राण दे चुका होता।

सुमन—कम-से-कम दुःखों का अन्त हो जायेगा।

गजाधर—हाँ, तुम्हारे दुःखों का अन्त हो सकता है, पर उनके दुःखों का अन्त न होगा, जो तुम्हारे दुःखों से दुःखी हो रहे हैं। तुम्हारे माता-पिता शरीर बन्धन से मुक्त हो गये हैं, लेकिन उनकी आत्माएँ अपनी विदेहावस्था में तुम्हारे पास विचर रही हैं। वह सभी तुम्हारे सुख से सुखी और दुःख से दुःखी होंगे। सोच लो कि प्राणाघात करके उनको दुःख पहुँचाओगी या अपना पुनरुद्धार करके उन्हें सुख और शांति दोगी? पश्चात्ताप अंतिम चेतावनी है, जो हमें आत्म-सुधार के निमित्त ईश्वर की ओर से मिलती है। यदि इसका अभिप्राय न समझकर हम शोकावस्था में अपने प्राणों का अन्त कर दें, तो मानो हमने आत्मोद्धार की इस अंतिम प्रेरणा को भी निष्फल कर दिया। यह भी सोचो कि तुम्हारे न रहने से उस अबला शान्ता की क्या गति होगी, जिसने अभी संसार के ऊँच-नीच का कुछ अनुभव नहीं किया है। तुम्हारे सिवा उसका संसार में कौन है? उमानाथ का हाल तुम जानती ही हो, वह उसका निर्वाह नहीं कर सकते। उनमें दया है, पर लोभ उससे अधिक है। कभी-न-कभी वह उससे अवश्य ही अपना गला छुड़ा लेंगे। उस समय वह किसकी होकर रहेगी?

सुमन को गजाधर के इस कथन में सच्ची संवेदना की झलक दिखाई दी। उसने उनकी ओर विनम्रतासूचक दृष्टि से देखकर कहा—शान्ता से मिलने की अपेक्षा मुझे प्राण देना सहज प्रतीत होता है। कई दिन हुए, उसने पद्मसिंह के पास एक पत्र भेजा था। उमानाथ उसका कहीं और विवाह करना चाहते हैं। वह इसे स्वीकार नहीं करती।

गजाधर—वह देवी है।

सुमन—शर्माजी बेचारे और क्या करते, उन्होंने निश्चय किया है कि उसे बुलाकर आश्रम में रखें। अगर उनके भाई मान जायेंगे, तब तो अच्छा ही है, नहीं तो उस दुखिया को न जाने कितने दिनों तक आश्रम में रहना पड़ेगा। वह कल यहाँ आ जायेगी। उसके सम्मुख जाने का भय, उससे आँखें मिलाने की लज्जा मुझे मारे डालती है। जब वह तिरस्कार की आँखों से मुझे देखेगी, उस समय मैं क्या करूँगी और जो कहीं

उसने घृणावश मुझसे गले मिलने में संकोच किया, तब तो मैं उसी क्षण विष खा लूँगी। इस दुर्गति से तो प्राण देना ही अच्छा है।

गजाधर ने सुमन को श्रद्धा भाव से देखा—उन्हें अनुभव हुआ कि ऐसी अवस्था में मैं भी वही करता, जो सुमन करना चाहती है। बोले—सुमन, तुम्हारे यह विचार यथार्थ हैं, पर तुम्हारे हृदय पर चाहे जो कुछ बीते, शान्ता के हित के लिए तुम्हें सब कुछ सहना पड़ेगा। तुमसे उसका जितना कल्याण हो सकता है, उतना अन्य किसी से नहीं हो सकता। अब तक तुम अपने लिए जीती थीं, अब दूसरों के लिए जियो।

यह कह, गजाधर जिधर से आये थे, उधर ही चले गये। सुमन गंगाजी के तट पर देर तक खड़ी उनकी बातों पर विचार करती रही, फिर स्नान करके आश्रम की ओर चली; जैसे कोई मनुष्य समर में परास्त होकर घर की ओर जाता है।

42

शान्ता ने पत्र तो भेजा, पर उसको उत्तर आने की कोई आशा न थी। तीन दिन बीत गये, उसका नैराश्य दिनोंदिन बढ़ता जा रहा था। अगर कुछ अनुकूल उत्तर न आया, तो उमानाथ अवश्य ही उसका विवाह कर देंगे, यह सोचकर शान्ता का हृदय थरथराने लगता था। वह दिन में कई बार देवी के चबूतरे पर जाती और नाना प्रकार की मनौतियाँ करती। कभी शिवजी के मंदिर में जाती और उनसे अपनी मनोकामना कहती। सदन एक क्षण के लिए भी उनके ध्यान से न उतरता। वह उसकी मूर्ति को हृदय-नेत्रों के सामने बैठाकर उससे कर जोड़कर कहती—प्राणनाथ, मुझे क्यों नहीं अपनाते? लोकनिन्दा के भय से! हाय, मेरी जान इतनी सस्ती है कि इन दामों बिके! तुम मुझे त्याग रहे हो, आग में झोंक रहे हो, केवल इस अपराध के लिए कि मैं सुमन की बहन हूँ, यही न्याय है। कहीं तुम मुझे मिल जाते, मैं तुम्हें पकड़ पाती, फिर देखती कि मुझसे कैसे भागते हो? तुम पत्थर नहीं हो कि मेरे आँसुओं से न पसीजते। तुम अपनी आँखों से एक बार मेरी दशा देख लेते, तो फिर तुमसे न रहा जाता। हाँ, तुमसे कदापि न रहा जाता। तुम्हारा विशाल हृदय करुणाशून्य नहीं हो सकता। क्या करूँ, तुम्हें अपने चित्त की दशा कैसे दिखाऊँ?

चौथे दिन प्रातःकाल पद्मसिंह का पत्र मिला। शान्ता भयभीत हो गई। उसकी प्रेमाभिलाषाएँ शिथिल पड़ गईं। अपनी भावी दशा की शंकाओं ने चित्त को अशान्त कर दिया।

लेकिन उमानाथ फूले नहीं समाए। बाजे का प्रबन्ध किया। सवारियाँ एकत्रित कीं, गाँव-भर में निमन्त्रण भेजे, मेहमानों के लिए चौपाल में फर्श आदि बिछवा दिए। गाँव के लोग चकित थे, यह कैसा गौना है? विवाह तो हुआ ही नहीं, गौना कैसा?

वे समझते थे कि उमानाथ ने कोई-न-कोई चाल खेली है। एक ही धूर्त है। निर्दिष्ट समय पर उमानाथ स्टेशन गये और बाजे बजवाते हुए मेहमानों को अपने घर लाए। चौपाल में उन्हें ठहराया। केवल तीन आदमी थे। पद्मसिंह, विट्ठलदास और एक नौकर।

दूसरे दिन संध्या-समय विदाई का मुहूर्त था। तीसरा पहर हो गया, किन्तु उमानाथ के घर में गाँव की कोई स्त्री नहीं दिखलाई देती। वह बार-बार अन्दर आते हैं, तेवर बदलते हैं, दीवालों को धमकाकर कहते हैं, मैं एक-एक को देख लूँगा। जाह्नवी से बिगड़कर कहते हैं कि मैं सबकी खबर लूँगा। लेकिन वे धमकियाँ, जो कभी नंबरदारों को कंपायमान कर दिया करती थीं, आज किसी पर असर नहीं करतीं। बिरादरी अनुचित दबाव नहीं मानती। घमंडियों का सिर नीचा करने के लिए वह ऐसे ही अवसरों की ताक में रहती है।

संध्या हुई। कहारों ने पालकी द्वार पर लगा दी। जाह्नवी और शान्ता गले मिलकर खूब रोईं।

शान्ता का हृदय प्रेम से परिपूर्ण था। इस घर में उसे जो-जो कष्ट उठाने पड़े थे, वह इस समय भूल गये थे। इन लोगों से फिर भेंट न होगी, इस घर के फिर दर्शन न होंगे, इनसे सदैव के लिए नाता टूटता है, यह सोचकर उसका हृदय विदीर्ण हुआ जाता था। जाह्नवी का हृदय भी दया से भरा हुआ था। इस माता-पिता विहीन बालिका को हमने बहुत कष्ट दिए, यह सोचकर वह अपने आँसुओं को न रोक सकती थी। दोनों हृदयों में सच्चे, निर्मल, कोमल भावों की तरंगें उठ रही थीं।

उमानाथ घर में आये, तो शान्ता उनके पैरों से लिपट गई और विनय करती हुई कहने लगी—तुम्हीं मेरे पिता हो। अपनी बेटी को भूल न जाना। मेरी बहनों को गहने-कपड़े देना, होली और तीज में उन्हें बुलाना, पर मैं तुम्हारे दो अक्षरों के पत्र को ही अपना धन्य भाग समझूँगी। उमानाथ ने उसको सम्बोधित करते हुए कहा—बेटी, जैसी मेरी और दो बेटियाँ हैं, वैसी ही तुम भी हो। परमात्मा तुम्हें सदा सुखी रखे। यह कहकर रोने लगे।

संध्या का समय था, मुन्नी गाय घर में आई, तो शान्ता उसके गले लिपटकर रोने लगी। उसने तीन-चार वर्ष उस गाय की सेवा की थी। अब वह किसके लिये भूसी लेकर दौड़ेगी? किसके गले में काले डोरे में कौड़ियाँ गूँधकर पहनाएगी? मुन्नी सिर झुकाए उसके हाथों को चाटती थी। उसका वियोग-दुःख उसकी आँखों से झलक रहा था।

जाह्नवी ने शान्ता को लाकर पालकी में बैठा दिया। कहारों ने पालकी उठाई। शान्ता को ऐसा मालूम हुआ कि मानो वह अथाह सागर में बही जा रही है।

गाँव की स्त्रियाँ अपने द्वारों पर खड़ी पालकी को देखती थीं और रोती थीं।

उमानाथ स्टेशन तक पहुँचाने आये। चलते समय अपनी पगड़ी उतारकर उन्होंने

पद्मसिंह के पैरों पर रख दी। पद्मसिंह ने उनको गले से लगा लिया।

जब गाड़ी चली तो पद्मसिंह ने विट्ठलदास से कहा—अब इस अभिनय का सबसे कठिन भाग आ गया।

विट्ठलदास—मैं नहीं समझा।

पद्मसिंह—क्या शान्ता से कुछ कहे-सुने बिना ही उसे आश्रम में पहुँचा दीजिएगा? उसे पहले उसके लिए तैयार करना चाहिए।

विट्ठलदास—हाँ, यह आपने ठीक सोचा, तो जाकर कह दूँ?

पद्मसिंह—जरा सोच तो लीजिए, क्या कहिएगा? अभी तो वह यह समझ रही है कि ससुराल में जा रही हूँ। वियोग के दुःख में यह आशा उसे सँभाले हुए है। लेकिन जब उसे हमारा कौशल ज्ञात हो जायेगा, तो उसे कितना दुःख होगा? मुझे पछतावा हो रहा है कि मैंने पहले ही वे बातें क्यों न कह दीं?

विट्ठलदास—तो अब कहने में क्या बिगड़ा जाता है? मिर्जापुर में गाड़ी देर तक ठहरेगी, मैं जाकर उसे समझा दूँगा।

पद्मसिंह—मुझसे बड़ी भूल हुई।

विट्ठलदास—तो उस भूल पर पछताने से अगर काम चल जाये, तो जी भरकर पछता लीजिए।

पद्मसिंह—आपके पास पेंसिल हो तो लाइए, एक पत्र लिखकर सब समाचार प्रकट कर दूँ।

विट्ठलदास—नहीं, तार दे दीजिए, यह और भी उत्तम होगा। आप विचित्र जीव हैं, सीधी-सी बात में भी इतना आगा-पीछा करने लगते हैं।

पद्मसिंह—समस्या ही ऐसी आ पड़ी है, मैं क्या करूँ? एक बात मेरे ध्यान में आती है, मुगलसराय में देर तक रुकना पड़ेगा। बस, वहीं उसके पास जाकर सब वृत्तान्त कह दूँगा।

विट्ठलदास—यह आप बहुत दूर की कौड़ी लाए, इसीलिए बुद्धिमानों ने कहा है कि कोई काम बिना भली-भाँति सोचे नहीं करना चाहिए। आपकी बुद्धि ठिकाने पर पहुँचती है, लेकिन बहुत चक्कर खाकर। यही बात आपको पहले न सूझी।

शान्ता ड्योढ़े दर्ज़े के जनाने कमरे में बैठी हुई थी। वहाँ दो ईसाई लेडियाँ और बैठी थीं। वे शान्ता को देखकर अंग्रेज़ी में बातें करने लगीं।

'मालूम होता है, यह कोई नवविवाहिता स्त्री है।'

'हाँ, किसी ऊँचे कुल की है! ससुराल जा रही है।'

'ऐसी रो रही है, मानो कोई ढकेले लिये जाता हो।'

'पति की अभी तक सूरत न देखी होगी, प्रेम कैसे हो सकता है। भय से हृदय काँप रहा होगा।'

'यह इनके यहाँ अत्यन्त निकृष्ट रिवाज है। बेचारी कन्या एक अनजान घर

में भेज दी जाती है, जहाँ कोई उसका अपना नहीं होता।'

'यह सब पाशविक काल की प्रथा है, जब स्त्रियों को बलात् उठा ले जाते थे।'

'क्यों बाईजी, (शान्ता से) ससुराल जा रही हो?'

शान्ता ने धीरे से सिर हिलाया।

'तुम इतनी रूपवती हो, तुम्हारा पति भी तुम्हारे जोड़ का है?'

शान्ता ने गम्भीरता से उत्तर दिया—पति की सुन्दरता नहीं देखी जाती।

'यदि वह काला-कलूटा हो तो?'

शान्ता ने गर्व से उत्तर दिया—हमारे लिए देवतुल्य है, चाहे कैसा ही हो।

'अच्छा मान लो, तुम्हारे ही सामने दो मनुष्य लाए जायें, एक रूपवान हो, दूसरा कुरूप, तो तुम किसे पसंद करोगी?'

शान्ता ने दृढ़ता से उत्तर दिया—जिसे हमारे माता-पिता पसंद करें।

शान्ता समझ रही थी कि दोनों हमारी विवाह-प्रथा पर आक्षेप कर रही हैं। थोड़ी देर के बाद उसने उनसे पूछा—मैंने सुना है, आप लोग अपना पति खुद चुन लेती हैं?

'हाँ, हम इस विषय में स्वतन्त्र हैं।'

'आप अपने को माँ-बाप से बुद्धिमान समझती हैं?'

'हमारे माँ-बाप क्या जान सकते हैं कि हमको उनके पसन्द किए हुए पुरुषों से प्रेम होगा या नहीं?'

'तो आप लोग विवाह में प्रेम मुख्य समझती हैं?'

'हाँ, और क्या? विवाह प्रेम का बन्धन है।'

'हम विवाह को धर्म का बन्धन समझती हैं। हमारा प्रेम धर्म के पीछे चलता है।'

नौ बजे गाड़ी मुगलसराय पहुँच गई। विट्ठलदास ने आकर शान्ता को उतारा और दूर हटकर प्लेटफार्म पर ही कालीन बिछाकर उसे बिठा दिया। बनारस की गाड़ी खुलने में आध घंटे की देर थी।

शान्ता ने देखा कि उसके देशवासी सिर पर बड़े-बड़े गट्ठर लादे एक संकरे द्वार पर खड़े हैं और बाहर निकलने के लिए एक-दूसरे पर गिरे पड़ते हैं। एक दूसरे तंग दरवाजे पर हज़ारों आदमी खड़े अन्दर आने के लिए धक्कमधक्का कर रहे हैं, लेकिन दूसरी ओर एक चौड़े दरवाजे से अंग्रेज़ लोग छड़ी घुमाते कुत्तों को लिये आते-जाते हैं। कोई उन्हें नहीं रोकता, कोई उनसे नहीं बोलता।

इतने में पंडित पद्मसिंह उसके निकट आये और बोले—शान्ता, मैं तुम्हारा धर्मपिता पद्मसिंह हूँ।

शान्ता खड़ी हो गई और दोनों हाथ जोड़कर उन्हें प्रणाम किया।

पद्मसिंह ने कहा—तुम्हें आश्चर्य हो रहा होगा कि हम लोग चुनार क्यों नहीं उतरे? इसका कारण यही है कि अभी तक मैंने भाई साहब से तुम्हारे विषय में कुछ नहीं पूछा। तुम्हारा पत्र मुझे मिला, तो मैं ऐसा घबरा गया कि मुझे तुम्हें बुलाना

परमावश्यक जान पड़ा। भाई साहब से कुछ कहने-सुनने का अवकाश ही नहीं मिला। इसीलिए अभी कुछ दिनों तक बनारस रहना पड़ेगा। मैंने यह उचित समझा है कि तुम्हें उसी आश्रम में ठहराऊँ, जहाँ आजकल तुम्हारी बहन सुमनबाई रहती है। सुमन के साथ रहने से तुम्हें किसी प्रकार का कष्ट न होगा। तुमने सुमन के विषय में जो कलंकित बातें सुनी हैं, उन्हें हृदय से निकाल डालो। अब वह देवी है। उसका जीवन सर्वथा निर्दोष और उज्ज्वल हो गया है। यदि ऐसा न होता, तो मैं अपनी धर्मपुत्री को उसके साथ रखने पर कभी तैयार न होता। महीने-दो महीने में, मैं भैया को ठीक कर लूँगा। यदि तुम्हें इस प्रबन्ध में कुछ आपत्ति हो, तो साफ-साफ कह दो कि कोई और प्रबन्ध करूँ?

पद्मसिंह ने इस वाक्य को बड़ी मुश्किल से समाप्त किया। सुमन की उन्होंने जो प्रशंसा की, उस पर उन्हें स्वयं विश्वास नहीं था। मदनसिंह के सम्बन्ध में भी वे उससे बहुत अधिक कह गये, जो वह कहना न चाहते थे। उन्हें इस सरल-हृदय कन्या को इस भाँति धोखा देते हुए मानसिक कष्ट होता था।

शान्ता रोते हुए पद्मसिंह के चरणों पर गिर पड़ी और लज्जा, नैराश्य तथा विषाद से भरे हुए यह शब्द उसके मुख से निकले—आपकी शरण में हूँ, जो उचित समझिए, वह कीजिए।

शान्ता का हृदय बहुत हल्का हो गया। अब उसे अपने भविष्य के विषय में चिन्ता करने की आवश्यकता न रही, उसे कुछ दिनों के लिए अपना जीवन-मार्ग निश्चित मालूम होने लगा। वह इस समय उस मनुष्य के सदृश थी जो अपने झोंपड़े में आग लग जाने से इसलिए प्रसन्न हो कि कुछ देर के लिए वह अंधकार के भय से मुक्त हो जायेगा।

ग्यारह बजे ये तीनों प्राणी आश्रम में पहुँच गये। विट्ठलदास उतरे कि जाकर सुमनबाई को खबर दूँ, पर वहाँ जाकर देखा, तो वह बुखार से बेसुध पड़ी थी। आश्रम की कई स्त्रियाँ उसकी सुश्रूषा में लगी हुई थीं। कोई पंखा झलती थी, कोई उसका सिर दबाती थी, कोई पैरों को मल रही थी। बीच-बीच में कराहने की ध्वनि सुनाई देती थी। विट्ठलदास ने घबराकर पूछा—डॉक्टर को बुलाया था? उत्तर मिला—हाँ, वह देख कर अभी गये हैं।

कई स्त्रियों ने शान्ता को गाड़ी से उतारा। शान्ता सुमन की चारपाई के पास खड़ी होकर बोली, "जीजी।" सुमन ने आँखें न खोलीं। शान्ता मूर्तिवत् खड़ी अपनी बहन को करुण तथा सजल नेत्रों से देख रही थी। यही मेरी प्यारी बहन है, जिसके साथ मैं तीन-चार साल पहले खेलती थी। वह लम्बे-लम्बे काले केश कहाँ हैं? वह कुंदन-सा दमकता हुआ मुखचन्द्र कहाँ है? वह चंचल, सजीव मुस्कुराती हुई आँखें कहाँ गईं? वह कोमल, चपल गात, वह ईंगुर-सा भरा हुआ शरीर, वह अरूणवर्ण कपोल कहाँ लुप्त हो गये? यह सुमन है या उसका शव, अथवा उसकी निर्जीव मूर्ति? उस

वर्णहीन मुख पर विरक्ति, संयम तथ आत्मत्याग की निर्मल, शान्तिदायिनी ज्योति झलक रही थी। शान्ता का हृदय क्षमा और प्रेम से उमड़ उठा। उसने अन्य स्त्रियों को वहाँ से हट जाने का संकेत किया और तब वह रोती हुई सुमन के गले से लिपट गई और बोली—जीजी, आँखें खोलो, जी कैसा है? तुम्हारी शान्ति खड़ी है।

सुमन ने आँखें खोलीं और उन्मत्तों की भाँति विस्मित नेत्रों से शान्ता की ओर देखकर बोली—कौन, शान्ति? तू हट जा, मुझे मत छू, मैं पापिनी हूँ, मैं अभागिनी हूँ, मैं भ्रष्टा हूँ, तू देवी है, तू साध्वी है, मुझसे अपने को स्पर्श न होने दे। इस हृदय को वासनाओं ने, लालसाओं ने, दुष्कामनाओं ने, मलिन कर दिया है। तू अपने उज्ज्वल, स्वच्छ हृदय को इसके पास मत ला, यहाँ से भाग जा। वह मेरे सामने नरक का अग्निकुंड दहक रहा है, यम के दूत मुझे उस कुंड में झोंकने के लिए घसीटे लिए जाते हैं, तू यहाँ से भाग जा—यह कहते-कहते सुमन फिर से मूर्छित हो गई।

शान्ता सारी रात सुमन के पास बैठी पंखा झलती रही।

43

शान्ता को आश्रम में आये एक मास से ऊपर हो गया, लेकिन पद्मसिंह ने अभी तक अपने घर में किसी से इसकी चर्चा नहीं की। कभी सोचते, भैया को पत्र लिखूँ, कभी सोचते, चलकर उनसे कहूँ, कभी विट्ठलदास को भेजने का विचार करते, लेकिन कुछ निश्चय न कर सकते थे।

इधर उनके मित्रगण वेश्याओं के प्रस्तावों को बोर्ड में पेश करने के लिए जल्दी मचा रहे थे। उन्हें उसकी सफलता की पूरी आशा थी। मालूम नहीं, विलम्ब होने से फिर कोई बाधा उपस्थित न हो जाये। पद्मसिंह उसे टालते आये थे। यहाँ तक कि मई का महीना आ गया। विट्ठलदास और रमेशदत्त ने ऐसा तंग किया कि उन्हें विवश होकर बोर्ड में नियमानुसार अपने प्रस्ताव की सूचना देनी पड़ी। दिन और समय निर्दिष्ट हो गया।

ज्यों-ज्यों दिन निकट आता था, पद्मसिंह का चित्त अशान्त होता जाता था। उन्हें अनुभव होता था कि केवल इस प्रस्ताव के स्वीकृत हो जाने से ही उद्देश्य पूरा न होगा। इसे कार्य रूप में लाने के लिए शहर के सभी बड़े आदमियों की सहानुभूति और सहकारिता की आवश्यकता है, इसलिए वह हाजी हाशिम को किसी-न-किसी तरह अपने पक्ष में लाना चाहते थे। हाजी साहब का शहर में इतना दबाव था कि वेश्याएँ भी उनके आदेश के विरुद्ध न जा सकती थीं। अन्त में हाजी साहब भी पिघल गये। उन्हें पद्मसिंह की नेकनीयती पर विश्वास हो गया।

आज बोर्ड में यह प्रस्ताव पेश होगा। म्युनिसिपल बोर्ड के अहाते में बड़ी भीड़भाड़

है। वेश्याओं ने अपने दलबल सहित बोर्ड पर आक्रमण किया है। देखें, बोर्ड की क्या गति होती है।

बोर्ड की कार्यवाही आरम्भ हो गई। सभी मेम्बर उपस्थित हैं। डॉक्टर श्यामाचरण ने पहाड़ पर जाना मुल्तवी कर दिया है, मुंशी अबुलवफा को तो आज रात-भर नींद ही नहीं आई। वह कभी भीतर जाते हैं, कभी बाहर आते हैं। आज उनके परिश्रम और उत्साह की सीमा नहीं है।

पद्मसिंह ने अपना प्रस्ताव उपस्थित किया और तुले हुए शब्दों में उसकी पुष्टि की। यह तीन भागों में विभक्त था। (1) वेश्याओं को शहर के मुख्य स्थान से हटाकर बस्ती से दूर रखा जाये, (2) उन्हें शहर के मुख्य सैर करने के स्थानों और पार्कों में आने का निषेध किया जाये, वेश्याओं का नाच कराने के लिए एक भारी टैक्स लगाया जाये, और ऐसे जलसे किसी हालत में खुले स्थानों में न हों।

प्रोफेसर रमेशदत्त ने उसका समर्थन किया।

सैयद शफकतअली (पें. डिप्टी कले.) ने कहा--इस तजवीज से मुझे पूरा इत्तिफाक है, लेकिन बगैर मुनासिब तरमीम के मैं इसे तस्लीम नहीं कर सकता। मेरी राय है कि रिज्योल्यूशन के पहले हिस्से में यह अल्फाज बढ़ा दिए जायें--बइस्तसनाय उनके, जो नौ माह के अन्दर या तो अपना निकाह कर लें या कोई हुनर सीख लें, जिससे वह जायज तरीके से ज़िन्दगी बसर कर सकें।

कुंवर अनिरूद्धसिंह बोले--मुझे इस तरमीम से पूरी सहानुभूति है। हमें वेश्याओं को पतित समझने का कोई अधिकार नहीं है, यह हमारी परम धृष्टता है। हम रात-दिन जो रिश्वतें लेते हैं, सूद खाते हैं, दीनों का रक्त चूसते हैं, असहायों का गला काटते हैं, कदापि इस योग्य नहीं हैं कि समाज के किसी अंग को नीच या तुच्छ समझें। सबसे नीच हम हैं, सबसे पापी, दुराचारी, अन्यायी हम हैं, जो अपने को शिक्षित, सभ्य, उदार, सच्चा समझते हैं! हमारे शिक्षित भाइयों ही की बदौलत दालमंडी आबाद है, चौक में चहल-पहल है, चकलों में रौनक है। यह मीना बाज़ार हम लोगों ही ने सजाया है, ये चिड़ियाँ हम लोगों ने ही फाँसीं हैं, ये कठपुतलियाँ हमने बनाई हैं। जिस समाज में अत्याचारी ज़मींदार, रिश्वती राज्य-कर्मचारी, अन्यायी महाजन, स्वार्थी बन्धु आदर और सम्मान के पात्र हों, वहाँ दालमंडी क्यों न आबाद हो? हराम का धन हरामकारी के सिवा और कहाँ जा सकता है? जिस दिन नज़राना, रिश्वत और सूद-दर-सूद का अन्त होगा, उसी दिन दालमंडी उजड़ जायेगी, वे चिड़ियाँ उड़ जायेंगी--पहले नहीं। मुख्य प्रस्ताव इस तरमीम के बिना नश्तर का वह घाव है, जिस पर मरहम नहीं। मैं उसे स्वीकार नहीं कर सकता।

प्रभाकर राव ने कहा--मेरी समझ में नहीं आता कि इस तरमीम का रिज्योल्यूशन से क्या सम्बन्ध है? इसको आप अलग दूसरे प्रस्ताव के रूप में पेश कर सकते हैं। सुधार के लिए आप जो कुछ कर सकें, वह सर्वथा प्रशंसनीय है, लेकिन यह काम

बस्ती से हटाकर भी उतना ही आसान है, जितना शहर के भीतर, बल्कि वहाँ सुविधा अधिक हो जायेगी।

अबुलवफा ने कहा—मुझे इस तरमीम से पूरा इत्तफाक है।

अब्दुललतीफ बोले—बिना तरमीम के मैं रिज्योल्यूशन को कभी कबूल नहीं कर सकता।

दीनानाथ तिवारी ने भी तरमीम पर जोर दिया है।

पद्मसिंह बोले—इस प्रस्ताव से हमारा उद्देश्य वेश्याओं को कष्ट देना नहीं, वरन् उन्हें सुमार्ग पर लाना है, इसलिए मुझे इस तरमीम को स्वीकार करने में कोई आपत्ति नहीं है।

सैयद तेगअली ने फर्माया—तरमीम से असल तजवीज के मंशा फीत हो जाने का खौफ है। आप गोया एक मकान का सदर दरवाज़ा बन्द करके पीछे की तरफ़ दूसरा दरवाज़ा बना रहे हैं। यह गैरमुमकिन है कि वे औरतें, जो अब तक ऐश और बेतकल्लुफी की ज़िन्दगी बसर करती थीं, मेहनत और मजदूरी की ज़िन्दगी बसर करने पर राजी हो जायें। वह इस तरमीम से नाजायज फायदा उठाएँगी, कोई अपने बालाखाने पर सिंगार की एक मशीन रखकर अपना बचाव कर लेंगी, कोई मोजे की मशीन रख लेंगी, कोई पान की दुकान खोल लेंगी, कोई अपने बालाखाने पर सेब और अनार के खोमचे सजा देंगी। नकली निकाह और फर्जी शादियों का बाज़ार गर्म हो जायेगा और इस पर्दे की आड़ में पहले से भी ज़्यादा हरामकारी होने लगेगी। इस तरमीम को मंजूर करना इंसानी खसलत से बेइल्मी का इजहार करना है।

हकीम शोहरत खाँ ने कहा—मुझे सैयद तेगअली के खयालात बेजा मालूम होते हैं। पहले इन खबीस हस्तियों को शहरबदर कर देना चाहिए। इसके बाद अगर वे जायज़ तरीके पर ज़िन्दगी बसर करना चाहें, तो काफी इत्मिनान के बाद उन्हें इंतहान शहर में आकर आबाद होने की इजाज़त देनी चाहिए। शहर का दरवाज़ा बन्द नहीं है, जो चाहे यहाँ आबाद हो सकता है। मुझे काबिले यकीन है कि तरमीम से इस तजवीज का मकसद गायब हो जायेगा।

शरीफहसन वकील बोले—इसमें कोई शक नहीं कि पंडित पद्मसिंह एक बहुत ही नेक और रहमी बुज़ुर्ग हैं, लेकिन इस तरमीम को कबूल करके उन्होंने असल मकसद पर निगाह रखने की बजाय हरदिल अजीज बनने की कोशिश की है। इससे तो यही बेहतर था कि यह तजवीज पेश ही न की जाती। सैयद शराफतअली साहब ने अगर ज़्यादा गौर से काम लिया होता, तो वह कभी यह तरमीम पेश न करते।

शाकिरबेग ने कहा—कम्प्रोमाइज मुल्की मुआमिलात में चाहे कितना ही काबिले-तारीफ हो, लेकिन इखलाकी मामलात में वह सरासर काबिले-ऐतराज है। इससे इखलाकी बुराइयों पर सिर्फ़ पर्दा पड़ जाता है।

सभापति सेठ बलभद्रदास ने रिज्योल्यूशन के पहले भाग पर राय ली। नौ

सम्मतियाँ अनुकूल थीं, आठ प्रतिकूल। प्रस्ताव स्वीकृत हो गया।

फिर तरमीम पर राय ली गई, आठ आदमी उसके अनुकूल थे, आठ प्रतिकूल, तरमीम भी पास हो गई। सभापति ने उसके अनुकूल राय दी। डॉक्टर श्यामाचरण ने किसी तरफ़ राय नहीं दी।

प्रोफेसर रमेशदत्त और रूस्तम भाई और प्रभाकर राव ने तरमीम के स्वीकृत हो जाने में अपनी हार समझी और पद्मसिंह की ओर इस भाव से देखा, मानो उन्होंने विश्वासघात किया है। कुंवर साहब के विषय में उन्होंने स्थिर किया कि बातूनी, शक्की और सिद्धान्तहीन मनुष्य हैं।

अबुलवफा और उनके मित्रगण ऐसे प्रसन्न थे, मानो उन्हीं की जीत हुई। उनका यों पुलकित होना प्रभाकर राव और उनके मित्रों के हृदय में कांटे की तरह गड़ता था।

प्रस्ताव के दूसरे भाग पर सम्मति ली गई। प्रभाकर राव और उनके मित्रों ने इस बार उसका विरोध किया। वह पद्मसिंह को विश्वासघात का दंड देना चाहते थे। यह प्रस्ताव अस्वीकृत हो गया। अबुलवफा और उनके मित्र बगलें बजाने लगे।

अब प्रस्ताव के तीसरे भाग की बारी आई। कुंवर अनिरूद्धसिंह ने उसका समर्थन किया। हकीम शोहरतखाँ, सैयद शफकतअली, शरीफ हसन और शाकिरबेग ने भी उसका अनुमोदन किया। लेकिन प्रभाकर राव और उनके मित्रों ने उसका भी विरोध किया। तरमीम के पास हो जाने के बाद उन्हें इस सम्बन्ध में अन्य सभी उद्योग निष्फल मालूम होते थे। वह उन लोगों में थे, जो या तो सब लेंगे या कुछ न लेंगे। प्रस्ताव अस्वीकृत हो गया।

कुछ रात गये सभा समाप्त हुई। जिन्हें हार की शंका थी, वह हँसते हुए निकले, जिन्हें जीत का निश्चय था, उनके चेहरों पर उदासी छायी हुई थी।

चलते समय कुंवर साहब ने मिस्टर रूस्तम भाई से कहा—यह आप लोगों ने क्या कर दिया?

रूस्तम भाई ने व्यंग्य भाव से उत्तर दिया—जो आपने किया, वही हमने किया। आपने घड़े में छेद कर दिया, हमने उसे पटक दिया। परिणाम दोनों का एक ही है।

सब लोग चले गये। अंधेरा हो गया। चौकीदार और माली भी फाटक बन्द करके चल दिए, लेकिन पद्मसिंह वहीं घास पर निरूत्साह और चिन्ता की मूर्ति बने हुए बैठे थे।

44

पद्मसिंह की आत्मा किसी भाँति इस तरमीम के स्वीकार करने में अपनी भूल स्वीकार न करती थी। उन्हें कदापि यह आशा न थी कि उनके मित्रगण एक गौण बात पर

उनका इतना विरोध करेंगे। उन्हें प्रस्ताव के एक अंश के अस्वीकृत हो जाने का खेद न था कि इसका दोष उनके सिर मढ़ा जाता था, हालाँकि उन्हें यह सम्पूर्णतः अपने सहकर्मियों की असहिष्णुता और अदूरदर्शिता प्रतीत होती थी, इस तरमीम को वह गौण ही समझते थे। इसके दुरुपयोग की जो शंकाएँ की गई थीं, उन पर पद्मसिंह को विश्वास न था। वह विश्वास इस प्रस्ताव की सारी ज़िम्मेदारी उन्हीं के सिर डाल देता था। उन्हें अब यह निश्चय होता जाता था कि वर्तमान सामाजिक दशा के होते हुए इस प्रस्ताव से जो आशाएँ की गई थीं, उनके पूरे होने की सम्भावना नहीं है। वह कभी-कभी पछताते कि मैंने व्यर्थ ही यह झगड़ा अपने सिर लिया। उन्हें आश्चर्य होता था कि मैं कैसे इस काँटेदार झाड़ी में उलझा और यदि इस भावी सफलता का भार इस तरमीम के सिर जा पड़ता तो वह एक बड़ी भारी ज़िम्मेदारी से मुक्त हो जाते, पर यह उन्हें दुराशा-मात्र प्रतीत होती थी। अब सारी बदनामी उन्हीं पर आयेगी, विरोधी दल उनकी हँसी उड़ाएगा, उनकी उद्दंडता पर टिप्पणियाँ करेगा और यह सारी निन्दा उन्हें अकेले सहनी पड़ेगी। कोई उनका मित्र नहीं, कोई उन्हें तसल्ली देने वाला नहीं। विट्ठलदास से आशा थी कि वह उनके साथ न्याय करेंगे; उनके रूठे हुए मित्रों को मना लाएँगे, लेकिन विट्ठलदास ने उल्टे उन्हीं को अपराधी ठहराया। वह बोले आपने इस तरमीम को स्वीकार करके सारा गुड़ गोबर कर दिया, बरसों की मेहनत पर पानी फेर दिया। केवल कुंवर अनिरूद्धसिंह वह मनुष्य थे, जो पद्मसिंह के व्यथित हृदय को ढांढ़स देते थे और उनसे सहानुभूति रखते थे।

पूरे महीने-भर पद्मसिंह कचहरी न जा सके। बस अकेले बैठे हुए इसी घटना की आलोचना किया करते! उनके विचारों में एक विचित्र निष्पक्षता आ गई थी। मित्रों के वैमनस्य से उन्हें जो दुःख होता था, उस पर ध्यान देकर वह सोचते थे कि जब ऐसे सुशिक्षित, विचारशील पुरुष एक ज़रा-सी बात पर अपने निश्चित सिद्धान्तों के प्रतिकूल व्यवहार करते हैं, तो इस देश का कल्याण होने की कोई आशा नहीं। माना कि मैंने तरमीम को स्वीकार करने में भूल की, लेकिन मेरी भूल ने उन्हें क्यों मार्ग से विचलित कर दिया?

पद्मसिंह को इस मानसिक कष्ट की अवस्था में पहली बार अनुभव हुआ कि एक अबला स्त्री चित्त को सावधान करने की कितनी शक्ति रखती है। अगर संसार में कोई प्राणी था, जो सम्पूर्णतः उनकी अवस्था को समझता था, तो वह सुभद्रा थी। वह उस तरमीम को उससे कहीं अधिक आवश्यक समझती थी, जितना वह स्वयं समझते थे। वह उनके सहकारियों की उनसे कहीं अधिक तीव्र समालोचना करना जानती थी। उसकी बातों से पद्मसिंह को बड़ी शांति होती थी। यद्यपि वह समझते थे कि सुभद्रा में ऐसे गहन विषय को समझने और तौलने की सामर्थ्य नहीं और यह जो कुछ कहती है, वह केवल मेरी ही बातों की प्रतिध्वनि है, तथापि इस ज्ञान से उनके आनन्द में कोई विघ्न न पड़ता था।

लेकिन महीना पूरा भी न हो पाया था कि प्रभाकर राव ने अपने पत्र में इस प्रस्ताव के सम्बन्ध में एक लेखमाला निकालनी आरम्भ कर दी। उसमें पद्मसिंह पर ऐसी-ऐसी मार्मिक चोटें करने लगे कि उन्हें पढ़कर वह तिलमिला जाते थे। एक लेख में उन्होंने पद्मसिंह के पूर्व चरित्र और इस तरमीम में घनिष्ठ सम्बन्ध दिखाया। एक दूसरे लेख में उनके आचरण पर आक्षेप करते हुए लिखा, यह वर्तमान काल के देशसेवक हैं, जो देश को भूल जायें, पर अपने को कभी नहीं भूलते, जो देश-सेवा की आड़ में अपना स्वार्थ साधन करते हैं। जाति के नवयुवक कुएँ में गिरते हों तो गिरें, काशी के हाजी की कृपा बनी रहनी चाहिए। पद्मसिंह को इस अनुदारता और मिथ्या द्वेष पर जितना क्रोध आता था, उतना ही आश्चर्य होता था। असज्जनता इस सीमा तक जा सकती है, यह अनुभव उन्हें आज ही हुआ। यह सभ्यता और शालीनता के ठेकेदार बनते हैं, लेकिन उनकी आत्मा ऐसी मलिन है! और किसी में इतना साहस नहीं कि इसका प्रतिवाद करे।

संध्या का समय था। यह लेख चारपाई पर पड़ा हुआ था। पद्मसिंह सामने मेज़ पर बैठे हुए इस लेख का उत्तर लिखने की चेष्टा कर रहे थे, पर कुछ लिखते न बनता था कि सुभद्रा ने आकर कहा—गर्मी में यहाँ क्यों बैठे हो? चलो, बाहर बैठो।

पद्मसिंह—प्रभाकर राव ने मुझे आज खूब गालियाँ दी हैं, उन्हीं का जवाब लिख रहा हूँ।

सुभद्रा—यह तुम्हारे पीछे इस तरह क्यों पड़ा हुआ है?

यह कहकर सुभद्रा वह लेख पढ़ने लगी और पाँच मिनट में उसने उसे आद्योपांत पढ़ डाला।

पद्मसिंह—कैसा लेख है?

सुभद्रा—यह लेख थोड़े ही है, यह तो खुली हुई गालियाँ हैं। मैं समझती थी कि गालियों की लड़ाई स्त्रियों में ही होती है, लेकिन देखती हूँ, तो पुरुष हम लोगों से भी बढ़े हुए हैं। ये विद्वान् भी होंगे?

पद्मसिंह—हाँ, विद्वान् क्यों नहीं हैं, दुनिया-भर की किताबें चाटे बैठे हैं।

सुभद्रा—और उस पर यह हाल!

पद्मसिंह—मैं इसका उत्तर लिख रहा हूँ। ऐसी खबर लूँगा कि वह भी याद करें कि किसी से पाला पड़ा था।

सुभद्रा—मगर गालियों का क्या उत्तर होगा?

पद्मसिंह—गालियाँ।

सुभद्रा—नहीं, गालियों का उत्तर मौन है। गालियों का उत्तर गाली तो मूर्ख भी देते हैं, फिर उनमें और तुममें अन्तर ही क्या है?

पद्मसिंह ने सुभद्रा को श्रद्धापूर्ण नेत्रों से देखा। उसकी बात उनके मन में बैठ गई। कभी-कभी हमें उन लोगों से शिक्षा मिलती है, जिन्हें हम अभिमानवश

अज्ञानी समझते हैं।

पद्मसिंह--तो मौन धारण कर लूँ?

सुभद्रा—मेरी तो यही सलाह है। उसे जो जी में आये, बकने दो। कभी-न-कभी वह अवश्य लज्जित होगा। बस, वही इन गालियों का दंड होगा।

पद्मसिंह—वह लज्जित कभी न होगा। ये लोग लज्जित होना जानते ही नहीं। अभी मैं उसके पास जाऊँ, तो मेरा बड़ा आदर करेगा, हँस-हँसकर बोलेगा, लेकिन संध्या होते ही फिर उस पर गालियों का नशा चढ़ जायेगा।

सुभद्रा—तो उसका उद्यम क्या दूसरों पर आक्षेप करना है?

पद्मसिंह—नहीं, उद्यम तो यह नहीं है, लेकिन सम्पादक लोग अपने ग्राहक बढ़ाने के लिए इस प्रकार कोई-न-कोई फुलझड़ी छोड़ते रहते हैं। ऐसे आक्षेपपूर्ण लेखों से पत्रों की बिक्री बढ़ जाती है। जनता को ऐसे झगड़ों में आनन्द प्राप्त होता है और सम्पादक लोग अपने महत्त्व को भूलकर जनता के इस विवाद-प्रेम से लाभ उठाने लगते हैं। गुरुपद को छोड़कर जनता के कलह-प्रेम का आवाहन करने लगते हैं। कोई-कोई सम्पादक तो यहाँ तक कहते हैं कि अपने ग्राहक को प्रसन्न रखना हमारा कर्तव्य है। हम उनका खाते हैं, तो उन्हीं का गायेंगे।

सुभद्रा—तब तो ये लोग केवल पैसे के गुलाम हैं। इन पर क्रोध करने की जगह दया करनी चाहिए।

पद्मसिंह मेज़ से उठ आये। उत्तर लिखने का विचार छोड़ दिया। वह सुभद्रा को ऐसी विचारशील कभी न समझते थे। उन्हें अनुभव हुआ कि यद्यपि मैंने बहुत विद्या पढ़ी है, पर इसके हृदय की उदारता को मैं नहीं पहुँचता। यह अशिक्षित होकर भी मुझसे उच्च विचार रखती है। उन्हें आज ज्ञान हुआ कि स्त्री संतानहीन होकर भी पुरुष के लिए, शान्ति, आनन्द का एक अविरल स्रोत है।.सुभद्रा के प्रति उनके हृदय में एक नया प्रेम जागृत हो गया। एक लहर उठी, जिसने बरसों के जमे हुए मालिन्य को काटकर बहा दिया। उन्होंने विमल, विशुद्ध भाव से उसे देखा। सुभद्रा इसका आशय समझ गई और उसका हृदय आनन्द से विह्वल हो गद्गद हो गया।

45

सदन जब सुमन को देखकर लौटा, तो उसकी दशा उस दरिद्र मनुष्य की-सी थी, जिसका वर्षों का धन चोरों ने हर लिया हो।

वह सोचता था, सुमन मुझसे बोली क्यों नहीं, उसने मेरी ओर ताका क्यों नहीं? क्या वह मुझे इतना नीच समझती है? नहीं, वह अपने पूर्व चरित्र पर लज्जित है और मुझे भूल जाना चाहती है। सम्भव है, उसे मेरे विवाह का समाचार मिल गया हो और

मुझे अन्यायी, निर्दयी समझ रही हो। उसे एक बार फिर सुमन से मिलने की प्रबल उत्कंठा हुई। दूसरे दिन वह विधवा-आश्रम के घाट की ओर चला, लेकिन आधे रास्ते से लौट आया। उसे शंका हुई कि कहीं शान्ता की बात चल पड़ी, तो मैं क्या जवाब दूँगा। इसके साथ ही स्वामी गजानन्द का उपदेश भी याद आ गया।

सदन अब कभी-कभी शान्ता के प्रति अपने कर्तव्य पर विचार किया करता। महीनों तक सामाजिक अवस्था पर व्याख्यानों के सुनने का उस पर कुछ प्रभाव न पड़ता--यह असम्भव था। वह मन में स्वीकार करने लगा था कि हम लोगों ने शान्ता के साथ अन्याय किया है, मगर अभी तक उस कर्तव्यात्मक शक्ति का उदय न हुआ था, जो अपमान करती है और आत्मा की आज्ञा के सामने किसी की परवाह नहीं करती।

वह इन दिनों बहुत अध्ययनशील हो गया था। दालमंडी और चौक की सैर से वंचित होकर अब उसकी सजीवता इस नये मार्ग पर चल पड़ी। आर्यसमाज के उत्सव में उसने व्याख्यान सुने थे, जिनमें चरित्र-गठन के महत्त्व का वर्णन किया गया था। उनको सुनने से उसका यह भ्रम दूर हो गया था कि मुझे जो कुछ होना था, हो चुका। वहाँ उसे बताया गया था कि बहुत विद्वान् होने से ही मनुष्य आत्मिक गौरव नहीं प्राप्त कर सकता। इसके लिए सच्चरित्र होना परमावश्यक है। चरित्र के सामने विद्या का मूल्य बहुत कम है। वह उसी दिन से चरित्र-गठन और मनोबल सम्बन्धी पुस्तकें पढ़ने लगा और दिनोंदिन उसकी यह रुचि बढ़ती जाती थी। उसे अब अनुभव होने लगा था कि मैं विद्याहीन होकर भी संसार क्षेत्र में कुछ काम कर सकता हूँ। उन मन्त्रों में इंद्रियों को रोकने तथा मन को स्थिर करने के जो साधन बताए गये थे, उन्हें वह कभी भूलता न था।

वह म्युनिसिपल बोर्ड के उस जलसे में मौजूद था, जब वेश्या सम्बन्धी प्रस्ताव उपस्थित थे। उस तरमीम के स्वीकृत हो जाने से वह बहुत उदासीन हो गया था और अपने चाचा की भूल को स्वीकार करता था, लेकिन जब प्रभाकर राव ने पद्मसिंह पर आक्षेप करना शुरू किया, तो वह अपने चाचा के पक्ष का समर्थन करने के लिए उत्सुक होने लगा। उसने दो-तीन लेख लिखे और प्रभाकर राव के पास डाक-द्वारा भेजे। कई दिन तक उसके प्रकाशित होने की आशा करता रहा। उसे निश्चय था कि उन लेखों के छपते ही हलचल मच जायेगी, संसार में कोई बड़ा परिवर्तन हो जायेगा। ज्यों ही डाकिया पत्र लाता, वह उसे खोलकर अपने लेखों को खोजने लगता, लेकिन उनकी जगह केवल द्वेष और द्रोह से भरे हुए लेख दिखाई देते। उन्हें पढ़कर उसके हृदय में एक ज्वाला-सी उठने लगती थी। अंतिम लेख को पढ़कर उसका धैर्य हाथ से जाता रहा। उसने निश्चय किया कि अब चाहे जो कुछ हो, सम्पादक महाशय की खबर लेनी चाहिए। अगर वह सज्जन होता, तो मेरे लेखों को छापता। उसकी भाषा अशुद्ध सही, पर वह तर्कहीन तो न थे। उन्हें छिपा रखने से साबित हो गया कि वह सत्यासत्य का निर्णय नहीं करना चाहता, केवल जनता को प्रसन्न करने के लिए नित्य गालियाँ

बकता जाता है। उसने अपने विचारों को किसी पर प्रकट नहीं किया। संध्या समय एक मोटा-सा सोटा लिये हुए 'जगत' कार्यालय में पहुँचा। कार्यालय बन्द हो चुका था, पर प्रभाकर राव अपने सम्पादकीय कुटीर में बैठे हुए कुछ लिख रहे थे। सदन बेधड़क भीतर जाकर उनके सामने खड़ा हो गया। प्रभाकर राव ने चौंककर सिर उठाया, तो एक लम्बे-चौड़े युवक को डंडा लिये हुए उद्दंड भाव से देखा। रुष्ट होकर बोले—आप कौन हैं?

सदन—मेरा मकान यहीं है। मैं आपसे केवल यह पूछना चाहता हूँ कि आप इतने दिनों से पंडित पद्मसिंह को गालियाँ क्यों दे रहे हैं?

प्रभाकर—अच्छा, आपने ही दो-तीन लेख मेरे पास भेजे थे?

सदन—जी हाँ, मैंने ही भेजे थे।

प्रभाकर—उनके लिए धन्यवाद देता हूँ। आइए, बैठ जाइए। मैं तो आपसे स्वयं मिलना चाहता था, पर आपका पता न मालूम था। आपके लेख बहुत उत्तम और सप्रमाण हैं और मैं उन्हें कभी का निकाल देता, पर गुमनाम लेखों का छापना नियम विरुद्ध है, इसी से मजबूर था। शुभ नाम?

सदन ने अपना नाम बताया। उसका क्रोध कुछ शान्त हो चला था।

प्रभाकर—आप तो शर्माजी के परम भक्त मालूम होते हैं?

सदन—मैं उनका भतीजा हूँ।

प्रभाकर—ओह, तब तो आप अपने ही हैं। कहिए, शर्माजी अच्छे तो हैं? वे तो दिखाई नहीं दिए।

सदन—अभी तक तो अच्छे हैं, पर आपके लेखों का यही तार रहा तो ईश्वर ही जानें, उनकी क्या गति होगी। आप उनके मित्र होकर इतना द्वेष कैसे करने लगे?

प्रभाकर—द्वेष? राम-राम! आप क्या कहते हैं? मुझे उनसे लेशमात्र भी द्वेष नहीं है। आप हम सम्पादकों के कर्त्तव्य को नहीं जानते। हम पब्लिक के सामने अपना हृदय खोलकर रखना अपना धर्म समझते हैं। अपने मनोभावों को गुप्त रखना हमारे नीति-शास्त्र में पाप है। हम न किसी के मित्र हैं, न किसी के शत्रु। हम अपने जन्म के मित्रों को एक क्षण में त्याग देते हैं और जन्म के शत्रुओं से एक क्षण में गले मिल जाते हैं। हम सार्वजनिक विषय में किसी को क्षमा नहीं करते, इसलिए कि हमारे क्षमा करने से उनका प्रभाव और भी हानिकारक हो जाता है।

पद्मसिंह मेरे परम मित्र हैं और मैं उनका हृदय से आदर करता हूँ। मुझे उन पर आक्षेप करते हुए हार्दिक वेदना होती है। परसों तक मेरा उनसे केवल सिद्धान्त का विरोध था, लेकिन परसों ही मुझे ऐसे प्रमाण मिले हैं, जिनसे विदित होता है कि उस तरमीम के स्वीकार करने में उनका कुछ और ही उद्देश्य था। आपसे कहने में कोई हानि नहीं है कि उन्होंने कई महीने हुए सुमनबाई नाम की वेश्या को गुप्त रीति से विधवा-आश्रम में प्रविष्ट करा दिया और लगभग एक मास से उसकी छोटी बहन

को भी आश्रम में ही ठहरा रखा है। मैं अब भी चाहता हूँ कि मुझे गलत खबर मिली हो, लेकिन मैं शीघ्र ही किसी और नीयत से नहीं, तो उसका प्रतिवाद कराने के लिए ही इस खबर को प्रकाशित कर दूँगा!

सदन–यह खबर आपको कहाँ मिली?

प्रभाकर–इसे मैं नहीं बता सकता, लेकिन आप शर्माजी से कह दीजिएगा कि यदि उन पर यह मिथ्या दोषारोपण हो तो मुझे सूचित कर दें। मुझे यह मालूम हुआ है कि इस प्रस्ताव के बोर्ड में आने से पहले शर्माजी हाशिम के यहाँ नित्य जाते थे। ऐसी अवस्था में आप स्वयं देख सकते हैं कि मैं उनकी नीयत को कहाँ तक निस्पृह समझ सकता था?

सदन का क्रोध शान्त हो गया। प्रभाकर राव की बातों ने उसे वशीभूत कर लिया। वह मन में उनका आदर करने लगा और कुछ इधर-उधर की बातें करके घर लौट आया। उसे अब सबसे बड़ी चिन्ता यह थी कि क्या शान्ता सचमुच आश्रम में लाई गई है।

रात्रि को भोजन करते समय उसने बहुत चाहा कि शर्माजी से इस विषय में कुछ बातचीत करे, पर साहस न हुआ। सुमन को तो विधवा-आश्रम में जाते उसने देखा ही था, लेकिन अब उसे कई बातों का स्मरण करके, जिनका तात्पर्य अब तक उसकी समझ में न आया था, शान्ता के लाए जाने का संदेह भी होने लगा।

वह रात-भर विकल रहा। शान्ता आश्रम में क्यों आई है? चाचा ने उसे क्यों यहाँ बुलाया है? क्या उमानाथ ने उसे अपने घर में नहीं रखना चाहा? इसी प्रकार के प्रश्न उसके मन में उठते रहे। प्रातःकाल वह विधवा-आश्रम वाले घाट की ओर चला कि अगर सुमन से भेंट हो जाये, तो उससे सारी बातें पूछूँ। उसे वहाँ बैठे थोड़ी ही देर हुई थी कि सुमन आती हुई दिखाई दी। उसके पीछे एक और सुंदरी चली आती थी। उसका मुखचंद्र घूंघट से छिपा हुआ था।

सदन को देखते ही सुमन ठिठक गई। वह इधर कई दिनों से सदन से मिलना चाहती थी। यद्यपि पहले मन में निश्चय कर लिया था कि सदन से कभी न बोलूँगी, पर शान्ता के उद्धार का उसे इसके सिवा कोई अन्य उपाय न सूझता था। उसने लजाते हुए सदन से कहा–सदनसिंह, आज बड़े भाग्य से तुम्हारे दर्शन हुए। तुमने तो इधर आना ही छोड़ दिया। कुशल से तो हो?

सदन झेंपता हुआ बोला–हाँ, सब कुशल है।

सुमन–दुबले बहुत मालूम होते हो, बीमार थे क्या?

सदन–नहीं, बहुत अच्छी तरह हूँ। मुझे मौत कहाँ?

हम बहुधा अपनी झेंप मिटाने और दूसरों की सहानुभूति प्राप्त करने के लिए कृत्रिम भावों की आड़ लिया करते हैं।

सुमन–चुप रहो, कैसा अपशकुन मुँह से निकालते हो। मैं मरने की मनाती,

तो एक बात थी, जिसके कारण यह सब हो रहा है। इस रामलीला की कैकेयी मैं ही हूँ। आप भी डूबी और दूसरों को भी अपने साथ ले डूबी। खड़े कब तक रहोगे, बैठ जाओ। मुझे आज तुमसे बहुत-सी बातें करनी हैं। मुझे क्षमा करना, अब तुम्हें भैया कहूँगी। अब मेरा तुमसे भाई-बहन का नाता है। मैं तुम्हारी बड़ी साली हूँ, अगर कोई कड़ी बात मुँह से निकल जाये, तो बुरा मत मानना। मेरा हाल तो तुम्हें मालूम ही होगा। तुम्हारे चाचा ने मेरा उद्धार किया और अब मैं विधवा-आश्रम में पड़ी अपने दिनों को रोती हूँ और सदा रोऊँगी। इधर एक महीने से मेरी अभागिनी बहन भी यहाँ आ गई है, उमानाथ के घर उसका निर्वाह न हो सका। शर्माजी को परमात्मा चिरंजीवी करे, वह स्वयं अमोला गये और इसे ले आये। लेकिन यहाँ लाकर उन्होंने भी इसकी सुधि न ली। मैं तुमसे पूछती हूँ, भला यह कहाँ की नीति है कि एक भाई चोरी करे और दूसरा पकड़ा जाये? अब तुमसे कोई बात छिपी नहीं है, अपने खोटे नसीब से, दिनों के फेर से, पूर्वजन्म के पापों से मुझ अभागिनी ने धर्म का मार्ग छोड़ दिया। उसका दंड मुझे मिलना चाहिए था और वह मिला। लेकिन इस बेचारी ने क्या अपराध किया था कि जिसके लिए तुम लोगों ने इसे त्याग दिया? इसका उत्तर तुम्हें देना पड़ेगा! देखो, अपने बड़ों की आड़ मत लेना, यह कायर मनुष्य की चाल है। सच्चे हृदय से बताओ, यह अन्याय था या नहीं? और तुमने कैसे ऐसा घोर अन्याय होने दिया? क्या तुम्हें एक अबला बालिका का जीवन नष्ट करते हुए तनिक भी दया न आई?

यदि शान्ता यहाँ न होती, तो कदाचित् सदन अपने मन के भावों को प्रकट करने का साहस कर जाता। वह इस अन्याय को स्वीकार कर लेता। लेकिन शान्ता के सामने वह एकाएक अपनी हार मानने के लिए तैयार न हो सका। इसके साथ ही अपनी कुल मर्यादा की शरण लेते हुए भी उसे संकोच होता था। वह ऐसा कोई वाक्य मुँह से न निकालना चाहता था, जिससे शान्ता को दुःख हो, न कोई ऐसी बात कह सकता था, जो झूठी आशा उत्पन्न करे। उसकी उड़ती हुई दृष्टि ने, जो शान्ता पर पड़ी थी, उसे बड़े संकट में डाल दिया था। उसकी दशा उस बालक की-सी थी, जो किसी मेहमान की लाई हुई मिठाई को ललचाई हुई आँखों से देखता है, लेकिन माता के भय से निकालकर खा नहीं सकता। बोला—बाईजी, आपने पहले ही मेरा मुँह बन्द कर दिया है, इसलिए मैं कैसे कहूँ कि जो कुछ किया, मेरे बड़ों ने किया। मैं उनके सिर दोष रखकर अपना गला नहीं छुड़ाना चाहता। उस समय लोक-लज्जा से मैं भी डरता था। आप भी मानेंगी कि संसार में रहकर संसार की चाल चलनी पड़ती है। मैं इस अन्याय को स्वीकार करता हूँ, लेकिन यह अन्याय हमने नहीं किया, वरन् उस समाज ने किया है, जिसमें हम लोग रहते हैं।

सुमन—भैया, तुम पढ़े-लिखे मनुष्य हो। मैं तुमसे बातों में नहीं जीत सकती, जो तुम्हें उचित जान पड़े, वह करो। अन्याय अन्याय ही है, चाहे कोई एक आदमी

करे या सारी जाति करे। दूसरों के भय से किसी पर अन्याय नहीं करना चाहिए। शान्ता यहाँ खड़ी है, इसलिए मैं उसके भेद नहीं खोलना चाहती, लेकिन इतना अवश्य कहूँगी कि तुम्हें दूसरी जगह धन, सम्मान, रूप, गुण, सब मिल जाये, पर यह प्रेम न मिलेगा। अगर तुम्हारे जैसा उसका हृदय भी होता, तो यह आज अपनी नई ससुराल में आनन्द से बैठी होती, लेकिन केवल तुम्हारे प्रेम ने उसे यहाँ खींचा।

सदन ने देखा कि शान्ता की आँखों से जल बहकर उसके पैरों पर गिर रहा है! उसका सरल प्रेम-तृषित हृदय शोक से भर गया। अत्यन्त करुण स्वर से बोला—मेरी समझ में नहीं आता कि क्या करूँ? ईश्वर साक्षी है कि दुःख से मेरा कलेजा फटा जाता है।

सुमन—तुम पुरुष हो, परमात्मा ने तुम्हें सब शक्ति दी है।

सदन—मुझसे जो कुछ कहिए, करने को तैयार हूँ।

सुमन—वचन देते हो?

सदन—मेरे चित्त की जो दशा हो रही है, वह ईश्वर ही जानते होंगे, मुँह से क्या कहूँ?

सुमन—मर्दों की बातों पर विश्वास नहीं आता।

यह कहकर सुमन मुस्कुराई। सदन ने लज्जित होकर कहा—अगर अपने वश की बात होती, तो अपना हृदय निकालकर आपको दिखाता। यह कहकर उसने दबी हुई आँखों से शान्ता की ओर ताका।

सुमन—अच्छा, तो आप इसी गंगा नदी के किनारे शान्ता का हाथ पकड़कर कहिए कि तुम मेरी स्त्री हो और मैं तुम्हारा पुरुष हूँ, मैं तुम्हारा पालन करूँगा।

सदन के आत्मिक बल ने जवाब दिया। वह बगलें झाँकने लगा, मानो अपना मुँह छिपाने के लिए कोई स्थान खोज रहा है। उसे ऐसा जान पड़ा कि गंगा मुझे छिपाने के लिए बढ़ी चली आती है। उसने डूबते मनुष्य की भाँति आकाश की ओर देखा और लज्जा से आँखें नीची किए रुक-रुककर बोला—सुमन, मुझे इसके लिए सोचने का अवसर दो। सुमन ने नम्रता से कहा—हाँ, सोचकर निश्चय कर लो, मैं तुम्हें धर्म संकट में नहीं डालना चाहती। यह कहकर वह शान्ता से बोली—देख, तेरा पति तेरे सामने खड़ा है। मुझसे जो कुछ कहते बना उससे कहा, पर वह नहीं पसीजता। वह अब सदा के लिए तेरे हाथ से जाता है। अगर तेरा प्रेम सत्य है और उसमें कुछ बल है, तो उसे रोक ले, उससे प्रेम-वरदान ले ले।

यह कहकर सुमन गंगा की ओर चली गई। शान्ता भी धीरे-धीरे उसी के पीछे चली गई। उसका प्रेम मान के नीचे दब गया। जिसके नाम पर वह यावज्जीवन दुःख झेलने का निश्चय कर चुकी थी, जिसके चरणों पर कल्पना में अपने को अर्पण कर चुकी थी, उसी से वह इस समय तन बैठी । उसने उसकी अवस्था को न देखा, उसकी कठिनाइयों का विचार न किया, उसकी पराधीनता पर ध्यान न दिया। इस समय

वह यदि सदन के सामने हाथ जोड़कर खड़ी हो जाती, तो उसका अभीष्ट सिद्ध हो जाता पर उसने विनय के स्थान पर मान करना उचित समझा।

सदन एक क्षण वहाँ खड़ा रहा और बाद को पछताता हुआ घर को चला।

46

सदन को ऐसी ग्लानि हो रही थी, मानो उसने कोई बड़ा पाप किया हो। वह बार-बार अपने शब्दों पर विचार करता और यही निश्चय करता कि मैं बड़ा निर्दयी हूँ। प्रेमाभिलाषा ने उसे उन्मत्त कर दिया था।

वह सोचता, मुझे संसार का इतना भय क्यों है? संसार मुझे क्या दे देता है? क्या केवल झूठी बदनामी के भय से मैं उस रत्न को त्याग दूँ, जो मालूम नहीं मेरे पूर्व जन्म की कितनी ही तपस्याओं का फल है? अगर अपने धर्म का पालन करने के लिए मेरे बन्धुगण मुझे छोड़ दें तो क्या हानि है? लोक-निन्दा का भय इसलिए है कि वह हमें बुरे कामों से बचाती है। अगर वह कर्त्तव्य मार्ग में बाधक हो, तो उससे डरना कायरता है। यदि हम किसी निरपराध पर झूठा अभियोग लगाएं, तो संसार हमको बदनाम नहीं करता, वह इस अकर्म में हमारी सहायता करता है, हमको गवाह और वकील देता है। हम किसी का धन दबा बैठें, किसी की जायदाद हड़प लें, तो संसार हमको कोई दंड नहीं देता, देता भी है तो बहुत कम, लेकिन ऐसे कुकर्मों के लिए हमें बदनाम करता है, हमारे माथे पर सदा के लिए कलंक का टीका लगा देता है। नहीं, लोक-निन्दा का भय मुझसे यह अधर्म नहीं करा सकता, मैं उसे मंझधार में न डूबने दूँगा। संसार जो चाहे कहे, मुझसे यह अन्याय न होगा।

मैं मानता हूँ कि माता-पिता की आज्ञा का पालन करना मेरा धर्म है। उन्होंने मुझे जन्म दिया है, मुझे पाला है। बाप की गोद में खेला हूँ, माँ का स्तन पीकर पला हूँ। मैं उनके इशारे पर विष का प्याला पी सकता हूँ, तलवार की धार पर चल सकता हूँ, आग में कूद सकता हूँ, किन्तु उनके दुराग्रह पर भी मैं उस रमणी का तिरस्कार नहीं कर सकता, जिसकी रक्षा करना मेरा धर्म है। माँ-बाप मुझसे अवश्य विमुख हो जायेंगे। सम्भव है, मुझे त्याग दें, मुझे मरा हुआ समझ लें, लेकिन कुछ दिनों के दुःख के बाद उन्हें धैर्य हो जायेगा। वह मुझे भूल जायेंगे। काल उनके घाव को भर देगा।

हाय! मैं कैसा कठोर, कैसा पाषाण-हृदय हूँ! वह रमणी जो किसी रनिवास की शोभा बन सकती है, मेरे सम्मुख एक दीन दया प्रार्थी के समान खड़ी रहे और मैं ज़रा भी न पसीजूँ? वह ऐसा अवसर था कि मैं उसके चरणों पर सिर झुका देता और कर जोड़कर कहता, देवी! मेरे अपराध क्षमा करो! गंगा से जल लाता और उसके पैरों पर चढ़ाता, जैसे कोई उपासक अपनी इष्ट देवी को चढ़ाता है। पर मैं पत्थर की मूर्ति

के सदृश खड़ा अपनी कुल-मर्यादा का बेसुरा राग अलापता रहा। हा मंदबुद्धि! मेरी बातों से उसका कोमल हृदय कितना दुःखी हुआ होगा। यह उसके मान करने से ही प्रकट होता है। उसने मुझे शुष्क, प्रेमविहीन, घमंडी और धूर्त्त समझा होगा, मेरी ओर आँख उठाकर देखा तक नहीं। वास्तव में मैं इसी योग्य हूँ।

वह पश्चात्तापात्मक विचार कई दिन तक सदन के मर्मस्थल में दौड़ते रहे। अन्त में उसने निश्चय किया कि मुझे अपना झोंपड़ा अलग बनाना चाहिए, अपने पैरों पर खड़ा होना चाहिए। इसके बिना निर्वाह नहीं हो सकता। माँ-बाप के घर का द्वार अब मेरे लिए बन्द है, खटखटाने से भी न खुलेगा। चाचा मुझे आश्रय देंगे, लेकिन उनके यहाँ रहकर घर में बैर का बीज बोना अच्छा नहीं; माता-पिता समझेंगे कि यह मेरे लड़के को बिगाड़ रहे हैं। बस, मेरे लिए इसके सिवाय कोई और उपाय नहीं कि अपने लिए कोई राह निकालूँ।

वह विचार करता कि चलकर अपनी लगाई हुई आग को बुझा आऊँ, लेकिन चलने के समय उसकी हिम्मत जवाब दे देती। मन में प्रश्न उठता कि किस बिरते पर? घर कहाँ है?

सदन नित्य इसी चिन्ता में डूबा रहता कि इस सूत्र को कैसे सुलझाऊँ? उसने सारे शहर की खाक छान डाली, कभी दफ्तरों की ओर जाता, कभी बड़े-बडे। कारखानों का चक्कर लगाता और दो-चार घंटे घूम-घामकर लौट आता। उसका जीवन अब तक सुख भोग में बीता था, उसने नम्रता और विनय का पाठ न पढ़ा था, अभिमान उसके रोम-रोम में भरा हुआ था। रास्ते चलता तो अकड़ता हुआ, अपने सामने किसी को कुछ नहीं समझता था। उसे संसार का कुछ अनुभव न था। वह नहीं जानता था कि इस दरबार में बहुत सिर झुकाने की आवश्यकता है। यहाँ उसी की प्रार्थना स्वीकृत होती है, जो पत्थर की निर्दयी चौखटों पर माथा रगड़ना जानता है, जो उद्योगी है, निपुण है, नम्र है, जिसने किसी योगी के सदृश अपने मन को जीत लिया है, जो अन्याय के सामने झुक जाता है, अपमान को दूध के समान पी जाता है और जिसने आत्माभिमान को पैरों तले कुचल डाला है। वह न जानता था कि वही सद्गुण, जो मनुष्य को देवतुल्य बना देते हैं, इस क्षेत्र में निरादर की दृष्टि से देखे जाते हैं। वह ईमानदार था, सत्यवक्ता था, सरल था, जो कहता मुँह पर, लगी-लिपटी रखना न जानता था, पर वह नहीं जानता था कि इन गुणों का आत्मिक महत्त्व चाहे जो कुछ हो, संसार की दृष्टि में विद्या की कमी उनसे नहीं पूरी होती। सदन को अब बहुत पछतावा होता था कि मैंने अपना समय व्यर्थ खोया। कोई ऐसा काम न सीखा, जिससे संसार में निर्वाह होता। सदन को इस प्रकार भटकते हुए एक मास से अधिक हो गया और कोई काम हाथ न लगा।

इस निराशा ने धीरे-धीरे उसके हृदय में असंतोष का भाव जागृत कर दिया। उसे अपने माता-पिता पर, अपने चाचा पर, संसार पर और अपने आप पर क्रोध आता। अभी थोडे। ही दिन पहले वह स्वयं फिटन पर सैर करने निकलता था, लेकिन अब

किसी फिटन को आते देखकर उसका रक्त खौलने लगता था। वह किसी फैशनेबुल मनुष्य को पैदल चलते पाता, तो अदबदाकर उससे कंधा मिलाकर चलता और मन में सोचता कि यह ज़रा भी नाक-भौं सिकोड़े तो इसकी खबर लूँ। बहुधा वह कोचवानों के चिल्लाने की परवाह न करता। सबसे छेड़कर लड़ना चाहता था। ये लोग गाड़ियों पर सैर करते हैं, कोट-पतलून पहनकर बन-ठनकर हवा खाने जाते हैं और मेरा कहीं ठिकाना नहीं।

घर पर ज़मींदारी होने के कारण सदन के सामने जीविका का प्रश्न कभी न आया था। इसीलिए उसने शिक्षा की ओर विशेष ध्यान न दिया था, पर अकस्मात् जो यह प्रश्न उसके सामने आ गया, तो उसे मालूम होने लगा कि इस विषय में सर्वथा असमर्थ हूँ। यद्यपि उसने अंग्रेज़ी न पढ़ी थी, पर इधर उसने हिन्दी भाषा का अच्छा ज्ञान प्राप्त कर लिया था। वह शिक्षित समाज को मातृभाषा में अश्रद्धा रखने के कारण देश और जाति का विरोधी समझता था। उसे अपने सच्चरित्र होने पर भी घमंड था। जब से उसके लेख 'जगत' में प्रकाशित हुए थे, वह अंग्रेज़ी पढ़े-लिखे आदमियों को अनादर की दृष्टि से देखने लगा था। यह सब-के-सब स्वार्थसेवी हैं, इन्होंने केवल दीनों का गला दबाने के लिए, केवल अपना पेट पालने के लिए अंग्रेज़ी पढ़ी है, सब-के-सब फैशन के गुलाम हैं, जिनकी शिक्षा ने उन्हें अंग्रेज़ों का मुँह चिढ़ाना सिखा दिया है, जिनमें दया नहीं, धर्म नहीं, निज भाषा से प्रेम नहीं, चरित्र नहीं, आत्मबल नहीं, वे भी कुछ आदमी हैं? ऐसे ही विचार उसके मन में आया करते थे। लेकिन अब जो जीविका की समस्या उसके सामने आई, तो उसे ज्ञात हुआ कि मैं इनके साथ अन्याय कर रहा था। ये दया के पात्र हैं। मैं भाषा का पंडित नहीं लेकिन बहुतों से अच्छी भाषा जानता हूँ। मेरा चरित्र उच्च न सही, पर बहुतों से अच्छा है। मेरे विचार उच्च न हों, पर नीच नहीं, लेकिन मेरे लिए सब दरवाज़े बन्द हैं। मैं या तो कहीं चपरासी हो सकता हूँ या बहुत होगा तो कांस्टेबिल हो जाऊँगा। बस यही मेरी सामर्थ्य है। यह हमारे साथ कितना बड़ा अन्याय है, हम कैसे चरित्रवान् हों, कितने ही बुद्धिमान हों, कितने ही विचारशील हों, पर अंग्रेज़ी भाषा का ज्ञान न होने से उनका कुछ मूल्य नहीं। हमसे अधम और कौन होगा कि इस अन्याय को चुपचाप सहते हैं। नहीं, बल्कि उस पर गर्व करते हैं। नहीं, मुझे नौकरी करने का विचार मन से निकाल डालना चाहिए।

सदन की दशा इस समय उस मनुष्य की-सी थी, जो रात को जंगल में भटकता हुआ अंधेरी रात पर झुँझलाता है।

इसी निराशा और चिन्ता की दशा में एक दिन वह टहलता हुआ नदी के किनारे उस स्थान पर जा पहुँचा, जहाँ बहुत-सी नावें लगी हुई थीं। नदी में छोटी-सी नावें इधर-उधर इठलाती फिरती थीं। किसी-किसी नौका में सुरीली तानें सुनाई देती थीं। कई किश्तियों पर से मल्लाह लोग बोरे उतार रहे थे। सदन एक नाव पर जा बैठा। संध्या समय की शान्तिदायिनी छटा और गंगातट के मनोरम काव्यमय दृश्य ने उसे

वशीभूत कर लिया। वह सोचने लगा, यह कैसा आनन्दमय जीवन है, ईश्वर मुझे भी ऐसी ही एक झोंपड़ी दे देता, तो मैं उसी पर संतोष करता, यहीं नदी तट पर विचरता, लहरों पर चलता और आनन्द के राग गाता। शान्ता झोंपड़े के द्वार पर खड़ी मेरी राह देखती। कभी-कभी हम दोनों नाव पर बैठकर गंगा की सैर करते। उसकी रसिक कल्पना ने उस सरल, सुखमय-जीवन का ऐसा सुन्दर चित्र खींचा, उस आनन्दमय स्वप्न के देखने में वह ऐसा मग्न हुआ कि उसका चित्त व्याकुल हो गया। वहाँ की प्रत्येक वस्तु उस समय सुख, शांति और आनन्द के रंग में डूबी हुई थी। वह उठा और मल्लाह से बोला—क्यों जी चौधरी, यहाँ कोई नाव बिकाऊ भी है।

मल्लाह बैठा हुक्का पी रहा था। सदन को देखते ही उठ खड़ा हुआ और उसे कई नावें दिखाईं। सदन ने एक नई किश्ती पसंद की। मोल-तोल होने लगा। कितने ही और मल्लाह एकत्र हो गये। अन्त में तीन सौ रुपये में नाव पक्की हो गई। यह भी तय हो गया कि जिसकी नाव है, वही उसे चलाने के लिए नौकर होगा।

सदन घर की ओर चला तो ऐसा प्रसन्न था, मानो अब उसे जीवन में किसी वस्तु की अभिलाषा नहीं है, मानो उसने किसी बड़े भारी संग्राम में विजय पायी है। सारी रात उसकी आँखों में नींद नहीं आई। वही नाव जो पाल खोले क्षितिज की ओर से चली आती थी, उसके नेत्रों के सामने नाचती रही, वही दृश्य उसे दिखाई देते रहे। उसकी कल्पना ने एक तट पर एक सुन्दर, हरी-भरी लताओं से सजा हुआ झोंपड़ा बनाया और शान्ता की मनोहारिणी मूर्ति आकर उसमें बैठी। झोंपड़ा प्रकाशमान हो गया। यहाँ तक कि आनन्द कल्पना ने धीरे-धीरे नदी के किनारे एक सुन्दर भवन बनाया, उसमें एक वाटिका लगवाई और सदन उसकी कुंजों में शान्ता के साथ विहार करने लगा। एक ओर नदी की कलकल ध्वनि थी, दूसरी ओर पक्षियों का कलरव गान। हमें जिससे प्रेम होता है, उसे सदा एक ही अवस्था में देखते हैं। हम उसे जिस अवस्था में स्मरण करते हैं, उसी समय के भाव, उसी समय के वस्त्राभूषण हमारे हृदय पर अंकित हो जाते हैं। सदन शान्ता को उसी अवस्था में देखता था, जब वह एक सादी साड़ी पहने, सिर झुकाए गंगातट पर खड़ी थी। वह चित्र उसकी आँखों से न उतरता था।

सदन को इस समय ऐसा मालूम होता था कि इस व्यवस्था में लाभ-ही-लाभ है। हानि की सम्भावना ही उसके ध्यान से बाहर थी। सबसे विचित्र बात यह थी कि अब तक उसने यह न सोचा था कि रुपये कहाँ से आयेंगे-

प्रातःकाल होते ही उसे चिन्ता हुई कि रुपयों का प्रबन्ध करूँ? किससे माँगूँ और कौन देगा? माँगूँ किस बहाने से? चाचा से कहूँ? नहीं, उनके पास आजकल न होंगे। महीनों से कचहरी नहीं जाते और दादा से माँगना तो पत्थर से तेल निकालना है। क्या करूँ? यदि इस समय न गया, तो चौधरी अपने मन में क्या कहेगा? वह छत पर इधर-उधर टहलने लगा। अभिलाषाओं का वह विशाल भवन, अभी थोड़ी देर

पहले उसकी कल्पना ने जिसका निर्माण किया था, देखते-देखते गिरने लगा। युवाकाल की आशा पुआल की आग है, जिसके जलने और बुझने में देर नहीं लगती।

अकस्मात् सदन को एक उपाय सूझ गया। वह ज़ोर से खिलखिलाकर हँसा, जैसे कोई अपने शत्रु को भूमि पर गिराकर बेहँसी की हँसी हँसता है। वाह! मैं भी कैसा मूर्ख हूँ। मेरे संदूक में मोहनमाला रखी हुई है। तीन सौ रुपये से अधिक की होगी। क्यों न उसे बेच डालूँ? जब कोई माँगेगा; देखा जायेगा। कौन माँगता है और किसी ने माँगी भी, तो साफ-साफ कह दूँगा कि बेचकर खा गया। जो कुछ करना होगा, कर लेगा और अगर उस समय तक हाथ में कुछ रुपये आ गये, तो निकालकर फेंक दूँगा। उसने आकर संदूक से माला निकाली और सोचने लगा कि इसे कैसे बेचूँ। बाज़ार में कोई गहना बेचना अपनी इज़्ज़त बेचने से कम अपमान की बात नहीं है। इसी चिन्ता में बैठा था कि जीतन कहार कमरे में झाड़ू देने आया। सदन को मलिन मुख देखकर बोला—भैया, आज उदास हो, आँखें चढ़ी हुई हैं, रात को सोए नहीं क्या?

सदन ने कहा—आज नींद नहीं आई। सिर पर एक चिन्ता सवार है।

जीतन—ऐसी कौन-सी चिन्ता है? मैं भी सुनूँ।

सदन—तुमसे कहूँ तो तुम अभी सारे घर में दोहाई मचाते फिरोगे।

जीतन—भैया, तुम्हीं लोगों की गुलामी में उमिर बीत गई। ऐसा पेट हल्का होता, तो एक दिन न चलता। इससे निसाखातिर रहो।

जिस प्रकार एक निर्धन किन्तु शीलवान मनुष्य के मुँह से बड़ी कठिनता, बड़ी विवशता और बहुत लज्जा के साथ 'नहीं' शब्द निकलता है, उसी प्रकार सदन के मुँह से निकला—मेरे पास एक मोहनमाला है, इसे कहीं बेच दो। मुझे रुपयों का काम है।

जीतन—तो यह कौन बड़ा काम है, इसके लिए क्यों चिन्ता करते हो? मुदा रुपये क्या करोगे? मालकिन से क्यों नहीं माँग लेते हो? वह कभी नाहीं नहीं करेंगी। हाँ, मालिक से कहो तो न मिलेगा। इस घर में मालिक कुछ नहीं हैं, जो हैं वह मालकिन हैं।

सदन—मैं घर में किसी से नहीं माँगना चाहता।

जीतन ने माला लेकर देखी, उसे हाथों से तौला और शाम तक उसे बेच लाने की बात कहकर चला गया। मगर बाज़ार न जाकर वह सीधे अपनी कोठरी में गया, दोनों किवाड़ बन्द कर लिए और अपनी खाट के नीचे की भूमि खोदने लगा। थोड़ी देर में मिट्टी की एक हाँडी निकल आई। यही उसकी सारे जन्म की कमाई थी, सारे जीवन की किफायत, कंजूसी, काट-कपट, बेईमानी, दलाली, गोलमाल, इसी हाँडी के अन्दर इन रुपयों के रूप में संचित थी। कदाचित् इसी कारण रुपयों के मुँह पर कालिमा भी लग गई थी। लेकिन जन्म-भर के पापों का कितना संक्षिप्त फल था। पाप कितने सस्ते बिकते हैं।

जीतन ने रुपये गिनकर बीस-बीस रुपये की ढेरियाँ लगाईं। कुल सत्रह ढेरियाँ हुईं। तब उसने तराजू पर माला को रुपयों से तौला। यह पच्चीस रुपये भर से कुछ अधिक थी। सोने की दर बाज़ार में चढ़ी हुई थी, पर उसने एक रुपये भर के पच्चीस रुपये ही लगाए। फिर रुपयों की पच्चीस-पच्चीस की ढेरियाँ बनाईं। तेरह ढेरियाँ हुईं और पंद्रह रुपये बच रहे। उसके कुल रुपये माला के मूल्य से दो सौ पिचासी रुपये कम थे। उसने मन में कहा, अब यह चीज़ हाथ से नहीं जाने पाएगी। कह दूँगा, माला तेरह ही भर थी! पन्द्रह और बच जायेंगे। चलो मालारानी, तुम इस दरबे में आराम से बैठो।

हाँडी फिर धरती के नीचे चली गई। पापों का आकार और भी सूक्ष्म हो गया। जीतन इस समय उछला पड़ता था। उसने बात-की-बात में दो सौ पिचासी रुपये पर हाथ मारा था। ऐसा सुअवसर उसे कभी नहीं मिला था। उसने सोचा, आज अवश्य किसी भले आदमी का मुँह देखकर उठा था। बिगड़ी हुई आँखों के सदृश बिगड़े हुए ईमान में प्रकाश-ज्योति प्रवेश नहीं करती।

दस बजे जीतन ने तीन सौ पच्चीस रुपये लाकर सदन के हाथों में दिए। सदन को मानो पड़ा हुआ धन मिला।

रुपये देकर जीतन ने निःस्वार्थ भाव से मुँह फेरा। सदन ने पाँच रुपये निकालकर उसकी ओर बढ़ाए और बोला—ये लो, तमाखू-पान।

जीतन ने ऐसा मुँह बनाया, जैसा कोई वैष्णव मदिरा देखकर मुँह बनाता है, और बोला—भैया, तुम्हारा दिया तो खाता ही हूँ, यह कहाँ पचेगा?

सदन—नहीं-नहीं, मैं खुशी से देता हूँ। ले लो, कोई हरज नहीं है।

जीतन—नहीं भैया, यह न होगा। ऐसा करता तो अब तक तो चार पैसे का आदमी हो गया होता। नारायण तुम्हें बनाए रखें।

सदन को विश्वास हो गया कि यह बड़ा सच्चा आदमी है। इसके साथ अच्छा सलूक करूँगा।

संध्या समय सदन की नाव गंगा की लहरों पर इस भाँति चल रही थी, जैसे आकाश में मेघ चलते हैं। लेकिन उसके चेहरे पर आनन्द-विकास की जगह भविष्य की शंका झलक रही थी, जैसे कोई विद्यार्थी परीक्षा में उत्तीर्ण होने के बाद चिन्ता में ग्रस्त हो जाता है। उसे अनुभव होता है कि वह बाँध, जो संसार रूपी नदी की बाढ़ से मुझे बचाए हुए था, टूट गया है और मैं अथाह सागर में खड़ा हूँ। सदन सोच रहा था कि मैंने नाव तो नदी में डाल दी, लेकिन यह पार भी लगेगी? उसे अब मालूम हो रहा था कि वह पानी गहरा है, हवा तेज है और जीवन-यात्रा इतनी सरल नहीं है, जितनी मैं समझता था। लहरें यदि मीठे स्वरों में गाती हैं, तो भयंकर ध्वनि से गरजती हैं, हवा अगर लहरों को थपकियाँ देती है, तो कभी-कभी उन्हें उछाल भी देती है।

47

प्रभाकर राव का क्रोध बहुत कुछ तो सदन के लेखों से ही शान्त हो गया था और जब पद्मसिंह ने सदन के आग्रह से सुमन का पूरा वृत्तांत उन्हें लिख भेजा, तो वह सावधान हो गये।

म्युनिसिपैलिटी में प्रस्ताव को पास हुए लगभग तीन मास बीत गये; पर उसकी तरमीम के विषय में तेगअली ने जो शंकाएँ प्रकट की थीं, वह निर्मूल प्रतीत हुईं। न दालमंडी के कोठों पर दूकानें ही सजीं और न वेश्याओं ने निकाह-बन्धन से ही कोई विशेष प्रेम प्रकट किया ! हाँ, कई कोठे खाली हो गये। उन वेश्याओं ने भावी निर्वासन के भय से दूसरी जगह रहने का प्रबन्ध कर लिया। किसी कानून का विरोध करने के लिए उससे अधिक संगठन की आवश्यकता होती है, जितनी उसको जारी करने के लिए। प्रभाकर राव का क्रोध शान्त होने का यह एक और कारण था।

पद्मसिंह ने इस प्रस्ताव को वेश्याओं के प्रति घृणा से प्रेरित होकर हाथ में लिया था। पर अब इस विषय पर विचार करते-करते उनकी घृणा बहुत कुछ दया और क्षमा का रूप धारण कर चुकी थी। इन्हीं भावों ने उन्हें तरमीम से सहमत होने पर बाध्य किया था। सोचते, यह बेचारी अबलाएँ अपनी इंद्रियों में, सुख-भोग में अपना सर्वस्व नाश कर रही हैं। विलास-प्रेम की लालसा ने उनकी आँखें बन्द कर रखी हैं। इस अवस्था में उनके साथ दया और प्रेम की आवश्यकता है। इस अत्याचार से उनकी सुधारक शक्तियाँ और भी निर्बल हो जायेंगी और जिन आत्माओं का हम उपदेश से, प्रेम से, ज्ञान से, शिक्षा से उद्धार कर सकते हैं, वे सदा के लिए हमारे हाथ से निकल जायेंगी। हम लोग जो स्वयं माया-मोह के अंधकार में पड़े हुए हैं, उन्हें दंड देने का कोई अधिकार नहीं रखते। उनके कर्म ही उन्हें क्या कम दंड दे रहे हैं कि हम यह अत्याचार करके उनके जीवन को और भी दुःखमय बना दें।

हमारे मन के विचार कर्म के पथदर्शक होते हैं। पद्मसिंह ने झिझक और संकोच को त्याग कर कर्मक्षेत्र में पैर रखा। वही पद्मसिंह जो सुमन के सामने भाग खड़े हुए थे, अब दिन दोपहर दालमंडी के कोठों पर बैठे दिखाई देने लगे। उन्हें अब लोकनिन्दा का भय न था। मुझे लोग क्या कहेंगे, इसकी चिन्ता न थी। उनकी आत्मा बलवान हो गई थी, हृदय में सच्ची सेवा का भाव जागृत हो गया था। कच्चा फल पत्थर मारने से भी नहीं गिरता, किन्तु पककर आप-ही-आप धरती की ओर आकर्षित हो जाता है। पद्मसिंह के अन्तःकरण में सेवा का—प्रेम का भाव परिपक्व हो गया था।

विट्ठलदास इस विषय में उनसे पृथक हो गये। उन्हें जन्म की वेश्याओं के सुधार पर विश्वास न था। सैयद शफकतअली भी, जो इसके जन्मदाता थे, उनसे कन्नी काट गये और कुंवर साहब को तो अपने साहित्य, संगीत और सत्संग से ही अवकाश

न मिलता था, केवल साधु गजाधर ने इस कार्य में पद्मसिंह का हाथ बँटाया। उस सदुद्योगी पुरुष में सेवा का भाव पूर्ण रूप से उदय हो चुका था।

48

एक महीना बीत गया। सदन ने अपने इस नए धंधे की चर्चा घर में किसी से न की। वह नित्य सवेरे उठकर गंगा-स्नान के बहाने चला जाता। वहाँ से दस बजे घर आता। भोजन करके फिर चल देता और तब का गया-गया घड़ी रात गये, घर लौटता। अब उसकी नाव घाट पर की सब नावों से अधिक सजी हुई, दर्शनीय थी। उस पर दो-तीन मोढ़े रखे रहते थे और एक जाजिम बिछी रहती थी। इसलिए शहर के कितने ही रसिक, विनोदी मनुष्य उस पर सैर किया करते थे। सदन किराए के विषय में खुद बातचीत न करता। यह काम उसका नौकर झींगुर मल्लाह किया करता था। वह स्वयं तो कभी तट पर बैठा रहता तो कभी नाव पर जा बैठता था। वह अपने को बहुत समझाता कि काम करने में क्या शरम? मैंने कोई बुरा काम तो नहीं किया है, किसी का गुलाम तो नहीं हूँ, कोई आँखें तो नहीं दिखा सकता। लेकिन जब वह किसी भले आदमी को अपनी नाव की ओर आते देखता, तो आप-ही-आप उसके कदम पीछे हट जाते और लज्जा से आँखें झुक जातीं। वह एक ज़मींदार का पुत्र था और एक वक़ील का भतीजा। उस उच्च पद से उतरकर मल्लाह का उद्यम करने में उसे स्वभावतः लज्जा आती थी, जो तर्क से किसी भाँति न हटती। इस संकोच से उसकी बहुत हानि होती थी। जिस काम के लिए वह एक रुपया ले सकता था, उसी के लिए उसे आधे में ही राजी होना पड़ता था। ऊँची दूकान फीके पकवान होने पर भी बाज़ार में श्रेष्ठ होती है। यहाँ तो पकवान भी अच्छे थे, केवल एक चतुर सजीले दूकानदार की कमी थी। सदन इस बात को समझता था, पर संकोचवश कुछ कह न सकता था। तिस पर भी डेढ़-दो रुपये नित्य मिल जाते थे और वह समय निकट आता जाता था, जब गंगा-तट पर उसका झोंपड़ा बनेगा और आबाद होगा। वह अब अपने बल-बूते पर खड़े होने के योग्य होता जाता था। इस विचार से उसके आत्मसम्मान को अतिशय आनन्द होता था। वह बहुधा रात-की-रात इन्हीं अभिलाषाओं की कल्पना में जागता रहता।

इसी समय म्युनिसिपैलिटी ने वेश्याओं के लिए शहर से हटकर मकान बनवाने का निश्चय किया, लाला भगतराम को इसका ठीका मिला। नदी के इस पार ऐसी ज़मीन न मिल सकी, जहाँ वह पजावे लगाते और चूने के भट्ठे बनाते। इसलिए उन्होंने नदी पार ज़मीन ली थी और वहीं सामान तैयार करते थे। उस पार ईंटें, चूना आदि लाने के लिए उन्हें एक नाव की ज़रूरत हुई। नाव तय करने के लिए मल्लाहों के

पास आये। सदन से भेंट हो गई। सदन ने अपनी नाव दिखाई, भगतराम ने उसे पसन्द किया। झींगुर से मजूरी तय हुई, दो खेवे रोज लाने की बात ठहरी। भगतराम ने बयाना दिया और चले गये।

रुपये की चाट बुरी होती है। सदन अब वह उड़ाऊ, लुटाऊ युवक नहीं रहा। उसके सिर पर अब चिन्ताओं का बोझ है, कर्तव्य का ऋण है। वह इससे मुक्त होना चाहता है। उसकी निगाह एक-एक पैसे पर रहती है। उसे अब रुपये कमाने और घर बनवाने की धुन है। उस दिन वह घड़ी रात रहे, उठकर नदी किनारे चला आया और झींगुर को जगाकर नाव खुलवा दी। दिन निकलते-निकलते उस पार जा पहुँचा। लौटती बार उसने स्वयं डांड़ ले लिया और हँसते हुए दो-चार हाथ चलाए, लेकिन इतने से ही नाव की चाल बढ़ते देखकर उसने जोर-जोर से डांड चलाने शुरू कर दिए। नाव की गति दूनी हो गई। झींगुर पहले-पहल तो मुस्कुराता रहा, लेकिन अब चकित हो गया।

आज से वह सदन का दबाव कुछ अधिक मानने लगा। उसे मालूम हो गया कि यह महाशय निरे मिट्टी के लौंदे नहीं हैं। काम पड़ने पर यह अकेले नाव को पार ले जा सकते हैं, और अब मेरा टर्राना उचित नहीं।

उस दिन दो खेवे हुए, दूसरे दिन एक ही हुआ। क्योंकि सदन को आने में देर हो गई। तीसरे दिन उसने नौ बजे रात को तीसरा खेवा पूरा किया, लेकिन पसीने से डूबा था। ऐसा थक गया था कि घर तक आना पहाड़ हो गया। इसी प्रकार दो मास तक लगातार उसने काम किया और इसमें उसे अच्छा लाभ हुआ। उसने दो मल्लाह और रख लिए थे।

सदन अब मल्लाहों का नेता था। उसका झोंपड़ा तैयार हो गया था। भीतर एक तख्ता था, दो पलंग, दो लैंप, कुछ मामूली बर्तन भी। एक कमरा बैठने का था, एक खाना पकाने का, एक सोने का। द्वार पर ईंटों का चबूतरा था। उसके इर्द-गिर्द गमले रखे हुए थे। दो गमलों में लताएँ लगी हुई थीं, जो झोंपड़े के ऊपर चढ़ती जाती थीं। यह चबूतरा अब मल्लाहों का अड्डा था। वह बहुधा वहीं बैठे तमाखू पीते। सदन ने उनके साथ बड़ा उपकार किया था। अफ़सरों से लिखा-पढ़ी करके उन्हें आये दिन बेगार से मुक्त करा दिया था। इस साहस के काम ने उसका सिक्का जमा दिया था। उसके पास अब कुछ रुपये भी जमा हो गये थे और वह मल्लाहों को बिना सूद के रुपये उधार देता था। अब उसे एक पैर-गाड़ी की फिक्र थी, शौकीन आदमियों के सैर के लिए वह एक सुन्दर बजरा भी लेना चाहता था और हारमोनियम के लिए तो उसने पत्र डाल ही दिया। यह सब उस देवी के आगमन की तैयारियाँ थीं, जो एक क्षण के लिए भी उसके ध्यान से न उतरती थी।

सदन की अवस्था अब ऐसी थी कि वह गृहस्थी का बोझ उठा सके, लेकिन अपने चाचा की सम्मति के बिना वह शान्ता को लाने का साहस न कर सकता था।

वह घर पर पद्मसिंह के साथ भोजन करने बैठता, तो निश्चय कर लेता कि आज इस विषय को छेड़कर तय कर लूँगा। पर उसका इरादा कभी पूरा न होता, उसके मुँह से बात ही न निकलती।

यद्यपि उसने पद्मसिंह से इस व्यवसाय की चर्चा न की थी, पर उन्हें लाला भगतराम से सब हाल मालूम हो गया था। वह सदन की उद्योगशीलता पर बहुत प्रसन्न थे। वह चाहते थे कि एक-दो नावें और ठीक कर ली जायें और कारोबार बढ़ा लिया जाये। लेकिन जब सदन स्वयं कुछ नहीं कहता था, तो वह भी इस विषय में चुप रहना ही उचित समझते थे। वह पहले ही उसकी खातिर करते थे, अब कुछ आदर भी करने लगे और सुभद्रा तो उसे अपने लड़के के समान मानने लगी।

एक दिन, रात के समय सदन अपने झोंपड़े में बैठा हुआ नदी की तरफ़ देख रहा था। आज न जाने क्यों नाव के आने में देर हो रही थी। सामने लैंप जल रहा था। सदन के हाथ में एक समाचार-पत्र था, पर उसका ध्यान पढ़ने में न लगता था। नाव के न आने से उसे किसी अनिष्ट की शंका हो रही थी। उसने पत्र रख दिया और बाहर निकलकर तट पर आया। रेत पर चाँदनी की सुनहरी चादर बिछी हुई थी और चाँद की किरणें नदी के हिलते हुए जल पर ऐसी मालूम होती थीं, जैसे किसी झरने से निर्मल जल की धारा क्रमशः चौड़ी होती हुई निकलती है। झोंपड़े के सामने चबूतरे पर कई मल्लाह बैठे हुए बातें कर रहे थे कि अकस्मात् सदन ने दो स्त्रियों को शहर की ओर से आते देखा। उनमें से एक ने मल्लाहों से पूछा—हमें उस पार जाना है, नाव ले चलोगे?

सदन ने शब्द पहचाने। यह सुमनबाई थी। उसके हृदय में एक गुदगुदी-सी हुई, आँखों में एक नशा-सा आ गया। लपककर चबूतरे के पास आया और सुमन से बोला—बाईजी, तुम यहाँ कहाँ?

सुमन ने ध्यान से सदन को देखा, मानो उसे पहचानती ही नहीं। उसके साथ वाली स्त्री ने घूंघट निकाल लिया और लालटेन के प्रकाश से कई पग हटकर अंधेरे में चली गई। सुमन ने आश्चर्य से कहा—कौन? सदन?

मल्लाहों ने उठकर घेर लिया, लेकिन सदन ने कहा—तुम लोग इस समय यहाँ से चले जाओ। ये हमारे घर की स्त्रियाँ हैं, आज यहीं रहेंगी। इसके बाद वह सुमन से बोला—बाईजी, कुशल समाचार कहिए। क्या माजरा है?

सुमन—सब कुशल ही है, भाग्य में जो कुछ लिखा है, वही भोग रही हूँ। आज का पत्र तुमने अभी न पढ़ा होगा। प्रभाकर राव ने न जाने क्या छाप दिया कि आश्रम में हलचल मच गई। हम दोनों बहनें वहाँ एक दिन भी और रह जातीं, तो आश्रम बिल्कुल खाली हो जाता। वहाँ से निकल आने में कुशल थी। अब इतनी कृपा करो कि हमें उस पार ले जाने के लिए एक नाव ठीक कर दो। वहाँ से हम इक्का करके मुगलसराय चली जायेंगी। अमोला के लिए कोई-न-कोई गाड़ी मिल ही जायेगी। यहाँ

से रात में कोई गाड़ी नहीं जाती?

सदन—अब तो तुम अपने घर ही पहुँच गईं, अमोला क्यों जाओगी? तुम लोगों को कष्ट तो बहुत हुआ, पर इस समय तुम्हारे आने से मुझे जितना आनन्द हुआ, यह वर्णन नहीं कर सकता। मैं स्वयं कई दिन से तुम्हारे पास आने का इरादा कर रहा था, लेकिन काम से छुट्टी ही नहीं मिलती। मैं तीन-चार महीने से मल्लाह का काम करने लगा हूँ। यही तुम्हारा झोंपड़ा है, चलो अन्दर चलो।

सुमन झोंपड़े में चली गई, लेकिन शान्ता वहीं अंधेरे में चुपचाप सिर झुकाए रो रही थी। जब से उसने सदनसिंह के मुँह से वे बातें सुनी थीं, उस दुःखिया ने रो-रोकर दिन काटे थे। उसे बार-बार अपने मान करने का पछतावा होता था। वह सोचती, यदि मैं उस समय उनके पैरों पर गिर पड़ती, तो उन्हें मुझ पर अवश्य दया आ जाती। सदन की सूरत उसकी आँखों में फिरती और उसकी बातें उसके कानों में गूँजती। बातें कठोर थीं, लेकिन शान्ता को वह प्रेम-करुणा से भरी हुई प्रतीत होती थीं। उसने अपने मन को समझा लिया था कि यह सब मेरे कुदिन का फल है, सदन का कोई अपराध नहीं। वह वास्तव में विवश हैं। अपने माता-पिता की आज्ञा का पालन करना उनका धर्म है। यह मेरी नीचता है कि मैं उन्हें धर्म के मार्ग से फेरना चाहती हूँ। हा! मैंने अपने स्वामी से मान किया! मैंने अपने आराध्यदेव का निरादर किया, मैंने अपने कुटिल स्वार्थ के वश होकर उनका अपमान किया। ज्यों-ज्यों दिन बीतते थे, शान्ता की आत्मग्लानि बढ़ती थी। इस शोक, चिन्ता और विरह-पीड़ा से वह रमणी इस प्रकार सूख गई थी, जैसे जेठ महीने में नदी सूख जाती है।

सुमन झोंपड़े में चली गई, तो सदन धीरे-धीरे शान्ता के सामने आया और काँपते हुए स्वर से बोला—शान्ता!

यह कहते-कहते उसका गला रुँध गया।

शान्ता प्रेम से गद्गद हो गई। उसका प्रेम उस विरत दशा को पहुँच गया, जब वह संकुचित स्वार्थ से मुक्त हो जाता है।

उसने मन में कहा, जीवन का क्या भरोसा है? मालूम नहीं, जीती रहूँ या न रहूँ, इनके दर्शन फिर हों या न हों, एक बार इनके चरणों पर सिर रखकर रोने की अभिलाषा क्यों रह जाये? इसका इससे उत्तम और कौन-सा अवसर मिलेगा? स्वामी! तुम एक बार अपने हाथों से उठाकर मेरे आँसू पोंछ दोगे, तो मेरा चित्त शान्त हो जायेगा, मेरा जन्म सफल हो जायेगा। मैं जब तक जीऊँगी, इस सौभाग्य के स्मरण का आनन्द उठाया करूँगी। मैं तो तुम्हारे दर्शनों की आशा ही त्याग चुकी थी, किन्तु जब ईश्वर ने यह दिन दिखा दिया, तब अपनी मनोकामना क्यों न पूरी कर लूँ? जीवनरूपी मरूभूमि में यह वृक्ष मिल गया है, तो इसकी छांह में बैठकर क्यों न अपने दग्ध हृदय को शीतल कर लूँ।

यह सोचकर शान्ता रोती हुई सदन के पैरों पर गिर पड़ी, किन्तु मुरझाया हुआ

फूल हवा का झोंका लगते ही बिखर गया। सदन झुका कि उसे उठाकर छाती से लगा ले, चिपटा ले, लेकिन शान्ता की दशा देखकर उसका हृदय विकल हो गया। जब उसने उसे पहले-पहल नदी के किनारे देखा था, तब वह सौंदर्य की एक नई कोमल कली थी, पर आज वह एक सूखी हुई पीली पत्ती थी, जो बसंत ऋतु में गिर पड़ी है।

सदन का हृदय नदी में चमकती हुई चन्द्र-किरणों के सदृश थरथराने लगा। उसने काँपते हुए हाथों से उस संज्ञाशून्य शरीर को उठा लिया। निराश अवस्था में उसने ईश्वर की शरण ली। रोते हुए बोला–प्रभो, मैंने बड़ा पाप किया है, मैंने एक कोमल संतप्त हृदय को बड़ी निर्दयता से कुचला है, पर इसका यह दंड असह्य है। इस अमूल्य रत्न को इतनी जल्दी मुझसे मत छीनो। तुम दयामय हो, मुझ पर दया करो।

शान्ता को छाती से लगाए हुए सदन झोंपड़ी में गया और उसे पलंग पर लिटाकर, शोकातुर स्वर से बोला–सुमन, देखो, यह कैसी हुई जाती है। मैं डॉक्टर के पास दौड़ा जाता हूँ।

सुमन ने समीप आकर बहन को देखा। माथे पर पसीने की बूँदें आ गई थीं, आँखें पथराई हुईं। नाड़ी का कहीं पता नहीं। मुख वर्णहीन हो गया था। उसने तुरन्त पंखा उठा लिया और झलने लगी। वह क्रोध जो शान्ता की दशा देख-देखकर महीनों से उसके दिल में जमा हो रहा था, फूट निकला। सदन की ओर तिरस्कारपूर्ण नेत्रों से देखकर बोली–यह तुम्हारे अत्याचार का फल है, यह तुम्हारी करनी है, तुम्हारे ही निर्दय हाथों ने इस फल को यों मसला है। तुमने अपने पैरों से इस पौधे को यों कुचला है। लो, अब तुम्हारा गला छूटा जाता है। सदन, जिस दिन से इस दुखिया ने तुम्हारी वह अभिमान-भरी बातें सुनीं, इसके मुख पर हँसी नहीं आई, इसके आँसू कभी नहीं थमे। बहुत गला दबाने से दो-चार कौर खा लिया करती थी। और तुमने उसके साथ यह अत्याचार केवल इसलिए किया कि मैं उसकी बहन हूँ, जिसके पैरों पर तुमने बरसों नाक रगड़ी है, जिसके तलुवे तुमने बरसों सहलाए हैं। जिसके कुटिल प्रेम में तुम महीनों मतवाले हुए रहते थे। उस समय भी तो तुम अपने माँ-बाप के आज्ञाकारी पुत्र थे या कोई और थे? उस समय भी तो तुम वही उच्च कुल के ब्राह्मण थे या कोई और थे? तब तुम्हारे दुष्कर्मों से खानदान की नाक न कटती थी? आज तुम आकाश के देवता बने फिरते हो। अंधेरे में जूठा खाने पर तैयार, पर उजाले में निमन्त्रण भी स्वीकार नहीं। यह निरी धूर्त्तता है, दगाबाजी है। जैसा तुमने इस दुखिया के साथ किया है, उसका फल तुम्हें ईश्वर देंगे। इसे जो कुछ भुगतना था, वह भुगत चुकी। आज न मरी, कल मर जायेगी, लेकिन तुम इसे याद करके रोओगे। कोई और स्त्री होती, तो तुम्हारी बातें सुनकर फिर तुम्हारी ओर आँख उठाकर न देखती, तुम्हें कोसती, लेकिन यह अबला सदा तुम्हारे नाम पर मरती रही। लाओ, थोड़ा ठंडा पानी।

सदन अपराधी की भाँति सिर झुकाए ये बातें सुनता रहा। इससे उसका हृदय

कुछ हल्का हुआ। सुमन ने यदि उसे गालियाँ दी होतीं, तो और भी बोध होता। वह अपने को इस तिरस्कार के सर्वथा योग्य समझता था।

उसने ठंडे पानी का कटोरा सुमन को दिया और स्वयं पंखा झलने लगा। सुमन ने शान्ता के मुँह पर पानी के कई छींटे दिए। इस पर जब शान्ता ने आँखें ने खोलीं, तब सदन बोला—जाकर डॉक्टर को बुला लाऊँ न?

सुमन—नहीं, घबराओ मत। ठंडक पहुँचते ही होश आ जायेगा। डॉक्टर के पास इसकी दवा नहीं।

सदन को कुछ तसल्ली हुई, बोला—सुमन, चाहे तुम समझो कि मैं बात बना रहा हूँ, लेकिन मैं तुमसे सत्य कहता हूँ कि उसी मनहूस घड़ी से मेरी आत्मा को कभी शान्ति नहीं मिली। मैं बार-बार अपनी मूर्खता पर पछताता था। कई बार इरादा किया कि चलकर अपना अपराध क्षमा कराऊँ, लेकिन यही विचार उठता कि किस बूते पर जाऊँ? घरवालों से सहायता की कोई आशा न थी, और मुझे तो तुम जानती ही हो कि सदा कोतल घोड़ा बना रहा। बस, इसी चिन्ता में डूबा रहता था कि किसी प्रकार चार पैसे पैदा करूँ और अपनी झोंपड़ी अलग बनाऊँ। महीनों नौकरी की खोज में मारा-मारा फिरा, कहीं ठिकाना न लगा। अन्त को मैंने गंगा-माता की शरण ली और अब ईश्वर की दया से मेरी नाव चल निकली है। अब मुझे किसी सहारे या मदद की आवश्यकता नहीं है। यह झोंपड़ी बना ली है, और विचार है कि कुछ रुपये और आ जायें, तो उस पार किसी गाँव में एक मकान बनवा लूँ। क्योंकि, इनकी तबीयत कुछ सँभलती मालूम होती है?

सुमन का क्रोध शान्त हुआ। बोली—हाँ, अब कोई भय नहीं है, केवल मूर्च्छा थी। आँखें बन्द हो गईं और होंठों का नीलापन जाता रहा।

सदन को ऐसा आनन्द हुआ कि यदि वहाँ ईश्वर की कोई मूर्ति होती, तो उसके पैरों पर सिर रख देता। बोला—सुमन, तुमने मेरे साथ जो उपकार किया है, उसको मैं सदा याद करता रहूँगा। अगर और कोई बात हो जाती, तो इस लाश के साथ मेरी लाश भी निकलती।

सुमन—यह कैसी बात मुँह से निकालते हो। परमात्मा चाहेंगे तो यह बिना दवा के अच्छी हो जायेगी और तुम दोनों बहुत दिनों तक सुख से रहोगे। तुम्हीं उसकी दवा हो। तुम्हारा प्रेम ही उसका जीवन है, तुम्हें पाकर अब उसे किसी वस्तु की लालसा नहीं है। लेकिन अगर तुमने भूलकर भी उसका अनादर या अपमान किया, तो फिर उसकी यही दशा हो जायेगी और तुम्हें हाथ मलना पड़ेगा।

इतने में शान्ता ने करवट बदली और पानी माँगा। सुमन ने पानी का गिलास उसके मुँह से लगा दिया। उसने दो-तीन घूँट पीया और तब फिर चारपाई पर लेट गई। वह विस्मित नेत्रों से इधर-उधर ताक रही थी, मानो उसे अपनी आँखों पर विश्वास नहीं है। वह चौंककर उठ बैठी और सुमन की ओर ताकती हुई बोली—क्यों, यही

मेरा घर है न? हाँ-हाँ, यही है, और वह कहाँ हैं मेरे स्वामी, मेरे जीवन के आधार! उन्हें बुलाओ, आकर मुझे दर्शन दें, बहुत जलाया है, इस दाह को बुझाएँ। मैं उनसे कुछ पूछूँगी। क्या नहीं आते? तो लो, मैं ही चलती हूँ। आज मेरी उनसे तकरार होगी। नहीं, मैं उनसे तकरार न करूँगी, केवल यही कहूँगी कि अब मुझे छोड़कर कहीं मत जाओ। चाहे गले का हार बनाकर रखो, चाहे पैरों की बेड़ियाँ बनाकर रखो, पर अपने साथ रखो। वियोग-दुख अब नहीं सहा जाता। मैं जानती हूँ कि तुम मुझसे प्रेम करते हो। अच्छा, न सही, तुम मुझे नहीं चाहते, मैं तो तुम्हें चाहती हूँ। अच्छा, यह भी न सही, मैं भी तुम्हें नहीं चाहती, मेरा विवाह तो तुमसे हुआ है, नहीं, नहीं हुआ! अच्छा कुछ न सही, मैं तुमसे विवाह नहीं करती, लेकिन मैं तुम्हारे साथ रहूँगी और अगर तुमने आँख फेरी तो अच्छा न होगा। हाँ, अच्छा न होगा, मैं संसार में रोने के लिए नहीं आई हूँ। प्यारे, रिसाओ मत। यही होगा, दो-चार आदमी हँसेंगे, ताने देंगे। मेरी खातिर उसे सह लेना। क्या माँ-बाप छोड़ देंगे, कैसी बात कहते हो? माँ-बाप अपने लड़के को नहीं छोड़ते। तुम देख लेना, मैं उन्हें खींच लाऊँगी, मैं अपनी सास के पैर धो-धो पीऊँगी, अपने ससुर के पैर दबाऊँगी, क्या उन्हें मुझ पर दया न आयेगी? यह कहते-कहते शान्ता की आँखें फिर बन्द हो गईं।

सुमन ने सदन से कहा—अब सो रही है, सोने दो। एक नींद सो लेगी, तो उसका जी सँभल जायेगा। रात अधिक बीत गई है, अब तुम भी घर जाओ, शर्माजी बैठे घबराते होंगे।

सदन—आज न जाऊँगा।

सुमन—नहीं-नहीं, वे लोग घबराएँगे। शान्ता अब अच्छी है, देखो, कैसे सुख से सोती है। इतने दिनों में आज ही मैंने उसे यों सोते देखा है। सदन नहीं माना, वहीं बरामदे में आकर चौकी पर लेटा रहा और सोचने लगा।

49

बाबू विट्ठलदास न्यायप्रिय सरल मनुष्य थे, जिधर न्याय खींच ले जाता, उधर चले जाते थे। इसमें लेशमात्र भी संकोच न होता था। जब उन्होंने पद्मसिंह को न्यायपथ से हटते देखा, तो उनका साथ छोड़ दिया और कई महीने तक उनके घर न आये, लेकिन प्रभाकर राव ने जब आश्रम पर आक्षेप करना शुरू किया और सुमनबाई के सम्बन्ध में कुछ गुप्त रहस्यों का उल्लेख किया, तो विट्ठलदास का उनसे भी बिगाड़ हो गया। अब सारे शहर में उनका कोई मित्र न था। अब उन्हें अनुभव हो रहा था कि ऐसी संस्था का अध्यक्ष होकर, जिसका अस्तित्व दूसरे की सहायता और सहानुभूति पर निर्भर है, मेरे लिए किसी पक्ष को ग्रहण करना अत्यन्त अनुचित है। उन्हें अनुभव

हो रहा था कि आश्रम की कुशल इसी में है कि मैं इससे पृथक् रहते हुए भी सबसे मिला रहूँ। यही मार्ग मेरे लिए सबसे उत्तम है। संध्या का समय था। वे बैठे हुए सोच रहे थे कि प्रभाकर राव के आक्षेपों का क्या उत्तर दूँ। बातें कुछ सच्ची हैं, सुमन वास्तव में वेश्या थी, मैं यह जानते हुए उसे आश्रम में लाया। मैंने प्रबन्धकारिणी सभा में इसकी कोई चर्चा नहीं की, इसका कोई प्रस्ताव नहीं किया। मैंने वास्तव में आश्रम को अपनी निज की संस्था समझा। मेरा उद्देश्य चाहे कितना ही प्रशंसनीय हो, पर उसे गुप्त रखना सर्वथा अनुचित था।

विट्ठलदास अभी कुछ निश्चय नहीं करने पाये थे कि आश्रम की अध्यापिका ने आकर कहा–महाशय, आनन्दी, राजकुमारी और गौरी घर जाने को तैयार बैठी हैं। मैंने कितना ही समझाया, पर वे मानतीं ही नहीं। विट्ठलदास ने झुँझलाकर कहा–कह दो, चली जायें। मुझे इसका डर नहीं है। उनके लिए मैं सुमन और शान्ता को नहीं निकाल सकता।

अध्यापिका चली गई और विट्ठलदास फिर सोचने लगे। ये स्त्रियाँ अपने को क्या समझती हैं? क्या सुमन ऐसी गई-बीती है कि उनके साथ रह भी नही सकती? उनका कहना है कि आश्रम बदनाम हो रहा है और यहाँ रहने में हमारी बदनामी है। हाँ, ज़रूर बदनामी है। जाओ, मैं तुम्हें नहीं रोकता।

इसी समय डाकिया चिट्ठियाँ लेकर आया। विट्ठलदास के नाम पाँच चिट्ठियाँ थीं।

एक में लिखा था कि मैं अपनी कन्या (विद्यावती) को आश्रम में रखना उचित नहीं समझता। मैं उसे लेने आऊँगा। दूसरे महाशय ने धमकाया था कि अगर वेश्याओं को आश्रम से न निकाला जायेगा, तो वह चंदा देना बन्द कर देंगे। तीसरे पत्र का भी यही आशय था। शेष दोनों पत्रों को विट्ठलदास ने नहीं खोला। इन धमकियों ने उन्हें भयभीत नहीं किया, बल्कि हठ पर दृढ़ कर दिया। ये लोग समझते होंगे, मैं इनकी गीदड़-भभकियों से काँपने लगूँगा! यह नहीं समझते कि विट्ठलदास किसी की परवाह नहीं करता। आश्रम भले ही टूट जाये, शान्ता और सुमन को मैं कदापि अलग नहीं कर सकता। विट्ठलदास के अहंकार ने उनकी सद्बुद्धि को परास्त कर दिया। सदुत्साह और दुस्साहस दोनों का स्रोत एक ही है। भेद केवल उनके व्यवहार में है।

सुमन देख रही थी कि मेरे ही कारण यह भगदड़ मची हुई है। उसे दुःख हो रहा था कि मैं यहाँ क्यों आई? उसने कितनी श्रद्धा से इन विधवाओं की सेवा की थी, पर उसका यह फल निकला ! वह जानती थी, विट्ठलदास कभी उसे वहाँ से न जाने देंगे, इसलिए उसने निश्चय किया कि क्यों न मैं चुपके से चली जाऊँ? तीन स्त्रियाँ चली गई थीं, दो-तीन महिलाएँ तैयारियाँ कर रही थीं, और कई अन्य देवियों ने अपने-अपने घर पर पत्र भेजे थे। केवल वही चुपचाप बैठी थीं, जिनका कहीं ठिकाना

नहीं था। पर वह भी सुमन से मुँह चुराती फिरती थीं। सुमन यह अपमान न सह सकी। उसने शान्ता से सलाह की। शान्ता बड़ी दुविधा में पड़ी। पद्मसिंह की आज्ञा के बिना वह आश्रम से निकलना अनुचित समझती थी। केवल यही नहीं कि आशा का पतला सूत उसे यहाँ बाँधे हुए था, बल्कि इसे वह धर्म का बन्धन समझती थी। वह सोचती थी, जब मैंने अपना सर्वस्व पद्मसिंह के हाथों में रख दिया, तब अब स्वेच्छा-पथ पर चलने का मुझे कोई अधिकार नहीं है। लेकिन जब सुमन ने निश्चित रूप से कह दिया कि तुम रहती हो तो रहो, पर मैं किसी भाँति यहाँ न रहूँगी, तो शान्ता को वहाँ रहना असम्भव-सा प्रतीत होने लगा। जंगल में भटकते हुए उस मनुष्य की भाँति, जो किसी दूसरे को देखकर उसके साथ इसलिए हो लेता है कि एक से दो हो जायेंगे, शान्ता अपनी बहन के साथ चलने को तैयार हो गई।

सुमन ने पूछा—और जो पद्मसिंह नाराज हों?

शान्ता—उन्हें एक पत्र द्वारा समाचार लिख दूँगी।

सुमन—और जो सदनसिंह बिगड़ें?

शान्ता—जो दंड देंगे, सह लूँगी।

सुमन—खूब सोच लो, ऐसा न हो कि पीछे पछताना पड़े।

शान्ता—रहना तो मुझे यहीं चाहिए, पर तुम्हारे बिना मुझसे रहा न जायेगा। हाँ, यह बता दो कि कहाँ चलोगी?

सुमन—तुम्हें अमोला पहुँचा दूँगी।

शान्ता—और तुम?

सुमन—मेरे नारायण मालिक हैं। कहीं तीर्थयात्रा करने चली जाऊँगी।

दोनों बहनों में बहुत देर तक बातें हुईं। फिर दोनों मिलकर रोईं। ज्योंही आज आठ बजे और विट्ठलदास भोजन करने के लिए अपने घर गये, दोनों बहनें सबकी आँख बचाकर चल खड़ी हुईं।

रात-भर किसी को खबर न हुई। सवेरे चौकीदार ने आकर विट्ठलदास से यह समाचार कहा। वह घबराए और लपके हुए सुमन के कमरे में गये। सब चीज़ें पड़ी हुई थीं, केवल दोनों बहनों का पता न था। बेचारे बड़ी चिन्ता में पड़े। पद्मसिंह को कैसे मुँह दिखाऊँगा? उन्हें उस समय सुमन पर क्रोध आया। यह सब उसी की करतूत है, वही शान्ता को बहकाकर ले गई है। एकाएक उन्हें सुमन की चारपाई पर एक पत्र पड़ा हुआ दिखाई दिया। लपककर उठा लिया और पढ़ने लगे। यह पत्र सुमन ने चलते समय लिखकर रख दिया था। इसे पढ़कर विट्ठलदास को कुछ धैर्य हुआ। लेकिन इसके साथ ही उन्हें यह दुःख हुआ कि सुमन के कारण मुझे नीचा देखना पड़ा। उन्होंने निश्चय कर लिया था कि मैं अपने धमकी देने वालों को नीचा दिखाऊँगा, पर यह अवसर उनके हाथ से निकल गया। अब लोग यही समझेंगे कि मैं डर गया। यह सोचकर उन्हें बहुत दुःख हुआ।

आखिर वह कमरे से निकले। दरवाजे बन्द किए और सीधे पद्मसिंह के घर पहुँचे।

शर्माजी ने यह समाचार सुना तो सन्नाटे में आ गये। बोले—अब क्या होगा?

विट्ठलदास—वे अमोला पहुँच गई होंगी।

शर्माजी—हाँ, सम्भव है।

विट्ठलदास—शान्ता इतनी दूर का सफर तो मजे में कर सकती है।

शर्माजी—हाँ, ऐसी नासमझ तो नहीं है।

विट्ठलदास—सुमन तो अमोला गई न होगी?

शर्माजी—कौन जाने, दोनों कहीं डूब मरी हों।

विट्ठलदास—एक तार भेजकर पूछ क्यों न लीजिए।

शर्माजी—कौन मुँह लेकर पूछूँ? जब मुझसे इतना भी न हो सका कि शान्ता की रक्षा करता, तो अब उसके विषय में कुछ पूछताछ करना मेरे लिए लज्जाजनक है। मुझे आपके ऊपर विश्वास था। अगर जानता होता कि आप ऐसी लापरवाही करेंगे, तो उसे मैंने अपने ही घर में रखा होता।

विट्ठलदास—आप तो ऐसी बातें कर रहे हैं, मानो मैंने जान-बूझकर उन्हें निकाल दिया हो।

शर्माजी—आप उन्हें तसल्ली देते रहते, तो वे कभी न जातीं। आपने मुझसे भी अब कहा है, जब अवसर हाथ से निकल गया।

विट्ठलदास—आप सारी ज़िम्मेदारी मुझी पर डालना चाहते हैं?

पद्मसिंह—और किस पर डालूँ? आश्रम के संरक्षक आप ही हैं या कोई और?

विट्ठलदास—शान्ता को वहाँ रहते तीन महीने से अधिक हो गये, आप कभी भूलकर भी आश्रम की ओर गये? अगर आप कभी-कभी वहाँ जाकर उसका कुशल समाचार पूछते रहते, तो उसे धैर्य रहता। जब आपने उसकी कभी बात तक न पूछी, तो वह किस आधार पर वहाँ पड़ी रहती? मैं अपने दायित्व को स्वीकार करता हूँ, पर आप भी दोष से नहीं बच सकते।

पद्मसिंह आजकल विट्ठलदास से चिढ़े हुए थे। उन्होंने उन्हीं के अनुरोध से वेश्या-सुधार के काम में हाथ डाला था, पर अन्त में जब काम करने का अवसर पड़ा तो वह साफ निकल गये। उधर विट्ठलदास भी वेश्याओं के प्रति उनकी सहानुभूति देखकर उन्हें संदिग्ध दृष्टि से देखते थे। वह इस समय अपने-अपने हृदय की बात न कहकर एक-दूसरे पर दोषारोपण करने की चेष्टा कर रहे थे। पद्मसिंह उन्हें खूब आड़े हाथों लेना चाहते थे, पर यह प्रत्युत्तर पाकर उन्हें चुप हो जाना पड़ा। बोले—हाँ, इतना दोष मेरा अवश्य है।

विट्ठलदास—नहीं, आपको दोष देना मेरा आशय नहीं है। दोष सब मेरा ही है। आपने जब उन्हें मेरे सुपुर्द कर दिया, तो आपका निश्चिंत हो जाना स्वाभाविक ही था।

शर्माजी—नहीं, वास्तव में यह सब मेरी कायरता और आलस्य का फल है। आप उन्हें ज़बर्दस्ती नहीं रोक सकते थे।

पद्मसिंह ने अपना दोष स्वीकार करके बाजी पलट दी थी। हम आप झुककर दूसरे को झुका सकते हैं, पर तनकर किसी को झुकाना कठिन है।

विट्ठलदास—शायद सदनसिंह को कुछ मालूम हो। ज़रा उन्हें बुलाइए।

शर्माजी—वह तो रात से ही गायब है। उसने गंगा के किनारे एक झोंपड़ा बनवा लिया है, कई मल्लाह लगा लिए हैं और एक नाव चलाता है। शायद रात वहीं रह गया।

विट्ठलदास—सम्भव है, दोनों बहनें वहीं पहुँच गई हों। कहिए, तो जाऊँ?

शर्माजी—अजी नहीं, आप किस भ्रम में हैं। वह इतना लिबरल नहीं है। उनके साये से भागता है।

अकस्मात् सदन ने उनके कमरे में प्रवेश किया। पद्मसिंह ने पूछा—तुम रात कहाँ रह गये? सारी रात तुम्हारी राह देखी।

सदनसिंह ने धरती की ओर ताकते हुए कहा—मैं स्वयं लज्जित हूँ। ऐसा काम पड़ गया कि मुझे विवश होकर रुकना पड़ा। इतना समय भी न मिला कि आकर कह जाता। मैंने आपसे शरम के मारे कभी चर्चा नहीं की, लेकिन इधर कई महीने से मैंने एक नाव चलाना शुरू किया है। वहीं नदी के किनारे एक झोंपड़ा बनवा लिया है। मेरा विचार है कि इस काम को जमकर करूँ। इसलिए आपसे उस झोंपड़े में रहने की आज्ञा चाहता हूँ।

शर्माजी—इसकी चर्चा तो लाला भगतराम ने एक बार मुझसे की थी, लेकिन खेद यह है कि तुमने अब तक मुझसे इसे छिपाया, नहीं तो मैं भी कुछ सहायता करता। खैर, मैं इसे बुरा नहीं समझता, बल्कि तुम्हें इस अवस्था में देखकर मुझे बड़ा आनन्द हो रहा है। लेकिन मैं यह कभी न मानूँगा कि तुम अपना घर रहते हुए अपनी हाँडी अलग चढ़ाओ। क्या एक नाव का और प्रबन्ध हो, तो अधिक लाभ हो सकता है?

सदन—जी हाँ, मैं स्वयं इसी फिक्र में हूँ। लेकिन इसके लिए मेरा घाट पर रहना ज़रूरी है।

शर्माजी—भाई, यह शर्त तुम बुरी लगाते हो। शहर में रहकर तुम मुझसे अलग रहो, यह मुझे पसन्द नहीं। इसमें चाहे तुम्हें कुछ हानि भी हो, लेकिन मैं न मानूँगा।

सदन—नहीं चाचा, आप मेरी यह प्रार्थना स्वीकार कीजिए। मैं बहुत मजबूर होकर आपसे यह कह रहा हूँ।

शर्माजी—ऐसी क्या बात है, जो तुम्हें मजबूर करती है? तुम्हें जो संकोच हो, वह साफ-साफ क्यों नहीं कहते?

सदन—मेरे इस घर में रहने से आपकी बदनामी होगी। मैंने अब अपने उस कर्तव्य का पालन करने का संकल्प कर लिया है, जिसे मैं कुछ दिनों तक अपने अज्ञान

और कुछ समय तक अपनी कायरता और निन्दा के भय से टालता आता था। मैं आपका लड़का हूँ। जब मुझे कोई कष्ट होगा, तो आपका आश्रय लूँगा, कोई ज़रूरत पड़ेगी, तो आपको सुनाऊँगा, लेकिन रहूँगा अलग और मुझे विश्वास है कि आप मेरे इस प्रस्ताव को पसन्द करेंगे।

विट्ठलदास बात की तह तक पहुँच गये। पूछा—कल सुमन और शान्ता से तुम्हारी मुलाकात नहीं हुई?

सदन के चेहरे पर लज्जा की लालिमा छा गई, जैसे किसी रमणी के मुख पर से घूंघट हट जाये। दबी जबान से बोला—जी हाँ।

पद्मसिंह बड़े धर्म-संकट में पड़े। न 'हाँ' कह सकते थे, न 'नहीं' कहते बनता था। अब तक वह शान्ता के सम्बन्ध में अपने को निर्दोष समझते थे। उन्होंने इस अन्याय का सारा भाग अपने भाई के सिर डाला था और सदन तो उनके विचार में काठ का पुतला था। लेकिन अब इस जाल में फँसकर वह भाग निकलने की चेष्टा करते थे। संसार का भय तो उन्हें नहीं था, भय था कि कहीं भैया यह न समझ लें कि यह सब मेरे सहारे से हुआ है, मैंने ही सदन को बिगाड़ा है। कहीं यह संदेह उनके मन में उत्पन्न हो गया, तो फिर वह कभी मुझे क्षमा न करेंगे।

पद्मसिंह कई मिनट तक इसी उलझन में पड़े रहे। अन्त में वह बोले—सदन, यह समस्या इतनी कठिन है कि मैं अपने भरोसे पर कुछ नहीं कर सकता। भैया की राय लिये बिना 'हाँ' या 'नहीं' कैसे कहूँ? तुम मेरे सिद्धान्त को जानते हो। मैं तुम्हारी प्रशंसा करता हूँ और प्रसन्न हूँ कि ईश्वर ने तुम्हें सद्बुद्धि दी। लेकिन मैं भाई साहब की इच्छा को सर्वोपरि समझता हूँ। यह हो सकता है कि दोनों बहनों के अलग रहने का प्रबन्ध कर दिया जाये जिसमें उन्हें कोई कष्ट न हो। बस, यहीं तक। इसके आगे मेरी कुछ सामर्थ्य नहीं है। भाई साहब की जो इच्छा हो, वही करो।

सदन—क्या आपको मालूम नहीं कि वह क्या उत्तर देंगे?

पद्मसिंह—हाँ, यह भी मालूम है।

सदन—तो उनसे पूछना व्यर्थ है। माता-पिता की आज्ञा से मैं अपनी जान दे सकता हूँ, जो उन्हीं की दी हुई है, लेकिन किसी निरपराध की गर्दन पर तलवार नहीं चला सकता।

पद्मसिंह—तुम्हें इसमें क्या आपत्ति है, कि दोनों बहनें एक अलग मकान में ठहरा दी जायें?

सदन ने गर्म होकर कहा—ऐसा तो मैं तब करूँगा, जब मुझे छिपाना हो। मैं कोई पाप करने नहीं जा रहा हूँ, जो उसे छिपाऊँ? वह मेरे जीवन का परम कर्तव्य है, उसे गुप्त रखने की आवश्यकता नहीं है। अब वह विवाह के जो संस्कार नहीं पूरे हुए हैं, कल गंगा के किनारे पूरे किए जायेंगे। यदि आप वहाँ आने की कृपा करेंगे, तो मैं अपना सौभाग्य समझूँगा, नहीं तो ईश्वर के दरबार में गवाहों के बिना

भी प्रतिज्ञा हो जाती है।

यह कहता हुआ सदन उठा और घर में चला गया। सुभद्रा ने कहा—वाह, खूब गायब होते हो। सारी रात जी लगा रहा। कहाँ रह गये थे?

सदन ने रात का वृत्तांत चाची से कहा। चाची से बातचीत करने में उसे वह झिझक न होती थी, जो शर्माजी से होती थी। सुभद्रा ने उसके साहस की बड़ी प्रशंसा की, बोली—माँ-बाप के डर से कोई अपनी ब्याहता को थोड़े ही छोड़ देता है। दुनिया हँसेगी तो हँसा करे। उसके ड़र से अपने घर के प्राणी की जान ले लें? तुम्हारी अम्मा से डरती हूँ, नहीं तो उसे यहीं रखती।

सदन ने कहा—मुझे अम्मा-दादा की परवाह नहीं है।

सुभद्रा—बहुत परवाह तो की। इतने दिनों तक बेचारी को घुला-घुला के मार डाला। कोई दूसरा लड़का होता, तो पहले दिन ही फटकार देता। तुम्हीं हो कि इतना सहते हो।

सुभद्रा, यही बातें यदि तुमने पवित्र भाव से कही होतीं, तो हम तुम्हारा कितना आदर करते! किन्तु तुम इस समय ईर्ष्या-द्वेष के वश में हो। तुम सदन को उभारकर अपनी जेठानी को नीचा दिखाना चाहती हो। तुम एक माता के पवित्र हृदय पर आघात करके उसका आनन्द उठा रही हो।

सदन के चले जाने पर विट्ठलदास ने पद्मसिंह से कहा—यह तो आपके मन की बात हुई। आप इतना आगा-पीछा क्यों करते हैं? शर्माजी ने उत्तर नहीं दिया।

विट्ठलदास फिर बोले—यह प्रस्ताव आपको स्वयं करना चाहिए था, लेकिन आप अब उसे स्वीकार करने में संकोच कर रहे हैं।

शर्माजी ने इसका भी उत्तर नहीं दिया।

विट्ठलदास—अगर वह अपनी स्त्री के साथ अलग रहे तो क्या हानि है? आप न अपने साथ रखेंगे, न अलग रहने देंगे, यह कौन-सी नीति है?

पद्मसिंह ने व्यंग्य भाव से कहा—भाई साहब, जब अपने ऊपर पड़ती है, तभी आदमी जानता है। जैसे आप मुझे राह दिखा रहे हैं, इसी प्रकार मैं भी दूसरों को राह दिखाता रहता हूँ। आप भी कभी वेश्याओं का उद्धार करने के लिए कैसी लम्बी-चौड़ी बातें करते थे, लेकिन जब काम का समय आया, तो कन्नी काट गये। इसी तरह दूसरों को भी समझ लीजिए। मैं सब कुछ कर सकता हूँ, पर अपने भाई को नाराज नहीं कर सकता। मुझे कोई सिद्धान्त इतना प्यारा नहीं है, जो मैं उनकी इच्छा पर न्यौछावर न कर सकूँ।

विट्ठलदास—मैंने आपसे यह कभी नहीं कहा कि जन्म की वेश्याओं को देवियाँ बना दूँगा। क्या आप समझते हैं कि उसी स्त्री में, जो अपने घर वालों के अन्याय या दुर्जनों के बहकाने से पतित हो जाती है और जन्म की वेश्याओं में कोई अन्तर नहीं है? मेरे विचार में उनमें उतना ही अन्तर है, जितना साध्य और असाध्य रोग

में है। जो आग अभी लगी है और अन्दर तक नहीं पहुँचने पायी, उसे आप शान्त कर सकते हैं, लेकिन ज्वालामुखी पर्वत को शान्त करने की चेष्टा पागल करे तो करे, बुद्धिमान् कभी नहीं कर सकता।

शर्माजी—कम-से-कम आपको मेरी सहायता तो करनी चाहिए थी। आप अगर एक घंटे के लिए मेरे साथ दालमंडी चलें, तो आपको मालूम हो जायेगा कि जिसे आप सब ज्वालामुखी पर्वत समझ बैठे हैं, वह केवल बुझी हुई आग का ढेर है। अच्छे और बुरे आदमी सब जगह होते हैं। वेश्याएँ भी इस नियम से बाहर नहीं हैं। आपको यह देखकर आश्चर्य होगा कि उनमें कितनी धार्मिक श्रद्धा, पाप-जीवन से कितनी घृणा, अपने जीवनोद्धार की कितनी अभिलाषा है। मुझे स्वयं इस पर आश्चर्य होता है। उन्हें केवल एक सहारे की आवश्यकता है, जिसे पकड़कर वे बाहर निकल आयें। पहले तो वे मुझसे बात तक न करती थीं, लेकिन जब मैंने उन्हें समझाया कि मैंने वह प्रस्ताव तुम्हारे उपकार के लिए किया है, जिससे तुम दुराचारियों, दुष्टों तथा कुमार्गियों की पहुँच से बाहर रह सको, तो उन्हें मुझ पर कुछ-कुछ विश्वास होने लगा। नाम तो न बताऊँगा, लेकिन कई धनी वेश्याएँ धन से मेरी सहायता करने को तैयार हैं। कई अपनी लड़कियों का विवाह करना चाहती हैं। लेकिन अभी उन औरतों की संख्या बहुत है, जो भोग-विलास के इस जीवन को छोड़ना नहीं चाहती हैं। मुझे आशा है कि स्वामी गजानन्द के उपदेश का कुछ-न-कुछ फल अवश्य होगा। खेद यही है कि कोई मेरी सहायता करने वाला नहीं है। हाँ, मजाक उड़ाने वाले ढेरों पड़े हैं। इस समय एक ऐसे अनाथालय की आवश्यकता है, जहाँ वेश्याओं की लड़कियाँ रखी जा सकें और उनकी शिक्षा का उत्तम प्रबन्ध हो। पर मेरी कौन सुनता है?

विट्ठलदास ने ये बातें बड़े ध्यान से सुनीं। पद्मसिंह ने जो कुछ कहा था, वह उनका अनुभव था, और अनुभवपूर्ण बातें सदैव विश्वासोत्पादक हुआ करती हैं। विट्ठलदास को ज्ञात होने लगा कि मैं जिस कार्य को असाध्य समझता था, वह वास्तव में ऐसा नहीं है। बोले—अनिरुद्धसिंह से आपने इस विषय में कुछ नहीं कहा?

शर्माजी—वहाँ लच्छेदार बातों और तीव्र समालोचनाओं के सिवा और क्या रखा है?

50

सदनसिंह का विवाह संस्कार हो गया। झोंपड़ा खूब सजाया गया था। वही मंडप का काम दे रहा था, लेकिन कोई भीड़-भाड़ न थी।

पद्मसिंह उस दिन घर चले गये और मदनसिंह से सब समाचार कहा। वह यह सुनते ही आग हो गये, बोले—मैं उस छोकरे का सिर काट लूँगा, वह अपने को

समझता क्या है? भाभी ने कहा—मैं आज ही जाती हूँ उसे समझाकर अपने साथ लिवा लाऊँगी! अभी नादान लड़का है। उस कुटनी सुमन की बातों में आ गया है। मेरा कहना वह कभी न टालेगा।

लेकिन मदनसिंह ने भामा को डाँटा और धमकाकर कहा—अगर तुमने उधर जाने का नाम लिया, तो मैं अपना और तुम्हारा गला एक साथ घोंट दूँगा। वह आग में कूदता है, कूदने दो। ऐसा दूध पीता नादान बच्चा नहीं। यह सब उसकी जिद है। बच्चू को भीख मँगाकर न छोड़ूँ तो कहना। सोचते होंगे, दादा मर जायेंगे तो आनन्द करूँगा। मुँह धो रखें, यह कोई मौरूसी जायदाद नहीं है। यह मेरी अपनी कमाई है। सब-की-सब कृष्णार्पण कर दूँगा। एक फूटी कौड़ी तो मिलेगी नहीं।

गाँव में चारों ओर बतकहाव होने लगा। लाला बैजनाथ को निश्चय हो गया कि संसार से धर्म उठ गया। जब लोग ऐसे-ऐसे नीच कर्म करने लगें, तो धर्म कहाँ रहा? न हुई नवाबी, नहीं तो आज बच्चू की धज्जियाँ उड़ जातीं। अब देखें, कौन मुँह लेकर गाँव में आते हैं?

पद्मसिंह रात को बहुत देर तक भाई के साथ बैठे रहे, लेकिन ज्यों ही वह सदन का कुछ जिक्र छेड़ते, मदनसिंह उनकी ओर ऐसी आग्नेय दृष्टि से देखते कि उन्हें बोलने की हिम्मत न पड़ती। अन्त में जब वह सोने चले, तो पद्मसिंह ने हताश होकर कहा—भैया, सदन आपसे अलग रहे, तब भी आपका लड़का ही कहलाएगा। वह जो कुछ नेक-बद करेगा, उसकी बदनामी हम सब पर आयेगी। जो लोग इस अवस्था को भली-भाँति जानते हैं, वह चाहे हम लोगों को निर्दोष समझें, लेकिन जनता सदन में और हममें कोई भेद नहीं कर सकती, तो इससे क्या फायदा कि सांप भी मरे और लाठी भी टूट जाये। एक ओर दो बुराइयाँ हैं—बदनामी भी होती है और लड़का भी हाथ से जाता है। दूसरी ओर एक हो बुराई है, बदनामी होगी, लेकिन लड़का अपने हाथ में रहेगा। इसलिए मुझे तो यही उचित जान पड़ता है कि हम लोग सदन को समझाएँ और यदि वह किसी तरह न माने तो···

मदनसिंह ने बात काटकर कहा—तो उस चुड़ैल से उसका विवाह ठान दें? क्यों, यही न कहना चाहते हो? यह मुझसे न होगा। एक बार नहीं, हज़ार बार नहीं।

यह कहकर वह चुप हो गये। एक क्षण के बाद पद्मसिंह को लांछित करके बोले—आश्चर्य यह है कि यह सब तुम्हारे सामने हुआ और तुम्हें ज़रा भी खबर न हुई। उसने नाव ली, झोंपड़ा बनाया, दोनों चुड़ैलों से सांठ-गांठ की और तुम आँखें बन्द किए बैठे रहे। मैंने तो उसे तुम्हारे ही भरोसे भेजा था। यह क्या जानता था कि तुम कान में तेल डाले बैठे रहते हो। अगर तुमने ज़रा भी चतुराई से काम लिया होता, तो यह नौबत न आती। तुमने इन बातों की सूचना तक मुझे न दी, नहीं तो मैं स्वयं जाकर उसे किसी उपाय से बचा लाता। अब जब सारी गोटियाँ पिट गईं, सारा खेल बिगड़ गया, तो चले हो वहाँ से मुझसे सलाह लेने। मैं साफ-साफ कहता

हूँ कि तुम्हारी आनाकानी से मुझे तुम्हारे ऊपर भी संदेह होता है। तुमने जान-बूझकर उसे आग में गिरने दिया। मैंने तुम्हारे साथ बहुत बुराइयाँ की थीं, उनका तुमने बदला लिया। खैर, कल प्रातःकाल एक दान-पत्र लिख दो। तीन पाई जो मौरूसी जमीन है, उसे छोड़कर मैं अपनी सब जायदाद कृष्णार्पण करता हूँ, यहाँ न लिख सको तो वहाँ से लिखकर भेज देना। मैं दस्तखत कर दूँगा और उसकी रजिस्ट्री हो जायेगी।

यह कहकर मदनसिंह सोने चले गये। लेकिन पद्मसिंह के मर्म-स्थान पर ऐसा वार कर गये कि वह रात-भर तड़पते रहे। जिस अपराध से बचने के लिए उन्होंने अपने सिद्धान्तों की भी परवाह न की और अपने सहवर्गियों में बदनाम हुए, वह अपराध लग ही गया। इतना ही नहीं, भाई के हृदय में उनकी ओर से मैल पड़ गई। अब उन्हें अपनी भूल दिखाई दे रही थी। निःसंदेह अगर उन्होंने बुद्धिमानी से काम लिया होता, तो यह नौबत न आती। लेकिन इस वेदना में इस विचार से कुछ संतोष होता था कि जो कुछ हुआ सो हुआ, एक अबला का उद्धार तो हो गया।

प्रातःकाल जब वह घर से चलने लगे, तो भामा रोती हुई आई और बोली—भैया, इनका हठ तो देख रहे हो, लड़के की जान ही लेने पर उतारू हैं, लेकिन तुम ज़रा सोच-समझकर काम करना। भूल-चूक तो बड़ों-बड़ों से हो जाती है, वह बेचारा तो अभी नादान लड़का है। तुम उसकी ओर से मन न मैला करना। उसे किसी की टेढ़ी निगाह भी सहन नहीं है। ऐसा न हो, कहीं देश-विदेश की राह ले, मैं तो कहीं की न रहूँ। उसकी सुध लेते रहना। खाने-पीने की तकलीफ न होने पाए। यहाँ रहता था तो एक भैंस का दूध पी जाता था। उसे दाल में घी अच्छा नहीं लगता, लेकिन मैं उससे छिपाकर लौंदे-के-लौंदे दाल में डाल देती थी। अब इतना सेवा-जतन कौन करेगा? न जाने बेचारा कैसे होगा? यहाँ घर पर कोई खाने वाला नहीं, वहाँ वह इन्हीं चीज़ों के लिए तरसता होगा। क्यों भैया, क्या अपने हाथ से नाव चलाता है?

पद्मसिंह—नहीं, दो मल्लाह रख लिए हैं।

भामा—तब भी दिन-भर दौड़-धूप तो करनी ही पड़ती होगी। मजूर बिना देखे-भाले थोड़े ही काम करते हैं। मेरा तो यहाँ कुछ बस नहीं है, उसे तुम्हें सौंपती हूँ। उसे अनाथ समझकर खोज-खबर लेते रहना। मेरा रोआं-रोआं तुम्हें आशीर्वाद देगा। अब की कार्तिक-स्नान में मैं उसे ज़रूर देखने जाऊँगी। कह देना, तुम्हारी अम्मा तुम्हें बहुत याद करती थीं, बहुत रोती थीं। यह सुनकर उसे ढांढस हो जायेगा। उसका जी बड़ा कच्चा है। मुझे याद करके रोज रोता होगा। यह थोड़े-से रुपये हैं, लेते जाओ, उसके पास भिजवा देना।

पद्मसिंह—इसकी क्या ज़रूरत है? मैं तो वहाँ हूँ ही, मेरे देखते उसे किसी बात की तकलीफ न होने पाएगी।

भामा—नहीं भैया, लेते जाओ, क्या हुआ! इस हाँडी में थोड़ा-सा घी है, यह भी भिजवा देना! बाज़ारू घी घर के घी को कहाँ पाता है. न वह सुंगध है, न वह स्वाद।

उसे अमावट की चटनी बहुत अच्छी लगती है, मैं थोड़ी-सी अमावट भी रखे देती हूँ। मीठे-मीठे आम चुनकर रस निकाला था। समझाकर कह देना, बेटा, कोई चिन्ता मत करो। जब तक तुम्हारी माँ जीती है तुमको कोई कष्ट न होने पायेगा। मेरे तो वही एक अंधे की लकड़ी है। अच्छा है तो, बुरा है तो, अपना ही है। संसार की लाज से आँखों से चाहे दूर कर दूँ, लेकिन मन से थोड़े ही दूर कर सकती हूँ।

51

जैसे सुन्दर भाव के समावेश से कविता में जान पड़ जाती है और सुन्दर रंगों से चित्र में, उसी प्रकार दोनों बहनों के आने से झोंपड़ी में जान आ गई है। अंधी आँखों में पुतलियाँ पड़ गई हैं।

मुर्झाई हुई कली शान्ता अब खिलकर अनुपम शोभा दिखा रही है। सूखी हुई नदी उमड़ पड़ी है। जैसे जेठ-बैसाख की तपन की मारी हुई गाय सावन में निखर जाती है और खेतों में किलोलें करने लगती है, उसी प्रकार विरह की सताई हुई रमणी अब निखर गई है, प्रेम में मग्न है।

नित्यप्रति प्रातःकाल इस झोंपड़े से दो तारे निकलते हैं और जाकर गंगा में डूब जाते हैं। उनमें से एक बहुत दिव्य और द्रुतगामी है, दूसरा मध्यम और मंद। एक नदी में थिरकता है, दूसरा अपने वृत्त से बाहर नहीं निकलता। प्रभात की सुनहरी किरणों में इन तारों का प्रकाश मंद नहीं होता, वे और भी जगमगा उठते हैं।

शान्ता गाती है, सुमन खाना पकाती है। शान्ता अपने केशों को सँवारती है, सुमन कपड़े सीती है। शान्ता भूखे मनुष्य के समान भोजन के थाल पर टूट पड़ती है, सुमन किसी रोगी के सदृश सोचती है कि मैं अच्छी हूँगी या नहीं।

सदन के स्वभाव में अब कायापलट हो गया है। वह प्रेम का आनन्दभोग करने में तन्मय हो रहा है। वह अब दिन चढ़े उठता है, घंटों नहाता है, बाल सँवारता है, कपड़े बदलता, सुगंध मलता है, नौ बजे से पहले अपनी बैठक में नहीं आता और आता भी है तो जमकर बैठता नहीं, उसका मन कहीं और रहता है। एक-एक पल में भीतर जाता है और अगर बाहर किसी से बात करने में देर हो जाती है, तो उकताने लगता है। शान्ता ने उस पर वशीकरण मन्त्र डाल दिया है।

सुमन घर का सारा काम भी करती है और बाहर का भी। वह घड़ी रात रहे उठती है और स्नान-पूजा के बाद सदन के लिए जलपान बनाती है। फिर नदी के किनारे आकर नाव खुलवाती है। नौ बजे भोजन बनाने बैठ जाती है। ग्यारह बजे तक यहाँ से छुट्टी पाकर वह कोई-न-कोई काम करने लगती है। नौ बजे रात को जब लोग सोने चले जाते हैं, तो वह पढ़ने बैठ जाती है। तुलसी की विनय-पत्रिका

और रामायण से उसे बहुत प्रेम है। कभी भक्तमाल पढ़ती है, कभी विवेकानन्द के व्याख्यान और कभी रामतीर्थ के लेख। वह विदुषी स्त्रियों के जीवन-चरित्रों को बड़े चाव से पढ़ती है। मीरा पर उसे असीम श्रद्धा है। वह बहुधा धार्मिक ग्रंथ ही पढ़ती है। लेकिन ज्ञान की अपेक्षा भक्ति में उसे अधिक शान्ति मिलती है।

मल्लाहों की स्त्रियों में उसका बड़ा आदर है। वह उनके झगड़े चुकाती है। किसी के बच्चे के लिए कुर्ता-टोपी सीती है, किसी के लिए अंजन या घुट्टी बनाती है। उनमें कोई बीमार पड़ता है, तो उसके घर जाती है और दवा-दारू की फिक्र करती है। वह अपनी गिरी दीवाल को उठा रही है। उस बस्ती के सभी नर-नारी उसकी प्रशंसा करते हैं और उसका यश गाते हैं। हाँ, अगर आदर नहीं है, तो अपने घर में। सुमन इस तरह जी तोड़कर घर का सारा बोझ सँभाले हुए है, लेकिन सदन के मुँह से कृतज्ञता का एक शब्द भी नहीं निकलता। शान्ता भी उसके इस परिश्रम का कुछ मूल्य नहीं समझती। दोनों-के-दोनों उसकी ओर से निश्चिंत हैं, मानो वह घर की लौंडी है और चक्की में जुते रहना ही उसका धर्म है। कभी-कभी उसके सिर में दर्द होने लगता है, कभी-कभी दौड़-धूप से बुखार चढ़ आता है, तब भी वह घर का सारा काम रीत्यानुसार करती रहती है। वह भी कभी-कभी एकांत में अपनी इस दीन दशा पर घंटों रोती रहती है, पर कोई ढांढस देने वाला, कोई आँसू पोंछने वाला नहीं?

सुमन स्वभाव से ही मानिनी, सगर्वा स्त्री थी। वह जहाँ कहीं रही थी, रानी बनकर रही थी। अपने पति के घर वह सब कष्ट झेलकर भी रानी थी। विलासनगर में वह जब तक रही, उसी का सिक्का चलता रहा। आश्रम में वह सेवा-धर्म पालन करके सर्वमान्य बनी हुई थी। इसलिए अब यहाँ इस हीनावस्था में रहना उसे असह्य था। अगर सदन कभी-कभी उसकी प्रशंसा कर दिया करता, कभी उससे सलाह लिया करता, उसे अपने घर की स्वामिनी समझा करता या शान्ता उसके पास बैठकर उसकी हाँ में हाँ मिलाती, उसका मन बहलाती, तो सुमन इससे भी अधिक परिश्रम करती और प्रसन्नचित्त रहती। लेकिन उन दोनों प्रेमियों को अपनी तरंग में और कुछ न सूझता था। निशाना मारते समय दृष्टि केवल एक ही वस्तु पर रहती है। प्रेमासक्त मनुष्य का भी यही होता है।

लेकिन शान्ता और सदन की यह उदासीनता प्रेम-लिप्सा के ही कारण थी, इसमें संदेह है। सदन इस प्रकार सुमन से बचता था, जैसे हम कुष्ठ-रोगी से बचते हैं, उस पर दया करते हुए भी उसके समीप जाने की हिम्मत नहीं रखते। शान्ता उस पर अविश्वास करती थी, उसके रूप-लावण्य से डरती थी। कुशल यही था कि सदन स्वयं सुमन से आँखें चुराता था, नहीं तो शान्ता इससे जल ही जाती। अतएव दोनों चाहते थे कि यह आस्तीन का साँप दूर हो जाये, लेकिन संकोचवश वह आपस में भी इस विषय को छेड़ने से डरते थे।

सुमन पर यह रहस्य शनैः-शनैः खुलता जाता था।

एक बार जीतन कहार शर्माजी के यहाँ से सदन के लिए कुछ सौगात लाया था। इसके पहले भी वह कई बार आया था, लेकिन उसे देखते ही सुमन छिप जाया करती थी। अब की जीतन की निगाह उस पर पड़ गई। फिर क्या था, उसके पेट में चूहे दौड़ने लगे। वह पत्थर खाकर पचा सकता था, पर कोई बात पचाने की शक्ति उसमें न थी। मल्लाहों के चौधरी के पास चिलम पीने के बहाने गया और सारी रामकहानी सुना आया। अरे यह तो कस्बीन है, खसम ने घर से निकाल दिया, तो हमारे यहाँ खाना पकाने लगी, वहाँ से निकाली गई तो चौक में हरजाईपन करने लगी, अब देखता हूँ तो यहाँ विराजमान है। चौधरी सन्नाटे में आ गया, मल्लाहिनों में भी इशारेबाजियाँ होने लगीं। उस दिन से कोई मल्लाह सदन के घर का पानी न पीता, उनकी स्त्रियों ने सुमन के पास आना-जाना छोड़ दिया। इसी तरह एक बार लाला भगतराम ईंटों की लदाई का हिसाब करने आये। प्यास मालूम हुई तो मल्लाह से पानी लाने को कहा। मल्लाह कुएँ से पानी लाया। सदन के घर में बैठे हुए बाहर से पानी मँगाकर पीना सदन की छाती में छुरी मारने से कम न था।

अन्त में दूसरा साल जाते-जाते यहाँ तक नौबत पहुँची कि सदन ज़रा-जरा-सी बात पर सुमन से झुँझला जाता और चाहे कोई लागू बात न कहे, पर उसके मन के भाव झलक ही पड़ते थे।

सुमन को मालूम हो रहा था कि अब मेरा निर्वाह यहाँ न होगा। उसने समझा था कि यहाँ बहन-बहनोई के साथ जीवन समाप्त हो जायेगा। उनकी सेवा करूँगी, टुकड़ा खाऊँगी और एक कोने में पड़ी रहूँगी। इसके अतिरिक्त जीवन में अब उसे कोई लालसा नहीं थी, लेकिन हा शोक! यह तख्ता भी उसके पैरों के नीचे से सरक गया और अब वह निर्दयी लहरों की गोद में थी।

लेकिन सुमन को अपनी परिस्थिति पर दुःख चाहे कितना ही हुआ हो, उसे सदन या शान्ता से कोई शिकायत न थी। कुछ तो धार्मिक प्रेम और कुछ अपनी अवस्था के वास्तविक ज्ञान ने उसे अत्यन्त नम्र, विनीत बना दिया था। वह बहुत सोचती कि वहाँ जाऊँ, जहाँ अपनी जान-पहचान का कोई आदमी न हो, लेकिन उसे ऐसा कोई ठिकाना न दिखाई देता। अभी तक उसकी निर्बल आत्मा कोई अवलम्ब चाहती थी। बिना किसी सहारे के संसार में रहने का विचार करके उसका कलेजा काँपने लगता था। वह अकेली असहाय, संसार-संग्राम में आने का साहस न कर सकती थी। जिस संग्राम में बड़े-बड़े कुशल, धर्मशील, दृढ़संकल्प मनुष्य मुँह की खाते हैं, वहाँ मेरी क्या गति होगी। कौन मेरी रक्षा करेगा। कौन मुझे सँभालेगा। निरादर होने पर भी यह शंका उसे यहाँ से निकलने न देती थी।

एक दिन सदन दस बजे कहीं से घूमकर आया और बोला—भोजन में अभी कितनी देर है, जल्दी करो मुझे पंडित उमानाथ से मिलने जाना है, चाचा के यहाँ आये हुए हैं।

शान्ता ने पूछा—वह वहाँ कैसे आये?

सदन—अब यह मुझे क्या मालूम? अभी जीतन आकर कह गया है कि वह आये हुए हैं और आज ही चले जायेंगे। यहाँ आना चाहते थे, लेकिन (सुमन की ओर इशारा करके) किसी कारण से नहीं आये।

शान्ता—तो ज़रा बैठ जाओ, यहाँ अभी एक घंटे की देर है।

सुमन ने झुंझलाकर कहा—देर क्या है, सब कुछ तो तैयार है। आसन बिछा दो, पानी रख दो, मैं थाली परोसती हूँ।

शान्ता—अरे, तो ज़रा ठहर ही जायेंगे तो क्या होगा? कोई डाकगाड़ी छूटी जाती है? कच्चा-पक्का खाने का क्या काम?

सदन—मेरी समझ में नहीं आता कि दिन-भर क्या होता रहता है? ज़रा-सा भोजन बनाने में इतनी देर हो जाती है।

सदन जब भोजन करके चला गया, तब सुमन ने शान्ता से पूछा—क्यों शान्ता, सच बता, तुझे मेरा यहाँ रहना अच्छा नहीं लगता? तेरे मन में जो कुछ है, वह मैं जानती हूँ, लेकिन तू जब तक अपने मुँह से मुझे दुत्कार न देगी, मैं जाने का नाम न लूँगी। मेरे लिए कहीं ठिकाना नहीं है।

शान्ता—बहन, कैसी बात कहती हो। तुम रहती हो तो घर सँभला हुआ है, नहीं तो मेरे किए क्या होता?

सुमन—यह मुँह देखी बात मत करो, मैं ऐसी नादान नहीं हूँ। मैं तुम दोनों आदमियों को अपनी ओर से कुछ खिंचा हुआ पाती हूँ।

शान्ता—तुम्हारी आँखों की क्या बात है, वह तो मन तक की बात देख लेती हैं।

सुमन—आँखें सीधी करके बोलो, जो मैं बोलती हूँ, झूठ है?

शान्ता—जब तुम जानती हो, तो पूछती क्यों हो?

सुमन—इसलिए कि सब कुछ देखकर भी आँखों पर विश्वास नहीं आता। संसार मुझे चाहे कितना ही नीच समझे, मुझे उससे कोई शिकायत नहीं है। वह मेरे मन का हाल नहीं जानता, लेकिन तुम तो सब कुछ देखते हुए भी मुझे नीच समझती हो, इसका आश्चर्य है। मैं तुम्हारे साथ लगभग दो वर्ष से हूँ, इतने दिनों में तुम्हें मेरे चरित्र का परिचय अच्छी तरह हो गया होगा।

शान्ता—नहीं बहन, मैं परमात्मा से कहती हूँ, यह बात नहीं है। हमारे ऊपर इतना बड़ा कलंक मत लगाओ। तुमने मेरे साथ जो उपकार किए हैं, वह मैं कभी न भूलूँगी। लेकिन बात यह है कि उनकी बदनामी हो रही है। लोग मनमानी बातें उड़ाया करते हैं। वह (सदनसिंह) कहते थे कि सुभद्राजी यहाँ आने को तैयार थीं, लेकिन तुम्हारे रहने की बात सुनकर नहीं आईं और बहन, बुरा न मानना, जब संसार में यही प्रथा चल रही है, तो हम लोग क्या कर सकते हैं?

सुमन ने विवाद न किया। उसे आज्ञा मिल गई। अब केवल एक रुकावट

थी। शान्ता थोड़े ही दिनों में बच्चे की माँ बनने वाली थी। सुमन ने अपने मन को समझाया; इस समय छोड़कर जाऊँगी तो इसे कष्ट होगा। कुछ दिन और सह लूँ। जहाँ इतने दिन काटे हैं, महीने-दो महीने और सही। मेरे ही कारण यह इस विपत्ति में फँसे हुए हैं। ऐसी अवस्था में इन्हें छोड़कर जाना मेरा धर्म नहीं है।

सुमन का यहाँ एक-एक दिन एक-एक साल की तरह कटता था, लेकिन सब्र किए पड़ी हुई थी।

पंखहीन पक्षी पिंजरबद्ध रहने में ही अपनी कुशल समझता है।

52

पंडित पद्मसिंह के चार-पाँच मास के सदुद्योग का यह फल हुआ कि बीस-पच्चीस वेश्याओं ने अपनी लड़कियों को अनाथालय में भेजना स्वीकार कर लिया। तीन वेश्याओं ने अपनी सारी सम्पत्ति अनाथालय के निमित्त अर्पण कर दी, पाँच वेश्याएँ निकाह करने पर राजी हो गईं। सच्ची हिताकांक्षा कभी निष्फल नहीं होती। अगर समाज में विश्वास हो जाये कि आप उसके सच्चे सेवक हैं, आप उसका उद्धार करना चाहते हैं, आप निःस्वार्थ हैं, तो वह आपके पीछे चलने को तैयार हो जाता है। लेकिन यह विश्वास सच्चे सेवाभाव के बिना कभी प्राप्त नहीं होता। जब तक अन्तःकरण दिव्य और उज्ज्वल न हो, वह प्रकाश का प्रतिबिम्ब दूसरों पर नहीं डाल सकता। पद्मसिंह में सेवाभाव का उदय हो गया था। हममें कितने ही ऐसे सज्जन हैं, जिनके मस्तिष्क में राष्ट्र की कोई सेवा करने का विचार उत्पन्न होता है, लेकिन बहुधा वह विचार ख्याति-लाभ की आकांक्षा से प्रेरित होता है। हम वह काम करना चाहते हैं, जिसमें हमारा नाम प्राणि-मात्र की जिह्वा पर हो, कोई ऐसा लेख अथवा ग्रंथ लिखना चाहते हैं, जिसकी लोग मुक्त-कंठ से प्रशंसा करें, और प्रायः हमारे इस स्वार्थ का कुछ-न-कुछ बदला भी हमको मिल जाता है, लेकिन जनता के हृदय में हम घर नहीं कर सकते। कोई मनुष्य, चाहे वह कितने ही दुःख में हो, उस व्यक्ति के सामने अपना शोक प्रकट नहीं करना चाहता, जिसे वह अपना सच्चा मित्र समझता हो। पद्मसिंह को अब दालमंडी में जाने का बहुत अवसर मिलता था और वह वेश्याओं के जीवन का जितना भी अनुभव करते थे, उतना ही उन्हें दुःख होता था। ऐसी-ऐसी सुकोमल रमणियों को भोग-विलास के लिए अपना सर्वस्व गँवाते देखकर उनका हृदय करुणा से विह्वल हो जाता था, उनकी आँखों से आँसू निकल पड़ते थे। उन्हें अब ज्ञात हो रहा था कि ये स्त्रियाँ विचारशून्य नहीं, भावशून्य नहीं, बुद्धिहीन नहीं, लेकिन माया के हाथों में पड़कर उनकी सारी सद्वृत्तियाँ उल्टे मार्ग पर जा रही हैं, तृष्णा ने उनकी आत्माओं को निर्बल, निश्चेष्ट बना दिया है। पद्मसिंह इस मायाजाल को तोड़ना चाहते थे,

वह उन भूली हुई आत्माओं को सचेत किया चाहते थे, वह उनको इस अज्ञानावस्था से मुक्त किया चाहते थे, पर मायाजाल इतना दृढ़ था और अज्ञान-बन्धन इतना पुष्ट तथा निद्रा इतनी गहरी थी कि पहले छः महीनों में उससे अधिक सफलता न हो सकी, जिसका ऊपर वर्णन किया जा चुका है। शराब के नशे में मनुष्य की जो दशा हो जाती है, वही दशा इन वेश्याओं की हो गई थी।

उधर प्रभाकर राव और उनके मित्रों ने उस प्रस्ताव के शेष भागों को फिर बोर्ड में उपस्थित किया। उन्होंने केवल पद्मसिंह से द्वेष हो जाने के कारण उन मंतव्यों का विरोध किया था, पर अब पद्मसिंह का वेश्यानुराग देखकर वह उन्हीं के बनाए हुए हथियारों से उन पर आघात कर बैठे। पद्मसिंह उस दिन बोर्ड नहीं गये, डॉक्टर श्यामाचरण नैनीताल गये हुए थे। अतएव वे दोनों मंतव्य निर्विघ्न पास हो गये।

बोर्ड की ओर से अलईपुर के निकट वेश्याओं के लिए मकान बनाए जा रहे थे। लाला भगतराम दत्तचित्त होकर काम कर रहे थे। कुछ कच्चे घर थे, कुछ पक्के, कुछ दुमंजिले, एक छोटा-सा औषधालय और एक पाठशाला भी बनाई जा रही थी। हाजी हाशिम ने एक मस्जिद बनवानी आरम्भ की थी और सेठ चिम्मनलाल की ओर से एक मंदिर बन रहा था। दीनानाथ तिवारी ने एक बाग की नींव डाल दी थी। आशा तो थी कि नियत समय के अन्दर भगतराम काम समाप्त कर देंगे, मिस्टर दत्त और पंडित प्रभाकर राव तथा मिस्टर शाकिरबेग उन्हें चैन न लेने देते थे। लेकिन काम बहुत था, और बहुत जल्दी करने पर भी एक साल लग गया। बस इसी की देर थी। दूसरे दिन वेश्याओं को दालमंडी छोड़कर इन नए मकानों में आबाद होने का नोटिस दे दिया गया।

लोगों को शंका थी कि वेश्याओं की ओर से इसका विरोध होगा, पर उन्हें यह देखकर आमोदपूर्ण आश्चर्य हुआ कि वेश्याओं ने प्रसन्नतापूर्वक इस आज्ञा का पालन किया। सारी दालमंडी एक दिन में खाली हो गई। जहाँ निशि-वासर एक श्री-सी बरसती थी, वहाँ संध्या होते-होते सन्नाटा छा गया।

महबूबजान एक धन-सम्पन्न वेश्या थी। उसने अपना सर्वस्व अनाथालय के लिए दान कर दिया था। संध्या समय सब वेश्याएँ उसके मकान में एकत्रित हुईं, वहाँ एक महती सभा हुई। शाहजादी ने कहा—बहनो, आज हमारी ज़िन्दगी का एक नया दौर शुरू होता है। खुदाताला हमारे इरादे में बरकत दे और हमें नेक रास्ते पर ले जाये। हमने बहुत दिन बेशर्मी और जिल्लत की ज़िन्दगी बसर की, बहुत दिन शैतान की कैद में रहीं। बहुत दिनों तक अपनी रूह (आत्मा) और ईमान का खून किया और बहुत दिनों तक मस्ती और ऐशपरस्ती में भूली रहीं। इस दालमंडी की ज़मीन हमारे गुनाहों से सियाह हो रही है। आज खुदाबन्द करीम ने हमारी हालत पर रहम करके हमें कैदेगुनाह से निजात (मुक्ति) दी है, इसके लिए हमें उसका शुक्र करना चाहिए। इसमें शक नहीं कि हमारी कुछ बहनों को यहाँ से जलावतन होने

का कलक होता होगा, और इसमें भी शक नहीं है कि उन्हें आने वाले दिन तारीक नज़र आते होंगे। उन बहनों से मेरा यही इल्तमास है कि खुदा ने रिज्क (जीविका) का दरवाज़ा किसी पर बन्द नहीं किया है। आपके पास वह हुनर है कि उसके कदरदां हमेशा रहेंगे। लेकिन अगर हमको आइंदा तकलीफें भी हों तो हमको साबिर व शाकिर (शान्त) रहना चाहिए। हमें आइंदा जितनी भी तकलीफें होंगी, उतना ही हमारे गुनाहों का बोझ हल्का होगा। मैं फिर से खुदा से दुआ करती हूँ कि वह हमारे दिलों को अपनी रोशनी से रोशन करे और हमें राहे नेक पर लाने की तौफीक (सामर्थ्य) दे दे।

रामभोलीबाई बोली—हमें पद्मसिंह शर्मा को हृदय से धन्यवाद देना चाहिए, जिन्होंने हमको धर्म-मार्ग दिखाया है। उन्हें परमात्मा सदा सुखी रखे।

जोहरा जान बोली—मैं अपनी बहनों से यही कहना चाहती हूँ कि वह आइंदा से हलाल-हराम का खयाल रखें। गाना-बजाना हमारे लिए हलाल है। इसी हुनर में कमाल हासिल करो। बदकार रईसों के शुहबत (कामातुरता) का खिलौना बनना छोड़ना चाहिए। बहुत दिनों तक गुनाह की गुलामी की। अब हमें अपने को आजाद करना चाहिए। हमको खुदा ने क्या इसलिए पैदा किया है कि अपना हुस्न, अपनी जवानी, अपनी रूह, अपना ईमान, अपनी गैरत, अपनी हया, हरामकार शुहबत-परस्त आदमियों की नज़र करें? जब कोई मनचला नौजवान रईस हमारे ऊपर दीवाना होता जाता है, तो हमको कितनी खुशी होती है। हमारी नायिका फूली नहीं समाती। सफरदाई बगलें बजाने लगते हैं और हमें तो ऐसा मालूम होता है, गोया सोने की चिड़िया फँस गई, लेकिन बहनो, यह हमारी हिमाकत है। हमने उसे अपने दाम में नहीं फँसाया, बल्कि उसके खुद दाम में फँस गईं। उसने सोने और चाँदी से हमको खरीद लिया। हम अपनी अस्मत (पवित्रता) जैसी बेबहा (अमूल्य) जिन्स खो बैठीं। आइंदा से हमारा वह वतीरा (ढंग) होना चाहिए कि अगर अपने में से किसी को बुराई करते देखें, तो उसे उसी वक्त बिरादरी से खारिज कर दें।

सुन्दरबाई ने कहा—जोहरा बहन ने यह बहुत अच्छी तजवीज की है। मैं भी यही चाहती हूँ। अगर हमारे यहाँ किसी की आमदरफ्त होने लगे, तो पहले यह देखना चाहिए कि वह कैसा आदमी है। अगर उसे हमसे मुहब्बत हो और अपना दिल भी उस पर आ जाये तो शादी करनी चाहिए। लेकिन अगर वह शादी न करके महज शुहबतपरस्ती के इरादे से आता हो, तो उसे फौरन दुत्कार देना चाहिए। हमें अपनी इज़्ज़त कौड़ियों में न बेचनी चाहिए।

रामप्यारी ने कहा—स्वामी गजानन्द ने हमें एक किताब दी है, जिसमें लिखा है कि सुन्दरता हमारे पूर्व जन्म के अच्छे कर्मों का फल है, लेकिन हम अपने पूर्व जन्म की कमाई भी इस जन्म में नष्ट कर देती हैं। जो बहनें जोहरा की बात को पसंद करती हों, वे हाथ उठा दें।

इस पर बीस-पच्चीस वेश्याओं ने हाथ उठाए।

रामप्यारी ने फिर कहा—जो इसे पसन्द न करती हों, वह भी हाथ उठा दें।

इस पर एक भी हाथ न उठा।

रामप्यारी—कोई हाथ न उठा। इसका यह आशय है कि हमने जोहरा की बात मान ली। आज का दिन मुबारक है।

वृद्धा महबूब जान बोली—मुझे कहते हुए यही डर लगता है कि तुम लोग कहोगी, सत्तर चूहे खाकर के बिल्ली चली हज को, पर आज के सातवें दिन मैं सचमुच हज करने चली जाऊँगी। मेरी ज़िन्दगी तो जैसे कटी वैसे कटी, पर इस वक्त तुम्हारी यह नीयत देखकर मुझे कितनी खुशी हो रही है, वह मैं जाहिर नहीं कर सकती। खुदा-ए-पाक तुम्हारे इरादों को पूरा करे।

कुछ वेश्याएँ आपस में कानाफूसी कर रही थीं। उनके चेहरों से मालूम होता था कि ये बातें उन्हें पसन्द नहीं आतीं, लेकिन उन्हें कुछ बोलने का साहस न होता था। छोटे विचार पवित्र भावों के सामने दब जाते हैं।

इसके बाद यह सभा समाप्त हुई और वेश्याओं ने पैदल अलईपुर की ओर प्रस्थान किया, जैसे यात्री किसी धाम का दर्शन करने जाते हैं।

दालमंडी में अंधेरा छाया हुआ था। न तबलों की थाप थी, न सारंगियों की अलाप, न मधुर स्वरों का गाना, न रसिकजनों का आना-जाना। अनाज कट जाने पर खेत की जो दशा हो जाती है, वही दालमंडी की हो रही थी।

53

पंडित मदनसिंह की कई महीने तक यह दशा थी कि जो कोई उनके पास आता, उसी से सदन की बुराई करते—कपूत है, भ्रष्ट है, शोहदा है, लुच्चा है, एक कानी कौड़ी तो दूँगा नहीं, भीख माँगता फिरेगा, तब आटे-दाल का भाव मालूम होगा। पद्मसिंह को दानपत्र लिखाने के लिए कई बार लिखा। भामा कभी सदन की चर्चा करती, तो उससे बिगड़ जाते, घर से निकल जाने की धमकी देते, कहते—जोगी हो जाऊँगा, संन्यासी हो जाऊँगा, लेकिन उस छोकरे का मुँह न देखूँगा।

इसके पश्चात् उनकी मानसिक अवस्था में एक परिवर्तन हुआ। उन्होंने सदन की चर्चा ही करनी छोड़ दी। यदि कोई उसकी बुराई करता, तो कुछ अनमने-से हो जाते, कहते, भाई, अब क्यों उसे कोसते हो? जैसा उसने किया, वैसा आप भुगतेगा। अच्छा है या बुरा, मेरे पास से तो दूर है। अपने चार पैसे कमाता है, खाता है, पड़ा है, पड़ा रहने दो। लाला बैजनाथ उनके बहुत मुँह लगे थे। एक दिन वह खबर लाए कि उमानाथ ने सदन को कई हज़ार रुपये दिए हैं, अब नदी पार मकान बना रहा

है, एक बागीचा लगवा रहा है। चूना पीसने की एक कल ली है, खूब रुपया कमाता है और उड़ाता है। मदनसिंह ने झुंझलाकर कहा–तो क्या चाहते हो कि वह भीख माँगे, दूसरों की रोटियाँ तोड़े? उमानाथ उसे रुपया क्या देंगे, अभी एक का चंदे से ब्याह किया है, आप टके-टके को मोहताज हो रहे हैं। सदन ने जो कुछ किया होगा, अपनी कमाई से किया होगा। वह लाख बुरा हो, निकम्मा नहीं है। अभी जवान है, शौकीन है, अगर कमाता है और उड़ाता है, तो किसी को क्यों बुरा लगे? तुम्हारे इस गाँव के कितने ही लौंडे हैं, जो एक पैसा भी नहीं कमाते, लेकिन घर से रुपये चुराकर ले जाते हैं और चमारिनों का पेट भरते हैं। सदन उनसे कहीं अच्छा है । मुंशी बैजनाथ लज्जित हो गये।

कुछ काल के उपरांत मदनसिंह की मनोवृत्ति पर प्रतिक्रिया का आधिपत्य हुआ। सदन की सूरत आँखों में फिरने लगी, उसकी बातें याद आया करतीं, कहते, देखो तो कैसा निर्दयी है, मुझसे रूठने चला है, मानो मैं यह जगह, ज़मीन, माल, असबाब सब अपने माथे पर लादकर ले जाउँगा। एक बार यहाँ आते नहीं बनता, पैरों में मेंहदी रचाए बैठा है! पापी कहीं का, मुझसे घमंड करता है, कुढ़-कुढ़कर मर जाऊँगा, तो बैठा मेरे नाम को रोएगा, तब भले वहाँ से दौड़ा आयेगा, अभी नहीं आते बनता, अच्छा देखें, तुम कहाँ भागकर जाते हो, वहीं से चलकर तुम्हारी खबर लेता हूँ।

भोजन करके जब विश्राम करते, तो भामा से सदन की बातें करने लगते–यह लौंडा लड़कपन में भी जिद्दी था। जिस वस्तु के लिए अड़ जाता था, उसे लेकर ही छोड़ता था। तुम्हें याद आता होगा, एक बार मेरी पूजा की झोली के बस्ते के वास्ते कितना महनामथ मचाया और उसे लेकर ही चुप हुआ। बड़ा हठी है, देखो तो उसकी कठोरता। एक पत्र भी नहीं भेजता। चुपचाप कान में तेल डाले बैठा है, मानो हम लोग मर गये हैं। भामा ये बातें सुनती और रोती। मदनसिंह के आत्माभिमान ने पुत्र-प्रेम के आगे सिर झुका दिया था।

इस प्रकार एक वर्ष के ऊपर हो गया। मदनसिंह बार-बार सदन के पास जाने का विचार करते, पर उस विचार को कार्य रूप में न ला सकते। एक बार असबाब बँधवा चुके थे, पर थोड़ी देर पीछे उसे खुलवा दिया। एक बार स्टेशन से लौट आये। उनका हृदय मोह और अभिमान का खिलौना बना हुआ था।

अब गृहस्थी के कामों में उनका जी न लगता। खेतों में समय पर पानी नहीं दिया गया और फसल खराब हो गई। असामियों से लगान नहीं वसूल किया गया। वे बेचारे रुपये लेकर आते, लेकिन मदनसिंह को रुपया लेकर रसीद देना भारी था। कहते, भाई, अभी जाओ, फिर आना। गुड़ घर में धरा-धरा पसीज गया, उसे बेचने का प्रबन्ध न किया। भामा कुछ कहती तो झुँझलाकर कहते, चूल्हे में जाये घर और द्वार, जिसके लिए सब कुछ करता था, जब वही नहीं है तो यह गृहस्थी मेरे किस काम की है? अब उन्हें ज्ञात हुआ कि मेरा सारा जीवन, सारी धर्मनिष्ठा, सारी

कर्मशीलता, सारा आनन्द केवल एक आधार पर अवलम्बित था और वह आधार सदन का था।

इधर कई दिनों से पद्मसिंह भी नहीं आये थे। एक बड़ा कार्य सम्पादन करने के उपरांत चित्त पर जो शिथिलता छा जाती है, वही अवस्था उनकी हो रही थी। मदनसिंह उनके पास भी पत्र न भेजते थे। हाँ, उनके पत्र आते तो बड़े शौक से पढ़ते, लेकिन सदन का कुछ समाचार न पाकर उदास हो जाते।

एक दिन मदनसिंह दरवाज़े पर बैठे हुए प्रेमसागर पढ़ रहे थे। कृष्ण की बाल-लीला में उन्हें बच्चों का-सा आनन्द आ रहा था। संध्या हो गई थी। अक्षर सूझ न पड़ते थे, पर उनका मन ऐसा लगा हुआ था कि उठने की इच्छा न होती थी। अकस्मात् कुत्तों के भूँकने ने किसी नए आदमी के गाँव में आने की सूचना दी। मदनसिंह की छाती धड़कने लगी। कहीं सदन तो नहीं आ रहा है। किताब बन्द करके उठे, तो पद्मसिंह को आते देखा। पद्मसिंह ने उनके चरण छुए, फिर दोनों भाइयों में बातचीत होने लगी।

मदनसिंह–सब कुशल है?

पद्मसिंह–जी हाँ, ईश्वर की दया है।

मदनसिंह–भला, उस बेईमान की भी कुछ खोज-खबर मिली है?

पद्मसिंह–जी हाँ, अच्छी तरह है। दसवें-पाँचवें दिन मेरे यहाँ आया करता है। मैं कभी-कभी हाल-चाल पुछवा लेता हूँ। कोई चिन्ता की बात नहीं है।

मदनसिंह–भला, वह पापी कभी हम लोगों की भी चर्चा करता है या बिल्कुल मरा समझ लिया? क्या यहाँ न आने की कसम खा ली है? क्या यहाँ हम लोग मर जायेंगे, तभी आयेगा? अगर उसकी यही इच्छा है, तो हम लोग कहीं चले जायें। अपना घर-द्वार ले, अपना घर सँभाले। सुनता हूँ, वहाँ मकान बनवा रहा है। वह तो वहाँ रहेगा? और यहाँ कौन रहेगा? वह मकान किसके लिए छोड़े देता है?

पद्मसिंह–जी नहीं, मकान-वकान कहीं नहीं बनवाता, यह आपसे किसी ने झूठ कह दिया। हाँ, चूने की कल खड़ी कर ली है और यह भी मालूम हुआ है कि नदी पार थोड़ी-सी ज़मीन भी लेना चाहता है।

मदनसिंह–तो उससे कह देना, पहले आकर इस घर में आग लगा जाये, तब वहाँ जगह-ज़मीन ले।

पद्मसिंह–यह आप क्या कहते हैं, वह केवल आप लोगों की अप्रसन्नता के भय से नहीं आता। आज उसे मालूम हो जाये कि आपने उसे क्षमा कर दिया, तो सिर के बल दौड़ा आये। मेरे पास आता है, तो घंटों आप ही की बातें करता रहता है। आपकी इच्छा हो, तो कल ही चला आये।

मदनसिंह–नहीं, मैं उसे बुलाता नहीं। हम उसके कौन होते हैं, जो यहाँ आयेगा? लेकिन यहाँ आये तो कह देना, ज़रा पीठ मजबूत कर रखे। उसे देखते ही मेरे सिर

पर शैतान सवार हो जायेगा और मैं डंडा लेकर पिल पड़ूँगा। मूर्ख मुझसे रूठने चला है। तब नहीं रूठा था, जब पूजा के समय पोथी पर राल टपकाता था, खाने की थाली के पास पेशाब करता था। उसके मारे कपड़े साफ न रहने पाते थे, उजले कपड़ों को तरस के रह जाता था। मुझे साफ कपड़े पहने देखता था, तो बदन से धूल-मिट्टी लपेटे आकर सिर पर सवार हो जाता। तब क्यों नहीं रूठा था? आज रूठने चला है। अब की पाऊँ तो ऐसी कनेठी दूँ कि छठी का दूध याद आ जायेगा।

दोनों भाई घर गये। भामा बैठी गाय को भूसा खिला रही थी और सदन की दोनों बहनें खाना पकाती थीं। भामा देवर को देखते ही खड़ी हो गई और बोली—भला, तुम्हारे दर्शन तो हुए। चार पग पर रहते हो और इतना भी नहीं होता कि महीने में एक बार तो जाकर देख आये—घर वाले मरे कि जीते हैं। कहो, कुशल से तो रहे?

पद्मसिंह—हाँ, सब तुम्हारा आशीर्वाद है। कहो, खाना क्या बन रहा है? मुझे इस वक्त खीर, हलुवा और मलाई खिलाओ, तो वह सुख-संवाद सुनाऊँ कि फड़क जाओ। पोता मुबारक हो।

भामा के मलिन मुख पर आनन्द की लालिमा छा गई और आँखों में पुतलियाँ पुष्प के समान खिल उठीं। बोली—चलो, घी-शक्कर के मटके में डुबा दूँ, जितना खाते बने, खाओ।

मदनसिंह ने मुँह बनाकर कहा—यह तुमने बुरी खबर सुनाई। क्या ईश्वर के दरबार में उलटा न्याय होता है? मेरा बेटा छिन जाये और उसे बेटा मिल जाये। अब वह एक से दो हो गया, मैं उससे कैसे जीत सकूँगा? हारना पड़ा। यह मुझे अवश्य खींच ले जायेगा। मेरे तो कदम अभी से उखड़ गये। सचमुच ईश्वर के यहाँ बुराई करने पर भलाई होती है। उलटी बात है कि नहीं? लेकिन अब मुझे चिन्ता नहीं है। सदन जहाँ चाहे जाये, ईश्वर ने हमारी सुन ली। कै दिन का हुआ है?

पद्मसिंह—आज चौथा दिन है, मुझे छुट्टी नहीं मिली, नहीं तो पहले ही दिन आता।

मदनसिंह—क्या हुआ, छठी तक पहुँच जायेंगे, धूमधाम से छठी मनाएँगे। बस, कल चलो।

भामा फूली न समाती थी। हृदय पुलकित हो उठा था। जी चाहता था कि किसे क्या दे दूँ, क्या लुटा दूँ? जी चाहता था, घर में सोहर उठे, दरवाज़े पर शहनाई बजे, पड़ोसिनें बुलाई जायें। गाने-बजाने की मंगल ध्वनि से गाँव गूँज उठे। उसे ऐसा ज्ञात हो रहा था, मानो आज संसार में कोई असाधारण बात हो गई है, मानो सारा संसार संतानहीन है और एक मैं ही पुत्र-पौत्रवती हूँ।

एक मजदूर ने आकर कहा—भौजी, एक साधु द्वार पर आये हैं। भामा ने तुरन्त इतनी जिन्स भेज दी, जो चार साधुओं के खाने से भी न चुकती।

ज्यों ही लोग भोजन कर चुके, भामा अपनी दोनों लड़कियों के साथ ढोल लेकर बैठ गई और आधी रात गाती रही।

54

जिस प्रकार कोई मनुष्य लोभ के वश होकर आभूषण चुरा लेता है, पर विवेक होने पर उसे देखने में भी लज्जा आती है, उसी प्रकार सदन भी सुमन से बचता फिरता था। इतना ही नहीं, वह उसे नीची दृष्टि से देखता था और उसकी उपेक्षा करता था। दिन-भर काम करने के बाद संध्या को उसे अपना यह व्यवसाय बहुत अखरता, विशेषकर चूने के काम में उसे बड़ा परिश्रम करना पड़ता था। वह सोचता, इसी सुमन के कारण मैं यों घर से निकाला गया हूँ। इसी ने मुझे यह वनवास दे रखा है। कैसे आराम से घर पर रहता था। न कोई चिन्ता थी, न कोई झंझट, चैन से खाता था और मौज करता था। इसी ने मेरे लिए सिर पर यह मुसीबत ढा दी। प्रेम की पहली उमंग में उसने उसका बनाया हुआ भोजन खा लिया था, पर अब उसे बड़ा पछतावा होता था। वह चाहता था कि किसी प्रकार इससे गला छूट जाये। यह वही सदन है, जो सुमन पर जान देता था, उसकी मुस्कान पर, मधुर बातों पर, कृपाकटाक्ष पर अपना जीवन तक न्यौछावर करने को तैयार था। पर सुमन आज उसकी दृष्टि में इतनी गिर गई है। वह स्वयं अनुभव करके भी भूल जाता था कि मानव-प्रकृति कितनी चंचल है!

सदन ने इधर वर्षों से लिखना-पढ़ना छोड़ दिया था और जब से चूने की कल ली, तो वह दैनिक पत्र भी पढ़ने का अवकाश न पाता था। अब वह समझता था पढ़ना उन लोगों का काम है, जिन्हें कोई काम नहीं है, जो सारे दिन पड़े-पड़े मक्खियाँ मारा करते हैं। लेकिन उसे बालों को संवारने, हारमोनियम बजाने के लिए न मालूम कैसे अवकाश मिल जाता था।

कभी-कभी पिछली बातों का स्मरण करके वह मन में कहता, मैं उस समय कैसा मूर्ख था, इसी सुमन के पीछे लट्टू हो रहा था? वह अब अपने चरित्र पर घमंड करता था। नदी के तट पर वह नित्य स्त्रियों को देखा करता था, पर कभी उसके मन में कुभाव न पैदा होते थे। सदन इसे अपना चरित्रबल समझता था।

लेकिन जब गर्भिणी शान्ता के प्रसूति का समय निकट आया और वह बहुधा अपने कमरे में बन्द, मलिन, शिथिल पड़ी रहने लगी, तो सदन को मालूम हुआ कि मैं बहुत धोखे में था। जिसे मैं चरित्रबल समझता था, वह वास्तव में मेरी तृष्णाओं के संतुष्ट होने का फलमात्र था। अब वह काम पर से लौटता, तो शान्ता मधुर मुस्कान के साथ उसका स्वागत न करती, वह अपनी चारपाई पर पड़ी रहती। कभी उसके सिर में दर्द होता, कभी शरीर में, कभी ताप चढ़ जाता, कभी मतली होने लगती, उसका मुखचंद्र कांतिहीन हो गया था, मालूम होता था शरीर में रक्त ही नहीं है। सदन को उसकी यह दशा देखकर दुःख होता, यह घंटों उसके पास बैठकर उसका दिल बहलाता रहता, लेकिन उसके चेहरे से मालूम होता था कि उसे वहाँ

बैठना अखर रहा है। वह किसी-न-किसी बहाने से जल्दी ही उठ जाता। उसकी विलास-तृष्णा ने मन को फिर चंचल करना शुरू किया, कुवासनाएँ उठने लगीं। वह युवती मल्लाहिनों से हँसी करता, गंगातट पर जाता, तो नहाने वाली स्त्रियों को कुदृष्टि से देखता। यहाँ तक कि एक दिन इस वासना से विह्वल होकर वह दालमंडी की ओर चला। वह कई महीनों से इधर नहीं आया था। आठ बज गये थे। काम-भोग की प्रबल इच्छा उसे बढ़ाए लिए जाती थी। उसका ज्ञान और विवेक इस समय इस आवेग के नीचे दब गया था। वह कभी दो पग आगे चलता, कभी चुपचाप खड़ा होकर कुछ सोचता और पीछे फिरता, लेकिन दो-चार कदम चलकर वह फिर लौट पड़ता। इस समय उसकी दशा उस रोगी-सी हो रही थी, जो मीठे पदार्थ को सामने देखकर उस पर टूट पड़ता है और पथ्यापथ्य का विचार नहीं करता।

लेकिन जब वह दालमंडी में पहुँचा, तो गली में वह चहल-पहल न देखी, जो पहले दिखाई देती थी। पान वालों की दूकानें दो-चार थीं, लेकिन नानबाइयों और हलवाइयों की दूकानें बन्द थीं। कोठों पर वेश्याएँ झाँकती हुई दिखाई न दीं, न सारंगी और तबले की ध्वनि सुनाई दी। अब उसे याद आया कि वेश्याएँ यहाँ से चली गईं। उसका मन खिन्न हो गया, लेकिन एक क्षण में उसे एक विचित्र आनन्द का अनुभव हुआ। उसने अपनी कामप्रवृत्ति पर विजय पा ली, मानो वह किसी कठोर सिपाही के हाथ से छूट गया। सिपाही उसे नीचे लिये जाता था, उसके पंजे से अपने को छुड़ा लेने की उसमें सामर्थ्य न थी, पर थाने में पहुँचकर सिपाही ने देखा कि थाना बन्द है, न थानेदार है, न कोई कांस्टेबिल, न चौकीदार। सदन को अब अपने मन की दुर्बलता पर लज्जा आई। उसे अपने मनोबल पर जो घमंड था, वह चूर-चूर हो गया।

वह लौटना चाहता था, पर जी में आया कि आया हूँ, तो अच्छी तरह से सैर क्यों न कर लूँ? आगे बढ़ा तो वह मकान दिखाई दिया, जिसमें सुमन रहती थी। वहाँ गाने की मधुर ध्वनि उसके कान में आई। उसने आश्चर्य से ऊपर देखा, तो एक बड़ा साइनबोर्ड दिखाई दिया। उस पर लिखा था 'संगीत-पाठशाला'। सदन ऊपर चढ़ गया। इसी कमरे में वह महीनों सुमन के पास बैठा था। उसके मन में कितनी ही पुरानी स्मृतियाँ आने लगीं। वह एक बेंच पर बैठ गया और गाना सुनने लगा। बीस-पच्चीस मनुष्य बैठे हुए गाने-बजाने का अभ्यास कर रहे थे। कोई सितार बजाता था, कोई सारंगी, कोई तबला और एक वृद्ध पुरुष उन सबको बारी-बारी से सिखा रहा था। वह गान विद्या में निपुण मालूम होता था। सदन का गाना सुनने में ऐसा मन लगा कि वह पन्द्रह मिनट तक वहाँ बैठा रहा। उसके मन में बड़ी उत्कंठा हुई कि मैं भी गाना सीखने आया करता, पर एक तो उसका मकान यहाँ से बहुत दूर था, दूसरे स्त्रियों को अकेली छोड़कर रात को आना कठिन

था। वह उठना ही चाहता था कि इतने में उसी गायनाचार्य ने सितार पर यह गाना शुरू किया–

दयामयि भारत को अपनाओ।
तव वियोग से व्याकुल है मा, सत्वर धैर्य धराओ।
प्रिय लालन कहकर पुचकारो, हँसकर गले लगाओ ॥
दयामयि भारत को अपनाओ।
सोये आर्य जाति के गौरव, जननि! फेर जगाओ।
दुखड़ा पराधीनता रूपी बेड़ी काट बहाओ ॥
दयामयि भारत को अपनाओ ॥

इस पद ने सदन के हृदय में उच्च भावों का स्रोत-सा खोल दिया। देशोपकार, जाति-सेवा तथा राष्ट्रीय गौरव की पवित्र भावनाएँ उसके हृदय में गूँजने लगीं। यह बाह्य ध्वनि उसके अन्तर में भी एक विशाल ध्वनि पैदा कर रही थी, जगत्‌जननी की दयामयी मूर्ति उसके हृदय-नेत्रों के सम्मुख खड़ी हो गई। एक दरिद्र, दुःखी, दीन, क्षीण बालक दीन भाव से देवी की ओर ताक रहा था, और अपने दोनों हाथ उठाए, सजल आँखों से देखता हुआ कह रहा था, 'दयामयि भारत को अपनाओ।' उसने कल्पनाओं में अपने को दीन कृषकों की सेवा करते हुए देखा। वह जमींदारों के कारिंदों से विनय कर रहा था कि इन दीन जनों पर दया करो। कृषकगण उसके पैरों पर गिर पड़ते थे, उनकी स्त्रियाँ उसे आशीर्वाद दे रही थीं। स्वयं इस कल्पित बारात का दूल्हा बना हुआ सदन यहाँ से जाति-सेवा का संकल्प करके उठा और नीचे उतर आया। वह अपने विचारों में ऐसा लीन हो रहा था कि किसी से कुछ न बोला। थोड़ी ही दूर चला था कि उसे सुन्दरबाई के भवन के सामने कुछ मनुष्य दिखाई दिए। उसने एक आदमी से पूछा, यह कैसा जमघट है? मालूम हुआ कि आज कुंवर अनिरुद्धसिंह यहाँ एक 'कृषि सहायक सभा' खोलने वाले हैं? सभा का उद्देश्य होगा, किसानों को ज़मींदारों के अत्याचारों से बचाना। सदन के मन में अभी-अभी कृषकों के प्रति जो सहानुभूति प्रकट हुई थी, वह मंद पड़ गई। वह ज़मींदार था और कृषकों पर दया करना चाहता था, पर उसे मंज़ूर न था कि कोई उसे दबाए और किसानों को भड़काकर ज़मींदारों के विरुद्ध खड़ा कर दे। उसने मन में कहा, ये लोग ज़मींदारों के सत्वों को मिटाना चाहते हैं। द्वेष-भाव से ही प्रेरित होकर इन लोगों ने यह संस्था खोलने का विचार किया है, तो हम लोगों को भी सतर्क हो जाना चाहिए, हमको अपनी रक्षा करनी चाहिए। मानव प्रकृति को दबाव से कितनी घृणा है? सदन ने यहाँ ठहरना व्यर्थ समझा, नौ बज गये थे। वह घर लौटा।

55

संध्या का समय है। आकाश पर लालिमा छायी हुई है और मंद वायु गंगा की लहरों पर क्रीड़ा कर रही है, उन्हें गुदगुदा रही है। वह अपने करूण नेत्रों से मुस्कुराती है और कभी-कभी खिलखिलाकर हँस पड़ती है, तब उसके मोती के दाँत चमक उठते हैं। सदन का रमणीय झोंपड़ा आज फूलों और लताओं से सजा हुआ है। दरवाज़ों पर मल्लाहों की भीड़ है। अन्दर उनकी स्त्रियाँ बैठी सोहर गा रही हैं। आँगन में भट्टी खुदी हुई है और बड़े-बड़े हंडे चढ़े हुए हैं। आज सदन के नवजात पुत्र की छठी है, यह उसी का उत्सव है।

लेकिन सदन बहुत उदास दिखाई देता है। वह सामने के चबूतरे पर बैठा हुआ गंगा की ओर देख रहा है। उसके हृदय में भी विचार की लहरें उठ रही हैं। ना! वह लोग न आयेंगे। आना होता तो आज छः दिन बीत गये, आ न जाते? यदि मैं जानता कि वे न आयेंगे, तो मैं चाचा से भी यह समाचार न कहता। उन्होंने मुझे मरा हुआ समझ लिया है, वह मुझसे कोई सरोकार नहीं रखना चाहते। मैं जीऊँ या मरूँ, उन्हें परवाह नहीं है। लोग ऐसे अवसर पर अपने शत्रुओं के घर भी जाते हैं। प्रेम से न आते, दिखावे के लिए आते, व्यवहार के तौर पर आते—मुझे मालूम तो हो जाता कि संसार में मेरा कोई है। अच्छा न आयें, इस काम से छुट्टी मिली, तो एक बार मैं स्वयं जाऊँगा और सदा के लिए निपटारा कर आऊँगा। लड़का कितना सुन्दर है, कैसे लाल-लाल होंठ हैं। बिल्कुल मुझी को पड़ा है। हाँ, आँखें शान्ता की हैं। मेरी ओर कैसे ध्यान से टुक-टुक ताकता था। दादा को तो मैं नहीं कहता, लेकिन अम्मा उसे देखें तो एक बार गोद में अवश्य ही ले लें। एकाएक सदन के मन में यह विचार हुआ, अगर मैं मर जाऊँ तो क्या हो? इस बालक का पालन कौन करेगा? कोई नहीं। नहीं, मैं मर जाऊँ तो दादा को अवश्य उस पर दया आयेगी। वह इतने निर्दय नहीं हो सकते। ज़रा देखूँ। सेविंग बैंक में मेरे कितने रुपये हैं। अभी तक हज़ार भी पूरा नहीं। ज़्यादा नहीं, अगर पचास रुपये महीना भी जमा करता जाऊँ, तो साल-भर में छः सौ रुपये हो जायेंगे। ज्योंही दो हज़ार पूरे हो जायेंगे, घर बनवाना शुरू कर दूँगा। दो कमरे सामने, पाँच कमरे भीतर, दरवाज़े पर मेहराबदार सायवान, पटाव के ऊपर दो कमरे हों तो मकान अच्छा हो। कुर्सी ऊँची रहने से घर क़ी शोभा बढ़ जाती है, कम-से-कम पाँच फुट की कुर्सी दूँगा।

सदन इन्हीं कल्पनाओं का आनन्द ले रहा था। चारों ओर अंधेरा छाने लगा था कि इतने में उसने सड़क की ओर से एक गाड़ी आती देखी। उसकी दोनों लालटेनें बिल्ली की आँखों की तरह चमक रही थीं। कौन आ रहा है? चाचा साहब के सिवा और कौन होगा? मेरा और है ही कौन? इतने में गाड़ी निकट आ गई और उसमें से मदनसिंह उतरे। इस गाड़ी के पीछे एक और गाड़ी थी। सुभद्रा और भामा उसमें

से उतरीं। सदन की दोनों बहनें भी थीं। जीतन कोचबक्स पर से उतरकर लालटेन दिखाने लगा। सदन इतने आदमियों को उतरते देखकर समझ गया कि घर के लोग आ गये, पर वह उनसे मिलने के लिए नहीं दौड़ा। वह समय बीत चुका था, जब वह उन्हें मनाने जाता। अब उसके मान करने का समय आ गया था। वह चबूतरे पर से उठकर झोंपड़े में चला गया, मानो उसने किसी को देखा ही नहीं। उसने मन में कहा, ये लोग समझते होंगे कि इनके बिना मैं बेहाल हुआ जाता हूँ, पर उन्हें जैसे मेरी परवाह नहीं, उसी प्रकार मैं भी इनकी परवाह नहीं करता।

सदन झोंपड़े में जाकर ताक रहा था कि देखें ये लोग क्या करते हैं। इतने में उसने जीतन को दरवाज़े पर आकर पुकारते हुए देखा। कई मल्लाह इधर-उधर से दौड़े। सदन बाहर निकल आया और दूर से ही अपनी माता को प्रणाम करके किनारे खड़ा हो गया।

मदनसिंह बोले—तुम तो इस तरह खड़े हो, मानो हमें पहचानते ही नहीं। मेरे न सही, पर माता के चरण छूकर आशीर्वाद तो ले लो।

सदन—मेरे छू लेने से आपका धर्म बिगड़ जायेगा।

मदनसिंह ने भाई की ओर देखकर कहा—देखते हो इसकी बात। मैं तो तुमसे कहता था कि वह हम लोगों को भूल गया होगा, लेकिन तुम खींच लाए। अपने माता-पिता को द्वार पर खड़े देखकर भी इसे दया नहीं आती।

भामा ने आगे बढ़कर कहा—बेटा सदन दादा के चरण छुओ, तुम बुद्धिमान होकर ऐसी बातें करते हो।

सदन अधिक मान न कर सका। आँखों में आँसू भरे पिता के चरणों पर गिर पड़ा। मदनसिंह रोने लगे।

इसके बाद वह माता के चरणों पर गिरा। भामा ने उठाकर छाती से लगा लिया और आशीर्वाद दिया।

प्रेम, भक्ति और क्षमा का कैसा मनोहर, कैसा दिव्य, कैसा आनन्दमय दृश्य है। माता-पिता का हृदय प्रेम से पुलकित हो रहा है और पुत्र के हृदयसागर में भक्ति की तरंगें उठ रही हैं। इसी प्रेम और भक्ति की निर्मल ज्योति से हृदय की अँधेरी कोठरियाँ प्रकाशपूर्ण हो गई हैं। मिथ्याभिमान और लोक-लज्जा या भयरूपी कीट-पतंग वहाँ से निकल गये हैं। अब वहाँ न्याय, प्रेम और सद्व्यवहार का निवास है।

आनन्द के मारे सदन के पैर ज़मीन पर नहीं पड़ते। वह अब मल्लाहों को कोई-न-कोई काम करने को हुक्म देकर दिखा रहा है कि मेरा वहाँ कितना रोब है। कोई चारपाई निकालने जाता है, कोई बाज़ार दौड़ा जाता है कि मदनसिंह फूले नहीं समाते और अपने भाई के कानों में कहते हैं, सदन तो बड़ा चतुर निकला। मैं तो समझता था, किसी तरह पड़ा दिन काट रहा होगा, पर यहाँ तो बड़ा ठाट है।

इधर भामा और सुभद्रा भीतर गईं। भामा चारों ओर चकित होकर देखती थी।

कैसी सफाई है। सब चीज़ें ठिकाने से रखी हुई हैं! इसकी बहन गुणवान मालूम होती है।

वह सौरीगृह में गई तो शान्ता ने अपनी दोनों सासों के चरण-स्पर्श किए। भामा ने बालक को गोद में ले लिया। उसे ऐसा मालूम हुआ, मानो वह कृष्ण का ही अवतार है। उसकी आँखों से आनन्द के आँसू बहने लगे।

थोड़ी देर में उसने मदनसिंह से आकर कहा—और जो कुछ हो, पर तुमने बहू बड़ी रूपवती पायी है। गुलाब का फूल है और बालक तो साक्षात् भगवान् का अवतार ही है।

मदनसिंह—ऐसा तेजस्वी न होता, तो मदनसिंह को खींच कैसे लाता?

भामा—बहू बड़ी सुशील मालूम होती है।

मदनसिंह—तभी तो सदन ने उसके पीछे माँ-बाप को त्याग दिया था।

सब लोग अपनी-अपनी धुन में मग्न थे, पर किसी को सुधि न थी कि अभागिनी सुमन कहाँ है?

सुमन गंगातट पर संध्या करने गयी थी। जब वह लौटी तो उसे झोंपड़े के द्वार पर गाड़ियाँ खड़ी दिखाईं दीं। दरवाज़े पर कई आदमी बैठे थे। पद्मसिंह को पहचाना। समझ गई कि सदन के माता-पिता आ गये। वह आगे न बढ़ सकी। उसके पैरों में बेड़ी-सी पड़ गईं। उसे मालूम हो गया कि अब यहाँ मेरे लिए स्थान नहीं है, अब यहाँ से मेरा नाता टूटता है। वह मूर्तिवत् खड़ी सोचने लगी कि कहाँ जाऊँ?

इधर एक मास से शान्ता और सुमन में बहुत मनमुटाव हो गया था। वही शान्ता जो विधवा-आश्रम में दया और शान्ति की मूर्ति बनी हुई थी, अब सुमन को जलाने और रुलाने पर तत्पर रहती थी। उम्मीदवारी के दिनों में हम जितने विनयशील और कर्तव्य-परायण होते हैं, उतने ही अगर जगह पाने पर बने रहे, तो हम देवतुल्य हो जायें। उस समय शान्ता को सहानुभूति की ज़रूरत थी, प्रेम की आकांक्षा ने उसके चित्त को उदार, कोमल, नम्र बना दिया था, पर अब अपना प्रेमरत्न पाकर किसी दरिद्र से धनी हो जाने वाले मनुष्य की भाँति उसका हृदय कठोर हो गया था। उसे भय खाए जाता था कि सदन कहीं सुमन के जाल में न फँस जाये। सुमन के पूजा-पाठ, श्रद्धाभक्ति का उसकी दृष्टि में कुछ भी मूल्य न था। वह इसे पाखंड समझती थी। सुमन सिर में तेल मलने या साफ कपड़ा पहनने के लिए तरस जाती थी, शान्ता इसे समझती थी। वह सुमन के आचार-व्यवहार को बड़ी तीव्र दृष्टि से देखती रहती थी। सदन से जो कुछ कहना होता, सुमन शान्ता से कहती। यहाँ तक कि शान्ता भोजन के समय भी रसोई में किसी-न-किसी बहाने आ बैठती थी। वह अपने प्रसवकाल के पहले सुमन को किसी भाँति वहाँ से टालना चाहती थी, क्योंकि सौरीगृह में बन्द होकर सुमन की देखभाल न कर सकेगी। उसे और सब कष्ट सहना मंजूर था, पर यह दाह न सही जाती थी।

लेकिन सुमन सब कुछ देखते हुए भी न देखती थी, सब कुछ सुनते हुए भी कुछ न सुनती थी। नदी में डूबते हुए मनुष्य के समान वह इस तिनके के सहारे को भी छोड़ सकती थी। वह अपना जीवन मार्ग स्थिर न कर सकती थी, पर इस समय सदन के माता-पिता को यहाँ देखकर उसे यह सहारा छोड़ना पड़ा। इच्छा-शक्ति जो कुछ न कर सकती थी, वह इस अवस्था ने कर दिखाया।

वह पाँव दबाती हुई धीरे-धीरे झोंपड़े के पिछवाड़े आई और कान लगाकर सुनने लगी कि देखूँ ये लोग मेरी कुछ चर्चा तो नहीं कर रहे हैं। आध घंटे तक वह इसी प्रकार खड़ी रही। भामा और सुभद्रा इधर-उधर की बातें कर रही थीं। अन्त में भामा ने कहा—क्या अब इसकी बहन यहाँ नहीं रहती?

सुभद्रा—रहती क्यों नहीं, वह कहाँ जाने वाली है?

भामा—दिखाई नहीं देती।

सुभद्रा—किसी काम से गई होगी। घर का सारा काम तो वही सँभाले हुए है।

भामा—आये तो कह देना कि कहीं बाहर लेट रहे। सदन उसी का बनाया खाता होगा?

शान्ता सौरीगृह में से बोली—नहीं, अभी तक तो मैं ही बनाती रही हूँ। आजकल वह अपने हाथ से बना लेते हैं।

भामा—तब भी घड़ा-बर्तन तो वह छूती ही रही होगी। यह घड़ा फिंकवा दो, बर्तन फिर से धुल जायेंगे।

सुभद्रा—बाहर कहाँ सोने की जगह है?

भामा—हो चाहे न हो, लेकिन यहाँ मैं उसे न सोने दूँगी। वैसी स्त्री का क्या विश्वास?

सुभद्रा—नहीं दीदी, वह अब वैसी नहीं है। वह बड़े नेम-धरम से रहती है।

भामा—चलो, वह बड़ी नेम-धरम से रहने वाली है। सात घाट का पानी पी के आज नेम वाली बनी है। देवता की मूरत टूटकर फिर नहीं जुड़ती। वह अब देवी बन जाये, तब भी मैं विश्वास न करूँ।

सुमन इससे ज़्यादा न सुन सकी। उसे ऐसा मालूम हुआ, मानो किसी ने लोहा लाल करके उसके हृदय में चुभा दिया। उल्टे पाँव लौटी और उसी अंधकार में एक ओर चल पड़ी।

अंधेरा खूब छाया था, रास्ता भी अच्छी तरह न सूझता था, पर सुमन गिरती-पड़ती चली जाती थी, मालूम नहीं कहाँ, किधर? वह अपने होश में न थी। लाठी खाकर घबराए हुए कुत्ते के समान वह मूर्छावस्था में लुढ़कती जा रही थी। सँभलना चाहती थी, पर सँभल न सकती थी। यहाँ तक कि उसके पैरों में एक बड़ा-सा काँटा चुभ गया। वह पैर पकड़कर बैठ गई। चलने की शक्ति न रही।

उसने बेहोशी के बाद होश में आने वाले मनुष्य के समान इधर-उधर चौंककर

देखा। चारों ओर सन्नाटा था। गहरा अंधकार छाया हुआ था। केवल सियार अपना राग अलाप रहे थे। यहाँ मैं अकेली हूँ, यह सोचकर सुमन के रोएं खड़े हो गये। अकेला-मन किसे कहते हैं, यह उसे आज मालूम हुआ। लेकिन यह जानते हुए भी कि यहाँ कोई नहीं है, मैं ही अकेली हूँ, उसे अपने चारों ओर, नीचे-ऊपर नाना प्रकार के जीव आकाश में चलते हुए दिखाई देते थे। यहाँ तक कि उसने घबराकर आँखें बन्द कर लीं। निर्जनता कल्पना को अत्यन्त रचनाशील बना देती है।

सुमन सोचने लगी, मैं कैसी अभागिन हूँ और तो और, सगी बहन भी अब मेरी सूरत नहीं देखना चाहती। उसे कितना अपनाना चाहा, पर वह अपनी न हुई। मेरे सिर कलंक का टीका लग गया और वह अब धोने से नहीं धुल सकता। मैं उसको या किसी को दोष क्यों दूँ? यह सब मेरे कर्मों का फल है। आह! एड़ी में कैसी पीड़ा हो रही है, यह काँटा कैसे निकलेगा? भीतर उसका एक टुकड़ा टूट गया है। कैसा टपक रहा है, नहीं, मैं किसी को दोष नहीं दे सकती। बुरे कर्म तो मैंने किए हैं, उनका फल कौन भोगेगा? विलास-लालसा ने मेरी यह दुर्गति की। कैसी अंधी हो गई थी, केवल इंद्रियों के सुखभोग के लिए अपनी आत्मा का नाश कर बैठी। मुझे कष्ट अवश्य था। मैं गहने-कपड़े को तरसती थी, अच्छे भोजन को तरसती थी, प्रेम को तरसती थी। उस समय मुझे अपना जीवन दुःखमय दिखाई देता था, पर वह अवस्था भी तो मेरे पूर्वजन्म के कर्मों का फल थी और क्या ऐसी स्त्रियाँ नहीं हैं, जो उससे कहीं अधिक कष्ट झेलकर भी अपनी आत्मा की रक्षा करती हैं? दमयंती पर कैसे-कैसे दुःख पड़े, सीता को रामचन्द्र ने घर से निकाल दिया, वह बरसों जंगलों में नाना प्रकार के क्लेश उठाती रहीं, सावित्री ने कैसे-कैसे दुःख सहे, पर वह धर्म पर दृढ़ रहीं। उतनी दूर क्यों जाऊँ मेरे ही पड़ोस में कितनी स्त्रियाँ रो-रोकर दिन काट रही थीं। अमोला में वह बेचारी अहीरिन कैसी विपत्ति झेल रही थी। उसका पति परदेस से बरसों न आता था, बेचारी उपवास करके पड़ी रहती थी। हाय, इतनी सुन्दरता ने मेरी मिट्टी खराब की। मेरे सौंदर्य के अभिमान ने मुझे यह दिन दिखाया।

हा प्रभो! तुम सुन्दरता देकर मन को चंचल क्यों बना देते हो? मैंने सुन्दर स्त्रियों को प्रायः चंचल ही पाया। कदाचित् ईश्वर इस युक्ति से हमारी आत्मा की परीक्षा करते हैं, अथवा जीवन-मार्ग में सुन्दरता रूपी बाधा डालकर हमारी आत्मा को बलवान, पुष्ट बनाना चाहते हैं। सुन्दरता रूपी आग में आत्मा को डालकर उसे चमकाना चाहते हैं। पर हाँ! अज्ञानवश हमें कुछ नहीं सूझता, यह आग हमें जला डालती है, यह हमें विचलित कर देती है।

यह कैसे बन्द हो, न जाने किस चीज़ का काँटा था। जो कोई आकर मुझे पकड़ ले तो यहाँ चिल्लाऊँगी, तो कौन सुनेगा? कुछ नहीं, यह न विलास-प्रेम का दोष है, न सुन्दरता का दोष है, यह सब मेरे अज्ञान का दोष है, भगवान्! मुझे ज्ञान दो! तुम्हीं अब मेरा उद्धार कर सकते हो। मैंने भूल की कि विधवाश्रम में गई। सदन

के साथ रहकर भी मैंने भूल की। मनुष्यों से अपने उद्धार की आशा रखना व्यर्थ है। ये आप ही मेरी तरह अज्ञान में पड़े हुए हैं। ये मेरा उद्धार क्या करेंगे? मैं उसी की शरण में जाऊँगी। लेकिन कैसे जाऊँ? कौन-सा मार्ग है, दो साल से धर्म-ग्रंथों को पढ़ती हूँ, पर कुछ समझ में नहीं आता। ईश्वर, तुम्हें कैसे पाऊँ? मुझे इस अंधकार से निकालो! तुम दिव्य हो, ज्ञानमय हो, तुम्हारे प्रकाश में सम्भव है, यह अंधकार विच्छिन्न हो जाये। ये पत्तियाँ क्यों खड़खड़ा रही हैं? कोई जानवर तो नहीं आता? नहीं, कोई अवश्य आता है।

सुमन खड़ी हो गई। उसका चित्त दृढ़ था। वह निर्भय हो गई थी।

सुमन बहुत देर तक इन्हीं विचारों में मग्न रही। इससे उसके हृदय को शान्ति न होती थी। आज तक उसने इस प्रकार कभी आत्म-विचार नहीं किया था। इस संकट में पड़कर उसकी सद्इच्छा जागृत हो गई थी।

रात बीत चुकी थी। वसंत की शीतल वायु चलने लगी। सुमन ने साड़ी समेट ली और घुटनों पर सिर रख लिया। उसे वह दिन याद आया, जब इसी ऋतु में इसी समय वह अपने पति के द्वार पर बैठी हुई सोच रही थी कि कहाँ जाऊँ? उस समय वह विलास की आग में जल रही थी। आज भक्ति की शीतल छाया ने उसे आश्रय दिया था।

एकाएक उसकी आँखें झपक गईं। उसने देखा कि स्वामी गजानन्द मृगचर्म धारण किए उसके सामने खड़े दयापूर्ण नेत्रों से उसकी ओर ताक रहे हैं। सुमन उनके चरणों पर गिर पड़ी और दीन भाव से बोली—स्वामी! मेरा उद्धार कीजिए।

सुमन ने देखा कि स्वामीजी ने उसके सिर पर दया से हाथ फेरा और कहा—ईश्वर ने मुझे इसीलिए तुम्हारे पास भेजा है। बोलो, क्या चाहती हो, धन?

सुमन—नहीं, महाराज, धन की इच्छा नहीं।

स्वामी—भोग-विलास?

सुमन—महाराज, इसका नाम न लीजिए, मुझे ज्ञान दीजिए।

स्वामी—अच्छा तो सुनो, सतयुग में मुनष्य की मुक्ति ज्ञान से होती थी, त्रेता में सत्य से, द्वापर में भक्ति से, पर इस कलियुग में इसका केवल एक ही मार्ग है और वह है सेवा। इसी मार्ग पर चलो, तुम्हारा उद्धार होगा। जो लोग तुमसे भी दीन, दुःखी, दलित हैं, उनकी शरण में जाओ और उनका आशीर्वाद तुम्हारा उद्धार करेगा। कलियुग में परमात्मा इसी दुःखसागर में वास करते हैं।

सुमन की आँखें खुल गईं। उसने इधर-उधर देखा, उसे निश्चय था कि मैं जागती थी। इतनी जल्दी स्वामीजी कहाँ अदृश्य हो गये। अकस्मात् उसे ऐसा प्रतीत हुआ कि सामने पेड़ों के नीचे स्वामीजी लालटेन लिये खड़े हैं। वह उठकर लंगड़ाती उनकी ओर चली। उसने अनुमान किया था कि वृक्ष समूह सौ गज के अन्तर पर होगा, पर वह सौ के बदले दो सौ, तीन सौ, चार सौ गज चली गई और वह वृक्षपुंज और उनके

नीचे स्वामीजी लालटेन लिये हुए उतनी ही दूर खड़े थे।

सुमन को भ्रम हुआ, मैं सो तो नहीं रही हूँ? यह कोई स्वप्न तो नहीं है? इतना चलने पर भी वह उतनी ही दूर है। उसने जोर से चिल्लाकर कहा—महाराज, आती हूँ, आप ज़रा ठहर जाइए।

उसके कानों में शब्द सुनाई दिए—चली आओ, मैं खड़ा हूँ।

सुमन फिर चली, पर दो सौ कदम चलने पर वह थककर बैठ गई। वह वृक्ष-समूह और स्वामीजी ज्यों-के-त्यों सामने सौ गज की दूरी पर खड़े थे।

भय से सुमन के रोएँ खड़े हो गये। उसकी छाती धड़कने लगी और पैर थर-थर काँपने लगे। उसने चिल्लाना चाहा, पर आवाज़ न निकली।

सुमन ने सावधान होकर विचार करना चाहा कि यह क्या रहस्य है, मैं कोई प्रेत-लीला तो नहीं देख रही हूँ, लेकिन कोई अज्ञात शक्ति उसे उधर खींचे लिये जाती थी, मानो इच्छा-शक्ति मन को छोड़कर उसी रहस्य के पीछे दौड़ी जाती है।

सुमन फिर चली। अब वह शहर के निकट आ गई थी। उसने देखा कि स्वामीजी एक छोटी-सी झोंपड़ी में चले गये और वृक्ष-समूह अदृश्य हो गया। सुमन ने समझा, यही उनकी कुटी है। उसे बड़ा धीरज हुआ। अब स्वामीजी से अवश्य भेंट होगी। उन्हीं से यह रहस्य खुलेगा।

उसने कुटी के द्वार पर जाकर कहा—स्वामीजी, मैं हूँ सुमन!

यह कुटी गजानन्द की ही थी, पर वह सोए हुए थे। सुमन को कुछ जवाब न मिला।

सुमन ने साहस करके कुटी में झाँका। आग जल रही थी और गजानन्द कंबल ओढ़े सो रहे थे। सुमन को अचम्भा हुआ कि अभी तो चले आते हैं, इतनी जल्दी सो कैसे गये और वह लालटेन कहाँ चली गई? जोर से पुकारा—स्वामीजी!

गजानन्द उठ बैठे और विस्मित नेत्रों से सुमन को देखा। वह एक मिनट तक ध्यानपूर्वक उसे देखते रहे। तब बोले—कौन? सुमन!

सुमन—हाँ महाराज, मैं हूँ।

गजानन्द—मैं अभी-अभी तुम्हें स्वप्न में देख रहा था।

सुमन ने चकित होकर कहा—आप तो अभी-अभी कुटी में आये हैं।

गजानन्द—नहीं, मुझे सोये बहुत देर हुई, मैं तो कुटी से निकला नहीं। अभी स्वप्न में तुम्हीं को देख रहा था।

सुमन—और मैं आप ही के पीछे-पीछे गंगा किनारे से चली आ रही हूँ। आप लालटेन लिये मेरे सामने चले आते थे।

गजानन्द ने मुस्कुराकर कहा—तुम्हें धोखा हुआ।

सुमन—धोखा होता, तो मैं बिना देखे-सुने यहाँ कैसे पहुँच जाती? मैं नदी किनारे अकेले सोच रही थी कि मेरा उद्धार कैसे होगा? मैं परमात्मा से विनय कर रही थी

कि मुझ पर दया करो और अपनी शरण में लो। इतने में आप वहाँ पहुँचे और मुझे सेवाधर्म का उपेदश दिया। मैं आपसे कितनी ही बातें पूछना चाहती थी, पर आप अदृश्य हो गये। किन्तु एक क्षण में मैंने आपको लालटेन लिये थोड़ी दूर पर खड़े देखा। बस, आपके पीछे दौड़ी। यह रहस्य मेरी समझ में नहीं आता। कृपा करके मुझे समझाइए।

गजानन्द—सम्भव है, ऐसा ही हुआ हो, पर ये बातें अभी तुम्हारी समझ में नहीं आयेंगी।

सुमन—कोई देवता तो नहीं थे, जो आपका वेश धारण करके मुझे आपकी शरण में लाए हों?

गजानन्द—यह भी सम्भव है। तुमने जो कहा, वही मैं स्वप्न में देख रहा था और तुम्हें सेवाधर्म का उपदेश कर रहा था। सुमन, तुम मुझे भलीभाँति जानती हो, तुमने मेरे हाथों बहुत दुःख उठाए हैं, बहुत कष्ट सहे हैं। तुम जानती हो, मैं कितनी नीच प्रकृति का अधम जीव हूँ, लेकिन अपनी उन नीचताओं का स्मरण करता हूँ, तो मेरा हृदय व्याकुल हो जाता है। तुम आदर के योग्य थीं, मैंने तुम्हारा निरादर किया। यह हमारी दुरावस्था का, हमारे दुःखों का मूल कारण है। ईश्वर वह दिन कब लाएगा कि हमारी जाति में स्त्रियों का आदर होगा। स्त्री मैले-कुचैले, फटे-पुराने वस्त्र पहनकर आभूषण-विहीन होकर, आधे पेट सूखी रोटी खाकर, झोंपड़े में रहकर, मेहनत-मजदूरी कर, सब कष्टों को सहते हुए भी आनन्द से जीवन व्यतीत कर सकती है। केवल घर में उसका आदर होना चाहिए, उससे प्रेम होना चाहिए। आदर या प्रेम-विहीन महिला महलों में भी सुख से नहीं रह सकती, पर मैं अज्ञान, अविद्या के अंधकार में पड़ा हुआ था। अपना उद्धार करने का साधन मेरे पास न था। न ज्ञान था, न विद्या थी, न भक्ति थी, न कर्म की सामर्थ्य थी। मैंने अपने बन्धुओं की सेवा करने का निश्चय किया। यही मार्ग मेरे लिए सबसे सरल था। तब से मैं यथाशक्ति इसी मार्ग पर चल रहा हूँ और अब मुझे अनुभव हो रहा है कि आत्मोद्धार के मार्गों में केवल नाम का अन्तर है। मुझे इस मार्ग पर चलकर शांति मिली है और मैं तुम्हारे लिए भी यही मार्ग सबसे उत्तम समझता हूँ। मैंने तुम्हें आश्रम में देखा, सदन के घर में देखा, तुम सेवाव्रत में मग्न थीं। तुम्हारे लिए ईश्वर से यही प्रार्थना करता था। तुम्हारे हृदय में दया है, प्रेम है, सहानुभूति है और सेवाधर्म के यही मुख्य साधन हैं। तुम्हारे लिए उसका द्वार खुला है। वह तुम्हें अपनी ओर बुला रहा है। उसमें प्रवेश करो, ईश्वर तुम्हारा कल्याण करेंगे।

सुमन को गजानन्द के मुखारविंद पर एक विमल ज्योति का प्रकाश दिखाई दिया। उसके अन्तःकरण में एक अद्भुत श्रद्धा और भक्ति का भाव उदय हुआ। उसने सोचा, इनकी आत्मा में कितनी दया और प्रेम है। हाय! मैंने ऐसे नर-रत्न का तिरस्कार किया। इनकी सेवा में रहती, तो मेरा जीवन सफल हो गया होता।

बोली—महाराज, आप मेरे लिए ईश्वर रूप हैं, आपके ही द्वारा मेरा उद्धार हो सकता है। मैं अपना तन-मन आपकी सेवा में अर्पण करती हूँ। यही प्रतिज्ञा एक बार मैंने की थी, पर अज्ञानतावश उसका पालन न कर सकी। वह प्रतिज्ञा मेरे हृदय से न निकली थी। आज मैं सच्चे मन से यह प्रतिज्ञा करती हूँ। आपने मेरी बाँह पकड़ी थी, अब यद्यपि मैं पतित हो गई हूँ, पर आप ही अपनी उदारता से मुझे क्षमादान कीजिए और मुझे सन्मार्ग पर ले जाइए।

गजानन्द को इस समय सुमन के चेहरे पर प्रेम और पवित्रता की छटा दिखाई दी। वह व्याकुल हो गये। वह भाव, जिन्हें उन्होंने बरसों से दबा रखे थे, जागृत होने लगे। सुख और आनन्द की नवीन भावनाएँ उत्पन्न होने लगीं। उन्हें अपना जीवन शुष्क, नीरस, आनन्दविहीन जान पड़ने लगा। वह इन कल्पनाओं से भयभीत हो गये। उन्हें शंका हुई कि यदि मेरे मन में यह विचार ठहर गये तो मेरा संयम, वैराग्य और सेवाव्रत इसके प्रवाह में तृण के समान बह जायेंगे। वह बोल उठे—तुम्हें मालूम है कि यहाँ एक अनाथालय खोला गया है?

सुमन—हाँ, इसकी कुछ चर्चा सुनी तो थी।

गजानन्द—इस अनाथालय में विशेषकर वही कन्याएँ हैं, जिन्हें वेश्याओं ने हमें सौंपा है। कोई पचास कन्याएँ होंगी।

सुमन—यह आपके ही उपदेशों का फल है।

गजानन्द—नहीं, ऐसा नहीं है। इसका सम्पूर्ण श्रेय पंडित पद्मसिंह को है, मैं तो केवल उनका सेवक हूँ। इस अनाथालय के लिए एक पवित्र आत्मा की आवश्यकता है और तुम्हीं वह आत्मा हो। मैंने बहुत ढूँढ़ा, पर कोई ऐसी महिला न मिली, जो यह काम प्रेम-भाव से करे, जो कन्याओं का माता की भाँति पालन करे और अपने प्रेम से अकेली उनकी माताओं का स्थान पूरा कर दे, वह बीमार पड़ें तो उनकी सेवा करे, उनके फोड़े-फुंसियाँ, मल-मूत्र देखकर घृणा न करे और अपने व्यवहार से उनमें धार्मिक भावों का संचार कर दे कि उनके पिछले कुसंस्कार मिट जायें और उनका जीवन सुख से कटे। वात्सल्य के बिना यह उद्देश्य पूरा नहीं हो सकता। ईश्वर ने तुम्हें ज्ञान और विवेक दिया है, तुम्हारे हृदय में दया है, करुणा है, धर्म है और तुम्हीं इस कर्तव्य का भार सँभाल सकती हो। मेरी प्रार्थना स्वीकार करोगी?

सुमन की आँखें सजल हो गईं। मेरे विषय में एक ज्ञानी महात्मा का यह विचार है, यह सोचकर उसका चित्त गद्गद हो गया। उसे स्वप्न में भी ऐसी आशा न थी कि उस पर इतना विश्वास किया जायेगा और उसे सेवा का ऐसा महान् गौरव प्राप्त होगा। उसे निश्चय हो गया कि परमात्मा ने गजानन्द को यह प्रेरणा दी है। अभी थोड़ी देर पहले वह किसी बालक को कीचड़ लपेटे देखती, तो उसकी ओर से मुँह फेर लेती, पर गजानन्द ने उस पर विश्वास करके उस घृणा को जीत लिया था, उसमें प्रेम-संचार कर दिया था। हम अपने ऊपर विश्वास करने वालों को कभी निराश नहीं

करना चाहते और ऐसे बोझों को उठाने को तैयार हो जाते हैं जिन्हें हम असाध्य समझते थे। विश्वास से विश्वास उत्पन्न होता है। सुमन ने अत्यन्त विनीत भाव से कहा—आप लोग मुझे इस योग्य समझते हैं, यह मेरा परम सौभाग्य है। मैं किसी के कुछ काम आ सकूँ, किसी की सेवा कर सकूँ, यह मेरी परम लालसा थी। आपके बताए हुए आदर्श तक मैं पहुँच न सकूँगी, पर यथाशक्ति मैं आपकी आज्ञा का पालन करूँगी। यह कहते-कहते सुमन चुप हो गई। उसका सिर झुक गया और आँखें डबडबा आईं। उसकी वाणी से जो कुछ न हो सकता, वह उसके मुख के भाव ने प्रकट कर दिया। मानो वह कह रही थी, यह आपकी असीम कृपा है, जो आप मुझ पर ऐसा विश्वास करते हैं! कहाँ मुझ जैसी नीच, दुश्चरित्रा और कहाँ यह महान् पद। पर ईश्वर ने चाहा, तो आपको इस विश्वासदान के लिए पछताना न पड़ेगा।

गजानन्द ने कहा—मुझे तुमसे ऐसी ही आशा थी। परमात्मा तुम्हारा कल्याण करे।

यह कहकर गजानन्द उठ खडे। हुए। पौ फट रही थी, पपीहे की ध्वनि सुनाई दे रही थी। उन्होंने अपना कमंडल उठाया और गंगा-स्नान करने चले गये।

सुमन ने कुटी के बाहर निकलकर देखा, जैसे हम नींद से जागकर देखते हैं। समय कितना सुहावना है, कितना शान्तिमय, कितना उत्साहपूर्ण! क्या उसका भविष्य भी ऐसा ही होगा? क्या उसके भविष्य-जीवन का भी प्रभात होगा? उसमें भी कभी ऊषा की झलक दिखाई देगी? कभी सूर्य का प्रकाश होगा। हाँ, होगा और यह सुहावना शांतिमय प्रभात आने वाले दिन रूपी जीवन का प्रभात है।

56

एक साल बीत गया। पंडित मदनसिंह पहले तीर्थयात्रा पर उधार खाए बैठे थे। जान पड़ता था, सदन के घर आते ही एक दिन भी न ठहरेंगे, सीधे बद्रीनाथ पहुँचकर दम लेंगे, पर जब से मदन आ गया है, उन्होंने भूलकर भी तीर्थयात्रा का नाम नहीं लिया। पोते को गोद में लिये असामियों का हिसाब करते हैं, खेतों की निगरानी करते हैं। माया ने और भी जकड़ लिया है। हाँ, भामा अब कुछ निश्चिन्त हो गई है। पड़ोसिनों से वार्तालाप करने का कर्तव्य अपने सिर से नहीं हटाया। शेष कार्य उसने शान्ता पर छोड़ दिए हैं।

पंडित पद्मसिंह ने वकालत छोड़ दी। अब वह म्युनिसिपैलिटी के प्रधान कर्मचारी हैं। इस काम से उन्हें बहुत रुचि है। शहर दिनोंदिन उन्नति कर रहा है। साल के भीतर ही कई नयी सड़कें, नये बाग तैयार हो गये हैं, अब उनका इरादा है इक्के और गाड़ी वालों के लिए शहर के बाहर एक मुहल्ला बनवा दें। शर्माजी के कई पहले के

मित्र अब उनके विरोधी हो गये हैं और पहले के कितने ही विरोधियों से मेल हो गया है, किन्तु महाशय विट्ठलदास पर उनकी श्रद्धा दिनोंदिन बढ़ती जाती है। वह बहुत चाहते हैं कि महाशय को म्युनिसिपैलिटी में कोई अधिकार दें, पर विट्ठलदास राजी नहीं होते। वह निःस्वार्थ कर्म की प्रतिज्ञा को नहीं तोड़ना चाहते। उनका विचार है कि अधिकारी बनकर वह इतना हित नहीं कर सकते, जितना पृथक् रहकर कर सकते हैं। उनका विधवाश्रम इन दिनों बहुत उन्नति पर है और म्युनिसिपैलिटी से उसे विशेष सहायता मिलती है। आजकल वह कृषकों की सहायता के लिए एक कोष स्थापित करने का उद्योग कर रहे हैं, जिससे किसानों को बीज और रुपये नाममात्र सूद पर उधार दिए जा सकें, इस सत्कार्य में सदन बाबू विट्ठलदास का दाहिना हाथ बना हुआ है।

सदन का अपने गाँव में मन नहीं लगा। वह शान्ता को वहाँ छोड़कर फिर गंगा किनारे के झोंपड़े में आ गया है और उस व्यवसाय को खूब बढ़ा रहा है। उसके पास अब पाँच नावें हैं और सैकड़ों रुपये महीने का लाभ हो रहा है। वह अब एक स्टीमर मोल लेने का विचार कर रहा है।

स्वामी गजानन्द अधिकतर देहातों में रहते हैं। उन्होंने निर्धनों की कन्याओं का उद्धार करने के निमित्त अपना जीवन अर्पण कर दिया है। शहर में आते हैं, तो दो-एक दिन से अधिक नहीं ठहरते।

57

कार्तिक का महीना था। पद्मसिंह सुभद्रा को लेकर गंगा-स्नान कराने ले गये थे। लौटती बार वह अलईपुर की ओर से आ रहे थे। सुभद्रा गाड़ी की खिड़की से बाहर झाँकती चली आती थी और सोचती थी कि यहाँ इस सन्नाटे में लोग कैसे रहते हैं। उनका मन कैसे लगता है। इतने में उसे एक सुन्दर भवन दिखाई पड़ा, जिसके फाटक पर मोटे अक्षरों में लिखा था—सेवासदन।

सुभद्रा ने शर्माजी से पूछा—क्या यही सुमनबाई का सेवासदन है?

शर्माजी ने कुछ उदासीन भाव से कहा—हाँ।

वह पछता रहे थे कि इस रास्ते से क्यों आये? यह अब अवश्य ही इस आश्रम को देखेगी। मुझे भी जाना पड़ेगा, बुरे फँसे। शर्माजी ने अब तक एक बार भी सेवासदन का निरीक्षण नहीं किया था। गजानन्द ने कितनी ही बार चाहा कि उन्हें लायें, पर वह कोई-न-कोई बहाना कर दिया करते थे। वह सब कुछ कर सकते थे, पर सुमन के सम्मुख आना उनके लिए कठिन था। उन्हें सुमन की वे बातें कभी न भूलती थीं, जो उसने कंगन देते समय पार्क में उनसे कही थीं। उस समय वह सुमन से इसलिए

भागते थे कि उन्हें लज्जा आती थी। उनके चित्त से यह विचार कभी दूर न होता था कि वह स्त्री, जो इतनी साध्वी तथा सच्चरित्रा हो सकती है, केवल मेरे कुसंस्कारों के कारण कुमार्ग-गामिनी बनी—मैंने ही उसे कुएँ में गिराया।

सुभद्रा ने कहा—ज़रा गाड़ी रोक लो, इसे देखूँगी।

पद्मसिंह—आज बहुत देर होगी, फिर कभी आ जाना।

सुभद्रा—साल-भर से तो आ रही हूँ, पर आज तक कभी न आ सकी। यहाँ से जाकर फिर न जाने कब फुर्सत हो?

पद्मसिंह—तुम आप ही नहीं आईं। कोई रोकता था?

सुभद्रा—भला, जब नहीं आई तब नहीं आई। अब तो आई हूँ। अब क्यों नहीं चलते?

पद्मसिंह—चलने से मुझे इनकार थोड़े ही है, केवल देर हो जाने का भय है। नौ बजते होंगे।

सुभद्रा—यहाँ कौन बहुत देर लगेगी, दस मिनट में लौट आयेंगे।

पद्मसिंह—तुम्हारी हठ करने की बुरी आदत है। कह दिया कि इस समय मुझे देर होगी, लेकिन मानती नहीं हो।

सुभद्रा—जरा घोड़े को तेज कर देना, कसर पूरी हो जायेगी।

पद्मसिंह—अच्छा तो तुम जाओ। अब से संध्या तक जब जी चाहे घर लौट आना। मैं चलता हूँ। गाड़ी छोड़े जाता हूँ। रास्ते में कोई सवारी किराए पर कर लूँगा।

सुभद्रा—तो इसकी क्या आवश्यकता है। तुम यहीं बैठे रहो, मैं अभी लौट आती हूँ।

पद्मसिंह—(गाड़ी से उतरकर) मैं चलता हूँ, तुम्हारा जब जी चाहे आना।

सुभद्रा इस हीला-हवाली का कारण समझ गई। उसने 'जगत' में कितनी ही बार 'सेवासदन' की प्रशंसा पढ़ी थी। पंडित प्रभाकर राव की इन दिनों सेवासदन पर बड़ी दया-दृष्टि थी। अतएव सुभद्रा को इस आश्रम से प्रेम-सा हो गया था और सुमन के प्रति उसके हृदय में भक्ति उत्पन्न हो गई थी। वह सुमन को इस नई अवस्था में देखना चाहती थी। उसको आश्चर्य होता था कि सुमन इतने नीचे गिरकर कैसे ऐसी विदुषी हो गई कि पत्रों में उसकी प्रशंसा छपती है। उसके जी में तो आया कि पंडितजी को खूब आड़े हाथों ले, पर साईस खड़ा था, इसलिए कुछ न बोल सकी। गाड़ी से उतरकर आश्रम में दाखिल हुई।

वह ज्यों ही बरामदे में पहुँची कि एक स्त्री ने भीतर जाकर सुमन को उसके आने की सूचना दी और एक क्षण में सुभद्रा ने सुमन को आते देखा। वह उस केशहीना, आभूषण-विहीना सुमन को देखकर चकित हो गई। उसमें न वह कोमलता थी, न वह चपलता, न वह मुस्कुराती हुई आँखें, न हँसते हुए होंठ। रूप-लावण्य की जगह पवित्रता की ज्योति झलक रही थी।

सुमन निकट आकर सुभद्रा के पैरों पर गिर पड़ी और सजल नयन होकर बोली—बहूजी, आज, मेरे धन्य भाग्य हैं कि आपको यहाँ देख रही हूँ।

सुभद्रा की आँखें भर आईं। उसने सुमन को उठाकर छाती से लगा लिया और गद्गद स्वर में कहा—बाईजी, आने का तो बहुत जी चाहता था, पर आलस्यवश अब तक न आ सकी थी।

सुमन—शर्माजी भी हैं या आप अकेले ही आई हैं?

सुभद्रा—साथ तो थे, पर उन्हें देर हो गई थी, इसलिए वह दूसरी गाड़ी करके चले गये।

सुमन ने उदास होकर कहा—देर तो क्या होती थी, पर वह यहाँ आना ही नहीं चाहते। मेरा अभाग्य! दुःख केवल यह है कि जिस आश्रम के वह स्वयं जन्मदाता हैं, उससे मेरे कारण उन्हें इतनी घृणा है। मेरी हृदय से अभिलाषा थी कि एक बार आप और वह दोनों यहाँ आते। आधी तो आज पूरी हुई, शेष भी कभी-न-कभी पूरी ही होगी। वह मेरे उद्धार का दिन होगा।

यह कहकर सुमन ने सुभद्रा को आश्रम दिखाना शुरू किया। भवन में पाँच बड़े कमरे थे। पहले कमरे में लगभग तीस बालिकाएँ बैठी हुई कुछ पढ़ रही थीं। उनकी अवस्था बारह वर्ष से पन्द्रह तक की थी। अध्यापिका ने सुभद्रा को देखते ही आकर उससे हाथ मिलाया। सुमन ने दोनों का परिचय कराया। सुभद्रा को यह सुनकर बड़ा आश्चर्य हुआ कि वह महिला मिस्टर रूस्तम भाई बैरिस्टर की सुयोग्य पत्नी हैं। नित्य दो घंटे के लिए आश्रम में आकर इन युवतियों को पढ़ाया करती थीं।

दूसरे कमरे में भी इतनी ही कन्याएँ थीं। उनकी अवस्था आठ से लेकर बारह वर्ष तक थी। उनमें कोई कपड़े काटती थी, कोई सीती थी और कोई अपने पास-वाली लड़की को चिकोटी काटती थी। यहाँ कोई अध्यापिका न थी। एक बूढ़ा दर्ज़ी काम कर रहा था। सुमन ने कन्याओं के तैयार किए हुए कुर्ते, जाकेट आदि सुभद्रा को दिखाए।

तीसरे कमरे में पन्द्रह-बीस छोटी-छोटी बालिकाएँ थीं, कोई पाँच वर्ष से अधिक की थी। इनमें कोई गुड़िया खेलती थी, कोई दीवार पर लटकती हुई तस्वीरें देखती थी। सुमन आप ही इस कक्षा की अध्यापिका थी।

सुभद्रा यहाँ से सामने वाले बगीचे में आकर इन्हीं लड़कियों के लगाए हुए फूल-पत्ते देखने लगी। कन्याएँ वहाँ आलू-गोभी की क्यारियों में पानी दे रही थीं। उन्होंने सुभद्रा को सुन्दर फूलों का एक गुलदस्ता भेंट किया।

भोजनालय में कई कन्याएँ बैठी भोजन कर रही थीं। सुमन ने सुभद्रा को इन कन्याओं के बनाए हुए आचार-मुरब्बे आदि दिखाए।

सुभद्रा को यहाँ का सुप्रबन्ध, शान्ति और कन्याओं का शील-स्वभाव देखकर बड़ा आनन्द हुआ। उसने मन में सोचा, सुमन इतने बड़े आश्रम को अकेले कैसे

चलाती होगी, मुझसे तो कभी न हो सकता। कोई लड़की मलिन या उदास नहीं दिखाई देती।

सुमन ने कहा—मैंने यह भार अपने ऊपर ले तो लिया, पर मुझमें सँभालने की शक्ति नहीं है। लोग जो सलाह देते हैं, वही मेरा आधार है। आपको भी जो कुछ त्रुटि दिखाई दे, वह कृपा करके बता दीजिए, इससे मेरा उपकार होगा।

सुभद्रा ने हँसकर कहा—बाईजी, मुझे लज्जित न करो। मैंने तो जो कुछ देखा है, उसी से चकित हो रही हूँ, तुम्हें सलाह क्या दूँगी? बस, इतना ही कह सकती हूँ कि ऐसा अच्छा प्रबन्ध विधवा-आश्रम का भी नहीं है।

सुमन—आप संकोच कर रही हैं।

सुभद्रा—नहीं, सत्य कहती हूँ। मैंने जैसा सुना था, इसे उससे बढ़कर पाया! हाँ, यह तो बताओ, इन बालिकाओं की माताएँ इन्हें देखने आती हैं या नहीं?

सुमन—आती हैं, पर मैं यथासाध्य इस मेल-मिलाप को रोकती हूँ।

सुभद्रा—अच्छा, इनका विवाह कहाँ होगा?

सुमन—यह तो टेढ़ी खीर है। हमारा कर्तव्य यह है कि इन कन्याओं को चतुर गृहिणी बनने के योग्य बना दें। उनका आदर समाज करेगा या नहीं, मैं नहीं कह सकती।

सुभद्रा—बैरिस्टर साहब की पत्नी को इस काम में बड़ा प्रेम है।

सुमन—यह कहिए कि आश्रम की स्वामिनी वही हैं। मैं तो केवल उनकी आज्ञाओं का पालन करती हूँ।

सुभद्रा—क्या कहूँ, मैं किसी योग्य नहीं, नहीं तो मैं भी यहाँ कुछ काम किया करती।

सुमन—आते-आते तो आप आज आई हैं, उस पर शर्माजी को नाराज करके। शर्माजी फिर इधर आने तक न देंगे।

सुभद्रा—नहीं। अब की इतवार को मैं उन्हें अवश्य खींच लाऊँगी। बस, मैं लड़कियों को पान लगाना और खाना सिखाया करूँगी।

सुमन—(हँसकर) इस काम में आप कितनी ही लड़कियों को अपने से भी निपुण पायेंगी।

इतने में दस लड़कियाँ सुन्दर वस्त्र पहने हुए आईं और सुभद्रा के सामने खड़ी होकर मधुर स्वर में गाने लगीं :

हे जगत पिता, जगत प्रभु, मुझे अपना प्रेम और प्यार दे।
तेरी भक्ति में लगे मन मेरा, विषय कामना को बिसार दे।

सुभद्रा यह गीत सुनकर बहुत प्रसन्न हुई और लड़कियों को पाँच रुपये इनाम दिया।

जब वह चलने लगी, तो सुमन ने करुण स्वर में कहा—मैं इसी रविवार को

आपकी राह देखूँगी।

सुभद्रा—मैं अवश्य आऊँगी।

सुमन—शान्ता तो कुशल से है?

सुभद्रा—हाँ, पत्र आया था। सदन तो यहाँ नहीं आये?

सुमन—नहीं, पर दो रुपये मासिक चंदा भेज दिया करते हैं।

सुभद्रा—अब आप बैठिए, मुझे आज्ञा दीजिए।

सुमन—आपके आने से मैं कृतार्थ हो गई। आपकी भक्ति, आपका प्रेम, आपकी कार्यकुशलता, किस-किसकी बड़ाई करूँ। आप वास्तव में स्त्री-समाज का शृंगार हैं। (सजल नेत्रों से) मैं तो अपने को आपकी दासी समझती हूं। जब तक जीऊँगी, आप लोगों का यश मानती रहूँगी। मेरी बाँह पकड़ी और मुझे डूबने से बचा लिया। परमात्मा आप लोगों का सदैव कल्याण करें।

❑❑❑